［新編］日本女性文学全集

岩淵宏子＋長谷川啓［監修］
小林裕子［編集］

8

六花出版

監修
岩淵宏子
長谷川啓

第八巻　目次

凡例

◆本文には、原則として常用漢字を採用した。ただし、底本に用いられている字体が、常用漢字ほかの場合は、できるだけ正字体にするようにつとめた。その際、人名用漢字も、原則として常用漢字と同様のものとして扱った。

［例］　欝→鬱　壷→壺　纒→纏

◆字体表の如何に拘わらず、底本の字体を優先する場合がある。

［例］　恥⇅耻　灯⇅燈　伜⇅倅　妊⇅姙　州⇅洲　竜⇅龍　濶⇅闊

◆括弧の取り扱いや数字表記、単位語などは、底本に従い、全集として統一を図ることはしない。

◆振り仮名は底本に従って付した。ただし総ルビの原稿は、その難易度を測って調整した。

◆字体における例示以外の詳細は、版元・六花出版の内規によった。

◆［　］は、六花出版編集部の補足であることを示す。

◆作品の中には、人権の視点から見て不適切な語句・表現もあるが、作品発表時の状況をあらわすものであることから、組み直すにあたり、底本のままとした。

円地文子
　えんち　ふみこ

なまみこ物語

序章

バジル・ホール・チャンバレン博士のことを幼い頃「チャンバレンさん」という名で私は知っていた。勿論その人を見たわけではなく、父の会話の間に「チャンバレンさん」という名の挿まるのを聞き覚えたのである。チャンバレン博士は父の言語学の恩師であったが、今でも大学の学生が陰で先生をそんな風に呼ぶように、父はいつもそう言っていた。

多分私が幼耳《おさなみみ》にチャンバレン博士の名を記憶したのは数え年七歳の時のことである。それを正確に言えるのは、その年私どもは麹町の富士見町から下谷の谷中清水町へ転居したので、新しい家の二階に見かけない古い本が堆《うずたか》く積まれたのと、それを見に来る知人の学者や新聞社の人の訪問がしばらくの間多かったことによるのである。今この稿を起そうとして『日本文学大辞典』を開いて見ると、チャンブレンの項には次のようなことが書かれている。(新潮社のこの辞典ではチャンブレンとなっているが、私は子供の時から言い慣した通り、このあともチャンバレンと書くつもりである)

チャンブレン(Basil Hall Chamberlain)言語学者。一八五〇年(嘉永三年)イギリス、ポーツマスに生れ、昭和十年二月十五日に歿す。享年八十六歳。幼時、フランス、ヴェルサイユの学校で諸国語を学び、長ずるに及んで文学に志したが、十八歳の時イギリスの銀行に勤務した。然るに過度の勉強のため病を得、医師の勧告に従って遠洋航海に出、東京に来り、日本文学の研究に精進した。（中略）明治十九年文部省に招聘され、次いで帝国大学文科大学講師となり、日本語及び博言学の教授を担当したが、二十三年病気の為辞職して帰国した。（中略）その後も屢々来朝して研究をつづけたが、四十三年に来朝して最後の研究旅行を試み、前後四十年に近い日本生活と別れを告げた。（中略）帰国に際し、多年蒐集した王堂文庫の和漢の珍籍秘書一万一千巻は、これを利用する人稀れな欧州に持ち帰ることは学者としてなすべきことにあらずとし、蔵書の全部をあげて上田万年に譲り渡した如き彼の人格を雄弁に物語るものである。（後略）

これでみると、チャンバレン博士の最後の日本滞在は明治四十三年であるが、恐らくその蔵書の整理がついて、父の家へ運び込まれたのは次の年の四十四年、即ち私どもの転居の前後だったのではないかと推測されるのである。先年八十歳を越えた高齢で歿した母がいればたしかめてみることが出来るが、今ではその頃のことをはっきり記憶している人も私の周囲には稀れである。

チャンバレン博士の本には四角い大型の朱印で、「王堂蔵書」と押してあった。王堂というのはチャンバレンが自分のファースト・ネームのバジル・ホールを日本語化した号だということも、私はこの辞典ではじめて教えられたほどで、チャンバレン博士についての挿話を父自身の口からきいたことは殆どなかった。

従って王堂文庫の内容がどういう種類の「珍籍秘書」だったかも知らずにしまったが、幼いころ二階に上って行くとき、父の書斎の白木の蓋のついた和風な本箱や、三尺の畳廊下の陽当りに積まれていた古い本の夥しい層は、今も私の記憶にはっきり残っている。その多くは勿論和本で、薄い袋綴じの和紙に印刷され、或いは書写された美しい行書の本文が見られた。幼女の私にそんな字が読める筈はないので、私は古めかしい衣裳調度を見る時に感じるような、子供特有の軽蔑と尊敬の奇妙に入混った好奇心でそれらを眺めていたが、夏から秋へかけて虫干しをする時には頁をひらいたまま座敷一ぱいにひろげてある本の間を飛び歩いて、紙魚の食いあとのある丁をばらばらはぐってみたこともあった。しかし小学校も上級になる頃には、習字の稽古に通っていた為もあって、変体仮名なども読み習い、解りよい文字の本を辿り辿りよんでみるように変っていた。

私がこれから書いてみようと思う物語もそんな風にし

て父の家の二階で読んだ毛筆本の一つなのであるが、果してそれが王堂蔵書の珍籍秘書の中の一冊であったかどうかについては、何ぶん子供の頃のことでしかとした記憶はない。ひょっとすれば、父のもとから持っていた本が王堂文庫の中にまぎれ込んでいたのかもしれないが、いずれにしてもその後、誰にたずねても、そんな本のあることを知らないのから推すと、私の読んだその物語は、鎌倉か室町期の古書を更に写しかえたものか、或いは徳川時代の余り有名でない国文学者の戯作の一つで、建部綾足の亜流の筆ずさみかも知れないのである。

四十年以上前のことで本の体裁も精しくは憶えていないが、たしか紺地の和紙の表紙の左肩に、長方形の金銀村雲散しの鳥の子紙が張ってあって、それに少しかすれた行成流の書で、「奈万美古毛乃可太里《なまみこものがたり》」と万葉仮名で記してあった。「なまみこ」とは何のことであろう。不思議な言葉だと好奇心をそそられて、表紙をはぐってみると、そこには「生神子《なまみこ》物語」と草体の漢字で記して、その横に「栄華物語拾遺」と傍題してあるので、はじめて巫女について書いた物語らしいことを知ることが出来た。

「生神子物語」の内容は、一条天皇の後宮に仕えた侍女の一人の身の上を語っているので、少女の読者としての私は、彼女を襲う波瀾重畳の運命に興味を動かされて読み辛い草仮名の文章をくり返しよみ進んだのであったが、それからずっと後に必要があって「栄華物語」を与謝野晶子夫人などの古典全集で読んだ時に、昔読んだ「生神子物語」がある部分は「栄華物語」の文章をそっくり借りて使っていたらしいことに気づいた。その時はもう、父は亡くなって蔵書も人手に渡っていたから、「生神子物語」の原本の行方を尋ねる手蔓もなかったが、恐らくはあの本はあれ一冊しかなかったもののように思われる。しかし私がその時、「生神子物語」を「栄華物語」と引合せてみたいと思い立ったのは、「栄華物語」の記述をそっくり引用していることのためではなくて、「栄華物語」に書かれていないことが「生神子物語」の中で語られていたからで、つまり傍題の「栄華物語拾遺」の意味についてなのであった。

「栄華物語」の正篇は一条天皇の中宮彰子（藤原道長女）に仕えた赤染衛門によって書かれたものであることは周知の事実である。赤染衛門が大江匡衡の妻で歌人としても知られていたことは、「紫式部日記」に式部が和泉式部の歌と衛門の歌とを比較して後者を高く評価しているのでも知られるが、赤染衛門は和泉式部や清少納言、紫式部のような純粋な文学者気質の人ではなくて、むしろ文才に恵まれた常識人だったのではあるまいか。「栄華物語」の叙述の平板なのも、時として他人の文章をそのまま借りて叙述の援けにしているのを見ても（中宮彰子の初産の時の道長邸の模様は全く「紫式部日記」の転用である）、作家的な個性の強い人ではなく、自分の文章を大切にするよりも記述の正確を第一とする考証家気質という風に見える。

そうして、又、「栄華物語」は一面から見れば、御堂関白道長の生涯に一大光輪を増すために書かれた藤原氏一門の系図書でもあり、頌歌でもあるわけなので、勢い道長の反対派に対しては冷淡な見方をしたり、当然、記述さるべきことが省略されていたりする傾向が多い。それは男性の筆者の筆になったらしい「大鏡」と比較してみただけでも、赤染衛門の記述がいかに道長側の立場からだけ事柄をみているかということが瞭然とするのであって、「栄華物語」には、道長の時代に近づいて来るほど、鳥瞰的な史眼が失われて来るのである。

私の感じたようなことを、恐らく「生神子物語」の著者も「栄華物語」を読んで感じたのではないか。そうして、王朝の歴史に通じていた知識と、幾分かの敗北者への仁侠的な気質も手つだって「栄華物語」の文章をとり入れながら、その反対面を示した「生神子物語」のような作品を書きつづってみたのではあるまいか。

私の類推が単なる独断でないことは、「生神子物語」の語っている内容が御堂関白家への頌歌とは全く趣きを異にしていて、むしろその繁栄の裏に匿されている勝利者の専横と、それに逆おうとして、いよいよ没落を早くしてゆく敗北者たちの非運とを対照的に描き出そうとしているからである。この物語が王朝とさして遠くない鎌倉時代に書かれたものか、或いは徳川時代の擬古派の文学者によって作られたものか、私のみた写本自身がそう古いものでないことは確かであるが、それが原本かどうかをはっきり決めることが出来ないとすると、この物語の書かれた時代は甚だ曖昧であるとせねばならない。もし私のこの記述がもとになって「生神子物語」の原本がどこかから探し出されるとすればこれほど有難いことはないし、そうでないにしても、私ももう知命をすぎて、記憶力など若いころに較べて著しく減退していることを思えば、幼い頃私だけが読んで比較的正確に暗記している「生神子物語」の内容を、「栄華物語」その他の文献を参考にして一応補修し、書き残して置くことも満更無駄ではないように思われるのである。

もとより記憶をもととして、物語ることであるから、仮にほんとうの「生神子物語」がどこかから現われた場合、それと照らし合せて見たら、私のここに書く文章は間違っている箇所も多いと思う。四十年近い時日を経過したあとでとは、幼いころ本でよんだことや芝居でみたことは、人生で実際に経験した喜怒哀楽と交りあって、私の中では殆ど現実と区別し難い一つものに織上げられ、虚空に生きているのである。

しかし、実をいうと私がこの物語を王朝史を頼りにして再び幼時の記憶から掘りおこし、書いてみようと思い立ったのには、最近外遊した折、偶然、スイスのジュネーヴで、チャンバレン博士が晩年そこに隠棲していたことを語ってくれる人に出会ったためである。

彼は、レーマン湖に近い大通りの時計店に勤めている英語の出来る青年であったが、私が腕時計を買いに行った時和服を着ていたので、日本人であることをすぐ気づいたらしく、商売をしたあとの愛嬌も交えて、二十数年前に、この地で永眠したチャンバレン博士の名を教えてくれた。勿論、彼自身博士を知っている筈はなく、彼の母親が博士の家へ家事の手つだいに行っていて、日本製の布地（それは風呂敷らしかった）や人形を貰って来たことがあったと言った。夫人や子供のことについてきいても、彼は何も知らなかった。それでも彼は多くの日本人に話してみて、大方は張合いのない返事をされるらしいこのイギリス人の言語学者について、幾分でも私が知っていたことに可成りな満足を覚えたようであった。

当然のことであるが、私も彼の口からチャンバレン博士の名を語り出されたことに、奇遇を感じないではいられなかった。

買物をすませて外へ出ると青年はあとから追って来て橋向うを指さし、私に教えてくれた。

「あのモンブラン橋の向う側に遊覧船の発着所があります。あそこの湖の水際のベンチに腰かけて、チャンバレン先生は毎日湖を見ていられたそうです。雨の降る時でも片手にステッキをついて、片手に傘を持って、必ず散歩に出て来られたそうです」

青年の教えるままに、私はモンブラン橋を渡り、ホテルの建ち並んでいる道を右にとって、湖水べりに歩いて行った。発着所には遊覧船が着いていて、それに乗るために幅の広いゆるい階段を降りて行く旅行者らしい数人の姿も見られた。六月末のうす曇った日の午後であったが、空気は秋のように冷えきって、町の女達は暖かそうに厚いウールの半外套を着込んで歩いていた。小花を模様式に植えた絨毯のような花壇がところどころにあった。その花の色も町の女達の着物の色も、一様に地味な色調で暖かげに落ちついて見えるのが、どこか冷たい感じのする北欧人らしく整った容貌と俟《ま》って、スイスという国の持つ均整とか調和とかいうものの性質を雄弁に語っていた。そこには狂熱や渾沌の不可解な魅力は感じられないけれども、最小限に縮図化された人生の幸福は世界のどこよりも保たれていそうに見えた。

私は湖に一番近いベンチの一つに腰を降ろして、向う岸の高い一本の噴水から噴き上げるヴェールのように優美な水煙や遥かな彼方に薄く霞んで見えるモンブランの山頂の稜線を眺めながら、この遊覧船や噴水はいつ出来たのか知らないけれども、二十数年の昔、八十を越えた老言語学者が毎日杖を曳いて、この湖畔のベンチに身を凭せていた時も、レーマン湖の水の色やモンブランの秀麗な山容は今私の見るのと恐らく変っていなかったに違いないと思うと、そぞろに今昔の感に堪えなかった。

チャンバレン博士が西洋に持ち帰るよりも日本人自身の手で利用されたいことを願って、日本へ置き残した万巻の書物は現在どこの図書館にあるか、個人の書斎に蔵されているか私は知る由もないけれども、あの蔵書の中の一冊であったかも知れない、「生神子物語」のことが、湧然と私の心に甦って来たのはその時であった。

今度日本へ帰ったら、あの物語の記憶と「栄華物語」をもう一度引合せて見て、私の「なまみこ物語」を作り上げてみたいという意志を私は持った。

第一章

私の記憶に間違いがなければ、「生神子物語」の発端の部分は、大部分「栄華物語」の上巻、「さまざまの悦《よろこび》」「見はてぬゆめ」「浦々の別れ」などから抜萃したもので、道長の父藤原兼家の死の後、東三条一門に起った権力争奪の歴史を描いている。女主人公の数奇な生涯を述べるのにその背景としてこの時代の骨肉相剋する貴族社会の悲劇を描かねばならぬことは当然であるが、その描写に「栄華物語」の本文を殆どそのまま使用したのは、「生神子物語」の作者が「栄華」の記述を尊重したためか、それに対する反撥をこういう形であらわしたものか私には未だに解けない謎である。

私も「生神子物語」を紹介するために前述の「栄華物語」の上巻をはじめに口語訳して置こうと思うが、「生神子物語」の最初の書出しの文章はたしかこんな言葉だったことだけははっきり覚えているのである。

一条の帝《みかど》のおん時、后二人おはしましけり。さきの后は、藤原定子《ていし》、これは中ノ関白道隆公のおん女《むすめ》なり。後よりまゐり給ひしは御堂殿（道長）の大姫君、藤原彰子《しょうし》と申し奉る。後一条、御朱雀のおん母、上東門院これなり。

この記述は、「栄華物語」にはない。ないのは当然なので、「栄華物語」の場合には平安朝の初期から藤原氏を中心とする宮廷史を書いて来ているのであるから、一条帝の二人の后のことを語り出すのにも殊更その部分に、系図を披露する必要はないのであるが、「生神子物語」はいかに「栄華物語拾遺」と傍題していても、流石にぶっつけに「栄華物語」の中途から筆を起すことは出来なかったのであろう。

そのあとの部分でどの程度に「栄華」の本文を省略してあったかは憶えてないが、何でも最初には東三条の太政大臣兼家の在世中に長子内大臣道隆が、まだ少年の帝に、長女定子を女御として入内させるところから書きはじめてあった。私も「栄華」の本文を意訳しながら私の記憶にある「生神子」の描写をも挿入して行って見よう。こういう書き方は一種の切張り仕事で、小説を書き慣れた私にはじれったいような気もするが、私の記憶にのみとどまっている「生神子物語」の面目をいくらかでも復元してみるには、こんな方法でもとってみるより他はないのである。

正暦元年の正月五日に帝（一条帝）は元服遊ばされた。まだ十一歳の少年で、童形がお美しかったのにと惜しみ合う人々もあったが、御髪を上げて加冠されたお姿もお小さいながら整って立派にお見えになった。

二月には内大臣道隆公の大姫君が入内されるので、その御祝儀の準備に内裏も内大臣家も忙殺されている。内大臣の北ノ方は、大和守高階成忠の御女で昔高内侍といって宮仕えもした方なので、宮中の様子などにはよく通じていられる。重々しく奥深いようなことはお嫌いで、今様にはなばなしい風をお好みになるから、今度の姫君の御入内も万事そういうやり方である。姫君は十六におなりになっているので、帝には五つばかりのお年上でいらっしゃる。入内遊ばしたその夜、女御の位をお受けになった。

その内に、内大臣殿の御父君摂政太政大臣兼家公が病気になられたので、道隆公をはじめ、帝のおん母后（兼家女詮子）、その他の公達も殊の外心配なされて、加持祈禱など至らぬ隈なくおこなわれたけれども、容易に癒る御様子もなかった。摂政殿の御住いになっている二条院というところはもともと九条殿（師輔）の御一族に祟る物ノ怪の多く住んでいるところで、その上にこの摂政御自身のお受けになった人の恨みも死霊生霊になってこういう弱りめにつけ入って、障礙《しょうげ》をしようと企んでいるのである。比叡山の座主をはじめ名高い名僧智識が精神を凝らして御祈り申してもなかなか物ノ怪は退散するどころではない。招人《よりまし》の女房どもが幽霊そのままの真青な顔で、眼はひき釣り髪もふり乱れて、祈禱僧にひき伏せられ数珠で打たれたりしながら、伏し転んだり飛び上ったりしていどみかかり、泣きつ笑いつ争うさまは全く地獄の有様を見るように浅ましい。その中に摂政殿がお若いころ懸想なさってお迎えになりながら、間もなく飽きて捨てておしまいになったため、あらぬ浮名を立てられて世の人からも蔑まれ、嘆き死にのようにはかなくなってしまわれた、村上の帝の女三ノ宮の死霊はわけても凄じかった。招人の女房は、三輪の巫女《かんなぎ》の娘で、三輪のあやめと呼ばれている。日頃は、ものもはかばかしく言えないようなおどおどした若い娘なのに、三ノ宮の御霊の憑いている間は内親王そのままのけだかい様子に変って摂政どののお心の冷たさ、酷さをきびしく責め立てるのである。他のさまざまの物ノ怪の呪咀、怨言にはさして臆した御様子もない豪気な大殿も三ノ宮の御霊にはほとほと身心を打ち悩まされると見えて、公達の中でも御自分の御気象を一番多くつたえていらっしゃる御末の右衛門督《もんのかみ》どの（後の道長）に、世にある中の罪はさまざまながら、女の怨みはかまえて負うなよ、その折には形にあらわさぬこととて、何の弁《わきま》えもなく捨て過ぎてしまうが、その形のない恨みのどのように恐ろしいものかお前たちの年ではとても話してもわからぬであろう、としみじみ語られたそうである。

こんなことで、御殿をお替えになるように女院も若殿達もしきっておすすめなさるので東三条の御殿へお移りになったが、やっぱり物ノ怪はここまで従いて来て御容態は重くなられるばかりである。とうとう、五月五日の日に太政大臣の位も摂政も辞し給い、八日には出家された。即日内大臣どのに摂政の宣旨が下った。

御長男のことで当然とは言いながら、今更に御殿一ぱい色めきたって、大殿の御病いの御心配も半分はそぎ捨てられたようである。北ノ方の兄弟は明順、道順、信順など沢山ある上に父親もまだ健在である。藤原家の御一門でもないものが身幅《みはば》ひろく歩きまわるのを、東三条家の方々はもとより、他の顕門の方達も眼をそばだてて見ていられる。こんな中にも、この殿から入内された女御を一日も早く中宮の位におつけしたいと、周囲のものがそそのかすのに新摂政どのも同意なされたと見え、この女御が六月一日に后にお立ちになった。いくら気ままになされる世になったと言っても大殿の御重病をも弁えられぬなさり方と世の人は心ないことに噂しあった。しかも、后の宮には御叔父に当る右衛門督どのを中宮大夫にお任じになったのはどういう御考えがあってのことだったか。道長公はよろず濶達な性質に見えられるので、姫君の御守護《まもり》には恰度よいとお思いになったのか。そうとすれば、道隆公はよほど好人物だったわけで、末の弟君の鷹揚げな振舞いの中に隠れている逞しい野心を見ぬくことがお出来にならなかったのである。道隆公とすれば、弟君の中では次の粟田殿（道兼公）の方が御自分の位をねらう恐ろしい野心家に思われていたのであろう。兼家公の亡くなられて間もなく、父の殿が股肱にせよと言い置かれた惟仲、有国の中の一人、有国の方を太宰大弐に貶職されたのは、有国が粟田殿へ心を通わすのをお憎しみになったためだということである。

道長公も流石にこの中宮大夫職は面白く思われなかったと見えて、碌に内裏へも行かれずいる中に、七月二日に兼家公はおかくれになってしまった。こうなれば何といっても政治向きのことは新摂政どのの御心のままで、他の殿達はその仰せに従うより他はない。右衛門督どのも、いつまで中宮大夫の職を粗略にはされないので、時々にまいって、御世話申しながら内々は中宮の御様子や侍女達の立振舞いにも細かく眼を配っていられた。

一体この道長公は、御兄弟の中で一番御縹緻《ごきりょう》もよし、優美な中にも男々しい御様子が、殿上の若公達の中にも珍しいと言って女房達の間に人気のある方であった。帝のおん母后も御兄弟の中でこの殿を御子のように愛しんでいらっしゃるのだった。それゆえ新中宮の御殿へ出入りなさる中にも自然親しくなさる女房もあるわけである。右衛門督どのはそういう女達とお戯れになる間にも中宮の御様子を細かくお心におとめになった。というのは御自分にもまだ幼くはあっても生いさき見えて美しい姫君があられるので、帝とは御年のほどもさきざきは似合いの御仲とお思いになるにつけて、今の中宮のときめいていられる御様子がお知りになりたいのである。

新中宮は帝には五つ年上であらせられる上に、母方の才学優れた素質をおうけになったのであろう。和歌をなされても、お筆をおとりになっても、琴、琵琶、何によらず、ものの上手といわれる男さえ右に出ずるものはあるまいと思われるほど御堪能で、そういう才《ざえ》を流石にきらきらしくは御見せにならず、鷹揚にたおやいでおいでになる御様子はまことに桜の初花に梅の匂いをとめたようで、何とも言えず優美にお見えになるのであった。

帝ははじめ女御のお上りになった時、年上の女君ははずかしいであろうとお思いになったが、帳台の内にお入りになっても、初めの中はおん添い伏しばかりで、寝ものがたりを遊ばすにもさまざまの物語や故事などもしかつめらしくなく、ゆるやかにお話になるし、御乳人たちの女くさくもの慣れた様子とは違って、御顔、御首、御手、御足どこもどこも細く、なめらかに、やわらいでおわすさまがえも言われず美しくて、柳の枝でも撓めるようなたおやかな御身の動きが少年の御心を生苦《なま》しく捕えるのであった。

「弁や大輔の乳房は金椀《かなまり》を伏せたように大きいのに、宮のおん胸には白い牡丹の蕾のような紅をふくんだ冷たい丸さがある。まろは宮のおん胸に頬を当てて眠るのが好きじゃ」

などと、主上《うえ》がはずかしげなく仰せられるという話を、道長公はねんごろになさる女房からお聞きなされた時、御身の中にもふとゆらめくものにお気づきになって、中宮の御様子は類いないであろうとお思いになった。

次の年の二月には帝の御父、円融院が崩御遊ばされた。その少し前、帝も院へ行幸遊ばされて、世を保つ御教訓をさまざま御聞きになった。御元服なさって一入お美しく御成長なさった御様子を、院はたのもしく御覧になった。ほんとうはこんなに早く御譲位なさる御年でもないのであったが、先年亡くなられた太政大臣が、おん女の腹の男親王を一日も早く御位に即けたいと何となく御代を狭めるようにするので、位をお退きになったのであるが、こう早く終る生命であったなら、東宮の御代を固めておいた方が安心であったと御自身にもお思いになる御様子であった。

かくて院もおかくれになれば、世の中はいよいよ新摂政どの一門の栄えるばかりである。北ノ方の父の入道しているのも二位の位を得て、二位の新発意《しんぼち》、高二位などと世にうたわれた。老年になっていても学才は限りなく、心ざまも一筋縄では行かぬ逞しさをもっているので、何となく気味悪く思うものもある。北ノ方の兄弟をみなあれこれの国の守などになさるのを見ても、そういう家柄の人達でもないだけに、困ったものだ、何か騒ぎが起らねばよいがと非難する人達も多いのであった。

ここまで書いてみて思うことは「栄華物語」の記述には中ノ関白道隆の女定子中宮の容姿や才学をほめたたえている記事は殆どないので、文中に挿入したのは多く「生神子」の本文による言葉である。

定子中宮の容姿端麗、才学共に秀でていたことについては私は幼いころ、まず「生神子物語」の記述によって、これを知ったが、その後「枕冊子」をよむに及んで、清少納言の定子中宮讃とも言うべき記述を随所に見出して、「生神子」によって得た中宮の幻影の一層眩く輝くのを覚えたのである。

「枕冊子」の九十段にこんな記事がある。

上の御局の御簾の前にて、殿上人、日一日琴笛ふき、遊び暮らして、大殿油《おほとなぶら》まゐるほどに、まだ御格子はまゐらぬに、大殿油さし出でたれば、戸のあきたるがあらはなれば、琵琶の御ことを（定子が）たたざまに持たせ給へり。紅の御衣《おんぞ》どもの、いふも世の常なる袿《うちぎ》、また張りたるどもなどをあまた奉りて、いと黒うつややかなる琵琶に、御袖を打ちかけて、捉へさせ給へるだにめでたきに、傍より御額のほどの、いみじう白うめでたくけざやかにてはづれさせ給へるは、例ふべきかたぞなきや。近く居給へる人にさしよりて、「なかば隠したりけむは、えかくはあらざりけむかし。あれは只人《ただびと》にこそありけめ」といふを、（人が多くて）道もなきにわけ参りて申せば（定子が）笑はせ給ひて、「別れは知りたりや」となん仰せらるるとつたふるも、いとをかし。

清少納言が、中宮の琵琶で顔をかくされた美しさを譬えたのは白楽天の「琵琶行」に、舟中に琵琶を弾じる女を呼び迎える件に「千呼万喚始出来猶抱琵琶半遮面」を引いたので、中宮もそれに応じて、「別れの辛さは自分も知っているつもり」と答えられたものであろう。恐らくこの記述は実家の中ノ関白家の栄えていた頃のことと思うが、その没落後に后が帝の愛情のみに頼る孤影落日の身の上になった後も、清少納言の描写はどんな時でもこの女主人に永劫に散らない花のような豊麗さを惜しみなく与えている。それは清少納言の勝気な性格によるのであろうが、定子中宮自身の中にも、肉親の悲惨な没落、政権の失墜を眼のあたりに見たことで、聡明な資質がいよいよ磨かれ、清少納言の讃仰したような微妙端麗な眩しさが、晩年ほど身心に具っていたかも知れないのである。

一条帝にとって、初めての女性として入内した定子が、生涯を通じて最愛の女性であったらしいことも、そうした事情を考え合せれば自然肯かれるのであるが、それだけにこの后に対して、未来の競争者である自分の姫がまだ幼いにも拘らず、絶えない監視の眼を怠らなかった道長は、定子の父の道隆などと較べものにならぬほど、権力に対する逞しい野望を深く心に秘めていた男だったわけである。

兼家の病床を襲うさまざまの物ノ怪について「栄華物語」は書いているが、女三ノ宮の死霊の憑りうつる女房の名、三輪のあやめについては記されていない。これは「生神子物語」にだけある記述で、三輪のあやめは「生神子物語」の女主人公、三輪のくれはの姉に当る女なのである。兼家の死後、道長は三輪のあやめを請いうけて、自家の女房に加えた。

三輪のあやめ、くれは姉妹の母とよ女《め》は、春日明神に仕える巫女の中でも、霊媒としての能力に殊に優れていたらしく、明神の御神託と言えば、とよ女にのりうつるのが常であったという。春日明神は藤原氏の氏神なので、氏《うじ》の長者となる摂政関白はもとより、藤原氏一門の参詣の機会が多いので、その縁を頼って、とよ女はあやめを摂政兼家の屋形へ小女房にさし出したのである。何か喜ばしい神のお告げをとよ女の口からきいたあとで、兼家は機嫌よく少女のあやめを邸に引取ることを承知した。

その時とよ女が兼家に言った言葉が「生神子物語」の中にはこんな風に記されている。

「つたない私の御願いをお聞き入れ下さいまして、大殿さまがあやめをお召使い下さいますとはまことにありがたいことでございます。あやめは今十五、下の妹のくれはまだ十二にしかなりませんが、これももう少し大人びましたら、北ノ方様のお伽ぎにでも召使っていただきとう存じます。大殿さまにお任せ申せばこの娘どもの身の上には何の心配もございませんが、唯一つ御願い申して置きたいのは、この娘達に、巫女業《かんなぎわざ》だけはさせたくないということでございます。このお社へ娘どもを奉仕させませんのも、私にその願《がん》があるからなのでございます。

この年頃、世の中の大事、人の身の上の吉凶について も、私の身体にお憑《うつ》り遊ばす神のお言葉をそのまま、口にしてまいりましたが、もとよりそれは私自身には少しも気づいているわけではございません。神のお憑りなさる時は恐ろしい力がのしかかって来て、私の身体は磐石におしひしがれたように息も出来ず、やがて何もわからなくなってしまいますので、その夢中に申したことは一つとして覚えてはおりませぬ。でも、思えばその折々の神の御言葉には合戦のお告げもあり、人の命を断つような恐ろしい御言葉もあったのでございます。私は自分には何も弁えませぬながら、思いもかけぬ大事が私の口を通した神のお告げから起ったことを後に知って、幾度となく、空恐ろしい思いをいたしました。何はともあれ、私一代のことはこのような宿世と諦めますけれども、娘二人には母の私と同じ道を辿らせとうはございませぬ。それゆえお屋形へまいりまして後も、あやめが巫女の業をいくらかでも知っているよう思し召しましたら、大変な間違いでございますし、そういう神業にだけは、あやめをお使い下さらぬようお願い申し上げます」


とよ女がこのように折り入って兼家に頼んだのには、この言葉以外に身を責めていた秘事があったのである。

一体巫女は処女として神に仕えるのが習慣になっているが、実際には思いの外、情事の多いもので、神事に身体の清浄を要求されるのも、女の不浄を厭うというよりも、男の要求に応じ得る状態の女を神が好むと見るのが妥当な見解であるかも知れない。

「伊勢物語」の中の「狩の使い」の件に、業平らしい男が伊勢の斎宮の屋形に伺候して、饗応を受けている中に、斎宮に愛情を求めるようになる。するとその夜半男の寝ている部屋の御簾の外に女童《めのわらわ》をつれた女の影が透いて見えるので、内へ招じると、入って来たのは斎宮その人であった。業平はそこで斎宮と一夜の契りを込めたが、その翌朝は早朝に出立するので、斎宮と逢う暇もない。そこへ昨夜の女童が文を持って来た。あけて見ると、言葉書きはなくて、一首の和歌が斎宮の手蹟で記されていた。

きみや来しわれやゆきけむおもほえず
夢かうつつか寝てかさめてか

これでみると、皇女であり、伊勢神宮の斎宮という最高の巫女である貴婦人が自分の方から業平の閨をたずねて来ている。一体「伊勢物語」に描かれているのは、王朝も初期の時代で、奈良朝時代の野性が貴族の行動の中にも可成り残っているのが興味深いのであるが、それにしても、神に仕える貴婦人自身が男の閨を訪ねて来るような積極的な態度は、他の物語には殆ど見られないようである。つまり、巫女というものは神前の他には男との情交を公認されるとまでは行かないでも、黙認される形になっていたのではないか。

一方から見れば、巫女に神が憑りうつるという状態も、精神と肉体の極度の緊張、恍惚、飽和という過程を辿るので、その間には性欲の本能も自然に満たされるわけであろう。つまり、巫女は神憑りの状態に於いても、一種の性行為を行っているので、彼女達の女性は神によって閉じこめられるどころか、神によって、解放されたとも言えるのである。この点は仏教やキリスト教の尼僧の禁欲生活と、日本の原始神道に於ける巫女との間には根本的な相違があるように思われる。神に身体を借りられない時、彼女達の内には孤閨を守る若い人妻のような情緒が動いているから、彼女達の肉体は野性な情熱に燃え立って男を惹くものを多く貯えていた。

三輪のとよ女の懺悔話が「生神子物語」の中に描かれているのも、つまりはそういう種類の公然の秘密としてあやめ、くれはの二人の娘を生んだことと、その情人の思いがけない死が、他ならぬとよ女自身に憑りうつった神の言葉によるためなのであった。

とよ女の情人の名は、臼城義則といって、国の守に扈従する武官の一人であった。

義則は、武士の家に育ったものの、優雅な生れつきで、算筆にも長じていたので、折あれば太刀、刀を捨てて、権門の公卿の家司《けいし》にでもなりたいものと願っていた。どちらかというと気の弱い男だったので、とよ女との情交の生じたことにも、義則から言いよったというよりも、とよ女の巫女特有の野性な情熱が、義則を誘惑したと見る方が妥当なようである。義則はとよ女にいつかは京へ帰って、落ちついた生活を始めるつもりゆえ、その時にはそなたと二人の娘も引きとって、睦じく暮そうと約束していた。然るに思いがけぬ珍事のために、義則の生命が断たれるようになった次第を「生神子物語」はこんな風に語っている。

ある年、春日の神鹿、あまた消え失せけり。又、市女、商人などの子の失せ去ることもありて、あやしきことに人々云ひ思ひけり。国の守の北ノ方寵愛する女童一人、ある夜失せたれば、いよいよゆるしがたくて、国中をきびしく尋ぬれども、甲斐なし。必ず山に籠れる賊あるべしとて、葛城、吉野などさまざまにたづねけり。されど、詮議のつてなかりければ、この上は是非なし、春日明神のお告げ賜らばやとて、社に仰せければ、宮司、即ち、とよ女に清浄潔斎せしめて、神託を乞はせけり。

とよ女神前に御幣《みてぐら》かかげて祈る中、神の憑りたまひて、顔色真青《まさを》に変り眼口ひき釣り、恐ろしきまで戦《をのの》き出でたり。しばしありていかめしき声していふやう、「わが鹿をとり食ひ、わがうぶすなの民の子をとる賊は生駒山にあり。されど、討ちやすからじ。眼の縁《ふち》に大きなるほくろ一つありて、右手の中指少し長き男ぞ射取らん。ゆめ違へそ」神あがり給ひて後、国の守はじめ、重立ちたる官人、明神のお告げをかしこみて、生駒山を探し求めしに、山奥の岩屋にまことに様変りたる賊ども住み居たり。日の本の民とも覚えず、髪縮み、眼は青く、面の色いと赤くて、足は疾きこと鳥の飛ぶやうなり。

さて、この賊退治せんもの、神の御告げによりて考へしに、臼城義則の外なかりけり。義則の左の眼のはづれに大きなるほくろあり。又、右の手の中指、左より少し長くて、合掌する時、右指のあまるを、朋輩の武士どもよく知りたり。義則率《ゐ》向《むか》はば必ず賊を討つべしとて武者あまた選びてつけられたり。

義則あさましきことに思ひて、あまたたび、辞《ことわ》れども守きき入れず。是非なく強者どもを率ゐて、生駒へ出立つとて、春日へ参りけり。神詣で果ててのち、とよ女に対面して「よしなき神託をそこの言ひしゆゑ、わりなきこと出で来りたり。非力の身なれば所詮無事には帰るべき由なし。あやめ、くれはのこと、頼みしぞ。娘どもよびとりて都に共住みせんと思ひしこと仇になりたり」とていみじう泣く。女も思ひがけなう悲しけれど、努めていさみ顔つくりて、「太刀を帯び給ふ身になにとて、かくは心弱くおはしますぞ。紅毛《こうもう》の賊とて鬼神にもあるまじ、又おん身一人にて率向ふとにもあらず。神託はあらたにましませば、必ず武運強う、賊を討ちて帰り給ふべし。ゆめ、兇々《まがまが》しきこと申し給ふな」と諫めて出し立てたり。

その賊わづか五人ばかりなれども、一人の力、わが兵ども十人にも敵《かな》ふなり。散々に討ち悩ましけれど、味方は数多ければ二人は仕とめ、二人は生捕りたり。残りの一人はなかの大漢《をのこ》にて、山の木を根こじにして振りければ、よりつくものなかりけり。

義則これを見て、日頃は気弱けれど、流石弓取りの血筋や騒ぎけん、われ必ず賊を殪《たふ》すべしと云ひて、背後の方にまはりて矢を射てければ賊の肘に当りて、木を持つ力失せたり。義則、走りつきて刀をぬき、賊を突くに、怒りて、義則に抱きつき、険しき断崖より突き落さんとす。義則、抱へられながら刀の手を放さず、ゐぐりけり。二人折り重なりたるまま、高き崖より落ちたり。武者ども、谷々をめぐりてこの崖の下に到りて見れば、賊は義則の刀にて腹を突き破られ、義則は谷底の石に頭を撃ち当てて、相討ちに死にけり。

国の守、義則を賞して生捕りの紅毛の賊二人と共にこのこと都へ奏しければ、義則は功を賞せられたれど、草葉の蔭の栄えなり。

とよ女この由をききて、泣き悲しみ、よしなき災にわが夫《つま》を喪ひしも、わが身に憑りませる神の御言葉ゆゑなり。夫の上ならずともわが言葉ゆゑに、世の人の身の上の吉き悪しきなど徴《さとし》すること、おほけなき業かなと思ひなりぬ。

こういう次第で、とよ女は、娘達を巫女にすることを厭うたのであったが、それから三年の後、東三条兼家の病床を悩ました村上帝の女三ノ宮の死霊は、誰が命じたのでもないのに三輪のあやめの身にのりうつったのであった。母のとよ女はその時既に世を去っていたので娘の身に起った巫女の遺伝について悲しむ要はなかったが、大納言として中宮大夫を兼ねていた道長が、あやめを乞いうけて、自分の第一夫人倫子《りんし》の侍女に加えたのは、その時から彼女の親譲りの憑霊的能力に期待するところが多かったためである。

それから一年ほどして後道長はあやめから、妹のくれはがもう十五歳になっていることをきくと、その少女に一度対面したいと言って、それもわが屋形へ召すことはせず、殊更、乳人の尼になっている草庵に彼女を迎え入れさせて、あやめと一緒にくれはを見た。

姉のあやめは父親似の細やかな身体つきでいつもうつ向き勝ちな娘であるが、くれはは母のとよ女の若い頃によく似て、すぐれて健やかに生立っていた。顔色も桃の花のように匂って、肌つきのつぶつぶ濃やかに肥えているのが娘らしいなまめきを湛えている。

姉の憑霊的能力は試験ずみであるが、くれはの健康そのもののような若々しい様子を見ると、姉とはまるで質の異う女に思われた。道長はいささか失望しながら、何げなく二、三のことを問うて見たが、答えは明瞭でこの少女の愚かでない資質を語っていた。

姉妹はそれをちょっと様子の変っためみえだという風に思っていたが、道長は間もなくあやめを呼んで当分の間くれはを乳人の尼のもとで養うてやるが、奉公さきは一切自分に委せるよう、又妹が近くにいることを誰にも言わぬようにと固く言いつけたのであった。

そうしておいて、道長はある日、中宮の御殿へ伺候した序でに、かねて愛人の一人である少将の君という女房を局にたずねた。

少将の君は、恰度、中宮の御髪《おぐし》洗いを手つだったあとで、几帳をひきよせて、寄り伏していたが、道長の来たのを知ると慌てて起き上った。

「真昼からうたたねとはお行儀のいい姫君だね」

と道長は冗談を言いながら、自分も女の横にうち解けて坐った。

「まあお口のわるい大納言様、今、宮さまの御髪洗いをお手つだい申し上げましたので、すっかり疲れてしまったのでございます。何しろ私どもと違って宮さまの御髪の多さ、長さと言ったら、よくあのようなお小さいお頭《つむり》にこれほどの御髪が生えているものかとびっくりするようでございますもの」

「そうか、そんなに御見事な御髪か……それではお洗いになる時には骨が折れるな」

「それはもう大変でございますの……二、三人がかりでも、すっかり済ますまでにはそれはそれは長い時がかかりまして、……今日は又、途中で、主上《うえ》が御越し遊ばして困ってしまいました」

少将の何心なく話すことが、道長には興味以外にも一々必要な心覚えになるのである。

「それで主上はどう遊ばしたね。御髪洗いのすむまで大人しく待っておいでになったか」

「いいえ、それが……」

少将はちょっと気取った手つきで檜扇《ひおうぎ》を口に当てて笑った。

「まだお若ういらっしゃいますからなかなか御辛抱遊ばしません。それに今日は中宮さまにお見せ遊ばすということで、古い絵巻を沢山持たせておいで遊ばしたのでございますもの」

待ち兼ねた主上はとうとう中宮の御髪を洗い終って乾かしていらっしゃるところへ入って来られた。

夏のことで、中宮は御簾をあげた母屋《もや》の柱近くに坐って、洗ったばかりの夥しい黒髪を三、四人の女房達にあおがせて乾かしていられたが、薄物の小袿の紫苑色の下から、溶けそうに白い御肌の透いて見えるのが、お背中一ぱいに溢れるほどひろがっている洗ったばかりの黒髪の艶やかさと侯って、水の中に住む人魚のようなこと変った美しさに眺められた。

「まあ、主上……こんなところまでおいで遊ばしてはなりませぬ」

年かさの女房がそんな風に諫めて見ても主上は一向おききになる様子もなく、中宮のお傍にお寄りになると、そっと、黒髪を撫でて御覧になって、

「宮の御髪は冷たい。まろはこれを衾《ふすま》にして寝よう」

と甘えるようにおっしゃると中宮のお背中へぴったり頰をおよせになった。少年の帝のこととて咎めようもないものの、女房達は中宮がお困りなさりはせぬかと気をもんでいたが、中宮はお顔色もそのままにおおらかにおふり向きになって、

「これを衾に遊ばすと、まろの冷たさがしみて主上は氷の帝になっておしまいになります」

そうおっしゃるとそのまま、帝の頰をおし当てていらっしゃる黒髪の裾を後手《うしろで》に束ねて持って、前へおかえしになったので、華奢な帝のお姿は、濡羽色の黒髪に蔽われておしまいになった。

帝はうれしそうに声を上げてお笑いになりながら、長いこと、そのまま、中宮の黒髪にうずまっておられた。

道長は少将の話をきいている間、潤達に高笑いしていたが、心には幼い帝の心を擒縦《きんしょう》自在に操る中宮の才気に舌を巻いていた。少年の心に年上の美しい女の濃やかな情《なさけ》が、どんなに底深く滲みぬくものかをよく知っている道長には、定子中宮は将来自分の長女を入内させる折の最大の強敵であることを自覚せずにはいられなかったのである。

中宮と帝の間の戯れめいた出来事を一わたり少将から聴いたあとで、道長は何げなく、小女房を一人中宮の御殿に上げたいが、身分を明せないものの娘なので、自分の口入れというには、表立ちすぎて、関白殿（兄道隆）の手前も辱しい。お許《もと》の知り人の縁者として、世話してはくれぬかと、くれはの身を頼んだ。

少将は道長の底意を汲もう由もないので気軽く引きうけて、

「それは安いことでございます。恰度御殿には中宮さまのお側仕えの小女房が一人欠けておりますから、私の姪と申して、お世話いたしましょう。縹緻はいかがでございますか。素姓をお隠しなされますのはいずれあなた様の由縁のお方の血筋ででもあるのでございましょう」

と宮仕え人らしくしたり顔に言うのである。道長は少将の思う通りにして置く方が都合がよいと高をくくって、

「さて、そこのあたりはどういうものかな。その女子《おなご》の身の上は何ごとも御許に委せるが、唯、色好みだけは真似をさせぬように育ててたもれ」

と言い捨てに高笑いした。

こうして、三輪のあやめの妹のくれはは、その素姓を知られぬままに、首尾よく定子中宮の身近く仕える身となったのであった。

三輪のくれはが、小弁《こべん》という女房名で定子中宮の身近く仕えるようになったのは、正暦三年のことと「生神子物語」には見えている。正暦元年に兼家の死のあとを襲って道隆が関白になってから、長徳元年四月に薨じるまで、足かけ六年間は中ノ関白家の全盛期であって、定子中宮の周囲には眩い光輪が常に輝いていた。「枕冊子」の作者清少納言が定子中宮に仕えるようになったのもこの時期であった。

中宮は年も、十六、七から二十歳に及ぶころで、当時としては既に心身共に成熟した花ざかりの女性であったから、ようやく性を解しはじめた少年の帝にとって、才色双美な中宮の魅力は「姉女房」としても完全なものであったし、ひいてはこの中宮を通して理想の女性像を心の中に打ちたてずにもいられたわけである。

前にも述べたように中宮の母は高内侍といって、若い頃宮中の女官であり、帝の御前で漢詩漢文を作ったというから、中宮もその母の教養をうけて、文才に恵まれていた。当時の貴族生活では女が男に直かに顔を合せることを恥としたので、宮仕えに出る女房達はそういう意味

で奥ゆかしくないものとされていたのに、藤原氏の正嫡である中ノ関白道隆が、受領《ずりよう》階級の娘である高内侍を正妻にしたのは正に異例であった。道隆が特に風変りな性格だったのか、高内侍がよほど積極的な女性で道隆を巧みに誘導したのか、いずれとは定めがたいけれども、兎も角中ノ関白家の娘である中宮の性格に平安朝貴族女性の因襲とはいささか異るものがあって、そのことが清少納言のような悍馬をも見事に手中の駒となし得た所以なのではあるまいか。「枕冊子」の中に宮仕えの女たちを軽薄に見なす男たちに反撥したこんな記事がある。

宮仕えする女を一般に浅薄なように思っている男たちがあるが、それは間違っている。宮仕え人は又それでいではないか。宮仕えする女は一天万乗の君の御眼通りはもとより、上達部《かんだちめ》、殿上人、四位五位の官人は勿論、誰にあってもはずかしがって顔を隠すなどということはない。男によってはそういう宮仕え人を正夫人としてかしずき据えた場合、奥ゆかしくなくて厭だという人もあろうけれども、一方から見れば、結婚後も「典侍《ないしのすけ》」などと呼ばれて、宮中へも出入りし、賀茂祭の御使などに正式に立つことのあるのなども家人にとって面目のあることではないか。その上娘が五節《せち》の舞姫に選ばれたような時でも、宮中の様子に明るいので、あちこち聞き合せてまごつくようなことのないのも便利である。

清女がこういう文章を書いて宮仕え人を弁護しているのは、中宮の母である人が曾て宮仕え人であったことに対する掩護射撃であると言えないこともない。「栄華物語」の著者は道長夫人の侍女だったから、中ノ関白家に対して好意のある筆使いをしていない。定子中宮の後宮の様子を叙すにも、「今めかしう」とか「気近う」とか「奥深なることを嫌ひ給ひ」とか言う風に婉曲に荘重典雅の趣きに欠けるところのあるのを非難しているが、しかし実際には、一日一日発育して行くさかりの若竹のような少年の帝の心身に与えられる影響として、母后やその女官達による古めかしく格式ばった典雅さよりも、定子を中心とする才気に満ちた清新な世界が遥かに快く、親しみ易かったことには何の不思議もなかったのである。

それには中宮の兄弟にあたる伊周《これちか》や隆家が始終、主上の側に侍して、漢籍を講じたり、琴や笛を教えたりすることも、中宮のサロンの華やかさ明るさを増す一因になっていた。

　時の一の人と呼ばれる関白が後立てについているので、物質上の潤沢さでも定子の周囲は照り輝いている。小弁はまだ少女の身で、田舎びた暮しから突然この輝かしい後宮の一隅に坐ることになって、その雰囲気の華麗さ慧敏さに一時は途方に暮れるほどであったが、いつの間にか、成長ざかりの心身はその雰囲気をぐんぐん吸収して、親譲りの馴致しがたい野性を内に秘めたまま、表面みずみずしい若女房に生立って行った。

　定子中宮は召使の女房達の誰からも自分が最も主人の寵を得ていると思い込ませるほど怜悧な女主人であったが、どちらかと言えば包みかくしのない明るい気質を好む嗜好があった。余りに都会化され、宮廷化された宮仕え人の繕い過ぎたとりなりの多いのに較べて、小弁の桃の実のように生気だった頬や、強く明るい眼ざし、鮮明な言葉つきや動作を定子は寵愛して身の周りを去らずに召使うようになった。入浴の時や髪上げ、夜、帝と共に帳内に入るような時まで、小弁は側近く侍って、給仕したので、三、四年の間には、中宮の顔立ちはもとより身の丈、髪の長さ、手足の形、肩つき、胸、肌えの透きとおる白さから折々に変る美しい声の変化まで、手にとるように見知るほどになった。

　それには唯、高貴な女主人として小弁が中宮を尊敬していたばかりでなく、中宮の端麗に艶冶を兼ねた稀有の美貌に少女の小弁自身、同性愛じみた憧憬を持っていたためもあった。

　母に早く死に別れ、同じ都の中に住みながら一人の姉にさえ逢うことの出来ない小弁は、ある意味では気の毒な囚われびとのような身の上であったが、小弁にはそのことが少しももの哀れに感じられず、唯中宮のお側近く仕えて、きらびやかな衣裳に香をたきしめたり、玉を温めたような軟かい背や腰を撫でさすったり出来ることが、無上のうれしさに感じられていた。

　道長は中宮大夫として、時々中宮の御殿を見舞うが、勿論、小弁とは顔を見合せても、知らぬ顔をつくっているし、少将の君の許へ泊るような時でも、とり立てて小弁の様子を訊くようなことはしなかった。

　少将の方が寝物語の序でに大抵小弁のことを交えて話し出すのが常である。はじめの一年ほどは小弁はよく気のつく賢い小女房として少将の君に讃められていたが、その後、眼立って中宮のお気に入りになってからは、女同士の嫉妬も交ると見えて、少将は余り小弁をよく言わなくなった。

「大納言さまのお頼みで、私は小弁の部屋親のようになっておりますが、この頃は宮さまのお気に入りを笠に着て、私などには見向きも致しません。寝る時も宮さまの御帳台の側にいて私のとこには帰って来ないのでございますよ」

少将は道長の直衣の大きい袖に頭をもたせかけて添い伏しながら甘えるように言った。

「あんな田舎びた小娘のどこがそんなにお気に入ったのかな」

と道長は鷹揚に笑って見せて、

「主上《うえ》のお越しになる折はどうだ……やっぱりお側にいるのか」

ときいた。言いながら道長はやさしく、少将の髪の乱れを掻きつくろってやっていたが、伏し眼に女の顔を見ている瞳は冷たく冴えていた。

「それが、中宮さまもどういう思し召しなのか、あんなもの慣れぬ女童《めのわらわ》同然のものを、そんな時でもお側去らずお置きになるのでございますよ。それを主上のおん乳人などは、よくないことに噂しておりますとか……女院さまの方へでも告げ口されたら、そうでなくとも、こちらの御殿のやり方はすべて今様すぎて、奥ゆかしくないとあちらでは非難なさる方が多いのですから、感心しないことだと思うのでございますけれども……」

「いや、そんな心配はあるまいよ。そんなことを女院の方へ申し上げるものがあってもお取上げにならないようにまろが申して置く……しかし主上と中宮のお睦じい仲を側近く見ていては小弁も生心《なまごころ》がつくだろうな。罪なことだ」

と道長は言ったが、忽ち好色な笑いに口もとを崩して、抱いている少将の身体を軽く揺った。

「どうだ、御もとに一つ頼みがある……小弁に主上と中宮の御睦言の様子をきいてみてくれないか」

「まあ、いやな大納言さま」

少将は顔を胸から離して、媚を湛えた眼に道長を見た。

「主上はまだお若ういらっしゃいますもの……お聞きになって面白いようなことは何もありは致しますまい」

「いや、それだから、猶聞きたいのだよ。お若い帝を、后の宮がどういう風に扱っていらっしゃるものか」

「そんなことはお聞きにならないでも疾うに殿の御身に覚えがございましょうに……」

「いや、まろは恥かしい話だが、少年の頃には女子と肌を触れなかったので、そういう経験は全くないのだよ。それとも、少将、そなたが美少年を可愛がって男にしてやったことがあるなら教えて貰いたいものだ」

「まあ、何という厭らしいことをおっしゃるのでしょう。お人柄に障りますわ。私は姉や妹の多い中で育ちましたから、あなた様とこんなになったのがあとにもさきにもはじめてでございますわ」

少将は真実とも思われぬことを気取った口つきで言って、又、道長の胸により添ったが、その次の折に道長が少将の宿下りしている里邸へおとずれた時、少将は眼を輝かせてこんなことを言った。

「この間から、私が少し身体を悪くしてこちらに宿下りしておりましたら、中宮さまが見舞いに果物や葛の根を持たせて、小弁をお使いにお寄こし下さいましたの。私もあなた様にお約束したあのことを話させようと思って、小弁の大好きな桜の細長を一かさね遣わしたりいたしましてね。それとなくきいて見たのでございますよ」

「うん、それは御苦労だったね。小弁はしかし、はずかしがって言わなかったろう」

「いいえ、それがそうでもございませんの、はじめの中は、薄笑いを頬に溜めているばかりでございましたが、あとでは急にはっきりした調子で話し出しましたの」

「生神子物語」の記述はここで急に直接帝と中宮の房事を語るのを避けた口調に変って、その時代の貴族の結婚が早婚であったことや、年上の女によって男の性が誘導される次第などを細々語って、小弁の物語の代弁にしている。

しかし、この説明によって道長が中宮と主上との間の性の遊戯について、大方を知り得たことは確かである。殊に中宮の普段、どちらかというと沈んだふくみ声の草がくれの水のように静かなのが、閨中では鶯の咽喉を一ぱいに張って囀るようなせわしげな嬌声に変るという一事をきき得ただけでも、道長は昂奮と満足を覚えずにはいられなかった。


おもてにはあてにけだかう、おも正しう見え給ふものから、なつかしう、らうたげにはたなまめかしうおはすおんもてなしの眼もあやに見え給ふものかな、ほかに侍らひ給ふおん方々のおん覚えなほざりに嘆き聞え給ふも理《ことわ》りやと思しやり給ふ。

と「生神子物語」の本文は道長の中宮観をのべている。

道長とすれば、自分の家の長女彰子を完全な后がねの貴婦人に育て上げる上にも中宮のすべてについて知りたいのは自然なことであったが、それ以上に、道長は三輪のくれは——現在の小弁に中宮定子の日常のすべてを出来る限り細かく知って置いて貰いたかったのである。

一年に一度か二度、くれはの小弁が道長の乳人の老尼のもとへ訪ねて来る時、老尼はうやうやしく仏前にくれはを連れて行って礼拝させてから、必ず諭すように言いきかせた。

「そなたは大納言さまのお情で中宮さまへお宮仕えしていることを忘れてはなりませぬぞ。大納言さまは大姫さまをお教えになるのに中宮さまをお手本になさりたいのです。そなたは今何にも言わないでもいい、殿さまが御用とおっしゃる時に知っていることをみんな申し上げればいいのです」

くれははこの老尼の前へ出ると、一種異様な圧迫を覚えるのが常なのでいつも、

「仰せの通りにいたします」

と恭々しく誓って帰った。

道長の由縁で中宮の御殿へ来たことを誰にもかくしているのが、何となく背後《うしろ》ぐらく感じられないでもなかったが、自分を利用しようとしている道長の企みの根深い底については少女のくれはには全く推し量ることさえ出来なかった。

かくして、くれはは、十五から十八までの足かけ四年間を、定子中宮に仕えて、はなばなしい栄華の世界に身を置くことが出来た。

正暦五年二月二十一日関白道隆が法興院内の積善寺《さくぜんじ》へ一切経を納める供養の式を行ったことは「枕冊子」にもみえているが、その席へ中宮が行啓した時にも小弁は五つ衣の長い裾をかかげて、背後から附添って行った。それは恐らくくれはの生涯での最も晴がましい日であったに違いないが、同時にその時には永劫に散らない花のように見えた中ノ関白一門の栄華も、この積善寺供養の日を最後の夕映えとして、そのあとには無慚な木枯しにはじまる長い冬が待っていたのである。

第二章

一条帝の母后詮子は道隆、道長らと同腹の姉妹で、東三条の大后、と呼ばれ後には薙髪して女院と称した。この人によって、父兼家が藤原氏一門の氏の長者となり、摂政として天下に号令し得る運が開かれたのであるから、

兄弟の道隆にしても道長にしても、詮子を大切にかしずくことに優り劣りないのであったが、詮子は、幼いころから末弟の道長をとり分け愛していて、彼が兄達よりも傑れた大器であることを信じていた。それゆえ、自分の子である一条帝には、道長が補弼の臣であることを心秘かに望んでいたが、骨肉といえども、政権の争奪を中にしては、血で血を洗う凄じい闘争の起ることを、父祖代々の歴史によってよく知っている詮子は、道隆が関白職を継いでいる現在、表面、道長を偏愛するような様子は、気ぶりにも見せなかった。

それゆえ道隆はその治政中に詮子が自分をのみ頼っていることを信じて疑わなかったが、実際には東三条女院とよばれる詮子の胸の中には常に深まって行く不安がわだかまってい、そのことを本当に知っているのは末弟の道長だけだったのである。

女院にとって、帝が最愛の息子であることには論がないが、東宮から帝へと幼少の身で、公けの立場の人になって行くにつけて、母としての自分だけに抱いていた筈の帝の信愛が新しい后への愛情によって稀薄になって行くのを感じないではいられなかった。

定子中宮は女院にとっても姪である。当時の風習として、妻が夫よりも年上なのは違例ではないので、定子が鷹揚に育てられただけの温順な姫君だったら、恐らく女院の不安はこれほど太りはしなかったに違いないが、定子は深窓に育った貴族の子女としては鮮やかな才気を持ってい、そのことが帝にいかにも清新に感じられるらしいことが、母としての女院の嫉妬を誘うのであった。

事実前にも述べたように帝の周囲には定子を楔にして、兄弟の伊周、隆家などの秀才の貴公子による清新なサロンが形成されかかっていた。清少納言のような風変りな女房が煥発する才気を惜しげもなく撒き散らして、宮廷人に眼を瞠らせたのも、実際は定子中宮を中心にする明るく、自由な雰囲気が基盤にあったためなのであった。

そうして又、若い帝がそのサロンの一員として、教養や趣味をつくって行くのに比例して帝と自分との間がだんだん疎遠になって行くことを女院は淋しく感じていた。

女院はそういう気持を婉曲な言葉で道隆に述べて見たことがあったが、好人物で酒好きの道隆は、相手のいうことをしんみりとはきかないで、女院の思い入った言葉をも冗談にしてはぐらかしてしまった。

道隆が薨じたのは積善寺供養の翌年長徳元年の四月であるが、その正月頃から、食事が進まなくなって、水ばかりを飲み下すので、肉づきもすっかり落ち果てて、二、三ヵ月の間に頼み尠ない容態になった。その年は春から疫病が都に流行して日々生命を失う市民は数知れず、名ある公卿殿上人などのこの病いに染んで倒れるのも尠なくなかった。

しかし、道隆の病気はそれではない。恐らく酒毒のために消化器を傷めたものではなかったかと思われるが、三月になると、自分でも流石にこの病が容易く癒えるとは思えなくなったと見えて、夜、秘かに参内して帝に拝謁した上、長男の内大臣伊周に病気の間、関白職を代行させるよう奏上した。

帝もこの時は十六歳になっていられ、道隆の奏上することについても、一応の判断を下す分別が生れていられたから、その奏上は即座に聴許されて、三月八日伊周に「関白病の間、天下及び百官執行」の宣旨が下った。このことを聞いて驚きもし、不快にも思われたのは他ならぬ東三条女院詮子その人であった。

帝が母である自分に相談もなくこのような政権に関する大事を即決されたのには、明らかに背後に糸を操っているもののあることを女院は女らしい直感で感知した。それは定子中宮である。定子は母の自分から帝を引離して、姉のような愛撫と令色で帝の心を傾けていると女院は思った。

当時一条の宮にいられた女院は一日参内して帝を弘徽殿の一室に招いた。白地に浮線綾《ふせんりよう》の引き直衣《のうし》を着け下襲《したがさね》の紅の鮮やかに匂ってみえる袖口をゆるやかに返して入って来られた帝は、少し見ぬ中に丈も高くなり、童《わらわ》じみたあどけなさが去って、わが子ながらけだかく、気のおける風に女院には見えた。

帝も母君の墨染めの法衣の下に透いてみえる紅の御衣《おんぞ》や、扇をひろげたようにふっさり切り捨てた黒髪の尼姿に匂っている美しさをなつかしく眺められる風情である。

「少しお眼にかからない中に、大そう大人びて美しくおなりになったこと……」

と女院は帝の御様子をしげしげと眺めて、法衣の袖口を眼に当てた。

「それにしても関白殿の病気も困ったものですね。大そう痩せられたとか」

「はい、この月のはじめに奏上のことがあって、夜参られましたが、あの陽気な冗談ばかりいう人が、影のように痩せ細って、声さえうら枯れているのです。こちらの方が心細くなって、涙がこぼれて仕方がありませんでした」

「父上のことを思えば、兄上はまだ四十そこそこ……よもや、そんな大病に罹られようとは思いませんでしたが……中宮もさぞ心配しておいででしょうね」

「昨日から見舞いに里へ下った様子です。関白は中宮と内大臣を子供たちの中でもとり分けて愛していられましたから、宮の嘆きも一しおなようです」

「そうでしょうとも……」

と女院は深くうなずいて見せた。

「それはそれとして、主上《うえ》に御注意申し上げたいことがあるのですが、きいて下さいますかしら」

「はい、母上の仰せでしたら何ごとも……」

帝は言いながら、女院の意見というのは、例の伊周の事に違いないと思った。道隆が夜陰に奏上に来た時も、母上に相談した上にしたいということを一度は言ってみたのだが、道隆がきかなかったのである。

「女院に御相談なされれば道兼か道長に関白を代行させよと仰せられるに極っております。私は肉親の愛情ばかりに惹かれてこう申すのではございません。伊周は若くこそあれ天下の政事を司る資質のあるものでございます。その上、主上ももう大人びておわすことゆえ、近い中には中宮に御慶事があるに違いございません。もし第一皇子を中宮がお生みなされたとしても、その時道兼や道長の世になっておりましたら、その親王《みこ》は決して王位に即く望みはございますまい。主上がもし中宮を御愛しになる御心が深ければどうぞ私の願いをお聞き入れ下さいますように……」

道隆は、枯木のように痩せた上身を折るように平伏して、涙ながらに奏上した。帝は日頃から、若い伊周の美貌と、学問にも音楽にも秀でた才を愛していられる上に、中宮がこの兄君をこの上なく信じていられることを思うと、重病の道隆の請いを入れないわけには行かなかったのである。

しかし、こうして女院にやさしく問いかけられて見ると、母君の意見を前以てきかなかったことをもすまなく思われて、思わず伏眼になっていられる御様子が、大殿油の灯影に女のように美しく眺められる。女院も帝が申しわけなげにしていられるのを見ると、露わにそのことと叱言がましく言うのは気の毒に思われるらしく、先年、崩御なされた円融院の御教訓などを引いて、世の中を保つ上には公私《おおやけわたくし》の別を明らかにしなければならないことや、年若で経験の浅い間は年長者の意見を尊重せねばな

らないことなどを細やかに教えられた末に、

「この度、伊周へ関白職の代理を仰せつけになったのは、関白が御病気の間のことゆえ、まろは何にも申しませぬ。しかしこれは好むことではありませぬが、もし関白殿に万一のことがあった時にはその後に直るものは、取りも直さず主上の御代を御一代定め整えて行く大任を帯びるもの……その折は、この尼に必ず御相談遊ばさねば、お恨みに存じますぞ」

と珍しく強い語調で言われた。女院とすれば、伊周も中宮も血縁の甥姪であるのだが、親疎の度合から言えば道兼や道長……殊に末弟の道長にとり分けて眼をかけていられるので、道隆の亡き後は才気走った中ノ関白家の一門に政権の渡ることは好まれぬのであった。殊に女院から言えば受領の娘から成上った高内侍の血を引く定子中宮が、年少の帝の寵愛を一身に集めて、他の女御更衣は月の前の星のように影の薄いのを見ているだけに、この中宮が兄伊周と結んで帝を動かす行末を考えると、沢山の不安が胸を重くするのである。

中宮定子は順境に育って才色に恵まれ、言わば何一つ退け目のないだけに、他から考えるほど奥深い企みなどは心に秘めていられなかったので、父大臣の病いを悲しめば、そのことにだけ沈みこんでいて、必ずわが家へ政権をとりとめようと帝に泣きすがるような才略は一切弄さないのであった。それだけに自分の影のない心から割り出して、女院がそれほど自分に心を置いていられることに気づかれず、帝の御母として、藤氏一門の最高貴婦人として素直な尊敬を詮子に対して持っているだけであった。

言わば中宮は無防備のままで、虎視眈々と自分をねらっている権力の争奪者の間にいるような状態であったが、定子の表面の優れた美貌と鮮やかな才気を知るほどのものは、多く中宮の心の清水のように澄み透った濁りなさを知らなかった。余りにきらきらしい美しさのために中宮は悪魔の能力を賦与されて帝を操るものとしても誤認され易かった。そうしてそのことをゆめにも知らなかった無邪気さの中に、定子中宮の晩年の悲境をつくる原因はあったのである。

歴史をひもとくと、洋の東西を問わず、絢爛たる栄光の座から底知らぬ非運のどん底へ転落の一路を辿った数奇な運命のヒロインは幾人もある。フランス革命当時の皇后マリー・アントアネットや、平家没落の哀史を身を以て織りなした建礼門院などはいずれもそういう悲壮劇の女主人公であるが、定子中宮の後半生に嘗めた悲愁も流血の血なまぐささがないというだけで、それらにもおさおさ劣らないものがあったと思われるのである。

長徳元年四月十日に中ノ関白道隆は齢不惑を過ぎること僅か三年にして薨じた。さきに道隆病気の間関白職を代行せよとの宣旨を帝から賜わっていた伊周とすれば、さしずめそのまま、関白職を襲って父の望んだ通り政権を自分の手に握りたいと願うことは当然である。伊周は若年にすれば才学も人に優れ、容姿も端麗であったから、他眼からは眩しいほど派手な存在であったが、それだけに二十歳を出て間もないのに叔父の道長を越えて大臣に昇進させたような道隆の偏愛をかねて快からず思っている年長者の多かったことも事実であった。

「関白は天下の政治を掌る重職で、帝のお若い時ほど、輔弼の大任は重大であるのに、頸の細い少年まがいの青二才に勤まる筈はない。子供の玩具いじりのように政《まつりごと》を玩ばれてはたまったものではない」というのが、その人々の意見であった。この主張の中心が東三条の女院と、道兼、道長兄弟にあったことは争えないし、宮廷人の多くがその意見に左袒したのにも、藤原氏の一門でない高内侍の一族が宮廷に権力を揮うことを喜ばない氏族偏重の風が根底をなしていたのである。

父を亡った伊周がこの際頼るものは妹の中宮の帝に対して持っている魅力以外にはない。伊周は父の死の前後里邸に帰っていられた定子中宮に共通の利害を説いて愁訴嘆願した。定子も勿論愛する兄が関白職に任じることを望んだに違いない。こんな事情があって、定子は父の死の穢れに触れたにも拘らず、四月十二日には内裏へ帰った。しかし触穢《しょくえ》の身で帝に正式に逢うことは許されないので、清涼殿から比較的離れた登花殿に入ることにした。「生神子物語」にはこの件のことを次のように記してあった。

登花殿の埃じみていたのを慌しく掃き拭いなどして中宮はここへお上りになった。父大臣の御葬送もすまないのに、宮中にお帰りになるのは違例のことであったが、内大臣（伊周）も二位の新発意（祖父高階成忠）もこの時を措いて帝をお動かしするより他に道はないと、しきって言うので思い立たれたのである。中宮大夫殿（道長）は早くもこのことを聞かれて、触穢の御身で、主上にお逢いになるのは非礼であるから御対面は遠慮されるようにと、女院の仰せごととして通告された。

「相変らずぬけ眼なく陣を敷いている叔父御だわい」

　と弟君の中納言殿（隆家）は面白そうに高笑いして、

「何構うことはありません。御文をお認《したた》めになって秘かに主上にさし上げるのです。必ず今宵の中にあちらから御越しになりますよ」

　と事もなげに言われるのであった。この中納言はまだ十七歳のお若さであったが御様子も御兄君のように優美一方ではなく、眼の切れの長く張りを持った凛々しい御顔立ちは道長公の若公達のころによく似ていられた。御気象も濶達で、気位が高くものに臆する風がないのを内心道長公も気に入っていられて、仲のよくない兄君の御子息の中でも、隆家公だけとはよく一緒に猟に行ったり、酒宴を張ったりして睦んでいられた。

　中宮はそうすすめ立てられても流石にためらっていられたが、御文をなさるまでもなく、帝づきの女官の右近ノ内侍が宵過ぎるころに御殿へたずねて来た。

　中宮は喪中のことで、濃い鈍《にび》色の小袿を召していらっしゃるけれども、御前におしかたまっている同じ喪服の若女房達の誰一人にも似てはお見えにならず、墨染めという色も着る人によってこうもなつかしいものかと驚かれるほど、お袖をひき合せてうち沈んでいらっしゃる御様子がなまめかしいのであった。

「ここしばらく中宮さまの御顔を御覧遊ばされぬので、主上《うえ》も何となく御気色が優れぬように拝されます。大殿のお嘆きはさることでございますが、どうぞ御心を強くお持ちになって、主上に御対面遊ばしますように……」

　右近ノ内侍は帝の御文を中宮の御手に渡しながら励ますように言った。中宮は泣き腫れた瞼を押し拭って、帝の御文をお開きになった。美しい草書きの男文字を御覧になっても、中宮にはまず帝の御手蹟の少し見ぬ間にすっかり大人びて、整っていらっしゃったのがうれしく御眼にとまるのである。御自分も初めて知った男君ではあっても、五つ年上の中宮の御心には帝はいつも弟のような愛らしさでいとおしまれていた。

　故関白の忌みに触れていられるから、宮に逢ってはならぬと、先刻中宮大夫から申して来たけれども、まろは宮が同じ内裏の中にいられると知って、一夜でもお逢いしないではいられない。表向きに招くことは出来ないから、右近の帰る折に女房に交ってそっと来て下さらないだろうか。恋しいと思うことの他にも、お話しなければならないことが積っているので、という意味のことがこまやかに認めてある御文である。中宮はその御文へしばらく御顔をおし当てていらっしゃったが、御額髪のはらはらこぼれかかる下に美しい御眉のひそむのが見え隠れた。帝より御年かさといっても、優れて賢い御性質と言っても、まだお若い身そらでこれまで何の苦労もなく一の人の姫君として時めいていられたものが、父君の急な御他界にあって、この後どんな運命がこの美しい方を見舞うことかと思うと右近も他事ごとならぬ思いに胸がせまるのであった。

中宮は結局その夜右近の供にまぎれて、帝のいらっしゃる夜の御殿《おとど》まで忍んで行かれた。御二方の間でどんな睦言が交わされたかは、知るよしもないが、帝は中宮の願いを入れて、伊周に関白をつづけさせようとお思いになった御様子であった。

このことは帝の御側仕えの女房の間で、堅く口固めしてあったにも拘らず、中宮大夫殿の方へ忽ち知れたらしかった。道長公は早速それを女院に知らされたので女院はその翌日宮中にお出でになり弘徽殿《こきでん》の上の御局を宿所にお定めになった。弘徽殿の上の御局と帝の夜の御殿とは扉一つで行き通うことが出来るので、女院がここで監視していられる以上、中宮が夜の御殿へ忍んでいらっしゃることは決して出来ないのである。お二方は間近のところにいらっしゃりながら、恰も水勢の烈しい川を中にしているようにあせるばかりで、お声を通わすこともお出来にならない羽目になった。

この際に帝が伊周公を正式の関白職に任じられるか、既に右大臣になっていられる粟田殿（道兼）に渡されるかということについては女院も伊周公や道長公に優るとも劣らぬ利害関係を持っていられるので、さればこそ、道隆公の御生前にも、帝にお逢いになった折に一本釘をさして置かれたのである。女院は上の御局の御部屋に帝をおよびになって、粟田殿へ関白職を委ねるのが公正無私な帝王の御判断であると繰返し御教訓になった。帝も御母君の仰せごとが道理に叶っているのをお解りにならないほど理に暗い御方ではないのであるが、中宮に御約束遊ばされたことを思うと、御心がなまるのであった。

「右大臣はこの頃時の疫《け》に悩まされて健康が勝れぬようです。関白職に任じても果して、多忙に耐えることが出来るでしょうか」

帝が伏せた眼を上げて遠慮勝ちに仰せられると、女院は鷹揚にお笑いになって、

「右大臣はまだ三十五ではありませぬか、今病いに襲わ

れているといっても、まさか兄上のあとを逐うような不祥があろうとは思われませぬ。もしや又、万一のことがあれば、その折はその折として後の関白職を考えるのに誰が道に違っていると咎めるものがありましょうか。伊周を今関白職に就かせれば、道兼も道長も主上のなされ方を快く思わず、必ず御世の乱れることが尼にはよう解っております」

と憚るところなく言われた。

「私にもそれは解っておりますが……」

と帝は片手にお膝を撫でながら、当惑したおん眼ざしに母君を御覧になって、

「母上様、中宮が明日にも懐胎しました時にはと私はそのことを考えているのです」

と御頰を染めながら仰せられた。

「それは又その折のこと、中宮に主上の男御子がお生れになれば、摂政関白は当然伊周に委せることになるでしょう」

と女院はおおらかに言われたが、お心には中宮に親王が誕生されるようなことがあるとすれば、一層、今の中に伊周の昇進を抑えて置かないと、取りかえしのつかぬことになるとお思いになった模様である。

女院は粟田殿をそれほど気に入ってはいらっしゃらないが、道兼公と道長公は中ノ関白家一門と対向する意味でいつも手を握りあっていられるので、この場合粟田殿へ政権を委ねるのは道長公の意志でもあった。

「それならば猶のこと、今度の関白職は右大臣に委ねるのが本当ですね」

と女院は穏やかに言われた。

「中宮が早晩御懐胎になるとしてもお生みになるのが男皇子《みこ》かどうかは解りませんが、もしそうであるとすれば間違いない儲けの君であるわけです。その皇子が東宮にお立ちになる頃までには、主上も男ざかりにおなりになるでしょうし、その頃まで、心を引きしめて公けにお仕えしていれば、伊周も天晴れな輔弼の臣になることが出来ましょう。伊周は今まで父の関白殿の寵愛が過ぎて、世の中は何もかも自分の思うようになるものと信じて、心驕っているところがあります。あのままで、関白職を自分のものにしたら、終には思い上って、主上をさえ蔑ろにするようなことがないとは言えません。お亡くなりになった太政入道どの（詮子らの父、兼家）もお若いころにはお兄上に疎まれて、長い間不遇に世を嘆いていらっしゃいましたが、それだけに後に政を御自分の手に

握るようになられた時には、上下によく御心が行き届いて、天晴れの氏の長者と世にも称えられたのでございます。人間の運というのは夫々に具わったもので、一時の勢に乗って無理をしないでも、それだけの器量のあるものなら、必ず運は廻って参ります」

女院の御言葉には年齢の御経験がしっとり裏うちされていて、若い帝には抗えない力を持って迫って来るのであった。結局帝は御母君の説得力にお負けになって、五月二日に出雲前司相如《すけゆき》というものの家で病いを養っていた右大臣道兼公に対して、関白の宣旨を下されたのであった。

中宮はこの時も登花殿にいられたが、聡明なお心には大方は女院の御懇請によって、政権が道兼公の方へ行くことを予想していられたので、女房達が失望して泣き惑うのを見ても、取乱されることはなかった。

中納言どのが一番さきにお出でになって、

「やっぱり姉上はお弱い。こんなことでは将来も女院との勝負にお勝ちになることはありませんぞ」

と詰るように言われた時も、中宮は仄かに御笑いになって、

「そなたには女のこころはまだ解らないでしょう。私は自分をいくら不甲斐ないと思ってみても、考えてゆくほど帝のお悩みになるのがお可哀そうで見ていられなくなるのです。兄上や二位の新発意にこのようなことを言ったら、どのように恨まれるか知れないけれど、昨日関白が粟田殿にきまったときいて、実はほっとしていたのですよ」

と言われた。

「父上亡き後のわが家の中心であられる筈の姉上が、そのようにお気の弱いことでは心細いわけですな……しかし、今度の関白宣下は順序を踏んだというだけのことで、実は本当の勝負はこの後にあると兄上も私も思っています。粟田殿の病気は時の疫で重って行く一方ですから、恐らく近い中に生命を終られるでしょう。恐ろしいのは粟田殿ではなくて、次の人です」

「次の人とは中宮大夫どののことですか」

「そうです。あの叔父御とは私は割に親しくして来ましたが、あの人に政治の実権が推し移って行ったら、恐らく二度とわが家へ政権の戻って来る時はないのではないかと判じられます。女院もあのお人にはとり分け眼をかけていられますから、お心の中には粟田殿よりも、左大将（道長）の関白となることをずっと強く望んでいらっ

しゃると思います」

　隆家公はそこまで言われると、すり寄って中宮の鈍色の御衣《おんぞ》の裾を引き動かした。

「もし、そういう時が来たら、今度こそ姉上は帝のお心を御自分の手でしっかり抱いておしまいにならなければいけませんよ。帝も今度のことで、姉上や兄上を失望させたことを辛く思っていらっしゃるに違いないのです。姉のような愛情で帝をいとおしんでいらっしゃるのもいいけれども、やがてお生れになるに違いない皇子《みこ》の御身の上についても考えて上げて下さい。兄上は秀才だけれども気の弱いところのあるお人で、政治家としては左大将の敵ではありません。しかし兄上を輔けるものには私がいます。隆家は今こそ年も若く、下臈ですけれども、将来姉上の皇子が成長なされた時、輔弼の臣として、左大将に負けないほどの力は持っているつもりです。政権の推移はある点では時の勢いでもあるでしょうが、一面勝負でもあるのです。隆家の見るところでは、姉上が帝に対して持っていられる力は決して女院よりも弱いということはありませぬ。弱いのは姉上の御心なのです。もしもう一度今度と同じ機会が来ましたらばその折こそ、お負けにならぬようにお心を強く持って下さいまし。そうでないと後にきっと後悔遊ばすことがございますよ」

　中納言どののお言葉は静かであったが、御眼には鋭い光が湛えられていた。中宮はほっと吐息をお吐きになって、

「まろにそのような逞しさがあろうとは思われませぬ。そなた達は不甲斐ない姉妹を持った不仕合せなお人じゃ」

　と仰せられた。

「宮さま、あなた様は左様仰せられますが、女院様や左大将どのの側の人々は、皆、宮さまのことを帝の御心を思うさまに操る唐土《もろこし》の妖姫のように噂しておりますぞ」

「まろが妖姫のように見えるのは、まろ自身ではなくて、まろの幼い折から母上に教えられた和漢の書籍のさせる業です。女の才《ざえ》というものを人は兎角、人柄と見定めにくいらしいけれど、まろの本心には逞しい巧みなど一向ありはしませせぬ」

　中宮の臈たけた御顔には、そうおっしゃる時珍しく寒夜の月を見るようなきびしい輝きが添うた。隆家公はその厳《いつく》しい姉宮の御顔に吸いこまれるような瞳をよせてしばらく黙っていられたが、

「兎も角も一門の望みはあなたさまのお才覚にかかって

いるのでございます。隆家はもう二度と申し上げませぬ。よくよく御思案なされて下さいますように……」

と念を押してから、あとはからりと冴えた御様子に変って、男々《おとこおとこ》しく御殿の装飾の配置などあれこれ指図して出て行かれた。中宮は隆家公の退出されたあともの思いに沈んでおいでになったが、やがて薄鈍《うすにび》の唐の紙に水茎のあとも麗わしく御文をお認めになって小弁をお呼びになった。

「この文は右近ノ内侍へ少納言からの返事にして渡すのですよ。帝のお側にはきっと女院のお眼をかけていらっしゃる御乳人なども伺候しているに違いないから、その人達の眼につかないように……必ず右近に直きに渡して下さい」

中宮の仰せごとを小弁は一つ一つ呑みこむように利発げにうなずいていた。故関白の御病気以来御心労が多く、中宮のふくらかな丸みを持った白い御頬の肉が一へら削ぎとったように薄く見えるのを小弁はおいとしく眺めていた。中宮は主上とここしばらくお逢いになっていないのだと思った。そういう細やかな情緒に気づくようになったのも小弁がこの頃、恋を知るようになったためであった。小弁の相手というのは、中宮の御殿に伺候して、女房達に冗談を言いかける殿上人ではなかったので、誰も御殿の中で気づいているものはなかった。小弁の恋人は、検非違使尉《じょう》で、橘行国という若い武官であった。内裏に仕える女達は専ら貴族を尊しとして、検非違使などは罪人を扱う賤しい職として目もくれないのに、どうして小弁ばかりそういう相手と恋仲になったかというと、例の道長公の乳人の尼のいる草庵をこの正月秘かに訪れた帰り、嵯峨野近くで、怪しい賊どもに襲われ、供のものも逃げ去って危く引きさらわれようとしたのを、折よく通りかかった行国に助けられたというドラマチックなエピソードがあるのだった。「生神子物語」はこの挿話のあとに、

されどこれもまことは左大将のたばかり給ひしことと覚ゆる節あり。行国は器量骨柄優れし若者にて検非違使の中にも物の役に立つものなりとて、この殿日頃よりひかせ給ひしかば、小弁が草庵の帰りに危急を救はせて、乙女心に恋ひ慕ふやう仕向け給ひしも、やがて大切の御役を仕ふまつるべき下方《したかた》を整へ給ひしなり。すべてこの殿の御心掟ての至り深く構へ給へるさま後のことにも思ひ合はさるるなり。

と注している。恐らく道長はくれはの小弁の中宮への心酔が同性愛に近いものであるのを見ぬいて、その情熱が献身にまで変ってしまわない中にふさわしい男を小弁の恋人に当てがったものであろう。当の行国も小弁も全く道長の意中を知らぬままに、その手中の駒となっていたのである。これらの事情については、伊周はもとより、中ノ関白一門の中で最も慧敏な隆家さえもゆめにも知らなかった。

小弁が表面清少納言から右近ノ内侍へ当てた中宮の御文を持って、主上のいられる夜の御殿《おとど》へ伺候した時、案の定、女院もそこにいられる様子で、右近ノ内侍は慌しく、眼まぜして小弁を妻戸の端へ呼んだ。

「少納言さまからこの間の文集《もんじゅう》の詩を和歌で認めた御返しとのことでございます」

というと、右近ノ内侍はふさわしくうなずいて見せて、

「今宵は女院さまのお越しで御用が多いゆえ、明朝早く御返事をいたしますとお伝えして下さい」

とだけ言った。

小弁の帰ったあと、中を開いてみると、清少納言の文と言ったのは嘘で中宮の主上へ当てた御文が入っていた。既に帳台にお入りになった主上のお側へさしよって、猶あたりに気を配った小声で、

「人間《ひとま》に叡覧遊ばしませ。ゆめにも、御散らしになりませぬように……」

と申し上げた。帝もそれと察してうなずき給うたまま、一旦は何気なく、単衣《ひとえ》の胸にお納めになったが、お側仕えの男童《おのわらわ》に大殿油を近く寄せるよう御命じになると、忍ぶ恋路のように御帳の右左に眼をお配りになりながらなつかしげに御文をひろげられた。

美しい女文字の濃く薄く乱れ書かれているのがまずあわれに御眼に触れた。この間の夜忍んで逢いまいらせた折、兄伊周へ関白宣下のことをお願い申し上げたけれどもその望みは叶えられなかったことを昨日知りました。でも、私は主上を決してつれない御方とは思いませぬ。かえってそんなことをお願いした為に、女院さまとの間に板ばさみにおなりになって、主上が辛い思いを遊ばしたろうと悲しく存じます。女院さまも上の御局にお越しになっていられますので、父の穢れに触れた私は当分お側へまいるわけにはまいりませぬが、主上はこれからさきも私のことをお気になさらずに御心に訊して正しいとお思いになる御定めをなさって下さいまし。離れており

ますほど主上の御ことが恋しく思い出でられて、そのために亡き父への嘆きも小絶えするほどでございます。と御文には認めてあった。書きながらお泣きになったと見えて、墨つきのところどころ滲んで見えるのを御覧になるにつけても、帝は中宮のいつも濡れているような冷やかな黒髪の手触りやかき抱いているとそのままおん自らも消えて行ってしまいそうな、白い肌えの軟かさがそのままそこにあるように思われて、恋しさが狂おしいまでに御身に染むのであった。日頃の冴え冴えした才気のほとばしる言葉つきや御様子に較べて何という己れを殺したやさしい心遣いであろうと思うほど、帝は道兼に関白を宣下されたことを悔まれずにはいられなかった。

ところが隆家の予言した通り、当時流行の疫病に襲われていた道兼は関白宣下の喜びに一家中が浮立ったのも束の間、僅か七日を経た五月八日の未の時に泡の消え入るように呼吸を引取ってしまった。年三十五歳。

かくて、中宮の兄伊周の待望する関白職を争う相手は最後に残った八歳年上の叔父道長一人となったのである。帝としても女院としても、道兼が一応丈夫でその職に在任していてくれれば、再び親子の間で角ばった意見のやり取りを交わす必要もない筈であったが、不時に不幸が重なって来れば放置して置くわけには行かない。

この間のことについては「生神子物語」も「栄華物語」の本文を踏襲して、

五月十一日にぞ、左大将（道長）、「天下及び百官執行」といふ宣旨下りて、今は関白殿と聞えさせて、又並ぶ人無き御有様なり。女院も昔よりの御志取りわき聞えさせ給へりしことなれば年頃の本意《ほい》なりと思召したり。

とだけ記している。

しかし、この道長の関白宣下までには女院も道長自身も精根を尽したらしいことが「大鏡」に見えている。恐らくこれによるのが真実に近い記述であろう。

道長公の関白として政権を握られることを帝は大そう渋っていられた。それというのも中宮が父大臣も亡くなられて心細い御身の上なのに、同族とは言え、仲のよくない末の叔父の道長公の世となってはさぞ辛い思いをなさるであろうと、そのことをまず心苦しく思われる為であった。道兼公の時にもそのことでなかなか御考えが定まらなかったのである。けれども女院は伊周公をよく思っていられないので、「あんな稚児のようなものに天下の政を委せてどうなりましょう。瓜をほしいと思えばまず器を持って行けと童べ歌にも言うではありませぬか」と帝の御考えを抑えられた上で、「一体亡くなった兄上が伊周を甘やかしすぎて、現在の叔父でもあり、器量も人一倍優れている道長を越えて内大臣に任じたのさえ、道長の身とすればどんなにか苦しく思ったことでしょう。それはまあ主上がまだお若くて故関白殿委せでいらしった時のことですから致し方もありませんが、今度の機会に道兼にお許しになった関白職を、道長にだけはお許しにならぬというのはあまりお情けのうございます。この尼や道長自身が不快に思うのはもとより天下の有職どもも必ず道ならぬことと思いましょう」と言葉を尽してお諫めになった。

　帝は女院の御気色があまり熱心に思い入っていられるのに、今更驚かれた模様で粟田殿の時よりも一層手剛い抵抗を感じられた。さればといって中宮の御ことがいとしく御胸を塞ぐので、はっきりした御返事をなさる気にはならない。御顔を合せれば女院に責められるので、終には煩わしくなって女院のいられる上の御局にはお出でにならなくなった。

　その日道長も心配のあまり弘徽殿へ昇って来て、女院に御対談の様子を聞こうとしていた。

　女院は墨染めの御衣の下に黄の唐綾を召して、長めに殺《そ》いだ御髪が童女のようにゆらゆら御肩の右左に揺れている。一門の栄華の中心として長い間仰がれて来た満月のようなけ高さがまだ若々しい御顔に輝いていて、今日はそれが一層きらきらしく見えるのだった。

「主上はまろに逢うのを嫌って逃げまわっておいでになります。今日はまろの方が夜の御殿に参って、御合点の行くまで一夜でも話しあかしましょう。そなたも帰らずにそこに待っているように……」

　女院は簀子に笏を傾けている道長にそう言い置いて静々と戸口から消えて行かれた。母としての自分の力がどれほど帝の御心を左右し得られるか、試したい気持が女院を昂奮させていた。

　それぎり弘徽殿と清涼殿をつなぐ渡殿の板戸はぴったり閉されたきりで、一時《いっとき》以上経っても、咳《しわぶき》一つ内から洩れては来ない。殿上の名対面《なだいめん》の時刻も疾うに過ぎた。夏の夜ながら、簀子には露が降りて、前栽《せんざい》に飛ぶ蛍の薄黄色い光が折々うずくまっている道長の袖や冠をかすめた。

こう長い間勅許が降りないのは女院のお言葉を帝がきき入れられないのだろうか。もしそうであるとすれば、自分は中宮や伊周を叩きつける為に第二の策に出なければならないなどと道長は胡坐したまま考えていた。

夜中に近い頃、内からさっと、戸が押しかえされるように勢いよくあいて、御附きの女童の照らす紙燭の光に袴の裾をかかげて歩み出られる女院の御姿が来迎の菩薩のように道長公の眼の前に浮び出た。御顔は涙にあからんで、濡れ艶やぎながら、御口もとは快く笑い栄えて、

「やっと、宣旨が降りました」

と仰せになる。道長は思わず声を呑んでいざり寄ると、言葉を言うゆとりもなく、女院の御裾に頭を擦りつけてすすり泣いた。女院も日頃豪気な弟のその感極まった様子を見降ろして、袖を顔に押し当てられた。

かくして、藤原氏の氏の長者として、一門を統率し、一天下に号令する関白の位は道長の手に入った。

道長の権勢が朝日の昇るように一日一日輝き優るのに較べて、中ノ関白家の公子達の運命は斜陽落日の衰勢を挽回し得なかった。

伊周、隆家の唯一頼りとするところは中宮に対する帝の愛情であるが、それすら帝が御母女院の意見を阻み切れず道長を関白職に任じられたとなると、「手を翻せば雲となり覆えせば雨となる」と歌われたように権力の中心を見ることに敏捷な世人は、伊周の門に車馬をつないで、意を迎えるような愚かさから遠ざかって行ってしまった。

こういう時、凝《じつ》と隠忍して、再起の機を俟つものは勝負師として老巧なのであるが、己れを任じるに厚く幸運に慣らされた貴公子として、伊周も隆家も時勢に順応しようとはせず、それに逆うことによって自分の傷ついた誇りを保とうとした。そうしてそのことが彼らを葬ろうとする道長の謀略に乗じられて、みすみす自分の墓穴を掘る結果を導き出したのである。

「源氏物語」の構想には当時の幾人かの人物の運命をモデルにしていると思える箇所があるが、桐壺の帝の死後、敵対勢力である兄帝の母、弘徽殿大后の一族が宮廷の勢力を壟断して、光源氏の立場は孤立無縁となる。その時光源氏は謹慎して譏りを他から蒙るまいとすることに意を用いはしないで、故意に帝の愛姫となっている朧月夜尚侍との恋愛を再燃して逢引きを重ね、ついにそれが原因となって官位を剝がれ須磨へ退隠することになるのであるが、この部分の源氏の権力者の暴力を怖れながら、

逆にその勢力を嘲笑するような行為に出て行く荒れすさみ方は、道長に権力の中心が移って行ってから後一年足らずして、これも愛姫のことの騒擾から花山院を射撃した罪によって伊周、隆家兄弟が位官を剝脱され、遠く筑紫と出雲へ流される間の事情によく似た人間感情の機微を写し出している。

この強行処分の行われたのは道長が関白職を拝してから一年後の長徳二年四月で、この時中宮定子ははじめて帝の胤を妊っていられた。帝の最愛の后で第一の皇胤が妊まれたということは、逆に言えば道長として、何としてもその近親に当る伊周や隆家を権力の地位から永遠に駆逐しなければならぬ必然性をも妊んでいたことである。

第三章

道長が関白職となって天下の政を掌握するようになってから、二人の女御が新たに帝の御側へ上った。一人は堀川右大臣顕光の女元子、一人は大納言公季《きんすえ》の女義子で、元子は広幡の女御と呼ばれて、承香殿《しょうきょうでん》に住い、義子は弘徽殿にいることとなった。いずれも名門の出で宮仕えの志はありながら、中ノ関白一門の栄えていた間は、中宮の時めいていられる勢いに押されて遠慮していたのであるが、道長の世になってはむしろ道長の側からも奨めるようにするので、入内させる決心がついたのである。

道長には自分の姫がないわけではないが、何ぶんまだ走り歩きする年頃で入内させることは出来ない。それとして見れば、道長にとって第一の障礙は中宮の魅力が帝を蕩かすことにあるので、まず誰にしても、二人の間に堰となるものが必要なのであった。道長は元子をも義子をもかねてそれぞれの手蔓によって、大体どういう容貌、性情の姫であるかを略々知り得ていた。元子は兼家の兄で一生不仲をつづけた兼通の孫に当るだけあって、万事に折目正しく上品を旨とした古風な育て方をされているが新鮮な魅力に欠けているし、義子はみめかたちは充分美しくはあるが、音楽などののみこみも早い方ではなく、いくらか鈍い性質の女である。そのいずれもが、資質に於いて中宮とは較べものにならないし、自分の家の長女が成長する暁に寵を争うほどの女性ではないことを道長は見ぬいていた。さればこそ安心して、入内をすすめたのである。出来れば帝が新しい女御達に幾分でも心を移していられる中に皇子でも生れればいい。そういう皇子たちは将来、自分の力でどういう風にも地位を動かすことは出来ると道長は信じていたが、唯恐ろしいのは定子の腹に皇子の生れることであった。

しかし道長の計画は、帝と中宮の間の濃やかな愛情に水をさすことは出来なかった。帝は承香殿や弘徽殿の女御を形式的に愛しはしたが、それらの若い女御達を知ったことは結局定子の女としての類いない美しさ、やさしさ、賢さをあらためて知る結果に他ならなかった。

道長が関白について後、しばらく中宮が里邸に帰っていられると、帝からのお使は日に何度もお文を捧げて来るので、何時の間につもる御言葉なのであろうと、帝づきの女房などは眼引き袖引き噂するのであった。

五月に一度里へ帰られた中宮は六月十九日に再び入内され、今度は梅壺にいられるようになった。中宮が宮中へ入られてからは、新しい女御達の御殿へ帝のおいでになることは殆どなくなって、まことに「後宮佳麗三千人、三千の寵愛一身に在り」と長恨歌に歌われた寵幸そのままの有様であった。

この頃東三条の女院は内裏と里邸とを頻繁に行き通いして、帝と中宮との中を暗に監視していられたが、秋になった頃一条の御殿で、頭が重く、肩や腰も痛む御様子で、横になられてから、何となく御気分がすぐれず、折々は胸が苦しいとせき上げてお悩みになることがあるので、これは必ず何かの祟りであろう、御物ノ怪が憑いているに違いないと、帝をはじめ道長も殊の外心配して、比叡山の座主を招いたり、その他、霊験あらたかな法師と言えば悉く一条の宮へ招じて怠りなく、加持祈禱を行った。

「これはきっとあの内大臣どの(伊周)が大殿に関白を奪われたのを恨んで勿体なくも女院を呪咀しているのでございましょう。現にあの殿の外祖父の二位の新発意は、粟田どの(道兼)の空しくなられたように殿をも調伏するといって、得も言えぬさまざまの修法を行っていると申すではありませぬか。今の中に何とかなさらぬと女院はさて置いて、殿のお命にも及ぶことになりそうです」

と道長側の親しい公卿や武士は折々注進して来た。勿論高二位が大がかりな修法を行っていることぐらい知らない道長ではなかったが、そんな筋違いの呪咀によって自分が身を果すなどとは道長にはゆめにも思われない。今の道長は長年の宿望が叶って、藤原氏の長者となり天下に号令する権力を握ったと同時に太陽がわが身の中にあるような自信に自ら照り輝いているのである。道長は年下の、才気走った伊周の持っている器量の底の浅さを前から知っていたが、自分が一の人になって見て、一層高所から下を見降ろすように伊周と中ノ関白家の全貌を見通すことが出来た。伊周は恐れるに足らない。恐ろしいのは中宮定子ともう一人はむしろ腕白者と世に言われている次男の隆家である。中宮に帝の第一皇子が生れ、それを陰に陽に隆家が後見して行くなら、帝も充分信頼されるであろうし、京都でも地方でもその政治を歓迎することは自分が一の人であるのに変りないかも知れない。

道長はそう考えると、中宮を帝の側から引離すことが伊周を遠ざける以上に、自分の政権を固める第一歩と思われるのであった。

「生神子物語」は女院の御病気の様子をこんな風に伝えている。

　日頃立つほどにやうやう御身の衰へ見え給ふを大殿も危う見奉り給ふ。そのこととはなくて、折々おん胸をせき上げ、又つくづくと音《ね》を泣き給ふさまのうつつとも見え給はぬを、必ずおん物ノ怪の仕業なるべしとて、験《しるし》ある限りの法師召し集へ、五壇の御修法《みずほふ》など隙なく修せさせ給ふ。

　主上にもかなしう思し給ふ御母君のこととて、おものなどもまゐりあへぬまで御心を煩はせ給ふ。今年三十六にならせ給へど、まだいと若う、尼と聞えんもいとほしげに見ゆる盛りのおんかたちなり。父帝の早う失せ給へりしを飽かず思し嘆くに、又、この院さへ空しうなり給ふことありてはなかなか世も保つまじう思されて、一日忍びて一条の宮へ行幸ありけり。

帝が御殿へおいでになるということが聞えたので、女院は御孝心の深いのをうれしくお思いになって、その日は御枕をもたげ、乱れた御髪、額髪なども梳かせてすがすがしい容態をつくっていられた。帝は御母上と御対面になって、思いの他御顔色もよく見えるのを頼もしく、うれしくお思いになって、御物語なさっていた。勿論御側には道長がお附きしていたのである。

その内に、女院は我慢していられた御病気の発作が又、起って来た御様子で、

「どうぞお帰りになって……取乱すのを御覧に入れるのは勿体のうございます」

と苦しげにおっしゃって、脇息によりかかったなり、うつ伏しておしまいになった。

「いつでもこんな風におなりになってだんだんお苦しそうに見えるのでございます」

と道長が言って、帝のおいでになる間止めていた御修法を又はじめるように僧達に伝達した。

その時女院の御帳台のお側に坐って、心配そうに御容体を看取っていた女房の内の年若い一人が、水でも浴びたようにわななき出して、見る間に弓のように身体をそらせのたうったかと思うと、つと立上って、帝の御側へよって来た。

道長は驚いて、手にしていた笏で女房の袴を抑え、

「これ、御許はここを何と心得る。一天万乗の君の御前であるを知らぬか。いかなる狐狸のとり憑いて、かかる無礼を働くぞ」

と声を励まして叱りつけた。日頃鷹揚にやわらいでいるだけに、こういう時の道長の威厳に満ちていることは、まことに鬼神でも後退るであろうと思うほどであったが、緋の袴に青色の重ねを着た若女房は関白の威勢に怖れる様子もなくにっこり笑って、

「叔父上の仰せとも覚えませぬ。主上は母上様より優ってまろがいとしい。まろを手離すほどならば王位もいらぬと日頃仰せられますものを、お側へまいって何のわるいことがございましょう」

と言うかと思うと、たおやかな裳裾捌きのまま、道長に抑えられた袴を軽くはらって、するすると帝のお側へすりよって行った。

「主上、まろをお忘れになったのでございますか。つい昨夜、梅壺にお越し遊ばした折も、『恋草を力車に七車』と仰せ遊ばしたではございませんか」

帝のお膝に手をかけて、やさしく尻眼に見る様子は、面影は変っているものの、全く中宮のいたわり深いおもの腰そのままで、帝は呆れて頓には言葉も出で給わぬ様子であった。

この若女房こそ三輪のあやめで、ついこの一月ほど前から女院の御殿へ出仕するようになったのであった。

主上は今まで眼の前で人に物ノ怪の憑りうつった有様を御覧になったことがない上に、その物ノ怪が事もあろうに最愛の中宮の生霊で、どうやら女院を呪っていられる様子なのに肌えの粟立つまで狼狽された。流石にはしたなく逃げ退きもなされぬままに、みるみるお顔が色青ざめてお額際に汗が滲み、唇の色の白っぽくあせたのを噛みしめて我慢していられる御様子がいたわしく見える。

「主上は御存じではございませんが、女院は主上がまろをおいとおしみになるのを妬んでおいでなさるのでござ

います。内大臣に関白をおゆるしにならなかったのもその為、まろの今、妊っている皇子《みこ》に御位を譲らせようとお思いにならぬのもその為でございます。主上は御孝養のお心が深いので、おん母上さまの仰せをお背きになりませぬが、女院がこの世にいらせられる限り、まろの上には晴々と明るい日影はさしてまいりませぬ。おん母上さまもまろを呪っておいで遊ばすように、まろもおん母上様を呪いまする。今、二位の新発意が修している厳めしい修法はそれということを誰も知ってはおりませぬけれど、修法が成就すれば女院の御命は朝の露のようにはかなく消えてしまいましょう。これもおん母上さまがよこしまにまろをお憎しみになったのが、おん身に酬うてまいるのでございます」

三輪のあやめはそこまで言うと袖に顔を埋めて怪しい声で笑った。主上の御耳にはその声が中宮の閨の内で洩らされる響きを殺したなまめかしい笑い声そのままで、青ざめてひきつった顔かたちの何処一つ似たところがないままに、そこに中宮がより伏していられるような心地に誘い入れられた。恰度その時、女院が咽喉もとを誰かの手で締めつけられでもされたように、苦しげにおん胸をかきむしってのけぞられたので、帝は、

「母上、母上」

と仰せられながら几帳をおしのけてお側へお倚りになろうとした。道長は帝のお袖を控えて、

「必ずお立ちよりになりませぬように……あの狂おしい招人《よりまし》の女房は横河の阿闍梨《あじゃり》があずかって祈り伏せますゆえ、女院の御悩みも今少しの後にはお楽におなり遊ばしましょう。尊い御身に少しでも障礙《しょうげ》があってはなりませぬ。少しも早く還幸遊ばされますよう」

とすすめ立てて、殆ど自分の装束の袖に帝を蔽いまいらせるようにして、その座を立ったが、庇の間の屛風で囲った中にはさっきの女房と思しい女が髪をふり乱したあさましい形相で狂い立つのを、調伏の阿闍梨が顔を朱のように染めて、声高に陀羅尼を誦しながら、数珠で烈しく打ち苛んでいるさまが地獄絵のように眺められた。

内裏へ帰られてからも、帝は流石にその夜梅壺へ行かれなかった。中宮に約束されたことを違えるのも後ろめたいし、中宮の冷やかな黒髪に頬を埋めて、滑るようななめらかな肌えを燃立つまでいとおしみたい願いもなおざりではなかったが、一条の宮で見た招人のあまりにあらわな呪咀の言葉の毒々しさが御心を凍らせているのである。

中宮が伊周を関白に推されなかった姑の女院に対して、快く思っていられぬことは帝にも略々想像がつかぬではないが、帝と二人きりの時、中宮は仮にも女院を譏るような口ぶりを見せられたことはないのである。いつか道隆の死後間もなく関白が道兼へ移って行った時にも中宮は登花殿から、帝に文をよせて、女院と中宮との間で板ばさみになっていられる帝に姉のようなやさしい心遣いを示された。

「あの宮にそんな鬼々《おにおに》しい呪咀の心などがあろう筈がない。ひょっとすると女院方の者が中宮をまろからひき離すためにあんなことを企んだのか」

若い帝は中宮を愛していられる心が深いだけに夜の御殿《おとど》に入られて後も、今日のあさましかった招人のことをとつおいつ考えめぐらされる中に、ついにはそんな人の心の裏に考え及ぶ貴人らしくない推量まで働かされたが、それにしてもあの招人の様子のさながら中宮の御様子、言葉つきにそっくりだったのをどう説明していいものであろうか。殊に、つい昨夜閨の中で自分が「恋草を力車に七車」と万葉の歌をくちずさんだのをどうして、定子以外のものが知っていよう。そこまで考えると、帝は中宮の心にも或いは罪ふかい女の業が巣食うていてああいう妖しい働きを見せたのかと気味悪くも感じられるのであった。

帝はこのことを勿論誰にも語られはしなかったが、その日一条の宮へ供奉して行った近臣や女官にとっても中宮の生霊が女院に障碍を与えている有様を見たことは、驚くべき事実として、わが心一つに秘めて置ける性質のものではなかった。帝のお側去らずの侍臣の一人が梅壺の女房を恋人にしているのがあって、一夜帝が中宮の御殿に来られぬ中に一条の宮での出来事はその女房に語られ、女房はその翌朝驚きあわてて、中宮の乳人の中将に声をひそめてその事実をささやいた。

中将の乳人は昨夜、帝が中宮のもとへ来られなかったことをいぶかっていた時なので、なるほどと合点は行ったものの、流石にこればかりはすぐ中宮のお耳に入れる勇気はなくて、折よく帝の御文を持って来た右近ノ内侍を中宮の御前から離れた妻戸の端まで呼出して昨日の様子を訊ねてみた。内侍の顔にも狼狽の色が見えて、檜扇をまさぐりながら、

「随分早く噂が伝わったものですね」

とまず言った。

「その場には女院さまと主上と、関白さましかいらっしゃらなかったので、私もお側で見ていたとは言えませんけれど、女院さまのお側に侍っていた若い女房の様子が急に変って、物ノ怪にとり憑かれたらしいのはたしかに解りました。中宮様の生霊などというのは、いい加減なことを言い触らすことの好きなはしたない人達の言い草でしょう。主上は何にも仰せにはなりません」

右近は世慣れた宮仕え人の常で一応当り障りのないことを言ったが、実は御簾越しにではあったが、あやめに中宮の霊がのり移って、けだかくもなまめかしくも見えた怖ろしさは右近もはっきり見知っているので、中将の乳人に猶くどく問いよられると、隠し切れずに、昨日の様子を曖昧にぼかしながら、話してしまった。

「まあ、とんでもない、中宮様の御心の中は私にはよく解っておりますが、仮にも他人を呪ったり、憎んだりなさるような猛々しいところのゆめにもない御方です。もしそれほど逞しい御本性でしたら、左大臣殿への関白宣下にしても、宮さまが力一ぱいに主上をお引止めになれば決して今のような世の中にはならなかった筈です。内大臣さまや中納言様が歯がゆくお思いになるのもそのことなのですが、宮さまはあなたも御承知のように主上がまだ童でいらっしゃるころから御添い伏しになったので、主上を弟のようにいたわって上げたいお心が強いのでございます。主上にしてもそのため宮さまを一層いとおしくお慕いになるので、お二方の間の愛情は政《まつりごと》などとはかかわりのないおやさしい美しいものに拝されます。それにまあ宮さまが生霊になって女院さまの御命を呪うなんて、あんまりひどい」

言いさして中将の乳人は情が激して来て袖に顔を押し当ててすすりないた。右近ノ内侍にしても日頃から中宮の爽やかな気性を見知っているので、昨日の招人の様子を見てもほんとうとは信じたくないのであるが、あやめに物ノ怪の憑いた様子があまりまざまざしかったので、女の心の底にわだかまっている蛇のような執念のくぐもりは、或いは中宮ほどのみやびやかな女人にもないとは言いきれないのかも知れないと思った。

その噂はひとびとのひそめた声やよせた眉、おびえたように瞬く瞳の色と一緒に一日二日の中に主上の御殿を中心にして、後宮一体に野火のようにひろがって行った。

伊周は大輔からの報せに驚いて御殿に駆けつけて来たものの、流石に中宮の何も知らず静かに微笑んでいられるお顔を見ると、何も申し上げることが出来ないで、一通りの世間話をして御前を立った。この宮に限ってそうした凄じい瞋恚《しんい》の炎《ほむら》を胸の中に燃やしておられるとは思えなかったが、憑霊の実在性を信じている伊周には政治的に不遇な自分達兄弟の現在捕えられている鬱憤や憂悶が中宮に憑りうつって、やがて女院の寿命を奪うことも強ち全く無根だとは信じられないのである。現に伊周兄弟の祖父に当る二位の新発意が、女院や道長を調伏しようと、朝廷以外に修法を禁じられている秘密な祈禱を、絶え間なく修していることは事実なのである。中宮の懐妊の確認されている今、女院や道長の身に何か変事が起れば、一度奪いとられた関白の職は再び中ノ関白家へ戻って来ることは必定の趨勢である。

伊周はそれを思うと、このことのために帝の心が中宮から離れて行くとは考えられず、反対に今までなつかしくやさしいものにばかり思って甘えていられた主上の心に、中宮を畏怖して重く見られる事実も生じて来るのではないかと思われるのである。こういう風に事柄を自分に都合よく希望的にのみ観察するのも落ち目になって行く時の人間の心の動きに違いないが、伊周は隆家に比して人心を量るのに多分に甘さを持っていた。

中宮に、このことをあらわに告げたのは隆家であった。隆家は兄と違って、中宮の生霊が女院をおびやかしたことを全く信じていなかった。話している中に普段は晴れた日の澄んだ水面《みのも》のように照り輝いて見える中宮の顔に怖れとも悲しみとも見える影がひろがって、脇息によせていられる右のお手のわなわなふるえるのにつれて、幾色も色の重なった袿衣《うちぎ》の袖口が細かく波立つのがはっきり解った。

「兄上も中将も右近ノ内侍もそのことを知っているのにまろにだけ、それを言わなかったのですね」

きき終ると中宮はほっと深く吐息して言われた。

「皆の心にはまろがそんな風に女院さまを呪っているかも知れないと思われているのですね。そうかも知れない。人の心は上べには見えないものだし、女院さまがまろを快く思っていらっしゃらないのが解っていれば、まろ自身にしてもほんとうにあのお方を心からお慕い申しているとは言えませんものね」

中宮は言いながら御頰の右左にかぶさって来る黒髪をうるさそうに手でうしろへ搔きやられた。その動作にはほんの少しではあるが、普段の中宮らしいたおやぎが薄れて見えるのは、余程深く心を傷つけられたためなのであろうと隆家はいとおしく眺めた。

「でも中納言、あなただけはまろを信じてくださるのね。あなたにはまろが生霊になるような執念の強い女でないことが解っている筈ですわ。あなたは主上にお眼にかかって、そのことを言ってくれますね。主上が昨夜もその前の夜も、まろをおたずねにならないのは、一条の宮で御覧になった怖ろしい物ノ怪が若いお心をおびえさせているのだと思います。まろはそんなことで主上のお悩みになるのがおいとしい。今夜は必ずまろのところにおいで遊ばすように、まろの顔を御覧になれば、そんな鬼々しいお疑いなど、朝日に向う氷のようにあとかたもなく解けてしまいます……」

中宮が珍しく、顔を上気させて話される生き生きした眼の冴えや唇の動きを見ながら、隆家はほんとうに主上が中宮と逢われれば、生霊の疑いなど他愛なく消えてゆくと信じた。

「主上の御心について隆家は心配しておりません。唯、このことを通して私には左大臣が中宮を主上のお心から引きはなそうとあせっているのがありありと読みとれます。恐らく招人《よりまし》の女房というのは宮さまの日頃の御様子をよく知ったものから、おんもの言いや立振舞いをきき覚えて、真似て見せたのではありますまいか。こういう時節になると、御傍近くお使いになるものにも油断はなりません。あの清少納言なども宮さまは取りわけ眼をかけていらっしゃいますが、左大臣は中宮大夫時代から少納言の才走《ざえ》ったところを興がって、よく話相手にしていられましたし、少将の君はこの頃こそ少しうとしくなっていると言いますが、人も知った関白の思いものの一人です。少納言も少将もそれぞれ利口な女達ですから、あと先見ずのことはするとは思われませんが、よく御用心なさらないと飼い犬に手を噛まれることも、ないとは申されません。主上にもそのことをよく申し上げるつもりですが、姉上もお気をつけにならないといけません」

隆家は中宮に念を押してから、主上の御前に出た。御精進日だということで何となく物思わしげにふさいでいられる御様子をそれと気づきながら隆家は何気なくお気の晴れるように二、三日前に行った大原野あたりの狩の模様など楽しげにお話申した後で、中宮の生霊が女院の御殿に現われたということについて、それが何かの詐謀と思われるということを奏上した。

帝もさまざまに思いめぐらされた末、中宮の日頃から推して、略々そういう結論に近づいていられた時なので隆家の話をきかれると、肩の荷を降ろしたようにほっとされて、今更にほんの少しの間でも中宮の清らかな心を疑われたことが面目なく感じられるのであった。

帝はその夜からあらためて中宮の御殿に通いはじめられた。中宮の予測された通り、顔を合せて親しく物語り、御手を取り交わし、御肌えを合せて黒髪にもつれあったりされれば、中宮を疑う心などはゆめのように消えて行ってしまうのである。

幸いにその後物ノ怪のあらわれることもなく女院の御病気も少しずつ快くなられて一月ほどの後には全く健かな御様子に帰られたので、一時中宮の御あたりを籠めたうすぐらい噂もいつかうすれ消えて行った。

清少納言が道長方に内通したというあらぬ疑いをかけられたのを不快がってしばらく御殿へ出仕しなかったり、少将の君が病気を理由にして里へ帰ったりした挿話的な事件もあったが、くれはの小弁はその間も誰に疑われることもなく相変らず中宮のお側近くまめまめしく立ち働いていた。

「小弁の背丈が急にのびましたでしょう。御簾の外を歩いているのを母屋の奥から見ましたら、主上の御側仕えの背の高い男童《おのわらわ》と間違えましたの」

などと中宮は主上に話して笑われることがあったほど、小弁は背丈ものび、身体の肉づきも大人づくって来ていた。

人目にそれと悟られないながら、小弁は中宮の生霊が女院の御殿で物狂おしく振舞ったときいた時、胸に釘をうちこまれたように動顚して、しばらくは放心するほどであった。この招人の女房が姉のあやめであることが小弁には解りすぎるのである。中宮の御声音や言葉つき、立振舞い給う時の御様子などを、姉に精しく教えたのは他ならぬ小弁のくれはに違いなかった。

遠謀深慮の道長はこの姉妹を贋招人に利用するにも、自分自身で命じたり、乳人の老尼を使ったりすることはしないで、くれはの恋人である検非違使尉橘行国を介在させている。同じ都の中にいて、それぞれ宮仕えしていながら、もう二、三年もの間音信を断っていることはあやめにもくれはにも辛いことに違いなかった。くれはから折々姉を慕う言葉をきかされていた行国はある時くれはを自分の家へ連れて来た時、そこへあやめを呼んでひそかに姉妹の対面をさせた。「生神子物語」の本文はこの経緯をこのように伝えている。

行国仲立ちして、姉妹を対面させけるに、かたみに年を経て見《まみ》えざりける恨みも消えて、泣きみ笑ひみうち語らふさまのしどけなう、くれははわけて久しう見ざりし姉のなつかしさに童顔《わらはかほ》うち出してあいだれたり。みまかりし母のうへ、ふるさとの奈良の京のことなどくさぐさ語り果てにし頃、あやめの言ふやう大殿（道長）は大姫君を后《きさい》がねとかしづき教へ聞え給ふにも、この中宮のおんさまの類ひなくおはします由を少将の君などより聞かせ給ひて、大姫君のおんさまを中宮にまねばせ奉らんと思しきこえ給ふ。あからさまにそれと仰せ給ふにはあらねど、君とかく逢ひ語らふついでに中宮のおんさまかたち、おんふるまひの末々まで細やかに聞え給はばうれしうもあるべきかな、といへば行国も傍より口を添へて、「それこそよき御奉公なれ、后がねの姫持ち給ふ殿たちの御心は安き暇なきものなり」などいふに、くれはは姉のいふ言葉をつゆばかりも疑はで、その後姉と逢ふ折あるごとに、中宮のおんさま、おん声音、見きくままを真似びて教へけり。行国も左大臣どのの御謀事《はかりごと》とはつゆ知らず。あやめばかり、さるべき時招人《よりまし》の真似びせよと大殿より仰せ下されしをいなみがたくて、うけ引きまゐらせしなり。主上の女院へまゐり給ふ朝《あした》といふに、昨夜のおん睦言に何か他人《ひと》の知らぬ古言《ふるごと》など交りたらんやと文して来にければ、くれはは何心《なにごころ》もなう「恋草の」の和歌をしるしてかへしたるを、後に思ひ合はすればわれをたばかりて、姉は偽の招人となり、おほけなくもわがまねびしを写して中宮の御生霊を主上に見せまゐらせたるなりと若き心にひたぶるに怖ぢおそれて、関白殿の御心の底も大蛇住む青き淵のやうにおそろしうのぞき窺はるるここちしたり。姉をもわれをもこの年頃身の上のこと何くれ後見聞え給ひしも、中宮と主上の御仲を裂きまゐらせん企みゆゑなりけりと思ふに亡せにし母刀自の東三条殿にうらなく頼み聞えて、娘二人巫女業《かんなぎわざ》のみには使はせ給ふな、罪深きさまをこの眼に見て、ほとほと懲り侍ればと願ひ申せしこともあだになして、姉はもとよりわれまでも、あさましきなま神子になし果て給ひしかなと嘆くこと限りなし。

小弁のくれはは中宮がその後も少しも自分を疑っていられない御様子を見るほど、胸を焼かれるように辛く、いっそ宮仕えを辞そうかとも思ったが、いやいや、自分がお側を離れれば又別の間者がお傍近く侍すことになるであろう。それよりも自分がこれからは中宮の御身を逆に護るようにしてこそこころならぬ裏切りの罪をつぐなって、中宮の御慈愛にいささかでも酬いることも出来るかと決心した。行国が道長のこの底深い企みに加わっていなかったことも後に聞いて、くれははいくらか心を憩わせることが出来た。くれはは、この後あやめから詫びやら言いわけやらを籠めた手紙を貰ったが、もう二度と姉に逢おうとは思わなかった。

いかに道長の庇護によってこれまで生い立って来たと言っても、知らぬ間に権力と利害の縄のようにからみ合う政争の真中に巻き込まれて踊らされている自分が、この上なく浅ましく感じられるのである。

第四章

長徳二年四月二十四日に内大臣伊周を筑紫へ、中納言隆家を出雲へ遠流する旨の宣命が降って、道隆の死後一年、斜陽の運命を辿って来た中ノ関白家は明らかに落日の時を迎えなければならなかった。道長と伊周の間にあった障壁が天皇を中にした女院、対中宮の愛情のもつれとからみあって、日々層を厚くして来ていることは当事者に解っていた。女院は殊にあの行幸の日、三輪のあやめによってまざまざと見せられた中宮の呪いの言葉を、その後も深く身心に蔵していられて、流石にこればかりは主上や道長にもはしたなく物語りはされぬものの、伊周が女院を呪う修法を行わせているときかれても、さもあろう、自分の命を縮めることは中宮はじめ中ノ関白一門の望むところに違いないと思い込まれた風であった。前にも書いたけれども、溺れるものが深みへ深みへと入ってゆくように、伊周ばかりか一門の中で最も聡明な筈の隆家さえも、幼年から栄えて行く勢いの家に育って、世の中から寵遇されつづけて来た青年の心驕りは、こういう負け籤の時節に運命に逆わないで自分を庇い通す思慮からは遠いのであった。兄弟の遠流の主な罪条となったのは、その年の正月十六日隆家が家臣と共に、寵姫のもとから忍んで帰られる花山院に矢を放った出来事によるのも、道長方に恰好な口実を作らせる絶好な餌を自ら提供したようなものであった。

花山院は冷泉院の皇子で後に和泉式部との情事で有名な弾正の宮（為尊親王）帥《そち》の宮（敦道親王）の兄に当られる。弟宮二人は贈皇太后宮超子の産むところで、東三条兼家の孫であったが、花山院は太政大臣伊尹《これただ》の女懐子の出なので、東三条一門とは血縁関係が薄かった。冷泉院と同じく狂疾があったらしく、奇嬌の振舞いが多いので、兼家は早く天皇を譲位させて、わが娘詮子と円融院の間の第一皇子を帝位につけようとし、次男道兼がその意をうけて、帝をたばかり宮中から脱出させて、花山寺に至り落飾おさせ申したことは有名である。道兼は自分も帝に従って剃髪する約束をしながら、その時になって違約して逃げかえった。道兼が関白を拝しながら急逝したのを世人は帝をあざむいた罪が酬われたのだなどと噂した。

　そんな不慮のこともあって、慌しく退位された天皇であったが、法皇と称してその後も世を憚る様子はなく、競技や狩猟、女漁りと派手派手しく暮していられた。東三条一門も退位当時の無理なやり方を世人も知っていると思うだけに、法皇のわがままを抑えることもしないのであった。

　隆家が花山院に矢を射かけたのは隆家自身の為ではなくて、兄の伊周がそのころ通っていた一条摂政（為光）家の姫に花山院が同じく懸想して、微行で通われるときいたことに伊周が嫉妬したためであった。実際には伊周の相手は三ノ君で、花山院の言いよったのは妹の四ノ君であったが、伊周は自分の情人を花山院に奪われたと誤解して、院をよせつけないようにする工夫はないかと隆家に相談した。隆家は日頃鬱屈している腕白じみた剛胆さを丸出しにして、

「よし引きうけた、そんなことならまろに委せておけ」

と言ったものである。隆家は花山院の狂躁する気象を面白がる風があって、前にも、院と賭をして、花山院の門前を五、六十人の家臣と共に牛車で馳け通ると約し、院も又家臣を率いてこれに対し、とうとう隆家は院の囲みを破り得ないで負けて帰ったことがあった。

「王威には敵いませんでした」

とその時は兜をぬいで見せたというが、そういう言わば、腕白小僧の喧嘩友達のようなところがあっただけに、花山院の微行の帰りを待ちうけて、脅すことなども半分は面白ずくで引受けたのであった。「栄華物語」にはこの件のことを叙して、

　（隆家）この院（花山）の鷹司どのより月いと明きに御馬にて帰らせ給ひけるを脅し聞えんと思し掟てけるものか。弓矢といふものして、とかく為《し》給ひければ、御衣《おんぞ》の袖より矢は通りにけり。然《さ》こそいみじう雄々しうおはします院なれど、事限りおはしませば如何でかは怖ろしと思さざらん。いと理《わり》無ういみじと思召して、

院に帰らせ給ひて、物も覚えさせ給はでぞおはしましける。これを朝廷《おほやけ》にも殿（道長）にもいとよう申させ給ひつべけれど、事様《ことざま》のもとより善からぬ事の起りなれば、恥かしう思されて、この事散らさじ、後代の恥なりと忍ばせ給ひけれど、殿にも朝廷にも聞し召しつけて、朧ろげならぬことといみじう思され、早や世に隠れなくて、大かたこの頃の人の口に入りたることは是れになんありける。

と述べているが、道長はこれを困ったことと思うどころではなく、「奇貨居《お》くべし」として、伊周兄弟を糾弾する与論をつくり出したに違いない。兎も角、女院の命を呪っているとか、朝廷のみに行う権限のある大元帥《だいげん》の法という修法を伊周が修させているとかいう不穏な風説が花山院狙撃という鮮明な所業によって、一時に雨雲を切って落したように、大雷雨となって中ノ関白家へ襲いかかって来たことは事実であった。

定子中宮を一門の頼み綱とみている伊周は、身辺に危難が蔽いかかっていると見ると、中宮を二条の自邸へ招いて、寝殿に置いた。一方から見れば、道長の権力が最大限に発揮される宮中に置くことは妊娠中の定子の身の上に不測の禍を招くことも、母の貴子や祖父の高階成忠などには心配だったかも知れない。中宮の行啓は夜、微行で行われ、供奉の宮臣も道長を憚って極く尠なかったが、くれはの小弁はお側に離れず附添って、伊周の二条邸へ行った。そうして中宮の身の周りの用を甲斐甲斐しく足している中に運命の日、四月二十四日がめぐって来たのであった。

この日内裏には、陸奥国の前司維叙《これのぶ》、左衛門尉維時、備前の前司頼光など屈強な武将が各々の手勢を率いて、数知れず陣を固め、東宮の帯刀《たちはき》や滝口の武士どもはそれぞれの門の出入りを厳重にあらためて、非常に備えた。伊周一門に加勢する武力のないことを見極めていながら、この検挙を出来るだけ、ものものしく大仰にしたのは、道長が自己の実力を天下に示威するためでもあり、同時に中宮に対する愛憐の思いから中ノ関白家へつながって行く帝の同情を、この機会にうち砕いてしまおうとする目論見でもあった。

この年頃天変地異があった時、陰陽博士が兵乱の徴であると占ったのもこの大変を言うのであったと世人は語りあって、然るべき貴族の家々はそれぞれに防備するし、物の数でもない市人などさえ、いざと言ったら家財を背負って逃げ出す用意をして、戦々兢々としていた。

　当の中ノ関白家では、こんな中でも元気に顔色もよく、万事を取捌いているのは年下の隆家一人で、彼は道長がこれほど大袈裟に構えて自分達一族を葬り去ろうとしている裏には、中宮と自分に向けている敵意のあなどり難いもののあるのを知って、苦渋の中にも会心の笑みを漏らしていた。

　兄の伊周がもう少し、雄々しい分別を持っていれば、父の余光を背景にして、道長相手に今一勝負するほどの気組みも隆家にはあったが、こういう際に見せる兄の意外なほどの不甲斐なさや、中宮の妊娠中であることを思うと、何としてもこの際は雌伏して、再起を謀るより道はないと思われた。

　邸内に住みついて年頃家臣同様に仕えていた武士や廷臣なども、こう疑いようもない落ち目を眼にすると、主家の安危よりも自分の身の上が不安になって、家財を括めたり、中には邸内の調度の金目のものをそっと奪って逃げ去るのもあって、人心の表裏反覆の時無さは一家の人々の心細さをいよいよ増させるのであった。

　二十四日の早暁から京中の検非違使は全部二条に集められて、伊周邸の四方をひしひしと取囲み、太刀や薙刀をぬきそばめて立ち込んでいる様子は、蟻一疋匐い出る隙間もなく、恐ろしげに見えた。

　主な人々は中宮も一緒に寝殿に集っていると覚しいのに、内は水を打ったようにひっそり静まって、人のいるような気配にも見えない。武士どもは人もなげに前栽や渡殿のあたりまで入って来て、内の様子を窺っているので、御簾のはずれからきらきら光る武器を携えた荒々しい男達の姿をかいま見ただけで、女房や女童は魂も消えるばかりに覚えて、泣き悲しむのであった。

　この検非違使の群の中には小弁の恋人、橘行国も加わっていたことは勿論である。行国はいつぞや姉のあやめと小弁が対面したあと、あやめの贋招人《にせよりまし》となって中宮が女院を呪咀しているさまを写したことを知って、小弁がひどく姉を憎み、行国にさえあらぬ疑いをかけて、嘆き恨んだのを覚えている。小弁の中宮に対する忠誠の心がその後いよいよ固くなっているのを知るにつけ、行国は今度の大検挙にも自分が加わっていることを知ったら、小弁はどれほど口惜しがるであろう。紅《くれない》のように混りなく一筋な小弁の心の色濃さを愛している行国には、この度のことで又小弁に恨まれるのが辛かったが、宮仕えの身には勅命を拒む力はもとより無かった。

その内に巳の時（午前十時）ばかりに、この囲みを左右におし開かせて赤衣剣笏の厳めしい勅使の一行が、寝殿の勾欄を登って内へ入った。

母屋《もや》の帳台にいられる中宮をめぐって、母北ノ方や一門と一塊りになっていた伊周も、いつまで泣き萎れてはいられない。隆家にうながされるままに庇の間に立ち出て勅使に対面した。

勅使は道長の意を体して来たほどあって、伊周の様子を見ても心を動かされる風はなく、表情を泛べない冷静な態度で、音吐朗々と宣命を読み上げた。それには太上天皇（花山法皇）を呪い奉る罪一つ、帝の御母后を呪わせ奉った罪一つ、朝廷より外の人に禁じられている大元帥の法を、秘かに修法させた罪一つ、三つの罪名によって内大臣伊周を筑紫の帥に、中納言隆家を出雲の権の守に貶《おと》して遠流する旨が書かれていた。勅使が宣命を読む間に母屋の御簾の蔭に泣きしめる女の声が、衣摺れの音を伴って波のさしひくようにさわ立ち、それがだんだん高くなる中に、侍臣達も皆泣き出して、寝殿の建物一ぱいは、悲愁の声を封じた袋のようにふくれ上った。当の伊周はもとより袖に顔を押し当てたまま、答えも出来ない様子である。苛められた子供のようにしゃくり上げて、一人だけ泣いていない隆家が、泣き声の潮騒の中にいて、常に変らぬ強い眼にきっと勅使を見て、

「勅命たしかに承る。用意もあることですから、出立までしばらく御猶予下さい」

と答えた。勅使は嘆きに満ちた部屋の奥に中宮のいられることを想像するとそれ以上強くは言わず、相変らず冷静な表情を崩さぬまま、階を降りたが、扈従《こしょう》して来た蔵人の一人が、検非違使尉行国を召して、

「今日の中に、帥（伊周）と権の守をそれぞれの配流地へ送るよう……遅滞なく行えと関白殿の仰せであるぞ」

と命じて去って行った。

行国は折も折とて、他の者でもなく自分にこの命の授けられたことを心憂く思ったけれども致し方はない。内裏から特に固めに来ている田舎武士の作法を知らぬものが、屋内へ乱れ入るようなことがあってはならぬと思案して、中ノ関白家の家司の一人で、この際まで流石に逃げ散りもせず侍している常陸前司則正という老人を勾欄の外まで呼び出した。

「こうなってはもうどう抗って御覧になっても無駄でご

ざいましょう。私どもだけならまだしも、諸国の源氏や平氏の兵どもも御《お》裁《つぼ》に満ち満ちておりますゆえ、もし作法知らずの無礼者が内へこみ入るようなことがあっては、中宮さまに対しても勿体ないことです。御別れの少々暇どるのは何とか私がはからいますから、尠なくも明日の暁方までには車へお乗り下さるよう中納言様へお伝え下さい」

行国の申し入れをききながら、幾度も袖に顔を押し当ててうなずいた則正は、内へ入って行ったが、やがて出て来て、

「おことの親切は宮にも内大臣どのにもうれしく思うとの仰せである……何としても御出立は明日の朝まではかかる故、それまでに無礼な下賤のものの御殿へこみ入らぬよう、検非違使ではからって下され」

と泣くような声で頼んだ。

行国は別当や同役のものにも相談して、兎も角も今宵一夜待つように内裏へ奏上させた。

道長はこの日清涼殿に詰め切って帝のお側から眼を離さず、守護するように見せていたが、実は中宮をいとおしむ帝の心が自分のいない間にふと動いて、伊周、隆家の罪を許すようなことになっては九仞の功を一簣に欠くものとして油断なく眼を配っていたし、女院も弘徽殿の上の御局に来ていられて、これも同じく帝を監視していられた。

道長は普段の鷹揚さとは打って変って、今日は髪一筋の過ちも見過すまいとするように厳然と群臣に対した。

伊周、隆家の出立が暇取るだろうという報告が二条から来た時にも笏を取り直して、

「宣命を蒙る上は私《わたくし》の情で進退すべきではない。本来なら引っくくっても車に乗せ去るべき筈の両人じゃ。今宵の中に都を出るように取り計らえ。勅命を軽んじるものは、検非違使も源氏平氏の兵どもも容赦せず罪に行うぞ」

と烈しく下知した。

すると、道長の烈しすぎる気色をゆるめるように、女院の御使いの女官が道長のもとへ来て、

「関白殿の仰せはさることながら、中宮も二条の宮にいらっしゃることでありますから、厳しすぎる処置はなさいませんように」

と女院の仰せを伝えて来た。

中ノ関白家では人々の嘆きの声が中門の外まで聞えるほどで、これでは今宵の出立は到底無理であろうと噂しあった。何といっても、中宮がこの家の中にいられると

いうことは伊周にとって強い頼みであった。隆家は、「いつまでいても名残り惜しさに変りはない。兄上思い切って出立しましょう」

といく度か手をとって引立てたが、その度に母の貴子が伊周の手をしっかり中宮の手と握り合わさせて、「いえ、宮がこうしていらっしゃる限り、内大臣をどうすることが出来ましょう。内大臣がいられなくなるなら、まろも死んでしまいます」

と日頃の爽やかな才気はどこへ行ったかと思うほど取り乱して、嘆きわびるので、中宮もそもそも帝への姉めいた愛のために一家の栄達の鍵を他の手に渡したのは自分であったと思い知られるほど、潔く配流の地へ行くことを伊周にすすめる力もなく、共に泣き沈んでいられた。「宮も今更何をお嘆きになるのです。こうしたことの来る日を隆家は一年前から予期していました。今考えてみるとまろは火取虫のように自分から急いで今日の日の運命を近づけていたようです。兄上にしても同じことなのですから、今更女々しく泣き騒いで父上の名まで汚さないで下さい」

と隆家は言って、その夜の中に車に乗って雄々しく出雲をさして旅立って行った。

宵が過ぎて、邸を守っているもの達も到底伊周の出立は今夜は難かしい、明日を待とうと篝火などものものしく焚いた庭前で居眠っている間に意外なことが起った。

大地震のふるいつづけたような一夜が明け離れた翌朝早く、又内裏から催促の使いが来たので、地方から上って来た源氏の武士どもがそっと簀子に登って御簾の中を窺っていたが、やがて慌てて、検非違使の別当のところへ走って来た。

「怪しからぬこと……内大臣……いや帥どのは内に見えませぬぞ。さればこそ昨夜の中に手どり足どりしても車に乗せようと申したのでござる。関白どののお咎めをうけたらばどうなさるか」

と、いき巻いて言った。

別当も驚いて、帥の殿に対面したいと申し入れると、則正が出て来て、

「殿は気分が悪くやすんでいられる……夕方まで待って下さるように」

と相手の顔も見られぬほどうしろめたげに言って、逃げるように内へ入った。

このことを内裏へ奏上すると、帝はまだ夜の御殿にいられる時であったが、道長は慌てる気色もなく、

「今は是非なし、宮の内に乱れ入って、天井、塗籠まで毀って探し求めよ。帥が行方知れぬ時は検非違使も武士どもも罪に行うぞ」

と厳しく申し渡した。別当はかしこまって、

「されば他のことは何ごとも仰せ通り計らいますが、中宮の内においでになるのがまことに働きにくうございます。御懐胎中といい、後に主上の御気色に触れることを考えますので、よろずが手ぬるくなるのでございます」

と言った。道長は顔色も変えず、

「そのことは予が身に引受けて、そち達の咎にはせぬ。中宮の御姿をかくしまいらせて家探しせよ。憚るな」

と命じた。

伊周は昨夜木幡にある父の墓所へ別れを告げに忍び出たので、朝までには帰る筈であったのに、意外に時をとって帰りみちには日がさし昇ってしまった。夕方を待つより他はないと、知るべの女の家に身を隠している間に、二条の邸ではいよいよ家探しが決行されて、行国の心配したように諸国の武士どもが検非違使と交って階《きざはし》をおし上り、太刀や長巻に憚りもなく寝殿の御簾や壁代《かべしろ》を払い上げて、

「勅諚……勅諚」

と呼びながら、庇の間から母屋まで走りまわって、伊周の姿を求めた。

日頃このような地下《じげ》の荒武者に顔を見せたこともない中宮附きの女房や女童は、恐ろしさに泣き惑いながら、中宮の籠っておいでになる帳台の几帳の周囲に風に吹きよせられた花びらのようにかたまって、慄え戦いている。小弁は中宮の側につき添っていたが、性来の勝気が頭をもたげて、いかに時が時なればとて、中宮のいられる御殿にこのような非礼を行う道長方のやり方が憎く思われた。もしこの几帳まで押し破って来るものがあったら、中宮の御体を守って、怪しい荒ものどもに、御顔をみせるようなことはしないと思い入った様子で、円らな眼をきっと見開いて、外の物の倒れる音や、男どもの濁み声、女房達の泣き叫ぶ気配などに耳を澄ませていた。

検非違使尉行国も、同じくこの時寝殿の上に登っていたが、彼は伊周の略々家にいないことを推察していたので、家探しを手伝うよりも中宮の身辺に怪しげな武士どもの近よらぬように女達のよりかたまっている几帳の近くに立って、守っていた。小弁がその辺りに見えないのは恐らく中宮と共に几帳の中にいるのであろうと思うに

つけて、日頃は、御前近く伺候することなど思いも及ばぬ身が、中ノ関白家一門の最大厄難の日にこの寝殿に登り、中宮とわが恋人の一つにいる几帳一重を隔てた近くにいるというのも何という偶然かと思わず吐息が洩れるのであった。

寝殿を荒し果てた大捜査も空しく、伊周の姿は家のどこにも見えなかった。墓参に行った筈であるから、夕暮には必ず戻られるであろうという則正の言葉を内裏に伝えて、猶も隙間なく守りつめる中に黄昏時の薄闇が前栽や中島の木々の隈をおぼろに黒ます頃、一台の網代車がしとしとと中門を入って来た。検非違使の下官の赤衣を着たものが走りよって轅をおさえ、

「今頃、この屋形へ車を乗り入れるのは誰か」

と訊すと、内からよく透る美しい声で、

「これは帥が墓参から戻ったのじゃ。引き入れて賜れ」

と答えた。中門の廊に車を立てさせて降り立った伊周の姿を「栄華物語」の作者は次のように叙している。

見奉れば御年は二十二、三ばかりにて、御容調《かたちととの》ほり、肥り清げに色合ひまことに白くめでたし。かの光源氏もかくや有りけんと見奉る。薄鈍の御衣のなよやかなる三つばかり、同じ色の御単の御衣、御直衣、御指貫同じさまなり。御身の才《ざえ》も風姿《かたち》もこの世の上達部には余り給へりと人聞ゆるぞかし。乗りながらも入らせ給はで、宮（中宮）のおはしませばわれ一人はかしこまり給へるもいと悲し。さておはしましぬれば、帥木幡に参られたりけるが今なん帰りて候と奏せさすれば、むげに夜に入りぬれば今宵はよく守りて、明日卯の時にとある宣旨あり。

家に帰った伊周は寝殿の思いの外に荒され果てた狼藉に今更驚き呆れると同時に、中宮をわが家に奉じていても少しもゆるみのない道長の攻撃を抗いがたく感じた。その夜は一夜さ名残りを惜しんだものの、隆家の言った通り翌々日になっても未練が去るわけではない。母の貴子は相変らず中宮の手と伊周の手を結び合せた上に自分の顔をおしつけていつまでも離すまいと泣き沈んでいる。

検非違使もこれには困じ果てて、度々内裏へ奏上すると、最後に道長から、

「宮の御手をもぎ放しても構わぬ。勅命が行われないようでは帝の御稜威《みいつ》にかかわる」

と命じて来た。

これ以上躊躇することはわが身の職を賭けることである。検非違使の別当は、是非なく自分でその役を引受けようとした時、行国がすすみ出て、

「中宮を内大臣からおし放しまいらす役は私が致します。余人に仰せつけられませぬように」

と言った。

「それでは御身に委すぞ。ゆめ気後れして仕損じまいぞ」

と別当は言った。

その時どういう気持でこの大役を引きうけたものかは後になって考えてみても行国自身にも判断出来なかった。恐らくは、小弁の崇拝している女主人をこの悲運の時に他の無礼な男の眼に触れさせるのは冒瀆であると思ったのが、行国の偽らぬ気持であったろう。

行国はまず則正に近づいてこの上猶予することは中宮のおんためにも不利益であろうと説いてみたが、この老人もその説得はさんざんした後らしく、萎れ果てているばかりでよい分別は泛ばない様子だった。

行国はこの上は猶予出来ぬと思って、女房達の泣きしずんでいる色々の衣の色の花野のようにかき乱れたのをおし分けて几帳に近づき、

「検非違使尉橘行国、帥殿をお迎えに参上いたしました」

と声高に言った。内には答えはなく母北ノ方の泣く声がよよと高く聞えた。行国はしばらく待っていたが、答えがないので、

「恐れながら、勅命でございます」

と言いながら、几帳の帷子を一枚引上げると、伊周と中宮の握った手の上におし冠さって泣き伏している母北ノ方の黒髪が見え、同時にさっと燻《くゆ》りかかって来る微妙な香の薫りが行国を茫然とさせた。

静かに動かぬ瞳で自分を見ている女の顔が正面にあった。それが中宮であることは解っていた筈なのに、行国はその顔の余り眩しく神々しい美しさに、一瞬自分が菩薩の前に置かれた罪人のような畏怖と恍惚を同時に感じた。

「お手をお放し下さい……勿体のうございます」

行国は強い光に射られているように若い顔を赤らめ、半ば夢中に言いながら、伊周の手をとって立上らそうとした。母北ノ方は頭をもたげると、伊周の腰にすがりついてよろよろと一緒に立上り両手に盲目のように鈍色の

指貫を撫でさすっている。

中宮の御顔には涙はなかった。貴婦人がこういう時必ずさしかざす筥の檜扇で顔を蔽おうともせず、坐ったまま立上った伊周の手を放さずにいられる。従って中宮の姿勢はひき立てられるように中腰になり、葡萄染の色濃い小袿に薄蘇芳《うすすおう》の細長の重なった衿もとからのび立った夕顔の花のように、白く艶やかな顔が稍々上向き加減に兄を見上げていられる。行国はその時中宮の顔を見たのが一瞬間であったか、永劫であったか解らぬほどあわてふためいていたが、伊周を几帳の外へやっと連れ出した時、夢中にもぎはなした中宮の手の凍るような冷たさと、大きい花弁のようなひしぎようもない軟かさがそのまま捺されたように、自分の手の甲に残っていて醒めたまま夢みるような思いがした。それと同時に中宮の御体をおし包むように前へ袖をひろげて立った女の顔の桃色に肉づいて、凝り凝りと固く、眼の切れの張り裂けるように怒っているのが、菩薩を守る阿修羅童子のように猛々しく見えた。あれが自分の生涯の妻と契った小弁であったと気づいたとき、行国は何故か全身の力の奈落へずり落ちて行くような力ぬけを感じた。

小弁はその時まで中宮のお側を少しも離れず引添っていたのに、余り中宮の御顔色が青ざめて見えるのでせめて薬湯でもさし上げようとほんの少しの隙几帳の外へ滑り出たのであったが、帰ってみると、思いがけなくもわが恋人の行国が中宮の握っていられる伊周の手をもぎ放そうと中宮の御指を放しているのに、心も消えるほど驚いて、思わず中宮を庇って、

「無礼はなりませぬぞ」

と叫んだのであった。

貴子は人々の止めるのをきかず半ば狂乱の体で、伊周の乗った筵張りの車へ一緒に乗り込んでしまった。

「せめて山崎まで……共に乗って行く……」

と泣き悲しむので中宮のおん母を無理に引きずり降ろすことも出来ず、京を外れてから何とか送りかえすことに決めて伊周遠流の一行は検非違使の太刀長刀にものものしく守られたまま、中門を出て山崎の方へ向って行った。

中宮は伊周の去って行く車を荒され果てた庇の間に立って見入っていられたが、やがて母屋の帳台に入られると、小弁に鋏を取出させ、丈なすみどりの黒髪をおん自ら断とうとされた。

「宮さま、それは余り御短慮でございます。御腹の皇子《みこ》

のこともお考え遊ばされて……」

と乳人の侍従や中将が泣く泣くおん手にすがり、小弁も力限り止めようとしたが、中宮の決心は固く裾の方を一尺あまり切りはらった髪を束ねて、

「これを内裏へさし上げて、右近ノ内侍から主上に奉って下さい」

と言葉尠なに言われた。

黒髪をその夜の中に手にされた主上の御嘆きが如何に深かったかは、夜一夜、水のように冷たく重い髪を抱いたまま泣き明され、翌日は一日中日の御座に出御されないのにも知られた。

女院にも道長にも帝は逢おうとされない。自分の心にもない綸旨によって中ノ関白家の没落したことが、中宮の身心をいかに苦しく惨く苛《さいな》んだかと思うと寝《い》も眠られぬ御心であった。

道長も流石にこの中宮の抗議に帝が衷心から揺り動かされたと見ると、自分の盛った薬の利き過ぎたことを後悔して、伊周、隆家の配流地の筑紫と出雲を近国の播磨と但馬に変えることにした。こうして、途中まで伊周につき添って離れなかった貴子もようやく諦めて都へ帰って来たが、中宮の御髪の短くなったのを見て、又一しきり涙に昏れて、しばらくは起き上ることとさえ出来なかった。

中宮のひっそり籠っていられる二条の屋形の男主人もなくうらぶれてゆくさまに引きかえて、道長の住む土御門殿の門には毎日引連れる車の轍の跡が絶えず、出入りする人々の追従の声が小鳥の群れのように軽やかに聞えていた。

この騒動の噂が都の市人の間でもようやく忘れられかかって来た五月の末頃、小弁はやっと中宮の御殿から一日宿下りして、行国の家をたずねて行った。

行国の家は検非違使庁から遠くない一町の中にあった。小弁のくれはが物詣での帰りに尋ねて行くことは予て報せてあったのに、内に請じ入れられると、

「殿は今、馬場で馬をせめていられますので、しばらく御待ちを……」

と身の周囲の世話をしている男童が言った。行国の父母は、二、三年前の大もがさの流行した年に相ついではかなくなったのであるが、母は尾張の介であった人の娘で彼等の遺財を譲られていたので、若い独身暮しの武官としては行国の家は召使いも多く、豊かに暮していた。

寝殿擬いの客間には、最近の伊周遠流の折の功労を賞

されたらしく、道長の着領らしい萌黄綾の大袿が、太刀一振りと一緒に飾ってあった。

小弁はそれを見ると、あの日二条の宮で中宮のいられる几帳の中へ込み入って来た行国の姿を思い出して、何となく不快な予感に襲われたが、思い直して北の格子の狭間《はざま》から、裏庭の方をのぞいて見た。

そこは広い空地一面馬場になっていて、桜と楓が隅々に植えてあった。狩衣の袖をしぼり上げて悍の強そうな栗毛の馬に乗った行国が、ともすれば狂って棹立ちになろうとする馬の手綱を引きしめて、乗り沈めながら馬場を馳けめぐっていた。馬飼いの屈強な若者が一人、あとについて走っているが、稍々もすれば、悍馬の蹄に蹴られそうで飛び退ったり、近よったりしながら、土埃の中を馳せている。荒馬を乗りこなしている行国の顔には、常の柔しさが消えて、汗ばんだ額から頬のあたりが赤み小気味よく引きしまって見えた。小弁は恋人の凛々しい男振りを見て、思わず胸のときめくのを覚えた。しばらく格子によりかかって、遠くなったり近くなったりする行国の馬上の姿を見つめていたが、行国は荒馬の調練によくよく気を入れているのか小弁の方に一度も眼を向けはしなかった。

半時ばかり経って、小弁がもとの座にかえった時はもう夏の長い黄昏時が宵に移ろうとしていた。湯殿に入って汗を拭い、衣類を替えて来たらしい行国が未だ頬を砥粉色に染めたまま入って来た。

「待たせてすまなかった……関白殿からお預りしているしののめという荒馬を乗りならしていたので……」

と言いわけしながら、小弁の近くに坐ると、

「空腹ではないか、石清水へ詣った帰りだとか」

ときいた。小弁はそんな心遣いよりさきに、いつものように行国がやにわに自分の身体を髪ごと摑みこむように荒っぽく抱きしめることを望んでいたけれども、そうも言えないので、一緒に食事をしようと思って、供のものに釣らせた鮎を厨に預けたことを話した。

「鮎を……それはかたじけない、早速焼かせて、食べよう」

と行国は言った。

一月前の大検挙の時の思いがけぬ出会いについては、何となく鼻白むものが両方にあって口に出なかった。

鮎を肴にして白く濁った酒を小弁のすすめる壺から二、三杯のみ乾したあと、行国はやっと、

「その後中宮さまの御様子はどんなだね。御懐妊中だと

いうのに、あの騒ぎで御身体に障りはなさらぬかと案じていた……」

と言った。

「御髪《おぐし》をお切りになったのだって……」

「そうですの……御自分で鋏をおとりになって……もっともお切りになったといってもほんのお裾の方を少しばかりですから、お見上げしただけでは解りませんけれど……主上はそれを御覧になって、ひどくお嘆きになったということですわ。内大臣や中納言さまの流刑地がお近くなったのもその為なのですって……」

「そうだろうね。関白どのとすれば中宮が男御子をお生みになる前に、役に立つ男達は皆遠ざけてお置きになるおつもりだろうからね。普段は大様な、ものに拘らぬ男らしい御方だが、関白殿はこうしようと思ったらその考えを飽くまで貫き通す御方だ。今関白どのの一番怖れていられる相手はほんとうのことを言えば中宮さまだけだからね。いつかの贋招人《にせよりまし》ばかりによらずこの上どんな怖ろしいことが中宮さまの御上に起らないとは限らない。そなたも心して御仕えしなければいけないよ」

行国が懇ろに、説きさとすのを小弁はうなずいてきいていた。本当にそうだと思うのである。

「あなたはあの時中宮さまをお見上げしたのね。類いなくお美しい御方でしょう」

と小弁は自慢するように言ったが、行国は何となく口ごもる風に眼のあたりを赤らめて、

「何だか眩しいようで御顔などまるで覚えていない。そなたの怒った顔だけが恐ろしく眼に残っていて……」

と答えた。

その夜の内に小弁は二条の宮に帰って来たが、馬場で行国の馬を乗りならしていた様子があんなに健康そうに精悍に見えたのに、二人になってからの逢瀬では何となく行国の身体が萎え疲れているようで、いつものような喜びに浸ることの出来なかったのをもの足りなく思った。

「あの人どこか身体がわるいのかしら、いつもは必ず話すことなのに、私を迎えとる日のことも今宵は一言も言わなかったし……」

小弁は二条へ帰る車の中で思わず一人つぶやいていた。

月が変って間のない六月八日というのに、中宮のおいでになる二条の宮の西の対の屋から火が出て、さしも中ノ関白道隆が数奇を凝らして経営した大邸宅は主人の伊周、隆家の留守中、一夜の中に烏有に帰した。

夏の盛りのことで暖をとる為の火の気は必要のない時であったが、恐らく下仕えの不注意から、灯火が戸障子に燃えついたものであろうと言われた。

しかし一方には、道長の意を受けたものが、あわよくば中宮のお命を亡きものにしようと御座所を知って放火したという噂も、ひそめた声やかざした手の下で、上は内裏から下は京の市人の口から口へ私語かれていたことも事実である。

道長はその夜二条の宮が焼けたときくと、夜中にも拘らず内裏に参内して、主上に謁し、

「幸いに中宮には無事に高階明順の邸へ遷御遊ばされました」

と報告して自分もほっとした風に見えた。実際、火事の火の手の強い間にも、道長は幾度となく中宮の安否を気にして訊ねたが、それさえ悪意を持つものは、中宮を炎の中に葬り得たかどうかを気にしていたのだと噂した。

事実その夜の火のまわりは早く、小弁が気づいた時にはもう中宮の寝ていられる帳台の近くまで、地獄のような紅蓮の焔が匐いかかって来ていたのであった。

木のはぜる音、人の逃げ惑う呼び声、ものの倒れる響き、それらは四月の騒動の時とは違う生命の緊迫した危急を伴って、むせっぽい煙とこげくさい匂いで寝殿を蔽った。女房達はこけつまろびつ逃げ道を見つけるのにわれを忘れている。中宮の御髪にうす衣をかぶせ、中将の乳人と小弁が右左からお手をとって東の対《たい》の方へ簀子伝いに逃げようとする時、突然、怪しい煙が新たに床下から湧き立って来て行く手を塞いだ。

「あ！　ここまで火になっては……」

と乳人は当惑の声を上げて、立ちどまった。その時濛々と立ちのぼる煙の中から吐き出されたように覆面の黒い影がつと寄って来て、侍従の手をもぎ放し、半ば気を失っていられる中宮を再び炎の中へ逐込もうと外への道をふさぐように、前に立ちふさがった。

「何をするのです。中宮さまですよ。勿体ない、そっちにあるのは炎ばかりではありませんか」

小弁は夢中に叫んで、味方だと信じている男の手をもぎ放そうとしたが鉄でこしらえた腕のようでびくとも動こうとしないばかりか、無言のまま突き放されて、出で居の柱に強く頭を打ちつけた。

「中宮さまを……誰か中宮さまをお助けして……」

小弁は炎にむせびながら叫んだ。大勢御側にいた筈の女房や侍臣たちがどうしてここにいないのか夢の中のよ

うに不思議だったが、もう一度柱に摑まってくらめく眼を上げた時、もう一つの黒い影が無言のまま、先の大男に近よって、難なくその男からきらびやかな荷物のような中宮の小袿の背を押しはなし長い黒髪ごと脇にかかえるのを見た。

大男は後から来た黒い影に当て身でも食らったのか炎の匐って来る板敷に音もなく伏し倒れている。後の影自身もしきりに炎の煙にむせて咳きしながら中宮のお身体を大切に抱えて、小弁のいる勾欄へ近よって来た。

「危いこと……」

そうつぶやく男の顔から黒い覆面の外れたのを見ると、小弁はあっと声を上げた。

「行国さま」

小弁の声は炎にむせんで涸れていたが、倒れたまま匐いよって行って、行国の足にしがみついた。行国はしかしその時小弁を認識していなかったらしく、足に触る女の手を邪険にふりほどいて、勾欄の下へ叫んだ。

「検非違使尉行国、中宮をお救い申した……一刻を争う、誰かこの下で宮の御体をお抱き申して下さい……」

二、三度呼ぶ中に感動にふくらんだ顔と手が勾欄の下に集って来た。

「行国よくした……屋根の燃えぬ中に宮をこの帳に……」

と呼ばわったのは後れて来た検非違使の別当であった。五、六人の雑色がひろげている五色の綾の壁代の上へ、行国は中宮の仏像のように眼を閉じていられる身体をそっと降ろした。

「大丈夫か」

「間違いなく受取ったぞ」

「おん身も早く飛び降りろ、軒が燃え落ちるぞ」

「おお」

行国はいう間もなく勾欄から飛んだ。その瞬間、後ろから、

「行国さま」

とよぶ女の声をきいたように思った。それが小弁であったと気づいた瞬間、行国はさっき中宮を抱いた自分の足にまつわりついたのが小さく力強い小弁の手であったのを、不思議にはっきり思い出した。小弁が炎の中に残されている……そのことに気づくと、行国はもう一度、階へ歩みよろうとした。

「行国、狂気したか、屋棟は炎に包まれているぞ」

検非違使の別当が夢中に呼んだのと棟木でも焼け落ち

るのか凄じい地響きと落雷のような火柱が眼の前に裂け砕けて、行国を思わず逃げのかせたのとは殆ど同時であった。

小弁は死んだ……小弁はあの炎の中にいる、行国は心に叫びながら、恰も巨大な烽火をうち上げたように夏の夜空を焦がして旺んに炎上している二条の宮の寝殿を茫然と見つめていた。中宮の生命を守るために自分は全力をあげて行動した。誰にはっきり教えられたわけではなかったが、行国には無防備な中宮をその胎児と共に失う謀略が道長の手でめぐらされるに違いないことが前から解っていた。それは恋しているものの本能的な敏感さであったかも知れぬ。あの孤立無援な美しい人をこの上不幸にしてはならぬし、まして殺してはならぬ、そのことに自分の生命を賭けても惜しくはないと行国は思った。叶わぬ恋であることは解りぬいていながら、行国はあの伊周を捕えようとした日に几帳の中に端然とこちらを見ていられた中宮の眩しさ美しさに女の持つあらゆる美徳、男という男が一眼見れば魂をひきぬかれずにはいられぬ魅力の源泉を感じたのである。この間の夜、小弁が訪ねて来た折も、共寝したあと、泥人形を抱いたような味気なさが心に残った。あの騒動の間に二条の宮でいつか自分の直垂《ひたたれ》の綴紐にひっかかっていたのを、そのまま持ち帰った白銀の小櫛とそれにまとっていた絹糸のように艶のあるいく筋かの黒髪を、替えがたい宝のように懐ろにおさめ、行国は幾度となく眺め入るのであった。

それに又、今夜は何という僥倖か、中宮の生命を危く奪おうとしていた曲者を自分の手で仕とめた上、中宮の御身体を抱きかかえて、炎の中を歩むことが出来た。気の鬱しるほど濃く香の匂いに染んだ堆《うずたか》い衣裳の重みばかりのように見えるしなやかさの中に、疑いようもなく豊かに呼吸づき、波うっている健やかな生命の感覚は、殆ど行国に自分の死の恐怖を忘れさせた。もしあの時中宮を抱いたまま炎の中に倒れたとしても、彼の断末魔の心は恐らく菩薩の来迎に逢ったような歓喜に恍惚としていたことであろう。

死んだと思った小弁が無事に生きていたことを行国が知ったのは、その夜中宮の御車を外叔父の高階明順の邸へ着くまで供奉して行ったあとであった。一息つくと同時に小弁を見捨てた悔いが心身に重くのしかかって来て、行国は寝殿の階の下に立ったまま、早くも浅く白みはじめて来た夏の暁空を焔の煤に充血した眼で恨めしく見つめていた。

次々に車で送られて来る女房達の常にもなく取乱し、髪を耳ばさみしたり、袴の裾を引上げたりして、その人とも見えず黒みすすけた姿で階に降り立つのを見ても、行国にはその中に小弁を探してみる勇気さえないのであった。

「行国さま」

という声に茫然としていた眼を階の上に向けると、そこに小袖の左肩一面を狐色に焦がして、髪をふり乱した幽霊そのままの姿で、蜘蛛のようにひっそり自分を見降ろしている小弁の姿があった。

「おお、小弁……よく生きていてくれた……」

行国はそう叫んで思わず階を昇ろうとすると、小弁はそこに立って動かぬまま、行国を突き落すような眼でみて、

「行国さま、あなたの心はよう解りました。私との御縁はもうこれきりと思って下さいまし」

と言ったと思うと、するりと背を見せて御簾の中に静かに入って行った。それは今まで曾てどんな時にも行国が唯の一度も見たことのない、小弁の威厳に満ちた後姿であった。行国は階に片足かけたまま、押しつけられたように、小弁の静謐な怒りに溢れた肩のあたりを見た。

その日行国は道長の邸によばれて、非常の際に中宮を助けた臨機の処置を賞美された。

「中宮にもしもの御ことでもあっては、伊周や隆家遠流のあとだけに、まろとしても主上に申しわけが立たぬ。よくこそ仕うまつったぞ。道長からも礼をいうぞ」

道長はそう言ったあと、この後とも中宮の御身の周囲に油断なく気を配るよう、行国に命じた。


その後も小弁が中宮の御側近く仕えていることは前と変りはなかったが、生と死と紙一重の瞬間に、恋人の行国が中宮の御生命を救ったのはいいとして、自分の必死の叫びに耳を傾けなかった悲しさ、苦しさは黒い蛇のように小弁の一筋な心にわだかまってとけぬ凝《しこ》りとなった。

行国も自分のその時の小弁に対する非情な行為を恥じて、再び近づいて来ようとはしない。行国にしてみれば、中宮をみた日から、月の前の星屑のような小弁が幸い生命さえ全うしていれば、それほど縁を切るのに耐えがたい苦しみを味わうことはなかったのであるが、小弁の側ではじめて知った男と言う上に、真直ぐな裏表のない心を信じ切っていただけに、あの夜受けた打撃は無惨に

心の毀れ易い壁をうち砕いた。一体ならば半ば献身的に敬愛している女主人を自分の恋人が生命がけで助けたことに、無我の喜びを感じていい筈だと小弁はいく度か思い直してみたが、どんな忍耐をも裏切って行国を恨む思いは深くなりまさり、それと派生的にあれほど大切にかしずいて来た中宮に対してさえ、わが男を寝とられたような理不尽な嫉ましさを感じることが幾度かあった。

中宮は小弁の中に日々につのって行く猛々しい憎悪の焔などはゆめにも知っていられないで、相変らず小弁を愛し、信じ切っていられる。

肉親にひき別れ、家を焼かれその年の十月には母をさえ病いに亡った失意の底にあっても、中宮は持ち前の気稟と優雅さを少しも失われぬままに、その年の十二月十六日脩子《しゅうし》内親王を安らかに生まれた。

男御子でなかったことにがっかりしたのは誰よりも中宮の祖父二位の新発意であったらしく、ほっとしたのは関白道長であったことに間違いはない。道長は自分の長女彰子が女御として入内する日まで、定子中宮の腹に皇子の生れないことを祈っていたのである。

「栄華物語」はこの件のことを述べて、

女御子生れさせ給へり。同じうは男におはしまさましかば如何に頼もしう嬉しからましと思すものから、又押し返し、いと嬉し、煩はしき世の中をとぞ思召されける。御湯殿には主上よりの仰せ言にて右近ノ内侍ぞ参りたる。いと慎ましう怖ろしき世なれども、上の仰せごとの畏さに参りたるなりけり。

と書いている。帝附きの女官である右近ノ内侍が、若宮の産屋へ奉仕するために中宮のもとへ行くのを「いと慎ましう、怖ろしき世なれば」と畏怖している様子には、関白である道長の威力がいかに主上の側近者にまで行き渉っているかが窺われて、御堂殿一門を完全な美徳の持主に仕立てようと努力している作者の意図を裏切っている。内輪に書いている文章でさえこの通りであるから、実際にはこの第一内親王の出産についての失費などについても、朝廷では余り面倒を見ていないようである。

しかしこの皇女出産によって、天皇の中宮に対する恋慕の情はいよいよ深くなって行き、とうとう翌年の六月には一旦落飾したにも拘らず、中宮は皇女を抱いて内裏に入り、再び帝との情交を復活するという結果になったのである。

第五章

定子中宮が姫皇子《ひめみこ》を抱いて、再び宮中へ行く決心をしたのは、祖父二位の新発意（高階成忠）の切なすすめに動かされたという風に「栄華物語」には書かれている。

二位は娘の貴子にも死に別れ、頼みにしている孫伊周、隆家は遠流の身で、言わば老人の味わう失望のどん底にいながら、猶気丈に中ノ関白一門の復活を祈る祈禱を修しつづけていた。定子中宮のはじめて生んだ皇子が、姫皇子であったことは二位を失望させたが、まだ他の女御に、皇子の出生を見たわけではなく、帝と中宮との御仲さえこまやかであれば、必ず皇子の誕生されることに間違いはない。既に自分の修法の上にもその徴《きざし》があらわれているからと言って、渋っていられる中宮をすすめ立てたというのである。勿論そういうすすめはありそうなことであるが、中宮が一旦落飾した身にも拘らず、一年余を隔てて、再び宮中に入内し、帝に見えたのには祖父のすすめばかりでない帝への愛情が恥をしのばせたのだという風に「生神子物語」は記している。

御まゐりのこと、中宮はもてはなれ、かけても思しよらぬさまにおはしますを、主上にはいと口惜しう、飽かぬことに思し嘆き給ふ。この頃さぶらひ給ふ、承香殿、弘徽殿など絶えて御直居《とのゐ》のことなく、はなやかなるおん遊びなどもせさせ給はず、暮るればつと夜の御座《おまし》に入らせ給ひて宮への御文のみ暇なく、あくがるるやうに見えさせ給ふを、殿にも御覧じ知り、女院にもつたへ聞かせ給ひて、やすからぬことに思したり。

と記しているが、道長の真意は中宮の落飾を絶好の機会として、帝との情交が復活しないことを願っていた。それゆえ帝がいかに、中宮に恋慕して、宮中に帰ることをすすめても、道長が、一度尼になった御方が再び宮中に入って后妃らしくふるまうことは、仏神の見給うところもあるという風に閭で関を据えていれば、道長の権力が充満している宮臣の間では、それを押し切ってまで、帝の仰せを実行するものは一人もないと言ってよいのであった。

帝と申し奉る中にも、いささか、なのめなる方おはしまさず、御かたち、御心ざまよりはじめて、よろづにととのほり、めでたくおはしませば、末の世の君には余らせ給へりと世人も申し、いつくしく仕ふまつれり。

と「生神子物語」が記述しているように、一条帝は村上天皇に継ぐ端正な資質の貴公子であったし、道長の恩人である東三条の女院の最愛の子であってみれば、道長にしても帝位をどう動かしようもない。道長の望むところは自分の長女が適齢に達して入内し、帝の皇子を生むまで、定子中宮に男皇子の産れないことなのである。

道長の意中は略々女院にも呑みこめているので、しばらくの間は、定子と、新しい内親王の宮中に入ることを女院もすすめられなかったが、ある日宮中に来て、あまりに帝の樵悴していられるさまを見て、驚かれたのであった。

帝は政務をきかれたあと、女院の来ていられる弘徽殿の上の局に自分から来て逢われたが、何となくうちしめって、伏し眼勝ちな白い顔の頬のあたりがめっきり細ってみえるのを女院はいとおしく眺められた。

「御病いとも聞かないので安心していましたが、何となく御気色のすぐれないのはどうしたことでしょう。主上《うえ》だけを頼りにしている尼には悲しゅう覚えます」

と言われると、帝は猶うつ向いていられたが、しばらくしてあげた瞳には涙が溢れていた。

「母上の御丈夫でいらっしゃる中はこういうことは申し上げたくなかったのですが……何となく心細くて、私の方が先立つようなこともないとは限らないと思えて……いっそ今の中に東宮（一条帝の従兄）に御位を譲ってはと考えているのでございます」

言ううちにも、ほろほろとこぼれ落ちる涙を、帝は袖で拭うていられる。

「これは又、何としたことを仰せられます。主上のようにお若く盛りの御身で、御退位など、仰せ出されたところで、誰も承知する筈はありませぬ。それよりも、何か御心に叶わぬことがあるなら、母に何の御遠慮がありましょう。おっしゃって下されば御心の安まるようにいたしましょうほどに……」

女院はそう話しながら、帝の鬱々としてたのしまない心の底が自分にもありあり映って来るのを意識した。

「主上の仰せられたいのは、中宮のことでしょう。中宮が姫皇子と一緒に入内されるようにまろが必ずはからいますから、退位などと決して仰せられるのではありませぬぞ」

女院はそう帝を諫めて置いてから、東三条へ帰られた後道長を呼びよせて、この際中宮を入内させなければ、帝が退位を決心されるようなこともあるかも知れない。そうでなくても健康を損ねられるようなことがあると、一大事であるから中宮を宮中に帰し入れるようにとすすめられた。

道長が内心いやいやながらも、積極的に中宮の入内に奔走しはじめたのはそれからである。女院や道長からもすすめられて帝の恋の思いを書きつくした御文に心を動かされていた中宮はやっと意を決して、宮中へ行くことをきめた。

久しぶりの入内であってみれば、侍女達の衣裳にしても、新内親王の参内の儀式にしても、人に笑われないように整えなければならないが、権力者の後援のない中宮の身の上では、それらの物入りを賄える筈の后妃の収入なども実際にはとり立てる人がいないので、はかばかしく行かず、絹や綾などを荘園から持って来させて、それに当てたりした。

その日になると、道長はそれぞれの役人を召して、中宮の参内にふさわしい行列を整えるように命じた。

「一度尼になられた御方が入内なさるというのもおかしいのに、そんなにまで御気をお遣いにならないでも……」

と周囲のものは言ったが、道長は、

「いやいや主上の御心を撓めてはならない」

と言って、従前同様の重々しさで定子を迎え入れた。

「何という鷹揚な、ものにかかわらぬ御方であろう」

と人々は道長のやり方を讃めたたえたが、中宮の警護に選ばれて、行列に従って行った検非違使の行国だけは、道長の喜んでいない内心を見ぬいて、この後の中宮の身の上を危く感じていた。

入内の夜のありさまを、「生神子物語」はこういう風に記している。

参内なさると、まずさきに来ていられた女院がお逢いになって、

「まあ、やっと逢えたこと」

とおっしゃりながら若宮をお抱きになった。大そう美しくてよく太っていらっしゃるのを御覧になって、微笑みながらも世が世であったらと可愛そうにお思いになった。抱かれながら、人見知りもなさらず、何となく片言に話したりなさるのを、やっぱり血筋の縁は幼児にもわかるものかとお思いになる。

中宮は去年以来のことを思いめぐらされるほどよろずにつつましく思われたが、女院の方から話しかけられて、久しぶりに御覧になる御様子のやっぱり他の女御達とは較べものにならぬけ高さ、美しさを主上が類いなく思召すのも無理からぬこととお思いになった。

やがて帝もおいでになった。

御乳人のさし出す若宮の御顔をさしのぞいて御覧になると、にこにこ笑っていらっしゃるさまが何とも言えずお美しい。

「ああ、こんな可愛い人を半年も見なかったことよ」

と思わず嘆息なさりながら、この稚子が男であったら、もう一段と中宮を大切に扱えるのにと残念にお思いになった。

女院は若宮をお連れになって、御居間へお帰りになった。そのあと、帝は一年半近くもお逢いにならなかった中宮と久方ぶりに対面されて、はじめの中は毎日書きつづけられた文の言葉や歌のもの狂おしいまでの恋慕の情を恥かしく思われるのか、白々しい顔をつくっていられた。中宮は御髪の長さ豊かさなども昔にまさるほどで、尼になられた容態ではないものの、はじめは御几帳を中に置いて、きちんとしていらっしゃった。

しかしいつの間にか帝はそれをとり除けて、近く大殿油の灯に照らされた宮の御顔をご覧になるにつけ、昔今《むかしいま》のことが一時にお胸にあふれて来て、兎角の分別は淡雪のように消えて行った。白ぬめのように光り、抱きしめる後からするする滑り落ちるようななめらかなおん肌えにおん身をくるむように引添うたまま、涙にあえて、夜一夜乱れに乱れてお過しになった。

中宮にしても、久方ぶりの御対面に帝のめっきり大人びて、男らしくなられた骨格や御声柄にも、愛情の濃くまつわるのをどうしようもなかった。若宮を傍に置いて見ていたいからとおっしゃるのは口実で中宮と一緒にいられたいばかりに、帝は御二方の御殿を、職の御曹司にいらっしゃるようにおきめになって、暁方に御自身そこへいらっしゃって、御調度なども運ばせるよう指図なさった。

関白殿をはじめ、承香殿、弘徽殿の御親族の殿達の不快に思われることも解ってはいらっしゃりながら、今はそれに憚ってはいらっしゃれない御様子で、中宮の御方へばかりいらっしゃるのであった。

一度尼になった方をあんなにはなやかにおもてなしになるのはおかしなものだと内裏の人々は男も女も口々に

譏らわしげに噂しあったが、道長公はそういう壁訴訟には耳を傾けず、

「男というものは女に夢中になる時は、世の思惑も自分の名誉も問題にならなくなる時が一度は必ずあるものだ。主上も今までは少年でいらしったのだから、今度のように熱中なさるのは一人前の男に成人なさった徴しとも見ていい。このくらいの魂のある方でなければ一天下の主《あるじ》とは申されまい。まろはむしろ喜んでいる」

と事もなげに言われた。


敏感な道長の心は、中宮を憚りなく愛す帝の態度に、自分に対する抵抗をはっきり感じているのであった。

帝は中宮のことについて非難がましいことを言うのを、誰一人許さぬ気構えでいられるらしい。職《しき》の御曹司《みぞうし》に置くのも何となく不安に思われるらしく、間もなく、清涼殿のすぐつづきの御殿へ御居間をかえて、昼も政務のひまひまにいらっしゃるし、夜は御自分から出かけて行って暁に帰られるのであった。

弘徽殿へも承香殿へもいらっしゃらないばかりか、御文さえ通わされないのである。

こうして、一年近く宮中にお置きになる中、一夜の夜離《よが》れもなく通いつめていられたので、中宮は再び妊られた様子である。

この前も悪阻に悩まれたのに、今度は一層御気分がわるく、食事などもほとんどなさらないので、一応、里邸へお帰りになることになった。帝はそれを残念にお思いになって、出来れば宮中においたまま、皇子を生ませたいと思召したけれど、流石にそこまで、慣例を破ることは許されなかった。

明日、里邸へ帰られるという夜、閨の中で中宮はしみじみ帝を見て、少し乱れた鬢の御髪を、母か姉がするようにやさしくかき撫でてお上げになりながら、

「まろは皇子を持ちましたら、出来るだけ早くまいりますから……それまで母上様や関白どのと睦まじくなさっていて下さいましね」

といとおしそうに言った。中宮は一度尼になった身がこうして人の妻らしい交わりをつづけ、とうとう子供まで妊ったことを恥かしいと思っていられたが、今はそれにはかえられぬほど帝がいとしく、離れがたい思いにひかれていた。自分の入内したころ、まだほんとうの少年で独楽《こま》などまわしていられたのに、今は怒りも忍耐も身内にしっかり持ちこたえられる一かどの男に成りかわっ

ていられる帝を、中宮は今度の入内ではっきり手応えのある対象として、愛しはじめていた。

「例え誰がどのようなことを言っても、まろの口から直かにきいた言葉の外は信用してはなりません。宮を思うまろの心は例え母上にでもそのまま伝えることは出来ないのだから……」

と帝は言って、中宮の身体を息のつまるほど抱きしめられた。その腕には既に成人した男の力がこもっていた。そういう、帝と中宮の世を忍ぶ恋人たちのような誓いや抱擁を、帳台の傍近くうずくまって小さい白い蛇のように、小弁は凝《じっ》と見聞きしていたのだった。

小弁と行国との間が二条第の炎上の時の不幸な離別以後、ほんとうに断絶していたのだったら、かえってその方が結果としてはよかったのではないかという風に「生神子物語」の筆者は書いている。

小弁春のころ里に下りて頼める尼の庵を訪ひけるに、よき日にこそ来にけれ、これより長谷へまゐらんとて設けしけるところなり、観音の御寺の廻廊のほとりに牡丹《ぼうたん》の花ざかりなりといふに、おもともせめて伴ひ給へといふに、ゆかしくてともにまゐりけり。椿市といふところに行きつきて一夜、さる坊に休みて後、御寺に登る。

春の日いときららかにて、長き廻廊の階を辿りゆくは苦しけれど、右左牡丹の紅白、うす紅《くれなゐ》など時は顔に咲きみちたる眺めはえも言はれずめでたう、仏のみ国に遊ぶやうなるにいささか心ゆきぬ。尼はかかるめでたさをみるも仏の御導きなりとて、念仏申しに申して息つきてのぼりゆく。小弁は春日の宮の巫女《かんなぎ》のむすめなれば、仏頼むことはなのめなれど、行国との仲の絶え果てにしを悲しく恨み思ひ、むすぼほれはてて過しける心には、なかなか牡丹の花ざかりの眼なれぬさまなるにぞ、ひとときの栄えと思ひつつ心なぐさみにけり。

暮るるころ御寺に詣《まう》のぼりて、御あかし奉り、御師の読経し奉り給ふを聞きぬ。尼が局は関白どのの御光の端々にも届きたるにや仏の右の方いと近くにありけり。初夜の御読経果てて、尼のつかれたりとて、寄り居たるまままどろみたるに、小弁はいねがてぬまま廊の方に出で行くに、朧ろ月中空にありて、花の香あたりに満ち、霞みわたれる風情山寺とも見えず、をかしげになつかし。
うしろより来て、そと肩を抱くものあるに驚きてみれば、行国なりけり。その人のおもかげのつと身に添ひて、忘れえぬままに恨めし、悲しと思ふ心も、わが身もあくがるるやうに苦しかりしを、ゆめともわかで、「何しに来たまひしぞ」といふいふ、肩をふりほどかんとするに、行国はなたずより来て抱きしめぬ。
「わが過ちをきびしう咎めたまひしほどにあたり近くありつつ、言葉もかけで月日つもりにける悲しさにまゐり来つるなり。尼ぎみときみのたづさへ長谷詣でし給ふとききて観音の御慈悲にすがらばやとて、公けの仕へもさし置きてあとを慕ひ来りけり」といふに、憎さ辛さはうせしとにはあらぬに、われにもなう身内の肉動き出づるやうにて、行国のいざなふまま、仏に遠き局にてともに寝にけり。

行国はどういうつもりで小弁との情交を復活したものか、あの二条第炎上の折の小弁に対する失態をそのままにするのがこころに許さなかったものか、いや恐らくはそれよりも、恋するものの敏感さで、巫女の血をうけた小弁の執着深い心にいつまでも凝った恨みを保たせておくことは、中宮の御身によからぬ結果をよぶのではないかと懸念した方がさきではなかったか。

一旦、行国と契ることによって男を知った小弁にとっては、はじめての男である行国はある意味に於いて、絶対の力を持っていたので、小弁が心に、行国をゆるさぬものを頑なに持ちつづけていたとしても、小弁の身体は行国を退けることが出来なかった。

こうして行国と小弁の間には長谷詣での一夜を境にして、情交が再燃したのである。

この恋愛の復活が行国との自然な心の動きにばかりよったものか、或いはかの老尼が何かの目的で、道長の命をうけ、二人の若い男女を結びつけるようにしたものかは「生神子物語」の本文には説明されていない。前に行国と小弁を結びつけた影の人が道長であった以上、この長谷の再会にも当然道長の意志が暗々裡に働いているのが、物語としても自然な構成であると思うのに、そう言う不備がところどころに見られることもこの物語の明らかな欠点である。

江戸時代の作者が擬古文を操って書いたものとすると、こういう辻褄の合わないことはしない筈であるから、これをみると「生神子物語」は王朝末或いは鎌倉初期の余り巧みでない女作者の筆ずさみかとも思われないでもない。

伊周と隆家とが流罪を許されて、京都へ帰り、権勢の座からは遥かに遠ざかったにしても、兎も角家柄にふさわしい官職を与えられることになったのは、定子中宮が第一皇女脩子内親王を生んだ次の年の終り頃であったろう。この時期については記録に異同があって、はっきりしたことはわからないが、内親王ではあっても中宮が帝の第一子を生まれたということが表向きの理由で内面には彼らの流謫の間に、政権が確実に道長の手に握られ、その地歩に揺ぎのないことが確かめられた安堵の後であったと見るのが至当であろう。

一つには道長は伊周と隆家に加えた自分の弾圧が強すぎで、世人の同情が彼らの側に寄りすぎることを警戒して、伊周にも、大臣に準じる位を与えたりしたのかも知れない。しかし時の権力者の曾ての対抗勢力であり、帝の第一皇女の母后を姉妹に持っているということはこの場合、伊周や隆家の生活を暮しよいものにするよりもむしろ生きにくくすることに役立つ結果となったのは当然であった。単に伊周と隆家のみならず定子中宮に対してさえ、里邸に帰っていられる時など、中宮として必ず得られる筈の衣食住に関する賄なども道長を憚って故意になおざりにする朝臣や地方官のあったのも余儀ない実情であった。

「栄華物語」の記述は前にも述べたように御堂関白一門の頌歌として書かれたものであるから、伊周兄弟に対しても、道長は過去の対立関係を少しも根に持たず、中宮の宮中に出入られる時の儀式にも、自分の方から進んで車を献じたり鹵簿を整えたりして、その余り行き届いた思いやりに伊周自身も痛み入ったというようなことを書いているが、それが上べだけの親切であることは、他の部分で帝自身が中宮に使いを送ったりすることを道長に対して憚られた記事が記されているのでもわかる。「栄華物語」の作者は道長自身は鷹揚な長者であっても、周囲が道長に対して遠慮するのだという風に書いているが、絶対者の求めるものを窺うことに敏感な朝臣達が道長の好まないことを行う筈はないのである。

このあたりまで、「栄華物語」の記述をなぞってある箇所の多い「生神子物語」の筆は伊周帰洛を境にして「栄華物語」とは違った道筋を鮮明に辿り始める。

それはつまり「栄華物語」で言えば中ノ関白家の政権が地に堕ちた後に来る道長の長女、彰子即ち後の上東門院の入内のはなばなしさを叙した『輝く藤壺』に当る部分からであって、「栄華物語」では当時十二歳の少女である彰子の容姿の美しさ、性質の賢さを称讃して、まばゆい衣裳調度に装われた新しい女御に帝の寵愛の集中する様子をさも自然らしく描き出している。実際、道長は藤原氏の権力者という中でも、恐らくその教養や趣味に於いて、前代の誰よりも優れた資質に恵まれていたと思われるから、その彼が精一ぱいの能力を傾けて、彰子の周囲を豪華端麗に飾り、帝の心を魅了しようと企てた結果は客観的にも見事であったろうと想像されるし、「生神子物語」の本文にあるように早くから定子中宮の帝をひきつけている魅力の性質についても資料の蒐集を怠らなかったとすれば、多年の願望を果す第一歩に着手するのに周到な準備をなおざりにする筈はないのである。

藤壺の打橋を（主上が）渡っていらっしゃるところから、もうこの御殿は匂い満ちていた。その匂いというのも世の常の薫《た》きものではないので、ああ、あの香《こう》だなどと考える余地もなく、何となく、御身に染みかえって、他所とは較べものにならない。何げなく置かれている御櫛の箱や硯箱などさえありふれたものは一つもないので、主上は一々お眼をとめられて、朝からこの御殿へおいでになって、興がっていらっしゃる。女御の御様子もお年の幼いのに何と美しく、態度も整っていらっしゃることか、こんな風に姫宮（脩子内親王）を育ててみたいものだとお思いになった。今までいらっしゃる御方達は皆成人していられるのに、これはまだお若く、おん妹でもいつくしむような親しさでこの上なく御寵愛遊ばされる。

「栄華物語」のこうした記述の後には露骨にではないが、皇后（定子のこと、道長は彰子を入内させると共にこれを中宮に冊立し、定子には皇后という称号を与えたのである）への帝の愛も初花のように新鮮な彰子の魅力には敵わなかったように記述している。

これは表面、たしかにその当時の後宮を領した雰囲気であったろうし、帝としても、道長を敵に廻すことの絶対に許されない立場とすれば、道長の華麗にしつらえた舞台の中心にいる無邪気な女主人公に不快を感じられる筈はないのであるから、藤壺にある時は自分も彰子にふさわしい男雛の役を勤めることを義務とされていたであろう。

しかし、一方にはその新中宮の華麗な入内と殆ど時を同じくして、定子皇后は当時貴族邸宅の常識であった四足門さえない大進《だいじん》平生昌《なりまさ》の粗末な屋敷に仮住居して帝の第一皇子である敦康親王を産まれたのである。数年前中ノ関白一門の栄光に輝いていた時代を顧みれば、想像もつかない変化であった。

華やかな新しいものへ直ぐ動いて行く軽薄な心の持主であったら、帝の寵は見る間に彰子へ移って定子の方へは帰って来なかったかも知れぬ。いやそれにしても彰子は当時、いかに聡明であるといっても十二歳の童女であった。恐らく男女のほんとうの交わりも危くて出来ない未成熟な身体であったに違いない。この場合、既に二十歳になっていられる帝として十年近い間、深く睦み合い、愛しあって姉のようにやさしく自分を導いて、一人前の男に育ててくれた定子との、さまざまの障礙を越えて変らなかった愛情が、彰子の出現によって容易く動くことはあり得まい。まして、定子は帝にとって今や最愛の皇子と皇女を生んだその母なのである。彰子を美しい童女として愛す気持に嘘はなかったとしてもそれによって定子との多年の情愛が薄れるとは、考えられないのである。「生神子物語」の作者も恐らく私に似た心事の持主で、これは又いささか誇張しすぎるほど帝の皇后に対する恋慕執着を綿々と描き尽したかったのではあるまいか。

藤壺の女御のやがて中宮に居給ひて、この侍ひ給ひしを皇后宮と申し奉る定め出で来しをも帝は二人の后の同じ御代に居給ふことのいづれの御時にもなきをと安からず思しけり。さるは一の皇子《みこ》(敦康親王)のおん為にも今はさるべき御後見とてなく、せめて母ぎみだに動きなき位に居給ふならば、世の覚え重かるべしと思し掟て給ひつることのかくては違ひつるゆゑなりけり。故関白どのの在しまし御世なりせば、この男皇子のさし出で給ひし御光をいかに世人ももてはやし聞えんにと思すほど、粟田殿の失せ給ひし折、帥殿をそのまま一の人となさざりける御過ちをこの皇子のためにいとほしう、ゆるさるまじき罪と悔い思し給へり。さる御心癖も交りて、あやにくに離れゐ給ふおん容《かたち》ありさまなどおもかげに立ちて恋しう、過ちてはさまよひ行かんとさへ慕ひ聞え給へど筋なきおん歩きなどかけても叶ひ給ふまじき御身なれば、せめて念じつつ御文のみ忍びて書きつくし給ふ。人に見えじと隠し給へばおん文も大方は右近ノ内侍より宮のおん方の女房へ通はすさまにてまゐるなりけり。

と「生神子物語」には記されている。

皇后も新皇子の凛々しく美しいお顔が帝の幼いころをそのまま写したように眺められるほど、あわれ、昔のままの世であったならばと涙に袖を濡らされることも多かったが伊周は、この親王《みこ》さえ、健康に成長されればいつかはわが家門に再び栄光の輝く時もあろうとその一つ事のみを神仏に念じ通していた。

しかし同じ兄弟でも弟の隆家は、父や兄よりむしろ道長に似て、豪放濶達な中に大局を見ぬく政治家としての見識を持っていたので、例え、敦康親王が無事に成長され、英邁の資質を具えていられたとしても、あの逞しい叔父の道長が長寿を保ち政治の中心を動かないでいる限り、帝の皇后に対するおん思いはいかに深くても、いやむしろそれが深いほど、わが一門を蔽うむら雲は濃くこそなれ、明らかな日影に照らされる日はないであろうと考えていた。隆家は遠流による運命の逆転によって、それまでのわが儘な驕児の甘え気を心身からふるい落されたと同時に、前よりも遥かに強い自負と鋭い洞察力を持つ沈着な気品のある青年に変っていた。その点、順境にある時あれほどまばゆいばかりの華麗な才色に輝いて見えた兄の伊周が失脚以来、女々しい愚痴にばかり閉じられて、将来の見通しなども、自分に都合のよい希望的な観測にのみ頼り、加持祈禱の力を盲信する意志の弱い平凡人になってしまったのとは格別な相違である。隆家は兄に同情するよりも、むしろ爪弾きしたい気持に度々襲われた。

そこへ行くと、定子皇后は伊周とは全く違っていた。隆家の眼から見る皇后は曾て、後宮サロンの中心をなす唯一人の后として仰ぎ見られていた全盛時代よりも、遥かに磨ぎすまされた叡知に照り輝いて見えた。年頃の心労と二人の皇子を産まれた為の疲れに肉づきは落ちて、時に堆《うずたか》い衣裳《おんぞ》と黒髪だけで、お身体は藻ぬけの殻ではないかと思われるほどはかなげに見えることはありながら、白く透き通った胸元の類いない美しさの中には何ものも犯すことの出来ない高貴な清らかさが、厳冬の雪を照らす月かげのようにいつくしく宿っていた。

「帝のおん心はどんなに堰を据えてもこの宮のおん懐ろに飛入って来る……それは、左大臣がどんなに幼い中宮の周囲を飾り立ててみてもどうにもならないことですよ」

隆家は帝の御消息が二、三日絶えたりする時、兄のやきもきする様子をおかしそうに笑って言った。弟に自信を持って言われると伊周も何となく胸を撫で降ろすのであった。

この時代の定子皇后には、帝をほんとうの恋人として愛す対等の愛情が深く根ざして来ていた。それは幼い皇子、皇女に対する母としての自然な愛情とは明らかに区別されるものであった。自分が弟をいつくしむような愛情で守り育てて来た帝が今や、分別ある青年に成人された。帝は権力者である道長がある限りの能力を尽して、新しい中宮に愛情を集中させようとしている努力を婉曲に受け流しながら、自分への切な恋慕を胸の中に燃やしていられる。皇后とすれば、その大人びた帝の愛情は曾て、自分が誰憚らず帝の側に侍り、音楽や遊技に他愛なく興じて一年中春の日のつづくような閑かさに過した栄華の時代よりもずっと、豊富な底深い暖かさに憩い得られる力を持っていた。言いかえれば、失意の境遇に堕ちてから皇后はほんとうに帝の愛情のしんしんとわが身に滲み入って来る重々しさ、厳しさを感じ分けることが出来るようになった。実生活の上では皇妃という最高の身分には釣合いの取れぬ、うらがれた落魄の身であったが、定子の心は常に帝との間の言い尽せぬ愛情に潤っていて、自分を「天涯淪落の人」とはゆめにも思い得ないのであった。

「枕冊子」をよむ人は清少納言がこの高貴な女主人を描くのに、失意の萎えしおれた有様を唯一ヵ所も描かず、そこに写された定子皇后は常に遍満する光明の中に立つ女人のように見えるのを、清女の負けぬ気象が生み出した理想像のように解釈するものが多いが、それは偏見であって、失意の境遇に落ちて後いよいよ皇后の美しさけだかさは輝きを添え、物質面では曾ての宮廷生活と雲泥の差があるにかかわらず、何とも言えず、奥ゆかしく高雅な雰囲気が家居の隅々まで行きわたっていたと「生神子物語」は記述している。

ある時、隆家が生昌の家を訪うと、定子は帳台の内で机に向って、何か書きつづけていられたが、ふと見上げた眼に眩しい輝きがあって、頬も童女のように薄紅に匂っているのにさては帝へのお文の返事を書いていられるのだなと推察した。

「お邪魔でしたか」

というと、何げなく首を振って、傍に侍っていた小弁に、茵《しとね》を取りよせさせ、自分も帳台を出て母屋の御座《おまし》につかれた。

「あの女房は、ずっと宮さまのお傍にいるのですね。たしか私が但馬へ行く前からお仕えしていたと思います」

隆家は皇后に指図されて小弁の退いて行く後姿を見ながら言った。

皇后はうなずかれた。

「そう、もうかれこれ六、七年になるでしょうね。あなた方のお留守のあと、二条の屋形が焼けた時にも、一生懸命にまろを庇ってくれて、危く焼け死ぬところだったのですよ」

皇后の眼にはその時ありありと火炎に包まれた二条第の地獄絵のような凄じい光景が浮んで見えた。あの時は半ば失心していたが、どうやらその自分を焔の中へ誘い入れようとした者とその曲者をさえぎって自分を外へ助け出したもののあることを定子はおぼろげに悟っていた。自分を助け出したものが左衛門尉行国という検非違使であったことは後でも知らされたが、炎の巻上げむせかえる中での生命がけの攻防についてはその時の唯一の目撃者であったと思われる小弁も何一つ語らないし、皇后もきこうとはされないのであった。

考えてみると、身重の身体であのような危い目に逢ってよくも無事に皇女を生むことが出来たものだと皇后は考えられる。そうして又、自分の中に、何やら自分でもわからぬ重いものが沈みこみ、軽々と自分を動かすことの出来ぬようになったのも、あの危い火の中をくぐった後からだとも思われるのであった。

「すると忠義者なのですね。あの女房は……」

と隆家は小弁の姿の消えて行った方からまだ眼を放さないで言った。

「あれはどういう素姓の女です。私にはどうもあの女の眼が気に入りません」

「ほほほほ」

皇后は扇を顔にさしかざして、明るく笑われた。

「そなたには敵いませんね。小弁の眼は阿修羅童子のようだと主上も仰せになりますの……私はでも、細い瞼に瞳の色のかくれているような女よりも性質がよくわかっていいと思うのですけれども……」

「邪悪な光がある……あの眼には……」

と隆家はひとり言のように言った。

「宮さまほどの方がそれにお気づきになりませんか」

「邪悪ですって……」

と皇后はたおやかに微笑んで、

「恋をしていると、女は疑い深くなりますからね」

と言われた。

「あの女に恋人があるのですか……それは誰です」

「さだかには知りませんが、検非違使の行国がそうだということです……」

「行国というのはいつかの火事の時、宮をお助けしたあの検非違使でしょう」

「そうです……もう可成り長い間の恋仲なのに、男が家に入れようとしないのでふさいでいる様子だと侍従など申していました」

「ふうん」

隆家は考えこむように腕を組んだ。

「どうしてあんな青女房のことを気になさるのです。あなたにも似合わない……」

「いや、どうといって、根拠のあることではありませんが……行国とそんな恋仲なら、夫婦にして、御殿を下らせた方がいいのではないでしょうか。近い中、又内裏《うち》へおいでになることもあるでしょうし……どうもあの女は宮のお傍に置きたくありません」

「行国と一緒になれるようなら、私も喜んで暇《いとま》を遣りますけれども……」

皇后はちょっと考えていられる様子だったが、

「それよりも中納言、まろは今度内裏へまいるのをどうしたものかと思案していますのよ。藤壺が退出されるのでその間に是非と仰せられるのですけれども、まろが参内した為に又、いろいろ煩わしいことが出来るのではないかと思って……」

「主上のおん文に何か、書いて御座いましたか、私もちょっと他からきいていることはあるのですが……」

「どういうことをお聞きになったの」

皇后は脇息に片肘を預けたまま静かに訊かれた。

「主上が近い中に退位したいと関白に仰せられたというのです。関白はもっての外のこととお諫め申したとのことですが、その後女院の方から宮さまの宮中へいらっしゃることをおすすめなさったらしいときききました」

「今まろが御返事をしたためていたのも、実はそのことなのですよ」

と定子はいった。

「子供らしいことを遊ばして、関白どのをお困らせになってはいけませんと書いていたのです」

「あははは」

隆家は面白そうに笑って、

「いやなかなか帝も厭がらせが上手におなりになった

……もうすっかり大人ですね。今、関白を抑える手と言えば退位したいとおっしゃるのが何よりだとは私でも思いますもの……折角藤壺を入内させて中宮にまで押し上げてみても、十三歳の后では当分、皇子を儲けられる筈はありません。東宮は帝よりもお年上で宣耀殿の女御にはもう親王達もいらっしゃることですから、今、主上が御位をお譲りになったのでは叔父御が外戚の威を揮うことは出来ません。何を措いても主上にはここ十年余りは御在位あらせられなければ、折角ここまで仕組んで来た仕事の仕上げが出来ないわけです」

「でもね、中納言……主上のお気持はそんなかけ引きではないのですよ。ほんとうに、あちらこちらへ気がねばかりなさって、御自分の思うようにうちとけてお暮しになれないのが、厭で仕方なくおなりになったらしいのです」

「それは宮さまのお顔をいつでも御覧になれないし、離れていらっしゃれば聞きにくいことばかりお耳に入るからでしょう」

隆家のいうのはこの前皇后が、宮中から退出される時、その指図に当るべき役人が皆いなくなって道長の宇治へ行く供に争って行ったことを指しているのである。そんな礼を失した待遇を愛する皇后や皇子に与えることを帝は不快に思っていられるのである。

「まろは、そういうことをさして気にしてはいませんのに……主上もお心に止められないがいいと御意見の文を書いていたのです」

「それは宮さまが勝利者の立場でいらっしゃるからですよ」

隆家は笑いながら言った。

「まろがどうして勝利者でしょう。孤影落日とか文集の言葉の当てはまる今の身の上ではありませんか」

「いやいや、私はそうは思いません。私も帥殿も叔父御との戦いには完全に敗れましたが、宮さまだけは左大臣に勝っておいでになる……左大臣がある限りの力を尽して、入内させた斎娘《いつき》でさえ、宮さまへの愛情を主上から奪うことは出来なかったのですから……」

「そんなことはありません、藤壺はまだお若いというだけで、やがては主上の御心を充分につなぎとめる力のある方だと私は思っていますよ」

「将来はね」

と隆家は言った。

「しかし、宮さま、私はこの頃になって、宮さまが五年前父上の死なれた後、兄上を関白の位に即けようと、帝に無理強いをなさらなかったことを、今ではよかったと思っています。あの当時女院に対抗してこれをすることの出来る力のあったのは宮さま唯お一人だったのです。でもそれをしていらしったら、宮さまは唐の韋皇后や楊貴妃のような権勢欲を満たす貴夫人にはおなりになれたかも知れませんが、今のように何一つ後楯のない淋しい御境涯で猶唯一人のお方の愛情を信じていらっしゃれる世にも仕合せなお気持をお味わいになることが出来なかったに違いありません。宮さまは一門の栄花を犠牲にして、唯一人のお方の真心をしっかりお抱きになったのです」

「そうかも知れませんね」

と定子は素直にうなずいて見せた。鋭い洞察力を持ったこの弟の前に空卑下などして見ても厭味なばかりだと思われたのである。

「この世の幸いというものは何が一番なのかわからないけれども、私は兄上や乳母達のように昔が幸いで、今は不仕合せだという風には思っていません。皇子や姫宮のことを思う時には父上があのままでいらしったらと思わないこともありませんけれども、人にはそれぞれ運命があって、自分の力だけではぬけ出せないものですからね……私のこんな気持を話したことはなくても、自然にわかっていてくれるのは、出過ぎものなどと憎まれる少納言（清少納言）ぐらいでしょうか」

皇后はそれからおいらかに微笑まれて、

「まろはこの頃めっきり身体が弱っているように思われるので、いつこの世を去るかわからないけれども、死んだあとまで、人を恨み呪う悪霊にだけはならないつもりですよ。あなたは多分長生きするでしょうが、まろのない後を見ていて下さいね」

と言われた。

「はい、心得ました。私も宮さまはそのような執念はお持ちにならないと信じています」

と隆家も笑いながら答えた。

こんな姉弟の話があってから幾日も経たない中に、誰にも告げぬまま、くれはの小弁の姿は生昌の邸から消え去って行った。衣裳調度などもそのままに置き残されているので、もしや神かくしなどに逢ったのではないかと皇后のお傍に仕える女房達は噂しあったが、定子自身は恐らく隆家の訪ねて来た日の会話を小弁がどこかでぬすみ聞きして、われから身を退いたものであろうと推量した。

「もしや検非違使の行国のもとへかくれたのではございますまいか。行国ならば今も折々宮さまの警固にこのお屋形へもまいることがございますが……訊ねて見ましょうか」

家主《いえあるじ》の生昌も柄になく恋仲の噂を聞き知っていて言ったが、皇后は只うち捨てて置くようにと言って小弁の行方を尋ねさせようとはしなかった。

それから間もなく定子は東三条女院と道長との両方からすすめ立てられて、皇女皇子の二人を引連れて、宮中の宿直どころと極っている職の御曹司に参内した。

藤壺の中宮は里へ退出した後であっただけに、帝は誰憚らず皇后を愛し、第一皇女にも増して敦康親王をいつくしむことが出来た。

皇后はこの前里邸へ帰られた時より一層痩せて、抱きしめると淡雪のようにそのまま消えてしまうのではないかと思うほどはかなげな風情に見えたが、しめやかにかいひそんだ様子はどこにもなく、帝と一緒にいられるのが心からたのしい様子に見受けられた。

御前の栽《つぼ》に桜のはなやかに咲いている春の夕ぐれ、帝は昼《ひ》の御座《おまし》に定子を呼ばれて皇后の和琴に合せてお好きな笛を吹きすさんでいられた。そよ風に桜の花びらがしきりに散って勾欄から御簾の内までひらひら漂って来る。それは庇の間の几帳の陰で琴を弾いていられる皇后のつややかな黒髪にも、琴の上に素早く動いている白魚のような細い指にも降りかかって来た。

その時道長が何げない風にゆるらかに簀子を歩いて来たが、勾欄の隅まで来ると従者を返して合奏をさまたげないように、御簾の陰に身を寄せたまま、そのまま聞き入っていた。皇后の琴の音がしばらく聞かない中に一層冴えまさって妙な音色をかき鳴らすのも道長を驚かせたが、それ以上に彼の心を騒がせたのは帝の笛の音色に、藤壺で聞く時とは全く違う沈深な悲しみや奔騰する歓喜の情が鮮やかに吹きわけられていることであった。道長自身音楽を解さない野人であったら、この合奏をきいても恐らく何も感じなかったであろうが、彼自身、琴にも笛にも堪能な教養がこの場合には帝と定子皇后との水も洩らさぬ恋愛の至上至福の状態を楽音によって、まざまざ知らされる不幸な結果となった。

「まあ、関白さま、そんな端近においでになったのでございますか」

渡殿を渡って来た帝づきの女官の一人が驚いて、声をかけた時、道長ははっとして、複雑な感動から醒めた。

「ああ、静かに静かに……主上と皇后宮の合奏なさる物の音が余り面白いのでそっと耳を澄ませていたのだ」

道長は鷹揚に言ったが、その時庇の間の音楽はひたりと止って、

「関白が参られたのか……これへ」

と仰せられる帝の声が内から聞えた。


かくて内に入り給ひぬれば、宮も御几帳引きよせて端《はた》かくれ給ひつつ深うはひき入り給はでおはするに、ゆるらかに流れ出でたる御髪《みぐし》のつややかにつゆまよひたる筋もなきに桜の花びらの箔置きたるやうに散りかかりて、卯の花にやあらん白き御衣《おんぞ》の襲ね青う匂ひて、紅のおん袴とり添へてひろごりたるいみじうさはやかに品高う見ゆ。殿もおん姉の女院よりはじめて、やんごとなき際《きは》のおん方々あまた見集め給へる御眼にも、なほ、際なくうるはしうもなまめかしうおはします御有様の限りなく見え給ふものかな、帝のうつし心なう恋ひ思ひ給ふも理《ことわ》りなりかし。きびはに容《かたち》よしとて、これを見馴れ給へる御眼にはわが姫君は猶、片なりに見え給ふべけれ、この人なくて、五年六年ありなん後にこそは、初めてみ心溶けて語らひなんなど賢き御心に思ししめ給ひつつ、何心なう、おんかき合はせのめでたかりしことなど奏して立ち給ひぬ。されど殿のみ心に、この宮をいかにもして遠ざけ聞えましと引きかへし、思し固めしはこの時の後なりしなり。

と「生神子物語」は、道長が第二の手段に新たな想を練りはじめた近因について語っている。

第六章

定子皇后は帝と共に暮す宮中の生活がつづく中に、又してもの月の障りを見なくなり烈しい悪阻に襲われて痩せ細って行くので、三月の晦《つごもり》に内裏を出て元の大進生昌の家に帰ることになった。帝は后や皇子達を長くそこに置くのを危がって、女院の所有である三条の宮に居るようにその準備を整えようとされたが、実際にははかばかしくは運ばないのであった。

家司や御禱りの僧などについても道長を憚って、皇后のお召しに応じないものの多いのを知っていられて、お小さい時から加持祈禱を取りまかなっている某の僧都に

仰せつけて、万事にぬかりのないようとお心をお配りになるのも、この前のお産の時までにはないことであった。

それというのも上べこそ明るくはなやかな様子を保ってはいらっしゃるものの、何としても雨に傷められた花のように危うげな皇后の御様子が、ひょっとすると、この上なく悲しい別れになるのではないかとうち消してもうち消しても、その御心配が帝のお胸に絶えないのであった。伊周や隆家を召して、后と皇子達を油断なくお守り申すようとお頼みになりたいのであるが、未だ公けに交わっていない流罪後の彼らを側近くお召しになることは、かえって皇后のために悪い結果になることと強いてお忍びになって、女院の方へとりわけお心をお運び下さるようにお申し入れになる。

夏になって、中宮が御殿におかえりになると藤壺のあたりは急に賑やかになって、星逢いとか月見の宴などの行事も常よりもはなやかに詩歌管絃を伴って催されていたが、秋風の立ち初めるころ、新中宮は何となく、御心地がすぐれず、お熱などもあって、苦しげにお見えになるので、道長はじめ宮中に伺候するほどの者はこれを一天下の大事として医師はもとより加持祈禱、何くれとなく心を尽して看病した。

帝にも毎日藤壺においでになって御容態をおたずねになる。まだ小さく若くおいでになるので普段は年よりも大人びて見える姫君ではあるけれども、流石に御病気ともなれば少女らしくお泣きになって、里へ帰りたいなど仰せられるさまがいかにも幼げでおいとしく御覧になる。

ここにもおん物ノ怪が弱り目に乗って御寝所のあたりに障礙をする様子はいつもと変りはないが、皇后宮の祖父で、最近亡くなった高二位（高階成忠）などは最も凄じい死霊となって修法の壇のめぐりを狂いまわっていた。この霊の憑いているのはまだ冠《こうぶ》りもしない男童なのであるが、声はしわがれながら、壮者のような力を持ち、和漢の学を呪いの言葉の中に自由に溶かし入れて責めかけ責めかけ言いつづける様子は、二位をほんとうに知っている道長には舌のふるう思いらしかった。

しかしほんとうはこの二位の死霊も真実の霊だったか、現実の人間の考え出したなま死霊だったかはわからない。道長ほどの大政治家ともなれば自分自身は全く指一つ動かさないでも、常人の想像にも及ばない不思議な機関《からくり》を現実の堆積に織り交ぜて、自身の利益にかえてしまうぐらいのことは何でもない業《わざ》なのであるからと「生神子物語」の作者は述べている。

これはやがてその後にあらわれて来る皇后宮の生霊のその人とより思われない様子や言葉遣いが、定子自身の霊の憑りうつったものではなく、数年前東三条女院の御悩みの折に三輪のあやめの勤めた役割をそっくり再現したものであったことを説明しているのであった。

あやめはその後は女院の御所から退って、例の尼のもとで里居したり、土御門殿（道長邸）に伺候したりしていたが、くれはの小弁とはあの時以来仲違えして、二、三年の間顔をみることもなかった。

それがこの六月ごろ、尼の草庵に小弁が来て、瘧《わらわやみ》らしく悪寒発熱して半月ばかり病みぬいた後、是非に姉に逢いたいという便りをよこしたので、あやめは取るものも取りあえず北山に近い尼のもとを訪ねた。

小弁は奥の間にねていたが、あれほど丹《に》の色に匂って丸々と肥え、若々しかった頰が痩せ青ざめて、墓の中からでも出て来たような変り方にあやめはまず驚かされた。

「病いときいて驚いて訪ねて来ました。そなたにはあの折、ひどく叱られてしまって、姉顔も出来ず、そのまま、過して来たけれども心には一日とて忘れた日はありませぬ。母上からも一生睦じくせよとお頼まれしたのにと、いつも心にかけていた願が叶ってこうして逢えるのはうれしいこと……」

と痩せ細った手をとって、涙をふりこぼしながら言うと、くれはは落ち窪んで一際大きくなった眼にじっと姉を見据えて、

「姉さま、あの折は心が幼くてあなたに腹立てたりしてすまぬことをいたしました。私はもう皇后さまの御殿にはおりませぬ。そうして、姉さま、私は行国どのにも捨てられて生きる甲斐ない身になってしまいました」

と苦しそうに息をつきながら言うのであった。

「それはまあどうしたこと……皇后さまにはそなたが私の妹だということにお気づきになってお疎みになるようにでもなったのか……それともお側の者が讒言《さかしらごと》でも申し上げたのか……」

「いえいえ、宮さまはつゆばかりも私を疑ってはいらっしゃいませんでした。私は自分の心からあのお心やさしい宮さまに背いたのでございます」

小弁のくれはを病いに沈ませたのは行国との愛情に破綻の蔽えなくなったことが、勿論その近因ではあるが、その深い底にあるのはやっぱり少女時代からの女主人で、敬愛の情をこめて奉仕して来た皇后に憎しみを持って対さねばならぬ矛盾した苦悩であった。

いつぞや隆家と皇后との話を立ち聞きしている中に、隆家が小弁の眼に邪悪な光がさしていると敏く看破した時、小弁の心には、はじめてもう長い間、胸に眠っていた小さい蛇がぬっと鎌首を上げたような開眼が行われた。

それはあの二条第の炎上した夜、中宮を助けようとした行国が自分の取りすがった手を情けなく振りはなし、炎の中に自分を残した時に、心に渦巻き立った黒煙のいつになっても絶えない執念の結果とも言われるものであった。それまで皇后を現し身の菩薩のように讃仰し、その失意の状態に心からの同情を惜しまず女主人の逆境を一層深みへ導くような行為をした姉とさえ、交わりを断ったほどに一向きに憧憬していただけに、一度その感情の裏返された時にはあり得ないほどの恐ろしい妄執がくれはの心に燃え、それは定子皇后を呪わずにはいられぬ怨憎となった。

行国はおぼろげにそのことを察して小弁の怒りを解こうと再び情交を再燃したのであったが、いかにつとめてみても、一旦皇后の世にも稀れな麗わしい現し身を火炎の中でしっかりかき抱き、冷たい黒髪や花びらのようにしめった肌えに触れた記憶はその後長く行国の感覚に残っていて、小弁を怒らせまい、出来れば妻として自分の家に据えるようにしたいと心に念じながら顔を見ると、何とも言えぬ興ざめに心が後じさり、結局は長谷の一夜を境にして、小弁との情交を復活したことを悔いる思いのみ深くなって行った。

それでも行国はくれはの心内に燃える強い執着を心から恐れていたので、表面は、小弁を嫌う様子を見せなかったが、小弁が皇后の御殿を誰にも断わらずに逃げ出して、自分の家に駆けこんで来た時、行国の忍耐は抑え切れない怒りに変って烈しく小弁を責めた。

「私はそなたが皇后の宮の御もとを無断でぬけ出して来た所業をどうしても許すことが出来ない。これが前関白殿の盛りの御世とでもいうなら、かえって私はそなたの無分別を叱りはしても、それほど深く咎めないに違いない。そなた自身も知っているように皇后の宮は今、藤壺の耀く御栄えに押されて、世にもお気の毒な境遇に沈んでいられる。そなたのようなものでも、突然お傍から見えなくなるようなことがあれば、きっと心淋しくお覚えになるだろう。私も、皇后さまを裏切るようなそなたを再び見とうない……さあ、悪いことは言わぬ、今の中にもう一度、三条へお帰り……そうして、今まで通りお仕えしていれば、私はきっと半年一年の後にそなたをこの邸に迎えとるようにするから……」

行国は威したりすかしたりして小弁のくれはを説得しようとしたが、くれははいつものように行国の言葉を素直に聞こうとはせず、彼の心の奥の奥まで見通すように大きい眼を裂けるほど見張って、黙りつづけていた。

「もう、嘘はおっしゃらないで下さい。あなたが私を愛していらっしゃらないことはあの二条の宮の炎上の折以来ようわかっております。あなたは皇后さまに及びもない恋を覚えて、私をお嫌いになるのです。それがわかっていながら、これまで未練にひかれていた私の愚かさ……あなたに捨てられては死ぬより外ない身と思いつめても、私はあなたの偽りをそのまま見過してはまいれませぬ。宮さまにもあなたにももうおさらばでございます」

長い沈黙の後くれはは不思議に涙一つ見せずそれだけ言い切ると、見かえりもせず行国に背を見せて、出て行った。

くれはの胸に行国への愛着が、あやしい復讐と妄念に変って皇后を呪う思いに置きかえられたのはその時からであった。

勿論その異常な愛着と妄執が素直な女であろうと願うくれはの若い身心の自然な欲求を焼きただらせて、熱病を疾ませ、一月ほどの間に見る影もないほど痩せ衰えて、蜘蛛のように凄じい変貌をとげさせたのは当然な結果であった。

あやめに逢おうと思い立った時には、くれはは病気と心内の熱気に闘いつづけた末にある結論を見出していたのである。

「姉さまに、逢いたいと思うたのは外のことでもありませぬ。関白さまがもし、昔、あなたにおさせなされたようなことを又、お試みになる折があったら、その贋の招人《よりまし》には私を使って頂きたいと思うからでございます」

「え、何ですって……そなたはあの時私が皇后の宮の御様子を真似たのをあれほど憎んで姉妹の縁まで切ったではありませんか……それに今となって……どうして又……」

あやめは行国とくれはの間の恋愛関係が破綻したことだけはきいたが、行国の定子皇后に向けている秘かな恋については全く知らないので、妹の口から出た不思議な言葉をむしろ疑わしくきいた。くれはが定子皇后に唯の主従というだけでない心からの敬愛をもって仕えていたことを知っているだけに、突然裏返った妹の心が量りきれないのである。

　くれはは姉の不審らしい顔つきをほぐそうとして、自分の翻意について次のような説明をした。

　行国との恋を全うしようと念願していた内こそ、不遇な皇后に仕えて来たけれども、位ばかり高くても世間からは日陰もの同様に見られ、よろずに事足りず気のめ入りこむことの多い宮仕えにはもう辛抱が出来なくなった……元々、私たち姉妹は左大臣のお世話でこうして宮仕え人にもなったようなものゆえこの後は眼をかけて頂けるような御奉公をして、先々は家柄や位などどうでもよいから、豊かな生活の保ってゆけるような男に一生を委せられるようにして頂きたいというのである。

　あやめは面変りの烈しいのと一緒にあやしく一変したくれはの心情を、恋を失った若い妹の余儀ない変貌としてうけとったようであった。あやめの胸にはすぐ中宮の御病気とそれに障礙する物ノ怪のことが心に浮んで来た。道長の心を察しるほどの器量はあやめには元より恵まれていなかったが、今度の中宮のおん悩みに当然、考えられる筈の皇后宮の怨霊が未だ現われて来ないのは、自分は既にくれはと絶交していて皇后の親しい御様子を知る筈はなし、他にこれと言って招人とするものもない為であろうとは想像された。妹の申立ては関白どのをよろこばせるかも知れないとあやめは思った。そうして、兎も角も、このことを大殿に申し上げて見ようと言って、老尼の庵室から帰って行った。

　藤壺の新中宮の御悩みに怪しく誰とも定めがたい女の霊が添うてかぼそい御身を苛みつづけるという噂が後宮一帯にひろがって、帝の御耳にも入るようになったのはそれから間もない頃であった。

　帝にそのことを申し上げたのは、御乳人の藤三位であったが、それとない言葉の中にはっきり皇后宮の御生霊とうけとれる節があるので、帝はぎくりと胸に釘を刺されたように感じられた。帝は唯一度ではあったが、東三条の女院の御病気の折にまざまざと定子中宮の生霊を見られたことがあった。その恐ろしさはその後皇后に逢われたことで、朝日の前の淡雪のように消え去ってしまったのであるが、今、皇后と引離れて、折には耐えがたい恋慕の情におし浸され、わが心ながら、三条の大進生昌の家に魂は行き通うばかりに思われるだけに、皇后の晴れ間なくむすぼおれた胸に妖しい焰が燃え、恋がたきでもあり、自分を権勢の地から突き落した左大臣の斎娘でもある新中宮に執念のとりつくことも強《あなが》ちないとは思えないのであった。

いやいや定子の宮に限っては、そのような忌わしい蛇をあの透きとおるように白くなよやかな胸の中にかくしているなどとは思われぬ。内裏を出る前には前よりも一層ものはかなげに痩せて、雨を帯びた芙蓉の花の明日まではは花弁を保ちがたい風情であったが、そうした中にも少しの乱れも騒がしさも見えず、かき抱いていると、この身まで匂いのある霞の中に漂っているようであった。一の皇子《みこ》の敦康親王の将来についても、何一つ訴訟らしい言葉を語ったこともない……わが子を愛さぬ母はないであろうに、その深い情愛にもまさって、濃い思いに自分を包み庇ってくれているように思われる……一体ならば、自分の方こそ、定子を庇護せねばならないのに、定子は非運な境遇にありながら、逆に自分が関白との間に気不味い争いなど起さぬようにと心を遣ってくれていた……そんな清らかに澄みとおった心の持主がどうして、幼い新中宮に対して、瞋恚の炎《ほむら》を燃やし、生霊になって病床を襲うたりするものか。

主上は定子の宮の傍にあった頃のあの折この折を思い出して、中宮を襲う生霊を定子のそれではないと否定しつづけられたが、その噂はその後も絶えず、毎日のように、主上附きの女官や侍臣の口から、遠慮勝ちな言葉で帝の耳に伝わって来るのであった。

その生霊の名については誰もはっきりしたことを言わなかったが、類推してゆくと、皇后以外の誰でもないことが判った。一昨夜はその生霊のついた女房は中宮の寝ていられる帳台へくぐり入って、長い黒髪をひっつかんでうちかなぐろうとしていたのを、御祈りの僧が数珠で叩き伏せて組みとめたというし、昨日は北面《きたおもて》に御座を変えて五壇の御修法を隙間なく修していたのに、物ノ怪はどうしたものか、殿がお呼びになった巫女に乗りうつって、さまざまな凄じい呪いの言葉を吐きつづけ、新中宮が落飾されて宮中を退下されない限り御病気は癒らぬばかりか、お命も危いであろうと罵りつづけたという……道長も困《こう》じ果てていっそ、中宮を土御門殿へ引取ろうかとも思っているがそのくらいのことで、執念を断つ物ノ怪でもあるまいと、豪毅に北ノ方の愁訴をうけつけぬのだという……そうして、主上が中宮を見舞いに行こうとされると道長は何故かそれを遮って、自分から伺候して来た。

「中宮はまだ少しも快方に向われぬか。私も見舞いに行きたいのだが……」

と主上が言われると、

「いや、主上はお出で遊ばされぬ方がよろしゅうございます。山の座主をはじめ多くの験ある僧どもが御祈禱に励んでおりますゆえ、間もなく御平癒遊ばされましょう」

と何げなく言って、他の御裁可を受ける公事などに話を移した。仮にも主上に御心を労させまいとする行き届いた配慮はいつも道長の側にあり、そのことでこの叔父の関白を、帝は頼もしいものに思召されているのであったが、中宮の病気に対しては、そればかりではない気苦労が道長のおおらかに見える顔に滲んでいるように思われるのであった。

「何か、名のしれぬ物ノ怪が宮を悩ましているとか噂するものがあるが……そのように執の深い恨みなど持たれる身ではないと思うのに……」

と帝は気づかわしそうに問われた。その若い額のひそみには、言葉以外の悩ましさがまつわっているのを道長はすぐ認めた。

「誰がお耳に入れましたか……主上の御心を労すようなことは一切叡聞に達するなと、堅く申しつけて御座いますのに……何、埒もないことでございます」

といったまま、その内容については説明しようとしなかった。


その噂は三条の大進生昌の家にたれこめていられる皇后のもとへも伝わって来た。それを伝えてきたのは、伊周であった。伊周の口ぶりはどうやら祖父の高二位や父の道隆同様、定子の宮の霊が知らず知らず新中宮にとりついて障礙をしても、それは当然の酬いであるという風に聞えたが、皇后はその噂にひどく傷つけられた様子で、この頃急に太り出して立居も年に似ず不自由らしく見える長兄をさげすむように見入られただけで兎角の返事もされなかった。

しかし、その翌日、隆家が訪ねて来た時には自分の方からそのことを言い出して、強い否定の情を示された。

折から秋もも中に入って、十日余りの月の顔もさやかに見え、内裏や二条の宮のそれとは較べようもないが、つくろわぬ前栽《せんざい》の薄の穂に交って竜胆や撫子の露にぬれて咲きつれた間から虫の声の聞えるのが艶にあわれ深く眺められた。

女主人の君は、御簾近く脇息に寄って虫の音に耳を傾

けていられたが、隆家の顔をみると月の光にいよいよ白く冴えまさった顔を上げて、

「中納言は、私の生霊が物ノ怪になって、藤壺の宮を悩ましているという噂を御存じですか」

　ときかれた。

「はい、聞いております」

　と隆家は何でもないことのように言った。

「まろの耳に入ったのは昨日、兄上が見えてお話しになったのをきいたのがはじめてでしたが……」

　皇后はわれとわが心の底の声を聞きすますように眼を閉じてしばらく黙っていられる。閉じた瞼が月の光に青白く照らされて、大きい花びらのように見えるのを隆家は眺めていた。

「まろにはどうしても、自分の生霊が藤壺へ通って行くとは思われないのですよ。正《まさ》かに気づいていないでも、夢うつつの間にも魂は行き通うものと言いますが、藤壺の宮らしい人の容貌《かたち》をまろはゆめにもみたことはないし、ましてその人に恨みを言ったり、呪ったりした覚えはありません……内裏にいる時も飛香舎《ひぎょうしゃ》・（藤壺）は行ったこともないので御殿の様子もまるで見当がつかないのです」

「あははは」

　と隆家は笑い出した。

「宮さまほどのお方でも、迷いはおありになるものですね。宮さまの生霊が藤壺にとりつくなどというのは、皆、作りごとです。いや、高二位の死霊だって怪しいものだと私は思っていますよ。まあ、まあ、何もかも一くるめにして、帝に対して関白の仕かけている大がかりな芝居だとお思いになっていればいいのです……」

「芝居ですって……それはどういうこと？」

「つまり、宮さまから主上のお心を引放そうとする為の狂言ですよ。まあ、放ってお置きになって御覧なさい。帝は聡明でいらせられるからきっとその化性の正体をお見ぬきになるでしょう」

「そんなことが……でもあることかしらん……」

　皇后は半信半疑につぶやいた。

　物ノ怪の噂は日一日と喧しく取沙汰されるようになって行った。

　ある日、又そのことをひそかに奏した藤三位の娘の王命婦に帝は仰せられた。

「ねえ、命婦、関白に話してもまろを藤壺に連れて行こ

うとはされない……しかし、まろは中宮の見舞いは兎も角もとして、その物ノ怪の様子というのを誰にも知られずにそっとかいまみたいのだ……皇后の宮も三条で病みがちに日を送っていられるときくほど、もしこんな厭な噂が耳に入ることでもあったらどんなに辛い思いをされるだろう……他の人はともあれ、まろがこの眼でみれば、皇后の宮の霊かそうでないかは一眼でわかる……もし、他の女の霊かよくない憑きものなどをあの宮のそれと思い違えて、調伏などされたら、懐妊中の皇后の宮の身体にだって障らないとは限らない……表だってまろが行くと言えば面倒な支えが起るのは分っているのだから、どうぞお前と三位の才覚でそっと藤壺へまろを連れて行ってくれないか」

「恐れ多いことでございます」

乳人子の親しさで帝に近仕している命婦は答えた。

「母とも相談してよい分別を申し上げましょう。いくら主上の仰せでも、軽々しいお成りを関白どのがお知りになるようなことがあれば私どもが罪を蒙らなければなりませんから……」

命婦は一応思案のつきかねる風にお答えしたが、実は帝のこの仰せは、藤三位母子には思う壺であった。というのは決して帝に対して、不敬な心があるわけではないが藤三位も娘の命婦も、彰子中宮の入内以来、道長から特に眼をかけられているので、何とかして帝のお心が定子皇后から離れて中宮お一人のものになることを心から望んでいたのである。御幼少の折からお乳人としてお育てして来た藤三位にすれば、帝の皇后への傾倒には嫉み心もいくらか交っていたかも知れない。

兎も角、帝の目論見は藤三位から道長の耳へ細やかに私語かれ、道長はそれににったり微笑んでみせた後、帝の忍んで来られるのに万事都合のよいように巧みな道具立てを用意することにした。

二、三日すると藤三位がお前に伺候して、

「今夜は関白殿は土御門殿へ帰られて、藤壺にはつめておいでになりませぬ。もし、主上が誰にも見られずお忍びになりますなら、今夜も、初更をすぎた頃にお渡り遊ばされるがよろしゅうございましょう……あちらの女房たちにききましたところでも、恰度その頃おいが中宮さまのお襲われ遊ばす時刻と申すことでございます。御帳台の東表の母屋《もや》には五壇の御修法に験のある限りの法師たちが居替って、護摩を焚き、修法しておりますゆえ、西の妻戸から壁代を伝うて母屋の外れに御座を設けませば、誰も気づくことではございませぬ。女蔵人《にょくろうど》、女孺《にょうじゅ》などもまわりにそれとなく配っておきますゆえ、もし不審たてるものがあった折には、主上が中宮の御病いを御案じ遊ばすあまり、お忍びで渡御あったと申すに何の障りがございましょうか。一度、夜のおとどにお入り遊ばされた後、私がよい時刻にお誘いにまいりますゆえ、おん袿姿のままおいで下さいまし」

　藤三位と命婦はそう帝に復命した上、亥の刻を過ぎるころ、夜のおとどの帳台の帷を少しもたげるのを合図に帝は白綾の大袿を裾長く引かれたまま、外へ滑り出られた。そこには、命婦が待っていてかつぎの薄衣をふわりと御頭《みぐし》にかつがせまいらせて静かに清涼殿の渡殿から、藤壺の方へ歩いて行った。帝はお身体が華奢でいらっしゃるのに、藤三位は肥えた大女なので、命婦との間にはさまって歩いて行かれると、どこにいられるかわからぬように見えた。

　秋の夜風の冷やかに吹く前栽に花の色々がうつろって、遠近の野山から道長が集めさせて、中宮のお慰みに献ったという鈴虫、松虫などの音色が惜しげもなくふりこぼれている。常であったら、女房達の局をつまどい歩く殿上人の姿も多いのであるが、今は中宮の御悩みに恐れ謹んで、詰め所に冠を傾けて宿直する者ばかりである。

「清儀《きよのり》の朝臣宿直申し候」

などとこんな廊で遠く殿上の名対面の声をお聞きになると主上は珍しい心地がなさった。

　それとなく人を払ってあったこととて誰に見咎められる心配もなく、帝は帳台のうしろに用意されている御座にお着きになることが出来た。ここは塗籠をうしろにして、壁代や几帳御屏風などがいく重にも立て渡されている間なので、こちらから母屋や庇の間を見渡すにはさしさわりはないが、向うがわからは金輪際見られる心配のない究竟な場所である。

　その上、護摩壇に絶えず投げ入れる護摩木や芥子の濃い匂いと共に、濛々と黒煙白煙の立巻く間にそのところだけ焔が赤々と燃え上り、数珠を押しする音、鈴《れい》の声、怨霊退散妖魔降伏の呪文に交って、招人たちの声高に罵りさけぶ声が、常のみやびやかな御殿の様子とは打って変って、阿鼻叫喚の大地獄にあるような凄じい渦を御殿一ぱい巻きかえしていた。

　帝はこの様子にまずぞっとされたが、そっと帳台の中をのぞかれると唐綾の枕に艶やかな黒髪を伏せたまま、まだ童顔の失せぬ中宮は少し眉をよせたまま、うとうとしていられた。

「今罵っているのは粟田どのの御死霊だそうでございますよ。でもこの御霊はそれほど中宮さまに強い障礙は出来ないのだそうでございます」

と藤三位は帝の耳に口をよせてささやいた。

その時、潮のさして来るようなざわめきが母屋から庇の間にかけて、押しかたまって一心に尊勝陀羅尼を誦している女房たちの間から起った。一つ一つの長い裳裾や黒髪がくらい中に夜の磯べの波のようによせかえるとみる間に、その中から一人ぬけ出た仄白い影が宙につり上げられるようにのび立って、檜扇をぴったり顔にかざしたまま、御帳近くへするするとすりよって来た。

「御らん遊ばしませ……あれでございます……あれ、あのおんうなじを少しこごめるようになさって、お頭《つむり》を傾けていらっしゃる御様子が……唯そのようにお見えになりませぬか」

命婦は帝の御衣の裾をそっと引いて言った。帝は返事をなさらなかったが、お心には深くうなずかれた御様子である。

「国に二人の帝ましまさず、二人の后も立ち給ふことなきを、世の掟に違ひ、いかに権威を玩び給ふとて、神仏もゆるし給はず、頑《かた》ましき父の御心のおん身に酬ゆと知り給はじ……いとほしや、いとほしや」

物ノ怪の憑いた女房は誦経するようにゆるゆると言って、そこで珠の弾けるような冴えた美しい声音に笑った。その声にかき起されるように今までうとうとまどろんでいられた中宮は枕から頭をもたげて、苦しそうに呻き声を立てて反りかえられる。お乳人とお附きの上臈女房が、

「お苦しゅうございますか」

「又いつものお悩みの時刻でございますね」

などと言いながら、おん胸をおしたり背中をさすったりして介抱するさまが帝の眼にも痛々しくうつるのである。

中宮は何ものかに胸もとを捕えられ、引据えられるように身もだえしてお苦しみになる。物ノ怪の憑いた女房は勝ちほこったように御几帳のめぐりをゆらゆら歩きまわりながら、今のこのままにいつまでも中宮の地位を去らずにいるならば遠からぬ日にこの姫は命を失うであろうと経文を誦すような単調な声で呪いつづけた。招人の呪咀が一わたり終ったところで、修験の功をつんだらしい眉の白い老僧が修法の座から歩み出て、招人の前に立った。

「后の宮の御悩みを一天下の大事と佗びいるに、御幸いを呪うねじけ人の霊はそも誰どのにておわすぞ」

「名のらでもそれとは知られようものを……」

「いや、名のり給わでは御恨みを釈かんよすがもなし」

「一の皇子を東宮に立て給え……さらば、怨霊は消え去ろう」

「これは、過ぎ去り給いし、中ノ関白の御霊か」

「いや、まろは男にあらず」

「さらば、関白の北ノ方、高内侍の御死霊か」

「いや、いや……何とて母君になき名を負わせようぞ……これは、后とは名のみにて露しげき、蓬が宿を仮の宮、恋しき君とは仲を隔てられ、あるにもあらで世を送るはかなき女の生きすたま、われにもあらず、闇をゆき月夜を行き、ここまで通い来ると知り給わぬか」

　その声はさだかではなかったが疑いもなく定子の宮のどこかに鈴虫の余韻に似た憂いを帯びた涼しい声音にそっくりだったし、口蔽いして、顔を背けはじらうように黒髪を衿にまとわせる動作も唯それながらと見えて、帝は思わず肌えの粟立つのを覚えられた。

　中宮の御悩みは烈しくなり、しきりに頭が痛む御様子なので、湯桶に湛えて来た水を手拭に浸して額に当てたり、母君の関白の北ノ方（倫子）が御帳台に入って来られたり、混雑がひどくなった隙に、帝はそっと、又元の道を通って清涼殿へお帰りになった。

　しかし、その夜は夜もすがらお眠りになれず、あの地獄絵のような護摩壇の赤い焰の舌と黒煙との濛々と立ちこめる混迷の中に、さまよい出た招人の凄じい姿が眼について離れないのであった。


　上べは飽くまでやはらかにたをやぎ給へるものから、底に強き撓《しな》ひ持ち給へる御心ざまの、例へば、青柳の糸のわがね易くみえつつ、引ききりにくきやうに頼もしうも、愛《かな》しうも覚え給ふなれば、まことよ言《こと》に出ではかけても言ひ出で給はざらめれど、故関白殿失せ給ひてよりこの方のこと、何につけてもわれを言ひ甲斐なしと思し貶《おと》し給ふこと多かりけんかし。それもこれも、おのれに易く世を保たせんとの母代《ははしろ》めかしきおんいつくしみの深くてこそ恨みがましき言の葉は綴り給はざりしなるべし。されど一の皇子《みこ》を持ち給ひては、女は母となれば、虎狼の岩屋さへ危《あやふ》しと思はぬ強きひたぶる心つくものなれば、あはれこの皇子《みこ》を一天下の主人《あるじ》と敬はせんの御心出で来んもあやしからぬことなり。とてもかくても、今宵の招人の女房の立ちふるまひ、ものの言ひざま、声音まで、唯その人をみるやうなりしこそあやしかりしか。……かかること世にひろまらばかへりて御身の仇となるべき世のありさまなるに……いかにしてましとさまざま思し乱れ給ふにつゆばかりも大殿ごもらで夜あけはてにけり。

その夜、藤壺で、修法の声と護摩の煙と芥子の香のむせかえる異常に攪乱された雰囲気の中で、帝の眼に正しく皇后の宮そのままに錯覚された招人の姿は、三輪のくれはの全力を傾けた演技であったことを、読者は略々想像されたに違いない。

帝がこの夜の光景を目撃されたことで、かなりひどい衝撃を与えられ、翌日は終日、政を聴かれなかったのを見ると、道長はわが意を得た様子で、もう一歩、この画策を進めれば帝の御心がほんとうに、皇后から離れることがあり得るのを信じ得られる気分になった。

道長に都合のよいことにはその頃三条の大進生昌邸にいられる皇后は妊娠の月の重なるにつれて、お身体に衰弱が加わり、殆ど床についていられることが多くなったので、猶更、そういう半病人の状態が生霊となって、現しみをさまよい出て行くという噂をひろめるには都合がよいのであった。

その数日帝の御気色をうかがっていた道長はある日御前へ出て、

「度々の仰せごとを背いてまいりましたが、中宮のおん悩みも、いまだに怠り給うけじめが見えませぬので、母なども里へ呼び戻して、くつろいで養生させたいと願うております。主上にも一度、お見舞い下さいまして、衰えた模様をも御覧頂きとう存じます」

と奏上した。

「まろも宮の様子を近く見舞いたいと思いながら、そなたが許してくれないので辛く思っていた……では今日早速見舞うことにしよう」

「忝ない仰せでございます。昼はあまり、乱《ろう》がわしい屋内の模様を宮もはずかしゅう思われましょう……宵すぎて成らせられるようおん計らいいたします」

道長はそうお受けをして、藤壺に帰ると御修法の壇などはそのままに僧達に加持祈禱をつづけさせながら、母屋や庇の間のとり乱れたのを出来るだけ整えさせて、帝のおいでになるのを待った。

宵すぎて、帝がお渡りになった時には、中宮も、脇息によりかかって半身を起していられた。面瘦せて小さくなられた顔を帝は痛わしく眺められたが、こういう時ほど一層、妹姫を見るようなあわれさが濃くなって、定子の宮の病むさまを見られる時の御自分の身体がそのまま痛み出すような情緒とは違うことが、おん自らにもはっきり分別されるのであった。

「思っていたよりも、気色がよくて、まろもうれしい……毎日でもお訪ねしたいのだけれども、母君などもいられて、気を置かれると思って我慢しているのです。早くよくなって下さい。一緒に習いかけた琴《きん》のこともそのままになっているし、双六でも碁でも、元気に対い合ってするように早くなって下さらなければ……」

帝は中宮のかぼそい手をしっかり握って、お顔の両側にほつれかかる黒髪をお手ずから掻分けて上げながら、やさしく言われた。彰子の宮は年にしては気性のしっかりした少女なので、帝のお見舞いにもつきづきしく御礼を言われるし、道長も傍から言葉を添えて、しばらく里居されたらば早く快くなられるのではないかと奏上している時、

「あれあれ又、おん物ノ怪が」

という乳人のけたたましい声と一緒に母屋の帳台の近くに侍っていた女房達の間からするすると滑り出て、御帳の帷越しに帝のおん手を握ったものがある。

帝は驚いてその方を見られると、髪を半面にふりかけた女房がつとより添うて来て、帝のお手を両手の間に挟み、凝《じっ》とその手を頰にすり寄せたままその上に顔を伏せてしまった。

その動作は定子の宮が帝をなだめる時や何かを頼む時にする仕業そのままで、帝ははっとして冷たい手に挟まれた自分の手の感覚を通して、定子の息吹きをきくように思われた。

招人の女房は帝の御膝に顔を伏せたまま黒髪を長く引いて、どうやらさめざめ泣いている様子である。

お乳人たちが中宮を帳台からお出ししようとするのを道長はとめて、

「そのままに……おん物ノ怪は帝に何か申し上げたい様子じゃ……他の物ノ怪とは違う……皆御帳の外に出よ……帝の玉体は道長これにあれば、ゆめ障礙あらせ申すことはない」

と声高に呼んだ。中宮のお傍へ乳人と二、三人の上﨟女房が膝行してひれ伏し、他は袴をふみ違えてこけつ転びつ、母屋に滑り出たものの、皆固唾をのんで帳台の内

の気配に耳を集めている。

一時やんでいた修法の声が壇を中心にして高く聞えはじめ、投げ入れる護摩木と芥子の濃い匂いが黒煙とともに鼻をさすように渦巻きはじめた。

大殿油の光も吸われたように消えたので、帳台の内は護摩壇の焔が片あかりに赤く燃え立つだけで、帝は膝にうつ伏している定子の宮の霊の憑りうつった女房の顔は勿論おぼろげにも見られはしなかったが、現し身とはまるで違う別の女の中に定子の生霊が忍びこんで自分に何かを言おうとしていることだけは心にはっきり伝わって来た。

「何をまろに言いたいのです……遠慮せずに言って下さい……まろは宮の声を仮そめにも聞ければ、そのことだけでも満足なのだから……」

帝は道長が傍近く、眼も離さずまもりつめているのも、思わず忘れて、膝の上に頭を伏せている女房の背を軽く揺って言われた。定子と二人帳台の中にいる時の雰囲気がじっとり帝の心身にしみぬいていた。

「どうぞ、今まろの申すことをようお聞き下さいまし。主上《うえ》を恋しい、と思いつづけながら、まろは今日が日まで、藤壺のお顔を見たこともなし帝をおたずねすることも出来なかったのでございます。今までのまろの物ノ怪とかいうものは皆、ほんとうの生きすたまではございませぬ……今、ここへさ迷うて来たのがはじめて……そうしてもう又二度とここへ来ることはございますまい。主上、まろは主上を朝夕恋しゅう思い聞えてはおりますけれども、藤壺のいとけない宮を呪うような心はゆめにも持っておりませぬ。藤壺がどのように栄えておいでなされても、まろは誰にも知られぬ仕合せにひたっております。そのことだけは主上にはわかって下さると思って安心しております。まろのことでお思い煩いになりませんように……そうして、この歌をまろが亡い後の形見にも覚えておいて下さいまし。主上だけがこの歌の心を知っていて下さると思います」

そう言い終ると、物ノ怪はつと顔を主上の膝から上げて、

よもすがらちぎりしことを忘れずば
　恋ひん涙の色ぞゆかしき

と澄んだ美しい声に二返り詠じた。と思うと、水をかけられたように手足を戦かせて、その場に伏し倒れてし

まった。

　帝はその詠歌の声がさながら定子の宮のはなやかな中に憂いを含んだ声音そのままなのに、御自身もひき入れられるように、歌をくりかえし誦しながら、もう一度かき抱こうと両袖を大鳥の羽のようにひろげられたが、その時にはもう、招人の戦きふるえる身体は帳台の外へ押し出され、そこに待っていた僧が調伏の呪文を叫びながら、ひれ伏している頭の上で狂気のように数珠を押しもんでいた。

「主上、御安心遊ばしませ……皇后の宮のおん物ノ怪が藤壺を呪咀するなどとは、根もないとり沙汰……道長はそれと察しておりましたればこそ、主上を今までここへお連れ申さなんだのでございます……しかし、今夜の物ノ怪だけはほんとうに三条の宮のおん生霊かも知れませぬ。あの宮のお心の玉のように美しゅう澄んでいさせられることは誰よりも道長がよう知っております。有難いことでございました」

　言いながら道長は直衣の下襲ねの袖を引出して眼に当てた。帝はそれを見られると、今まで耐えていた涙がせきあえずこぼれ出て、嗚咽の洩れるまで烈しく泣きつづけられた。

　しかし、その涙は帝にとってはこの上なく快く清々しい悲哀に溢れたものであった。定子の宮は帝が物ノ怪の噂による疑いに悩まれることを帝の為に悲しんで、生涯に唯一度の生霊を帝の眼の前に現じ来ったのであると帝の御心には映るのであった。

　恰度その清々しい悲哀と恋しさをかき立てるように、その翌朝、定子の宮から帝の許へ届いた文の中には、昨夜、藤壺で物ノ怪の詠じたのと同じ歌が水茎のあとうるわしく乱れ書きされていた。帝はそれを抱きしめて、もう一度身も浮くばかり泣かれた。涙のひまひまにもがいている帝の胸には細くやさしい定子の手がしっとり置かれ、お心を鎮めるように撫でさすっているのである。

「宮」

　と口の中にさけびながら帝はその空にある定子の手を握りしめた。

　道長が三輪のくれはを招人に仕立てて、定子皇后の怨霊のわが姫に障礙するさまをまざまざと帝の心にしっかり植えつけようとした計画は逆な結果となって、皇后の心の曇りないあきらかさを帝にはっきり思いしらせ、一層恋慕の情をつのらせる結果になった。

機敏な道長はくれはの演技の失敗を見た瞬間、自分はその真実をはじめから見ぬいていたのだという態度に出て、帝の心に素直な信頼感を植えつけるのに成功したが、目論見の志に違った腹立たしさは、粘着力の強い剛腹な性格だけに生やさしい憤りではなかった。

道長は、小弁のくれはに計られたと思ったのである。あの童顔のようやく失せたばかりの青女房ずれが、藤原氏の氏の長者であり、関白の位にある自分の威勢を侮って、日蔭の花のような皇后の為に濁りない白蓮の花のような清らかな心の証を立てたということに道長は腸の煮えかえる憤りを感じた。それははじめから、自分に敵対する力のあることを信じている者に対する反撥や憎悪とは全く趣きを異にしたもので……例えば他愛もないみみずに過ぎないと思っていたものが蛇に変って足を噛まれたような小癪な、同時に自分の油断にも不快を感じなければならない性質のものであった。

小弁のくれははその夜の中に検非違使の手に下され、やんごとない御方の贋の生霊を真似て、帝や関白をたばかった罪で禁獄された。姉のあやめもその咎に連坐して、中宮の御殿から追われたが、垢つきよごれて、髪を短く切られ、みるかげもない姿に変って出獄して来たくれはとあやめが対面したのはそれから三月ほどすぎた冬の最中で、その時にはもう、くれはの運命をあやつったあの憑霊事件の元となった定子皇后はこの世にいられなかったのである。

定子の死は帝との第三子、媄子《びし》内親王を分娩された直後に来た。この件の悲哀に満ちた行文は、「生神子物語」も「栄華物語」もはじめの半分ほどは殆ど同じである。

それまでにも月の重なるに従って痩せ細り食事も碌にとらず徐々に衰弱の加わるように見えていた皇后は、御産の前には、殆ど繭ごもる前の蚕のように骨まで透きとおるような仄白さに静まって見えた。御産の苦しみもさしてもの狂おしいほどではなく、十二月十五日の夜に玉のような女皇子《おんなみこ》を生まれた。第二皇子の誕生を期待していた伊周や隆家とすればもの足りなくないこともなかったが、まず御産がすんだと喜びあったほどもなく、後産の滞っている中に、だんだん息づかいが忙しくなり細くなって、間もなく絶入ってしまったのである。

御湯など参らするに聞し召し入るるやうにもあらね

ば、皆人、慌て惑ふを畏きことにするほどに、いと久しうなりぬれば、猶いといと覚束なし。大殿油近う持て来《こ》とて、帥殿（伊周）御顔を見奉り給ふにむげに無き御気色なり。あさましうて、かい探り奉り給へばやがて冷えさせ給ひにけり。あないみじと惑ふほどに僧達さまよひ、猶御誦経頻りにて、内にも外《と》にもいとど額《ぬか》をつきののしれど、何の甲斐もなくて、やませ給ひぬれば帥殿は抱き奉らせ給ひて、声も惜しまず泣き給ふ。

この件は殆ど二つの物語は同文であるが、定子の死をきかれた帝の嘆き悲しまれるさまを叙した部分は「生神子物語」の方が遥かに多くの筆を使い、「栄華物語」に描いてない悲愁恋々の情を濃やかに書き記している。

主上《うえ》はその日、皇后の産気づかれたと聞かれた時から、御心もそこにない様にそわそわなされて、絶えず三条の大進生昌の家にお使いをお立てになり、前のがまだ帰らぬ内に又、次の者に御下命なさる始末で、夜に入るまで御食事も碌に召上らない御様子であった。

安産の報せにほっとなさったものの、まだあやしい小鳥が胸に羽ばたいているようでどうしてこんなに心許ないのかと、御自らも不思議に思召すほどであったが、間もなく、この上なく悲しい報せが来て、お聞きになり果てない中に御袖をお顔に押し当て、御座の脇息に押しかかられたまま、脇息ごと、伏し転んでおしまいになった。

「主上、しっかり遊ばしませ」

「お心をたしかにお持ちになりますよう」

藤三位や右近ノ内侍が右左からお抱え申し上げても、ぐったり御頭を傾けて御答えもない。お加持の僧や典薬頭が召されて来て、御持仏をおん胸に抱かせ、御薬湯をお口に注ぎ入れなどしてやっと正気にお帰りになった時、帝が一番先に言われたのは、

「ああ、一緒に死んで行けない身が辛い、今のうつつがうらめしい」

という呻きに似た言葉であった。その後虚脱したように、うっとりしていられる御眼から、涙が絶え間なくはふり落ちるのを、藤三位も命婦も自分たちも鼻をすすりながら、お拭いしていた。

間もなく道長が伺候して来た。

彼は皇后の崩御をきいて、夜更けながら帝の御様子を見守ろうと、取り急いで参内したのである。

「主上、おん嘆きは道長よくよくお察し申し上げます

ぞ」

道長は言いながら、藤三位や蔵人の手をかきのけて、帝のややもすれば支えを失ったように倒れかかろうとするお身体をしっかりうしろから抱きかかえて、御耳に口をよせ、力強い声で言いながら、御手を強く握りしめた。

「関白、まろは生命がうらめしい」

「そのような勿体ないことを仰せられてはなりませぬ。お果てなされた宮は決して主上が悲しみにおん身を御傷《やぶ》りになるのをおよろこびになりますまい」

「わかっている……でも関白、まろはもうあの宮の軟かい肌にふれることが出来ないのだ、あのゆるやかな美しい眸で見られることもないのだ……あの長い冷やかな黒髪を身にまとうことも出来ないのだ……」

帝はそう言っていられる中にふらふらと立上って歩き出そうとされた。道長は引き直衣のお裾を踏むように近く寄って、お腰をしっかり抱きとめながら、

「主上、何とされました……」

と問うと、帝は身もだえして、道長の手をふりほどきながら、

「まろは三条へ行く……宮の亡骸《なきがら》のそのままにある中に……今一度、今一度、あの顔にあの黒髪に……この手でふれて見たい」

ともの狂おしく言われた。

「主上、お察し申します、お悲嘆はお察し申しますが、おん父円融院の崩御の折にも、主上は御逢い遊ばすことが叶いませなんだ……一天下の御主ともなれば軽々しく行幸は叶いませぬ……御位を保ち給う御高運の掟てした厳しい運命《さだめ》でございます」

道長は強い声でそう言ったあと、帝のおん耳に口をよせて、

「后の宮のおん死顔は必ず道長がお見せいたします……仕えのもののある暇だけは常のようにお静まり下さりませ」

と言って、御帳台の内へ、殆ど抱き上げるようにして帝をお入れ申した。

「御悲嘆がはげしく御気色が例のようでない。僧達を召して御加持をはじめるように……そうして、まろは今夜ずっと、主上をお守りしているから、皆も心を鎮めるがよい」

道長はそう言いすてて、帳台の内に入ったが、間もなく腹心の式部丞某をよんで、何ごとをかひそかに命じた。

夜中すぐる頃関白殿退出《まかりで》給ふとて御車を廊の階近う引きよせたるにうち乗りて出で給ひぬ。殿の公達のおん供にてまゐり給へるを具し給ふさまにて、帝を御車に入れまゐらせ、亡きやうにおはしますをおん膝にかき抱かせ給ひて、三条の大進生昌の家に渡り給ひぬ。ここにも、さきに人して言はせおき給ひつることなれば、中納言どのよろづをとりしづめてなほ、宮の亡せ給ひしことは公けには奏さぬさまにて関白の訪《とぶら》ひ給ふさまに仕置き給ひけり。大殿の夜中にわたり給ふもいと忍びたるさまにこしらへ給へるに、女房など、涙も乾《ひ》るばかり泣きつづけて、声も涸れ、眼もくれて、まさかに見奉るばかり魂あるさまのもの一人もなかりけり。御帳の内にはおん妹の御匣《みくしげ》殿、帥どのばかり侍ひ給ひて、中納言どのは御帳の外に守りゐ給へり。「かたじけなきこと……例なきおんいつくしみを見るにも、己れの生命に替へがたきが口惜しく」と帥どのはやうやく聞えてひれ伏し給へり。「あたらしきおんことなりかし。主上のうつし心在さぬまで恋ひ聞え給ふがかたじけなく、かく作法に違ふさまにて率《ゐ》て奉りぬ。ゆめ、人に語り給ふな。触穢のおんことなど有職どものもどき言はんには己れその罪に当らんと心を定め侍りたるなり。ただ、おん亡骸《なきがら》に御対面計らせ給へ。いかにむづからせ給ふとて、長うはとどまらせ給ふべきならず」と殿の申し給ふに泣く泣く大殿油かかげ御几帳の帷を一ところ引上げて、伏し給へるさまを主上に見せ奉る。

うせ給ひて、時たちぬれどいまだ露ばかりも変れるさまし給はず、あてはかなるさまに伏し給へるが、この世のひととも見えず、菩薩などの仮に后づくらせ給ひけるやうに尊く見ゆ。御匣どのの御髪をかき撫でて、「主上のわたらせ給ひしはや。いま一度お眼見あはせ給へ」と泣く泣く聞え給ふもあはれなり。主上はおん涙も流させ給はずひたとうちまもりて、おはすさまの亡骸におん魂《たま》のとまりなんかしとあやしういたはしきことかぎりなし。

限りあればゆめのやうにて立出で給ふに、中納言どのの御車まで従ひ来給ひて、「この文がらなん、常に故宮のおん手習ひし給ひし中より、おんみづから選りて、御帳の紐に結ひつけ給ひしなり。日ごろものを心細う思ししめ給ひしに必ず主上のおん眼にふれんとて、かうはせさせ給ひけんかし。忌々《いまいま》しけれど、持帰らせ給ひて、よませ給はんこそ、宮のおん願なるべけれ」

と奏し給ふ。現し心もなきおんさまの中にもうなづきて、おん懐にはさみ給へり。

かへらせ給ひて後、いささか御気色の静まりしやうなるに関白どのもみ心落ち居給へり。やがて長き冬の夜も白みそむるころなりけり。

夜のおましに入らせ給ひて後、さきの御手習ひどもを取り出でて見給ふに、事殺ぎて書き給ひし日記《にき》やうのそれこれ、恨みがましき筋はつゆなくて主上のおん上のみ、恋しう思ひ聞えさせ給ふことを書き給へる中に、今年はつつしむべき年なるにかう心細きさまにて、ながらへんとも思へずなど乱れ書かせ給へるあと、さきの日の例のおん歌、又

知る人もなき別れ路に今はとて
　こころ細くも急ぎ立つかな
煙とも雲ともならぬ身なりとも
　草葉の露をそれと眺めよ

などあはれなるさまに書かせ給へり。

この帝の不時の行幸は誰にも知られずにすんだが、道長が忍びで皇后の死を弔いに行く供の中に、検非違使尉行国も交っていた。帝の悲嘆は対外的にこそ秘密を守る必要があったが、それを知ることをゆるされたものには誰に憚ることのない露わな悲しみの発揚であったが、皇后宮の崩御をきいた時以来行国の心を蔽った黒い帷は、誰一人にもうちあけられぬままに、蟹のはさみのような鋭い痛みに胸を切りさき、えぐって、彼を悩乱させた。

検非違使庁に官を持つ関係で、行国は小弁のくれはが贋生霊となって皇后の名誉を傷つけた罪で捕われていることを知った。行国のきいたところでは小弁は皇后に恨みを抱いていて定子の宮の声や様子をよく知っているのを利用して、藤壺の中宮を呪う皇后の憑霊を真似して見せたのを烱眼な道長に見破られて、不敬と贋招人の罪に問われることになったのだという。これをきいた人々は、道長が自分の娘の競争相手である皇后のために生霊の悪名を除いた行為の寛仁大度と、清廉さをほめ称えていたが、行国には首をかしげる点が多かった。

くれはは最後に自分の家へ来て、仲違いした時には、たしかに定子の宮に嫉妬し、その存在を呪ってさえいたから、あの後、姉の縁を頼って、道長方に入りこみ、皇后の挙止や言葉をよく知っているのを利用して、贋招人

になったことは間違いない事実であろう。しかしそれを利用したものが道長自身であることも行国にはよく呑みこめる筋道であった。道長は小弁を贋招人に利用したが、そこに何かの行き違いを生じたためにくれはに不敬の罪を被せて、逆に自分の皇后に対する寛容の徳を世上にひろめたのだ。しかも道長自身の堂々たる威厳と、女童もなつくやさしさを兼具えた風格を現に見ている者は恐らく、彼の胸の底に蔵われている沢山な機関《からくり》の糸がどんな巧みな筋書を組立て、組直すかということについてゆめにも知らないに違いない。行国自身にしても、定子の宮に対する及びもない恋を身にしみていなかったならば、決してこの大政治家の剛腹の心の底にまでふれることは出来なかったであろう。

畏れ多いことではあるが帝も女院も東宮もその他顕官にある貴族や有力な地方官のすべては、道長という偉大な人格のあやつる糸につれて動いている傀儡に外ならぬ。況んや自分達やくれはのようなものは、道長にとっては小指一本動かさないでも生かしも殺しも出来る虫けらのような存在に違いない。

世を動かして行く政治というものの正体を、その時になって行国はやっと知ることが出来た。そうしてその力を空恐ろしく感じると同時に道長に近づいてゆくよりも、離れて行く道を何となく手探りはじめたのもその頃からであった。

東国へ行ってみよう、東国には平将門は亡びても藤原氏の権力でどうにもならぬ土豪のあることを行国はおぼろげながら知ることが出来るのであった。

定子の宮の死の夜、偶然、関白の供をして、凍て氷る都大路を歩きながら行国は芳しい花の匂いの胸にしみ入るのを感じて、それがあの二条第の火事の折、抱きかかえた皇后の衣裳から薫って来たものであることを思ってうっとりしていた。

「あのお方だけは関白どのの政治の糸に縫いこまれぬ唯一人の強いお方であった」

と行国はひとりつぶやいた。孤立無援なあわれまるべき境遇に生を終られた定子の宮に対して、行国は少しもひもじいあわれさを感じることが出来なかった。

皇后の亡骸は、焼いてほしくないと日ごろ言っていられた言葉に従って、土葬されることになった。

鳥辺野の南の方に二丁ばかり去りて、霊屋といふもとせさせ給ふ。築牆《ついひじ》など築《つ》きて、ここにおはしまさせんのを造りて、はしませば、事どもおのづからなべてにあらず思し掟てさせ給へり。

その夜になりぬれば黄金づくりの糸毛の御車にておはしまさせ給ふ。帥殿よりはじめ、しかるべき殿ばら皆仕うまつらせ給へり。今宵しも雪いみじう降りて、おはしますべき屋も皆降り埋みたり。おはしましつきて雪を払はせ給ひて、内の御しつらひ、有べきことどもせさせ給ふ。やがて御車を舁き下ろさせ給ひて、それながら在《おは》しまさす。今は退《ま》かで給ふとて、殿ばら、明順、道順などいふ人々もいみじう泣き惑ふ。折しも雪片時の間に降りつもりておはしどころも見えずなりければ、中納言どの

しら雪の降り積む野辺は跡絶えて
いづくをはかと君を尋ねん

などのたまふもいみじうかなし。

今宵のこと絵に描かせて、人にも見せまほしうあはれなり。

帝はこの夜前栽に降りつむ雪を眺めながら寝所にも入られずにおられた。眼を閉じると、黄金づくりの糸毛の車の中に白綾の正装につつまれた定子の仰臥した姿がまざまざと見え、車のゆれる度に生きている人のように顔や頭のゆれるのを泣きながら伊周や御匣どのの抑えているのも見えた。

霊屋の内の棺に抱きうつして蓮華の造花に亡骸の周囲を蔽ったあと、蓋を閉じて一しきり読経のつづく間も雪は屋根をぬいて、定子の亡骸の上に散花のようにふりかかる幻を帝は見ていられた。その雪の中には自分の恋慕のおもいも散りまじっている、と思われるのである。

野べまでも心ばかりは通へども
わが行幸《みゆき》とは知らずやあるらん

思いがけぬほど、静謐な悲哀に浸って帝は明け方になって、帳台に入られた。おん夢の中に、冷たい黒髪にまとわれて眠っていると思ったのは、眼ざめてみると、昔少年の日に定子の宮の洗ったばかりの髪のまだ乾かぬ中に身を巻きしめられたのを思い出しているらしかった。

「あの時宮はまろを氷の帝になるといったが、いまは宮が氷の后になってしまった……」

　帝は両の目に指を押し当てながらつぶやかれた。不思議に心足りたおもいであった。


　獄を出たくれはの小弁が定子皇后の新しい奥津城の近くの松林に紐をかけて縊れ死んでいたのは、彼女が出獄してから三日ほど後のことであった。

　皇后の贋生霊となって恩を仇で返そうとした罪を、短い牢獄の生活の間に深く悔い、そのけだかい旧主人が今は詫びようもない墓の主となった後では、こうでもするより他には「生神子《なまみこ》」の浅からぬ罪をつぐなうことは出来ぬと覚悟した為であろうと、この秘事についていくらか知っている後宮の女房や侍臣たちは噂した。


　くれはの贋招人がはじめの夜、見事、帝をたばかり得たのに次の機会に全く逆な言葉を言って道長の怒りを買ったのにはどういう仔細があったものか、それについて、「生神子物語」は最終の部分を武蔵の入間川近くで土着の武家になっている行国が狩に出た途中、巫女の群に交って旅をつづけているくれはの姉のあやめに再会することとして物語っている。

　この間には既に三十年余りの月日が経っていて、行国もあやめも、中年を過ぎていた。

　日頃神子の類いを仇敵のように嫌っている行国はこの時も薄野に休んでいる巫女の群を追い退けようとしたが、あやめに気づくと、彼女だけを自分の屋敷へ連れて行き、衣裳を与え、食事を共にして、夜もすがら語りあかしたというのである。

　その時行国があやめからきいた精しい物語こそ「生神子物語」の概略であるが、あやめに逢って行国がはじめて知ることの出来た事実は、くれはが最後の夜招人となって、一条帝の膝に頭を伏せたとき、予め言う筈の言葉は用意されてあったのに、唖になったように咽喉をふさがれ、そのまま昏倒して帳内から引きずり出されるまで、何ごともゆめにも覚えなかったという一事であった。

「やっぱりあの時だけは皇后の宮のおん生霊が藤壺にお渡りになって、帝の迷っていらっしゃる御心をお鎮めになったのだと妹は死ぬ前に言っておりました。あなたに捨てられ皇后の宮を裏切った妹としては、せめて御陵の近くで縊れて死ぬのが一番の仕合せだったのでしょう」

　年よりも老けて、眼の落ち窪んだあやめは野鳥のあぶり肉の匂いが香ばしく漂っている囲炉裏に手をかざして、わびしげに肩をすぼめて言った。

「某も若い時の一向きな心癖で、あわれなことをしました。今思えばくれはを妻にして暮しても、都の勤めがこのような東国に下って荒くれた兵馬や耕作に時を送るように変ったのと大した違いもなかった筈です。某のような下司が皇后の宮に及ばぬ恋を胸に宿したのが小弁をも自分をも不幸にする元でした。しかし、姉の刀自、そなたも旅を経めぐっていられるようだが、あれからの三十数年の間に世の中も人の上も随分変りましたね」

「私はこうした流れわたりの身の上、雲の上のことは一向存じませぬが、あの折の関白どのが御堂どのと世にうたわれる栄華を極められたお方で、つい先頃お亡くなりになったことだけ知っております」

「そうそう、あの入道どのは一門から大臣二人后四人を出されて、『この世をばわが世とぞ思ふ望月のかけたることもなしと思へば』と詠ぜられたほど運の強いお方です。……またあの一の姫の上東門院さま……即ち一条皇后の競争相手であった姫君も、世の中では後一条、後朱雀と二代の帝のおん母としてこの上ない栄華を極められた幸福なお方と言いはやしていますが、ほんとうのところはどうでしょうか、おん夫《おとこ》の帝は三十を多く出ぬお若さでお亡くなりになり御後つぎの親王もつぎつぎ御位こそ践《ふ》まれても、皆ひ弱く、お二方ともに早くお亡くなりになって、今は思いの外淋しい御境涯と聞いています。これを思うと人間の幸不幸などというものは所詮は疾過してゆく一瞬一瞬の幻にすぎませぬ。それを思うと某は二十五年の短い生涯にあれほど帝のお心を深く清らかに捕えていらっしゃれた定子の宮のお人柄が今に忘れることが出来ませぬ。あのお方こそ、当代で御堂どのに対向出来る唯一人のすぐれた女人であられたのです」

行国は言い終って、粗朶をぴしぴしと折って消えかかった囲炉裏にくべた。


裏の雑木林に栗の毬《いが》の落つる音、落葉の音とともに風に交りて聞え来にけり。あやめは行国と向ひゐて言葉もなく眼を閉ぢてありけるが、明けの朝は又、元の群れに交りて、上毛《かうづけ》の方に旅立ち行きけり。

「生神子物語」の本文はこの文章で終っている。年譜を調べると道長の薨じた万寿四年はまだ後一条帝の御世であるから年代の記述に誤りがあるが、これは作り物語のことで作者の語りたい諷喩をのべる手段に歴史を前後させたものであろうか。

幸田《こうだ》　文《あや》

流れる

このうちに相違ないが、どこからはひつていゝか、勝手口がなかつた。

往来が狭いし、たえず人通りがあつてそのたびに見とがめられてゐるやうな急《せ》いた気がするし、しやうがない、切餅のみかげ石二枚分うちへひつこんでゐる玄関へ立つた。すぐそこが部屋らしい。云ひあひでもないらしいが、ざわ〳〵きん〳〵、調子を張つたいろんな声が筒抜けてくる。待つてもとめどがなかつた。いきなりなかを見ない用心のために身を斜によけておいて、一尺ばかり格子を引いた。と、うちぢゆうがぴたつとみごとに鎮まつた。どぶのみぢんこ、と聯想が来た。もつとも自分もいつしよにみぢんこにされてすくんでゐると、

「どちら?」と、案外奥のはうからあどけなく舌つたるく云ひかけられた。目見えの女中だと紹介者の名を云つて答へ、ちら〳〵窺ふと、ま、きたないのなんの、これが芸者家の玄関か!

「え? お勝手口? いゝのよ、そこからでいゝからおはひんなさいな。」同じその声が糖衣を脱いだ地声になつてゐた。一ト坪のたゝきに入り乱れた下駄と仔犬とそれの飯碗と排泄物と、壁ぎはにはこれは少しもののいゝ大きな下駄箱を据ゑてある。七分に明けてある玄関のしきり障子は引手から下があらめみたいに裂けて、ずつと見通す廊下には綿ぼこりがふは〳〵してゐる。鎖を引きずつて排泄物を掻きちらしながら、犬も愛敬顔で出て来たし、待機してゐたやうに廊下へ向いた手前のと次のと二タ間の障子がいつしよに明いて、美しく粧《けは》つた首が二ツつき出た。

「おねえさん、見たところぢやよさゝうよ。」すばやく、

しかし十分に検分が済まされたやうだつた。

　廊下でおじぎをし挨拶を云つてゐると、へんにぎごちない。多少の抵抗は覚悟してゐたが、しろうとといふことがこんなにひけめだとは思ひがけなかつた。心細くぽつんと、ちがつた水のなかに囲まれたといふ思ひである。

「あ、さう、さう」とうけこたへするのは一人だけ、他の四人は透視でもやつてゐるやうに、たゞじつとこちらを観察してゐた。主人は幅のたつぷりしたからだへ彩《いろ》の多い著物をやつと纏ひつけてゐるといつたやうすで、鉄瓶に片手をかけてゐた。厚いといふ感じだつた。

「しろうとさんね？」――だめか、とかんぐつた。「しろうとの人でもいゝのよ。しろうともくろうとも、たべて働いて寝て、……つまり家事雑用はどこでもおんなじだもの。」

　つまり家事雑用が珍しい響で聞えて、すこし気楽なものがこちらの堅くなつたしろと臭さへ緩く浸みてきた。

「まあ、ゐてみたら？　どつちかつて云ふと、若いのよりあんたみたいなとしよりのはうがいゝのよ、ものを知つてるからね。」

「おかあちやん何云ふのよ。わるいわとしよりだなんて。しろとさん驚いちやふぢやないの。」火鉢の向うにゐる紅い羽織がさう云つた。さつき覗いた首の一ツだ。

「いゝぢやないの。あんた気に障つたらごめんなさい。この土地ぢやもう三十になると誰でもみんなばゞあつて云はれるんでね。」若い人は惜しげなく使へるがとんまだ、としよりは一応できるから任せておけるが使ひにくい、用事は煮炊きに掃除に洗濯だ、つまり家事雑用だから、重労働だの特殊勤務ぢやないと云ふ。

「お使ひづらいと存じますが、どうかひとつ、……どちらさまでも方々で齢《とし》とりすぎてゐるとおつしやられまして。」

「おねえさん、このひと口利けるわよ、ことばちやんとしてるもの。」見たところよさゝうだと云つた妓《こ》がつぎの部屋から、じつと観察の結果といふ口ぶりで云ふ。

「さうよ、あんたぢやあるまいし。だけど、……方々つてどこへ行つたの？　角の松の家さんぢやない？」

「は？　いえ、あの、こちら方面ぢやございません。」

さすがにくろうとはうまいもんだと思ふ。どこを方々歩きまはつて来たのでもかまはないと云つてるくせに話をぐるりと一トまはりさせて、その方々がどこ〳〵だか白状させるやうに水を向けてくる。会社の寮母、掃除婦、主婦代理といふ三国人のへんなうち、それから牧場風健康的職業と銘うつた犬屋勤めの名犬どもの食事係、——犬には若すぎて惜しいと云はれたのだ。犬にでもいゝ、若いと云はれゝばそれだけでもう張りあひが持てたのでだん〳〵話を聴いてみると、名犬は感情が発達してゐるから気分がわるければ食事婦なんか平気で食ひつく、こちらは食ひつかれつぱなし、それで給料は犬の食事の何分の一と聞いて、「それ以来すつかりがつかりしてしまひまして」と話す。

紅い羽織と卓を隔てゝ、黒の一ツ紋を著た、かけ値なしの美人がゐた。客らしい。「あなた、働きに出たのははじめてなのね。」

「はい。」

「この土地に知つてる人でもあるの。」

「いゝえ。」

子どもは、親は？　と訊くのに、主人とかつれあひのことは訊かない。ずつと働く気かなどと、こゝのうちの人でもなさゝうなのにしつこく云ふ。そこへ主人が慌てたやうに、さびた声で割りこんだ。「とにかく働いてもらはうぢやないの。」

黒い羽織のひとは薄い細い手のひらを手焙りにかざしてゐた。よくしなひさうな指だつた。

「米子。そこの押入のなみ江の荷物、もつと奥へ押しこんでくれない。明いたあとをこの人のもの入れるやうにして。」

米子は云はれたことをしようとしないで、褄ぎはにぼやつと突つ立つてゐる。著物も器量も際立つて落ちてゐるが、唇がきれいに塗つてある。

「なんて名？」

「梨花つて申します。」

「りか？　珍しい名だこと。異人さんのお宗旨名？」

「は？」

「いえ、耶蘇のご信心だとそんな名つけられるつて話聞いてたから。どんな字かくの。」

「梨の花とかきます。」

「へえ、梨の花！」若いのが噴きだした。たぶん四十すぎの女中に花がをかしいんだらう。どこへ行つてもこの名がひつかゝつて笑はれるが、笑はれる名がついてゐることはなんて好都合なんだらう、劣等視の笑ひを受けるのは親近感が生じることなのだ。

米子は足をつかつてなみ江の行李をずるつと一尺ばかり突つこんで云ふ。「こゝ自分で掃除してつかへばいゝわ。」

さう云ふわけがすぐ呑みこめた。おそろしく鼠臭く、また実際点々と黒く散らばつてるものがあつた。目見え女中のために鼠の掃除なんかいやなのである。

「ねえ、ちよいと梨花さんつていふの呼びにくいわ。せんのひと春さんだつたから春はどう？」もちろん主人の御意のまゝである。符牒は通りのいゝはうがいゝ。

　米子はぷいと出て行つて、いまの押入を斜にきる梯子段を、不機嫌をろ骨に見せてどさ〳〵とあがつて行つた。壁のどこかから砂がこぼれ落ちるらしい微かな音が押入の敷紙へさら〳〵と云つた。

「ふゝゝゝ。失礼しちやふわね。」ふりかへると、あの舌つたるい声を出した現代ふうの妓《こ》が、ずつとならんだ鏡台のいちばん大型の和風三面鏡へ背なかをもたせて、にやつと二階をしやくつて見せ、ちひさな声で、「ヒステリーと鼠のくそと関係があるのかしらね」と云ひ、大きな声で、「あたしなゝ子つていふの。よろしく」と云つた。

　隣から主人が、「なゝ子ちやん、うちぢゆう案内してあげてよ。」

「はあい」と大きく、「案内が聞いてあきれるご邸宅」と小さく、「そこお手洗、こつち台処」と大きく、「あんたきたないの平気？　それ平気でないと勤まらないわよ。ほらね、実際きつたない台処でしよ。でもあたしのせいぢやないわ、あたし通ひだもの、台処の世話にはならないのよ。あの米子のやつ、まつたく無精だ」と小さい。香水のいゝ匂ひが導いて、なるほどうちぢゆうの案内は詳細に陰陽両面に悉《つく》されて、二階へだけは残した。

　なゝ子は人さし指を立てゝ茶の間を指し、それを口へ竪にあてゝ見せて、「二階はね、おねえさんと勝代さんのお寝間。勝代さんあんなに不器量で似てないけど、おねえさんのほんとの子よ。けふはもう、ほら、いま米子があがつてつてお床のべてるわ。だからあんた行かなくてもいゝの」と、ぎゆうつと片眼をつぶる。つけ睫かとまちがへるほど長い睫だ。「なんでもないんだけどね、当分あなた二階へ行かないはうが利口なのよ。なあんでもないことなんだけどね。」全然なんのことかうけとれなかつた。

　奥では主人と紅い羽織黒い羽織がしら〴〵としてゐた。

「今度こそはつきりしてもらはなくつちやね。あのはうはあさつて、荷物はしあさつて、無理な話ぢやあないでしよ。それともなんだつたら、誰かあひだへ立てようか」などと云ふのが聞える。

　手のひらの薄い美人は雪丸さんといふのださうな。主人のかさにかゝつた云ひかたにもおとなしい挨拶をして起ちあがつた。うろ〳〵してゐる梨花に、「お折角お勤めなさい。あたしまた寄せていたゞきますが、そのときに又ね。」

雪丸さんの履物を揃へようとしても、乱雑などれがそれか見当もつかなくて、とにかく一足づゝにと、あがり板へつくばつて纏めてゐれば、仔犬は小便を踏みたゝくつた肢でその肩へ乗りかゝつて親愛を押しつける。雪丸さんはひとりで踏板のずつと奥から豪勢な革草履を出して、格子の外でもう一度会釈して行つてしまつた。ひや〴〵とした顔だちにもの云ひたげな感情があり、なにかは知らず悲劇が匂つてゐるやうに見え、悲劇的なところに芸者が感じられた。締めあました格子の隙から凪と犬の臭さが吹きつけて、すでにたそがれだつた。雪丸が置き去りにのこした哀感にしろうと女中はちよつとの間《ま》どはされ、それから犬のくその中にたくさんの白い蛔虫を見、毛の薄い腰の落ちた白犬がぶる〳〵顫へてゐるのを見、なぜともなく、こゝにゐつくことになりさうだと思つた。

かういふところは新しい女中に新しさのゆゑの遠慮などをもたないやうだつた。そのつまり家事雑用が会釈もなくどさ〳〵とかぶせられてきた。炭を出せ、たばこを買つて来い、急須を洗へ、晩のおしたくは肴屋へ行つて、あゝそれよりさきへ洗濯物を取りこんで、雨戸を締めて、さうだ、猫にごはんをやつて、といつたぐあひである。遠慮がないと云へば、なゝ子さんも犬もたちまち友だちづきあひだし、米子は中古《ちゆうぶる》細君みたいに平気で不機嫌を見せつける。女中など目見えでも古くても使ふだけ得《とく》といつたやうすである。雑用のあひまに頻繁に電話が来る。電話には出なくとも、「今晩は」と人が来れば、立つて行かないわけにもいかない。ところが、どの人も取次よりさきに勝手にひとりぎめで茶の間へはひつてしまふ。みんなが梨花を一応注意し、そして黙殺した。梨花も小腰だけはかゞめておいて、同じく対手《あひて》を一応検分し黙殺した。「今晩は」と一ト言云ふだけで、他人のうちとわが家とのさかひもなく、ずる〳〵出たりはひつたりする締りのなさは、さういふ習慣のないものにはなにか暗示的におもはれた。ずるりとはひることはおもしろい。

「ちよいと、あの、なんていつたつけね、梨花か、……どうもじれつたい名だね、女中はかうすらつとした名のはうがいゝんだが。春さん！」けはしく呼びたてられて行つてみると、笑顔《ゑがお》がゆつたりと優しいから不思議だ。

とつさに気がかはるのか、あゝいふじれつたい物云ひにかういふのどかな顔が飾つてあるのか、一時間か二時間にしかならないくろうと衆の世界だ、わかるはずはない。と思ふものゝ、はや梨花の性癖が頭をもちあげてゐた。――わからないはずはない、と挑んで行くやうな気になつてゐるのである。相かはらずどこへ置いても自分は強いと、ひそかな得意があつた。

「お風呂何分で沸くかしら。」毎日つかつてゐるであらう風呂の沸く時間を、いま来たばかりの女中に訊くのである。

「さあ四十分くらゐなものでせうか。」でたらめである、ひとのうちの風呂だもの。

「四十分ならそれでもいゝけど、もつと早くできない？　三日もまへからのお約束なんだから、風呂が焚けないから後れちやつた、ぢや恥なのよ。まああんたにはわからなくつてもしやうがないけれど、お座敷つてさういふもんなのよ。」

　こゝしばらくは焚いたやうすはないきたなさである。恐る〳〵簀の子に降りて注意すると、はたして鼠のしわざがあつたが、なにしろ急いてゐる、いゝ加減なことにしておかなくては間に合はない。風呂場になみ二人分の風呂桶を置いたといふより、なみ二人の風呂桶をかこつてわづかに三尺の流しを置いたと云ふはうがいゝ。すべて寸法外れのまゝ形にした湯殿である。明けたことのないらしい錆びついた羽目の小窓を明けて見ると、眼のまへ三寸ばかりに隣のしたみが立つてゐる。電灯がやけに明るく、片おろしに流れた天井板がたしかにどこかの剝《はが》しものに相違ない、釘の穴が黒いしみになつて整列してゐる。天井からは万能干し器が骨ばかりの傘《からかさ》のやうに吊りさがつて、から〳〵に乾いた足袋が片はう、肌襦袢にかける緋縮緬の襟がだらんと萎《な》えてゐる。なんにしてもみごとと云ひたい狭さだ。狭いといふことは乏《とも》しさを指すことがしば〳〵だが、かう利口につかつた狭さにははみ出す一歩手前の、極限まで詰つた豊富さがある。戦後急激におちぶれて、たうとう畳一枚も持てなくなつた現在までに、梨花はそれ相応のいろ〳〵に貧しい狭さを経験してゐるが、やつとこのごろは狭さといふものをはつきり知つた。狭いといふことは結局、物なり人間なりがあるといふことなのだと。何かがあるから狭さもあるので、人も物もないとき狭いといふ限界はない。

　焚き口へ出るには是非とも四畳半を通りぬけて、雨戸のそと畳一畳ほどの空地《あきち》へ降りなければならない。当然のことながら焚き口は羽目に接触してゐるし、羽目には申しわけにトタンが張つてあつたがもう古く、はじいてみると弾力のない音がした。煙突のはうは風呂場のなかから天井を抜いてゐて、しつかりしためがね石が入れてあるのを油断なく見ておいたが、隣の羽目は三寸しか離れてゐない。こゝで火を焚くことの不用心さは冒険だと云へる。空地いつぱいにはなんのためか紙屑を詰めた林檎箱が重ねてあり、その上へ〳〵と棄てる紙屑が盛りこぼれてゐる。どう見てもあぶなかつたが、かつかと燃せばこの紙屑は火の粉一ツでも火を引くだらうし、とろ〳〵燃してゐればお座敷とやらに間にあはないだらう。梨花は設備の不完全さをごた〳〵云ふつもりはない。が、女中の最初の困りかたがこんなふうに現はれたのだなとおもふ。奇蹟のやうに明いてゐるこの畳一畳分の空地から仰ぐと、星が白く高く、夜はすぐそこ、隣の物干しに残つたパンテイへまで低く降りてゐた。

「ねえ、あんた、いつ来たの?」殺した声が物干しから話しかけて来た。

なにかは知らずこつちも憚り声で、「――さつき。」

「ふん。こはいよ、気をつけるんだね。あぶないつて話だから。」――同類の女中と見た。

「えゝ、心配なんです。なんだか燃えつきさうで。」

「ばかだね、しろとだよこの人。風呂なんかぢやないよ。そんな風呂なんか焚かなくつていゝんだよ。よく燃すもんあるね。」まだ若い子だつた。

とたんに、ぎやあと頭のうへで猫の戦闘合図があつた。猫の嫌ひな梨花は本能的に爪を感じて身をしづめた。どす〳〵といふ喧嘩になつて、トタンがごぼ〳〵と鳴つた。小動物どころではない凄まじさに、こらへかねて退却の用意に四畳半の障子を引きあけると、「猫だよ、驚かせるねえ。」――いつ来たのか、若くもないとしよりでもないらしい女が、肌をくつろげて襟おしろいをしてゐた。

「春さん、猫嫌ひらしいね。」今つけられた名までもう知つてゐる。あつけにとられるやうな速さである。これは用心しなくてはいけない、スピードの目盛《めもり》が一ト桁高いといふ恐れをもたされる速さである。そして又なんと、新しいといふことは逸早く古くされてしまふ世界だらう。だれもが古さと新しさとのあひだに何の抵抗ももつてゐないらしい。だから梨花のけふ来た新しさは、いまはもう隣の女中にもこのとしまにも、数年なじみの古い人同様に扱はれてゐるといふ気がする。

猫はぎやあ〳〵と一トきはけたゝましく、一方はどこかへ墜落し、一方は力足を踏んでごぼ〳〵と凱旋して行つた。

「今の、ポンコぢやない、春さん？　ポンコでしよ、染香さん。」主人が出て来る。

梨花はまだポンコに見参してゐないから返辞のしやうもないが、染香さんは頭のいゝ返辞をする。「さあ。……のやうでもあり、やうでもなし。おねえさん、わかりませんよ。あたしや三味線はひくけど猫の声にやからきし耳があいてないんでね。」

主人のさびた声が謂はゆる猫撫でに一段と声《こわ》づくつて、「ポンコ、ポンコ」と呼びたてると、風呂と隣の三寸のあひだから、哀しく甘つたれが応へた。花柳界はみんな裏表二タ通りに訓練された声をもつてるんだらうか。なゝ子さんも主人も二タ通りの声だし、猫も戦闘用絶叫と愛玩物的嬌声がある。絶叫と嬌声のあひだにはたぶん欠如した音階があるはずだ。

主人は表からまはつて隣の袋物職のうちへ猫貰ひさげに、あたふたと出て行つた。梨花は思ひきつてばけつに一杯の水を羽目へぶつかけておいて、火を燃しつゞける。薪がぴし〳〵とはぜる。

「ちよいと春さん、よけいなこと云ふけど、その燃し場気をおつけ。あたしやとうからひや〳〵してるんだ。……だれに云ひつけられたの？　さう、おねえさんぢやしかたがないけど、勝代さんに云ひつけられたんならことわんなさいよ。わがまゝものといふのはきつと責任をもたない人間だからね。だいたい洗湯へ行つたはうがいゝんだ。内証《ないしよ》だけどさ、こゝの湯殿許可が下りてないんだよ、建築法違反とかいふんだからそのつもりでね。」手のひらへ水といふ字を三度書いて火のはうへ向けておけば火ぶせのおまじなひになるから、さうしろと云つてすゝめる。話に聞いてゐる花柳界の縁起担ぎがそろ〳〵はじまつてきたかと思ふ。

もうとうに四十分は過ぎてゐたが主人は外出のけぶりがなく、茶の間はおほぜいになつてゐた。取次不用ではひつて来る人たちだから、何人のどんな客が来てゐるのかわからないが、話題は雪丸となみ江のうへにある。こみいつた事情らしいが、事がらよりも主に悪口で、悪口のほうは明けつぱなしな大声と笑ひで話され、事がらのはうは聴きとりにくい。来たばかりの女中に聴かせたくない話らしいとかんぐつて、梨花は染香さんのしたくを手伝ふ。この人はよく見ると五十をずつと過ぎた年輩だが、さすがになゝ子とは違つて著かへるほんの四五分のあひだに、こゝのうちの状態、雪丸なみ江事件のあらまし、芸者といふ制度の一端を呑みこませてくれる。しかもその話のあひだを縫つて、著がへをするのにしろうとの女中さんに手伝つてもらふのなど芸者道から云へば以てのほかのことで、しかし今はそんな誇りをもつものは少い、こゝのおねえさんだつていまだかつて著がへに著附師さん以外の手を借りたことがないと、さういふところは隣の部屋へ聞えよがしに云ふ。対手《あひて》が声の高低《たかひく》をつかひわけるから聞き手の梨花も調節をする。

　染香さんが出て行つてしまふと、四たびめの使ひに出された。通りの食料品屋だ。どこもみな一ト足の近まだから使ひといふほどの距離ではないが、行きあたりばつたりその場〳〵の間にあはせで、何度でもかけかまひはない、至極気楽な云ひつけかたをする。これが謂ふくろうとの荒い人使ひなのかともおもふし、この土地は尻軽くふは〳〵歩くのが習慣かとも思ふ。云ひつけられたのは極上《ごくじやう》の鰹節二本、しらす五十匁、のり三帖、月末勘定のお帳面だと聞いてきたが、小僧はいやな顔をした。親爺が出て来て、現金か、または帳面ならばせんの分を皆済にしてからと約束したと云ふ。さうですかとも帰れない。「なんだつたらちやうどあたし自分の財布持つてますから、お払ひして行きます。」

　思案してゐて、蔦の家の何になるか、身内かと戸籍調べがはじまる。「けふ来た女中です。」

　目見えといふのは就職試験だ、さきの生活がかゝつてゐる、しかたがないといふふうに向うが折れた。そのかはり鰹節が一本、のりが一帖にへらされた。帰ると、主人はぞろりとしたまゝで酒の燗をしてゐ、ごはんのしたくを云ひつけた。七人まへだといふ。このろくな庖丁もなく、へこんだ俎と数のすくない鍋と乏しい調味料で七人の食事をどうこしらへろと云ふのか。このへんが目見えらしい。米子は女中がはじめてだから手伝へと云はれても、うんと云つたきり、四畳半へはひつて小説本を読んでゐた。

　奥の食事が済んで汚れもののさがつて来たのが十時過ぎだつた。ひるから何もたべてゐない梨花は、そこで鍋のなかもお鉢のなかもまるでからなのを知つて、どういふことなのかと考へた。女中は食事自分もちの習慣なのだらうか。とにかく何かがたべたかつた。自分も女中を使つてゐて、さんざ女中に気がねもしてきた経験を重ねてゐる。たべるといふことと睡るといふことは、なにはさておき女中の第一に数へる慰安なのだ。どこの国に住みこみの女中に食事なしといふことがあるだらうか。黙つて突つかへされてきたからのお鉢を見て、梨花の新しく来たしろうとの心理は遠慮をしても、若くない年齢といふものが意地を張つた。

　ちやうど手洗ひに立つて来た主人へふはりと云ふ。

「ちよつと出かけさせていたゞきます。」

「行つていらつしやい。どこへ？」

「あの、蕎麦屋へちよつと。」

　はつと察したらしかつた。そしてうなづいた。「そんなことだらうと、さつきちらと思つてたのよ。」

　じいつとこちらを見つめてゐる眼が美しい。重い厚い花弁がひろがつてくるやうな、咲くといふ眼なざしだつた。匂ふものが梨花へ送られた。職業的な修練だらうか、それともかういふときに匂ひを放つやうな美しい心なのだらうか。

「わるかつたわね、あたしがもつと気をつければよかつた。すぐ行つて来て頂戴。」すばやく一枚の札《さつ》が梨花のふところへ入れられた。勝つたやうな負けたやうな、よごれたやうなさらりとしたやうな、複雑な快さがあつた。

　十一時を過ぎるとなゝ子が帰つて来た。

「いやだわ、この犬、くそつたれでさあ。こんなもの棄てちやへばいゝのに。……あら？　あんたまだゐたの？　へえゝこりや奇蹟だ。女中がゐつくもんかしらん。」

綺麗に上気し、眼が爛々としてゐる。それでも、「たゞいま」と主人へ挨拶は忘れない。

「ふだんはお姫《ひい》さまみたいななゝ子さんだけれどね、けふはちよつと飲まれたね。……春さん、ほつときなさい。お座敷著はひとの手を借りないものなのよ。」

　なゝ子は襖のこつちであかんべをした。「誰も手伝つてもらふとは云つてないわ。それにお姫《ひい》さまだつて？　さう云ひたいんぢやないでしよ？　お姫さまぢやなくつて事務員あがりの芸者だつて云ひたいんでしよ？　おつしやるとほり、梨花さん、あたし事務員あがりよ。けどさ、まちがつてもらつちや困るんだから。これでも親代々れつきとした芸者家の娘なんだから。」

　髪は流行のあはびみたいな型だ。まんなかだけてろつと素直な毛で、ぐるりいつぱいむちやくちやに縮らして、そこへ本甲《ほんかふ》らしいカルメンのやうな大きな櫛がさゝつてゐる。ばつと脱ぎおとすと、細い頸から肩へガーゼの襦袢がふは〱とひつかゝつてゐる。下のはうは緋縮緬がやつと腰骨ぎり〱の低さにぶらさがつて、うしろで結んだ細い紐が呼吸のたんびにひくん〱と動いてゐる。

「ねえ梨花さん、おねえさん相当なのよ。けふ聞いてきちやつた。あたしの計算のはうが合つてるんだわ。癪に障つてたまんないぢやないの。」

何の計算なのかわからない。酔つてゐないのかともおもふ。えいつとばかりそのガーゼも引つ払つてしまふと、立つたまゝ緋縮緬を散らして足袋を脱ぎにかゝる。裸を見る羞しさより、寒からうといふ親ごゝろみたいなものに誘はれて、梨花は不断著をさがして行李をのぞく。

「いゝのよ。叱られますからね、自分でいたします。」緋縮緬も下の白い絹も落してすつくと立つと、若い娘らしく薄桃色のパンテイが股《もゝ》を刳りぬいてゐるが、胴はわりあひにずぼらんと太い。手鏡を取ると裸のまんま電灯へ向いてじつと見入り、さてさつさと黄八丈をひつぱり出して著る。ちつとも寒くないらしいが、酔つてゐないこともたしかだ。

「たゞいま」と染香も帰つて来る。

「なゝ子ちやんがいま大いばりでね、れつきとした芸者だつていふんで春さんが眼をまはしてるところだわ。」

「おやまあ、ねえ」と帯留に手をかける。

「違ふわよ染香ねえさん。あたしのことをお姫《ひい》さまだつて。」

「おやまあねえ。」ずさつと帯が足もとへ解ける。なゝ子と奥は襖をあひだにして含んだことばを投げあはせる。ほんとの芸者といふものがどうかう、酔ふのがどうかう、しまひにお座敷が職場だとか、私生活との一線だとか、新しい芸者の魅力だとか、へんてこな論になつた。染香はいかにも時代の出た口調で両方へ、「さよ、さよ」と云ふ。

「内股ね！」となゝ子。染香は、これが臨機応変だ、だからひとが染香は名妓だつて云ふが、「さうでしよ春さん？」と云つた。

この世界は何にでも直接に云ふより脇へ逸《そ》らせて云ふ主義らしい。だからたま〳〵そこに梨花がゐたから「ねえ春さん」で、たぶん梨花のゐなかつた数時間まへまでは猫が代用されて、「ねえポンコちやん」と云はれてゐたのではなからうか。いや、梨花はポンコの代用かもしれない。二人は同時に座敷著を丁寧にそれ〴〵の行李へ入れると、ちやんときたないはうの足袋に穿きかへて、「おねえさんお休み、春さん又あした」と帰つて行つた。

やつとしづまつて、それから主人の入浴だつた。お座敷とやらはどうなつたのか、一《ト》言も云はない。風呂が間に合つたのか間に合はなかつたのかさへはつきりしない。ま、こんなに遅くなつた入浴なのである。それを見すますと米子と勝代とはひそ〳〵話して、米子が優しく云つた。「春さん済まないけれど、も一度お使ひに行つて頂戴。」

手に三枚の硬貨が渡された。勝代が云ふ。「しろとさんは要領がわるいから教へとくけど、このへんの商ひ家は表を締めても中ぢや十二時一時は起きてるものなのよ。」

米子が、「ついでに炭どう?」と云ふ。二人は意味ありげに笑ひあつて、酒屋の二軒さきの炭屋を教へた。

素直に受けながら梨花はすばやく思ふ。味噌は現金だから文句はなからう、炭屋は? これも二俵の炭をまさか今担いで来いと云ふのでもないから、払ひが溜つてゐて持つて来ないのは炭屋の勝手といふわけだ、持ち帰れる鰹節より所詮持ち帰れぬ炭でよかつたと考へる。五度目の使ひである。雇傭の関係は成立したあとでも、女中の場合は実に難なく崩せる、いやだと云へばそれまでだ。ましてまだ目見えだから取捨はおたがひに自由だ。だから目見えのうちに存分使つておかうといふのかもしれない。それでもいゝ、客観的な心を失はなければ卑屈になるはずはないのだと思ひながらも、夜なかのお使ひに味噌三十円持つて歩けば、割烹著の白さがきはだつて、わが姿にいぢけさうである。つい力が入つて味噌の経木《きやうぎ》へ親指がぐづりとはひつた。見ると、門のまへに米子が待つてゐた。

「あんたポンコを表へ出しちやつたんでしよ?」使ひに出るまへにはうちにゐたものがゐなくなつたから、おまへのせいだと云ふ。「このまへだつてポンコで擦つた揉んだした揚句暇《ひま》出した女中さんあんのよ。さがして来てよ。」

ばか〳〵しくてからかふ気になる。「どうやつてさがしますんですか。行くさきがきまつてますんですか。」「猫だわよ!」案の定腹をたて、、味噌をひつたくるとはひつてしまつた。

梨花は深呼吸をし、しみ〴〵といつた思ひであたりを見る。風情のある小路《こうぢ》だつた。なにもかも気どつてやうすぶつてゐる。軒灯は柔かくともり、塀は高く低く、しのびがへしが書割めかしく、門も植込も敷石もかたにきまつて、そのなかはいつたいどんな居心地なのだらう。自由と愉悦は表がはに、貪婪と悲歎は裏がはにかならずあると誰も云ふが、ちやうどこのおぼろな灯《あかり》に気どつてゐる小路の家々は、軒ごとにそれを表現してゐるやうだ。

きたないものを入れる塵芥箱がどこにも一ツづゝ備へつけられ、この悪臭は私かたでございと云はんばかりに麗々しくも「＊＊家専用」と赤ペンキで明記してある。考へればをかしいことだが誰も平気だ。上方風だといふ高い黒塀の内がはから意外な近さで嬌声が起る。梨花は眼をあげるが、もとより何も見えはしない。――猫さがしか。

　小路のつきあたりを曲つて赤いぶら提灯をさきに、ごろ〳〵と手押し車がはひつて来た。梨花はうながされてさきへ歩いて行つた。四五軒さきに改築をしてゐるのがあつて、砂の盛《も》りあがりがほのかな山なりを見せて、猫の寄りさうなところに思へる。

「ポンコ、ポンコ」と小さく呼んだ。夜ふけといふことが声を憚らせ、猫さがしといふことが気もちをしかませてゐる。「にやおん」は答へなかつたが、もう小舞竹《こまひだけ》のついてゐる骨ぐみの闇になにかけはひがあつた。猫でないことはたしかだ。闇のけはひなどは知らん顔がいゝ。立つてゐると、車が追ひついて焼芋のにほひが来た。梨花を客と思つたのか、へんに疑つたのかもしれない。「ねえさん、どうかしましたか」と云はれたからだ。ねえさんと、生れてはじめて呼ばれた。このごろはなんだらうとかんだらうと皆おくさんだ。

「いえ、猫をさがしてるの。」

「あゝ猫をね。……ひとの猫ぢやあね。」

「あらどうしてわかる、ひとの猫つて。」

「さういふやうすだもの。……ねえさん、どこ？」

「蔦の家さん。」

「身内？」

「いえ、女中。……をぢさんあそこ知つてるの？」

「あゝ、むかしつからね。あのおねえさんこの土地ぢや通りものだもの、……旦那運がわるかつたね。」――旦那つて誰だらう。

「雉子猫だろ？　白黒ぢやないね？　……もう帰つたよ。いま庇を伝つたから。」

「まあ見えるの？」

「あゝ、ちつたあ夜眼《よめ》が利くんでね。……寒いねえ。」

　ポンコはほんとに格子戸のまへに待つてゐて、にやあんと啼いた。軒灯に赤い口がずつと割れて、白い息が短く消えるのが見えた。猫は身を低くしたとおもふと、さつと梨花の肩へ乗り、梨花はびくつとして前こゞみに、肩にはバランスをとる小さい肢《あし》の重みがあつた。

　主人はあれほどかはいがるのに猫といつしよに寝るのはいやらしい。今夜から人のそばに寝られていゝねえとか、春さんは猫が好きなやうだとか、それでなければ肩のうへになんか飛び乗らないとか、くだ〲と聞かせをならべたて、寝巻にかへた。脱いだものは丁寧に畳んで一々箪笥へしまふ。さすがに著物はこゝでは商品のたいせつさである。すべて女たちは著物の始末になれば寒さも感じないやうだ。それから、鉄瓶の口を玄関のはうへ向けて火箸を十文字に立てたり、要処々々の戸口へ立つてなにかぐしや〱拝んだり、台処のガスを調べに行つたり、一トしきりうちぢゆうをわさ〱として、娘の勝代といつしよに二階へひきあげて行つた。米子も四畳半へひきとつた。

　やうやく寝られる段になつた。紅くはでな模様の蒲団があてがはれてゐた。きたない蒲団には馴れてゐても、女性の特徴であるしみが点々と赤黒く捺染《なつせん》してあるきたなさには堪へられない。同性の生理のおぞましさの上には寝られない。シーツがないから、ごそ〱しても新聞紙を敷かうとおもふ。

　性来嫌ひな猫といふものにつく〲と対面してみる。ライオンも虎も猫属といふさうだ、猫がライオン属ではない。猛獣だらうか。猛獣にして愛玩物たる動物、ぎや〱からにやあんまでの自在を得てゐる猫だ。ポンコは優に一貫を超えて肥え、全身円みでできてゐる。掻きわけきれないにこ毛に沢《つや》を放つて、三角の耳はさとい。怠惰と利発と媚《こび》と闘ひと、何百年ののちはこの生きものに何がもつとも大きい部分としてのこるだらう。好かない気もちで眺めてもその姿態の円みはかはゆく、嫌つてゐても触感は柔かくなだらかだし、いやがつてゐてもその媚は執念ぶかくこちらを誘ふ。そしてその眼、笑はない眼。ポンコはさつさと梨花の蒲団へはひつて、はじめ新聞紙へおちつかないやうすだつたが、やがてごろ〱と上機嫌に待つてゐる。——馴れてゐるのだこいつは、女中はかならずいやがりながらも自分に蒲団を半分譲ることだと見ぬいて。

　電灯が煌々と明るく、しづまつた夜気がひろがつてゐる。外は霜が深からう。遠く自動車のクラクソンが聞える。をかしいものでこゝで聴く自動車の音は、質のいゝ家具や流行の著物や宝石や、いはゞ満ち足りた生活のたのしさを思ひださせる。大した贅沢ができたといふのではないけれど、さつきからしきりに過去に圧迫されて梨花は困つてゐた。

　部屋のと廊下のと手洗ひのと、スイッチは三ツ廊下の壁にならんでゐる。三度ぴち〱〱と音をさせて暗くすると、どこの窓からかよその光が反射で薄あかりを寄こしてゐる。壁を伝はつて部屋へ帰らうとすると、何かつんと、蹴るほどでもなく蹴飛ばした。とまどつても一度スイッチを起した。ぎよつとした。そこに四ツに折つた千円札があつた。三枚だつた。

　主人に届けようと思ふとたんに、昼間なゝ子が云つた意味ありげなことばの記憶が浮く、「二階はおねえさんと勝代さんのお寝間。当分行かないはうが利口よ。なんでもないけどね、なあんでもないけどね。」……当惑した。どういふわけの金か。何人が何度こゝを通つたらう。現にいま主人も勝代もこゝを通つて二階へ行き、米子も手洗ひへ行きかへりした。どういふ意味だらう。試験だらうか。……とすれば。……一日働いて三千円なら、さう、一日が三千円、わるくないな。……とをかしく思ふ。単衣《ひとへ》の寝巻で寒く、かへつてのぼせが頬へあがる。米子といふのは主人とどういふ続きがらなのか、何をする人なのかもわかつてゐない、たゞ誰にも疎んぜられてゐる、そして当人はひねくれてゐる。金を渡すのはどこやら不安が感じられるけれど、……さうするほかはあるまい。なにせ自分にふりかゝつてきたことだから、うつかり時間といふものの計算を忘れては何を思はれるか知れたものではない。一日のなじみでも一日の厚みはある。いま身のまはりに自分を証明する過去といふものはこの一日の厚みだけである。

　いつまで寒い廊下でとつおいつしてもゐられない。米子へ届けるのが至当だとおもふ。で、ちよつと考へた。ものはむだなくしつかりと掴むことだ。米子はひとの細君かなにか知らないが、――なゝ子や染香は面と対つては呼びかけなしでうまく済ませ、蔭では米子と呼びつけにしてゐる。たぶん当人はそれを知つて癪に障つてゐるだらう、だからそこを掴んで若奥様と呼びかけて行かう。

　ゆかたの上へ著物を羽織ると、「ごめんくださいまし」と襖を明けた。「若奥様、まだお眼ざめになつていらつしやるでせうか。あの、変なことをおたづねいたしますが、お金をお持ちになつていらつしやいましたか。」はつとしたやうすだつた。起きかへつてスタンドをつける。「なぜ?」

「今わたくしお金を拾つたのでうかゞふのでございますが。もしお持ちだつたら、なにほど足りないかお調べくださいませんか。」自分ではのつぴきさせぬ云ひかたをしたつもりだつた。

　米子は考へてゐて、「いゝえ」と云つた。それから昂奮だか好奇心だかを隠しきれないで、「不思議ねえ。どこに？　……ふうん。いくら？　……ふうん。えゝと、……二階の電気消えてる？　……そんならいゝわ、あたしが預かつておく。」

痩せた手頸が袖口を離れて、札をうけとらうと突きだされた。弱々と嬉しさうな微笑が頬にのつてゐる。なにが嬉しいんだらう。札をうけとつた手を枕の下深くへ滑りこませ、顔と枕と手とでそれを押へてゐるやうにして、「あ、ちよいと。あしたあたしが云ひだすまで、誰に訊かれても知らないつて云ふのよ、うるさくなるからね。」

来たなとおもふ。「はい。でも、どなたのかはつきりいたしましたときには、わたくしからもちやんと申しあげますが」とひきとる。

さすがに疲れてゐた。疲れすぎてゐた。瞼が重くなつても眼の奥が明けつぱなしになつてゐる。からだぢゆうぐんなりしてゐるのに鼻が起きてゐる。嗅ぎなれない猫のにほひが臭い。聴くまいとするのに耳が起きてゐる。巻きなほした時計が兵隊の行進のやうだ。なぜ自分はこゝにゐつかうとする気があるのか、こんなよくもないうち！　寝返ると新聞がごそ〳〵云ふ。紙屑だ。あゝいやだあの焚き口、庇が四方から迫つてそのあひだに畳一畳分の空に星が高くまたゝいてゐたつけ。さうだ、ふしぎにこゝの庇と庇のあひだに自分のゐるところがあるやうに思ふ。なぜだか知らないけれど、狭いその庇の下の隙間がいちばん安全で自由で、空へ向つて伸びのできる気楽さがあるやうな気がするのだつた。

*

ばりつと何か痛みを感じたやうにおもつて、――けれども睡かつた。もつとはつきり頭のうへでばり〳〵と鳴つた。実際は何が痛いのでもなくてたゞ猫が爪を磨いでゐるのだつた。こちらが眼をさましたのを見とゞけながら猫はふはつと後肢《あとあし》で起ちあがつては、障子の紙と云はず骨と云はず猛烈な勢ひで引つ掻いた。そこへこの家《や》を目ざして来るやうな轟きで、ごおつと国電が何事もなく行きかふ。豆腐屋が追つかけ〳〵幾人も通つて行く。納豆も行く、卵も呼んで行く。が、小路《こうぢ》はまだ醒めてゐないらしい。たつた一ト晩を芸者家といふものに寐た梨花は、物売りの声の向うにしろうとの世界を感じる。きのふまで自分の身を置いてゐたしろうとさんの世界である。豆腐も納豆もしろうととくろうととの間をどつちつかずに曖昧に呼んでゐるやうな気がする。

気味のわるい蒲団ではあつても、夜来のあたゝかさが脱けにくい。それはたゞ起きたくないといふのとは少しわけが違ふ。目見え馴れのした床離れの悪さである。正式に雇はれるところまで行かなくても、目見え馴れのするほどあちこちへうろつけば、すでに十分女中である。女中の休息といふものは寐てゐるときを休息とは云へない、寐てゐるのだからである。起きてゐるときはもちろん休息ではない、働いてゐるからである。醒めて床のなかにゐるあひだはこれが休息である。短い休息、――だが女中には必要な休息と云へる。もし主人がそんな床離れのわるさを咎めるなら、おそらくくだらない結果にしかならないだらう。

　こゝのうちは主人よりもつと上手《じやうず》な起し手を住ませてあつた。猫はうるさく啼きたてゝ、あたゝかい蒲団から雇ひ人を追ひ起さうとする。外へ出たいのか食物がほしいのか、猫を飼つたことのない梨花にはたゞ小うるさい催促と聞える。だから動かないでゐた。猫は啼くのをやめたが、もつと上手《うはて》に出た。夜なかの用意に廊下へ入れておくふんしの砂箱へ行つて、人間の上厠と同じしたゝかな音をさせた。しばらくすると障子の破れから隙間風といつしよに特有な臭ひが来た。あれを掃除させられるなと思ふと、ついこのあひだ犬屋へ目見えに行つたときの記憶が浮ぶ。

　そこはあるデパートの裏になる繁華な通りだつたが、なんとかケンネルとハイカラな名がついてゐ、茶格子のキロッドを穿いた紳士ふうの人が主人だつた。事務机のある壁にもの〳〵しく貼りだされた畜犬協会の規約には、「一、高級なる畜犬は飼育職員の言動を微妙に反映するものなれば、職員は常に高雅なる精神と愛情ある態度を以てし、畜犬の品性の向上に心がけられたし」と書いてあつた。が、主人は暴言を吐いた。「人間は月三千円で文句を云はないのがいくらでもごろ〳〵してゐるが、名犬はさうざらにゐるものぢやない。うちは何十万といふ名犬が揃つてゐるが、もちろん犬だもの食ひつくさ。食ひついても恐水病のたねを残すやうな犬は一匹もゐないんだ。もしそんな病気になるとすれば、その人間こそ恐水病の原因をもつてゐるんだ」と云ひ、月三千円で一日ぢゆう犬の食事運びと糞さらへをするのがしごとだつた。

　どこへ行つてもきたないことを我慢しさへすれば飯食ふ口をひとに預けてゐられるといふが、さうかもしれない。まあ犬猫のふんしは草箒で手をつかはずに掃除ができるが、人間のふんしの掃除は手でしなくてはならない。多分けふはこゝのうちのをさせられるだらうが、なにも刷毛ついでだと思へばいゝ。もと〳〵誰も三尺四方のなかでは自分の手で自分のものの始末をしてゐるはずなのだ。

　とは云ふものゝ、はゞかり同様、玄関のよごれはひどかつた。一ト晩こもつた病犬の吐物と排泄物との臭ひ、そこへ投げこまれた新聞が濡れて印刷のつんとした臭ひがまざつてゐる。犬は鎖をひきずつて全身に朝のよろこびを表現してゐて、万事人に頼《たよ》るほかないこの繫がれものは澄んだ眼をして梨花を見るのだつた。

「相変らず遅いんだねえこゝのうちは。玄関もまだこのざまぢやないの、私はもう一軒用を済ませて来たんだよ。」なんだかわからないがぎす〳〵した女だ。鳴りこんで来たといふかたちに、玄関の鍵を明けたばかりでまだ寝巻の梨花はへどもどした。たちまちその人に米子も主人も起され、うちぢゆうががた〳〵騒がされた。しろうと臭く早起きなんぞされちやくろうとはからだが持たないから、朝はゆつくり起きてくれと云はれたのなどは、この分では素直にうけとつてゐられるものではない。

　慌てゝ、ガスで起した火を十能に受けて持つて出、鳴神《なるかみ》を恐れてかしこまると、「挨拶はあとにおし、火を持つてるんだろ、それがさきだよ」と云はれた。炭をつぐ色黒の指にダイヤが光つてゐた。秋の尾根を見るやうな高い鼻をもつた初老の女である。

　いつたん騒ぎたつたあと、家族と客とは密議をこらすといふふうにひつそりした。訴へるとか弁護士とかいふことばがそのひつそりのなかから脱けだして聞えた。そのうち、ごはんが噴いてゐる最中だといふのに梨花は呼びたてられて、速達を出しにやられた。封書と三十五円きつかりとが渡された。

　小路小路はやうやく醒めかゝつてゐるが、おほかたの二階にはまだ雨戸があり、雨戸には冬の陽が貼りついてゐる。階下の庇は霜どけに濡れてまだ低く沈んでゐる。さういふこの一区劃をぬけて電車通りへ出れば、店々《みせ〳〵》ははやしごとに油の乗つたところ、けふの商売の潮《しほ》の上げはなといつた活気である。店員は雇ひ人根性を消して、たゞいま儲けなくてはといふ顔をして立働いてゐる。小さい問屋や卸が多いせいか、トラック、オート三輪をよけ〳〵歩かなければ通れない。橋のたもとへかゝつて前後をトラックに通りぬけられると、梨花は轢かれたやうな錯覚を起してぽろんと硬貨を落した。あいにく自分の財布を持つてゐなかつた。

「おまへさん捜したつてしやうがないよ。わかりつこないもの。五円かい十円かい？　郵便局だろ？」いまさら封書を握りしめてゐるのが、いかにもまぬけな姿だつた。靴磨きのをばさんは親指と人さし指を切つた手袋の手で金をつまんでくれた。笊のなかには硬貨と小紙幣がいゝ加減たまつてゐる。「私はね、自分が働いてゐる金だから十円はどうでもいゝけれど、十円やそこら恵まれりやあんたも気もちがわるいだろ、だからついでのとき返してもらふよ。いつでもこゝに出てゐるからさ。」

段違ひにあちらはおとなで、こちらはわれながら子どもじみてゐた。屋根のない大道にすわつてゐる身だのに通りかゝりの名も知らない女に十円の助けをしておいて、自分はいつもこゝにゐる、ついでのときに返してもらはうといふ構へかたが、ぐんと梨花のすき腹に響いてくる。さういふ強さに負けてゐたくないくせに、いまはまだ完全に負けてゐると思ひ／＼帰れば、茶の間は男をまじへて大入満員に客が殖えてゐた。話は密議の続きが公開になつたといふかたちである。なみ江が借金を踏み倒して逃げたうへ、叔父と名のるものが少年保護法とか売春法とかで訴へるとおどして、けふ交渉に来るといふ、その対策協議なのである。新聞などで珍しくないことだが、きのふ来たけふはもう訴へられるがはに自分も席をおいてゐるのは、あまり筋書通りで早すぎるといふ感じである。対策の方針もきまつたやうすで、なみ江の棚おろしはとみに活潑である。

「なにか云へた義理ぢやないわよ。来たときのあの恰好！　頭は虱だらけ、股まで垢がたまつてたんぢやないの。それからほら、きんとんも伊達巻も知らなくてさ、それもいゝけどお座敷で臆面もなく、たべさせてよつて云つたんでしよ？」

「さうよ。あんときはうちも恥掻かせられたつけね。あんなこと云つたものはこの土地はじまつて以来だつて、曲水さんのおかみさんにさんざ文句云はれたあげく、お出入り禁止にされてさ。」

鮭《しやけ》も知らなかつた、あの赤いさかな何だと訊いて笑はれたら、つんとして、私の故郷の海には鯛よりほかのさかなはをりませんと云つてのけた、その故郷が鋸山のふもとだといふ。逸話の数々で飾りたてられてゐる道化のなみ江の可憐さ逞しさに、梨花は同情する。

「ぢや何分その辺をよろしく」と、主人は二人の男と品のあるおばあさんを送りだして、しきりに頭をさげてゐる。表沙汰になるのはいやだし、さりとて大金を取られることもいやだし、自分が交渉の矢面に立つ自信はなし、ひとに頼りたさがまるだしに見えてゐた。

しかし男たちはひどく慇懃に丁寧なばかりで頼りなかつた。「いくらでもおねえさんのお役に立ちたいんでございますが、なにしろ法律のことはからきしもうだめで。四角いところへ出ますのは、どうもまことに不得手で……」

それにひきかへて綺麗なおばあさんはゆつたりしてゐる。「向うの出やう次第でなんとか話はつくものだと思ふがね。」どう見ても上品なとしよりだのに、白くない沢山の経験が読める口ぶりだ。主人はこの人をおねえさんと云ふ。おねえさんと云はれる人が更にあがめておねえさんと云ふのだから余程りつぱな人だらうけれども、いづれは芸者の古手なのだらうとおもふ。

やつと朝の食事になつて、お櫃の蓋を明けると、「あらあんた、ごはん上げてくれた？」と咎められる。

「は？　どなたへでございますか。」

「いやよ忘れちやあ。お祖師《そつ》さまはあんたの役ぢやないの？　ごはん炊いたらいちばんさきに上げてくれなくちや。」裏声に怨みつぽく云はれると主人の声はばかに冴えて聞える。なにかを習つた人の声だ。

御仏壇は四畳半の押入に鬘箱や稽古本入れとならんで安置してある。御戸帳《みとちやう》は明けつぱなし、まだきのふのごはんが上つたまゝである。黒檀まがひのお厨子正面上段にお祖師さまとお位牌、――梨花はこの齢まで位牌をこんなふうに割り書きにしたのを見たことがない。首藤・りよと二行にして之霊位の三字が中央に来てゐる。慶応二年と右に、三月三日と左にあるのが歿年月だらう・首藤なにがしとなにがしりよとの比翼のやうにもとれて因縁くさい。

「鼠がいたづらして勿体ないからね、毎日かならず三時にはお仏器さげて頂戴。」主人のまじめな調子にひきこまれてこちらもまじめに、鼠は三時から騒ぐのかと考へさせられて苦笑する。見れば、香炉のそばには乾飯《ほしひ》になつた食ひあらしがぱら〳〵と、黒い同形のもまじつてゐる。「お花まで齧《かじ》るんでせうか。こんなに菊の頸《くび》が落ちてをります。」

「お花どころかお祖師《そつ》さまのお頭《つむ》のお綿まで落つことしちまふんだもの。……どうあばれたんだか右のお手を欠いちやつたしね。」主人はつと無邪気に手をのばしてきせ綿をとつて見せる。薄赤い真綿のなかに指さきを曲げた手頸がころんと包んであつた。廉くない線香の匂ひと花たての腐つた水とが臭ひ、口早なお題目へからむ。祖師は鼠に噛まれたおん手を綿といつしよに頭に載せて尊くいらせられた。それで済んだのかとおもへば、今度は押入をもう片方へ明けかへると、箱鏡台のうへに焼物の三寸ばかりの蛙が置いてある。そこへお水を上げるのだつた。蛙は雌雄で、めすのはうは背なかの彩色《さいしき》も淡《うす》く、口には鮮かな紅《べに》をさしてある。両方とも縮緬の蒲団を敷いてゐる。これは何のおまじなひだらう。

「おやあんた知らないの。おひきさまと云つて有名よ。まあ客をひくつていふ一つの縁起ね。」なぜお茶をひくと考へないんだらう。それに客は女房こどものゐる自分のうちへかへるものだと、なぜ思はないんだらう。

「ついでだから云つとくけれど、縁起さまつて知つてる？」と片頰《かたほ》笑ひをする。ばかにしてゐる、そんなことぐらゐは知つてゐる。「でも、しろとさんはたいてい知らないのよ。この社会はね、いろんなをかしな習慣だらけなの。でもこゝに住むかぎり文句は云はないことになつてるの。だからあんたも素直にしてくれなくつちやね。」見ぬくやうに云ふなとおもふ。

「ゆうべあんたお金拾つたつて？　……いくら？　……へえ三千円。二千円ぢやないのね。……来たてでまだ知るまいけど、こゝのうちはいくらでもお金がごまかせるうちなの。」ほんとかいと云ひたい。現に食料品屋も炭屋も借りが溜つてゐることはたしかなはずなのに、ごまかす余裕のあるやうなざく〳〵した財布なのだらうか。

「云つておきたいのは、こゝのうち人出入りが多いでしよ？　だけど主人はあたし一人なんだつてこと承知しておいてくれないとね。」

米子に金を渡したことを指してゐるらしい。どうやらあの三千円は主人には二千円としてとりつがれてゐるやうだ。梨花はあへて訊いてみる。「あの、これ試験なんでございませうか。」

「試験？　何の？」

「お目見えの手癖の試験かとおもひましたが。」

「何云つてんのよ。……でも、そこんとこなのよ私があんたものになると見てるのは。試験だと考へるところがあんたの利口さよ。たしかにあんたは米子や勝代より利口だわ。でもね、私がこんなへたな試験したと思はれたんぢやあ、ちよつとやりきれないわ。そのうち話すけれど、とにかくこのお金のことはしばらくなんにも云はないでおいて頂戴。……それにけふは少し面倒なことがあつてねえ、変な親爺さんがゆすりに来るつていふんだけれど、それにもう私あんたの利口さを頼りにしてゐるところがあるのよ。」うまいものだ。そんなおだてには乗らないぞと用心しながらも、ぴたりと人情のつぼをおさへてくる勘のよさについ惚れさせられるのだらうか。梨花はゆすりが来たら一廉の役に立つて、腕が見せたい気にされてゐた。

やがてダイヤモンドの指揮でゆすりを迎へるしたくにとりかゝる。米子は二階の掃除に追ひあげられ、勝代はとこかへ使ひに出され、主人は外部への連絡をとる。話がこみいつてゐるから会つて話したはうが早いと云ふ主人を、ダイヤは姉ぶつてけなしつける。「出て行けば往来でも誰かに見られるし、行つたさきのうちのものにも会ふから、工作しに出かけたといふ事実は何人もの眼で証拠に残つちやふわ。電話ならそんなからくりはした覚えがないつて云ひはれるでしよ？　そこが手動式電話の利用価値つていふものさ。局には通話回数の記録が残るだけで話の内容なんかわかりはしない。」

その電話の話しかたは巧妙であつた。そして方々へかけられた。「実はなみ江のことでね」とはじまり、「まつたく災難なんですよ、どうかそこを何分よろしく」と終る。まんなかのところはどういふ呼吸なのか大部分を向うがしやべつてゐて、こちらはたゞ「えゝ」とか「いゝえ」とか「さうなんです」とかで通じてゐる。どちらが事情を話してものを頼んでゐるのかわからない。よほどかういふ事件は茶飯事的にみんなが馴れてゐるのか、それとも扶けあひ精神が強いのか、わかりの早い世界である。いづれこれもこの事件のためにする訪問さきへの手みやげなのだらう、梨花は菓子折を買ひにやらされた。

かういふ土地の菓子屋は数寄屋ふうのしもたや造り、暖簾さへなければ通りすがりに菓子屋とはわからない。格子をはひると店は塵一ツとゞめない清潔さ、見つきに水屋ができてゐて、まつ白な布巾がこの清潔さを見ろとばかりにかけてある。桑の縁取りガラスの飾り棚にはせい〳〵七八種、半生《はんなま》からかき餅まで入れても十五六種といふ品数《しなかず》の少さ、もとより値段がきなどは出てゐない高級ものばかりだつた。だから菓子折は金額のわりに小さいものだつた。主人はハイヤーを呼んで出て行つた。

かはいさうなのはゆすりの煽りをくらつた病犬だつた。玄関のなかにゐてさへ寒げにつぐなんでゐるものを、けんのんな来客へ憚つて、箱ごと格子そとの風の吹きさらしへ出されてしまつたのだつた。彼の鼻はまつたく乾いてゐたし、出血のまじつた排便を苦しみながらしてゐるのを、梨花はちら〳〵気をつけてゐた。何のために飼はれてゐるのか。小さくてかはいかつたから貰つて来ただけだといふが、大きくなりかゝつたいま雑種だ雑種だとけなされて、まつたく無関心に打棄てられてゐる。何のために死ぬまでをたゞ繋がれて生きてゐなければならないのだか。こゝの誰がきのふ目見えに来た梨花より余計に彼の命《いのち》を案じてゐるか。だのに犬は誰かれの出はひりのたびに、自分の病気を忘れたやうに尾を掉り表情を緩めて見せてゐる。梨花は菓子折の金額、ハイヤーの金額が優に犬の医薬費に超えることを数へてゐた。

　かうして待つたなみ江の叔父なるものは、はなはだしく梨花の期待をうらぎつた。胡麻塩頭、無精髭、茶コール天のジャンパー、草履ばき、すべて寒さうなきたなづくり。こんなときはどちらかと云へば、づんぐりがた、猪頸《るくび》などのはうが手ごはく見えるものを、ひよろつと痩せて猫背なのは鈍く見える。こんなものを対手《あひて》に朝から評定をしたり速達を出しに行つたり、電話のハイヤーのと大騒ぎがばか〳〵しくおもはれた。内心びく〳〵しながら強がりを云つてゐた主人は、案外のあいそのいゝやうすで迎へたし、米子はきれいに化粧して接待をしてゐる。一触即発の勢ひだつたダイヤモンドは、たしかにこの事件のために来たに相違ないが、緊張して長火鉢のまへにすわつたきり鳴りをしづめてゐる。みんなさつきまでのやうすとはうらはらである。二階が交渉の間《ま》にあてられてゐるので、梨花にはこぼれ話も聞えて来ない。

　そこへなゝ子染香がそれ〴〵アパート住ひから出勤して来る。二人とも玄関で一ト眼げぢ〴〵草履を見るなり、はゝあと呑みこんだ眼まぜをする。眼は口ほどにものを云ふといふが、眼を利かせる会話術が発達してゐるのである。茶の間はなゝ子染香を入れて、ダイヤがしきりに二階の話をしてゐる。ゆすりがいかに無法なものであるか、要求の条件がいかに途方もないものであるか、すぐ尻の破れさうな誇張を話して得意げである。聴いてゐるはうもそのへんを心得てゐるらしく、大仰な惘れかたをする。染香が頭をふりたてゝ感心すると、白髪染をしたまつ黒な髪が鬘のやうだ。

　そこへ又、格子が明いた。茶の間はみぢんこが沈むやうにぴたりと鎮まる。きのふ目見えに来たときの鎮まりかたがこれとおなじだつたのを梨花はおもふ。とりつぎに出た梨花を黙殺して、黒オーバーの男が踵をすりあはせて靴を脱ぐと、ずいとはひる。

「待つてたところだわ。速達著いた？」

「著いたから来たんぢやないか。なんだい又？」

な丶子染香はつぎの間へさがつて、とたんに舌を出しあふ。男は法律書生あがりの相場屋、ダイヤの先々夫の子、米子もダイヤの子だがこれは先夫の子で、だからこの男とは種ちがひのきやうだいであるといふ。ダイヤはこゝの主人の肉親の姉だが、むかしから気象も器量もあゝ違ふのださうな。「とにかくたいへんな女さ。こゝのうちもあんなものに頼つてるから、もうさきが見えてるよ。春さんも気をつけな。なゝちやん、さあお湯《ぶう》へ行こ。」

湯へ行く二人と入れかはりに、眼の大きい痩せぎすのとしまが黙つてあがつて来る。よく〱名のりたがらぬ人々の集りだ。「さつきおねえさんからの電話でびつくりしてね」と云つてゐるから、これも事件のために呼ばれたのだらう。けさ一度帰つた品のいゝ老婆も来る。老婆といつても皺くちやではない、ふつくり大きいハイカラにして紫の襦袢だ。人さし指の腹を唇にちよいとあてゝ、それですうつと鬢を撫であげる癖がある。

「もう来てるんですよ。相かはらずきつたないなりでね。どうか一ツよろしく願ひます。」ダイヤに急《せ》かされて女二人は二階へ行く。

オーバーは冷淡だつた。外国煙草を暇《ひま》もなくふかし、「こんな事件は見番の男衆で沢山だ。おれは出ないはうがいゝ」と、忙しくもなさゝうに忙しげなことを云つて、さつと帰つて行つた。

眼の大きい女はしばらくすると降りて来て、ダイヤに何か報告し、「私がゐたつてごた〱するばかりでお役に立ちさうもないから、ご用のときは呼んでください」と云つて電話に起つ。なんとか会社の交換台に、「社長室へ、わたくし中村」と堂々と呼びかけ、いづれは旦那だか情人だかと今夜の都合を話しはじめる。

自分用だからきび〱と張りのある口調になる。「今夜のご註文ね、関西のお客さまに若い妓《こ》つていふの、二人択んでおきました。どちらかがお気に入るとおもふんです。それから明日の飛行機、お席オーケーです。お鞄のしたくも済んでますから、いつでもショファーお寄こしください。それからお薬、三日分でしたね、調《とゝの》つてをります。それからね、――」

あとは地声に落して何か隠語のやうなもので云ふ。梨花は圧迫を感じて聞いてゐる。芸妓のかうした役に立ちかた、行きとゞきかたに圧迫を感じる。しろうとのはしこい奥さまの行きとゞきかたよりもう一段すつきりしたものが迫つてくるやうにおもふのだつた。それに夫婦といふ押しつけがましさがない。ほんたうなら夫婦には押しつけがましさがないはずで、かうした芸妓との関係こそにちやつとしたうるさゝがあらうとおもへるのに、このひとの電話を聴いてゐると、雇傭関係に似たさつぱりとしたサーヴィス精神みたいなものが快いのである。

急に二階でいきりたつ声がし、例のとしよりの「まあ〳〵」が制してゐる。ダイヤはすはといふやうすで梯子の下まで行つてたゝずみ、二階は起ちかゝるやうなけはひでごた〳〵してゐる。咄嗟に梨花は暴力的な威嚇を聯想し、この家《や》の出口が一方だけであること、ほかには風呂の焚き口から隣家の屋根へ攀ぢるしかないことを目算した。

ちやうど風呂から帰つて来たなゝ子は玄関から、見番へ男衆を迎へにやられ、けさの男衆はあきらかに怯《ひる》みながらやつて来た。それがあがつて行くとふたゝび騒がしく、男衆は這々《はふ〳〵》の体《てい》でたちまち逃げかへつてしまつた。切札の参謀長ダイヤがあがつて行つた。

下では眼の大きい蔦次を中心にして芸者たちの饒舌がつゞく。主人がはがゐないからかけかまへなく、だれも本心では主人がはが訴へられるのがあたりまへだと考へてゐる。ひどい搾取だつた、人権蹂躙だ売春強要だ不法取扱だと、こなれないことばづかひでなみ江に同情的である。なみ江の失踪は平生の稼ぎの苦しさが主原因だが、直接の動機は映画を見たいと云つたことから娘の勝代と口論になつて、ぷいと出て行つたまゝになつたのだといふ。定跡どほりの貧からこゝへ来るやうになつたのだが、紹介の闇屋のばあさんにだまされたふりをして、実はちやんと保護法も売春法も承知の上でそれ専門の芸妓になつたやうな節もあり、そのづう〳〵しさを憎らしがつてこゝのうちも荒い稼がせかたをしたのだともいふ。その点は五分五分だといふのが三人の見かただ。きんとんも鮭も知らなかつたのは誇張でなくほんたうで、食物にかぎらずほかの何もまるで知らない。長唄も清元も一ツものとじか聴けず、歌舞伎も新派も差はわからない。古著を買つて著せられても染めかへしをあてがはれても、長い袂で、錦紗縮緬で、赤く青く柄《がら》があれば満足なのだ。帯一本何万円の豪勢な売れつ児の衣裳とならんでも、差がわからなければ羞ぢるどころか自慢する始末だ。無邪気とも云へる。ゐなかの児にめづらしく骨細《ほねぼそ》できめがこまかく、これではその稼ぎよりほかはできないはずである。

二階の男はからだつきや顔の道具がよく似てゐるから、にせの叔父ではなからうと云ふ。商売は鋸山の石工《いしく》だから、あばれられゝばと主人が恐れるのも無理はない。なみ江の失踪直後はじめて来たときには、主人のはうが高飛車に出て汽車賃で追ひかへさうとしたので、開き直つて一ト通り因縁をならべ、あつさり八万円持つて帰つたのださうだ。ちやうどそのとき主人には地方から旦那が出て来てゐて金があつたのが不しあはせだつたわけになる。それから音沙汰なしの三ヶ月がたつて、きのふ不意に電話で、あと何十万と著類いつさい、配給の転出、三ヶ月間の配給米とを要求して来たのは、おそらくなみ江が近々またどこかへ住みかへて出るのだらうと察しられた。出るとなれば著類は絶対に必要な資本である。取りたてはきびしく行はれると見られる。はじめに易々《やす〱》と金を出したことがなみ江がはを強くしてゐるだらうし、しかもその三ヶ月間にこゝのうちはぐつと左前になつてきてゐるし、話はどちらもせつぱ詰つてむづかしからう。見番も弱い尻のあることは知つてゐるから、とかく逃腰だし、オーバーは商売がら儲かりもしないうるさいことに係りあひたくないのだ。

「こゝのおねえさん一人ならあんなにひどい稼ぎもさせなかつたし、こんな結果にもならなかつたらうに、あの鬼子母神がよくないからよ」と痩せた蔦次が云ふ。ダイヤは住ひの近処に鬼子母神さんがあるので、さういふあだながついてゐる。終生解脱しつこない鬼子母的性格だ、それは過去と今日とが証明してゐると云ふ。さう云へば梨花にも、油断のならない人といふ印象が残つてゐた。米子はダイヤのいまの夫が魚河岸へ勤める人なので、その伝手《つて》でどこかの料理人へかたづいて不縁になつたのである。こゝのうちはだん〱に落目《おちめ》で、七人もゐた妓《こ》がつぎ〱に減《へ》つて、なみ江のときは実際上の打撃であつたのを続いて雪丸が烏森へかはつてしまふ、いまでは蔦次・染香・なゝ子の三人、――その三人もなんとなく動きさうなけはひだ。

「私たちだつてどうなるか。稼げるつて自信があるから、いやだと思ひはじめれば腰がおちつかないものね。……かうなるとあとに残つたものは迷惑だ、だん〱ひどく拗《むし》られるんだからね。この三人にも早晩なにかは起きるわね、このまんまといふことはなさゝうだもの。」

主人と鬼子母神と老婆とが降りて来た。話しあひはつかないらしい。鬼子母神も老婆も結局はひとのことといふ気楽さがあるが、それだけに主人はひとりでする焦慮で疲れてゐた。それを蔦次が追ひこむやうに云ふ。「まさかおねえさん、切れものなんか持つてゐないんでせうねえ。凄いつてどんなふうに凄がるんですか。」

「このまへはいきなりの気ちがひづらだつたけど、今度はよほどどつかで習つて来たらしいのよ。凄んぢや冗談にし、凄んぢや冗談にし、法律のほうもずつと智慧がついてるの。なにしろまつたく本格的なおどしだから、ちよつと何か云ふとばか声出すんでねえ、お隣がうるさいし。」

「お隣なんか気にしちやだめよ、問題のしんだけ考へなくつちや。さうあちこちに気が煎《い》れるやうぢや勝てないよ」と老婆は笑ふ。

左隣は袋物屋、右隣はしもたやの婆さん一人住ひだが、表むきは無職、実は闇の中取次《なかとりつぎ》で、そのむかし知名の実業家に奉公してゐたといふのが自慢である。小じつかりした金も持つて、何かにしろうとの誇りをひけらかすので、ついこちらともまづくなつて、しまひには両方感情にのぼせ、家と家との狭い路地を通すの通さないのの争ひにまでなつた。結局は金持地所持ちのあちらの云ひ分のはうが通つて、こちらはそのために勝手口の出はひりが封じられ、玄関だけの一方入口の不自由を強ひられてゐる、とゆうべのうちに聞かされてゐた。それだから二階の羽目がくつつきあつてゐれば、おそらくこちらの大声は筒ぬけだらうし、この際のごた〳〵を隣が知れば、どんなに喜んで悪口の限りを吹聴するかもしれない。主人にはそれが又かなり大きく辛《つら》いことらしい。ゆすりの叔父はそんな適切な効果があるとは知らずにどなるのだらうが、そのたびに腰弱になる主人の心中が察せられた。

しばらくみんなで相談し、けふのところはとにかく話をうやむやにひきのばすはうがいゝと云ふので、盛りつぶすことになつた。「酔つちまへば話にならないし、あばれだせば破壊暴行とかつていふんぢやない？」

「でもさうすると、蔓になつてるから自然こちらの問題もひつかゝつて出ちやふ勘定でせう。」

「なあに、警察だつて用が多いよ。面倒なことにはさはりたくないよ。当面の事実だけで簡単だとおもふがね。」芸者家の人といふものは随分むづかしい云ひかたをするものだと、しろうとの梨花は思ふ。かういふ事件にかういふことばがつね〴〵つかはれてゐるのだらうか。

酒を出すのだから台処が忙しいかと云へば、ちつとも忙しくない。酒も酒屋へ買ひに行くのではない、いつさいは鮨屋へ云ひつければ済むのである。「お酒二本、なにかお摘《つま》み見繕つて、お猪口も五ツ揃へて」と誂へる。持つて来たのはみごとだつた。平皿の大きいのへ温室きうりを筏に、こはだの細引《ほそびき》、そぎ独活《うど》に大はしら、生海苔にあなごのしら焼、鯛の皮にゆがき三ッ葉、とり貝に芽紫蘇《めじそ》、みなほんの一ト口一ト摘みづゝである。いつたい一人がどれだけの割当になるのだか、もしこれが自分に出されたのなら遠慮で箸ものばせず、味は涎だけで賞翫するよりほかはないと梨花はおもふ。さういふ美しさ利口さは、さすがに花街である、しろうとの町にはないものである。お酒二本のけちくさい註文もそれが適量であるなら、なにも酒屋から金嵩《かねがさ》の張る一升壜を買はなくてもいゝのだし、お猪口も貸してくれる便宜があるなら、なまじひうちに揃へておいて破つたの欠いたのといふ面倒くさゝも省ける。なんと都合のよい習慣にできてゐる土地だらう。だが又、なんとこのお摘みの大皿の繊細に美しいことか、あはれにはかなく腹の足しにならない美しさである。考へれば、女たちの働く土地である、台処のしごとがかういふやうに都合よく省かれてゐるのはあたりまへかもしれない。それにこの土地へ来て腹の足しにものをたべる人はまづない。お摘みは酒のつけたりでいゝはずである、量の問題ではない。しかしこれでいくらするだらう、廉くないにきまつてゐる。こんなことぐらゐは少し眼で見て覚えれば自分にだつてできる、——と思ふと、ふと光がさして来たやうに梨花は感じる。鮨屋に高く払つて頼むまでもなく自分にできるとすれば、たゞの女中でゐなくてももつとましな条件がつけられるかもしれないし、なにも奉公して他人の屋根の下で気をつかつて暮さなくとも、小さい店の一軒くらゐどうにかならないものか。自分がやればきつともつと廉くできるし、これほど豪勢な材料でなくとももも少し実質的なことができさうである。梨花の好きなことの一ツであり、事実また菜つ葉一ツでもかきつと線の立つた庖丁目を見せる腕は持つてゐた。くろうとのやりかたへしろうとのやりかたがまざりあつたらどんな結果になるか、と思つたりした。

　ゆすりはほんとに飲めないたちらしく、ゐぎたない行儀に崩れて床柱にもたれ、もはやこれから威丈高なかけあひなどできるやうすもない。女たちも気をゆるめて酔つたやうなふうに、勝手な芝居話をしてゐる。お銚子二本で酔ふはずがないから、まことしやかに酔つて見せてゐるのだらう。平気で埒もないやうなくだらない時間が流れて行つて九時に近い。

　梨花は俥屋へお使ひさんを頼みに行く。いまどき俥屋があるかと驚くが、人力車の宿があつて、ぢかに土間へ切つた三尺炉のまはりに、きりつとした若い挽子《ひきこ》が何人も待機してゐるのだつた。お使ひさんとはその挽子に俥を持たずに使ひだけしてもらふことをいふ。電話のないうちへの手紙言《こと》づけ、返辞も貰つて来てくれるし、もつと細かしい含みのある用事もしてくれる。鋸山の親爺をとにかく今夜泊めることにしたのだが、その宿をお使ひさんに捜させるのである。一流の旅館では費用がかゝつてつまらないし木賃で立腹させてもいけない、見てくれのい、処で食事抜きの泊りだけ、会計はこちら持ちといふのだが、特にお使ひさんに含ませなければならないのは、三畳ぢや狭いといふことだ。それが梨花にはどういふわけかわからない。まさか六十づらをさげたあのきたない親爺にと思ふが、主人に訊くわけにも行かない。さういふところでしろうとのわかりの悪さを嘲られるのがいやだといふ意地があつた。「わかるわね」と念を入れて云はれ、「はあ」と答へたもの、実はわからないのである。

「それでね、三畳ぢやお狭いからといふことです。」

挽子は往来へ出て来て軒灯の下で伏し眼にじつと註文を聴いてゐたが、やはりちよつとわかりにくかつたらしく、「は?」と顔をあげかけ、すぐまた伏し眼になつて、「かしこまりました。急でございますから、ご註文の部屋があればよろしうございますが、すぐ訊いてまゐります。二十分ほどお待ちくださいまし、お宅までご返辞に伺ひます。」

くつきりと分けた髪の厚さ、頸すぢへかけての若さ。こんなにも若い男が俥屋の挽子で、こんな丁寧なことばを流れるやうに操る。挽子が女中にこんな滑らかなことばで話すのだ。いゝことばにはそこはかとない哀しいひゞきがある。これが挽子の職業語なんだらうが、梨花はなんといふことなく自分のからだを検分したいやうな気もちにさせられた。誰が見ても女中のすがたである。割烹著がぶく〳〵して、腰の線といふものがない。胸のあたりもごちや〳〵とたぐまつていやなかたちだ。職業によつてできる姿態といふものは、たとへ一日二日の目見えでも偽れないものだ。

「ぢやお願ひします」と行きかけると、「あ、雪だ。やつぱり雪だつた。初雪でございますよ」と若く弾んだ声を出す。

「あら、ほんとに。」

「十一月から初雪ぢやあちつと早すぎますよ。ことしは雪年だつて親方がさつきさう云つてたんですが、えらいもんだやつぱり経験者にはかなひませんね。あの、お宿がございましたらお客さまをお送りいたしますんでせうか。それならご返辞に伺ひますとき、わたくし倖持つて参りませうか。」

「さあ、あたし伺つて来ませんでしたが。それにお時間の都合もあるでせうし。」

「それもさうでございますね。ではとにかくご返辞にだけ伺ひます。」

透かすと、雪は大気を押しわけるやうにゆつくりと、黒く、白く、まばらに降りて来る。天から来るものはどうしてかう清々《すがすが》しいのだらう。雨も雹もみんな清々しいが、雪のこのおほらかな清さはどうだらう。そして又、なぜ倖屋の若い衆のいゝことばづかひはかうも懐しいものなんだらう。梨花は雪にあはせてゆつくりと帰り途を行きながら、久しぶりで人に会つたやうな気がしてゐた。誰にといふこともないけれど楽しい人に会つたやうな気がしてゐた。

かたづくのが十二時一時といふのは定跡のやうだつた。その時間から風呂へ行けと主人がしきりに勧める。午前一時の洗湯のアンモニア臭い湯も、雪にさす傘も厄介だつたが、しつこく勧められゝば行かないわけにも行かない。なにか含んでゐる口ぶりだつた。湯は落し湯だといふのに、溢れるほどうめてもはひりにくい熱さだし込んでゐる。時間の関係だらう、みな若いお勝手働きの女中さんたちである。裸でも女中と鑑定できるのは赤い手だからである。水仕と寒気に曝された荒れは湯へ漬けると茹でたやうになる。サーヴィスの行きとゞいた土地がらだから、女中のためにも遅くまで熱い湯を出してゐるのだらう。

と、「今晩は」と挨拶された。知らない顔だつた。「鶴もとの台処でございます。お向うの鶴もとでございます。あちらさんぢやいゝ女中衆が見えたつて、うちのおかみさんが羨ましがりましてね。ちやうどうちでも一人手の足りないところなもんで、冗談ですが、なんだつたらうちのはうへ来ていたゞきたいなんて申しましてね。」

こちらは新米の目見えでまはりのことをかまつてはゐられなかつたが、向うの待合では見物をしてゐたに相違ない。洗湯の裸で引つこ抜かうといふのである。はつきりしてゐると云へばこの上なくはつきりしたかけあひ、早いといへばちやつかりした早い交渉だが、そこにゆとりをもたせてふはりとした持ちかけかたをする。誰もが口利き上手なのだ。つうと云へばかあの世界だ。鶴もとの女中は、どこの縁故で来たか、花柳界へ勤めたことがあるのか、雇入れの契約はもうできたのかと、必要なことだけぬかりなく訊いておいて、訊いたおかへしのやうに、自分のところの家族や商売の繁昌やおかみさんの気象まで内容豊富に聴かせてくれる。女の話は長いといふが、長いどころか時間にすればほんの十分である、梨花の湯はむかしから鴉の行水なのだから。それでも潮《しほ》の退《ひ》くやうに皆あがつて、流しは急に広かつた。

　雪はやんでゐた。病犬が出迎へてくれた。大儀だらうにわざ〳〵起きて迎へてくれるものを、かはいさうさに湯にはひつたばかりの手をかばつてはゐられない。撫でると耳が熱く、舐める舌も熱い。喘鳴《ぜんめい》がざら〳〵と聴えるほどになつてゐる。まだ口がさほど臭くないのが頼りである。このまゝでは所詮長くはあるまいが、指図がましく薬をとは云ひだしかねた。

「まああんたのお湯随分早いわね。ほんとにはひつて来たの？」と襖の向うから云はれる。つぎの間は泥坊でもはひつたやうな散らかりかたになつてゐる。梨花の包みは投げだされ、その奥のなみ江の行李やそのほかいろ〳〵持ちものを牽きずりだしたのだらう、点々と鼠の糞《ふん》と壁土とがこぼれてゐる。何をしてゐたかはわかる。なみ江の荷物からめぼしい衣類を抜いてゐるのはたしかだ。げんなりといやな気がしてかたづけもしないでゐると、相かはらず襖をぴたりと締めた向うから云ふ。「どう？　配給なしで、三食お米のごはん、休みは月二回に、朝から晩までもよし、夕がたから泊つて翌日夕がたまでもよし、それで月二千円でどう？　身許調査も保証人もいらないわ。配給は身分証明みたいなものだけれど、身許など兇状持ち以外なら大抵のことは知らないことにしておくの。何をした人だつて相対《あひたい》づくでいゝとおもへばそれでいゝんで、古いことをほじくるのは短い世のなかがつまらなくなつちやふもとでしよ？　保証人なんぞもどんなえらい人を連れて来たつて、その場になつて責任を持つ気がなければどうして見やうもないしねえ、気休めみたいなものなら、ないはうがさつぱりしてゐるわ。それからお休みのことねえ、……。外泊がどうのかうのとうるさく云つたつて、男のゐない女なんかないからうるさく云はないのよ。この土地はみんな、これでいゝと思つたところでお互ひにうまくやつて行くのよ。私のはうはあんたにゐてもらふのがいゝと思つてるの、あんたどう？」

　二千円は廉いが、配給いらずの米の飯、保証人なし、外泊自由はわるくない。が、そんな条件より梨花の心を惹くものがこの土地全体にあつた。この土地の何に心惹かれるのかははつきり云へないが、とにかくこの二日間の豊富さ、――めまぐるしく知つたいろんなこと、いろんないきさつ、豊富と云ふ以外云ひやうのない二日である。その豊富さは、つまりこゝの世界の狭さといふことであり、その狭さがおもしろい。狭いからすぐ底を浚つて知りつくせさうなのである。知りつくした上に安心がありさうな希望が湧いてゐるのである。しろうとの世界は退屈で広すぎる。広すぎて不安である。芒つ原へ日が暮れて行くやうな不安がある。広くて何もない世界が嫌ひだといふのは、こゝが好きだといふことになる。雇傭関係はきめられた。

*

翌朝早く鋸山の親爺が、例の草履で雪降りあげくをぺたく〳〵やつて来た。三畳では狭いゆうべの宿でこのぢいさんはどんな待遇を受けたか、俥屋の報告から察すると、三畳では狭いといふのはやはりたゞ単に室の上下ではないと思はれた。一ト晩で髯が眼だつほど伸び、なにかしよんぼり気勢があがらない。そして日当と称する何がしかを貰つて、それでも口だけは「また来つからね」といばつて帰つた。なあんだと思ふ。なみ江は薄く口を明いて、たよりにならない叔父を待つてゐるだらうか。

雪丸が来る。おちついた奥様といふつくり、あがつて来る裾のあたりが水気を含んでゐるんぢやないかと疑はれるくらゐ、からだぢゆうにしとつと軽くないけはひがある。梨花がとりつぐと、主人と娘はうなづいただけで起たなかつた。雪丸のうしろに若い男が二人立つてゐる。働く人の風体である。雪丸は、「お早うございます、先日は……」と障子の外で声をかけ、男たちを眼でうながした。男は二人ともゴム草履を脱いであがる。雪丸は廊下をすうつと次の間へ。

「この簞笥、それからこの鏡台」と云つた。そして奥の間のしきりを明けてはひつて、「運送屋さんの時間がありまして、さきへ荷物を出さしていたゞきます」と一揖した。

「荷物つて、あんたそれぢやあ――」

「はあ、おもてに自動車が来てをりまして。」

主人はきりつとした顔になつて、火鉢へ乗りかゝるやうに腰を浮かせた。「それぢやあんた、話が違ふでしよ。話は荷物は話をつけてからつてことだつたぢやないの。話はついたの？」

「はあ、けふはそのお話でお約束をするつもりでしたが。」

　主人はほつとしたらしかつた。雪丸はあくまで静かに丁寧に、「おねえさん、荷物お調べくださいます?」と云つた。

　主人はなんだか曖昧な返辞をして起つても来ず、男たちはさつさと押入のなかの蒲団も運びだした。驚いたことにその蒲団は米子の敷いてゐるものだつた。棚の上のものもおろし、三味線かけも外した。おろ〳〵させられるやうな空気で、梨花はそこにゐても手が出せない。雪丸が箒をとつて跡の掃除にかゝつたので、その箒を控へて首を掉つた。

　荷物を出してから雪丸は茶の間へ行つた。主人ばかりが激しくものを云つてゐて返辞はほとんど聞えず、しばらくして、「ですからけふは、はつきりした日どりは来月の十日でございますと申しあげにあがりました」と聞えた。おそらく雪丸は金のかたに押へられてゐた荷物を、けふ金を調達する約束にしておいて、金は持たずに荷物だけを静かに持つて行つたのだらうと想像がつく。はかられた主人の気の毒さより雪丸がたてものに見える。

　雪丸は起つて来て、「あのあなた、私いま洗面器忘れてましたの。棚のあれ、私のなんですが、もしよろしかつたらどうぞね、洗つて使つてくださらない?」

　近まさりのする美しいひとである。梨花は洗面器を棚からおろし、圧倒されながら頂戴した。と、すうと寄つて来て小さく、「あなたきまつたの?」

　つられて小さく、「はあ、ゆうべ。」

「惜しかつたわ、あたしも実はあなたがほしかつた。」

梨花はへんな気がした。なぜ自分はこゝへ来て認められるのか不思議である。しろうとの世界ではどこへ行つても対手《あひて》にされなかつた。それをこゝ二三日で、鶴もともこの人も梨花をほしいと云ふ。

　雪丸はこつくりをして、にいつと笑つた。笑つたのだらうとおもふ。が、びつくりした。かういふゑくぼもあればあるものだ、顴骨から顎へかけて長い深い溝が両頬へぐいつと吊つた。ゑくぼと云ふよりほかないだらうが、刀痕と云ふよりほかもない、陰気なおそろしいゑくぼだ。笑つて美しさの消える顔、――ゑくぼが顔をおそろしく見せるといふことがあるだらうか。斬られた顔としかうけとれない陰惨な笑顔である。雪丸の不幸が笑つてゐるやうなものである。気の毒とか惜しいとかこはいとかいふものではない、……いつまでも梨花はびつくりしてゐた。そして雪丸はみごとにひきあげて行つた。

主人はぶり〳〵して出かけるしたくをし、留守の間《ま》のしごととして、ぐうんとした洗濯物が出された。とてもいちどにでききらない分量である。はなはだ主人的雇主的である。本ぎまりになつた女中には遊ばしておく時間があつては損だと考へる雇ひぬし根性だし、雪丸の腹いせ八ッ当りなのだから主人的わがまゝである。勝代と米子を連れて出て行つた。

なゝ子と染香がけふもほゞ同時に出勤して来る。二人とも、「電話なかつた？ 何かなかつた？」と云ふ。電話は自分のところへのを意味するし、何かはこゝのうちに？ といふ意味である。部屋へはひつて来るなり眼ばしこく、雪丸の箪笥や鏡台がなくなつてゐるのを見ると、例の無言のしかたばなしで、箪笥をのけたあとの畳のくぼみをさした指を玄関へ向けて、？ と眼で訊く。梨花はうなづく。つぎには指で円《まる》をつくつて、持つて来たかといふ意味。いえと首を横に掉つて、咄嗟にまづかつたなと思ふ。——けふからは確実にこゝの女中になつたのだ。今後といふことがある。うつかり正直に云へばあとへ響くおそれがある。口は慎まなくてはならない。慌て、「私よく存じません」とつけたす。

二人はコートを脱ぐうちも何やらうなづきあつてゐて、しきりの向うへあいそのいゝ声で、「お寒うございます」と襖を明ける。

「なあんだばかにしてるよ、ポンコばかりぢやないの！ おねえさんどこへ行つたの、お出かけ？ いつごろ出て行つたの？ 勝代さんも米子もいつしよ？ 何時に帰るつて云つた？ 不断著？ 手になんにも持つてかなかつた？」

梨花はなんにも知らない。満足な返辞ができないかはり、なるほどかういふやうに気をつけるものなんだなと思ふ。主人親子が出て行つたあとの部屋には梨花の性格が出てゐる。長火鉢にはきつちりと灰ならしの跡が正しく、布巾たてに茶布巾がきゆつと絞つてある。座蒲団も卓もまつすぐだ。猫さへ肢《あし》のあひだへ頭を突つこんで固くまるまつてゐる。主人が不在と見るや染香となゝ子には整頓などものの数ではない、あつと云ふ間に突き崩してしまふ。づか〳〵と座蒲団のうへへ乗つて両方から火鉢を囲むと、鉄瓶は炭とりのなかへ危つかしくおろす、火は掻つぽじる。そのくせ二人とも火鉢のふちに膝を寄せかけて浮腰であるが、卓へのしかゝつて茶盆の布巾の下を覗く。「お湯呑ないの？ 出してよ。」

なゝ子は雪丸のひきあげかたを賞讃し、「あんなお金払はないのがあたりまへよ、取るはうが違つてるもの。ねえ染香ねえさん、さすがだわね。そこへ行くとなみ江ちやんのばかつたらないのね、訴へるのどうのつて。いくぢがないぢやないの。襦袢一枚とれないんだもの、あの親爺の馬鹿野郎」と云ひかけて、「梨花さん、けさ来た？　あれ。」

「はあ。」著物を引きぬいてゐたところも金を渡してゐたことも見たとは云はない。

「どうした？」

「なんだかまた来ると――」

「ふうん。ぢやあごまかされちやつたんだ。ばかと利口はたしかに違ふ。あゝあ、寂しくなつたな。又こゝのうち雪丸さんが一人へつたつてわけだけど、どうする染香さん？」

　けれども雪丸が褒められてゐるのはこのたびのやりかただけで、雪丸といふ人はこの二人によく思はれてはゐないやうだ。静かなのは陰気、ことばのいゝのがお高くとまつてゐる、利口なのが腹のなかのわからない、実行力のあるのがづう〳〵しい、美貌がいやみ、むつつりしてゐるのがなんとかだと云ふ。雪丸にはひつて来られると、浮いてる座敷がぴしや〳〵と潰れちまふんだから憎らしいよと云ふが、憎らしいのは雪丸が羽ぶりのいゝ旦那を摑んで、この土地から烏森へ一軒持つて出たのが、もつとも憎らしい原因をなしてゐるらしい。ごた〳〵の金といふのも十万足らずのもので、半分は看板料の未払ひ分と交際費――と云へば聞えがいゝが、方々から来る芝居や踊の切符を知らない間に押しつけられたのだとか、あとの半分は呉服屋がどうしてかうしてだから、払ふ義務はない金だけれど、雪丸さんも折角いゝ旦那持つたんだから十万やそこいらきたなくすると女がすたるのださうである。

「こゝのおねえさんも、約束は反古にされて荷物は持つてかれて、くやしくないはずはないんだけれど、ほら雪丸さんのこれには」と親指を見せて、「いろんな遠慮があるからねえ、そんなにきつくも云へないつてところだらうよ。」

　風が出て寒気が冴える。びつしりと建てこんだ家並《やなみ》のなかの一軒の、しかも階下《した》の部屋に、この午後のわづかなひまをつぐなんでゐれば、風は虚空を鳴るもの、寒さは土を這ひあがつて来るものといふことが、いまさらはつきりとわかる。いつも主人のすわる長火鉢のまへに、それでも主人の座蒲団は脇にのけて突膝《つきひざ》に火を弄んでゐると、いかにも女中になつたとおもふ。主人のゐない間《ま》にいたづらに時を盗み火を盗むといふ感じが、梨花には新しかつた。女中業に身を限ればいつの間にか、長火鉢といふものは自分の自由に手をかざせるものではなくなつてゐた。そのくせ同じ主人のものながら、雑巾やばけつは憚りごゝろを感じさせない。しかし箒もばけつもあたゝかくはないのである。あたゝかいことは憚りごゝろを生じさせるものなのだらうか。ざあつと鳴つて風がわたつて行く。玄関が明いて、女の声が「ごめんください」と云つた。

　ごめんくださいとか、こんちはとか、おねえさんゐる？　とか一ト声かけると、あとは取次もなにも構つたことでなく、ひとりぎめの勝手にあがりこんで来る人ばかりだから、鉄瓶をかけながらゆつくりやうすを窺つてゐると、男の声が、「えゝ、おひろめです」と云つた。

　出て見ると、眼がぱちつとする色彩がかさなつて立つてゐた。盛装も盛装、第一公式の高島田に黒の褄をとつた人と色紋附のとしまさん、男衆、それに何やら女中さんらしいのもゐて、玄関そとはいつぱいである。先頭の色紋附が梨花を見るなり命令した。「とにかくその犬つかまへてゝください、飛びつかれちやたまんないからしつかり押へてゝ頂戴。」

　内からはなゝ子と染香が口々に、「おめでたうございます」と一ト調子張つて云ふ。

「おねえさんは？」

「あいにくにねえ、さきほどちよつと出かけましたんですよ。」染香はさすがに年輩だけに、主人不在だと不在だけを云ひつぱなしにはしない。「折角いらしてくださつたのにねえ。ほんとにりつぱにできましたこと、なんていゝおしたくなんでしよ」と感に迫つた声をあげて、おほつぴらにじろ〳〵見る。

　見られる対手《あひて》はさう若くない。こんな古風な顔がまだあつたのかと思はずにはゐられないやうな、気象がまるであらはれてゐない、瓜ざねがたの一トかは眼の、意志のない顔である。しかし美人である。花笄が眼につく。島田はむろん鬘だが、笄は一見セルロイドでなく本甲で、とろつと油のやうに重い黄色が鬢をひきたてゝゐる。帯あげの一ト粒鹿の子が胸もとを豊かにしてゐて、梨花は生れてはじめて左褄を三尺の近さに見てゐた。

「分近江《わけあふみ》の＊子です、おねえさんにくれ〴〵もよろしく。どうかお引廻しをね。」

　色彩《いろどり》がひきさがつて、代りに男衆がはひつて来、手拭を三本おへぎからつるつと器用に式台へ置いて行く。

「相当なしたくだね、い、衣裳だ。三十万つてものかね。」

「そんなにかゝつてないわよ。襦袢たゞの緋縮緬だもの、それに帯だつて糸錦よ、つゞれぢやなかつたわよ染香さん。髪だつてあれ伊賀屋さんの型ぢやないもの、第一級つていふんぢやないわ。」

「さうさね。あれぢやお嬢さんの島田で、芸者の頭つてわけには行かないね。でもまあこのごろは芸者々々したのはぱつと来ないね、少ししろと臭いのがいゝんだから。……かけ声三十万、十五万はかゝつてるだろ。あそこのうちあの妓《こ》で乗るか反るかつて話だからねえ。」

　かけ声三十万の実地十五万なら倍である。染香のさういふ値の踏みかたを聴いてゐると、梨花にはこの一廓の金の価値がいき〴〵したものに映るのである。かけひきが強いとか、あざとい吹つかけとかには思へない、かう堂々と二段構へ三段構への定価がつけられてゐるのは、金銭の貴さ強さをしつかりと示してゐることだ。しろうとの金はばかで、退屈で、死にかゝつてゐる金であるし、くろうとの金は切ればさつと血の出るいき〴〵した金、打てばぴんと響く利口な金だとおもふ。同じ金銭でも魅力の度が違ふ。――あの妓《こ》にどんな旦那がつくだらうと、染香となゝ子は気の早い当推量《あてずゐりやう》を話題にしてゐる。

「ねえちよいと、おぶ沸いた？　お茶いれかへなさいよ春さん。」若いなゝ子は本名の梨花のはうがいゝとさう呼ぶし、染香は春さんとよりほか呼ばない。

　留守に看板借りの人たちに新しく茶をいれかへていゝものだらうかと怯《ひる》むが、顔をよく読むのが商売だ、「遠慮することないのよ。ちやんときちん〳〵看板料払つてんですもの、お茶なんかあたりまへよ。それに梨花さんが自分だけ黙つてりやいゝんだわ。あたしたちそんな余計なこと云ふ必要ないもの。」

　なるほどその通りである。一ト口啜つたところへ、がらり、とゝゝと駆けこんだものがある。茶碗を置く間もないそこに、へんな女の子が立つて、「お茶飲んでた。お茶、にがいはうのお茶よ、お茶飲んでたよ、おかあちやん。」

　度胆をぬかれて梨花は茶碗を持つたまゝ動けない。子どものうしろに米子がにや〳〵して黙つてゐた。いやな子だつた。学校へはまだ一年ほど間のありさうな子どもだのに、小憎らしくおとなみたいにちんまり整つた顔につんと鼻が高く、薄ぎたなくよごれてゐる著物で、赤い足袋が破れて親指の爪が出てゐる。

「あんた、どこのをばさん?」と訊く。「あらねえやなの! ……おかね持つてる?」

「え? おかね? おかね?」

「おかね持つてるだろ、十円貸して!」

「十円何にするんです。」

「なんでもいゝつてば。いゝよ貸してくれないんなら、ばか!」下顎を突きだすとみそつ歯が乱杭にならんでゐる。なにか母親に云ひつけてゐるのがもそ〳〵と聞える。熱でもあるやうな、どこか異常な眼つきをした子に、いさゝか本気な用心のやうなものを強ひられて、おもはず梨花は苦笑した。

女たちが風呂へ出かけたあとで電話があつた。「――蔦の家?」

「はい、さやうでございます。」

太い男の声がちよつと惑つてゐて、「あんた誰?」

「は、女中でございます。」

「……新しく来た人?」

「はい。」

「るす?」

「はい。」

「ぢや使ひをあげるからね。……あゝ、なんでもいゝんだ。あんたにわからなくてもちやんとわけはわかつてるんだから、受けとつとけばいゝんだ。金だからしつかり預かつといてください。」こちらの返辞を待たないで電話は切れた。ふと気がついて時計を見ておく。

電話が切れてものの十分もすると、見番から例の鋸山が来たとき召集された男衆が来た。「今こちらへお電話がございましたでしよ。そのかたからのお届けものを持つてまゐりましたが、ちとたくさんの現金ですからご面倒でも受取を一ッお願ひしたいのですが、……五万円ございます。」

「私はんこのあるところ存じませんのですが、……それに来たばかりですからお金お預りするの心配なんですが。」

「いえ、おねえさんもぢきお帰りになりませうから。」

話は不得要領だがしかたがない、ありあはせの紙きれに台処の鉛筆でいゝ加減の受取を書いて、男の財布に持つてゐた印肉で爪印を捺した。男はその受取をしげ〳〵と見てゐる。なにか不備があつたのだらうか。こんな大金を託すこともをかしく、預かることもおちつけず、そのうへ何気なく云はれるまゝにした受取にもしからくりでもしかけられてはどうなるといふのか。不安が拡がつて、「私、書式をよく存じませんけれど――」

「いえ、驚いてるんですよ。みごとですなあ、達筆つていふんでせうな。よほど書きなれた字ですものね。あなたこゝへ来るまへ何してなさつた。……や、これは失礼、いや失礼しました。人間どこにゐても過去つてものがついて廻りますからな。隠せないものですよほんたうに。」

　梨花はどきりとする。ほんの些細な点から、どんなにしても隠せない過去が嗅ぎだされてしまふんだらうかと。

　やがてみんながつる〳〵した顔をして帰つて来たが、梨花は電話のことも金のことも見番の男のことも黙つてゐた。五万円が内ぶところでごは〳〵と紙幣の突つぱりかたをしてゐた。

＊

　米子の娘はまつたく手のつけられないいやな子だつた。まだ学校へもあがらない齢《とし》だといふのに、ほとんどおとなの世界のことを何でも承知してゐるのではないかと思はれるやうな、油断のできないこまつちやくれかたをしてゐた。まるでとしまみたいな意地の悪い利口さをもつてゐた。なぜこんな子になつたのか、なゝ子が説明してくれる。だいたい米子は器量がよくないし、頭も悪くて芸事は身につかないから、自分はなりたくても芸者にはだめなところから、鬼子母神の夫の口利きでよそ土地のお茶屋さんの下働きに出てゐたのだが、面食ひでそこの若いいなせな板前見習の子を生んだ。それが不二子である。もとより正式にいつしよになつたのではない。むかしからいゝ男といふものは薄情といふことの替へ名みたいに通用してゐるこの社会のことだから、おきまりのすつたもんだで離れたり又ついたり、いまもまだ未練は残つてゐながらやむを得ない別居生活に、多少の諦めも出てきてゐるといつた腐れ縁である。男は自分勝手なことをしてゐるくせに、これもまたどういふ気なのか、はつきり切れるといふでもなく、気まぐれに時折ふらりと来てみたり、困れば小金の無心も寄こしてみたりだから、まんざらでないのかもしれない。だから米子の生活はいつまでたつても腰が据わらない。待合の女中になつたり屋台のうまいもの屋を手伝つたり、しよつちゆうあちこちして、そのあちこちの合間々々は母親の家で寝る、叔母であるこゝのうちで居候をする。したがつて子どもはあるときは祖母の家へ置きつ放しにされ、あるときは奉公さきの台処へ連れて行かれる。こゝのうちへ親といつしよに厄介になつてゐるときが、まづはいちばんのう〳〵してゐるのかもしれない。——「今度だつてまたしばらくご逗留よ」となゝ子は云ふ。

不二子はほんとに骨ばかりに痩せてゐて、手頸など気味わるいほどだが、顔は鳶鷹《とんたか》で、大きくなればぱらりと眼だつことは約束されてゐる顔だちである。米子はまづいが、いつたいに美人系なのだらう。米子の母親の鬼子母神もけんいはあるが悪くはなし、その妹で叔母にあたるこゝの主人はふつくりと花やかな美人であり、不二子の父親も惚れ手に事欠かない男前ださうだから、顔だちの筋はいゝらしい。母系から云へば隔世遺伝だし父系から云へば親譲りだが、どちらかと云へば母方似で、それもこゝの主人によく似てゐる。そのせいで主人はあはれを惹かれるのか、何度米子親子が食ひ潰しに来てゐてもそつとしておいてやる。自分の身も娘は勝代ひとりきりで、しかもそれがやはり褒めた眼鼻だちでなく、へんに権高《けんだか》で芸妓にもなれず、さりとて堅気へ縁づけるいゝ伝手《つて》もなし、まあ当分さきゆきに孫の抱《だ》ける見込もないとすれば、自分と顔だちの似た利口な子どもに情《じやう》が移るのかもしれない。かういふはでな稼業だから、ばゞちやんとかばあばとか呼ばれるのは若いのにさぞいやだらうが、自分からさう云つて連れて歩くのだから真実かはいゝのだらう。しかしこれもなゝ子や染香に云はせれば、「姪の子だつてなんでたゞ世話するものですか、あれは一種の投資なのよ、信託預金なのよ。期間は長いけれど利廻り確実だわ」とかんぐつてゐる。なんにせよ顔が似てゐるといふことは、なみ以上の深い一ツのつながりかもしれない。

「勝代さんは所詮この商売向きのひとぢやない。不二ちやんがおねえさんのひきで出るにきまつてるから、出れば相当ぱつと来ないはずはない。さうなるとこのうちを継いでやつて行けるやうになるつて、こなひだおねえさんがひよいと口をすべらしてそんなことを云つてた。……うつかりしやべつちやつたけど、これ内証《ないしよ》にしといてね。勝代さんに聞えるときつと又うるさいわ。あのひとにとつちや気もちのいゝ話ぢやないものねえ。現在の親がひとり娘に身代を譲らずに、一枚飛びこした不二ちやんを跡継にしようなんて考へてるとわかりやあ、ちよつといやな気もちでせうさ。だから黙つて、ね。聞えると騒動だわ。」なんでもが易々《やすやす》と秘密になり、また秘密がやす〳〵と公開される。秘密や内証《ないしよ》が好きな人たちなのではなくて、秘密つぽさ内証つぽさが好きな土地ぶりなのだらう。

　梨花の思つたことはあたつてゐた。不二子を一ト眼見たときから病気を感じた、それはあたつてゐた。腺病質、浸湿性体質といつた根本的なものも一見すぐに読みとれるけれど、当面の何かの病気、——それもそんなに軽くはない病気の前ぶれみたいなものが出てゐるやうに読んだのは、あたつてゐた。病気の予告などはしろうとのうちでは普通当然の注意として素直にうけいれられるものだが、米子はひねくれ屋だから迂闊に云へばきつと、縁起でもないと腹をたてさうだつた。それに不二子自体がませた口ぶりで、一ト言云ふにも「ねえやのくせに」と、格さげしたもの云ひで白眼を向けて来る憎らしさに、これはたしかに熱があると鑑定しながらも、気軽く脈に触れてみる親切がもてなかつた。ひとごとに眺めてゐた。それよりむしろ玄関の仔犬の息づかひのはうが、梨花は出はひりごとに気になつて、折があつたら主人に訴へてみようと思ふのだつた。犬医者とまでは云はなくても、せめて買ひ薬ぐらゐは嚥ましてやつてもいゝのにといふ気もちがある。

　が、主人はこゝずつと毎日出歩いてゐる。せはしげな外出が続いてゐる。何のための外出か知らないが、なみ江のことも雪丸のことも中途半端に縺れのまゝだから、おそらくはそれに関係したことだらう。留守に届けられた不意の五万円も一聯のものにちがひない。あのとき主人はいくぶん狼狽に似たやうすをつくろつて、「あゝさうお。いえわかつてるお金だから受けとつといてくれてよかつたのよ。急いでゐるお金だつたのでわきへ頼んどいたものだから、届けて寄こしたの。受取？　そりやお世話さまだつたわね」とさらつと受けて、「そんとき誰かゐた？　勝代や米子知つてる？」

「いえ、どなたにも申しませんでした。」

　主人は満足さうにそのまゝ簞笥へ行くと、セロファン包みのかしや〳〵した音をさせて新しいガーゼの肌著に小町袖を載せ、「はい、これ取つといて頂戴。口どめつてわけでもないけれど、当分内証《ないしよ》にしといてね。」

　あんまり割りきつた現金なやりかたで、かへつて堂々としたものだつた。何の金か、誰からの金か、なぜ見番がとりつぐのか、なぜ内証なのか、考へても梨花には見当がつかないが、勘で察すれば高利貸からの金ではないし、生活費のためではなさゝうだし、なみ江事件の入り用と搾れてくる。

　そんなわさ〳〵した状態だつたからつい云ひだしにく

いのだが、犬は食慾に全然バランスがとれなくなつてゐた。むちやくちやに欲しがつていくら食べても足りないやうすかと思へば、そのつぎの食事はもう口もつけない。下痢と嘔吐は相かはらずで、睡つてゐても始終全身がぶる〳〵顫へてゐる。梨花の知識――といふより直してやりたさで、この食事のむらが気に入らなかつた。主人は啼いてうるさいから食べたいだけ食べさせろと云ふが、下痢嘔吐には節食させたはうが賢いといふたてまへで、食事はひそかに調節されてゐた。だから犬は大食ひしたいときは、梨花の姿を見るたびに鼻声の請求と人なつこい眼なざしで哀願をくりかへした。彼の腰はいよ〳〵落ちて、後肢《あとあし》の関節は起つ力をなくして屈曲してゐる。いぢらしくかはいさうな姿で、梨花はいつそ犬を見るのがつらくなり、不機嫌になり、腹がたつ。ひとの気もちは妙に曲りくねるものだ。病気の犬に腹がたつ理由はないけれど、見ればなんとなく不機嫌を剝きだしにしたくなる心だ。ほんたうはかまつてやらない主人にこそ腹がたつてゐるのだのに、犬へ向くと酷《むご》い気もちが出るのはなぜなのだらう。犬は梨花がすげなくなる分量をちやんと知つてゐるかのやうに、だん〳〵余計になつかしげにする。梨花が廊下をずつと行つて台処のはうへ曲つてしまつてからも、犬はしばらく沓脱で見送つてゐるらしいけはひがあるのはしば〳〵だ。もし曲りかどでふりかへつてやつたら、彼はきつと一度垂れた尾を激しく掉りかへして、笑つた顔つきをするだらう。さう思ふと溜息が出る。たかが犬のこととは云へない溜息である。病気に攻められて日々に迫つてきてゐるらしい乏しい生命が絡みついてくれば、やりきれない溜息が出る。けれどもそんな神経をつかつてゐるのは飼ひぬしでなく女中である。今夜はカレーをつくるつもりだつた。野菜を洗つて剝き、剝いて切る。鍋には油が芳《かうば》しい。しやつと煎《い》る。牛肉は野菜とまじつて、うまさうな臭ひをあげて煮える。玄関から啼き声が来る。犬の鼻へこの臭ひは届いてゐるにちがひない。好物だし、欲しからう。みんなが内証ごとをしてゐるのだから、カレーを入れないまへのいちばんうまい上澄《うはずみ》を小鍋に一杯内証する気があへて起る。さめたら持つて行つてやらう。あゝまた啼いてゐる。声もあんなに低くなつてしまつたのだから、今夜はどうでも云ひだしてみようときめる。

　奥の四畳半で米子が不二子を叱る尖り声がした。不二子もぐづ〳〵と黙らない。きのふも夕がたこんな親子喧嘩があつた。米子は台処しごとをいやがつて、せはしくなる夕がたといふと火鉢を抱《だ》いてそこへ籠り夫婦雑誌に読みふけるし、不二子は対手《あひて》にされないつまらなさから何彼《なにか》と途方もないだゞをこねて、果《はて》は泣くのである。熱が出て気分わるさにぐづるのだとわからないかと云つてやりたいが、米子は自分の娘は無病息災だとおもつて疑はないやうすである。だゞをこゞとで押へつけておいて、読書をさまたげられまいとするのである。それも短気だからぢきに癇癪を起して手を挙げる。いまも一ツぶつたらしい。噴きあげるやうに子どもが泣き叫ぶ。染香もなゝ子もとりなしてはやらない、さつさと座敷へ行くしたくに専念してゐる。ヒステリックな早口にしたがつて、も一ツぴしやんと行つたらしい。梨花も知つてはゐるが出て行かない。すると不二子が自分で襖を明けて、泣きじやくりながらまつすぐ梨花あてにやつて来て、いきなり両手で腰へ抱《だ》きついた。

「お頭《つむ》痛い。をばちやん直してよお、ねえ、よお直して！」

　梨花は鳥肌立つていやらしかつた。この小さゝでこの媚態をしてのける、と感じたからだ。静かに杓子を置き、腰のいやらしい手を振りほどかうとすると、か細い手頸はじつとりと汗ばんでゐて、いやおうなしに熱の高さが伝はつてくる。脈を探ると、さつと不安な眼つきをあげて手を引つこめる。「病気ぢやないつてば！　頭痛いだけだつてば！　ばか女中！」

　そして突然たまげるやうなかなきり声を出して泣き、又もとの母親のところへ、「おかあちやあん！」とべた〳〵して行く。台処と四畳半は隣りあつた襖じきりだから、なかの米子にいまの会話は筒ぬけに聞えてゐるだらうからいゝやうなものゝ、これではなにかひどい意地悪をしたか、いきなり乱暴なことでもしたやうにとられるだらう。

「熱を測つてごらんになりましたか」とだけ云ふ。

「いつもこの子はかぜをひくと根性わるになつてさ、いけ好かないつちやないわ。ほつとけば自然に直つちやふからいゝのよ。」

　人でさへ医療はいろ〳〵な意味でしぶりがちだ。梨花は犬があはれだつた。それにしても米子は米子だけの値《あたひ》しかないけれど、主人は主人だけの幅があらうとおもふ。犬の食事をまぜて玄関へ行く。犬はじやらつと鎖を引きずつて出て来、大喜びで絡みつくが、食事は申しわけに舐めるだけだ。それより梨花の膝へ乗りたがつて、ぐい〳〵と鼻づらを押しつける。からだぢゆうにいやな臭ひがあつた。たべものより人のそばに置いてもらひたがつてゐるのだ。こんなにからだぢゆう臭く臭つてゐるのは病気がわるい証拠だ。

米子がしぶ〳〵床を敷いて不二子を寝かせようとする。不二子はすつぽり著物を脱いでしまつてシャツと股ひき姿で、寝るのをいやがつて逃げ歩いた。風袋《ふうたい》を取つて見ると、藁人形が駆けだしてゐるみたいだ。かうして見ると、こましやくれた顔つきはしてゐるがはじめて子ども〳〵したかたちになつて、ほつと気易く見ることができる。彼女は泣きながら寝てしまつた。外出してゐた主人も帰つて来、みんなで食事の最中だつた。不二子は魘《うな》されて呻いた。梨花が行つて見ると、とたんにすつくと起きかへつて、「鬼子母神さまへ行つて来る」と云つて、ゆかた寝巻の裾を引きずつたまゝ一文字に茶の間へ行つた。ぎら〳〵した眼を一点に固めて口はぽつかり明いてゐる気違ひづらだつた。騒ぎたつ人のなかで梨花だけが、これはもしかすれば子どもの演技ではなからうかと冷たく眺めてゐた。しかし、それだけでは演技ともどうともきめられなかつた。米子が無理々々抱《だ》いて寝かしつけたが、わりにおとなしく寐ついた。しばらくして見ると、上へかけた蒲団から湯気が立つほどの汗を掻いて、顔がはちきれさうに紅く、薄眼をあいて瞼のなかで絶えずきよろ〳〵と眼を動かすのが見られた。しかしたしかに睡つてゐるのだつた。明らかにたゞごとではないのに母親は強情に、自分の口からは決して医師を呼ぶとは云はず、それとなく主人が云ひだすやうにし向けて待つてゐるらしかつた。医者の金がないならないとはつきり云へばいゝのにさうもしず、ごまかしてそちらに会計を転嫁しようとするきたなさ、どうせ何度も何度も短くない居候を恥ぢずに続けてゐるくせに、子の病気といふ大事になんとすつきりしないことか。

「ねえおねえさん、お医者呼ぶほどのことはないわねえ」と、そんな云ひかたをした。

主人ははじめてはつとして、子どもの蒲団へ行く。もう遅いのに梨花が使ひにやられた。電話で云へば済むものをわざ〳〵人が行つて、それも梨花のやうな以前の事情を何も知らないものが行つて、知らなさゆゑのこだはりない頼みかたをしなくては来てくれない不義理でもあるかとおもふ。使ひに行くさき〴〵でそんな目にあはされることが多いので、いまはこゝのうちの左前さもはつきり知つて、そんな考へかたをするのが自然になつてゐた。老医ははたして、「あゝあの厄介な子かね」と覚えがあるらしく、それでも来てくれると云ふ。

すゝぎの水を持つて行つて見ると、不二子は怯《おび》えきつてせうことなしの素直さで聴診器を受けてゐた。「去年はわん〳〵みたいに食ひつついたつけね。でもことしは大きくなつたんだから、おとなしくできるだろ?」

医者へ会釈して主人は起ちかける。「私はどうもかういふの見てゐられませんでねえ。」

不二子は有力な庇ひ手が出て行かうとすると察したのか、医者と母親の手を摺りぬけてむく起きに主人へかじりついた。あわてゝ米子が引放さうとする、放されまいとする。医者は始まつたといふ表情で聴診器を耳からぶらさげたまゝ。梨花はやはり冷たく見てゐる。主人は子どもに纏《まつは》られながら、膝を割つて崩れた。子どものからだのどこにも女臭い色彩はなく、剝げちよろゆかただが、ばあばと呼ばれる人の膝の崩れからはふんだんに鴇色《ときいろ》がはみ出た。崩れの美しい型《かた》がさすがにきまつてゐた。子どもといつしよに倒れるのはなんでもない誰にでもあることだが、なんでもないそのなかに争へないそのひとが出てゐた。梨花は眼を奪はれた。人のからだを抱《だ》いて、と云つても子どもだが、ずるつ、ずるつとしなやかな抵抗を段につけながら、軽く笑ひ〳〵横さまに倒されて行くかたちのよさ。しがみつかれてゐるから胸もとはわからないけれども、縮緬の袖口の重さが二の腕を剝きだしにして、腰から下肢が慎ましくくの字の二ツ重ねに折れ、足袋のさきが小さく白く裾を引き担いでゐる。腰に平均をもたせてなんとなくあらがひつゝ徐々に崩れて行く女のからだといふものを、梨花は初めて見る思ひである。なんといふ誘はれかたをするものだらう、徐々に倒れ、美しく崩れ、こゝろよく乱れて行くことは。横たはるまでの女、たわんで畳へとゞくまでのすがたとは、人が見ればこんなに妖しいものなのだらうか。知らなかつたこんなものだとは、——きまりわるく、それでも眼を伏せることができず、鮮かな横さまの人をあまさず梨花は捉へてゐた。

けれどもそれは僅かの間の影絵みたいなものだつた。不二子が引放されるといつしよに、主人は片肘を力にすつと起きなほり、同時に左手でこぼれた裾を重ね、くの字の足は正座に畳まれた。習慣的に襟もとを整へ、鬢に手が行つた。みごとである。だが、はぐらかされたやうな不本意な気がしてくる。たしかにみごとと云ふ以外にないけれど、不本意な部分は起きかへつてからである。繕ふ姿には長い習慣がうかゞはれるだけで、しかもその習慣には不潔な影がくつついてゐるのを、この人ほどの女が知らないのだらうか。起きた女、繕ふをんなは興ざめな、つまらない女だつた。

「いやよ、かんにんしてよ。ごめんなさいよお。」不二子はしんから注射に怯えてゐた。怯えのせいでことばが少し丁寧になつてゐる。医者は股ひきを脱がせるやうにと云つた。

「米子はいくぢがなくてだめなんだから、春さんあんた手を貸してやつてね。」いくら子どもでも狂暴に母親の髪を挘つたり唾を吐きかけたりするのは気味がわるい。それにたつたいま梨花はめざましいものを見て、――主人が押しころがされたのなど米子にも老医にも当の主人にも、日常茶飯のこととして別に気にもならないらしいが、――心のなかは騒々しくされてゐた。煽られて、さつきから米子親子の態度がいやでたまらなかつた。とりなしてくれると見越して思ひきつたあばれかたをして見せる子のはうも癪に障るが、とりしづめる能力もない母親もじれつたい。米子はこんな小さい女の子一人も腕力的にしづめることさへできないのだからばか〳〵しい。梨花は人の泣くやうなときにかへつてぐいつと背を伸ばし伸ばししてきたといへる女であり、これまでいつも自分の子どもにはぴりつとしたものを忘れないできたことに安心をもつ女だつた。うちぢゆうがもてあましてゐる不二子みたいな高慢ちやくれなどぴたつと押へてしまひたいのは、もと〳〵から持つてゐる気象であつた。

「どうでも不二子さんは注射を受けなければいけませんのですか。」

「えゝまあ、ねえ先生？」

「さう。あばれてもね。ちよつとの間のことだから。」

「そんなら私押へますが、あとでひどいなんておつしやられると困るんです。」

　主人も米子もわれ知らず押され気味だつた。会話のうちにちよつとびつくりするくらゐ、しやつきりした響が流れ出てゐたし、下手《しもて》にすわつたそのからだつきも急に一トきは幅を拡げたといつたふうなものが感じられた。医者がまじ〳〵と見てゐた。

「かういふ場合身内のかたより他人のはうがし易くてね。」

　主人はあちらへ起たうかと云ふ。

「いえ、かへつて御覧になつていらしてくださつたはうが私もようございます」と、返辞のうちにも何気なく濡手拭をとつて涙を拭いてやり、ついでにくしや〳〵な両手も拭いてやり、小さな指へこちらの指を絡めて、この子の敏捷な右手を確保してゐた。それからすばやく薄い毛布を背から廻してかいはに包むと、毛布の端《はし》を自分の腰の下に敷いて添寝のかたちをとる、自然痩せ牛蒡のやうな小さい臑はこちらの膝に敷かれてゐる。不二子はそんなやりかたで手もなく無力にされたと知ると、自由の許されてゐる片手だけでかなはないまでもの抵抗をした。女たち二人は無言でゐる。梨花の声は柔かみを含んでゐなかつた。

「不二子ちやん、をばさんの云ふことをよく聞いてね。聞えるでしよ？　あばれて注射の鍼《はり》が折れると、もつと痛あい手術をしなくちやならないのよ。だからね、わかるわね。」

　利口な子には利いたらしい。聞く能力をもつてゐる。わつと泣いて、あらがひをやめ、梨花の割烹著へ顔を押しつけてきた。かはいさうなものがあらはれてゐた。

「あ、あ、あゝあ」と痛がる。梨花の足の下で細い臑がぶる〱としてゐる。気もちをつられてつい、「いゝ子〱」と口走つたら、がぶりと腕を食ひつかれた。肘の内がは、肉の柔かいところへ不二子は眼をつぶつて食ひついてゐる。薬がのろ〱と注射されてゐるあひだぢゆう、こちらはさうしてゐた。この子は食ひつくこつを知つてゐるとおもへる。皮膚の破れないほどに噛んで、とき〲きりつきりつと顎をしめる。泣いてなどゐなかつた。

　主人が気の毒がつて歯の痕を見、米子はそつぽを向き、医者は、「一年たつただけのことはある。ことしはひつそりと食ひついた」と笑ふ。診察が済んでも米子はものを云はず、食事の指図も介抱のしかたも訊かない。何を考へてゐるのか、たゞむやみにたくさん炭をつぎ足す。老医はむつりと、「黒い炭はいけない」と云つた。しかし寒い夜だつた。病人がおちつくと、しん〱とした凍《いて》が壁から肩を背なかを縛つてきた。

「すつかり感心しちまつた。子どもをいぢるのが上手《じようず》といふばかりぢやない、ほんとにあのとき、えらいつていふふうに見えたもの。あゝいふところはしろとさんのはうがしつかりと暮してきたと思へるのね。私たち弱いや、負ける。」主人は病人のことなど忘れたやうにしきりにそれを褒めるが、梨花はしまつたことをしたと苦笑してゐる。不覚にもひよいと見せてしまつた、これは自分取つときの強さの一部分なのである。あんなときあんな小出しのかたちで見せるべきものではなく、もつと一大事のときにいちどにずかつと効果的につかふつもりで大切にしてゐたのだが、はからずこんなことでひよいと見せ、見られてしまつたのはまづかつたと、滓《かす》ののこる思ひである。なぜこんなくだらない不二子ごときに折角の強さを引きずり出されてしまつたか、それはちやんとわかつてゐる。不二子ではなく主人のせいである、――あの押し倒される姿が梨花の分別を軽くしてゐることはたしかだつた。跡味のやうなものがいつまでも残つてゐた。

夜なか二時だらうか三時か、また不二子が魘されてゐるのをおぼろに聴いた。「こはいのよお、電気つけてよお」とくりかへしてゐるやうだつたが、米子の声はなくて、梨花も起き得なかつた。

毎朝電車は暗いうちから走つてゐる。寝静まつてゐる早い時間のはうが車輪は強く響《きつ》きわたる勘定だけれど、それには平気でゐて、八時になるとごおつと睡りをゆるがされる習慣がこのごろはついてゐた。醒めるとまづ顔がつめたい。つぎに思ふのが晴か曇りかといふことだつた。あかりとりに天井に古風な切窓をつけてゐる、陽のさゝないこのうちでも、天気の朝なら部屋には赤みがある、曇りなら柱時計の文字盤が煤けて見える。けさは煤けてゐた。曇りか！　ゆつくりと身じたくをして玄関へ出る。犬が、――たゝきで気もちよさゝうに手脚を踏みのばして臥てゐた。死んでゐた。いつもの通り糞便と吐物とによごれて臭ふ玄関である。大きな下駄箱もその横の犬箱も投げいれられた新聞も、いつもの通りになつてゐて、犬は固くつめたかつた。頭のところに梨花の不断下駄、すこし離れて食器、ゆうべのごはんがそのまゝ牛《ぎう》の脂《あぶら》を凍《こほ》らせてゐる。感傷が飯碗に残された飯からこぼれてゐた。いつぱいご飯を残してひとりで死んでゐる犬なのだ。彼はいまも鎖を引きずつてゐたけれど、こんなに安楽さうに臥てゐる。いつもはぶきつちよな手脚をこつつりと堅めて、窮屈さうに箱のなかへかゞまつてゐたのに、……かゞまつてゐるときは生きてゐて、安楽に手脚を伸ばしてゐるときは死んでしまふ。……もしゆうべ不二子の騒ぎさへなかつたら、あるいは医者が来てゐたかもしれず、急変は避けられたかもしれない。

格子を明けてわざ〳〵往来へ出て見た。久しぶりみたいな気のする朝の空気である。鼻の粘膜がひりつとする。どういふ関聯もないけれど、不二子は肺炎だけではない、宿命的な手の込んだものがかならずそこにあるといふ推察が、固くなつた犬を見たたつた今、確実になつたやうにおもへた。わるくすると一ト骨折りの看病がかぶさつてくるやうな予感がして憂鬱であつた。それにけふは又なみ江の鋸山が出て来るといふことだつた、このなかへ。

＊

午前中、病気の子どもは熱がさがつてゐて静かだつた。いつ頼んだのか仕事師のやうな人が来て犬の屍骸をかたづけるといふ。どこへ持つて行くのだらう。新聞紙で包み、さらにぼろ風呂敷で包めば、新聞紙を通して触れる死体の硬《かた》さがあはれだつた。主人は上り框に立つて、「ほんとにかはいさうなことをした」と口では云ふが、それは一応の挨拶といふものでしかない。それでも、しら〴〵とした挨拶の奥に死ぬといふことへの恐れや反省などもあるのだらうか。

「これほんの気もちだけ。」

「いえ、おねえさん、そんなにしていたゞいちやあ。」

「あら、ほんの煙草よ。いやなことお願ひして。」

「いえ〳〵。それにこれはあんまり多すぎますよ。」

――梨花はちらつと見た、それが千円札であることを。

「ぢやあおねえさん、お寺さんへ持つてきませうか。」

「いえ、そんなことといらないのよ。どこでも、まあ、かたちが見えないやうにしてくれゝばいゝの。」

梨花はへんな気がしてゐる。かうしてすら〳〵と気まへよく出る千円である、あんなに虫が湧いて苦しんでゐることも承知の上だつたのだから、かうならないまへに早く買薬《かひぐすり》の一ツも嚥ませてやるなり医者を迎へて安楽死をさせることも、千円あればできたものをと思ふ。葬式とは気楽にみえばることのできるものだ。

犬が運び去られたあとを梨花は気ぬけのしたやうな、憤慨がいつぱいのやうな気もちで掃除する。たゝきへは長いあひだの排泄物と吐物との臭ひが浸みこんでゐて、犬の思ひ出になるものは何もないやうにかたづけられた今でもかなしい臭ひがしてゐた。食器の碗も寝道具もごみ箱へ突つこまれてしまつたが、下駄箱には彼の爪の痕が残つてゐたし、不二子の紅い鼻緒の子ども下駄には彼の歯の痕がのこつてゐる。あした配達される新聞はもう汚物によごされることはないが、梨花には彼のじやら〳〵とひきずる鎖の音が忘れられない。死ぬまで何のために繋がれてゐたいのちなのだらう。

主人はけさは見番へ試験に行くと云ふ。芸妓の資格試験をする日なのである。毎月きまつた日に組合の役員が集つて志願者を試験するのである。こゝの主人もその試験委員の一人であり、その発言は大きな力をもつてゐると聞いた。さすがに買ひものや芝居見物やお座敷へ行くときとは少し趣がちがつて、やはりしごとをしに行くといふ事務的な気構へが顔つきにも動作にも出てゐる。時間の観念のルーズな生活だのに、けふばかりは時計に信頼をおいてゐるといつたところがある。試験は十時から、試験委員は九時半に集る。あらかじめ志願者の履歴に眼を通して身許や特殊技能を覚えておく、といつた規定に従つて九時半を気にしてゐる。試験は業界一般にとつても雇主個人にとつても、それから受験者当人にとつても大切なのである。たとへ不断から快からず思つてゐるなかま、もつとはつきり云へば喧嘩を吹つかけたいくらゐに思つてゐる同業者の家からでも、上玉の掘りだしものが受験に来てゐるとあれば、個人的ないさかひはさておかなくてはならない。いゝ芸者が一人出るといふことは土地いつたいの繁栄になるとまづ考へる、義務的な観念はかなり濃くあるやうだ。

梨花は犬の掃除によごれた手を憚つて、エプロンのはじでつまんで履物を揃へる。水洗ひしたたゝきを主人は洪水を渉るやうなしなで外へ行く。「あのね、あんた十二時ちよつと前に迎へに来てくれない？　電話だとか人が来たとか云つて、用をこしらへてね。けふは、ほら、鋸山が来るでしよ？　だから早く帰つてゐたいんだけれど。いつも試験が済んぢやつても、そのあとが長いのよ。立つに立てないし、——だからそこを呑みこんでね。」

小路《こうぢ》を行くうしろ姿がまことに花やかである。こんなうしろ姿の花やかなひとがどうして落目《おちめ》になつてゐるのかとおもふ。

米子は相かはらず火鉢にとりついて雑誌を読んでゐる。病気の子もかまひつけないで、南京豆を噛み〳〵じだらくにゐる。不二子はだゞもこねず、ものも云はず、仰向きにまじ〳〵と天井を見てゐる。こんな状態は決して楽観できるものではなく悪化する前兆のやうに見えるのだが、親のはうはのんきである。縁起を担ぐ人たちなのに縁起さへもわがまゝなのかもしれない。犬の死んだことなどいさゝかも心にはかゝつてゐない。かへつて梨花のはうが変にこだはるのである。

すぐひるになつた。云ひつけられた通り主人の迎へに行く。見番の沓脱は履物でいつぱいだつた。鼻緒が美しい。が、ずらつと見わたしたところ主人の履物ほどいゝのはほかにない。くろうとは履物に金がつかつてあるといふが、不断履きはそんなによくもないらしい。いゝ柾《まさ》だとうつかりだまされまい、はり柾を履くことがさほどいやがられてゐないのだ。いゝものをけち〳〵履くより見てくれのいゝものを惜まずにとりかへるといふやりかたが、いゝもの好きのくろうと気質《かたぎ》をかへつゝあることは否めない。若いひとにははり柾組が多い。そのなかで主人のほんものの履物は見るものが見れば群をぬいてゐるが、はり柾をけなして本柾を誇るところになにか没落のすがたがある。隆盛なら本柾を特別なことに考へないで済むのである。用向きが二階へとりつがれると、階段の途中まで、「どうも相済みません、おさきへ失礼をさせていたゞいて。今度埋めあはせしますから。」さも已むなさゝうにとりつくろつて云ふ艶《つや》のある声が降りて来て、梨花へ顔をあはせるなり、ちよつと顎をしやくつた。

　かういふやうに午前中に特別しごとらしいしごとのあつた日は、やはりしろうとの家庭と同じにひるの食事がある。まだ鋸山は来てゐないし、不二子はちよつと見には熱が収まつてゐるし、めつたにしないひるの食事が賑かで、話題は試験のことである。

「花房さんからの妓《こ》すばらしいもんだわ。あれぢやみんな押されるだらうね。ちよつとないくらゐの器量だし、だいいち品格がある。」

「芸は何ができるの？」

「お茶も花も一ト通りだつてさ。三味線は急じこみで越後獅子教へてあつたけど、まだ撥《ばち》持てゝゐない。でも指がしつかりしてるし、いやにびしつとした音をさせる。さういふ気象らしい。」

「どんなたちの顔？」

「はつきりと西洋ふう。」

　ねえさんがたの審査の眼は辛辣だらうし、審査には不文律があるやうすである。梨花には芸者の試験とは珍しい話であるが、さう興がる梨花を主人はまた興がつてゐる。容貌はもとよりだが柄とか品格とかが第一条件であり、襖を明けて部屋へはひつて来るときにいやでも自然に当人そのものが決定させてゐるといふ。いかによく見せるためにとりつくろはうとも人間の柄は一ト眼で明らかださうである。それから顔、姿、動作、声、会話、さらに芸。もちろん当人の周囲の事情も斟酌するが、「昔はまづ顔のこと云つたけど、いまは要するにその人物のもつ内容如何が大きなパートなのよ」などと主人は急に試験委員口調になる。

「もとは器量にしても気象にしても癖のあるのをいやがつたけれど、いまは芸者といへど個性的な強さがあつて悪くはなからう、人形ぢやないんだ、魅力はさうした特徴から出発する、なんて云ふのよ。でも結局はその特徴が美しいかどうかできまるわけね。だから器量のいゝ悪いなんか、試験官が十人ゐようと二十人ゐようと見る眼は大抵みんな公平無私に、日本ふうも西洋ふうもいゝものはいゝとぴたりなのよ。だけど、いゝが上にもの選抜試験になればそれは好きずきになるわ。このごろぢや大体二ツの行きかたを取つてゐるのよ。」昔ふうの謂はゆる芸者らしい芸者のタイプと、いゝところのお嬢さんをそつくりそのまゝ借りて来てお座敷へすわらせたといつた、しろと〳〵したタイプと二ツださうである。

ところが、それがどちらもなか〳〵ゐない。こんな時勢だからほんたうの令嬢の落ちてくるのはいくらでもありさうに思へるが、また事実あつても、この試験場へ来るまでに令嬢の精彩を失はずにゐるのはまづない。令嬢は令嬢でも元令嬢で、いまもそのまゝの令嬢ぶりを保つてゐるひとはめつたにゐない。絨毯を敷いた明るい部屋で、黒いピアノで、一枚ガラスの窓で、腰の埋まるソファで、のび〳〵と晴れやかな人ならオーケーなのだが、それはかつての日のことであつて、いまは少ししなびて薄よごれのマイナス令嬢になつてゐるといふのではおもしろくない。さういふしろうとの薄よごれは不景気さがなか〳〵抜けきらないものである。しかたがない事情といふものではあるけれど、芸者は商売なのだからそんな事情にかまつてはゐられない。したがつて元令嬢にたゞいまも令嬢であるやうに見せる演技力が必要であつて、演技力は当人の努力と才能に待つほかないのだが、肝腎のそれをしろうとは侮蔑する傾向があるからだめなのだ。それに、たまに令嬢ふうなのがあつても、二三度もお座敷へ出てゐるとたちまち変てこに芸者意識をもつし、そんなのは鼻持ちがならない。まづ令嬢らしい芸者をつくるのはむつかしいことである。が、芸者々々した芸者もなか〳〵見つからない。これはさういふ気もちなり体つきなりの若い娘がすでにはなはだ少くなつてきたし、たとへ体つきがそれらしくても素質を技術的にコーチして行かなくてはならないから、時間もかゝるし面倒もたいへんだし、これもまづ無理といふものだ。ましてその土地その土地の気つぷなんてものは昔のおはなしでしかなく、いまはべた一面にたゞつまらなく芸者といふだけのことなのださうだ。個人の個性はちやほや云はれて、かへつて土地の特徴は云はれなくなつてゐるからである。しかも個人がその土地を代表するやうな強力な存在など、おいそれとあり得るはずがない。

主人の云ふととは、つまり今の芸者の質の下落の歎きである。それから芸者の行きかたの目安の立たなさ、そしてそれは客の責任にあるのだと押しつけてゐる。客が芸者といふものを認識しきれないゐなかつぺになつたから、たゞ職業の女を呼んでじやか〳〵騒げばそれで済んでしまふ、それがいけないのだと云ふ。かういふ土地へ来て芸者でないしろと臭い女でも平気でゐるのからが、芸妓への侮蔑であるが、なにしろ対手《あひて》はお客様々《さま〳〵》である、お好みに応じなくてははじまらない弱さをもつ職業なら、こちらは意地より生活が大切といふことになるのはしかたもない。が、たしかにしろうとには芸者にない魅力があると認めざるを得ない。認めたくはないのだけれども、戦後、芸者も偏《かたよ》らない眼をもつやうになつてゐる。しろうとのよさは正しく認められてゐるし、取りいれようとしてゐるのである。

「とにかく何の商売でも時代後れになつちや立ち行かない。古いまんまの芸者ではどこか片意地だし、さうかと云つて、どこをどうすれば新しい芸者ができるんだかわからないし、私たち古株もけふ試験に来た妓《こ》も、実を云へばくろうと・しろうとの堺《さかひ》も知らなければ、職業と遊びとの堺もわかちないいんだわ。みんなめちやくちやで中途半端なんだわ。」

戦後はアクロバットのまねごとでもかたことの英語でもできれば、特殊技能として価値を認め、芸者の幅を拡げてゐる。まして将棋の馬子道《こまみち》などを知つてゐれば優秀である。桜と菊と山と鳥居を紅筆《べにふで》でちよい〳〵と描《か》けるなら、それが手箱の下絵つけ内職で覚えたことであつても大いによろしいけれど、試験官のねえさんたちにはそれだけでは不安なのである。

「私の若いころにはしろとさんの領分とこつちの領分とがはつきりしてゐて、私たちはなんとなくしろうとに負けまいつていふ突つぱりみたいなものを教へこまれてきた。だから自然とどこかきついものがあつて、よくしろうとの奥さんの前へ出て行くと、こちらは芸者といふひけめで随分遠慮がちにしてゐるのだのに、あちらはぴくつとしたものなのよ。それがこのごろはどうも違つてきたとおもふの。芸者はしろとさんに押されてるみたいだわ。著るものも髪のかたちも芸ごとも、芸者特別のものはなくなつたでしよ？　さうなると、芸者稼業の弱さとしろうとの鼻つぱしの強さが眼だつてしやうがない。私はね、芸者が耳のうしろを磨かなくなつたときから、しろうとに押されはじめたやうな気がしてしやうがない。

むかしは随分ていねいに耳のうしろまで磨きこんだもんだつたから、芸者にはしろうとにない清潔さがあつたけれどねえ、——つまり清潔の信用さね。いまはみんなもじや〳〵の髪だけれど、どうもそのもじや〳〵の耳のうしろまで、ちやんと綺麗だつていふ信用はもてないものね。たしかに花柳界の過渡期とかつていふんだわ。」

　この土地では名妓と云はれるなかにはひつてる人の口から、こんな弱音が洩れるとは意外である。芸者特有の髪かたちや著るものがなくなつたといふけれど、それは芸者みづからが特有を棄てたのであつて、しろうとの奥さまがたが花柳界の型へ侵入し芸者をまねた結果、その特有がやたらに拡がつて並《なみ》へ格さげになつたのではない。芸者が自分特有の型に飽きてみづから棄てたのである。そして奥さまお嬢さまの型のなかへ侵入して来、しろうとの沢山の平凡のなかへはひつて特有をなくしてしまつたのだが、かつての特有を上廻るだけのしろうと風芸者の非凡な姿かたちが定まつてゐないことはたしかだ。芸者は特有を棄てるときに計算違へをしたのかもしれない。——梨花はしかし気もちよく聴いてゐた。なぜ気もちよいのか、多分しろうとが優勢でくろうとが劣勢になつてゐるといふことだらうか。

　午後、例のとほりなゝ子たちが出勤して来て、やがて夕がたが忙《せは》しくなりださうといふときになると、梨花が予期したやうに不二子はきのふにました発熱で、ぐんなりなつてしまつた。米子はヒステリックに騒ぎだすし、梨花は氷買ひと医師へ走る。そのなかへ鋸山の親爺が固い表情ではひつて来た。待つてゐた主人はすぐに二階へ行く。それを見すますやうにして米子が電話をかける。対手《あひて》は不在だつたらしい。

　気がつくと、染香もなにかそは〳〵してゐる。今夜はお座敷がついてゐない。なゝ子は若さの徳で売れてゐるが、染香には芸があつても約束なしの日が少くなかつた。その心配かとおもふと、「お座敷の電話なら受けてもらひたいんだけれど、そのほかのだつたらうまくごまかしといてくれない？」指で輪をこしらへて、「催促されてんの。だから頼むわ」と輪を解いて、その手で拝みのかたちをして見せる。

　さういふ間《ま》も米子はしきりにあちこちへ電話する。みな不在である。

「あれ居留守くはされてんのにきまつてる。棄てられた、ほらこれへかけてんのよ」と今度は親指を立てゝ染香は笑つた。

鋸山の親爺と主人は穏やかに話してゐた。梨花は親爺が来たときすぐに茶を運び、ちよつと間を置いて贅沢煎餅を盛りつけた木鉢を運び、あらためて入れかへた茶を運び、都合三度二階へ行つたが、三度とも話は本題に触れず、主人がおもしろく世間話を聞かせてゐた。今夜はこのあひだのやうにこちら側が大勢で親爺は一人といふ人数の不平均はなく、一対一なのが張りあひのある談合になるやうに考へられる。あれほど腹をたてたり怯《おび》えたりしてゐた主人が、今度はかうして一人で取りしきらうといふのだから、いづれは相当考へてのことだらうと、梨花にしてみれば是非見ておきたい芝居なのである。けれどもお茶を運んで窺つても、これは芝居にはなるまい、延引策かなといふ勘があつた。二人はまるでとんちんかんな組みあはせで、つながりがつかないやうに見えた。男はまぬけに「さうかね、ほんとかね」などと申しわけに受けてゐて、乗つて来ない。それはこれから行はれる大事な交渉に、うつかりそんな話でごまかされてはたまらないといふ用意からの控へかたではない、主人の花やかに修飾多く話す話しかたをどう捌いていゝかわからないらしい。自分にまつたく無縁な話しかたをされるので困つてゐるのである。床の間のまへにすわつて、いかにも鋸山の石工を剝きだしに、ころんとおつころがつてゐるといふかたちである。

一方主人のはうは、はつきりと座敷を勧めてゐるといふものだつた。芸妓の座敷といふものを梨花は見たことがないけれど、一見してこれがさうだとわかつた。ふだん茶の間にゐる主人とはまるで違つて、一《ト》かさも二《タ》かさも大きく拡がつてゐた。からだのまはりに虹がかゝつてゐるやうな感じである。思ひあたるのは梨花がはじめてこゝへ目見えに来たときの、初対面の印象だつた。牡丹だとか朴だとかいふ大きな花が花弁を閉ぢたりひらいたりするやうな表情だとおもつて感歎して見たのだつたが、いま花弁はまさにみごとにひらくだけひらいて香つてゐるのである。上品であり艶《えん》であり、そして才気が部屋の空気を引き緊めてゐた。自然に備はつた美貌と長年の習練で身につけた妓としての技術が、惜みなく拡げられてゐた。豪勢な料亭の座敷に客といふ対手《あひて》がゐてはじめて座敷なのだと思ひこんでゐたのに、こんなちやちな自分のうちの二階に客でもない鋸山に対つてゐても、こちらの腹一ツでいかやうにも座敷たり得るのに、しろうと女中が感心したのである。主人と鋸山はあまりに格段であつた。なんにしても主人が妓の最高技術を尽してみたとて、それは高級なら高級なほど所詮鋸山には豚に真珠であることがわかつてゐる。対手はとんまなのだから暖簾に腕押しである。これで主人はどう話をつけて行くつもりなのか。

階下《した》では米子は子どもの病室に、染香はあひだの部屋に、一室に一人づゝがゐて、両方とも廊下の電話に神経を立てゝゐた。米子は、棄てられた男をさがして方々へ、「娘が重態ですから、もしそちらへ行つたら連絡してください」と頼んであるので、ちりゝと云つてもその反応ではないかと思ふらしい。染香はけふお座敷がかゝらないからあちこちのお茶屋の女中衆へ、もしふりの口があつたらとぢかに頼みこんでゐたので、稼ぎ口を待つてゐる。それともう一ツは、よほど激しく借金の催促をされてゐるのだらう、うつかり電話でゐどころを突きとめられるのはこはいやうすである。信号の鳴るたびにぎくつとする。

もういゝ加減な齢だが、子どものときからこの稼業だといふだけあつて、この齢になつてもさすがに化粧の腕前はたしかなものだ。頸から上の化粧がすつかりできあがつて、できあがつた化粧を持てあますかたちで、やるせなさゝうにしてゐる。彩《いろど》つた夜の顔は座敷著を著て笑顔のとき、たしかに年齢を感じさせないものがある。売れない時間、かうして小火鉢にうつむいて電話にはら〳〵するとき、化粧は皮膚を分離して惨めである。

玄関が明いた。あわてゝ染香は腰を浮かしたが、「今晩は」と云ふ声は借金取りとは違つた。来たのは水野の老女将、組合のお役員さまである。いづれは主人からこの件で電話されて来たのだらうと思へば、さうではない。染香は訊かれもしないのに鋸山のことを云ふ。

「なにも云つて寄こさないからあたしや知らないのだよ。それぢやあ思案があつてしてゐるんだらうから、かへつてあたしのゐないはうがやりいゝだらう」と、玄関の立ち話で帰らうとし、「——今夜あんたどうしたの？ 珍しいねひまだなんて。」

劬《いたは》りはかへつて当人には痛く聞え、「好かないばあさんだよ」と染香は云ふ。

梨花は鋸山の食事を云ひつけられる。もつと早くに云つてくれゝばいゝものをと少しふくれて買ひもの籠を持つと、染香が、「ついでにあたしに、コッペ一ツとコロッケ二ツ、いえ三ツ買つて来て頂戴。一ツはあんたにお駄賃にあげる」と三十円出した。

たいがいこの人は座敷へ行くまへに物をたべないが、

たまに食事をするときにはみえも外聞もなく質素いつてんばりな食事である。梨花は十円握つて行かせられ、うどん玉一ツ八円、葱二円買つて、主人の鍋と主人のガスと主人の砂糖醬油をつかつて、びく〳〵しながら煮させられることもあるのだつた。そのうへ、「梨花さん、とんがらし。あら、まだとんがらし買つてないの？　朝おみおつけを出すときにおねえさんにちよつと云つといてくださいよ、とんがらしがないつてね。さうすれば買つてくれるわ」などと云はれる。染香はそんな葱うどんの口へ歯磨きをかけて座敷へ出かけるのである。パンのときは添へてメンチカツ一枚十円、コロッケなら二ツで十円、これもソースは主人のをちよろまかさなくてはならない。「だいぢよぶだよ、ばれゝばあたしがしたつて云ふから安心おしよ」と云ふけれど、主人はそんなことを横眼に察しないはずもなく、また直接文句を云ふやうなことをしない人である。「随分ソースへつたわね」とか、「もうお砂糖なくなつたの？　うちは鼠が多いね」などと間接な云ひかたをする。なゝ子に云はせると、染香はおごらせる名人ださうである。卑しくなく、まことに自然におごらせてしまふ特技をもつてゐるのだといふ。主人はそれをまた軽蔑して、「なゝ子ちやん、そんなのいゝと思つてるといつの間にか癖がつくよ。癖がついて格がさがつちまふんだ」と注意する。染香だつておそらくその特技を誇りに思つてはゐないだらうが、しなびた財布が彼女に特技を強ひてゐるのかもしれない。今夜は借金に怯え、お茶挽《ちやひき》にうらぶれたりしてことにひどい財布だらうに、たとへコロッケ一ツにしろ駄賃をおごるといふのは、この締り屋がよほどどうかしてゐる証拠である。

鋸山の馳走に雛鳥を買ひ、つぎに肉屋へ寄つて染香のコロッケを買へば、店は立てこむ時間をやうやく外《はづ》れてゐるからコロッケはもう揚げざましである。

「ご面倒だけれど熱いのを一ツ揚げてくれませんか」と頼む。五円の芋ころ一ツおごられて気が弱くなるのではないが、やはり結局はかうした心づかひをすることになる。つめたいコロッケは脂《あぶら》臭く葱臭くざつかけないゝ味がするけれど、もし揚げたてなら葱臭さはうまさうに匂ふし、脂は実際うまくもある。同じ買ふなら一ト言よけいな口を利いて、……なあにコロッケ三ツだつて現金払ひのりつぱなお客だ。肉屋はコロッケ揚げるのも商売のうちなのだ。肉屋の親爺は面倒がつてゐゝ顔はしなくとも、化粧の浮いたお茶挽の人へせめて熱いのをといふ同情が湧く。

帰りの道に林檎のつや〳〵した肌が眼にはひる。これを砂糖で煮てつめたくしてやつたらと、ぽと〳〵汗を流して喘いでゐる不二子をおもふ。梨花の子どもがかつて幼く病弱だつたころ幾度この林檎を煮てやつたらう。紅い林檎を白く剝いて煮ると甘酸つぱい匂ひが立つて、果肉は夢のやうに柔かく、砂糖の煮汁は重く透明になる。それを氷に冷やして、きら〳〵光る匙に取つてやると、うつゝのやうになつてゐる熱の子どもは乾いた唇を明ける。「おいしい」と云つたつけ。みとるといふことをほとんど知らない米子のやうな母親を持つて不二子はあはれだ、と往来で梨花は感傷に耽る。自分の蟇口には五百円札一枚と銅貨が二ツ、そして林檎は一個二十円としてあつた。

　この土地へ来て梨花がいちばんいゝと思ふのは、よそ土地よりすべて買ひもの売りものの数《かず》にみえがないことだつた。どこの土地だつて売りものの値は一で立てゝある。それだのに一ツだけ買ふことは、処により何かひけめを感じさせる。それも廉いたべものだとよけい売るはうはろ骨にぞんざいにする、だから気がねがある。それをこの土地はもり蕎麦一ツ持つて来い、はい〳〵と腰が低い。鱈一トきれ、バナヽ一本、なんでも一ツが気がねなく通る。どうしてかう一ツが快く通るかといへば、この町をかたちづくる大部分の住人は芸者さんだからである。芸者さんはたとへ一ツ家に大勢いつしよに住んでゐても、一家族とは趣が違つて一人一人の集合である。だから一人で稼いで一人でたべるのである。家族の複数が単位でなく一人の経済がいくつも集つて町の基礎をなしてゐるとすれば、いきほひ売りもの買ひものは一人分が幅を利かしてゐて、少しもひけめを感じさせないのである。煮豆のやうなものでさへ一人前十円がなんでもない。梨花はこの習慣に感激してゐる。おちぶれものはへんな傲慢やみえから一ツ単位の買ひものにおぢ〳〵する。それのないのは清々しいのである。それにしても身銭を切つてするほど、あの憎たらしい不二子をかはゆくあはれに思ふのだらうか。実のところそれほどの気もちはなさゝうである。梨花の胸にあるのは不二子の病気より、病気の不二子を仮りて過去のわが子わがすがたへ寄せる感傷なのである。

　往来で林檎から湧いた感傷は、うちへ帰つてもまだ胸へこびりついて気を立たせてゐて、二階へ鳥鍋を運んで行つても、そこにもうらがなしさがあつた。あれからたつぷり一時間はたつてゐるのに、まだ嫋々と話術の、表情の、動作の粋《すゐ》を見せて、空しく名妓の座敷を展開させてゐるのは哀しい。鋸山のはうもすつかり名妓の話術に押されて自分の交渉ごとの口をふさがれてゐるのは寂しさうだし、鍋のふつ〳〵と沸くのさへ滅入《めい》るやうである。ましてまして行き来にちら〳〵と見れば、染香がコロッケパンをたべる横顔には、もぐ〳〵とやるたびに顎骨が形なりに浮きだして見えて、なんとも傷ましく眼を刺す。ばかでもちよんでも若くさへあれば顎骨の形などあはれまれることはない。若さは神の恵みである。恵みのうすれた老いのすがたが、ひとごとではなく思へる。不二子は不二子で、はつはと刻む息づかひで、「これなあに？　うまい」と云つて、林檎の煮たのを珍しさうにたべる。もうやがて医者が来るはずの時間であり、気の毒に染香は今夜は完全にお茶挽である。

二階で手が鳴つた。鋸山が、煙草を買つてくれと札《さつ》を出す。やれ〳〵と云ひたい。芸者家の女中はお使ひを億劫がつては勤まらないと八百屋に聞いたが、このごろでは駆けることはないのにと自らたしなめても、腰を落し割烹著のポケットに手を突つこんで小走りに駆ける癖がついてしまつてゐる。新生の袋と銅貨と受けとつて、一二足帰りかけると、もゝに感覚があつた。われながら妙に昂ぶるとおもつたが、なんだこれか。産む必要がない身に妊孕《にんよう》可能の赤い通達があつたとて、むだな排泄と云ふほかない。が、それとてもうそんなに長い期間でもないだらう。習慣的に紅い花に反射する白い綿の花を買ふ。綿は煙草屋でも売つてゐるものなのである。四十円の徳用大袋を薦められて、五百円札はごた〳〵したつり銭に換へられた。

その煙草を買ひに行つてる僅かの間《ま》に、二階の座敷はめちやく〳〵になつてゐた。染香が人さし指を天井へ立てゝ、「始まつたよ。今どなりだして大騒ぎさ。」

脱脂綿の袋を明け、ちよつと手間取つてから梨花は梯子を鳴らしてあがつて行つた。帯をした札束が塗卓《ぬりじよく》の中途半端なところに置かれ、鋸山はすわり直した恰好で肩を立てゝゐる。主人は名妓も座敷もかたなしにして、たゞの女になりさがつてゐた。勝気一本槍で通してゐる女が勝気で通しきれなかつたときの、くやしさだけになつてゐるやうすだつた。

「遅くなりまして。」煙草を卓へ押しやつても鋸山は黙つてゐる。

「それからおつりを。」手のひらなりにまるまつてゐた札を、熨してそこへ置いた。

「主人ばかりか女中までが金で人をばかにしやがる。」

たしかに自分へ向けられた云ひぐさだとわかつて、こんなときには愛敬笑ひをしてゐたはうがいゝと本能的に知つてゐたくせに、「は?」と固い声が出て、そこへでんと腰を据ゑて構へたかたちになつてしまつた。

「たつた今だ、不景気で詰つてるからこれで泣いておけつて云ふ。いくらだと思ふ。たつたの五万だ。」

「ま、ちよつとお待ちください。あたし女中ですから。」

「何がまあだ。まあだから云ふんだ。」びつくりするやうな胴間声でどなつた。梨花はびくつとしただけに負けん気が起きた。

「いゝか。あんたの来るまへのことだ。なみ江つていふおれの姪がよ、さんざ搾られたんだ。柄が大きいんでごまかして、法律の許さない小娘に毎晩客を取らせたんだ。稼がしといて搾りあげるんだ。その揚句の申しわけが不景気だ貧乏で困るだ、嘘つぱちばかり並べて、たつた五万が御の字の部だつていふ面つきだ。——金がねえなんてのは嘘だ。そいでなけりやあ、来たばかりの女中が煙草買ひに行つて、どうだいこのおつりだ、ばかにしやがつて。台処に小遣がたつぷりあるからのこつた。」

合点が行つた。をかしくなつた。無遠慮に笑つた。五百円で綿を買つたおつりなのだ。あの店さきで綿も煙草も同額だと思つたのがまちがひのもとだつた。それでおつりの勘違ひをしたのだ。さうとわかれば胴間声からは凄みが消えた。

「どうも相済みません。私自分の買ひものをしたんですが、それも四十円だつたんで間違へちやつた。これ私のお金です。」ぴゆつと手前へ引寄せておいて、あらためてポケットの底をさぐり、十円硬貨を撮みだすと、ぱちつと卓のうへへ置き、「これがそちらさまのおつりでした。五十円札で十円のお返し」と今度は意識して笑つた。主人に弱みがあるのにつけこんで女中までおどかさうとしたつて、さうは行かない。主人はくろうとだからこんなとつつあまにも負ける弱みがあるかもしれないが、こつちはしろうとだから、半くろ半しろのやうな鋸山なんかにたつた一ト言でもおどかされる筋はない、といふ優越を感じる。

「何を買つたの」と主人。

「綿……脱脂綿なんです。」

ふゝつと主人は失笑した。とたんに親爺が下司笑ひして、「はあ、ねえやさんまだ綿がいるのか」と云つた。

これでこの場はもう終つたと階下《した》へ行く。

名妓といふものの全貌を掴みたいと梨花はおもつた。主人は梨花を無条件に感心させるところももつてゐるけれど、今夜のこのざまは褒めたものではない。未熟なやぼつくさい失敗だと云ふほかなからう、これで何が名妓だと云ひたい。日常ちら〳〵無意識にこぼして見せる名妓の片鱗みたいなものには人を惹く力があり、さういふとき梨花は文句なしにい〻なあと気に入るが、もう一面では、なにを！　名妓の手法なんか口へはふり込んで食つちまへ、嚥みこんぢまへばあつちはかたなしになつて、こつちは腹の足しになる、それでい〻のだといつた対抗的な気もちがある。主人と使はれるもの、すでにできあがつたものとこれから何かになりあがらうとするものの関係では、こんなふうに心のなかがごた〳〵する。だから今夜のやうなざまだと、なあんだといふ軽蔑感が第一に来ることは争はれない。にもか〻はらず、さうきめることは自分の軽率な判断かともおもふ。まさかこれだけで、手もなくしてやられたま〻あつさり帰られてしまふこともあるまい。名妓のゆゑんはきつとこの場面のあとに来る事態収拾に発揮されるのだらう。腕前といふか勝負といふかは途中の状態できまるものではなくて、途中でみじめに折り敷かれたやうになつてゐることも、あるいは手かもしれない。策略が深くやりとりが激しいほど形勢逆転のチャンスは多い。鋸山ごときにい〻おねえさんが恥を掻いてひつこむはずはないだらう。梨花は鋸山が帰るときの情勢に期待してゐる気もちももつてゐた。

　医師が来た。不二子はもうすぐめそ〳〵泣きだして母親へあまつたれ、米子はまた昼間あんなに南京豆とエロ本に熱中してはふり出してゐたことも忘れて、たちまちい〻母親になりでもしたつもりか、「あいよ〳〵」と答へる。染香にはそれが癇に障るらしかつた。「男と女がべた〳〵してゐれば誰だつてやりきれないつて云ふけど、案外親子だと何とも云はないのね。あたしは嫌ひさかういふの！」

　不二子は医者よりも梨花をこはがつてゐて、けふは押へられなくても注射をすると云つた。その癖いざとなると、また例の通りに物の怪《け》でもついたやうな演劇的に見える騒ぎかたをし、やむなく梨花も狩りだされてごたついてゐるとき、知らない男の声がしたやうだつた。二階でも親爺がや〻せつついてものを云つてゐるが、階下《した》には染香のほかに誰もゐないのにと聴耳たてると、米子も気がついたらしい。とたんに病児から気が逸《そ》れてそゞろなけぶりになつたので、不二子の父、別れた夫が来たのだなと察しられた。所在なくぽつりとしてゐた染香がいゝ対手《あひて》にしてゐる。

なるほどちよつといゝ顔だちだつた。日本流に云ふとかなつぼ眼《まなこ》に属する眼つきだが、凹んだ眼窩と高い鼻梁とのつりあひで憂はしげな翳《かげ》ができてゐる、そこが魅力なのだらう。梨花は漱《すゝ》ぎの湯と石鹼手拭の盆とをいちどに持つて行かうとしてゐた。そのとき玄関の格子が明いて、勝代が芝居から帰つて来た。

「たゞいま。」それへかぶせて二階の襖がしやつと明いた音がし、例の胴間声があたりへ聞えよがしに鳴りおろした。見なくとも階段の踊り場に立つて云つてゐるのだ。

「いゝか、こりやあ示談の内金として取つとくんだからな。いやならどうともするがいゝ。はじめつからこつちは裁判でも何でもいゝと云つてるんだ。……いんや、はつきりさせとかう。実はもう一応の書類は出してあつからそのつもりでな。いくら云つても何のかんのと延ばしてばつかりゐて、ちつとも誠意がない。いづれ呼びだしが来るだらう。」

「……だからそこを云つてるんぢやあないの。そつちがさうならこつちもつていふことぢや、まづいから云ふんだのに。」

「まづいのはおらのはうぢやあねえ、平気だ。」

梨花は洗面器を部屋のなかへ押しこんでおいて、立つたまゝだつた。うちぢゆうしんとしてゐる。勝代がコートのまゝすいつと梨花をよけて階段下へ立ち、ぐいつと見あげた。「なによ、おかあちやんに対して！　なんだつて云ふのよ！　ばか声なんか何がこはい！　おどす気なの？」

電柱とあだなされる上背《うはぜい》の高さが胸を反らせて威丈高だが、惜しいことにひどい近眼だから眼が利かない。

「おかあちやん、どうかしたんぢやない？　どうかされたんなら云つて頂戴。あたしこゝで騒ぎだすつもりだから！」一しよう懸命すぎてもうだめである、涙声になつてゐる。

「いゝの、いゝの。どうもしやあしないから。」母親は階上《うへ》で手を振つてはら〳〵してゐる。この親子は二人とも威丈高だけを知つてゐて、ほんたうは多分いくぢなしなのだ。ちよいと突つころがされると手も足も出ないだらうに一応はいばつて見せる、さういふ習慣がついてゐるのだ。勝代なんか鋸山の石工の手が一度触《さは》つたら、きやあと云つて自分からひつくり返つちまふに違ひないか細さだ。ぶたれてみなくては性《しやう》の入らない弱さのくせに、意地だけ張つたつて何になる。

　勝代は昂奮でぶる〱しながら強情にどくまいと強がつてゐる。鋸山は梯子一二段降りたところに立往生してゐる。コール天のずぼんの膝がだぶ〱して印象的だつた。おもひがけない勝代のばか力《りき》みにと惑つて、梯子の中途で親子の挟み打ちにされたかたちである。それでも慎重に一段一段と降りかけて来る。主人は、「どうもしたんぢやないから安心して、あんたあつちへはひつてよ、ね、茶の間へ行つてよ。」

　梨花は見てゐられなかつた。押しのけて二三段駆けあがると、もう鋸山とくつついてしまふ。「をぢさんちよつと待つてください。それなり降りちやいけない！　おねえさん、さ、どうぞ先へお降りになつてください。」

　鋸山は案外すなほにこくんとして身を躱《かは》した。主人が極端によけて降りるが、狭い階段に肥りじゝのからだは空気を濃くするやうな感じがある。勝代は母に肩を押されるやうにして茶の間へ行つた。

「いやだわよおかあちやん、なんだつてことなの！　あんな人にあんなこと云はれて、あたし平気ぢやゐられないわ。絶対あんなの恐喝よ。」泣いてゐるのかもしれないやうすだつた。

　梨花は本能的な用心で、梯子の降り口で鋸山のうしろへ廻つた。病室の襖は明けつ放しのまゝだつたから、医師が手水をつかつてゐるのがまる見えだつた。鋸山はちよつと足をとめてうしろへ云ふ。「子どもほんとに悪さうだね。嘘かと思つてた。」

「嘘なんかぢやない、ほんとによくないんです。」

「うんといけないか。」

「熱がばかに高いんでぐんなりなつちやつてます。」

「……済まなかつた。おれ嘘だとばかり思つてたから、……それも癪に障つて、ゝね。」

　札束はたぶん意表に出たやりかたで懐へ取りこんでしまつたのだらう。やす〱と現金が出て来たから図に乗つて強気な抜けめのない云ひぐさを吹つかけたのだらう。五万の端《はし》たでは持つて帰れないなどとすつきり云つてゐたが、やはり眼のまへに出てゐれば摑まずに帰れるはずはなかつた。さきに八万、いま五万、十三万である。鋸山と洟《はな》もひつかけない云ひかたでいやしめてゐても、取られるはうが弱くてばかで取るはうが強くて利口なのは云ふまでもない。性《しやう》のいゝ人物ではないが、それでもそのなかに子どもの病気を見てたゆたふ心根があつたことで、梨花は鋸山から不意になにかを知らされた気がした。

——自分の貧乏は歴史が浅いといふことだ。親爺の貧乏は生れたときこのかた絶えずの貧乏なのだらう。なみ江の生活もこの家《や》へ来るまで何年の貧しさなのか。年数といふものがしつかり眼に迫つて見えるやうにおもふ。とてもかなはない。こゝの主人の貧乏もいゝ加減気楽な貧乏のやうだ。人の情に寄りかゝつてゐる貧乏など貧乏のうちに入るかどうか知れたものぢやない。だから札束を見る眼が違ふとおもふ。一方はなんとしてもこの五万円でぎり〳〵かたをつけてしまはうといふ気もちが薄いし、一方は五万が五千であつても札さへ見れば長年の渇きが干《ひ》りついて、どうでも取らずにはゐられないといふ激しさになる。貧乏にだつて質もあれば量もある、段が違へば到底かなふもんぢやない。主人の負けはあたりまへである。

親爺は勝代に楯突かれ、子どもの病気を見、へんてこになつたと見えて、愚痴と申しわけとをくだ〳〵云ひながら曖昧にひきとつて行つた。送りだす玄関に犬がゐなくても、いまだに犬の臭ひは脱けずにゐる。主人と勝代はひそ〳〵話してゐる。染香は米子夫婦への遠慮か、それとも単純にふりの座敷を諦めたのか、帰りじたくをし、しながら耳つこすりをする。

「おねえさんお金たゞ取られちやつたね、五万円ねえ。だけど、あんたそのお金どつから来たんだか知つてるんだろ。こゝのうちにあるはずないもの、いづれは出どこがある。……実はあたしもちよつと聞き齧つてゐるんだが、あんたに訊いてみようとおもつてた。まあその話あしたにしよう。」——鎌である。このために主人は新しい襦袢をくれてゐるのだ。

米子は夫を病室へ誘ふが、男は行かうとしない。染香の占領してゐた瀬戸手焙をかはつて自分ひとりで塞ぎ、対手《あひて》の顔を見ないで云ふ。「子どもの病気なんぞおれが見たつて何のたしになる。だいたいとつくにかうした話は済んでる。あんとき何て云つた。今後不二のこと一切は自分の手一ツでりつぱにやつて見せるから、是非連れて行くんだつて云つたぢやないか。いつまでもうるさい、おれにはおれの立場がある。勤めさきから出入りさきまで行く先々どこへでも、子どもの危篤がぎやあ〳〵電話で騒いであるんぢや面《つら》はねえ。いまさら呼びつけられることはねえんだ。たゞこゝのおねえさんには義理があるから顔を出さずにはゐられないが、もし不二の看病が面倒くさいの、医者に金がいるのつていふ話なら、子どもは今すぐおれのはうで引取つてもいゝ。」

梨花はいやだなと思ふ。なんの、料理場勤めをするものが今すぐ病気の子どもを引取れる法がないくせに、さうしたはつたりみたいなことを云ふ。づけ〱とすげない聞かせを云つてゐるのだが、いゝ男のせいか、すつかり切れてしまつた未練のない男の心にかへつて哀感があつて、踏んぎり悪くへばりついてゐる女心のはうが、同性ながら疎ましく映るのである。男はなんでも早く打切りたいと見えて、泣いてゐる米子へさつさと金を置いて起つた。

「もう電話はことわるぜ。たとへその場にゐてもゐないと云つてことわるから、さう思つてゐてくれ。」いやおうなく押しつけて行くやりかただが、長い経験でこんなふうにするのがいゝと承知したにちがひない。米子に取りあつてゐた日には果てしもなく絡まれる羽目になるのが落《おち》だ。唇のさきだけで陰気にしやべり、足をこまかく揺《ゆす》つてそはついた物腰だけれど、男は帰りに主人のまへへ出ると、すぱつと手を突いて折目のある挨拶をした。職業的にさうした習慣があるのだか、あるいはわざと他人行儀にしやちこばつて意地が見せたいのか、少し滑稽でもあつた。つい暫くまへまで何年間か、主人とこの男はとにかく内々《うち〱》のあひだがら——姪の夫といふつながりだつたのである。離婚はこんなところに不自然なぎごちなさを潜ませてゐるものだとは、岡目だからこそわかる。

遅くなつてなゝ子が水野の女将といつしよに帰つて来た。電車がなくなるとタクシーをつかはなくてはならないから、大急ぎで座敷著を脱ぎ脱ぎ、「梨花さん大変だつたでしよ。親爺と勝代とどなりあつたんだつて？　そいから米子のあれ来たんだつて？」——情報キャッチの速さに驚くと、「あら、そんなのあたりまへよ。早耳は芸のうちだわ。染香さんが途中で小糸ちやんに逢つて、小糸ちやんが千代子おねえさんにさう云つて、あたしおねえさんから聞いたんだもの早かあないわ。」

そこへ「今晩は」と云ふ。見ると、玄関の擦りガラスの向うに人が立つてゐる。

「どなたさま？」

三寸ほどそろつと明いて巡査の制帽がのぞいた。「お宅二階の洗濯物忘れてるんぢやありませんか。」梨花は恐縮する。「なるべくなら取りこんどいてください。夜なかに白いものが出てゐるうちは用心がよくないんです。……皆さん変りありませんか。……あんた新しく来た人？」

茶の間がせはしくこちや〱云つてゐたが、取つてて つけたやうに勝代が「ご親切にどうも」と出て来た。この人に珍しく最大限の愛敬だつた。「お久しぶりですねえ。パトロールですか。」

なゝ子は姿見へ「?」と大きく書いて見せ、「又あした」と帰つて行つた。

茶の間が臨時に玄関へ引つ越したやうな恰好になつた。巡査を玄関の上りはなに掛けさせて、女将も米子もまぜてうちぢゆうがしきりに話を聞かせてゐる。力を借りようといふのだらうか。とうに十二時を過ぎてゐたから、手焙の火やお茶ぐらゐではたゝきにゐるものは冷える。なにが五目蕎麦を一ツ取るやうに特別命令が出された。なにが特別かと云へば、ふだんは電話で用が足りるのに今はそれではいけないと云ふ。と云つて、玄関から制帽を通りのけて行つてもまづいのださうだ。しかも出入り口が玄関一ツしかないのだ。

主人はじれつたさうに、「白雅さんは裏隣ぢやないの。台処口から呼べばすぐそこがあつちの料理場の窓だわ」と教へる。それはさうに違ひないが、支那料理屋の料理場はずつと斜向《はすむか》ひである。台処口はごみ箱も置けないくらゐきちきちで、ほんたうにいつぱいに建てゝあり、その上せち辛くトタン壁のしきりがさへぎつてゐる。およそ地面は完全に隅々まで活用されきつてゐ、通りぬけの余地などまるでない。大工はどうやつて台処の羽目を張つたのか、どうしてトタンへ釘が打てたのか不思議なくらゐである。ひらめのやうに平たくなれば人一人が辛うじてはひれるが、たぶんその庇《ひ》あはひへはひつたら向きを変へることすらできまい。金槌を揮《ふる》つて腕を動かせきはないのである。塀のこちら側がさうならあちら側もさうだつた。その塀に前隣の家の便所の霧除《きりよけ》がかぶさつてゐるのだし、左手へずれて支那料理屋の調理場の金網がある。どうやつて註文したらよからう。主人はたゞ呼べばいゝと云ふが、さうは云つても鼻のこすれるほどの近さに押つ立つた塀へ向いて、五目蕎麦一ツお願ひしますと云ふのは随分と奇観である。

はたして声はなかなか届かない。向うもそんなところから註文が来ようとはおもはないし、窓は締めきりになつてゐた。声をだんだんと高くしてやつと通じれば、こちらはなにか羞しい気がする。がたがたと裏口を明け、「うちですか。……呼んでるのはうちですか」と云つてゐる。

なにしろまぬけな問答だ。梨花はとんとんとトタンを叩いて、「こゝ。蔦の家です。五目蕎麦一ツ願ひます。」

「へえ。……お宅電話こはれたんですか。」

「さうぢやないけれど、ちよつと都合があつて。……何分ぐらゐかゝります?」

「さう、五分でせう。」

「そんなら私こゝで待つてますから。」

「待つてなくても持つて行きますよ。」

「いえだめなんです、こゝからでなくつちやあ。」

「だつてそんなこと。……むづかしいな。」

「まへにもかうやつたこと度々あつたさうぢやありません?」

「冗談ぢやない。猫の蕎麦屋ぢやあるまいし、塀を伝つて配達なんてそんなことできるもんか。」

「でも、さうしてもらはないと私が叱られるわ。」

「変だな。」ひつこんで行つた。

　人も通れない狭さなのに、いやにすう〳〵風が流れて足指が凍《こほ》る。ばからしくて腹もたゝないが、子どものときの遊びのおもしろさが思ひだされる。どう工夫してこゝから、あのつゆ沢山な大きな鉢を受けとるか。

　見ぬこと清しだ。そのきたない空間《あきま》へは漬物桶ならやつと置くことができる。桶とほゞ同じ高さのばけつを伏せて並べ、その上へ洗濯板を渡し、さらにその上へ風呂場の腰かけを置いて乗つてみる。塀のあちらはビールの空箱《あきばこ》、酒醤油のきり〳〵す箱が重ねてある。窓は支那料理屋の窓らしく油でくすんでゐるが、鍋の蓋でも取るのかとき〴〵湯気がむら〳〵と立つて電灯を暗くし、あちらの暖かさが透き通つて見える。五分は長かつたが、やがて岡持をさげて出て来た。

「それ五目蕎麦?」

「あ、まだゐたんですか。だめですよそんな処から、渡せやしませんよ。」

「いゝから頂戴。」

「だつてなぜなんです。」

「なぜだか知らないけれど、かう云ひつけられたんだもの、是非こゝから頂戴。」

「いやだなんだか。……」

　もう一人の男も出て来て、「しやうがない。商売ならちつとぐらゐ変でも云ふ通りにしよう。」あちらも空箱をかたづけてそれを踏台に、やつと白い帽子が塀の上へ出た。

「ちよつと待つて。岡持にはひつてちや私とても持てない。お盆に載せてよ。」

「うるさいな一々。こんなの初めてだ。」

夜目に白く湯気が立つてゐた。「放すよ。いゝか、いゝか。」

「えゝ、えゝ」と、あちらの手が離れると重心の動く重みが梨花の手へ移つた。不潔だとおもふ。こんな檐下《のきした》のあらゆるごみの詰つてるところを、剝きだしでたべものの受けわたしをする！　まつたく、こんなの初めてだ。

狭いから手をさきへ降すことはできず、大切に大切に鉢をさゝげて腰かけから降りようとすれば、腕ががく〳〵と揺れ、むやみとをかしくなつた。笑ひは腹壁から発生するものだ、梨花は腹からふゝゝと揺れ、汁はこぼれてアルマイトの盆の底へ温《ぬく》みが伝はる。塀の向うでも、ふゝゝ、ふゝゝと笑つて、「よつぽどをかしな趣味だね。塀越しの支那蕎麦は味が違ふんだらう。いつたい何様が来てゐるんだい、玄関を明けないつていふのは。」

たぶん制服の警官にてんやものを取つてたべさしたりするのは、なんとかいふ名のつくいけないことなのだらう。それを出前持に見られたらなほいけないんだらう。とにかくこんな支那蕎麦うけとりの図は、梨花にも理解しがたいくろうと衆の心づかひである。

*

染香は主人の五万円の出どこをほじくりたくてたまらないらしいが、「少し聞き齧つたことがある」などと云つたのは嘘らしい。五万円持つてゐると知つたのは、鋸山がどなつたからはじめてわかつたことであつて、それ以前には何も知つてはゐないのだから、梨花から引きだしたいためのひつかけことばであるにきまつてゐた。

「ねえ、あんた知つてるんでしよ、誰から来たお金だか。教へてよ。後学のためになるんだからさ、教へといてよ。知らないはずあるもんか。そんなこと云つちやなんだけど、あんたは眼はしが利いてるし、おねえさんは新しもん好きだから、いまんところあんたを信用しきつてゐるやうすだし、……それに芸者のからくりなんてものは、親兄弟にも朋輩にもうまく隠してあるときには、きまつて役に立つ女中に明《あか》してあるもんなんだもの。眼つ張りつこのこの商売のなかで、それもこの不景気のさなかで、自分ひとりつきりでさつと手際よく五万円が融通なんかできるもんぢやない。ゆうべのやうすぢや親子のなかでも、勝代さんだつて知らなかつたらしいぢやないの。あんたよりほか助人《すけつと》はないと睨んだけれど、どう、違ふ？」

さすがに大古《おほぶる》芸者だけあつて、当推量《あてずゐりやう》も動物的な勘に頼《たよ》つてゐるのではなく、ちやんと筋を辿つてつぼを押へてきてゐて、新しもの好きだから今のところは信用されてゐるといふのは、あたつてゐるとおもふ。こんな対手《あひて》にうつかり訊問のおしやべりを許しておくと、しまひには何か訊きだされてしまひさうな負けが予想されるので、つい逆手《さかて》をとつて云ふ。「来たばつかりの私だもの、お金の出処なんててんで想像もつかないけど、染香さんこそ聞いて知つてること話して頂戴よ。」

「なに、知つてるつてほどのことぢやない。私も今やい〳〵つていふ責められかたをしてゐるんでしよ。すぐ借りられるやうな耳寄りな話なら聞いときたいぢやないの。だから訊いてるんだわ。ね、石？　著物？」

「石つて？　……宝石ですか。」

「いやだねこの人は。きまつてるぢやないの。わざ〳〵山出しみたいなことを云つてさ。」

「私知りません。米子さんのおかあさんならダイヤモンドしてたけど。」

「おねえさんもちよいとしたの持つてるはずよ。……でもそれだとすると、どんなに投げても五で手放しちやもつたいない石だから、まさかねえ。……あんた倉庫知つてるでしよ。あすこへ行つたやうす聞かなかつた？」

「倉庫？　初耳ですわ。」——染香の話によると、この川下《かはしも》にりつぱで聞えた倉庫があつて、その一室を借りて主人はぎつしりの衣類反物を預けてゐるといふ。旦那が糸へんの福井の人なので、景気のよかつた一ト盛りには、主人はねだらずとも、二度と同じ著物を著なかつたとい ふくらゐに奢つてゐたらしい。実にいゝ著物があるさうである。金透《きんとほ》しなどといふものは一度この主人のを見たらば、ほかのどんなのも見られたものではないさうである。そのほかに反物白生地《しろきぢ》が、うつといふほど詰つてゐる。しかし、それには旦那にも旦那の用心がしてあつて、名儀はあちらのだから、一反や二反ならいざ知らず、ごつそり纏めての処分はできまいといふ話である。むろん衣類を売つたといふやうなふしなど梨花には思ひあたらない。

「石と著物が無事だとすれば、やつぱり……あれだらうなあ。」ものを売ることもしず、不景気でほとんど上京もしなくなつてゐるやうな旦那へ泣きつくこともできず、しかも鋸山は金銭以外にかたづきやうはない。親爺の威《おど》しは半分に聞くにしても、まづくまごつけば営業をとめられる羽目にもなる気づかひがあるから、主人にすれば相当のぼせて心配してゐる。大きな声では云へないけれど、ひよつとすればこれはあるいは、大ねえさんらしからぬ才覚をしたのではないかといふ推測を染香はしてゐるのである。

「なによ、その才覚つて。ばくち？」

「あら、あんたもしろうとにしちや案外覚《さと》りがわるくないのね。でもそんな鉄火場《てつくわば》へ出かけるやうな勇ましい人がらぢやないわよ、うちのおねえさんは。いえね、これはほんの私のかんぐりなんだけど、このあひだ芝居の廊下でおねえさんといつしよにゐたとき、目礼して擦れ違つて行つた中年の男があるのよ。それがどうもぴんと来てるの。たしか、あれは、昔しばらくおねえさんと繋がりのあつた＊＊さんの、新しい秘書ぢやないかと思ふんだけれど……ひよつとしたら、焼けぼつくひ――とねえ。いえ、そんなことどうでもいゝけどさ、たとへきれ〴〵になつてるとは云へ公然の旦那といふものがあるからにや、それぢや大ねえさんの名の手前きたない仕打だと云はれてもしやうがないからねえ。」

　聴いてゐて梨花はひとりでに、染香の腹を底まで読まうとしてゐた。借金の催促にへぐ〳〵させられて、藁をも摑んで一時《いつとき》のがれにしたい染香の状態であるし、いゝ耳なら聴いておいて後学のためにしたいと云つてゐる。主人の金の出どこをほじくつて、なんの後学のためになるのか。主人の節操上の問題にして利用価値を生みださうとするけぶりがあると見てとれないこともない。とすれば、鋸山に便乗する威《おど》しだが、それで石なり著物なりから金を搾る余地があると見てゐるのだらうか。腹黒いと云ふか悪智慧と云ふか、……昼間の染香の顔は皮膚が乾いて、唇の皺のあひだに紅《べに》のなごりが縦縞になつてはさまつてゐる。老残である。けれども梨花には、この人を憎めない感情があつた。――金は余程せつぱ詰つてゐるのだらう、ゆうべもあんなに借金の催促をされはしないかとおどついてゐたが、そんな弱さから搾りだした最後の智慧がこんな臆測であり、苦しさのあまり考へついたのがこんな腹黒さではなからうか。つく〴〵思ふ。この人も主人も眼から鼻の利口さがあり、それ〴〵に道を拓いて行かうとする気がありながら、なんだかけちくさい。自分の力の限りといふのでなくて、いつも半分はひとをあてにして半肩もたれてゐるやうなのが、主人にしても左前の旦那にも頼《たよ》れず、自分の力もあやふやで自信はなし、自然むかしの人で今もなんとかやつてゐるはうへ弱くずるい心が傾くかもしれない。梨花も染香の意見を見当はづれとはおもはない。見当はづれとおもはない心の底には、不二子を抱《だ》いて倒れた姿がこびりついてゐる。あれがいちばん手つ取り早くて相当効果のある手段だもの。

「いつたい染香さんの催促されてるお金は、どこからの借金なの。もし又お座敷の留守に電話かゝつて来たらうまく云つとくけど、なんて名の人？」

染香は怨めしさうに云ふ。「それがね、名まへは上杉つていふんだけれど、実は米子のおつかさんよ、鬼子母神よ。はじめこゝのおねえさんに頼んだんだけど、自分は持つてないから知つてる人に話してやるつていふんでね、行つて見るとそれが高利なのよ。どうも様子がへんなんでだん〳〵探《さぐ》つてみると、上杉は手先で実は鬼子母神が金貸ししてゐるのよ。それでね、その男がうちのはうへもお出先さんへもやい〳〵云つて来るんだけど、あんまりひどいわ。なにしろお出先のお帳場で押へちやふんだから、あたし小遣も電車賃もない始末にされてんの。鬼子母神は凄いわ。妹を利用して妹のうちの看板借りから搾りあげるんだからまちがひつこない。」――なるほど染香が主人の弱点へ鋭い眼を光らせるわけにもならうといふものだ。

金の出どころは主人親子のあひだでも縺れてゐた。たゞ具体的なことをことばに出して訊いたり云つたりしてはゐない。主人は高飛車に出て、「私だつて五万円ぐらゐのことは」といばつたり、「どこへも余計な心配をかけまいと思つたのがわるかつた」と湿《しめ》つぽくなつたりしてゐた。主人が五万円をこしらへたことは事実だが、その手段はうやむやだ。焼けぼつくひと寝たか寝ないか、そのへんはわからなくとも、だれかに泣きついて泣き落したことはたしからしい。娘のはうはかねての評判通り小意地のわるい生地《きぢ》を剝きだしにして母親へ当る。けれども、やはり母親のとりつくろつてあるらしいところには触《さは》らない。そんなところはおとなである。責めたてゝゐるのは、なぜ自分に無断でそんな金策をしたかといふ点である。母と娘の位置はいま顚倒したかたちになつて、主人はなにか弱い尻を押へられたかたちでひけめを感じてゐるやうすだし、勝代は有能な家長といつたかたちだし、母は娘のまへに無力な被保護者に見えてゐる。そして出たりはひつたりそは〳〵して、夕食は勝代一人であるる。気負つてぴんしやんするかと思へば黙りこんでそぼんとしてゐる勝代を、いさゝか怖れて触るまいとするのに、勝代は食事の済んだあとを、「梨花さん」と呼ぶ。

「あんたどう思ふ。しろとさんの見かたで遠慮なく云つてくれない？　私たち随分ばかに見えるでしよ。」

「そんなこと。――」

「遠慮しなくてい丶のよ。おかあちやんたちみんなは、まだあの親爺ごまかせると思つてるけど、私はもうかうなつちやだめだと思ふの。だから乗るか反るか、ぐんと上手《うはて》に出て押つかぶせちまふか下手《したで》にあやまつちやふか、どつちかでしよ。どつち道おかあちやんぢやだめだから、結局私がやるやうになるんだけど、……おかあちやんには自分の面子《めんつ》と土地がらの面子があるし、私は体面のいらない謂はゞ半人前の穀潰《ごくつぶ》しよ。それにおかあちやん、どつか取りとめないとこあるからねえ。でも私だつてこんなことどうすればい丶か、なんにもわかつてやしない。それだのにうちのまはり見わたして見てよ、誰一人頼《たよ》りになる人間はありやしない、都合のい丶はうへ附かうつていふふは〳〵ばかり。もしあんたが私ならどうする？　押つかぶせちやふ？　あやまる？　あんなにみんなに優しくする人だのに、どうしてこんなときになると誰もおかあちやんのこと親身《しんみ》に庇つてくれないのか、私見てゐてかはいさうでしやうがない。」

　ほんたうにこちらの意見を聴かうとしてゐるのか、一時的な昂奮に駆られてしやべつてゐるのか、見さだめがつかないが、もしうつかりしたことをお歯向きに云へば、抜きさしならないことになりさうだ。梨花は勝代の上気した紅い頬を見つめる。血色の若々しい美しさは不器量とはおのづから別ものであつた。

「――それになみ江のこともね、私も関係ないわけぢやない。あの当時近処ぢや、私がいぢめぬいたから逃げたつて云つてるけど、さう云はれてもい丶と思つてる。それほど私あの人大嫌ひだ。いけしやあ〳〵してゐて虫が好かない。でも私、いぢめる気でいぢめたんぢやない。見るのも聞くのも癪に障つて癇が立つてこらへられないから、そのたまらなさを正直に云つたりしたりしただけなのよ。大嫌ひつてことはよそから見ると、いぢめてるやうに見えるのね。嫌ひでせつなくてたまらない私の気もちなんてものは、ひとにはなんでもないのよ。せつないからせつなさをぶつつける、さうするといぢめたつていふことになる、私はあはないわ。せつない気もちの上へ意地悪だつて悪口までしよはされるんだもの、どうしてあの人のあのいやらしさが誰にもなんにも云はれないのか、なぜ平気でゐられるのか、私にはわからない。……あの人がゐなくなつてからだつて、ゐたときよりもつとだん〳〵憎らしくなつちやつた。時間がたつほど嫌ひになるのよ。いぢめたつて云はれたつていゝと思ふほど嫌ひだわ。だからね、私この事件押つかぶせちやつて、あやまりたくないつて気もち強いの。もし私ひとりならきつとさうやつて踏んづけちやふ。でもおかあちやんにはね、無理だとおもふの。とことんまで嫌ひきれないから、途中でずる〳〵と腰ぬけになつちやふ。それこそ物笑ひになるわ。それがあぶないから、いつそさつぱりと下手《したで》にあやまつちやはうかと思ふの。……その代り、あやまつて済んだあと、私こゝにかうしちやゐないと思ふけど、——」なんと云ひやうもない思ひで梨花は聴いてゐた。

「——私、自分の器量がわるいのも知つてゝよ。おまけにのつぽだわ。小柄なら眼だちもしないのに、因果と大柄なんだわ。いゝ器量なら背《せい》の高いのはひきたつのに、不器量だと背《せい》まで重荷に小づけになるものなんだわ。それに私のおとうさんて人、そんなにつまらない男でもなさゝうな話なのよ。私の腹違ひの兄にあたる人が跡取つて、その人の名も方々に出てゐるさうよ。男親の暮しがいゝのはほんたうなら私の後ろ楯になるはずでしよ？　それが私の場合は、なんだかかう後ろ暗くさはりになつてもた〳〵してるのよ。なんとなく身がひけるわ。それに性格つていふもの、親からの貰ひものでしよ？　修養とかつていふのもあるらしいけど、まあだいたい貰ひものだわね。たしかにきついわ。自分でもよくこんなに泣かないでゐられるとも思ふし、反対にぽろつと誘はれちやふところもあるのよ。それみんな親の譲りものよ。それなのにヒステリーだつて云つて軽蔑されるのよ。私、ふんと思ふわ。そこへおかあちやんがあの通りでしよ？　芸があつて、綺麗で、妙にくなくなつと優しいところがあるでしよ。コケットだわ。おかあちやんは不断はひとに好かれてちやほやされるけど、なにか事があると置いてきぼりされる。私はふだん嫌はれてゝも、なにかあつたときおかあちやんのために闘つちやふ。だからいよ〳〵きつくなる。そんなこと云はれるの自分だつていやだわ、みんな運が逆目《さかめ》に出てるんだとおもつて諦めてるけど、……あんた知つてる？　私一度おひろめして出たんだけど、売れないもんだからさんざ蔭口利かれてやめたの。だから、うちにゐるんだつてみんなの手前なんとなく肩身は狭いのよ。でも、ほかに何ができるつてわけぢやなし、じいつと静かにつぐなんで暮してようと思へば、こんないろんなことがつぎ〳〵出て来るでしよ。そのたんびにおかあちやんの役に立つてくれる人がないから、私黙つてゐられない、やつきになつてなんかするでしよ、どうせきついことも云ふわよ。ひとにも依怙地《えこぢ》だつて云はれるし、自分も依怙地になつたと正直さうおもふわ。それにおかあちやんて人も、どうしてあとからあとから変てこな事件に遭ふ人なのかしら。やつぱり運がよくないのね。……ねえ、しろとさんの娘なら、こゝでどうするかしら。」

怒りの顔が美しいのは美人ばかりと限らない。不器量も溢れるほどの哀しさを湛へてゐるとき不器量ではない。不器量勝手な狭い理窟もいちづに訴へつゞけてゐるのを聴けば、無下《むげ》に捨てきれない。愚痴も感傷も一夜漬けでなければ浅くない味がある。勝代の云ふことはぎす〳〵してゐるが哀しさを吹きつけて来るものがあつて、梨花はいたづらに給仕盆のへりを指の腹で撫でる。勝代ひとりを長火鉢へ残して台処へさがりかねた。訊かれたことには返辞のしやうがない。事件を押つ潰しちやふなんてことが、ほんたうにやす〳〵できる力があるのだらうか。おそらく灸所々々へ水を廻しておいて、うゝもすうもなく鋤きかへしちまふやうなことを指すのだらうが、この若さでよくもさうしたことが頭へ浮いてくる。そこらがこはい。かと云つて、あつさりあやまらうと云ふのも手段でしかなくて、本心はなみ江が眼のまへに出て来ればどんなことになるのか、なぐるか抓《つね》るかわかつたものではない。そこも恐ろしい。おやりなさいとも、あやまつたはうがいゝとも云ふ必要もないと思つてゐる。それにもかゝはらず、さつさと勝代を残して台処へさがれないのは、勝代の若さがいとしいからだつた。この若さでこんなこと云つたり思つたりさせといていゝのだらうか。しろともくろともありはしない、善悪ぬきにして今夜の勝代には若さが哀しく光つてゐ、それが梨花を茶の間へひきとめてゐた。「はあ」とか「ほんとに」とかいふ簡単な合槌で愚痴を聴いてゐる背なかからしん〳〵とつめたい。大ぶ風が出てきて門松のさゝ竹が音をたてゝゐる。梨花はちよつと座をゐざる。たてつけの狂つた障子の合せ目にすわつてゐれば、外のさゝの鳴るのにあはせて家のなかの隙間風も梨花の背なかへ細長いつめたさを吹きつけてくる。なんだかこゝのうちへ来てもう長くたつたやうな気がする。随分いろ〳〵なことを新しく知つたり覚えたりしたものだから、ほんとはまだどれだけにもなつてゐないのにひどく長くたつたやうな錯覚が起き、ことにかうして若い娘の愚痴とさゝ竹のかさ〳〵云ふ音など聴いてゐると、いまさら急に年の瀬がこゝへ迫つてゐるといふことをおもふ。年の瀬の味を知らない梨花ではなし、現在これはひとのうちの歳末である。それだのにへんにしんねりと絡みついてくる年の瀬である。女中といふ位置のせいだらう。ひとごととして一歩さがつたところから気楽に見てゐられるのだし、気楽だからこそかへつて身にしみ〲と、瀬にかゝつたざわ〲どう〲といふめまぐるしさがよくわかつて同情してゐる。もとはひとごとと思ふよそ〲しい心のうへに成りたつのが自分の同情心かとさへおもふまで、現在のことはたしかに主人のうちのしみ〲とする年の瀬である。自分の世帯のうへならしみ〲などといふ余裕はなかつた、たゞ迫られることの恐ろしさでがぢ〲するのである。

染香は、「どこのうちだつてこんな火の消えたやうなもんぢやないよ」と云ふけれど、こゝのうちも潰れるといふとかくの噂や、芳しくない鋸山の評判が流れてゐるのに、それでもつぎ〲に歳暮の贈りものが来る。それが花柳界の義理だかみえだか知らないが、ねえさんたちは小改まりに改まつた黒の羽織かなにかで、「これほんの……」と云ふ。来られゝば返さないわけには行かないものらしい、主人はありがための字で頭痛のたねだから、おそろしく事務的に処理する。客が帰るとまづ貰ひもののなかみを推量する。つぎに紙包みの封印を鉄瓶の口へ持つて行つて湯気で剝がす。包み紙も大切に大切に金箔かなんぞのやうに扱ふ。なかみの推量は大概外《はづ》れることはない。それならばあんな思ひをして明けなくともよさゝうなものだが、確めなくてはいけないのだ。確めて値ぶみをし、ほゞ同格とおもはれるほかからの貰ひものを物色して返礼にする。相当するものがないときはいやでも新調する。現金をつかはせられる辛《つら》さにやりくりの智慧が出る。帳面の利くかぎりは八百屋肴屋なんでもつかふ。「お宅あたり何でもお間に合ひだから、めつたなものよりかへつてお惣菜なんかのはうがぢかのお役に立つとおもつて」と云へば口上は済む。けれども、その八百屋肴屋へ使ひに行く身は覚悟がいる。商人もちやんと心得てゐるから、引残りの多いうちにはちくりといやみの一ツや二ツは云ふのである。

はじめのうちは気づかなかつたが、お歳暮の贈答はこの狭い界隈でぐる〲まはつてゐるもののやうである。履物・帯揚・帯じめといふものが多いのだが、それがこの居廻りにある名の通つた店の包み紙なら、主人はぞんざいに破いてなかみを吟味する。自分の使ひ料にといふほど惚れぼれするものはまづなくて、たいがい色が濃いの、柄がやぼのと云ふ。主人はそれを即刻もとの店へ持つて行く。ときには梨花が使ひにやられる。この品と同値で何かほかのものを、齢は何歳くらゐと話せば、店はにこ〳〵してとりかへてくれる。決していやな顔は見せない。かうして真新しい御進物がよそへお義理を果し、くれた人へは又よそからの履物なり化粧品なりで、それ〴〵真新しく返されるのである。帯揚一本、下駄一足といふわけでなく数なのだから、しろうとの蒸しかへし盥廻しより少し手間がかゝるが、手間がかゝるだけ商人にはなんらかの得があることは疑ひなからう。誰もそれを承知の上で買物はおほかたこの土地で間に合はせるのかもしれない。たがひに利口なのだかばかなのだかわかつたものではない。そんなことが毎日くりかへされてゐる。

　さすがに蔦次はいゝ旦那がゐるし自分も用意のいゝ女だから、出先の料亭のおかみさん・女中頭、稽古事の師匠たち、友だちづきあひの誰彼、何々と手帳につけて、全部現金を払つた新しいもので山に積んだ。そして一日潰してしやつと水際立つた挨拶廻りを済ませた。あれではさだめし貰ひものも山に溜つて、そんなにいくつもの帯揚・帯じめも困るだらうにと云へば、なゝ子は、「梨花さんばかね、蔦次さんもつとはつきりしてんのよ。帯揚でもお砂糖でも下駄でも、貰つたものみんな何でもかでもつつくるみで京屋の番頭さん、ほら、蔦次さんのお気に入りの染物屋よ、あそこの番頭さんに頼んで現金にしちやふつて話よ。むろん手間やるんだらうけど。蔦次さん云ふわよ、――芸者の身の廻り品もむかしは財産だつたけど、今ぢやそんなもの芸者の経費として落しちまはなくちやだめだつて。だからお歳暮のやつたり取つたりも特別経費つていふんで、現金計算で締めくゝりつけちやふんでしよ。でもね、えらいもんね、貰ふはうが上廻るとかつて評判よ。どつかちやつかりしてんのね」と云ふ。衣料は経費として落す生活だなどといふのは、いづれ旦那から聴いたことに相違あるまいが、聴いてすぐ呑みこみ、呑みこんですぐとにかく自分流にこなさうとする速さが蔦次を立てゝゐるのである。

　数日まへに蔦次は物蔭で、のし紙かけた手袋をくれた。手袋のなかには新しい百円札がごはつと重なつてはひつてゐた。正直に梨花は、「来たばかりなのにこんなに頂きました」と主人に見せた。それをなゝ子が見てゐて、翌日なゝ子からはり柾だけれどいゝ鼻緒のすがつた下駄を貰つた。それで、へたに報告することは主人にお歳暮を催促することになりさうだと気づいたものゝ、今度はなゝ子がさう披露してもらひたいやうなそぶりなのである。主人は、「あゝ取つといていゝのよ」と梨花に云ひ、なゝ子には「どうも梨花さんにまで堅くしてもらつて」と云つた。そしてその晩、蔦次・なゝ子に超えてかうもり一本、石鹼一ダース、手拭何本か、ちり紙一ト しめに富士絹の風呂敷一枚添へて、どさ〳〵と出してゐるのである。染香は知つても知らないのだらう、何のけぶりもなくゐる。蔦次から貰つたときにはちよつと、おや？　といふ気がした。貰ふことなど思つてゐなかつたからだが、貰つたあとの気もちが今考へてみると平安だつた。平らな気もちの貰ひものといふのは、くれた人の気もちや財布が平らで波立つてゐないからのやうだつた。なゝ子にはなゝ子の若いきかん気があつておもしろいが、これにもなゝ子の収入にこのくらゐは無理にならない余剰があつたと信じられて、安らかである。染香がなんにも云はずなんにもくれないのは、これにも安らかさがある。染香の状態は知れてゐたし、くれないのが自然である。主人には品々とり〴〵調法なものを貰つてゐるけれど、身の皮脱いだ気の毒さがのこつてゐた。お葉漬も手薄く醤油樽一本だけ、お餅も米屋は二度訊きに来たが二度ともいづれ又と云つてかへし、おせちの心づもりももつと先でいゝと云ふ世帯である。畳替へはけぶりにも出ないし、障子も切り貼りにきまり、煤掃きはと云へば、むかしは頭《かしら》に来てもらつてと昔話に流れて、一列一帯のお飾りはさゝ竹ばかりがすとんと背高く、さわ〳〵と寒い音をたてゝゐる。

「遅く伺ひまして、どうも」と男がおとなふ。「染香さんお座敷？」

「えゝ座敷ですが。」

「いえお座敷で結構なんで。」柿色の大風呂敷を肩からかけた、しかも優男である。染物屋だといふ。節《ふし》羽二重の無地の羽織に紬の著流し、角帯白足袋、――風呂敷包みがなければどう見ても三味線を弾く人かに見える。

　勝代は二ツ三ツおあいそに話をし、「かへつておかあちやんや私でないはうがいゝんぢやない？　あのひとに頼んどけば？　利口だから上手にやるわよ。……梨花さん、あんたこの人の言づて聴いといて頂戴。私ちよつと出かけて来るから」と襟巻だけでどこかへ行つてしまふ。やむを得ない梨花と染物屋になる。

「手前こゝんとこ二度ばかりお伺ひしてますんですが、かけちがつてけふが初めてですな」と云ひながら、つゞらのなかからつぎ〳〵に反物を出して、ころがすやうに拡げ、「いかゞで」と云つた。

女中に買はせようといふ気かとあつけにとられて、じつとしてゐる。買はせようといふのではなくて、それが染物屋のエチケットのやうだつた。その証拠に、見せた反物をさつさともとへしまふ。しまはれたあとで梨花はやつと、この男が数あるなかからこつちの年頃向きなものを、それでも択りだして見せてゐたのだと心づき、どこまでも商売の人の手馴れかたをあつぱれとおもつた。「これですがな、……」濃いグリーンの、色変りの裾模様である。平凡な松の枝だつた。「よろしゆございましよ、おとなしくてハイカラで、新鮮ですからな。」

おとなし向きはわかつても新鮮は承認できない。向うも用心してゐるやうだつた。しばらく持ちあげて見せたり下へ拡げたりしてから、「この色がことしの、いえ来年の流行色でして、だいたい色紋附といふものはよほど著物のお道楽をしたあとで著るかたが著るんで、……」

黙つて聴いてゐてひよつとわかつた。「染香さんにお勧めするんですか。」

対手《あひて》がぴかつとして、しかし平然と、「さうなんです。そのこと聞いてますか。」

「い、え。」

「こなひだおねえさんからお話がありましてな、……たぶん染香さんもご存じだとおもひます。あれから大至急で染めさせてけふ午後あがつたんですが、こんな数へ日の急ぎしごとをよくやつてくれましたよ。私の顔だと褒めていたゞきたいところですな。」

気に入らないやつだと思ふとちよいと云ひたくなる。「念のために伺つときますが、これ、この品物も模様も染香さんご存じの上なんでせうね。ご承知ないものを置いて行かれて、受けとつてしまつたからもう返せない、誰のせいだ彼のせいだが始まるとかなひませんからね。」

「えへゝゝ、そりやもうご尤もさまで。いやそんなことございません、お気に召さなければお引取りいたしますこともちろんで、……たゞまあ折角私も骨を折りましたんですから、なるべくはまあお納めくださると好都合ですな。なにぶんにもまだ仕立の時間がかゝりますし、どこへ行つてお頼みになつてもけふになつちや、まづまあお間に合ひませんからな。かりにですよ、今夜染香さん御覧になつてよろしいとおつしやつて、あした午前ちゆう私頂戴に伺ひます、その足で裏地いつさい揃へて寸法書《すんぱふがき》つけて仕立屋へ小僧を走らせます。晩に私仕立屋へ顔を出して親方に特別交渉しますな、それでこれと思ふ職人衆のところへ行つて、今か〳〵つてるもののおよそのしあげの時間を読んでおきます。翌日のその時間早めに行つて待つて〳〵、手の明くすぐそこへいやおうなしに持たせちまふんです。そんな強引のできるのは、やつぱりなんですな、ふだんの顔がものを云ふつてわけでして。……あ、それから」と、反物をくる〳〵巻き納めて反物紙にくるみ、御誂としたた〵うごとのものをずらせて寄こし、開かず、「これおみ帯です。ご註文はいたゞきませんでしたが、ちやうどこの著物に映りのい〵のを用意してみましたんです。い〵調子だもんでお勧めする気になつたんですが、……こんなこと云ふと染香さんに叱られさうですが実はお格安なんです。」

格安は利いたらうといふ底意が見える。帰りかけて、「もしまあ著物のはういくらか寂しいとおつしやるなら、金糸か色糸かで一ト針入れると明るく冴えますな。なにいくらの工賃でもありません、このごろ洗ひ朱の松がはやりましてな、朝日の松といふものですかな。」

かはいさうに染香は買はされさうだ。いよ〳〵頸が締つでぶらん〳〵に吊《つる》さがるだらうけれど、どうするか。グリーンといへばハイカラかもしれないが、あのひとたちは夜の商売だ、夜見ればこれは黒でもなし青でもなし、はげちよろ色に見える。借金してこしらへてはげちよろ色を著て醜く見えることもあるまいに、――梨花はいやである。けれどもそのときはまだ知らなかつた。著物を買へば借金は呉服屋へできるものだとおもつてゐた。ところがな〵子に聞けば、それは主人が立替へて払ふといふ名目だから、主人に借金をしたことになるので、つまり呉服屋は主人に商売をさせてもらつたかたちで割りかへしをするのであり、主人は呉服屋から手数料を取るわけになるのださうだ。当然市価より高いはずである。それをお格安な帯と云ふなら、もとはどのくらゐ廉いものかわかつたものではない。

染香は帰つて来てはたして、承知なやうな不承知なやうな顔つきをしたが、多少酔つてのろくなつてゐた。「とにかく見ようぢやないか」と著物が嬉しいらしい。主人や勝代は襖の向うで澄してゐる。

「いやだねじみだよ、これ」とよく拡げもしないうちに、さすがに眼は正気だ。「……グリーンだつて？　いやだよ、こんな染めつかへしみたいな色！　この模様これなあにい？　これんぼつちの模様？　これつきりかい？　情ないね、しけた柄だね、ビタミンが不足ですつて松だねこりや。」

なゝ子は今夜は酔つてゐないから大いに助太刀をする。

「染香ねえさん、これだめよ。ものが悪いわよ、匁が軽いもの。出の著物はものが悪いとみつともないわよ。帯もこれいくらだか知らないけどよくはないわ。」

染香は反物を持つて茶の間へ行き、まるで買ふ気はないのんきな調子で、「いくら私がおばあさんだつて芸者は芸者でさ。じみなものこしらへて、このさき死ぬまで何年も〳〵大事にするつてんぢやあるまいし、もちつとがつとしたの著たいと思つたつていゝでしよ」などとやつてゐるが、なゝ子は溜息をついて、「あたしはおねえさんに云はれないうちに、去年もことしもさつさと好きにこしらへちやつたから、文句だけ聴かされて済んだんだけど、染香さんかはいさうに、よつぽど覚悟して突つぱらなけりやあんな著物買はされちやふのよ」と云ふ。

主人は案外あつさりと染香の云ひぶんを認めた。「さう云へばさうね。少しじみかもしれないわ。もつと大模《おほも》様《やう》でもいゝわねえ。」

「さうですよ、芸者の著物は齢できめて著るんぢやないもの。じみでもはででも自分がこれを著ようと、気象を張つて著る著物なんだもの。こんなしみつたれた模様、あたしにやをかしくつてさ。これでもまだ年輩相応の著物なんかで納められちやたまんないや。」

「ほんとね。ちよつと張りが足りない著物だわ。これで著つけがへただと結婚式のおつかさんてことになりかねないからねえ」と一ト息ついて、「……たゞまあ、春つてことが問題なんだけど、……暮のうちはふところ勘定がさきだつて、まあ〳〵と我慢する気にもなるんだけれど、一夜明けるとまはりがみんな一斉にばりつとしちまふんで、そんときの惨めさつたらねえ。……誰でも長いあひだには一度や二度そんな経験はもつてるもんだけど、暮のうちにはできる我慢が一ト晩明けると後悔になつちやふんだから、……この世界に衣裳はどこまでも大事らしいわねえ。」何気ない述懐のやうなものであつたが、こゝへ来てまだ日の浅い梨花にさへこの一ト言はぴしりと利いた。

料亭の広間、青畳、金屏風、床《とこ》には苔つきの松だか梅だか、式の通りに据ゑた鏡餅。もちろん鬘だけれど古風に高髷のひと、思ひきり新しくカットした洋髪のひと、長い裾、まばゆい帯、そして白襟、だれの著物もゆうべはしつけ糸のかゝつてゐたその新しさにいま手を通して著たのである。新しい著物はふつくりしてゐて、著る人をもふつくりさせる。しかも新しい著物はつめたい肌触りだから女たちの気もちもしゅんと改まつて、身のこなしは多分な気どりをもたされる。さういふのがずらりとゐならぶ眼ざましい席へ、縫目のぺつたんこに圧《お》せた去年の著物を著て出ればどんなに工合がわるいけしきか、――主人の一ト言はそんな辛《つら》いけしきをはつきりと覚《さと》らせる力をもつてゐた。色を売る身にはこれは惨めである。そんな思ひをするくらゐなら財布から足の出るはうがよほど我慢がしやすい。正月の座敷でする後悔はつらい。

　どうやらそんな後悔も経験済みらしい染香に主人の一ト言が感慨を誘はないことはない。やゝ鼻白んで、「さうねえ。春といつたつて何日《なんにち》のことでもないけれど、これでばかにならない気もちのもんだしねえ、考へちやふよほんとに。」

「なんかちよいとした新しいものないの？　小紋ぢやなんだけれど、紋附ときまらなくつたつていゝわよ。」

「それがねえ、……」あやしくなる染香をなゝ子がこちらで悔やしがる。「あの手でやられちやふのになあ！」

　主人はそれきりものを云はず、染香が自分からつられて行つた。「これ、少し手を入れゝばなんとかなるかしら。」

「そりや手をかければかけただけのことはあるだらうけど。」

「この松もう一ト枝描《か》き足してみたらどうかしら。」そしてはつと気がついて、「あらいやだ、あたしついうつかりしちやつて。この暮、とつても著物どころぢやないんだつけ！　おねえさん相済みません、も一度、ま、よく考へてみますわ」とひきあげて来る。

　あちらでは勝代が、「けふ幾日？　もうあと八日？　九日？　京屋だからまだできるんだわね。それでも描かして繍《ぬ》はせて超特急だわ。……いゝわね、洗ひ朱の松なんて！」

「地色《ぢいろ》がグリーンだから海の松ぢやない、高い山の朝日の松だわね。」親子は聞かせてゐる。

　なゝ子が首を掉つて、買ふなと無言の忠告をしてゐ、染香はにや〱、こくん〱とうなづき、「なあに心配ないよ。払はないつもりならちつとぐらゐものが悪くてもかまやあしない。文句つけて赤い松を一ツこしらへさせようかね。」

　その度胸ぶりにあつけにとられながら梨花は痛快でもある。正月の染香にしもげた古著でゐてもらひたくない気もちがあつた。翌日はしらふで、それを買つてくれと染香は主人に頼んだ。買ふかはりうるさい文句がついてゐた。主人は唯々《ゐゝ》として呑みこむ。手を加へるについての代金のことなどは二人ともまるで知らん顔で、お入用《いりよう》おかまひなしの話がついた。

話のついでに、なゝ子がきめつけられた。「あんたは大丈夫なんでせうね。薄みつともない恰好しないで頂戴よ。」

なゝ子は梨花に得意で予告する。「あたしの著物、白地に寒牡丹。そこいらにある平凡な裾模様式ぢやないの、上前《うはまへ》から下前までぐるつと巻いて牡丹がいつぱい咲いてんの。黒いやうな濃い臙脂でぼたぼたつと咲いてんの。ところ〴〵金の線描きの花も入れさしたの。きつと勝代さんが憎らしがるわ、とつてもいゝ感覚なんだもの。あゝ待遠しい。」嬉しさがこぼれ出てゐる若い春じたくである。

とりとめもなく忙《せは》しくてあたふたと日が過ぎた。特別なことがらが何もないくせに忙しいのである。朝はいやにお天道様《てんと》が遅くなつたやうな、夜は夜で早く暮れるやうな気がするし、数へ日は急行で過ぎて行つた。雪の予報が何度もあつてそのたびに雪に逃げられ、雪のかはりに刺《とげ》のやうな風が吹いた。若いなゝ子でさへクリームを火に翳してから顔へ持つて行き、染香はリスリンの下地をひかなくてはかさ〳〵の肌とおしろいとを密著させることができなかつた。見てゐても化粧は寒さうである。

主人に云はせれば、いまの化粧はごまかし化粧で、そんなのは寒くもつめたくもないといさゝか軽蔑の口調で、「昔は」と云ふ。――水化粧といつて煉《ねり》おしろいをつけては水で洗ひ落し、つけては落し、丹念に幾重にも刷いたおしろいは御所人形の肌のやうに底光りがして、朝つくつた顔は舞はうと酔はうと、寝るまで剝げたためしがない。いまのやうにお客のまへでコンパクトをぱた〳〵やつて化粧崩れを直すなどといふ無作法はなかつた。しかし、――「何度も水で洗ひ落すそのつめたさ！」と云ふ。「肌脱ぎで襟おしろいをすると、喉も背筋もそれほどではないけれど、どこがつめたいと云つて耳のわきくらゐつめたいところはないの。耳だと思ふと塗るよりさきにおなかへ力を入れるんだけど、それでもたまんないの。」「さうでしたねえ。いくら若くつても耳のわきへ刷毛があたるとぶるつとしたつけ。」染香もいまの粉化粧をごまかしだと云ふ。化粧をしない梨花には、どつちだつて化粧はごまかす術としか思はれない。

一級の忘年会はあらかた済んで、あとは気の張らない座敷である。かう押詰れば誰のも薄色の座敷著はみな大よごれによごてゐた。大きい料亭の座敷は掃除も相当きびしく届いてゐるはずだのに案外きたない、それは足袋のよごれかたでわかる。その足袋の裏でこすられるからお尻の下は惨めによごれる。畳でよごれる膝、手頸でよごれる袖口、器物でよごれる袂。でもさすがに品のいゝのをいゝ仕立で著てゐるからかたは崩れない。よごれのひどい、かただけはちやんとしてゐる著物を新品同様に丁寧に著つけて、コートも襟巻もなくその刺すやうな風に送られて勇敢に座敷へ駆けて行くところを見れば、くろうとの律義さのやうなものが出てゐるのである。芸者の衣裳が労働著であることがはつきりしてゐる。それだから、よごれなどはおよそ覚悟の前といつた悪びれなさで、高々と帯をしよひあげてゐる。そのなかで蔦次だけはよごれてゐない。

「いゝわね、この年の暮だつていふのにご新調?」

「そりやあね、……だつてもう何年になるつて云ふの?　年の暮は年《ねん》に一度しかないけれど、かう年功を積むとね、ちつとはどういふやうにするもんかつてことも覚えたわよ。」

　染香は春著を註文してほつとした気もちと、これでまた借金が殖えちまつたといふ重い気もちと半々のやうだ。はじめは支払はないつもりの註文らしかつたが、日がたてばやはり借金が殖えたと考へ、支払を余儀なく思つてゐるらしい。はたからはこの際古《ふる》もので間に合はせておけばいゝのにとおもふが、この世界の人はどうにも著物のことは気になるらしい。だから著物の値段にはへんな鈍感さがある。同じ金嵩《かねがさ》でも著物の金嵩と他のものの金嵩とは違ふ。たとへば五万円として考へてみても、著物の五万はへつちやらだけれど、鋸山事件を穏便に済ませようとして融通してきた五万は眼ひき袖ひきの大金なのである。そのうへ著物の金嵩も買ふときは四五割がた廉く感じて買ひ、支払ふときは高く感じて支払ふ。染香のやうな海千山千の古つはものでも著物を買ふとなると、金額のことよりも著物そのものがえらく拡がつて考へられ、金額のはうはつぼまつて見えるらしい。けれども著物ができてきて著てしまふと、とたんに著物のほうはしぼんで金額は膨脹して見えてくるのだからつらい。著物の値段は芸妓を混沌とさせるもののやうである。承知してゐて染香もひつかゝるのだし、承知して呉服屋も儲けるのである。

　実際染香はいま一文でも借金を殖やす気はなし、殖やせた義理でもない。どこもかしこも借金だらけでから財布なのだ。それなのを新衣裳を勧めて買はせる主人も主人だし、づる／＼買つてしまふ当人も当人である。だから、いくらなんでもこのところ主人は染香の借金について一ト言も云はない。一方で借金を殖やさせ、一方で借金を返せとは責められない理窟である。鬼子母神はそのへんの事情を熟知してゐるから、妹を通じてする取立てがだめなのを見越してゐる。体裁であひだに人を立てゝゐるのもまどろこしくなつたと見えて、なにかと云ひこしらへながら自分でうるさくかけあひに来る。

「せめて利子でもどう？　……それぢや利子の内金としてどう？　百円返せば百円軽くなる勘定だもの」と、こまぎれにして取立てやすくしてゐる。聞いてゐてやりきれなくなる執念深い云ひかただ。

　染香は泣きの一手で防ぎをつけてゐるが、形勢は平あやまりの染香の負けのやうに見えて、実はそのはうが上手《うはて》である。なぜなら話しあひのあときつと鬼子母神はくやしがつてゐるけれど、染香のはうはラーメンなどをたべてすぐのんきになるからである。

　二十七日ともなれば、新年のしたくは料亭も芸妓もほとんど目安がとゝのつた。なゝ子は予約でもう明いた時間はないし、蔦次も無論だし、あまり活躍してゐない主人さへめぼしい宴席にはずつと顔を出すことにきまつた。染香だけが頼りないが、「三味線のない正月がこの町にあつたためしはないんだから、安心なものさ」と例の強がりである。

　家のなかはいよ／＼ものの不足が眼だつてしけてゐた。台処はやりにくい。肴屋はもとより御用聞きには来てくれない。こちらから買ひに行つても、眼のまへにあるえびにしても鯛にしても、「これはもう買ひきられちやつてるんで」と偽り、鰤も腹のほうは寄こしたがらず、干《ひ》物《もの》といへば焼かないさきから黄いろくなつてゐるのを包む始末だ。

「噂ぢやあね、この暮をもたないだらうつて。さういふことはうちのものよりよその人のはうがたしかだつていふけれど、私は年は越せるだらうとおもふの」となゝ子が云ふ。

　かんぐつて思へば、あれほどわや／＼と出入りしてゐた、名のらずにあがつてしまふお客たちもぐつと数はへつてゐた。それにこのごろでは夜の食事から寝るまでのあひだにしてゐたむだ食ひの汁粉や蕎麦も、ふつつりとやめてゐるのだ。ときをり水野の老女将が、「今夜あたしは中途半端なごはんだつたのでおなかが空《す》いた」とさりげなくとりこしらへて、あたゝかいものなどをふるまふ。若いから勝代は「おいしいわ」と自然にさう云ふが、さすがに主人はたゞ、「ご馳走さま」とだけである。おいしいといふことばは時によつては佗しく響くことを承知してゐるのだとおもへた。

そんなこのごろのけふは、午後から冷えが一段と強かつた。梨花はぞく〳〵してたまらず、身八ッ口の明きまでが風を感じる。智慧をしぼつて毛糸の襟巻を著物の下へ著こんでもまだ冷える。ふくら脛は腫れぼつたく重かつた。たべものは塩気ばかりが多く、野菜も脂肪も不足なのだ。沢庵、こぶの佃煮、味噌汁が毎日の副食物だから、血が濃くなつてさら〳〵してゐないといふ不快な心配があつた。気温もほんとにさがつてゐるのだが、ぞく〳〵しかたが病気の前兆のやうにおもへる。なゝ子たちも鳥肌で著がへをする。それでも出かけて行くときはまだ弱い風だけだつたのが、間もなくこまかい雪が乗つてきた。——やはり雪か。炭を出しておかうとするうちに、はや急ぐやうな降りかたになつて、冷えきつてゐた屋根も道路もどん〳〵と白くなる。紙屑籠も明けておかなくては、塵取は雪を掻くために檐近く出しておかなくてはと気ぜはしいのに、梨花は路地へ出て見る。

雪は眼のとゞくあたりから押しだされ黒く降りてくるが、庇の高さから塀の高さから、あちらのほうはごみ箱の高さあたりでくるつとひつくりかへると、白くなつて降りる。羽根とか綿とか暖かいものを思はせて、あとから〳〵乗つかつてくるやうに、かぶせてくるやうにして降る。風をつけてゐるせいか、こまかい雪は早あがきに一途《いちづ》な降りかたをしてゐる。それなのにこの白いものには、どこかのんきで悠長なところがある。お向うの軒灯の暈《かさ》のなかを降りてくるのなどは、風に追はれて横さまな群れになつて逃げるとき、笑ひ〳〵駈けだして行く恰好に見える。風と雪とはまつたくの別ものであり、雪は暖かく柔かくほわつと包んでくるのに、風だけがつめたく寒く、刺して、斬りつけて、いやなものなのだ。梨花は自分の肩へも降られながら、上から下へ、上から下へと見る。雪は一《ト》ひらも解けずに積るかに見えた。

「わるいものが降つたね。」蕎麦屋の出前持がさう云ひながら威勢よくゴム長で行き、「困りますねえ、この暮に。」煙草屋のをばさんは困ると云ひながらおもしろさうな顔つきで行く。

梨花ははひらうとして、も一度ふりかへる。こちらの軒灯があちらの黒板塀をほんのりさせて、風に追はれてよぎる白い縞が見えた。――今夜は肴つ気《け》なしの湯豆腐だ、とおもふ。うまいものとしての湯豆腐といふより、極力金をかけないでそれでたべたらしく思はせることが必要なのだ。鍋の料理はさうしたごまかしが利く。寒酸な台処に立つて雪をおもへば、雪はわびしく貧乏くさい風景になる。

　八時を過ぎると音がかはつて氷雨《ひさめ》になつた。火鉢のまへにゐても手のさきだけしか温かくないと云つて、主人は毛糸編みのコートみたいなものを羽織る。「毛糸はどうしてもしろとさんのものだわね。」

　勝代は炬燵、米子は夫婦雑誌、梨花は胴顫ひしてゐる。やがて座敷のひける時分になると、染香からもなゝ子からも電話が来る。こんなみぞれでは帰り途に困つて俥を呼ぶのだが、俥には限りがあり座敷のひけは同じだから、いちどにどつとは間に合ひかねてゐるのだらう。

「こんなときにね、電話なんて役に立たないのよ！　人間が溜り場へ行かなくつちやだめなの！　あんたあすこへ行つて機転利かして頂戴よ。帰つて来た若い衆《し》をつかまへてさ、ぢか談判で無理にこつちへ廻すのよ」と、染香はちやつかりした智慧を授けるし、な、子は、「俥とてもだめでしよ？　小型といくら違ふかしら、二十円ぐらゐなものね。いゝわ奢つちやふわ、済まないけれど電車通りから拾つてきてよ」と命令する。そんならついでに、ちよつと廻り道して染香さんも載せてあげてと云へば、ぷつと不機嫌になつて、「いやなこつた。たとへ二十円でもあのひとをしよふ義理はないわ。いやだあ。もうあんたに頼まないからいゝわよ」ときつい。

　あやまつて梨花は氷雨のなかへ出て行く。俥宿では親方さんが電話片手、ボールペン片手でやつてゐて、挽子とぢか談判などできるせきはない。「相済みませんがもうちよいとお待ちになつてください。染香ねえさんを、……はい、ぢきでございます。お使ひわざ〳〵で、どうも毎度、――」とそつなく滑らかにやられては、ひつか、りどころがない。

　大きい料亭のならぶ通りへ出れば、とまつてゐる自動車と帰つて行く徐行の自動車とが道幅いつぱいになつてゐるなかから、黒くひよろ高い俥が影のやうに分けて出る。車の混雑である。ライトが綾を織る。や、強くなつてゐる風にみぞれはきらりと光る。送りに出てゐる仲居たちの襟もとなどが、どうかするとかきりと色鮮かに光つて、ものの降る夜《よる》の人の心をとらへる。駒下駄の前鼻緒から浸みあがる、つめたいぢく〳〵をこらへながら梨花は、——ころんぢや損だ、なゝ子も染香も料亭の屋台骨の下でのう〳〵と迎へを待つてゐるのだから、こつちばかりが慌てることはない、ときめて電車道へ行く。

小型はおいそれと云ふことを聴かない。近までは稼ぎにならないさうだ。「何云つてんのよ！　一流のおねえさんを迎へに行くのよ、お祝儀を考へなさいよ。お疲れさまぐらゐ云つてみるのがあんたの腕つてものでしよ?」と強引に誘ふ。

たつたいま二十円でごた〳〵云つたなゝ子だが、運転手はぢかにかけあへばいゝので、こちらは料亭まで迎へに行けば事は済む。料亭の裏口は誰が誰やらごた〳〵してゐるが、「なゝ子さんお迎へ」と通しておいて、自分はもう一度染香の俥をたしかめに行く。もう寒くはない。といふより、汗が出てゐる。こめかみからつうと流れると、風がそこへ筋になつて浸みる。傘《かさ》の柄を握つた手のひらは湯気の立つほどぽつぽとしてゐる。口のなかから熱い息が出てきて、かはりにつめたい空気が胸の奥はこんなに深い道がついてゐると知らせて、ちりゝとする。梨花はその晩発熱した。

*

翌朝起きはしたものゝ、かぜは疑ふ余地がなかつた。と云つても臥てはゐられない。午後になるとはたして熱はあがつた。売薬を買ふと財布は銅貨だけになつたが、今月の給料はあぶないのである。人の心はまつたくうまくできてゐる。ひどく困つた状態になるときつとどこか気楽な抜け道を見つけるのだ。給料があぶないといふのに、金はなくても口は大丈夫だからなどと思つてしまふ。どんなにひどいことになつても台処にゐる以上は、いざと云ふとき誰よりもさきにおなかを満たしてしまふことはできるのだつた。餅の話も出ないやうな主人のふところ、自分はかぜをひいて無一文のうへに給料は欠配のやうす、——愁歎場の道具立は揃つてゐる。なまじつか道具が揃ひすぎてゐるだけに梨花は抵抗する。

薬屋の親爺が薦めて寄こしたのは、何のまじなひか蛙の絵のついてゐる薬だつた。噛むといつさいかまはず睡くなる薬である。コッペにあみの佃煮をつけて齧つてゐて、噛みながらわれを忘れて居睡る、もつてのほかの薬なのだ。たまらないからむやみに荒いしごとをする。さつさとひとりで煤掃きにかゝつたのだが、ぼんやりした頭ですることだから手足もつい粗暴にがたぴしする。

「どうしたのあんた。けふはうちのなかもお隣さんもいやに花々しいわねえ。」主人がいやみを云ふ。

　こつちは瞼が垂れさがつてくるのに我慢して手足を動かしてゐるのだ。ちつとはお騒々しくもならうが、知つたことぢやない。無理なサーヴィスなのである。隣がいつたい何を花々しくしてゐるのか、隣は隣だ。

　玄関の掃除を終へるとそろ〳〵暗かつた。からのばけつを持つて台処へ行くと、いきなり正気になつた。曇りガラスの小窓がまつ赤だ。ぱち〳〵と火の燃える音だ。なにかわめいて持つてゐたばけつを当てがひ、水栓を明ける。そして引戸のねぢを戻さうとするが、そのねぢが空廻りしたまゝ抜けて来ないのだ。「火事。火事みたい、火事ぢやないかしら！」

　勝代が飛んで来た。「あら！　ほんと！　早くう！」その顔がまつ赤に映つてゐた。

　じやあ〳〵水がばけつを溢れる。梨花は錠を棄てゝ洗ひ桶と取りかへる。引戸の外はいつか塀越しに支那蕎麦をやりとりしたところで、額につかへる近さのトタン囲ひである。そこを明けたつてろくな水道《みづみち》になるはずはないのだが、火の燃えてゐるのはこの台処の窓下の狭い空地《あきち》なのだ。そこは隣の家が建増しのために明けてある三坪ばかりで、四方からかぶさる屋根のあひだにごみため穴のやうにぽかつと明いてゐるのである。隣は闇の中取次だといふが、空地は紙屑と荒縄とボール箱の毀れとぼろ布で山になつてゐ、かね〴〵梨花はあれに火がついたらと怯《おび》えてゐたのである。ばけつを方々へぶつけて焦《あせ》つて一ト足出たとたん、待つてゐたやうに大勢が笑つた。ちやうどそのとき勝代が音をたてゝ二階の窓を明けた。これも笑はれた。

「慌てちやいけない。火事出すほどまぬけは揃つてない。」

「羞しいわよ大きな声で騒がれちや。火事と焚火といつしよくたにするなんて、迷惑だわよねえ。」

　ご盛大な焚火のまはりには男女まぜて五六人もゐるし、ばけつも三ッ四ッ用意してある。はじめから大きな火を焚いてからかつてやる下心だつたと見える態度である。あつけにとられて引つこまうとすれば、白髪をパーマネントにした主人のばあさんが、「ちよいとお待ち」と云つた。

「あんたそちらの女中さんね。念のために云つときますけど、こゝは私の地面であんたんとこのものぢやない。お宅で何によらず立ちいる権利はないんですよ。だからたとへ火事になつても、そつちからはむやみに踏みこめないんでね、けぢめをまちがへてもらつちや困りますよ。」

「はあ。」のまれてしまつて梨花はおとなしい。

「主人があたふたしてると女中まであたふたしてる。」

　はゝゝゝと梨花は笑つた。笑ふんぢやなかつたと思ふと追つかけて笑ひたくなる。向うの人たちにはさぞ自分の慌てかたが滑稽に映つてるだらう。勇ましくばけつをさげ、割烹著はだらしなく濡らし、踏んまたがつて阿呆に立つてゐるのである。さだめし計画してからかふをかしさは十分だつたらうと思へば、つい笑へてしまつたのだ。けれどもあちらは威丈高になつた。

「なんなのよ！　ばか笑ひして。」

「……だつて、……まつたくだと思つたから。はゝゝゝ。まつたく私みたいなぼんくらはよつぽど気をつけなくつちや！　火事にもけぢめがついてゐるなんて、およそよく覚えとかなくつちや。火事で燃えてるところにも持ちぬしの権利がある。」

　睡気はその騒ぎで吹つ飛んだが頭痛がおまけになつた。あんなふうに笑つてしまつたのは蛙の薬のせいか、しかし効能書《かうのうがき》には頭痛といふ字もはひつてゐたからもう一度嚥んだ。検温器を借りて測つてみても熱は結局あるだけはあるのだからしやうがないと思ひ、八度ぐらゐと踏み、今夜は早めに臥《ふせ》らせてくれと申し出た。

　米子は、「お大事に」と口のさきで云ひ、梨花に寝こまれの、自分は看病させられの、台処やらされではたまらないといふおもゝちである。

　主人はいくらか気づかはしげに、「時期が時期だから困るわねえ。でもゆつくり休んでね。ことしあたりは春のしたくなんかも特別なことはしないんだから。」それが熱のある耳にはわびしく聞えた。

　あくる日もみり〳〵と骨が痛んでゐるのを気で起きた。米子はほつとして、「あんたゆうべ寝言云つたわよ。けふは二十八日だけどお餅どうするのかしらなんてさ。」

　げへつ、げへつといふ咳が出て一日ぢゆうマスクをかけてゐた。米子は、「お使ひはあんた代つてやんなさい」と云はれると、「庇ふとだめよ。これからさきもサボられるから」としやあ〳〵してゐる。

　三十日もとにかくやつた。三十一日、やうやくけふは買ひものの命令が出て、一枚売りののし餅を少し、きんとんと云へば体裁がいゝがいんぎんの煮豆、玉子焼と蒲鉾、かずの子にごまめ、みな煮売屋で間に合ふ重詰料理をかたばかり買ふ。煮売屋はいつぱいで時間がかゝつて埒が明かない。予約の客のはうを優先にするからである。でも僅かでも新年の膳が調《とゝの》つて感情的に嬉しかつた。

梨花はもう起きてゐられなかつた。薄い掛蒲団の蒲団かはが湿《しめ》るほど汗を掻いた。顔にも足にもむくみが来て、口で息をする。主人はさうなつた梨花を見てから、やつと慌てた。附いてゐて検温させ九度の上にあがつたのを見ると、人のよさをまるだしにし、いままでの緩慢さい、加減さを一時に感じるかして、「ごめんなさい」を連発する。米子を叱りつけ叱りつけ奥の四畳半を掃除し、そこへ米子の分から剝ぎとつて敷蒲団も二枚に掛蒲団も見てくれのいゝのにとりかへる。勝代も自分から医師を呼びに行つた。梨花はうつら〳〵と主人と女中といふことをおもふ。かつて自分もいまのこゝの主人のやうな思ひをしたことがある。女中の病気がわるくなつてはじめて後ろめたく、かつ今更ながらに本心《ほんしん》案じる気でまごついてしまふのだ。主人とはさういふルーズなもの、女中とはかういふ気がねな境遇なのである。けれども自分がいま女中でこんなふうに病気になつて主人をまごつかせてゐるのは、なにか清々しいところがある。

「気管支がちよつと深いね。かぜだね。かぜはかぜだが、さてと、――」そこにゐる主人に対つて、棄てゝもいゝフランネルのぼろを出してくれと頼む。

主人が出て行くと医師は小声で、「このさき勤めて行く気ある？　待遇どう？　ふだん何時に寝てゐる？　食事何度？　おかず佃煮？」と矢継早だ。「親かきやうだいのうちある？　こゝとそことどつちが楽に臥てゐられる？」とうなづき、「話を合はせてゐなさい、うまくやつてあげる。」

主人はてれくさゝうに誰のだかフランネルの下著を持ちだして来たが、医師はあつさりと、「その処理はやめておかうと思ふからフランネルいりません」と云ふ。病人の都合を訊くだけのために時間を稼いだもののやうである。

「いまのところちよつと重いかぜぐらゐだけれど、わるくすると腎臓へ行く。さうするとうるさい。だからできれば一週間か十日はゆつくり休めるといゝんだが、……しかしお宅もねえさんがたに看病頼むといふわけにも行かないからお困りでせうしね、……あんた、こゝへ来るまへはしろとさん？　あゝさう、それでだね。こちらだつて病むほどそんなに忙しいんぢやないし、あんたもいゝからだしてるんだから、どつちかどうつていふ原因はないんだ。まあ環境の変化による過労ですな。このひと相当気象は強さうだね、とかく気象の強いものは小さいかぜなど押切るけれど、そのかはり小さくて済むかぜを多少大きくする気味があるね。実家があるかね？　さう、それぢやあどうですおねえさん、そこへやつたはうが面倒ないでせう。そのあひだこちらは家政婦どうです。ほら橋向うの今度できたあれ、なか〳〵評判いゝですな。」

　帰りしなにまた小声で、「心配いらん。腎臓のはうは方便といふところさ。かぜつて云ふとこの手合は軽く見すぎる傾向があるんでな、とてもかぜぢや休めやせん。睡ることが第一だ。うん？　なあに医者を迎へに寄こすほどなら、こゝのうちもさきゆきもあんたを使つて行きたいにきまつてるんだよ。いゝから休みなさい。それが両為《りやうだめ》になるつてもんだ。この土地ぢや薬よりそれが匙加減さ。」注射一筒で老医は帰る。一ト睡りして少し熱もおちつくから、そしたらタクシーでといふことにして、主人はふつと涙ぐんでゐる。梨花は帰つても帰らなくてもいゝつもりで快く寐入つて行つた。

　途中でうつゝに醒めたとき、染香が鬼子母神にがみ〳〵云はれてゐるのを聞いた。「行きますよ、どこへでも行くから何もさう邪慳に云はなくてもいゝぢやありませんか。逃げる気なんかないから、かうして大みそかにやつて来てゐるんですよ」と争つてゐるふうだつた。

　除夜の鐘をラヂオが報じてゐた。病人のこちらがてれるほど主人は心細がつて、是非もう一度帰つて来てくれと云ふ。勝代も、「寂しくなるわね」と云ふ。芸妓たちももうゐない。これで梨花が出て行けばこゝのうちは期せずして水入らずの正月になるのだが、それが水入らずの楽しさではなくて、親子叔母姪きりの気の毒な寂しさにおもへ、梨花は申しわけない。寝巻のうへへ不断著を重ね、一日ですつかり病人々々した歩きつきになつて玄関へ出る。ながしの倍もするハイヤーが料金主人持ちで呼ばれてゐた。女中としては最大級の扱はれかたなのだが、それでも女中は女中なのだから、さうされゝばされるほどお辞儀の数《かず》は多くなるわけだ。「ご迷惑をおかけして」と眼が廻りながら頭をさげ、米子にもひたすらあとをお願ひ申しあげ、かならず七草すぎには戻りますなどと当てづつぽうな安うけあひをする。

　よごれた割烹著、手拭・枕ぎれ、ひとが見たらきたないと思ふたぐひのものを掻集めた包みを主人が車のなかに入れてくれ、包みのうへへ祝儀袋をちよんと載せ、

「これお給金ぢやないのよ、お見舞。くだものでも。運転手さん、この送りは帳面よ。」

車はするつと出て行く。助かつた！　とおもふ。休めるのがではない。祝儀袋がである。運転手を憚りながら待ちきれずに明けて見る。四千円あつた。なぜ給金でなく、なぜ四千円なのかわからないけれども、主人には苦しかつたはずの四千円である。このうちの二枚があれば重詰はもつと充実し餅も倍は買へたのである。けさから急にいゝところばかりになつてゐる主人の、本来は人がよく弱々しい性格も思ひやられて、この金は哀しい。けれども、もしこれがなければ最後の一張羅も不断著も売るか入れるかの心づもりだつたのである。それだとて四千円にはなるまい。貰つてほつと心の明るくなる金でもあつた。……もう一時だらうか。案外に町は暗く、人通りも嘘のやうにない。酒屋が提灯だけを出して大戸を半分おろしてゐる。あの俥宿では挽子が総出で通りをずつと向うまで掃いたり打水したりしてゐる。一年間商売で踏みしだいた道路を浄め納めるのだらうか。そのさきはいよ〳〵暗い。焚火をしてゐる。お飾り売りの小屋じまひである。店は屋根から外してゐて、輪飾り・うらじろのローズものがどん〳〵火にくべられてゐる。出ぬけて表通りになれば、うつてかはつてぞろ〳〵した賑かさである。特殊な女ばかりの世界とかうしてあたりまへの世界が背なか合せのかたちでくつつき、金さへあればと、なんとかして儲けてとが繋がつてゐるとは、なんと工合よくできてゐる土地か。ハイヤーはそのはぎ目のところを難なく出て行くが梨花には感情がのこる。折角もぐつた穴から曳きずり出されるやうな気もちだ。――帰つて来よう、とおもふ。

従姉《いとこ》は大みそかの夜夜《よる》なか病人にころがりこまれて悩れてゐた。だから梨花は苦もなく下駄を脱いでしまつた。従姉の夫が中へはひつて、「まあ病気ぢやしやうがない。よそで病まれて看病に呼びつけられるよりはましだらう」と云つた。

こゝのうちも昔にくらべればかたなしだけれど、どうやら住ひまでは手放さずに済んでゐる。従姉は著るものなども染めかへ染めかへして一応の間には合せ通してきてゐるといふ賢妻ぶりである。したがつて戦前からの奥様の誇りも持ち通したし、戦後はまた斬りぬけてきたといふ違つた意味でのも一ツの誇りも附加へて、このごろはなか〳〵強いのである。げすに、迷惑だから出て行つてよなどとは云はない。そのかはり得意芸の拒絶の眼つきをして見せる。梨花はさつさと、貰つたうちの半分を気前よくさしだして、「七草までなんとかお願ひ」と頼めば、得意芸が少し柔らいで、それでもしろうと奥さんの格の手前迷惑げに、「あなたも楽ぢやないんだから、こんな心配はいらないのに」と、うやむやのうちに宿泊許可が下りてしまふ。

　医師のくれた散薬を二日分嚥んで三日ぐつすり睡つたらかぜは直つてゐた。病苦といふ苦を感じてゐるひまもなくたゞ睡りに睡つて癒えてゐた。従姉がどう蔭口をしたかも気にせず、林檎一ツ自分から註文するまでもなく、出された白粥を黙つてたべて、寐て、直つたのだつた。ひとの家で病んだとき帰るところのないのも頼りないが、なまじひあれば頼らうといふ気の弱さも出る。頼れば頼られたものは迷惑で、愚痴もこぼすしいざこざにもなる。頼りどころがなければないで、はじめから感傷もないし結構一人でやつて行く。頼りどころのあるうちは実は頼れるだけの弱さをもつてゐるのと同じだし、頼るところのないのは情なさゝうで実は強さである。頼るところを確保してゐて頼らないのがいちばん強い。従姉が人情に厚いとか薄いとか文句を云つてゐることはないのであつて、頼つて来たのだと思へば弱みになり、もう重ねては来まいと思へば気にすることもない。気にすれば粥一ツにだつて強さ弱さは岐れる。この粥のなんといふあたじけなさ、まづさ、二千円はずんである粥がこれである。七日間三食で二十一食になる、そんならいくらにつくか。うどん玉一個に葱添へて十円、コロッケ一個五円、コッペ一ツは十円、団子一ト串十円、米は一合十七円だ。うちのものは餅に飽きておひやをふかしてたべるだらう、ふかしごはんの残つたびしよ〳〵へ水をぶちこんで一トふきさせれば、かういふまづさになるのを梨花は知つてゐる。はつきり実際で承知してゐるのだ。米粒の荒れがそれを明らかにしてゐる。生ぬるくうすら冷たく性《しやう》のぬけた粥を、出す人は羞しげもなく、出された粥のはうが病人に恐縮してゐるのである。

　文句を云ふ気はない、たゞさういふことだと思ふだけだ。この味は誰の味だ。こしらへたのは従姉だから従姉の味だとも云へる、感じる舌はこつちの舌だから自分の味でもあるのだ。つめたいやうな温かさ、温かいやうな薄つめたさ、それが作るひとの味、たべるひとの味だ。たべるひとの身分や思はくを考へに入れての作るひとの味、作るひとの身分や思はくを計算に入れてのたべるひとの味でもある。どつちもどつち、それでいゝ、つまらないことだ。たゞこのへんで何かがはつきりと打切りになるやうな気がする、そんな味といふだけのことだ。あちらの世界にも、この粥と同じあたじけない味はたくさんありさうだとわかつてゐる。こちらの世界のこれは、四十年馴れてきて確実に知つてゐる味だが、あちらの世界のはだらうといふ確実には知らない味だ。所詮は自分がどこで生きて行くかで、いづれはどつちか好きなところにおちつくにきまつてゐる。あつちのいゝ人はこつちを出て行くのだ。同じ水でもあつちの水へ、いまは梨花の気が向いてゐる。山ふところの動かない空気のなかより、峠の一本松にとまつた鳥は清々しかろと思ふのだ。

つぎの日は起きて、畳んだ蒲団に寄りかゝつて過し、そのつぎの日は緩んだ足の筋を踏みたてゝ部屋ぢゆうをあちこちし、かたづけものをした。二三ある皿小鉢、薬缶・アルミ鍋・七輪・手箒、もし又いるかもと取つてあつたがらくたを屑屋に出し、世帯くさいかたちを崩せば、いくらかさば〳〵とひとりものになつた感じがある。なくした子のかたみに取つてあつたジャンパーも、夫がはの亡児といとこになる子に送らうと小包にする。これももとは自分の防寒コートをしたてかへたものだ。なくした子を偲んであれほど大切にしておいたのだけれど、因縁の切れどきが来たといふのか惜しいとも思はず、樟脳の匂ひも刺戟にならない。いまはなるべく絆《きづな》になるものとは遠ざかりたい。絡まるものから脱けて気を軽々と出でたちたい。整理した荷物は行李一ツに何もかも入れて、それと蒲団一ト組。あちらの居場処のさきゆきも心もとないけれど、こゝは出て行きたいのだ。

七日は七草もかまはず墓参に行つた。どこかへ行つて誰かになにがな一ト言云ひたいやうなのだが、梨花の年輩、梨花の境遇で誰に何と云ふことがあるだらうか。特に夫に子に語りたいとおもふのではない。語る対手《あひて》のないこともだが、行くところがないといふことも不便なものだつた。こんな時どこへ行けば適当なのだ。山や河へ行く風雅もなし、お宗旨の御本山へ行くほど奇特でもない、まさか動物園にも行かれず、――とすれば墓よりほかはない。かういふ場合の墓は墓としてのところではない。住むとか生きるとかいふきたなさを伴つた場処から出て、どこかよそのいゝ処、浄い処、極端に云へば台処と便所のない処へ行きたいのだが、そんなところは墓よりほかにあるだらうか。墓石は鎮まつてゐて、相対ふ梨花にも騒ぐものは一ツもない。門前で買つた椿の一ト枝はおみやげのつもりだ。それでなんとなく用事は済んだし気も済んだ。いゝ天気で、凧にはつまらなく羽根には持つて来いの日和だつた。

　その晩挨拶をした。「なが〳〵たゞでお部屋をお借りしてゐたけれど、やつと気がきまつたので、……荷物は行李一ツ、夜具包み一ツ、いづれは近いうち取りに来ますが、今しばらくはどこへなりと預かつていたゞきたい。あしたはもうあちらへ帰ります。お礼もなにもできないのは羞しいが、どこかでどうにかはなつてと、……そのときまでは勘忍してください。そんなことも今はまださきゆきの希望にしかすぎず、たべるがいつぱい〳〵の綱渡りです」と云へば、従姉はすつかり機嫌がよくて、

「部屋だつてどうせたゞ明いてるのだから、いつでもまた気がねなくいらつしやいよ。」

　いかにも血のつながつた従姉らしいことばである。さう云はれてこちらも、「ほんとに長いあひだ……」と恐縮して、別れは愚女ふたりを浄くした。

＊

「やつぱり中つた。けふはきつと帰つて来るとおもつた。まあよかつた」といふ喜びやうで梨花は迎へられた。

　畏まつてすわり、詫びと礼を云ひつゝ素早く方々を眺めて、留守ちゆうのこの家の進行状態をさぐる。米子の無精ものがまたもとのやうに、どこもかしこもきたならしくしてゐる。猫まで白いところがよごれてゐた。

「たつた一週間だけど、あんたまたすつかり様子つきが後戻りしたわね。胸のあはせかたなんかがすぐに堅く変つちやふからをかしなものだわ」と主人は人懐しさをあけすけにする。ほかの人はどうでも主人の喜びやうで、自分がこのうちのなかでどのくらゐの幅をもつてゐたかがわかつた。

「でも私、そのたつた八日間にこちらのことばかり思つてまして、もうこちらに居ついたんだなといふ気がさせられてゐましたんですよ。なにかかうあちらは、人間も品物もがさごそしてゐまして、それがたいそうそつけなく思はれました。」――それはほんたうにさうだつた。

　なゝ子が、「よもや帰つて来たの！」と変なことを云ふ。米子がなまけてやたらと遊びに出てしまつてしやうがないので、それに主人がむやみに寂しがるさうで、臨時の泊りこみに来てゐるとのことだつた。

　蔦次は相かはらず旦那にも座敷にも精出していゝお正月をした模様だが、染香は気の毒だつたといふ。あんなにして折角著物もこしらへたのに、ずつときのふまでお

座敷へ出てゐないのである。大体が苦しくてどこへもお歳暮は頰冠りしてしまつたのだが、それだからとにもかくにも春第一日には出先のお帳場さん仲居さんたちだけにでも何かの挨拶はしなければならなかつた。実際、挨拶をすればするだけの効果はあるのだからである。それで大みそかにはそれこそ苦心の都合をつけて何がしかを調《とゝの》へ、小間物屋でおつかひものを半分現金の半分かけにしてとかけあつてゐたら、運わるく鬼子母神が通りかゝつて摑まへられてしまつた。苦心の調達は容赦なく浚はれ、そのうへ証文の書きかへをさせられたさうな。大みそかに熱でうつら〳〵しながら聞いたのは、この証文書きかへに連れて行かれるところだつたと見える。いかになんでも歳暮も知らん顔、春も素手ではあまりきまりが悪くて、歩くにも歩けない。さりとて鬼子母神に取られましたと云ひわけもできない。どうせそれほどの座敷がついてゐるんぢやなし、素手の羞しさをこらへて無理に出てきても、あるいは新年早々お茶を挽かないものでもない。まゝよ休んぢまへ、金欠病といふ病気休みだとばかり、やけくそと弱気で元日から休んでしまつた。ところがかはいさうに元日から座敷があつた。ふりではなくて急な名ざしだつたのである。二日も忙しく三日は予約のほかに昼の席もあつたといふし、お出先さんからは、ちつとくらゐな病気なら春は我慢するものだとおこられるくらゐ忙しかつたのに、——とな、子は、「こゝのおねえさんも意地がわるいわ。あんな著物まで買はせたくらゐなのだから、そこのところはなんとか面倒見てくれてもよさゝうなものだと思ふわ。なんにもしてくれなくても電報一本打つて呼んでやればいゝのに。それを自業自得だなんて云つてさ、ちつとは後悔させるはうがいゝなんて云ふぢやないの。私だつてはう〴〵で本気に染香さんの病気のこと訊かれるんで困つちやつたわ。誰だつて本気にするのあたりまへよ、働きどきなんですもの。きのふたうとう私たまらなくなつて、おねえさんに内証《ないしよ》で電報打つてあげたの。だからやつと出て来たけれど、あのひと随分損しちやつたのよ。お出先さんにも叱られてかはいさうだつたわ。……でもね、そこがそこなのよ。云つちやなんだけど、あのひとあんまり云ひわけうますぎるんで、だめなんだつて云ふわ。相済みません、ごめんなさいいつてんばりのはうが、云ひわけうますぎるよりまだましなんだつて話よ。折角同情してゝもあんまりうますぎるんで、こん畜生つて気にされちまふつてお帳場さんがそ云つてたわ。どつちにしたつていつしよのうちだから、うるさくていやんなつちやつた。」なゝ子はいつもよき報告者である。

　染香はやつて来ると、「おゝや懐しいね。すつかり直つて？　そりやあよかつた。あ、さう〳〵、おめでたう云ふんだつた。あたしやことしはとばついちやつてね、新年の挨拶なんて誰にも云ひそびれたよ。」忙しいおかげでわりに元気である。

「大みそかはお気の毒でしたね。それにしてもどうなすつたんです、ちよつと弱気すぎたぢやありませんか。」

　染香は自分の鼻の頭を見つめたやうな顔つきになつて、「それがねえ、……なゝちやんから聴いた？　さう、その通り。それだけならまだいゝのさ、その結果つてものがあつてねえ。ほんとのこと云へば、鬼子母神のおかげであたしや元日はどてら著てたのさ。だつてどてらを著てゝお神酒《みき》が一本あるはうがいゝと思つたもの。笑はないで頂戴よ。あたしや自分も飲みたかつたし、あのひとにも飲ませたかつたのさ。……どてらぢやまさか道中もできないやね、ふゝゝ。」人は染香の痴情を笑ふが、梨花には笑へないものが残る。

　なゝ子の衣裳は自慢だけあつてみごとな牡丹だつた。どういふ加減かこのひとの小柄が背高く見える著物だつた。帯揚・帯じめの小物まで相当に気をつかつておしやれをしてゐて得意なのだ。染香の著物は赤い糸の刺繍を入れて朝日の松といふ売りこみだつたが、いさゝか夕やけの松といつた趣で、もうぢき夜になりさうなけしきである。それに何と云つても匁《め》の十分でないもののお寒さはしやうがなく、地色のグリーンもへんに廉つぽく、しばらく著たら見るかげもなくなつてしまふだらう。

　主人の衣裳はこれはまた、「戦前の古なのよ」と云ふが、りつぱと云ふべきものだつた。染めと絞りと刺繍で紅白の梅をわんさと咲かせ、流れが配してある。帯はつゞれ、云ふまでもなく図柄は鶯。著物にさしあはないやうにの心遣ひであらう、鶯は花のない蕾二ツ三ツの細枝にとまらせてある。前のはうは著物にあはせて流れになつてゐる。梅園とか鶯宿梅とかいふ名のついてゐる衣裳なのかとおもふ。下著だけを新調したのか羽二重が黒の下にまつ白くかさなつて、ゆつたりとうちあはせたこれも白羽二重の襦袢の襟に、うつむくと肌著の鴇《とき》色がちらりと見える。すつと立つと腰の太さが膝できゆつと締つて、裾は紅梅のかげから細みの足袋がしな〳〵と歩く。え？　とふりむくと、眼のしほが薄くあからんで唇のはしにたくまない情欲が出る。改まつた黒い著物でも抑へかねる全身の上品な色気で、誰にもたちまさつたあでやかさである。見てゐると、衣裳は人を美しくするものではないが、人は衣裳を美しく見せるものだと思はせられる。妓とはかうしたものなのかと梨花はまじ〳〵と見る。

「いやあね、どうしたのそんなに見て。そこの懐紙取つて頂戴よ。」

「はい、おぐしが洋髪でつまらないと思つて、……前髪と鬘があるとどんなかと。」

「さうなのよ、翳《かげ》がつくと誰でも美人に見えるのよ。島田つて髪はふしぎな髪でね、鼻のいゝ人は鼻がひきたつ、眼のいゝ人は眼がひきたつ、おでこの綺麗なのはおでこ、口のかはいゝのは口つてふうに、いゝところばかりをせりだして見せる髪でね。さうだわね染香さん？」

「さいですね、たしかに。なんて云つたつけ、……効果的々々々。効果的な髪でしたよ。見せたかつたね梨花さんに。染香はこれでも、つぶしの染香つて云はれてね、つぶし島田がそりやよく似あつた。」このひとはきつと鼻のせりだす島田だつたらう。ひよつと梨花は自分の結婚式の写真を思ひだして唇を曲げた。その写真はそんなふうに唇を曲げて島田で澄してゐるのだつた。口、口、口が曲つてゐる！　口の曲つてゐる島田だ。たべる口、しやべる口の曲つてゐる島田だつたとは。


鋸山のことはあのまゝのやうだつた。ゐなかも正月なのかもしれない。もし悪質なゆすりの専門家なら、正月といふ金の動くとき、そしていやがらせに持つて来いのときを見のがしてはゐないはずだが、来ないところを見ると抜けてゐる。まさかお手柔かに遠慮したのでもなからうから、自分のお屠蘇機嫌なのだらう。こゝのうちの財政もまたわからない。大みそかにあれほど詰つてゐたのに、いまは又さしあたつて急な心配はないやうなやうすである。どこから出てくるのか見当のつかない金である。平凡でのんきに似た日が過ぎて行つた。のんきみたいにしてしまつてゐる日々なのである。なぜなら税務署からの事情聴取のためにといふ呼出しが追つかけ追つかけ来てゐるからであり、そのたびに主人親子はその端書を見て見ないふりのやうな恰好でどこかへやつてしまふのである。かたづけたのでもなく、さりとていつどこへ棄てるのかもわからず、端書はどこかへ行つてしまふのである。来るべきものがいづれは来ることが明瞭なのだが、ものうくしてゐて、ぎくりと驚いて驚いた勢ひで整理や対策を立てようとはしないのである。臆病の、眼のさき逃れといつたところである。

「大丈夫よ、うちぢや帳面もなし受取もなし、調べのもとになるものがないんだもの、取られやしないわよ。毎年それでかたづいてしまつてゐるんだもの、さう心配しないでもい丶でせう」と、主人は一しよう懸命に大丈夫がつてゐる。

そしてやはり遂にその訪問を受けた。その日は梨花が使ひに出てゐるひまに、な丶子が割を食つたのである。「とつても仏頂面で笑ひもしない。国民である誠意を見せていたゞきたい、職業意識をもつてゐるくせに税金がわからないとは云はせないと云ふの。私もお相伴《しやうばん》でうんと搾られた。——あなたな丶子さんですか、さうですねつて念を押しといて、主人がゐますね、この下駄さうでしよ、いや居留守で結構です、どうせ一度や二度のむだ足は覚悟で来てるんだから、ほんとの留守より障子の奥で聴いてる居留守のはうがい丶んです、とかうなのよ。そいで私の何とか税が滞納で、その分へ利子がついて千円取られちやつた。」

「こ丶のお宅の滞納はどのくらゐあるんです。」

「天文学的数字ですとさ。営業税も所得税もひつくるめて何年度とかから一度も払つてないんですとさ。いくら私でも顔負けしちやつた。あんたもうどつか遠いお使ひに行かないでよ。税金屋さんの取次あんたの受持だから覚悟しといてよ」とぐちる。

な丶子はその晩酔つて帰つて来た。

「こ丶のうち不景気だからいやんなつちやふ。あたしもどつかへ住みかへたくなつた。不景気なくせに気ばかり強いのがゐて、けりは警察へ出てつけるなんて利いた風なこと云ふから、余計いやんなつちやふ。考へてもごらんなさいつて云ふんだ。ひとごとですかつてものよ。あら丶、まあおつかない！　……ちよいと梨花さん、しろとさんのはうで心霊現象つてこと云つてない？　お客さんに連れてつてもらふつて約束したんだけど、行かないさきに……今おつかなかつたわよ。あたし透視とかつてものできちやつたんぢやないかしら。ほら、見える〳〵、唐紙のこ丶んとこ、ね、ほら、三角まなこがさあ。あ、あつ、こつちへ来る、立つて来る！　おつかないわあ」といふ騒ぎである。勝代・なみ江のことを根に持つて飲んだ酔ぢやない、なんとないお座敷の酔がうちへはひるなり勝代へ絡んでゐるのである。だから、そのうちにたわいなくなつて、「あたしハワイへ行くの、五月になつたら誘ふから行かうつて。もち飛行機だわ。あ丶、けふはちよつと岡惚れした。」

染香もいゝ機嫌だつた。長襦袢すがたで、脱いだ著物を畳んでゐるが、帯を取ると随分背なかが丸い。「芸者つていゝ商売だねえ。お座敷は電気が明るいし、床の間にはすういと黄いろい薔薇さ。おいしいもんが並んで、いゝ著物著て、それでばか云つてりや済むんだから、こんな商売ほかにない。それ、じや〳〵んかじやんだ。三味線なんかまちがつたつて、ごまかせばごまけちやふんだし、耳持つたお客なんかゐやあしない。かまふこたないから、それ、じや〳〵んかじやんだ。なゝちやん一ツ唄はうかね。」

　ものすごく猥雑な都々逸へ手ぶりがついてゐて、二人はわあ〳〵と笑ふ。襖の向うは声もなかつた。

　いつかの巡査がやつて来た。「いかゞですか。何か云つて来ましたか」と云つたところを見ると、ことがらは呑みこませたのだらう、経過を訊きに来たといつたものである。主人もゐたが勝代がしきつて対手《あひて》になつて話してゐる。あんなにまはりの人間を信じないくせに、巡査といふ人間にかぎり信用のできるものと思つてゐるのだらうか。しかし彼女が実にたくみに信用と不信用とをこきまぜて用心ぶかく話してゐるのを、梨花はちら〳〵と聞いた。だん〳〵注意して聴くと、あすあたり何かがありさうなけはひが、ひそ〳〵話には漂つてゐる。梨花の留守ちゆうもその後も、主人はもう一度鋸山を呼びよせて示談内済にするつもりの意見なのだが、勝代は強気だつた。裁判でも警察でもかまひはしない、こちらにも弱い尻ばかりぢやないと云ひだして譲らないのである。対鋸山の方針も頭が二ツあるかたちで、巡査のはうは勝代が承知して話をしてゐるらしい。

　よしんば何事が起きても立ちいるまいと梨花はきめてゐた。昼少しまへ、はたして鋸山がはひつて来た。取次に出て、おやと思ふのは、けさかたづけた玄関に、ゆうべ巡査が来たときの通りにいつの間にかまた手焙や座蒲団が出てゐることだつた。するともうちやんと主人がそこへ出て来て、「をぢさん済みませんけど、ちよつとこゝで我慢してください。ゐなかから泊り客があつて二階は塞がれてるし、奥は不二子がまだ臥てゐるし、茶の間はいまごはんですから、……済みません、端近《はしぢか》ですがこゝで我慢してゐてくださいな」と、いやおうなくそこへすわらせてしまふ。

　梨花にはすぐ、けふはたゞごとでないぞといふことが呑みこめる。呼びだして、これでわざと対手をおこらせるのだらう。そして誰かが中へはひつて来る。詫びるか押つ伏せるか、どちらかの形にきまる筋書である。

親爺はわりにおとなしやかに、「あゝいゝよ。話さへつけばどこでも結構だ。なるほどゐなかのお客の履物が並んでるが、泊り客は大変だ。」

こちらの筋書は読めてゐないのである。梨花は策略を見てゐて気もちが沈んで行くのをどうしてみやうもない。主人も勝代もさうえごくいやな人に思へないし、鋸山はたゞ少し金がほしくて腹もたつてゐるといふだけなのだ。それがこんなわなにかけたりかけられたりする！

梨花は台処へひつこむ。聴くまいとする耳が勝手にあちらへ延びて行く。からつと明いた。はつとしてしまふ。鬼子母神と声でわかつた。

「大変なとこで大事な話のやうだけど、ま、をぢさんごめんくださいな前を通つて。今ごはん？　私もけさ起きぬけにお詣りへ行つて来てね」とばつをあはせてゐた。

米子と不二子は四畳半でかたまりあつて鳴りを沈めてゐるし、勝代は簞笥を明けたてして口数も少い。梨花は台処にゐて、やはりゐるにゐられない思ひである。物見高い弥次馬ではなくて、わがことのやうに心配なのである。いまちらと覗いた勝代のあの冷たいやうすにくらべれば、なんとやは普請な自分の気もちなのかとおもふ。

「お水一ツ頂戴。」勝代が台処へ来て湯呑をわたしてゐる。じみな紺地の著物へ小紋の羽織、少し香水の匂ひをさせてゐる。水を飲む袖口から覗ける腕がきやしやである。押し伏せてやつつけちやふと云つたつけが、かはいさうにさうは行くまい、反対に捩《ねぢ》られるかもしれないのに。梨花はからの湯呑を受けとつたまゝで、廊下をなんとなく勝代について行く。

ふりかへると、「あんた心配してるわね？」――なぜかう物言ひが小憎らしげなのか。

「えゝ、いやな気もちなんです。」

「もし私のためならいゝのよ。……おまはりさんも利口でねえ、なか〳〵こつちの思ふやうにはならないことがよくわかつたわ。私と親爺のどつちへ附くのもいやなんだけど、自分の功績にはしたい材料なのよ。その意味でよさゝうなこと云つてるんだけど、結局自分のことだけだとおもふわ。めい〳〵自分々々が大切なんだわ。いつそ私ひとりのはうがやりいゝと思ふの。おかあちやんはもうとぼ〳〵しちやつてだめ。かはいさうに。」

そして鋸山のまへへ出て行き、のつけに、「けふは私がお話しします。おかあちやんぢやいつまでもぐづ〳〵してゐてご迷惑でしたわね。」声まできぱつと極《きま》つてゐる。梨花はどき〳〵としてしまつた。たちまち大声になつて行つた。流しのコンクリの縁《ふち》を両手で押へ、この手さへこゝを放さなければ無事に済むやうな気がした。

鋸山ががた〳〵と云ふあひだへ、きん〳〵した勝代の声が短く挟まつて、鈍感な豚を錐で突《つ》ついて檻へ追ひこむ感じだ。鋸山はいらだつてだん〳〵と凄んで行き、筋書どほりである。そしておそらく予定の待ち人である巡査が来た。玄関の沸騰はしゆうんとなる。そしても一度激して行つた。男、男、勝代、三人のスタッカットのやうな短いやりとりが交《かは》された。

梨花は勝代の声を聞くに忍びないあせりから、ばけつと箒を取つて二階の掃除へ逃れようとする。泊り客が来てゐるといふ今さつきの主人の口うらなどすつかり忘れて、高窓へばん〳〵とはたきをかける。ついで往来へ向いた九尺四枚をばんと敲く。敲いてからつと明けると、これは又どうしたことだ。お向うの鶴もとの玄関にも勝手口にも背広の男たちが寄せかけて、その人たちの乗つて来たらしい自転車がもの〳〵しく往来に置かれてゐる。たゞならぬけはひである。何が起きたのか、あちらにも何かなみ江事件のやうなものができたやうに錯覚をし、こちらの玄関のそれと何かの関聯があると早合点した梨花は、まづいことになつたと思ふ一ト筋しか考へられない。よく見るとそれは私服でなくて税務署関係の人だとわかつたが、あまり大勢でまるで捕物である。もつとも鶴もとは政党関係の何だかだとうるさい取沙汰をされてゐるうちだから、いづれたゞの督促や調べではあるまい。差押へでもない。

往来にゐた一人が、ふとこちらをふり仰いだ。梨花はとたんに障子へ隠れたが、男は自転車へ寄つて、附けてあつた鞄を明け書類を取りだすと、もう一度こちらを仰いだ。来るなと感じた。あの騒ぎの玄関へこの税務署たちが来る！

梨花は駆け降りてわれ知らず米子へ命令した。「こゝへ来られちやたまらないでしよ。どうかなつちやふわ。あなた早く出て行つて、これ〳〵のわけだからとにかくあしたにでもと、なんとかことわつたら？」

「いやだあ、こはいもん。」

「そんないくぢのないこと。勝代さんの十分の一ぐらゐしつかりしてみなさいな。あんたの姿優型《やさがた》で感じがいゝから、こんなときにうんと役に立つのよ。ちよいと一ト言困るからつて云つてごらんなさい、きつとオーケーになる。」

米子はぱつと二階へ行き、降りて来るなり鏡台を明けて唇を塗りたくると、主人・勝代・鋸山・巡査の玄関を摺りぬけて出て行つた。梨花はぐづ〳〵云ふ不二子を締めあげるやうにきつくか丶へて、二階の障子から覗いてゐる。米子は自転車に寄添ひ、髪へ手をやつたり衣紋を気にしたり、せい〴〵しなをつくりながら話してゐる。男はへ丶えといつた表情。上役とおぼしいのに報告をする。米子はそちらへもしなをして、やけに紅い唇をぱく〳〵させる。対手はうなづいて、好奇心からこちらの玄関を窺つてゐる。

一段落つけて米子がこちらへはひるとほとんど同時に、階下《した》はざわ〳〵し、主人の声が高く、米子は二階へはあがつて来なかつた。かたづいたのかなと思つてゐると、税務署の人たちにじろ〳〵見られながら通りを行くのは、先頭が鋸山と巡査、それだけではないのだ、勝代と主人がショールに肩と顔を包み、勝代は一本の木みたやうな姿勢、主人はうつむききつて続いて行く。梨花はあわてた。予想してゐたのは鋸山だけの拘引であつたからである。「どうしたんですか一体！」

鬼子母神も米子も立つたま丶、処置なしになつてゐる。「いきなり両方とも連れてくからつて云ふの。ことによつちや一ト晩とめるつて云ふんだけれど、めんくらはせられるよ」とそれだけである。

――巡査はこちらの思ふやうにならないとわかつた、誰も自分のためが第一で、巡査にもこれは自身の功績のための材料でしかない、いつそ一人のはうがやりい丶、とついさつきさう云つた勝代だつたのである。長火鉢を挟んでさしむかひに敷いた主人たちの座蒲団が眼に来て、部屋もうちぢゆうも落寞としてゐた。襖・障子はみな吹きぬけの明け放しに、そこいらぢゆうは雑然と散乱してゐる。猫が梨花の脚をこする。けさはごはんもやり忘れてゐた。

＊

主人と勝代がいつ返されるのかがさしあたつての問題だつたが、鬼子母神にも目安はつかないやうすだつた。「かういふことつてものは半分は成功するけれど、半分はえてして思はく違ひになるものさ」などと見透しのついてゐたやうなことを云ふけれど、そんならその思はく違ひになつた今、打つ手が備へてあつたかといへば無策なのだ。相談の役にも立たない米子を対手《あひて》にしやべつてゐるのは、勝代の小憎らしい智慧だてのせいでこんなことになつちまつたといふ愚痴みたいな云ひぐさでしかない。それもはじめのうちはまだしも、追つかけ自分も警察へ行つて、とりあへず主人たちの昼食の世話でもして来てやらうかなどといふ具体的なことだつたのに、だん〳〵長火鉢へおちついて炭を足したりお茶を入れかへたりになつてくると、結局これは自分のうちのことぢやない、妹のうちのことだ、直接には繋がりあつてゐない、ひとごとだ、になつて行くのが、梨花の聴く耳には明らかである。

　米子にいたつては、税務署をうまく云ひくるめて追ひかへしたのがよほどの手柄らしく、「役目の手前さうやす〳〵とこちらの云ふことは聴けないだらうに、やつぱりねえ、こつちの出やう一ツつてもんだわ。真実つくして頼めばさ、一銭も遣はなくつたつてうまく行つたぢやないの。……だけどさ、好かないやつ！　あなたのご都合い丶のはいつです、なんて訊くの。そんなご事情ぢやあしたつてわけにも行かないでせうが、近日中に都合して電話してください、なんて云つてさ、いやんなつちやふ税務署役人なんて。第一こ丶のおねえさんだつて、二三年まへのあの景気のよかつたときに一度や二度払つとけばい丶のに、くだらなくおつかながつて、やたらと人頼みにしとくからいけないのよ。ちやんと自分で出て行つて係の人にぶつかつて、真実つくしてやつてみれば話になるんだのに。」

「だけどおまへさん、どういふかけあひにしたの。いくらかまけてくれるつて云ふの、それともたゞ、けふのところを近日中にといふことに延ばしたつてだけかい。」これは痛い云ひかただ。税金まけさせるなんてことは米子の力にはあり得ない芸当で、ほんのあの時だけを一時《いつとき》のがれに延ばしたといふだけである。よしんば米子が出て行かなくても、玄関へ来ればあのざまだから、ごた〳〵云つてもはじまらないのだ。だが、鉢合せするよりしないはうが、まだしもおたがひに縺れが少くて済むといふくらゐなところだ。でも、米子もまんざら役に立たなかつたわけではない。折角一廉《いつかど》手柄をたてたつもりで大得意になつてるものを、い丶気もちにしておいてやればい丶のに、鬼子母神はこんなところへも意地悪の本性を出さずにはゐられないのかと、梨花はいやな気がする。この土地の意地悪を突きつけて見せられたやうな感じである。

　しかし、少しはすうつとしなくもない。米子のおたんちんは、このくらゐぎくつとした釘を打たれるのが身の為といふものだ。なにが税務署を、好かないやつ！　なんて云ふことがあるものか。いくら税務署だつて、よりによつて米子にたつた一度で一ト眼惚れして、昼日なか往来でご都合伺ひあげるものなんかゐやしない。税務署は米子の魅力に眼がくらんだのではなくて、ゆすりが今や表沙汰にならうとする劇的状況をよく観察することにしたのか知れやしない。――と、あのとき梨花は二階から覗いてゐただけに、米子のばか〳〵しさは叩かれるのが当然だといふ気もする。

梨花が米子のばかと鬼子母神の意地悪にこだはつてゐるうちに、この親子のあひだの話はどう進んだのか、――「だめさ、とてももうぱあつとしたことなんかあると思へないね。……だからさ、いつまでぐづ〳〵待つてないで、自分の身じんまくは自分でおしつて云ふんだ」といふことになつてゐた。

「いまならまだこゝのうちの名も多少通つてるけど、これでこの事件がまづくなるだろ、するときつとずつと段がついちまふよ。あたしにはちやんと見えてるんだ。早いとこやるんだね。……なあに男なんか、まへの男に未練をもつからあとの男が早くできないんだよ。男が代《かは》れば代るほどこつちは情《じやう》が深くなつてね、いゝもんなんだよ。」

梨花は思はずかあつと頬がほてつた。自分に指して云はれてゐるやうな気がしたからである。男がゐないことは平生は清々しく、そしてちよいといばれることであるけれど、ひよつとしたはずみにはちつとも清々しくはなく、そしてなんとなく、男もゐない！　といふひけめができてしまふものであることは、たび〳〵経験して知つてゐる。未練があるからあとの男が早くできない、男を代へれば代へるほど女は情が深くなつて、いゝものだ、――面と対つて、男もゐない女！　と辱しめられるよりも、もつとぐんとしんにこたへるものが、鬼子母神の声のなかにはあつた。鬼子母神はどんなにたくさん男を代へて、いかに情の豊かな女に成長したのか。現在表面から梨花の見た範囲では、ぎす〳〵と相当せちがらく鼻つぱしの強い女にしか見えないが、このひとが惚れた男とふたりきりでゐるときどんなに情が深いか、おそらくそれはぎす〳〵とは別ものだらう。とにかく梨花のして来なかつた経験をいくつも体得してゐることはたしかであり、こんなことば一ツに過去のかず〳〵の経験による実感が余韻を曳いて響いてゐるのである。自分はろくな経験もなしに過ぎてきたものの味気ない残り惜しさをもつてゐ、鬼子母神は行ひつくして完成したものの円《まど》かなりつぱさをもつてゐるかに見えてくる。男を代へれば代へるほど女は情が深くなつて、いゝものなんだよ、――なんと寡婦の心を唆ることを云ふのだらう、そして残り惜しいといふ感情はなんと甘く誘ふものだらう。梨花は自分の年齢が中年と老年との接《つ》ぎあはせ目にあたる、ちやうど残り惜しさの代表みたいな年齢だといふことに気がつかず、過去に何もして来なかつたのを残り惜しく思はせられた。

蔦次から電話が来た。例のこの世界の早耳で、「おねえさん鋸山と警察へ連れてかれたとか行つたとかいふの、ほんと？ ……まあ、そいぢやほんとなのね、私これからすぐ行きます」と云ふ。

すると鬼子母神は、いゝ肩代りができたといふふうで、「こんなこと蔦次がするのがあたりまへだ。さんざ妹分で助けてもらつた恩があるんだから、わるいときにもちつとは働かなくつちやね。……梨花さん、あたしは帰るがね、蔦次が来たら、私から万事頼むつて言づてだつたつて云つときなさい。晩に電話で様子聞くからね」と帰つた。

蔦次は米子に委細をしやべらせて、へーえ、へーえと聴いてばかりゐて、自分の意見は云はない。それからわざ〳〵台処へ来て、「梨花さん、おねえさんがゐないあひだ、あんたきちん〳〵と御飯でもなんでも勝手にひとりでたべて頂戴ね。おかず、八百屋も肴屋もお帳面でいゝのよ。米子なんていふのに構つてるとひぼしになるわよ。それからなゝ子ちやんや染香さんのお約束はまちがひないやうにしつかり聴いてね、――」税務署その他諸払ひ一切には、私来たばつかりの女中ですと云へ、よそからこの事件のこと訊きに来たら知らないで通せ、ことに巡査さんに関して訊かれたら、なにぶんにも不断はおさきへ寝かしていたゞきますから存じませんと云へと注意される。

「おねえさんどんな著物で行つたの」とも訊く。そしてコートだの羽織下のちやん〳〵こだの白金懐炉だの梅干飴の小袋だのを出させて一ト包みにし、警察へ行くもののやうである。「あそこは寒い処なのよ」と云ふのである。どうして知つてゐるのか、もの知りな人である。

頼もしくて、ついこちらの頭の働きも動員されて、「あの、いつもいらつしやる橋向うの水野さん、あちらへお知らせしなくていゝでせうか」と献策すると、「あゝ、さうだつた、忘れてゐた！ あんたすぐ行つて来て頂戴、いきなりの電話ぢやいけないのよ。こゝのおねえさんがかける分にはさしつかへないけど、私たちだとこの若僧が顔出しもしないで電話なんかで失礼だつていふんで、ご機嫌わるいのよ。」

いつ来てもものしづかであいそよくしてゐるあの老女将が、組合のお役員さんゆゑにそんなに権式高いものなのだらうか。蔦次の立ち話によると、組合の役員だから権高《けんだか》なのではなくて、若いときから利口で人に後ろ指さゝれたことがないえらい生涯を送つてきた女だから、自然ひとが権をもたせるやうになつてゐるのださうである。――あのおかみさんにでも権をもたせて、みんながお辞儀するところをこしらへとかなきや、ほかに権式をもたせてさしつかへないやうな女は今んところゐないのだと云ふ。昔ふうで、どつちへもよかれ主義の角のなさ過ぎるのが欠点だけれど、それだけにまた人に嫌はれるといふことがない。妓籍にゐるときも、やがて退いてあの大きな料亭に納まつてからも、一流の客筋にばかり当つてゐるしあはせものなんだから、格から云つても実績からしてもあの人にならべる女はほんとにゐないさうである。

「――だけどね、この土地の女でさ、しかもふしあはせに遭つたことない人なんだもの、とき〴〵はへんにいばつて、いやだなと思はせられるときもあるのよ。憎まれたらたまらない、やは〳〵といつまでも執念深くひねられるから、気をつけてお使ひして来て頂戴。少し神経動かして見まはせば、あそこのうちの垣根見ただけでもうちやんとわかつちやふから。……筋のよさ、格の高さといふのは、つまりどのくらゐ気骨が折れるかつていふことなのよ」と、教へてくれるつもりなのだらうが梨花は面倒臭いと感じるほかはない。橋向うの芸者家は格がさがるが、料亭は橋向うにも一流があるのだといふ。

行つて見ればなるほど蔦次の云ふやうに、垣根を見てわかるものはあつた。たゞの建仁寺《けんねんじ》だが磨き竹の節に按配がしてあつて、化粧縄の結び目がきちつと揃つてゐる手間の食ひかた、それを竹がされないうちに〳〵と始終結ひかへてずつと通してきてゐるといふ気象のほども嘘ではあるまいが、おちぶれもののしろうと女中だつてこの種の意地の通しかたは知らないわけぢやない。誰だつて自分の持つて生れた金と才を上廻るやうなひどい運命にぶつからないかぎりは、こんなこと死ぬまでやり通せる意地である。畢竟できるあひだの意地であつて、できないやうな逆境に落ちれば、垣根なんぞいちばんさきに崩れる意地である。垣根がなんの気象の裏書になるものではないが、しあはせなうちは何でもかでも箔になるのだ。

構へは相当な広さで、内玄関と勝手口とどちらからはひらうかと思ふと、内玄関は檐下に寄せて布袋竹を植ゑ、拭きこんだ細格子から彩《いろどり》のある鼻緒が、いま片づけたばかりといふ揃へかたで脱いであるのが見える。勝手口のはうはわざと古風に太桟の油障子をたてきつて、買へば高いだらう大ぶりな琺瑯鉄器の厨芥桶がぴたりと蓋をしめてまつ白に光つてゐて、そのへんは舐めたやうに草箒のあとがついてゐる。内玄関は普通の家の表口より風雅で整頓してゐるし、勝手口は、――かういふ勝手口はしろうとの中流生活にはない。たいがい生活のぼろがはみ出してゐるものだが、こゝはさすがに料亭の台処口である、いつその筋のご検査がありましてもといつたしきりかたがある。梨花は内玄関をおかみさんや家族・芸者衆の出入りと見、台処口が自分のおとなひ場処と踏んだ。油障子のなかははたしてみごとに、総タイルでステインレスで大冷蔵庫で、そしてこの布巾が一日にみんなよごれるんだらうか、病院のガーゼみたいにたくさん干してあつた。奥から三味線が聞えてゐる。

通されたのは長四畳、女将は幼稚園くらゐの女の子に三味線の手ほどきをしてゐたらしい。その子は小がたの三味線の絃《いと》を緩めると、正しく稽古台のまへへ手をついて、「おばゞさまありがたう」と云つた。こゝの当主は夫婦養子で孫はもう大きいはずであるから、この子はどういふ筋か、筋のはつきりわからない子はこの世界にうじやくゐるが、おばゞさまと云はせるうちはあまり聞かない。梨花は蔦次に云はれてゐるから、上手に簡単に話さうとおもつてゐる。

「あの、けさほど――」鋸山と云ひかけたのを呑んで、「いつもの千葉県のかたが見えまして、……」ともたくすれば、「あゝ、さう。」

「それであの……」

「うむ、わかつてるわよ。……つてわけになつてたはずなんでしよ？」一ト言も事実を云はずにうまく通じさせるもんだとおもふ。

「はあ。それがどういふわけですか、皆さんいつしよに……」

「え？」とこちらを見て、「ま、ちよつと待つて頂戴。……毎日いゝお天気が続いて助かるわね。」

梨花は腰を折られたが、女将はちよいと襟をついてから起つて、「出かけませう」と云ふ。

道々ものんびりと急かずに一歩一歩拾つて、「あんた辛《から》いはうだめなんぢやない？　たいがい一ト眼で間違ひなくそれわかるものよ。……こゝの横町折れて、……ほらこのうち、なか〳〵ゐなかがおいしいの。」

　汁粉をたべさせられても、蔦次の忠告は利いてゐたから梨花の舌は用心ぶかい。そして女将は蔦次と同じやうに意見を云はないけれど、ちよつぴり、――それこそお汁粉について来る山椒《さんしよ》ほどちよつぴり、――「あたしはねえ、はじめつからあゝいふ手合《てあひ》に持つて行く話は、なんどりとやらなくつちやいけないつて云つてるんだけどねえ。としよりのすることはよろづのろくさいでかたづけられちまふもんだから」と云つた。

　さつき見て来た勝手口の白く光る琺瑯鉄器のごみ入れや、病院のガーゼみたいにたくさん干してあつた布巾の影がさしてゐても、なほ変てこに聞える昔むかしの語り口である。なんどりだなんてことばを梨花は聞いたことがないのだが、なんとうまみのあることばなんだらう、この人の全盛の時代にはこんなことばが遣はれたのだ、――などと、使者の急ぎを忘れて悠長なことへ心が逸《そ》れる。

「失礼だけど、あんた何をした人？　……学校の先生ぢやなし、なんかの監督さんでもなし、……たゞの奥さんでもなし。」たゞの奥さんだのに、さうではないときめてゐるのがをかしい。「――社長さんの秘書でもないしねえ。」

「なぜでございます？」

「なぜつて、女秘書さんどれもみんな私たちより利口で、事務にかけちや上手《うはて》だけど、芸者が秘書より上手《うはて》な点は、対手にしやべらせることができる口まへを持つてることなのよ。……私さつきから感心してゐた。あんた私にさへしやべるまいとしてゐるものね。ほゝゝ。」唇をすぼめて笑ふ技巧のほゝ、であり、昔はそこにさゝ紅が光つてゐたらうといふ唇である。

　女将はその足で留守宅へ来てくれた。蔦次からも連絡もあらうし、善後策を建てようためである。鬼子母神とは較べものにならない心の厚みがあつた。留守宅はこの人を頭にして廻転して行く模様である。あくまでよそから来たものが臨時に管理してゐるといつた態度や口ぶりを見せて、その堺《さかひ》をはつきりさせてゐる。留守を預かるといふのにも格があり品があるのだと思はせられる。蔦次が報知に帰つて来た。

　警察のなかの空気は主人や勝代が考へてゐたものとまるでかけ離れてゐたらしく、そのために勝代は怖ぢて平静をなくしてしまひ、その平静でなさをなんとか取繕はうとあせるものだから、あの利口な娘が余計におちつきを失つて、質問にはへゞまばかり答へてゐるやうだと云ふ。「なんだかあまり分がいゝとは云へない空気なのよ。でも一応訊くだけ訊いたら、女たちは夜遅くでもうちへ返すといふやうなこと云つてたけど、親爺は留められるらしいわ。私、おねえさん今夜お座敷の約束があるつて、それとなく探《さぐ》つてみたんだけど、警察の調べは稼ぎの合間々々つてわけには行かないからねつて云はれちやつたの。」

蔦次は警察で見て来たことだけを話すのだが、梨花には勝代のあせり云々は納得の行くものがある。第一にはこの事件を入れる枡の大きさが、勝代の考へた枡と警察の使つてゐる枡とでは大きさに開きがあつたことである。こちらはうちぢゆうを挙げての大事件でも、あちらには毎日いくつも起きる事件のなかの一ツにしか過ぎまい。だから警察がびつくりして、ほい〳〵丁重に迎へるはずのものでないのは、少し考へればわかることなのに、そこが枡の違ひである。

それにもう一ツたしかに違ふのは、警察へ行くものの気もちと来られたはうの警察の気もちとでは大ぶ距離があるのに、それにも気がつかなかつたことである。勝代は大体この事件についてこちらがたに弱みがあることは承知して、それに怯《おび》えはもつてゐる。しかしその点、覚えはないと云ひ張れば云ひ張りきれるとおもつてゐる。しかも逃走とか家出とかは絶対の向うがはの越度《をちど》であり、その上、その後なんらの連絡なしに三月以上もほつたらかしになつてゐて、ことがらは自然消滅のかたちになつてゐたにもかゝはらず、今また事新しくゆすりに来た、――ゆすりはもはやこれは決定的な悪徒のしわざだといふ考へかたしかしてゐない。あるいは多少いけない点もあつたかもしれないといふのは、それはあの子が年齢で嘘をついてゐたのを真に受けた正直が不覚だつたと云へば云へるのであつて、嘘をついた当人こそまづ罪せられるはずだ。売春を強要したなんてこともこちらには覚えがないし、疑ふなら証拠を出さしてみればいゝ、どこにも実証なんか残つてゐやしないだらう。もし売春したなら当人の勝手な売春である。日常生活で待遇がどうのかうのと云ふならそれはお互ひこつこ、他人同士の寄りあひ生活で、よそから来たもの一人だけが万事快適に行つてゐれば、そのはうがちとをかしいくらゐなもので、こつちだつてなみ江のためにどんな不快不便を忍んだか、つまりは五分々々である。要は現在おこなはれてゐるゆすりであつて、自分たちは悪党に古い云ひがゝり因縁をつけられて困らされてる弱いものだと云ひたい気もちが強いのである。だから警察はゆつくり心ゆくまで訴へを聴いてくれてもいゝのだと思ひこんでゐ、心ゆくまでこちらの云ひぶんを聴いてもらふ甘悲しさを期待してゐたと察せられた。その稚い甘悲しさがときに性格の勝気と、この土地の習慣からついた智慧とでかつと燃えあがると、打つ手を打つて押つ伏せてやるなどといふ激しいせりふになつて出て来る。梨花がそれを聞かされてびつくりし、権力を利用して事件を押つ伏せてしまふやうな手腕がこの娘にほんたうにあるだらうかと、目を瞠《みは》つたのは滑稽だつた。手腕ではなくて、いまは明瞭に彼女の希望の表現であつたことがわかる。少くも勝代は警察がふんはりと柔かく、弱いものである自分を抱きかばつてくれると思つてゐたらうし、多分に倚りかゝりたい気もちがあつたのではないかとおもへる。巡査をなつけようとしてなつけきれず、誰もみな自分の好都合のためだわ、自分ひとりのはうがいゝなどと云つたのも、利口ものがちよいと上《うは》かはだけ見て、ちよいと上《うは》つつらに感じたものであつて、しんそこにはひとりぎめで思ひこんだ「劬《いたは》られたい心」が案外大きかつたのではないかといふ気がするのである。勝代の周囲を見わたせば容易にうなづけるあはれな女心であるが、しかしむろん警察には勝代の心理を心配する義務はない。また例の通りのうるさい事件が一ツ持ちこまれて手を煩《わづら》はされるといふ、馴れきつたことなのである。勝代にすればそんな雰囲気は思はくと大違ひの拒絶とか冷酷とかに思へ、この場になつてはじめて心のめどの立て場を失つたことがわかつて狼狽したのだらう。

　さういふ点から云へば鋸山は有利である。おそらく警察の空気を肺のなかへ吸ひこむのも今がはじめてではないだらうし、さういふ友だちももつてゐるかもしれないし、自分でもかうした場合は予算のなかに入れて考へてゐたらう。警察のやりかたや心証や、そんなものは勝代みたいに甘悲しい見込なんぞするわけがない。鋸山と勝代と警察署の三本足では勝代の足がいちばん短くて細い。さうすれば他の二本の強い足に多少の長短があつてもなくても、圧力のかゝつて来るのはいちばん短い細いものにきまつてゐる。意地つぱりなだけ堪《こた》へたらう。じみな著物を著て少し香水をつけてゐた、けさの姿がかはいさうである。

風はおもひがけないところへ吹いて行くものだ。主人の不在は染香へ吹いて行つた。この日は相当いゝ宴席があつて、その舞台に主人の清元がずつと前から予約されてゐた。このひとの芸はこの土地では免されたものの一ツであつて、だから主人の舞台のときには三味線もお囃子も粒よりだし、立方はもとよりである。としまからも若いものからも、うちのおねえさんの唄だといふと喜ばれる。踊りいゝやうに助けて唄つてくれるし、どういふ唄ひかたをしても鳴物の連中には文句を云はせないだけの押へをもつてゐるし、それだけの唄の技倆もある。唄も鳴物も踊ひとつへ集中しなければだめなのだからと口癖にお説教するさうだが、まだ未熟な踊のくせに口つぱじけな妓《こ》なんかには、「あれぢやまるで電気じかけみたいに踊らされちまふ。いつそ操り人形のはうがよくはない？」などと悪口も利かれるといふ。芸の力と人がらの力とが前へ出過ぎると、なまじつかな踊り手なら電気じかけにされるのもあたりまへなのかもしれない。それが今夜は急にこんなことになつて唄ひ手に穴が明いた。穴を埋めることは二の次三の次を補へばなんでもないが、それにつれて三味線太鼓も位置がずつてくる。そこには料簡の狭い、こちや〱した、義理だ順番だの問題がいくつもあるからうるさくなる。おねえさんの唄のとき、絃《いと》はおほかた蔦次である。これも達者なのである。が、出しやばらないおとなしい達者だから、方々へ受けはよかつた。それが今夜は、おねえさんの唄でなくなつたら気が抜けたと云つて逃げてしまつたのである。つひに唄も三味線も一級格下げにならざるを得ない結果になつた。それで臨時の風は染香へ吹きつけたのである。出し物はそんなに珍しいものではないが、さうざらに出るものでもないと云ふ。もと〱染香の本芸は長唄の三味線であつて清元ではないが、なんでもやつてしまふ人なのである。やればおのづからやつてのけてしまふ調法な才があつて、調子張つた花やかな音色である。どんな急場も凌ぎおはせる才があつて買はれてゐる。おねえさんの吹きまはした風なんか、待つてましたとばかり受けない理由はない。

「あらま、私ぢやつりあひが取れないから皆さんに悪いねえ」なんかと云ひながら大受けあひである。

なんどり女将が扱ふのだから、お茶屋さんのはうもさしかへはスムースに済んだ。ところが染香の三味線がよくない、安物なのだ。日ごろは、「皮や棹《さを》がなんだい、腕で来い、三味線は音の競争だ」なんて強がつてるくせに、けふはちよつとそんな啖呵も場うてがするらしい。しかたがないからこれも蔦次のを拝借といふことにきまつて、蔦次は不承々々である。なんどりが口を利けばしかたがないと、ケースの蓋を明け、棹を継いで、音じめをためし、「少し張り加減だから響きすぎるのよ。よほど控へ目でもお客様の席へは強《きつ》く届くの。あそこのお座敷の天井の加減もあるのね。どうぞ」と丁寧である。

　染香はちやらちやらつとやつて、「あゝい、三味線だ。ならんで弾きながら聞いてゝもいゝ音だけど、自分で弾いてみると久しぶりにいゝ気もちだ」と云ふ。久しぶりにとは思はず出たことばで、本音であらう。いやな楽器ではいくらいゝ腕でも、――いゝ腕ならなほさらのこと愉快ではなからう。

　染香は風呂へ行き、蔦次はなんどりと打合せをして出て行く。染香が行水のやうな速さで帰つて来て、玄関から、「ちよいと蔦次さん」と呼びかけてゐる。ゐないと云ふと、「あら大変々々、どこへ行つた？　出さきわかる？　梨花さん、あんた出さき聞いといてくれなくちやあ困るねえ」と騒ぐ。

　風呂のなかで浚つたら合の手でわからないところがあつて、あわてゝるのだと云ふ。なんどりが、「なんだねえ。……そこは、ほら、チリ〳〵〳〵、チ、リチリチリだ」と云ふが、染香はなか〳〵強情だ。「いえ、昔はさう弾いたんです。私もそれなら知つてるんですけど、今はさうぢやない新しい手に直つてるんです」と云つて云ふことを聞かない。そして、「いやんなつちやふ。あれだからばあさんてしやうがない」と、襟おしろいの皺を映しながら、若い気でゐる。自体、襟おしろいをまつ白に塗るのさへ若い妓《こ》は古臭いと嗤ふのには平気なのだ。

　たうとう方々へ電話をかけちらして、やつと蔦次をつかまへると、今度はその電話口で口三味線で合の手を教へろと談判してゐる。「トチ、リトチ、リ、ハ、チリ〳〵ね？　そこ間《ま》があるのね？　あゝ間があるのね！　それから？　うん〳〵。あ、そこんとこどの指？　あゝさう。そいで間違つたんだ。どうもそこからずつと渋つちやつたんでね。うん〳〵。へえ、どうもありがと！　なんともありがたうございました。ま、ちよつと待つてよ。念のためにあたし一度通してみるからさ。トチ、リトチ、リ、ハ、チリ〳〵……」

　なんどりもなゝ子も米子も梨花も手を休めて聴いてゐる。染香はしまひに、「なんと云つたつて時間の問題でしよ？　それにあたしだつて面子つてものがあるしさ、あ、気が気ぢやなかつた。へえお蔭様」と云つた。なんどりは、「達者な人だねえ。けど、今ちよいと弾いてみない？」と云ふ。

「あらいやですよお、もう大丈夫ですよ。まさかとちりやしません。」そして出て行つた。

さすがに主人のかういふ留守の晩食はつまらないものだつた。なんどりの口もとは小粒の歯が揃つてゐるけれど、揃ひすぎて入歯を証明してゐるやうなものである。梨花は柔かいものをさつさと献立して作つて持つて行き、お世辞に褒められても何も感興は起らない。ひとごとのやうに思つてゐるのに、どこかひとごとでなく案じてゐるのだらうかと思ふ。米子なんかうろ〳〵すると癇癪が起るのだが押へてゐる。鬼子母神が電話をかけて来たが、いきほひそつけない声が出てしまふし、なんどりに応対を押しつける。蔦次も電話を寄こしたり顔を出したり、忙しげに何か打合せて来る。方々から親切のやうな弥次馬のやうな見舞の電話がうるさい。「あんたぢやわかんない、誰かゐないの？　誰か出しなさい」と云ふ高飛車もある。

そのなかへ、「なゝ子さんは？　……いまお座敷でせうね、どこのお約束？」といふ男をとこした太い声があつた。勘が動いた。それで詳しく対手を訊いておく必要があるとおもつて、訊くはうをさきにすると、対手は、「あゝそれぢやいゝんです。高山と云つといてください」とだけで向うから切れた。

十時過ぎに又かゝつて来た。今度は対手の電話番号を云つて、連絡頼むと云つた。これはいづれ何かである。いやにおちついて笑つたり馴れ〳〵しく話す男である。その電話があつて間もなく、親子は窶れて帰つて来た。

なんといつてももう若くはないから、主人はこたへてしまつてゐた。しかも姉が留守のことを何もかまはないで、さつさと帰つてしまつたのは腹がたつたらしい。「むかしからそんなところのある人なんだけど、……」おもしろくなさゝうな口ぶりを洩らし、その不愉快の穴埋めでゞもあるやうになんどり女将へお礼を云ふ。「警察なんて処はものがわからなくつて、とてもお話になりませんのよ」と云ふところを見ると事件はまづいらしい。例の通りひそ〳〵話になつて、梨花は台処へ遠慮してしまふ。知りたい興味より知つたあとの煩はされる気もちがよくないのだ。

染香が上機嫌で帰つて来た。主人の代理の舞台をうまく勤めたといふ。一遍も手をあはせず、それもあんな電話のかけあひでやつと浚つたくらゐのあやしさだつたのに、うまく行つたといふのは、「ほら、染香一流の離れ業さ。これができるから、あたしもちよいと廉くはないやね。」得意である。そのまゝに聴いてゐると、主人のやうにこくめいによく浚つてからでないと席へ出て行かれない人間なんかは、ばかみたいだといつた底意が汲めるのである。

　なゝ子も帰つて来る。電話のことをとりつぐと皆まで聴かず、「あら！」と著がへの手をとめ、じいつと真剣に梨花を見つめる。染香も「へーえ」と梨花を見、なゝ子を見る。くりかへして云つても報告は簡単でしかない。高山といふ男から二度電話があつて、二度目に旅館だといふ屋号と電話番号を訊いておいた、それだけのことである。

「さあ大変なことになつてきた。どうする気？」染香はおもしろづくでしやか〳〵云ふが、なゝ子は解きかけの帯をそのまゝそこへづさつとすわり、手鏡を取つて自分の顔をと見かう見、ものを云はない。「おゝや見あげたもんだねこの子、利口だよこの子。こんな場合だつていふのに、鏡に映して本心を見ようつていふんだからね。もつともはつきり云や、自分だつて何が本心だかわかつちやゐまいがねえ。」

　むつとして鏡を座蒲団の上へはふり出すと、「うるさいわねえ、黙つてゝよ。染香さんのお世話にはなりません！」

　ぱつと立つてぱつぱと紐やら伊達巻やらを散らかしたが、さて裸になつて惑つて梨花を見る。「あたし何著ようかしらん。どうしたらいゝかしら。」

　なゝ子といふ人は裸は平気だ。湯あがりの単衣《ひとへ》を重ねた不断著をかけてやると、かけられたまゝの半はだかで、鏡台のひきだしから蟇口を出し、硬貨をつまんでぽいとはふりあげる。「やつぱり表だつたわ！」とにこ〳〵する。

　それから騒がしかつた。「おねえさん高山さんがね」と間《あひ》の襖を明け、そちらの話などてんで気にもしず自分の話を割りこませる。

「電話はどこからだつたの。」

「それがおねえさん小石川なのよ。ねえ梨花さん、九十二つて小石川だわね。」

「はあ小石川です。」

「そんな変な処からの電話ぢやあ辻占はよくないね。ちやんとした帝国ホテルとか竜名館とかいふのなら又いゝけれど、……あの人まだよくないはずでしよ？　もしもう盛りかへしたのならこゝのうちへぢかに電話して来やしないわ、堂々とお座敷をさう云つて来るはずだもの。あんたがそれを承知ならいゝぢやあないの、もう子どもぢやあなし。ことわつとくけど、あたしはこんな状態だから何があつてもあんたの面倒なんか見きれないわ。その点わかつて頂戴よ。好きだと云ふなら誰がなんと云つてみやうもないもの。訊きちらかすだけ人騒がせだわよ」と突つ放してゐる。

ばかに腹だちつぽくて、それでまたなゝ子はむつと立つて来た。その間《ま》に梨花は染香から、その男が戦後の糸へん会社のアプレ社長で、なゝ子のひつかゝりであり、いまは落目《おちめ》になつてこゝしばらくと絶えてゐたこと、一時なゝ子はこの人と高級アパート生活をしてゐたことなどを、もう聴いてしまつてゐた。なゝ子は今度は梨花にからんで、「ねえ、どんなやうすだつた、どんなふう？」としつこい。

未練たつぷりだがこはがつてもゐて、どつちしていゝか迷つてゐるところである。「どうしようかな、どうしようかな」とうろ〳〵してゐたが、結局安全率の計算は感情に勝てなかつたらしい。「あたしとにかく電話してみる。」

電話は対手が出るとたんに、こちらの舌はことばをなさなくなつて、「うふゝ、うふゝ」と妙な含み笑ひになつた。それから、「え？　えゝ、いいえ、さう」といつた短いことばで受けて、「今夜？　だつてもう遅いもの！　あしたどう？　あたしだつてこれからぢやくたびれてゐるんだもの。え？　ぢやね、一度電話きつて頂戴。おねえさんに話してみて、折りかへしご返辞するわ。」

きると、おねえさんになんか話さないで又すぐほかへ電話する。「宝亭さん？　チキンサンドできる？　ぢや野菜も入れて二《に》人前《にんまへ》、箱詰にして頂戴。それから果物はない？」

もう行かうときめたのだらうが、きめればきめたでさうした心遣ひもばら〳〵に乱れるらしい。「ねえ梨花さん、お鮨のはうがよかつたかしらん。お鮨ならお酒も飲めるものねえ。いゝわ、お鮨もそ云つてくれない？　上《じやう》だねをね。」めちやくちやである。だいいち著て行く著物も相談なしにはできない。「ちよつと染香さん、洋服にしようか著物にしようか、教へてよ。」

「いやだよこの子は、そんなこと知らないよ。都合のいゝのがいゝぢやないの。ようく考へてごらん、パンツ穿いてズロース穿いてズボン下穿いて、それで和服著て行つたらどう、いちばん安心だ。それで不都合になつたら脱ぎやあい丶んだもの。そんなことよりそれ〳〵、もう一度電話するんだろ。折角気を持たせたのにさ、忘れちやだらしがない。」――かういふふうにはぐらかすのかと思つて梨花は感心する。

　な丶子は、「おねえさんがね、もう遅いけど、それぢやちよつとご挨拶だけして来なさいつて、……だからほんのちよつとだけよ、ちよつとだけ伺ひます。ゆつくりは又あらためて、あしたにでもつておねえさんが。」筒抜けに聞えてゐるはずなのに、云ひもしないことを云つたにされてゐて主人はなんとも咎めない。

　な丶子は行李をひつかきまはす。下著と書いて紐に縛つたボール箱から、鴇《とき》色デシンにレースをつけた豪勢なパンテイを出すと、にゆつと足を突つこみ、これもお揃ひのデシンのスリップを潜る。白いブラウス、黒らくだのスカーツ、黄いろいスウェターと著てから、いちばんあとで沓下をたぐりあげる。梨花は、「自動車！　小型！」と命令された。

「気前を見せたねえ。あたしも途中まで載せてつてもらはう」と染香がからかふ。サンドヰッチも鮨も自動車も来て、な丶子はおろ〳〵し、包む風呂敷にまで気をつかつて新しいのをきばる。靴だコートだハンドバッグだと一々にあわてて、バッグのなかみを調べてちよつと考へ、紅い財布から札束を数へて三千円だけに残した。あとは梨花に預かつといてくれと渡す。なるほどなあと感じ入つてゐると、「まだ千円多い」と染香が云ふ。素直にその千円をへらした。

　するとまた染香が、「あんたまだも一ツ忘れてるよ」と香水噴きを取る。「あ丶、――」とな丶子はすつとスカーツの裾をめくりあげた。しゆつ〳〵とスリップの上から腰のところへ、びつくりするほど染香は噴きつけてゐる。

　隣の部屋から、「な丶子さん、あたしだん〳〵と考へてゐたんだけどねえ、……あんたどうせ今夜は勝てないわ。もう勝つつもりなんてないやうすが見えてるもの。その場かぎりなら久しぶりなんだからなんだけれど、しつかりきめるところはきめるところで別だつてこと忘れないでね。それだけ」と主人。

「あ丶らいやよおねえさん、だいぢよぶよ、そんな何も。」

「まあい丶よ〳〵、ばかだね。あしたになると申しわけになつちやふやうなこと云ふもんぢやないよ」と染香は、ちやつかり先へタクシーへ乗つた。

　ほんものか模造か上品に真珠のネックレスをつけて、ふはつとコートをひつかけたところは、芸者といふ古い名で呼ぶすがたではないが、さりとて令嬢でもない、パン嬢でもない、しひて云へばやはり前身の覗く元オフィス嬢、転向芸者なゝ子さんであるが、少くも座敷著のときよりは楽々とたくましい。脚のあひだへふりかけたあの香料は今夜これから一体どうなるのか、そこが謎のやうであきらかである。

　出て行つてしまつたあとは、行李の蓋がずれて襖ははづれてゐるし、鏡台のひきだしからはパフがはみ出してゐるし、座敷で穿いた足袋が片つぽぴしやんと潰れてゐるといふ盛んなものである。

「なあに、あの子あれで勘定はたしかなんだから、今夜は浮気してもあしたはちやんと切りあげて帰つて来るでしよ。」主人はひとのことで心配はしてゐない。

　十二時はとつくに過ぎてゐても相談は続くやうすで、なんどりはこゝへ泊るらしく、梨花はさきへ休ませてもらつた。所詮ひとのことだとおもつても、隣からはぼそ〳〵と話し声がするし、なゝ子の黄いろいスウェターも今夜はいやに眼についてゐた。なゝ子も染香も蔦次もなにかしでかしさうな気がする。みんなに運命の変化がありさうに思ふのである。いづれ事の納まりはどつちかへ著くにきまつてゐるものゝ、いゝはうへ向くとは思へず、鬼子母神が蔭口で云つたやうに主人の運も開くといふわけには行くまい、――としか考へられない。こゝがだめならだめでどこかへ住みかへるまでのこと、向ひの鶴もとはことしになつてからも下働きを通して呼んでゐる。あそこでもいゝと思ひ、この土地にゐつかうとしてゐて、もとゐたしろと衆のなかへ帰つて行きたくはないのである。方々をうろつく予感がだん〳〵強く浮いて睡りがたい。

*

「ごめんくださいまし」と朝の火を持つて行くと、なんどりは醒めてゐて、いきなり、「あんた色が白いねえ」と云ふ。

　云はれるほど白くも綺麗でもないのである。「白いといふのは赤みが残つてゐることなのよ。どこもかしこも白いのはそんなに白いといふんぢやない。こゝの女たちは商売だからみんな磨いた肌はしてゐるけれど、素顔は白いも黒いもどつちもみんな一トべたの色をしてゐる。三十過ぎて頰に赤みが残つてるなんて人は一人もゐない」と云ふ。それで梨花を白いと云ふのである。

　横になつたまゝ細い手を出して紅い友禅の掛蒲団を一枚一枚はねておいて、片手を力にすつと半身を起すと同時に膝が縮んできて、それなり横坐りに起きかへる。蒲団からからだを引きぬくやうに、あとの蒲団に寝皺も残らないしつとりとした起きあがりかたをする。藤紫に白くしだれ桜と青く柳とを置いた長襦袢に銀ねずの襟がかゝつて、ふところが少し崩れ、青竹に白の一本独鈷の伊達じめをゆるく巻いてゐる。紅い色はどこにもないのに花やかである。若くつくつてゐてももう老婆といふはずのひとの夜を考へさせられるのである。なんと云つてもひとといつしよにゐる夜、ゐたい夜ではなからうと思ふが、それはしろうとの推察である。この紅《べに》より色の深い紫の襦袢を著なした本体といふものには、およそ燃えるだけのものはすでに尽きてゐると見るのである。過去の燃えた記憶しかあるまいけれど、いまもかうした風情のある寝起きなのである。自分から迸《ほとばし》る色気ではなく、長年浸みてもう取れることのない技巧のなごりだとすれば、一生を通してのこの附味《つけあぢ》とはまたみごとなものだつた。なんどりはすうつと蒲団のあひだへ手を入れると、二ツ折りの古風な懐中鏡をひらいてほつれ毛を撫でつける。高速度写真のやうにスロー・モーションでなよやかに起きあがつて、少しも急《せ》いた気もちなどなく手鏡に髪を揃へる、——遠く薄れた記憶のなかに梨花にもさうした朝のあつたことが思ひだされはするが、随分久しく美しく起きた朝がないまゝに過ぎたことか。なんだつてあんなにびつくりと飛び起きて竈《へつつひ》の下へかゞんだのか、なんだつてあんなに渋々《しぶ〳〵》と起きて歯磨きもそこ〳〵に食事を急いだのか。ひきかへてこのとしよりは、おそらくこれまでいつの朝、どこで起きても誰がゐなくてもかうしてそこにもう一人人がゐるやうに、そしてその人を好いてでもゐるやうなしぐさで、ふたりの床からしなやかにからだを引抜き、音もなくまづ第一に髪を揃へて来つゞけたのだらう、その違ひ。外は陽が高いのにまだ雨戸をたてゝゐて、電灯の光にかこまれて襦袢は冴えてゐる。

「何をそんなに見てるの？」

「いえ、わたくし、今ひよいつとかう、……いつもあんまり自分がざつぱくない起きかたをしてゐるやうに思つたもんですから、羞しい気がして、……むく起《おき》に起きたりのつけに憚りへ行つたり、ほんとに女らしいこなしなんてなかつたんで、いまさら大変な損をしたやうな気がしまして。」

なんどりはふゝゝとをかしがつた。「さういふことを思ふのは、かはいさうにあんたもつまらなかつたといふ証拠だし、もう一ツには、だからその埋合《うめあは》せにまだ〳〵これからおもしろいことが出て来る証拠でしよ。なあに、赤いものがなくなつてからまた一ト盛りがあるものなのよ。若いときはすることが夢中だから、半分以上は心にのこるものがなんにもないけれど、そこへ行くと中年からのおもしろさは、なにしろこちらが利口になつてるもの、心のかぎりに行き届いちまふから、みんな胸にのこるやうなことができるつてわけね。大つぴらで云ふのも変だけれど、寝起きなんかも柄《がら》がきまるのは中《ちゆう》どしまでい、男に会へたかどうかがめどになるんだと、あたしは思つてるのさ。……いつしよに旅行でもして見るとよくわかる。大ねえさんと云はれるひとでも、いまあんたが云ふやうに見たくでもないざまでずつぽりと起きるひともあるし、しなはよくてもうまみのないひともゐるし。まあとにかくあたしは、惚れ〳〵させて起きるもんだと聞かされてきたんだけど。……でもあんたはほんとにまるだしのしろうとさんだね。そ云つちやなんだけれど、眼のいゝしろうとさんだ。眼が新しいからこんなこと思ふにきまつてゐるもの。」

けさ小石川のどこかでなゝ子はどういふ起きかたをしてゐるか、用意して持つて行つたたべものもどんなふうに役立つたかとおもふ。あれで思ひのほかに綺麗な起きかたをしてゐるかもしれず、あるいは気楽に不行儀な寝起きかもしれず、どつちにしたつて稚いといふほかないと推察できるのである。梨花はなゝ子をかはゆく思ふ。通ひだから毎晩かならず一応は座敷からこゝへ来て、不断著に著かへて住ひへ帰るのだが、それがとき〴〵うちへ帰つてゐないやうすなのである。しかもまん前の鶴もとあたりへちよろりとはひつてしまふらしいのを、梨花は染香から聴いてゐた。現に朝早く鶴もとの勝手口から、おしろいの落ちた顔で出て来て、路地を駆けだして曲つて行くのを見たこともあるのだし、座敷から帰つてぐづ〳〵してゐると鶴もとから迎へが来ることもあるのだ。それだのに梨花をしろうとと侮つてか、みえないのか、「ほんとにいやよ麻雀のお対手は、よそからは何しに泊つたと変に思はれて。だけどお手当がいゝからねえ」などと云ふ。

水を向けると、「梨花さんなんか知らないけど、この土地にもそれ専門の人がゐて、気の毒よ。一流の妓《こ》はみんな綺麗に暮してるんだから、さういふお客さまのときにはお茶屋さんも困るでしよ。お座敷はあたしたちが勤めても時間が来るとさつさと帰つちやふし、だからどうしても専門家が必要なのよ。でもさういふ人呼ぶとき、あたしたちと区別するためにちやんと別の入口つけてあるお出先さんもあるのよ。ないうちでもそこが女中さんの腕で、顔あはさないやうに擦れちがひになるやうに気を配るのよ、おたがひにいやだもの。二年も三年もいつも同じうちへ出はひりしてゐるのに逢つたことなくて、変なものよ」と云ふ。それはさういふ妓《こ》もゐるかもしれないし、芸だけ座持ちだけでやつて行かれるなら問題はないにきまつてゐるが、いくらしろうとでもさうはつきりした綺麗ごとだけを聞かされると、へえ〳〵と云ふほかなく聴いてゐる。「こゝのうちは格がいゝし、おねえさんが堅いから一流中の一流で、だからまた専門の人から見ると癪に障るんでしよ、麻雀でもうるさい噂立てられるんで悲しくなるのよ」と、いよ〳〵いゝ気なことを云ふ。

わりに几帳面なところがあつて、勤務控と書いた大学ノートと小形のそろばんを持つてゐて、一日に一度はきまつて何か書いたり計算したりしてゐるのだが、それをやつてゐる最中に友だちが呼びに来て、玄関の立ち話がそれなりぷいと出て行つてしまつた。忘れたのだらうノートは開かれたまゝであつたのを、梨花が好奇心から覗くと、月日、出先、客、時間、玉代受取の月日、特別祝儀とこまかい項目がきれいな数字で埋《う》めてあつて、支出は赤鉛筆である。そのなかに臨時として鶴もと〳〵とあり、当日受取でいつも同じ額の五千円が収入に記入してあつた。五千円は鶴もとのほかにも二三あつて、そのページにざつと六度あることを見てゐるのである。そんな危険な証拠書類を鏡台のひきだしに入れて、丹念に書きこんでゐるのは不思議であるが、やはりオフィスへ勤めた女学校出のくせなのかと思ふ。書ける手を持つたのがいけないのである。先刻見られてゐるとも思はず処女の芸者だなどと云はでものことを云つてみたいのであり、なみ江の話をするときは、あゝいふ人といつしよにゐることは辛《つら》いと、一段あがつた高みからものを云ふ。さすがにゆうべはどうしてみやうもなかつたが、けふはどう繕つて帰つて来るかと思ひやつた。

昼ちかく、洗濯物を干しをへてほつとすると、主人がお菓子を二個買ひに行けと云ふ。客があるのだ。なんどりが、どうせたべないだらうがあつさりしたのがいゝ男客だからと口を添へる。

「あの人はほんとに見れば見るほど六代目に生き写しだねえ、あんな男前であんなできもので、うちはいゝし、それで堅いのは、どうも曰くがなくつちやならない。なんでも若いときに鉄火場へ出はひりして、斬られた傷があるとか云ふね」と云ふ。「まあたんとゐないいゝ男だからよく見てごらん」とも云ふ。

米子は大興味を起して、けら〳〵笑つて聴いてゐる。主人は、「そんなにいゝ男でもない」と云ひ、いゝ男の話には花が咲く。梨花は茶の間のそのへんをかたづけろと云ひつけられて気がつくと、廊下の鼻さきにいつぱい干した主人の勝代の米子のとり〴〵な下のものである。このうちの男客と云へば、見番の番頭と呉服屋と按摩ぐらゐのものでしかない、いはゞなんだか特別ないゝ男が招かれて、菓子のなんのと騒がれて、来るといつてゐるのに、満艦飾の下著はちよつとこちらがてれてしまふ。裏は狭くて風呂の焚口しか空間《あきま》はないが、そちらへ持つて行かうとすると、構はないと云ふ。

「でもなんとなくそんないゝ男さんに羞しいぢやないでせうか、あちらも眼のやり場にお困んなさつちや――」

「あらま梨花さん、随分遠慮つぽいね。腰巻なんぞなんでもない、どこだつて眼の前にぶらさがるはまだしも、潜るうちだつて珍しくない。かへつて縁起ものだわ。梨花さん、いゝ男つて聞いたもんだからのぼせてるんだ。腰巻羞しがるなんて変な遠慮だわ、股のない人間ありやしないのに」と米子がひやかす。

なんどりが、「あたしの若い時分にはやつぱりさういふこと羞しいとおもつていやだつたね、今はもう、……羞しさなんてものも時代で違ふわけかね」ととりなす。

男はかつぷくのいゝ上背《うはぜい》のあるからだを紺ダブルで、四十一ぐらゐと見た。なるほど六代目に似た男前だつた。取次に出た梨花をじろつと見た。微笑してゐるくせに瞬間はじろつと来る眼だつた。眼が六代目よりちよつとだけ鋭く、鋭いだけ未熟なところがあつた。つまり梨花は年長の優越をもたされたのである。当然、いゝ男に接する優しい態度に出た。バスの利いた頼もしい声で、ていねいなことばだつた。弁護士かと思ふがわからない。米子がとりされてゐる。鋸山事件が頼むやうなかたちで話しきつてゐるから梨花はわざと出て行かない。あんな幔幕みたいな下著の陳列は、ことに米子の色の変つたフランネルのなど、ほかのものでもなんとなくてれくさい、といふより不潔だつた。いゝ男だからといふのではなかつたが、——それから勝代に気をつかつたからでもなかつたが。

勝代はゆうべ返されて来たときから、ほとんどものを云はない。伏し眼に沈んで考へこんでばかりゐて、むつつり陰気だつた。梨花は声をかけない。どなられるか泣かれるかに読めてゐたからである。ちと齢はとり過ぎてゐるが、ひとりものの折角の男客へも無愛想にしてゐるやうすだ。

早めになゝ子が来た。これもすつかりげんなりしてにはかに深《ふ》けて見え、きたなくなつてゐた。主人も勝代も客へ出てゐて、誰もなゝ子のことを訊いてやらない。

洋服を脱がせながら、「いかゞでした。」隣室を憚つて訊くと、「……だめ、行つて損しちやつた。……落目つてこはいわね、あんないやなとこあるとは思はなかつた。夫婦約束したぢやないかなんて云はれて、あたしかつと羞しかつた。なぜあの人いゝと思つたのか、……でもかはいさうで、……別れてからあたし、薄情なのかなあと考へて辛かつた。」

主人の眼はたしかだつた。計算屋は損の立つ取引などに長くひつかゝつてゐない、ひつかゝらない分だけ感傷にくひつかれてゐるやうだつた。「もうね、電話かゝつて来てもゐないつて云つてね。ちよつとでも話せばあと引くにきまつてるから、もうちやんと思ひきつて来たんだから、……たゞ云へなかつたもんで、……あたしね、あたしね、……」うゝとこみあげて梨花にしがみつき、「あたしね、もう捨てちやはうときめてね、きめて帰つて来たんだもの。」

梨花ははら〳〵もしたけれど、それよりてれて〳〵へどもどする。ひよつと思ひついた。「なゝ子さん、お風呂へ行つてらつしやい。今明いたとこですよ。私たまご酒こしらへときますから、ぐつとあがつて一ト寐入りなさいよ。おなか空《す》いてるんぢやありませんか、何かたべたいものありますか。疲れてるからさう気が立つんですよ。」

なゝ子はおとなしく湯の道具を受けとつて、朝食もぬきでもそ〳〵話しあふしけかただつたと話し、肉のたくさんはひつたカレーがたべたいと云つた。安直だけれどカレーがほしいには好意が持てた。染香なら、「あれは捨てたなんてものぢやない、焼けぼつくひにしてしまつとくつもりなんだよ。貢ぐほど実《じつ》ぢやないつてところさ」と云ひさうである。早ごしらへのカレーを羞しげもなくもさ〳〵とたべると、なゝ子は横になつた。そしてもうそのことから気がそれたしるしに、「来てる男だれ？　へえ、そんなない、男？　聞いたことないわ」と例の調子に返つてゐる。勝代とふたり不景気な顔が揃つてはたまらないと思つてゐたが、助かる道はどこにも通じてゐた。

染香ははひるなりなゝ子への好奇心をぶちまけて訊く。梨花は困つてい、加減にし、「惜しいところでしたね。さつきまでい、男さんが来てたのに」と云へば、い、男はありがたいものだ、この老妓がぴかつと眼を光らして、「どんな男？」と来る。

染香は知つてゐた。それはいつか芝居の廊下で見かけて気になつてゐた男に違ひないと云ふ。「ほら、あのおねえさんの昔なじみの人の秘書だつて云ふ、なんでも最近その人の鞄持ちになつたとかいふ話の。……さうか、さうだとすればきつと、そつちの手で鋸山の件はかたづけようとしてゐるんだ。……だがねえ、あの五万円は、……さう取れないこともなし、さうとも考へられないし、さきがさきだからさう簡単に焼けぼつくひにはならないだらうからね。」

蔦次が来て、「ちよつとさきへ用だけ済ましといて」と、いつもの通り大びらで旦那を呼びだしてきぱきと報告を済ませ、「今夜どうなさいます？　こちらへいらつしやいますか、それとも伺ひませうか、どつち道わたくしのからだは明けてあります。」さつぱりと、はつきりとやつてゐる。すでに行く道が手固くかためてあるといつた感じである。なゝ子にしても染香にしてもぐさ〳〵としたけはひだのに、この人だけがしつかりと自分も立ち、い、後ろ楯も持つてゐるといつた頼もしさがあつて、ほつとするのである。

*

い、男は佐伯といつた。これといつて頼り手のゐない一家に、眼から鼻に抜けるやうなしやき〳〵した男が出入りするやうになれば、たちまちあれも佐伯さんこれも佐伯さんといふ状態になるのはあたりまへである。たつた二三度しか来ないうちに、それもいかにも秘書の忙しい時間を割いて、この事件のために必要があつてちよつと五六分立寄るといつたふうなのに、佐伯は主人にも勝代にも、なゝ子にも米子にも好かれてゐた。そのうちで米子はろ骨である。もつとも往来で税務署の若い人と話をしただけで、二三日はなんとなく甘い跡味がのこつてぼうつとしてゐるくらゐなひとだから、まして佐伯となれば対手《あひて》が自分を問題にしてくれるくれないにかゝはらず、一方的にをかしな気分になつて、顔ぢゆう体ぢゆうの紐が緩んでしまつてもしかたがない。染香が我慢ができなくて、「好かないよ!」と云ふ。さういふ染香がこれもまた手放しで、「岡惚れしちまつたよ、若いののはうがそりやなんと云つてもいゝ、ね、一ト苦労もまんざらぢやない」と、へんにしんのある調子である。

「染香さんて少しあのはうがアブノーマルなんだつて、だからあの齢《とし》で年下の男でなくつちやだめなんだつて噂あるのよ。いまの人も七八ツは若いんだつていふけれど、あんなに搾られて苦労してゐるのも自業自得だわ。よく〳〵離れられないやうな惚れかたしちまつてるから、はたから手がつけられないんだつて話よ。佐伯さんに岡惚れだなんて云つてるの、どうせできやしないなんて見縊つて聞いてると案外上手に啣へちやふかもしれない。戦場生き残りの古つはものだもの、どだい年季が違ふんだから敵《かな》はない。お座敷だつてあのひとが一人はひるととたんに凄くなつちやふんだもの、なにしろ日露戦争日清戦争なんて古い猥談聞かされてごらんなさい、たまつたもんぢやないわ、うまいんだから。」

又さう云ふなゝ子が染香に云はせれば、「うまい廻りあはせになつたもんだ、チャンスつてわけさ。高山君にしやつと見切りをつけたとたんに、めぼしい男が眼のまへにぶらさがつたんだもの、心せきちく気はもみぢ、トーンツテンレンだよ」と云ふ。米子は佐伯そのものが気に入つたといふだけらしいが、なゝ子は佐伯が羽振りのいゝ人の秘書であることも気に入つてゐるらしい。秘書でおしまひぢやない、もつと出世するにきまつてゐると踏んでゐるのである。出世する見透しのついてゐる若い男は、出世してしまつた老人とほとんど同格の好かれかたをするのかとおもふ。

直接に佐伯の助力をいちばん頼りにしてゐるのは主人だが、主人と繋がりのあるのは佐伯の主筋にあたる人である。佐伯は当然その人の使はれ人であるといふ誇りがある。頼りにはするけれどそれは雇ひ人を使ふにひとしくて、心のめどがべと〳〵するやうなけぶりはないのである。けれども事務のことでは、鋸山の事件も税のごまかしの処置もその他のいろ〳〵あるらしい行きがゝりやら何やらも、みんなお手つ払ひにうちあけて、つまりだらしのない正体を曝《さら》してまかせてしまつてゐるやうすである。ついこのあひだまでは鋸山さへ、なんとか自分ひとりでかたをつけようとしてへたなりに踏んばつてゐたくせに、さういふ長年の強がりなり誇りなりをいとも簡単に棄てゝしまつて、急速にうちあけられる自在さが、梨花には歯痒いやうなあて外れなやうな気がする。

　そのなかで気の毒なのが勝代だつた。米子のやうな白痴に近い表現をしてしまふことはできないのだし、染香のやうに一ト口割りこませてよなどといふ、さばさば〳〵した調子ももてない。第一、気がありさうだとかんぐられやしないかと、それがもう心配で羞しくていやなのである。それほどにも弱いのである。弱いから、もし何か云はれたときにはちやんと申しひらきのできるやうに用意がしてある。母と自分とのこの一家にふりかゝつた一大災難を救つてもらふのだから、その恩を感謝してゐて何が悪いといふ理窟なのであらう。そんな理由がなんのたしになるものではないのに、あたかもそれで万人に呑みこませることができるものと心得て安心してゐるところが、初心まるだしの弱さであつた。もと〳〵勝代はこの事件であれこれ気を遣つてゐる、気を遣つてもしたことはうまく行かなくて一々縺れを大きくし、たうとうこんな結果になつてゐるのである。今後も警察がどんな方針で出て来るか、鋸山がどんな申したてや方法をするか心細いのである。頼りたさから云つたら無理もない場合である。心が少しづゝかしいでゐることは、そしてそれだから懸命に無関心を装つてゐるのが梨花にはよくわかる。なゝ子や米子がはしたないと云ふより凄まじい話をして佐伯さんを好もしがつてゐるのにひきかへ、勝代はなるべく無口にひつこんで横を向いてゐる。が、横向きのうつむいた頬には佐伯の噂を聴いてゐる楽しさで、ひとりでに微笑があらはれてゐて、それを隠しきつてゐるとおもつてとりすましてゐるのがあはれである。不器量でも意地つ張りでも生娘にはたくまない哀しさがあつて人を惹くものである。

　老若とりまぜのそんな雰囲気のなかで、小憎らしく賢《さか》しく、佐伯はことばも崩さず行儀も崩さず、どこまでも慇懃に下手《したで》に出てゐる。それはこの一家のたわいない女どもにひつかゝられてはたまらないと、拒絶してゐるかのやうである。梨花は別な意味から佐伯を注意してゐる。この男の主人はこゝの主人の古い曰くつきで、いままで中絶えてゐた。中が絶えたのちもなんどりの料亭はずつと使つてゐたやうすだし、なんどりには為になる上客《じやうきやく》である。だとすれば、主人となんどりもずつと親しい間がらなのだから、その人の消息を主人はさう耳遠くなく聴いてゐるはずである。けれどもめい〳〵の商売ともなれば、たがひに納得づくで知らん顔を通してきたかもしれない。なんにせよ主人は鋸山封じに遣ふ金に迫られてゐたし、何かのきつかけでこの古なじみに接近したことが推察できる。五万円の出どこはどうもさうらしい。が、焼けぼつくひは燃えつゞかなくて一度で切れたと見える。一方鋸山は楽に五万円を巻きあげたのでかへつて縺れ、勝代の強気から縺れはひろがり、そして新米秘書の佐伯がなんどりの口きゝで事態収拾に出てきたといふわけだらうが、なんどりの思はくも解《げ》せない。一方は長年の上得意、一方は子飼ひから世話をした妹分である。しかしどちらへも自分の慾得を離れてまでのことは分明でない。佐伯の話には大分になんどりの意志といふものが利いてゐる。でもそれも佐伯の便宜上の利用だかほんとのことだかわからない。誰がどこまで何をどう思つてゐるか、なりゆきはほとんど察しがつかない。佐伯にしても主人の命令ではあつても、自分の得にならない事件にあくまで親切だとはおもへない。けれども現在親切さうに見えるのだから、あるいはこの事件もどれだけかの利益があるのかともおもへる。さういふ世渡りをしさうな性質はたしかにありさうだつた。事件は警察を中へ入れて示談へ持つて行かうとしてゐた。あつさりとこちらの法に触れる点を認める代り、それにはそれだけの方便もあるといつた話しぶりだから、主人は不安半分で決しかねるのだが、不決断のうちに事はさつさと佐伯の思ひどほりに進むやうだつた。もちろん利用する肩書は十分に効を発したことだらう。佐伯はこの家に権力をもつた人といふ格になつてきた。

＊

主人はこのごろ特に縁起担ぎのお詣りがうるさくなつた。何日には不動様、何日にはお地蔵様、――梨花は馴れつこになつて滑稽も感じない。けふも菓子折の大きい空箱《あきばこ》を仰々しく新しい木綿風呂敷に包んで、自動車に乗つてお詣りに行つた。出て行つたあとを梨花も使ひに行つて帰つて来ると、きれいに掃いてあつた玄関までは砂だらけである。干しておいた猫のふんしの砂箱は往来へはふり出されてゐるし、きつと近処の子どもが遊んだのだらう。そこにある草箒を取つて掃いてゐると、「ちよつとお！」と家のなかから険しく咎められた。

主人はもう帰つて来てゐて、掃いてはいけないのだと大不機嫌である。これはさつき何様とかから御縁日で頂いて来たお砂で、門口へ撒いておくと方角の難を免《のが》れるのだと云ふ。知らないこととは云ひながら、その勿体ないお砂を穢《けが》れた箒で掻つ散らし、あまつさへ猫ションの砂といつしよくたにしたとあつては、御功徳《ごくどく》がなくなるのはともかく、お罰を蒙ることになるといふ騒ぎなのだ。

「お砂の御奇特で方違《かたたが》へなんて面倒なことしなくても済むとおもつたら、困るぢやないの！　大体あんたは知りもしないくせに生意気よ、ちよつと訊けばい丶ぢやないの。」

　主人は云ひ募つてだん〳〵立腹を激しくする。梨花は気の毒になつた。――このひとは八方ふさがりだから無抵抗な女中にしかおこることができない。もしもう少し苦労でもしてゐれば壁に対つておこることもできるのに、女中をお砂でまぶして不機嫌になつてゐるだけなのである。「お詫び詣りに行つてまゐりませうか。」

　実際はら〳〵もしてゐるのだが、梨花にはわるい癖がある。ことばをすぐ立体的にして視覚に感じる癖である。神主だか住持だかのまへに小さくかしこまり、「ありがたいお砂を猫ションといつしよにいたし、箒で掻きまはしたのは主人でなくて私でございます。どうか主人にはお罰をごかんべんください。この私にいかやうともお気の済む……」え丶ばか〳〵しい。まさかできるかといふのだ。主人も詫びに行けとは云はず、たゞしつこくぐづついてゐる。あまり自分のはうでしつこく云ひ張つたので、たうとう方違へをしなくては済まないことになつた。そんなことをおいそれとひきうけてくれる知人はなし、宿屋住ひを考へる。よく訊いてみると、住ひばかりでなくこ丶のうちの火をつかつて煮炊きしたものはたべてはいけないのださうな。それではまことに大騒ぎだ、お茶一杯飲めない。宿屋住ひの物入《ものいり》の上その騒ぎではと、梨花はこと〴〵く恐縮する。たうとうその日の夕がた、二三町さきの下宿屋へ親子は短期移転をした。

「寂しいかい、おとなにお留守番するんだよ」と猫に云ひおいて、寝巻を持つて出て行く親子の姿は、それこそ猫より頼りなげだつた。こんなことをするからこそ、かへつて凶事のはうで寄つて来るのだと梨花は云ひたい。

　主人が下宿へ行つて三日目の夕がた、蔦次が眼を紅くしてはひつて来た。昼間のうちだけ主人はこちらへ来てゐる。「あのね、おねえさん。たうとう、……さあなんと云つてい丶だらう、……変な時期が来ちやつたの。」

　蔦次は細いからだいつぱいに異様な緊張を湛へてゐる。じみだけれど新しいばりつとしたものを著て、装ひは第一級に改まつてゐる。うちぢゆうが耳を立てゝひそつとする。自然蔦次はみんなにしやべるかたちになつたが、まだ何も云ひださないまへだといふのに、横から窺へば俯伏せた顔の高い鼻柱のわきを涙がつう〳〵と走つて、それが口もとの線に沿つて頤へ珠になつた。

「そいぢや、あちら……よくないの？」

「さう。急に大きな喀血が来たんで、もう迫つちやつたつて云ふの。で、呼ばれたんだけど、……お彼岸が越せたらつて云つてたんだけど、多分これで……」

　主人はふん、ふんと聴いてゐるが、おそらくこゝにゐる誰にも耳のとんがる話であつた。これほどまでに蔦次の足がゝりがみごとにできてゐようとは、思ひがけないことであつた。遠くないうちにきちんと一軒持つてあの社長さんの二号に納まつて、きつと病弱の正妻より上廻る勢力を握る二号夫人になるだらうぐらゐは察してゐたが、正妻の臨終に正々堂々と呼ばれて行くやうな、こんなしつかりした渡りがついてゐようとは驚くほかはない。とにかく今からみとりに行き、もしそれが最期になればひきつゞく取込みいつさいの切りまはし役もすることになる、だから当分お座敷は休みたくその辺よろしく計らつてくれといふのである。

　話のあひだに、蔦次と夫人の行きかひがはつきりとみんなにわかつてきた。夫人の長い病床生活のうちにはとくと品定めがあつたのだし、もちろん蔦次は色や得よりもも一ツ深い勤めかたを、社長でなく夫人に尽したらしい。あとを譲るといふことは眼鏡にかなつてと云ふより、むしろもう大きい息子娘たちが大びらに推薦して、一家の暗黙の承認になつてゐたのだといふ。芝居めいた古くさい筋書があまりに綺麗ごと過ぎて、梨花にはちよつと疑問なのだが、蔦次の涙にもことばにも嘘はないとおもふ。蔦次だつてどうせいゝ目ばかりを見てきた過去ではなく、齢も三十いくつといふ「若くない宙ぶらりん」の感傷がある年輩である。死んだあとの位置を約束してくれるひとに対して感情がなければをかしなものだし、勤め通してきた自分の我慢や奉仕をかへりみても涙があるのは当然だらう。ことに、「なんと云つていゝか」と考へてことばを択び、「変な時期」と云つたのは偽りのない云ひかたである。たしかに変な時期であるにちがひない。夫人のだら〳〵病気はいま急に革まらうとしてゐるし、そこへ呼ばれて行く蔦次なのである。これで芸妓の生活にはきりがつくだらう。人の妻・母といふ位置に就き、身の安全が確定するときは、すなはち蔦次の価値を認め、拾ひあげてくれ、のみならず自分の位置を譲らうと云つてくれる優しいひとを失ふときである。一生の安全がきまつてほつともするだらうが、それは恩愛深いひととの死とひきかへなのだ。そのひととはたがひに生易しくない感情と理知とのあひだを、さんざ行きつ戻りつ苦しんだあげく、やつとの努力で美しく完成させた間がらであつたらう。バトンの受けわたしは死を中にして行はれる。

まことに変な時期である。その変な時期へ対はうとしてゐる、また対ふよりほかのない蔦次へ、みんなは何と云つてい丶かわからない。祝ひも悔みも歓びも哀しみも云へないのだつた。といふのは、まさかこんなに著実にな丶子は鏡台へ倚りか丶つたま丶、染香は老眼鏡を外《はづ》して針を持つたま丶、主人は猫を抱《だ》いたま丶、誰もことばがなかつた。名状できない寂寞の感じが座をたゞよふ。所詮自分たちには越えられないしろうと・くろうとの堺を、いま蔦次だけが越えるかに見えて、はや後ろ姿になつてゐることをめい〳〵承知させられてゐた。けふこ丶を出て行つてしまへば、このつぎ会ふときは奥さまになるための手続を取りに来るのであることは確実である。かゞやかしく身は納まるのだ。蔦次の行くさきには光が明るく、光のなかには土台のしつかりした住ひが見え、住ひのなかにはソファにすわる夫があり、そのそばには成長してゐる息子や娘があり、雇ひ人が侍つてゐるのが見える。それにひきかへて自分たちの行くさきには、たゞ薄暗い下り坂のほかには何もないといつた、かなしい比較がいやでも胸に映るのである。徐々にはつきりと、みんなの胸に別れの空気が醸されてゐた。

溜息のついでのやうに染香が云つた。「どつちみちくたびれることだらうから、何もまあお大事に。……それにしても、縁起でもないこと云ふけれど、その奥さま大丈夫《だいぢよぶ》なんだらうねえ。肺病は最期まで意識がちやんとしてるつて云ふけれど、最後の土壇場で、あ丶は云つたけど――なんて云ひだされてはたまらないからねえ。そこんとこ、よつぽど、しつかりとねえ。」

さうなのだ。この手はこの世界がむかしから何代にもわたつて辛《つら》い経験を重ねてきてゐる、どんでん返しの危険な手なのだ。染香はなんだかふらつとそこへ触れたのだが、一座のしこりはそれで解けたやうな気がした。

「奥さまのあぶなかつたのは今がはじめてぢやなし、そのたんびに私どれだけ考へさせられたか。……いまぢやもう私はさういふあとのこと、なんにも気にならなくなつてるの。どつちでもいゝと思つてる。……だつて、もし私が奥さまの身なら、やつぱり死に際にどんな気になるか保証できないもの。見えなくなつてる眼に、ひよつとして息子の顔でも見えてごらんなさい、……死んでも親は自分一人にしときたいかもしれない。無理ないものそんなこと。……死んで行くひとも私もせつない。」

なゝ子が化粧ガーゼへ手を伸ばして眼を掩つた。

「なんでもいゝから、死ぬひとの気もちのいゝのがいちばんいゝと思ふの。これよりほかないと、私せんから覚悟がきまつてる。こんなふうなときには、ほんとに……男なんてばかみたいなもんだ。先立たれゝば気の毒だといふだけのものだわ。私もつく〴〵と妙なところへひつかゝつたと思ひます。たゞもう私といふものが奥さまの障《さは》りにならないやうに、……楽にすうつと逝つていたゞけたら、私のこれまでしてきたことなんかどうだつてかまやあしない。」こみあげて泣き、みんなが誘はれた。透《すか》し縫ひのいつぱいついた舶来のハンケチをしろうとつぽく蔦次はつかふ。髪も技巧なく搔きあげておしろい気《け》もないが、肩から流れる羽織の襟もと、すわつた膝の著物の棲、消しても消えない職歴の年功が底光りしてゐる。

梨花は蔦次が社長夫人として、継母として十分にやつて行けるとおもひ、そしてこれで一人出て行つて減《へ》るのだとおもふ。いちばん堅いまんなかの敷石がもろに脱ける。

「もうよさない？　その話。それに早くしないといけないんでしよ？」

「えゝ。」

「見番へは話通しとく。一時だけ休んでるつてことにしてね。うちのはうへ直接云つて来るお座敷も、梨花さんあしたからおことわりしてね。……荷物は？　何もないの？」

「えゝ、さつき電話であちらのお嬢さんが、おかあさんは寝巻でも何でもみんなそつくり使つてもらふつもりでゐるから、からだだけで来てくれつて言づけなの」と又泣く。

主人の膝からおろされた猫が膝の順につぎ〳〵と、あつちへ擦《こす》りこつちへ擦り、にやあ〳〵啼いてゐるが、誰が猫など抱きあげてはならないやうにすげなくしてゐる。

蔦次はもう一度促されると余計せきあげて、「だつて私、こんな小さいときからこゝにゐたんだのに、急に出て行くなんて、……行けばもう帰れないし、私、あちらのおつきあひはなんだかこはいの。」

愕然と梨花は知らされた。くろうとの世界から見たしろうとの世界は、かうしたこはがられかたをしてゐる！　こはいものは何もない、と云ひたい気がするところへ、主人は「送つて行くからタクシーを」と云ふ。起つと猫が足へ絡んだが、よけて、ダイヤルを廻してゐると、あちらのはうで一ト声尾を曳いて「にやあん」と啼いた。そして、びゞびゞとをかしな断続音がした。

「あら、やだわあ！　おつ臭い！　わあ大変だあ、ちよいと梨花さん！」みんなが総《そう》に立つけはひだつた。猫が洗面所へ臭いものを失礼したのである。廊下を伝つて電話のところへも峻烈な悪臭がとゞいてきた。口々に叱られた猫は梨花の足の蔭へ来て助からうとしてゐる。

「また何か変なものたべさせたんぢやない？」と疑はれるのは人間である。

　猫のおかげで蔦次の昂奮はかたりと幕になつて、タクシーは案外明るく、「お大事に」とみんなに送られて出て行つた。

「少し浚はうかしらん。」帰つて来た主人が三味線を引きだした。

　はつと勝代が堅い顔をした。「それぢや、おかあちやん。やつぱり出るつもり？」

「このあひだもそれ云つたんだけれど、この土地みんなでやることに私だけのわがまゝは許せないつてみんなが云ふんだもの。」

「そりや土地の催しは大事だけど、個人の自由だつてあるはずでしよ？　無理にさせるのなら圧迫よ。そんなはずはないから、結局はおかあちやんの意志が弱いのよ。弱いつて云ふより……出たいんぢやない舞台へ？」ぎらりとした物言ひだつた。土地の芸妓総出で劇場を借りて大がゝりに催す舞踊の興行へ、出演するかしないかの話である。年々主人の唄は評判にあがつてゐるものだつたが、ことし勝代はなぜか反対してゐるのである。かねて聞いてゐる勝代の意地の悪さ強情さの正体があらはれた態度である。

「そんなことはないのよ。親子のなかを気まづくしてまですることはいらないもの。だけれど、――」

「わかつてゝよ。みんなが云ふからつて云ふんでしよ？　いくら云つても、おかあちやんはそこがつんぼなのね。蔭で何と云はれてるか、……あの古ものがゐるうちはぱさつとしたものはできない、気が変らないこと甚しいつて云はれてるぢやないの。みつともない！　あんなに云つてあげるのに、これがわからないんだから、おかあちやんてなんて悔やしい人なんだらう。」けふは激《げき》すⅠ日である。染香は、「勝代の毒気がはじまつた」と云つた。

「さう云つてくれることはよくわかつてるのよ。でもさうおこらないで頂戴。それにね、いままでの私の成績も考へてくれない？　一度だつて土地の名をよごすやうな唄をうたつたことある？　とにかく稽古だけさせて頂戴。自信がなければきつぱりやめるし、やめさせてもくれる。蔭口で怯《おび》えるより稽古をするはうが先だとおもつてるわ。そのうへできめることにしてくれない？」

勝代は憎悪に近いやうな表情をしてゐる。「それごらんなさい、やつぱり舞台に未練がある証拠だわ。あゝあゝ、おかあちやんも私の云ふことなんぞ蹴つ飛ばしても、ひとりでいゝ気になつてりやあいゝんだ。」

主人はものを云はず、「あんたまあ」と口出しをする米子は、「うるさい！」と薙ぎあげられる。勝代は起つたものゝ、狭い家に行きどころは二階よりなかつた。

ぴいんと絃《いと》をはじいて調子合せがはじまつた。主人の正式な稽古ははじめて聞く。不愉快な気もちが残つてゐるのか、撥はびん〳〵するし、節廻しも声もおもしろくない。音楽を知らないのに何をよりどころにさう思ふのか、神経に突き刺さつて来るやうないやな音だつた。梨花はまどふ、これは勝代の云ひぶんがあたつてゐはしないかと。大袈裟に云へば、耳から押しこんで来た音が胃のなかを掻きまはして、もう一度げろつと外へ押し出して来さうな気もちの悪さである。それも主人はかなり気負つてやつてゐる。その気負ひがまた気障《きざ》に聞えてたまらない。やゝ久しく稽古は続いて終つた。さぞ喉も湿《しめ》したからうが、うちの火で煮たものはお茶もいけないのだから気の毒だつた。主人たちは下宿へ帰ると云ひ、勝代はむつとして母のさきに立つて行つた。家具もない貸室に、気まづい親子はどんな食事をしたか会話をしたか。

米子は、うるさいと一喝された反撥から、「嫉妬よ。おねえさんがほい〳〵云はれるものだから、焼けて〳〵しやうがないのよ。器量の悪いものは根性《こんじよ》も悪いつて云ふけれどほんたうね、器量と芸と二本立てのやきもちだわ。」

梨花は米子の云ふより、嫉妬はもつと複雑だとおもつてゐる。なゝ子の云つた、「二階へ行つてはいけない」の疑問もいくらかわかつてきたやうな気がするが、米子などの口うらをひくことはしない。

半面の正体を見せてしまつた勝代は、もう半面の正体を佐伯に曝した。母親とのいさかひはどうなつたのか、その日は勝代一人がこちらへ来た。そこへ佐伯が来て、主人の帰りを待つと云ふ。しばらくしても主人は帰らず、佐伯はゆつくりとおちついてゐた。とりもつつもりで鮨を持つて出ると、そのしばらくのあひだに若い人たちの話は急ピッチで親しいものになつてゐた。

「結婚なすつたらい丶のに。」

　佐伯にさう云はれると薄皮だちの勝代はかつと上気したが、持前の利かん気で突つぱつてゐる。縁談のない娘のもつ羞らひと依怙地がにゆつと出てゐるが、さう悪くはない。まじめに話してゐるからである。

「結婚て、お嫁に行くこと？　養子貰ふこと？」

「どつちでも自由ぢやないんですか？」

「え丶、自由よ。でも、自由なんてもの、必要を感じないときにはありがたくもなんともないものね。あたしばかり自由だつて、来手《きて》も貰ひ手もなければ、自由なんて価値ないみたいだ。……工合が悪くなつてる芸者家で、そこへ私と来たら稼ぎがなくつて、そんなところへ誰が来てくれるかしら。来る人はつまり私の養ひ手として負担をしよはされに来るやうなもんだし、財産がないから養子の利益はなんにもないし、……うまく行つたつて結局は芸者家の亭主でしよ？　今どき芸者家なんて商売、誰だつていやだわ。」まつたうに吐きだした鬱憤にはちよつと受太刀ができない。

「そりや少し考へが狭過ぎやしませんか。」

「さうかしら。でもいままでのところでは狭くつてもしかたない。だから私がかうしてひとりぼつちでゐるんですもの。……それにお嫁に行くはうも随分と肩身が狭いわ。くろうとに生れたくせにしろうとみたいに育つてるんだから、からだは半分々々に色が違つてるといつた感じなの。貰ふはうは変てこでしよ？　私だつてしろとさんの家庭、やつて行かれる目安はないわ。きつと一々はら〳〵心配するにきまつてるもの。だめね、いざとなるとくろうとは結局横へ逸《そ》れたもので、ちよんでもしろうとには箔がついてゐる。……芸者家に生れて、芸者でもなし遊芸師でもないものに、結婚なんてことは夢の夢だとおもつてるの。だから羞しいけど、新国劇の殺陣みたいなもの見ると、すつと気もちが霽れる。ばさつ、ばさつと薙ぎ倒しておいて、鍔をぱちんと、それでおしまひ、……芝居が私の溜息を吸ひとつてくれるみたいなの。い丶気もちだわ。」

「なるほどねえ、新国劇か。」

「私まだ十九だけど、結婚の話なんてちやんと観念しちやつてる。これでもこの土地では指に折られた芸者の子なんだから、変な人となら一人のはうがましだ。寂しいはうが賑かに笑はれるより性《しやう》に合ふとおもつてるの。それよりもね、どうやつて暮して行かうかつていふことのはうが心配だわ。……養女をしようかとおもふの。」

「……へえ。」

「私が育てるの。いまからなら、その子が十七八になるとき私はまだ三十七八ですもの、二人でなんとかなるわ。思ひつきりいゝ器量でたちのいゝ子がほしい。本心云へば私の身代りみたいなもの。……だつて不器量は悔やしいんだもの、……いえ不器量でこの社会へ生れたのが残念なのよ、……それぢやまだ違ふ、不器量であのおかあちやんの娘に生れたのがやりきれないのよ。」

「ほんとにねえ、同情するわ」と云ふ米子の、なんとばか面《づら》なことか。

佐伯は煙草の灰を落して一ト言もない。もしもこの二人に通ふ気あひがあつてくれゝばと、梨花はさぐるが、男の反応はわからない。勝代がこの若さで養女を育てようと思ひつくあはれさを、男ならばなんとか感じないのだらうか。とは云ふものゝ、美しくない顔といふものはなるほど掣肘を受けてゐるものだと見る。勝代がこんなに本心をあけすけにして、いつそ潔《いさぎよ》く燃えて話してゐるのに、熱しすぎた頰は満潮の河のやうに膨らみすぎて、藁しべを聯想させる細い眼はぴか〳〵と濡れてゐる。これは美しくない。本来なら魅力があるとされてゐる受唇《うけくち》も、話すたびに不揃《ぶぞろ》な歯並が白く見えて、なにかがく〳〵する思ひがする。これも美しくない。眼や歯は附帯条件でしかないが、美しくないものは快くはない。さう正確に見てとつて梨花は不覚に涙ぐんでしまつた。勝代をかはいさうと云ふのではない。誰にも眼鼻だちの美しさは是非ほしいものだとおもつて、つと涙がさしたのである。

「おや梨花さん、泣いたんですか。こりやどうもいけないな。」

びつくりあわてた。この才子め、いつこつちを見てゐたのだ。しかし、どことなくこそばゆく梨花は退却した。

鋸山の問題はほゞ示談成立らしかつた。主人は最上の愛敬よさで佐伯に礼を云つてゐた。けれども佐伯が話したかつたのは税金のことなのだ。これはひそ〳〵と聴きとれないが、埒の明かないことだけはやうすで知れた。

方違への終つた日、主人は佐伯と警察へ行き、帰りは鋸山もいつしよだつた。なんどり女将もやつて来て、梨花はちよつとした酒の用意をさせられた。金額の話しあひも予想よりずつと廉く、その代りなみ江の持物いつさいは引渡すこと、なみ江失踪からけふまでの配給米のたゞとり分は、精算して金で払ふこと、むろん米穀通帳は返すこと、などであつた。どちらが負けた勝つたといふことはないが、佐伯のお手柄のやうである。鋸山はげつそりと衰へて、態度もずつと下手《したで》で、負けたよと云つてゐるやうな気力のなさである。事件には触れずなんとなくわやく\〱と挨拶ぬきに、昼間の杯《さかづき》がめぐつた。杯のあひまに、なみ江が新興三流地に出てゐることが話されてゐた。

「何もかもきれいに済んだのだから、遊びに寄こしてくださいな」となんどりが云へば、瘦せた頰骨に影を落した鋸山は、「いんや、三流地には三流地の意地があつから、来たいことはあんめえ。……だけんど、なつかしいとも見えて言づけだけはして寄こしてた、よろしくつてな。」

佐伯が、「ぢやあ」と主人に合図した。梨花はさつと座を外した。物のうけわたしなど見たくなかつた。やがてみんなが降りて来て、いつかの夜、梨花を風呂へ出しておいてめぼしい物のひきぬきをやつた、なみ江の行李が引きだされた。足りなくなつた隙間は古毛布とか祭の揃ひゆかたとか、香奠返しに貰つた敷布の箱とかが、嵩張《かさば》つて入れてあるのを梨花は知つてゐる。

「細引買つてあつてよ。」主人は蓋を明けないでそのまゝ紮《から》げさせたいやうに促したが、親爺はぎちく\〱と明けた。てつぺんに足駄が一足、泥の干《ひ》からびついた歯を仰向けにひつくりかへつてゐるのには、梨花も少し驚いたが、親爺は口をもぐく\〱させたきり。隅からはみ出してゐる狸色の毛布を覗いて、「いつの間にか兵隊毛布なんか買つたと見える」と云つた。

なみ江が見たら、あつたはずのいゝものがなくなつて、買つたこともないぼろ毛布がはひつてゐるのを見て、叔父の迂闊さに立腹するだらうか。不平がましいことは一ツも云はず細引をかけてゐるのが、これが立ちあひのうへ円満引取といふものなのだらう。さんざ使はれて綻びの来てゐる蒲団一トと組、蛇の目、洗面道具など。

梨花はながしの自動車を拾ひに行つた。せめて綺麗な車でもとおもつた。運よく新車でビニールさへまだ破れてゐないのを呼んだ。蒲団と小物をいつしよくたにして親爺が担ぎ、嵩のわりに重い行李のはうを梨花が担いだ。見たことのないなみ江に懐しさが湧く。なごり惜しいやうにさへ思ふ。小さい車にやつと親爺と荷物を詰めこむと、車はいつぱいに、人は身動きもできない。それでも親爺は窮屈なからだをよぢつて、「あんたにや恨みなんか一ツもない。お世話になりました」と云ひ、「度々飯のお世話になつて済みません。しろとだつて聞いてるが、よく〳〵気をつけて早くもとへ戻るはうがいゝね。長くゐるとこぢやない。こゝは大の男がかゝつてこれだもの、かなふもんぢやねえ。はあ、そいぢやさいなら。」

新しいワーゲンのおしりは昆虫に似て、大通りへ出るとき少しためらひ、ぐうつと大きく隠れて行つてしまつた。

＊

つまらない縁起担ぎにすぎないとおもつてゐた方除けは、たしかに主人の気もちに折れ目といふか萎えといふかをつくつたと、梨花は感じてゐる。とにもかくにも鋸山がかたづいてほつとしたこと、だら〳〵急に蔦次の身の納まりがきまつてしまつたことが原因だらう。かたづいたといふことは、いまさら身のまはりが寂《さみ》しい。鋸山の件はまはりから、穏便に済んでよかつたわねえと云はれゝば、おかげさまでと取繕つて、蔭のものいりが嵩んでいよ〳〵苦しくなつたことは隠さなければならないし、蔦次のことも喜びを云はれゝば、それにもおかげさまでと答へて、一人分の看板料その他の収入がへつたことは意地でも云へない。体裁を強がつて内情がつらいとき、気は折れるものかもしれない。それにもう一ツは、税金がもうどうしてみやうもないところへ来てゐることだつた。しかも、その税金の話にからまつて染香の借金のお尻、米子の突然の奉公が、芋蔓式にひつぱれてきた煩はしさも、決して小さいものとは云へない。気崩れや鬱屈も無理はないと云へる。

それは方除けのあとで鬼子母神が来て、きやうだいが長火鉢で話してゐたときだつた。主人は鋸山事件で随分姉が冷淡だつたことを胸に持つてゐたから、税金の工面などおそらく頼むつもりも相談のつもりもなかつたやうだが、話が自然そこへ流れて行つたので、多少愚痴つぽいしやべりかたをした。すると、とたんに、はたで聴いてゐてもひやつとするくらゐ、ぴしやりとやられた。

「共倒れをしろつて云ふんぢやないだらうね。それだと、もし万が一つていふときに、私はあんたをたべさせることができないよ。さういふ勘定になるぢやあないか。そりや二人しきやないきやうだいだもの、立替へられるほどお大尽ならなんでもない。でも所詮私には間に合はない額だものね、洗ひざらひ出して足りないんぢや、いつそ出さないでおいたはうがいゝ。それでもしものときに一ト月でも二タ月でも、あんたたち親子ふたり食ひつなげるやうな算段をしたはうが利口だもの。共倒れはいちばんつまらない」ときめつけた。

　主人は俯向いて灰をならしてゐた。「別にお姉さんにご無理お願ひするつもりで云つたんぢやないんだけど……」

「あゝ、その無理な願ひなんだけれどね、染香さんだよ。あのひとの無理にもほと〳〵困つてるよ。あんなにくどくから、それにあんたもそばから口添へをするから、あたしも無理をしてあちらから借りてやつたんだろ、それをこんなに云ひわけもできないほどひつぱつといて。いゝ加減になんとかしてもらへないかね。上杉ぢやしびれを切らして、著物でも何でも押へるつて云つてるのを、やつとごまかしたんだがね。」染香といふ女は実にちやらつぽこで不誠実だ。芸は達者だし、座持ちははでだし、相当稼いでもゐるのにだらしがない、いゝ齢《とし》をしてつまらない男にぴちや〳〵するから、霜枯れたことになつてるとこきおろす。「若いときに浮気をし足りなかつたと云ふならわかるけれど、さんざがつつき散らしてまだやまないとは、あきれた恥つさらしだ。このまんまだと、おそらく貧乏がいのち取りのもとになるね。……まちがつたよあのひとも、芸者でなくてお女郎《ぢよろ》になつたはうがよかつたのにさ。」

　染香の老いらくの恋はこれ以上きたなくは云へまいといふきたなさで、一座のものはよく聴いておけといふ調子で、どさつ、どさつとぶちまけられた。肉体的なきたないことばが平気でつかはれ、しかもそれは間接に貸し金の催促になつてゐるらしかつた。あくどかつた。あまりあくど過ぎて、反対に染香のいれあげかたがかはいらしく、清純にさへ思へる錯覚が起きて、梨花は苦笑した。

「これから、もつと厳《きび》しく催促するやうにあちらへ云つとくけど、あんたもなんとか取立てゝくれなくつちや、いつしよにゐるんだもの。例のやうに押へりやわけないと思ふんだが、あんたは手ぬるいからねえ。」暮には一度化けの皮を脱いで自身で取立てをやつたのに、今更またあちらのこちらのと勿体ぶつたこしらへごとを云ひたてる。

「でも、みんながみんなつてわけには行かないし、……」

「だからそこをさ。……」

鋸山も方除けもやつと済んで、久しぶりにいくらか楽な気もちでゐるものを、気の毒である。鬼子母神はどの債権者よりいちばんさきにいちばん有利に、妹から取立てようとしてゐる。かはいさうな妹は黙つて灰をいぢつてゐるが、何を考へてゐるだらうと同情してゐて、梨花はふつとへんな気がした。腹違ひだか種違ひだか、とにかく血つながりのきやうだいである、外見《そとみ》も内心も違ふやうだけれど、主人のどこかにもしや鬼子母神と同じあくどさが隠れてゐないだらうかといふ発見である。

鬼子母神の云ひたいことはそれでもうおしまひではなかつた。米子のことである。主人が警察へ連れて行かれた晩、こゝのうちももう長いことないから早く身じんまくをしろと、米子に勧めてゐたのは梨花も聴いてゐたが、その後、留守見舞にさへ来ないのに、いつどこでそんな打合せをしたのか、疎縁でも嫌ひあつてゐても親子とは時にこんなに素早い話ができるものなのである。

「米子もね、かうやつてくすぶらしておいちやかはいさうだし、小遣ひにも不自由だし、だからあたし口利いてやつたんだよ。ほら＊＊さんのあとを買つた福泉《ふくいづみ》さん、あそこで中働きに是非つて云ふから、きめといたんだがね。中働きつて云ふけれど、座敷へ出してくれるさうだから、なんかない？　あんたの不断著でも二三枚お祝儀に出してやつてくれないかい。」

主人は黙つてゐたが勝代が黙つてゐない。「へえゝ、随分突然ね。失礼なほどだしぬけな話だわ。どう？　おかあちやん、驚かない？　まあ驚くやうぢやばかなんだらうけれど、ばかだから私たちその上にもばかにされるのね。をばちやんもをばちやんだけど、米ちやんも米ちやんだ。あんた何て云つた？　ついこなひだぢやない？　不二子をあたしの養女にしてくれつて。そいで、芸者らしい飛びきりの芸者にしたてゝ売りだしてくれつて。そのかはり自分は一生恩に著て、このうちで給金なしのばあや代りに働くつもりだつて。生みのあひだがらでも、あんな冷淡なおつかさんのそばへは行けるもんぢやないなんて、よくも云つたわね。そいだから、梨花さんなんか追ん出してくれつて、渡りものはいつ何をしでかすか、利口なだけにおつかなくはないかつて、たしかにさう云つたでしよ。まだあるわ。うちのおかあちやんはもうなんて云つても齢だから、くだり坂でお座敷はへるばかり、芸者はいくら芸がよくても死ぬまで売れる人はないんだから、あたしにも考へろつてねえ、そ云つたわね。それがいま聴けば何なの、お勧めにお出かけ？ばかにしてるわ！　居候の分際で、――」

「まあいゝわよ。さうあんたおこつちやいけない」と、おろ〱主人がなだめるのへ、鬼子母神もちよつと変てこな顔をして、「へえ、そんなこと云つてたのかい、あきれたね。おい米子、おまへにや私が冷たい親に見えるんだね。わかつたよ。……で、どうだい？　かうしちや。ちやうど今みんなが集つてるから、まちがはないやうに云つとかう。私は冷淡て云はれても、きちんと筋を立てるのが好きなのさ。不二子は誰のところへ行くこともない、私には手許へ置く権利があるとおもふ。なにしろ米子ときた日には、いつでも好きな男と寝るのには一ト言の相談もないくせに、あとのこと一切は産む産まないまでひとに押しつけるんでね。でもさ、その金はどこから出たい？　不二子にかけたものはみんなうちの人から出てゐるよ。しかもあの人にとつて、米子・不二子は血ぢやない義理だ。私があればこその文句なしの金だ。そこんとこの筋を立てゝもらひたい。いゝかい、不二子は私が面倒見る、そのかはり米子は身軽になつて稼ぐ。稼いだなかからいくらでも養育費として入れる。生れるから今までの分は、さうきち〱と云ふまい。だから突つくるみ何もかもで月五千円はどうだい。実は福泉の旦那にも、それで成りたつやうにつて話にしといたんだよ。すらつと筋が通つてると思はないかい。」

米子は醜く緊張してゐる。「おつかさん、……まさか……」

「何さ。何がまさかなんだい？」

「まさか、さきへお金取つたんぢや……」

「あたりまへだあね。さうしなきや対手がおまへさんだもの、男には尻が軽くても働くのには腰が重いあんただもん、おちつくにはそのほかに手がないぢやあないか。」

梨花は鬼子母神を憎み、かつその実行力をこはいと思つた。又なんとしやうがない米子だらう、――とは云へ、その米子が蔭へまはると勝代をそゝのかして、自分を追ん出しにかゝつたとは。それもいゝ、近々《きん〱》に米子はいやおうなしに福泉へ連れて行かれるだらう。あらがへる女ではない。三流四流のお茶屋さんで、中働きなのに座敷へ出してくれるといふ、疑ふ余地はない。しかしものは考へやうだ。主人が追ひだせば角が立つが、親が勧めて出て行くのは主人にとつてありがたいしあはせでもある。一人余計ならそれだけこぐらかりが多い、この際いかなる意味でも負担を軽くすることは好ましい。人のへる寂しさやだしぬかれたやうな感じにこだはることはない。紛糾のもとになる絆が自然に断《き》れるのだ。もと〳〵こゝのうちにゐるべき人ではない米子だ。——梨花でさへさう思ふのに、当の主人は辛《つら》さうに聴いてゐる。たぶん頸筋から膏薬でも剥がされるやうな、ひり〳〵した心細さなのだらう。勝代の気もちもあはれである。腹だちまぎれに米子を暴《ばく》ろして強さうに云つたが、あれは自分の弱さをあらはしたにひとしい。このあひだは佐伯にあんなに熱心に養女案を話してゐたのだ。米子はすかさずそこを摑んで、不二子を売りこんだに相違ないし、勝代はあの昂奮が飛躍して、きつと本気で不二子を養女にしようと思ひもしたらう。佐伯の影が隠見してゐる心情である、佐伯臭いものが附いてまはつてゐる話だとおもふ。いかれてゐることはたしかである。それがあはれなのだ。ほとんど十が十、佐伯に惚れては大概の女が損をしさうだ。もちろん勝代も損組にきまつてゐる。結ばれ得ないことを自身承知してゐながらしきりに結ばれたがつてゐるし、結ばれたつてだめさうだと諦めるものゝ、その奇蹟を待つてゐる。若さであり、いかれたといふことなのだ。勝代の気もちのいらだゝしい哀しさを察してやつてゐるやうでもあり、過ぎ去つた自分の青春を追憶して哀しんでゐるやうでもある。

四人は一人一人が持前のかたちで、きつさを剝きだしにしてゐるのだつた。このまゝ行けばいちばん強いか弱いかの一人が口切りで、ひどいやりあひが生じかねない一瞬まへの探りつこである。ちやうどそこへ佐伯がやつて来た。それでだんまりの保《も》ちあつた力が崩れて、めい〳〵は慌てゝ剝きだしの心へ著物をかける。主人がもつとも早く装《よそほ》つて、「さあどうぞ」と客を請じて二階へ行く。勝代はさつと鏡を覗いて髪を撫でつけると、誰にもものを云はずぷつと外へ出て行つた。

鬼子母神はそこでお茶を入れてゐる梨花などはそつちのけで、「おい」と米子を呼んだ。米子はすぱ〳〵と煙草を吸つてゐる。

「ばかつてものはなるべく黙つてることだ。……器量のいゝ子は財産なんだよ。くだらなく勝代におだてられたりしたんだらう、ばかめが。……二度産まうつたつて、生れてくる子の器量は自由にならないんだからね。」そしてこれもぷいと帰つて行つた。

こんなかたちで易々《やす〳〵》と米子の身柄ははや決定する。二階は音もしない。途中で一度番茶を持つて行つたが、梨花が席にゐるあひだぢゆう、景気のよしあしなどがさりげなく話されてゐたが、なにかよくないことでも宣告されたかに見えて、主人はわた〳〵ととりとめなく思ひ乱れてゐるやうすだつた。対座の空気のどこにも明るいはずみがない。泣いたのでもないやうなのに主人の眼は紅く濁つてゐた。しばらくして帰るとき、佐伯は玄関で、「どうか一ツくれ〴〵も悪くお取りにならないでください。同じことならいゝお使ひで来たいものを、どうもこんなことだと申しあげにくゝて、……力及びませんで」と云つてゐるのを、わざと送りに出ないでゐて梨花はちやんと聴いた。

　睡れなかつたと云ふくせに、翌朝主人はわりあひ上機嫌だつた。食卓でも盛んに口数が多く、膳をさげに行つた梨花はそこへすわらせられた。

「これはまだ誰にも話してないんだけれど、あたし商売をはじめようつていふの。まへから心当りがあつて勧められてゐたんだけど、ちやうどいゝうちがあつてね。この近処よ、旅館はどうかつて計画なの。それには気の知れたしつかりものがゐなくつちや、……どう？　してみない？　あんたは先《せん》から使へる人だと思つて、なにかのときには一ト骨折つてもらふつもりだつたのよ。庖丁ができるから台処まかせたいし、客扱ひも若いのを監督してくれない？　帳つけやそろばんできる？　そんならなほいゝわ。お客なんかの扱ひやうは一度教へれば済むことだし、お帳場をやつてくれゝば安心ねえ。」

　あつけにとられてゐると、主人は疑つてゐるとかんちがひして、「いえね、その目当のうちつていふのは銀行からの話だから、確かな上にとてもいゝ条件なの。抵当流れよ。あぶない話ぢやないから、あんたが片腕になつてくれゝば、勝代をもう片腕にしてやつてみたいんだけど。」

　ぽつぽと湯気の立ちさうな景気のいゝ話だつた。眉に唾をつける一方、はげしく梨花は惹かれた。倒れる拍子に案外な杖を摑むことはあり得るとおもふ。そして動物的な勘で、この話は佐伯から出たのではなさゝうだが、あるいは佐伯が資金を持つて来る筋へ行くのではないかと当推量《あてずゐりやう》をするのであつた。

＊

　清元の稽古は毎日続いてゐる。朝食まへに弾いて唄ふ。食事を済ませると大概は師匠へ行く。帰ると又すぐ弾いて唄ふ。時間もかまはなければ、はたの耳もかまはない。子どもの稽古のやうにいつぱいに唄ふ。日がたつにつれて土地一帯の稽古も競つて本気になつてきた。役つき以外の妓《こ》でもそのことになると、きつい眼つきをして突つかゝるやうな口を利く。誰が師匠にどう叱られたか、誰はどんな猛稽古をしてゐる、といつた噂にばかり活気が立つた。二ヶ言目には、土地の名誉にかゝはるとか名折れだとか若い妓《こ》が云ふ。けれども、そんな風習をはじめて見る梨花の眼にはをかしく映る。それはみんなが力を協せて、わが土地のためによそ土地に負けない名舞台・名演技をしようといふのではなくて、たがひに意地の張りあひひぞりあひをして、たとへ対手を殺しても自分だけはのしあがりたいといつた、凄まじい競《せ》りあひのやうな感じをもたされる。よそ土地を意識するときは容易に協力体になれるのに、その圧《あつ》がさがるとたちまち仲間割れ同士討《どしうち》になる。絶えずなにか憎むものをほしがつてゐる性格が、土地全体に行きわたつてゐるやうすだ。主人のうけもつ唄に踊で出る連中は、うるさいほど足繁く出はひりしたが、それは大ぶ主人の憂鬱を和《やは》らげてゐる。

　さういふ出入りが賑かなとき、勝代はそのいつしよの座にゐるのにまるで母親と関係ないことになつてしまふ。繋がるしごとがないからだ。すると、むつと不機嫌を隠さないで、ひとりで二階へあがつて出窓に倚つてゐたりする。「二階の火鉢に火あるでせうね」とか、「トースト焼いて持つてつてやつて頂戴」とか主人は気をつかふ。云はれた通りにすれば二階では、近眼の細い眼を刺すやうにきらりとさせて、「これおかあちやんの命令？　あんたの親切？」とすねられ、「あんたもあんなにお客が多くて忙しいんだから、私なんぞにかまつてくれなくていゝのよ。どうせ芸なし猿の役立たずなんだもの」とひがまれる。

　このごろ梨花はしみ〴〵、この親子を不幸な人たちだとおもつてゐる。美貌で人を惹きつけるはでな才能と、芸と収入のある母が、とりわけ不器量で誰にも好かれない性格で、無趣味無収入の年頃の娘を持てばどんなことになるか、こゝにはちよつと考へにくい特殊な関係が生じてゐる。さすがのなゝ子も、「をかしいのよ」と短く云つて疑ふだけだが、梨花は承知してしまつた。それでもそれを誰にも堅く口に出しては云ふまいときめてゐた。云ふのがいやなのだ。親の思ひやりとはけ口のない娘の若さとは、親子を越えて歪みつくしてゐる。愚かしくきたないと云ふより、あまり弱いがゆゑに情ないのだと云ひたい。道外れの愛情と嫉妬のなかに挟まれることはいやだと思つて、梨花はきちんとした線でたてきつてゐる。

演芸会の競ひにいつか梨花も巻きこまれてゐた。妙な感情だが、なぜだか染香にはなんの心配もない、舞台はかならずうまくやりおほせると思はれるのだが、主人にはあぶなさを感じる。だから稽古がはじまると、梨花は自然とそこへ気を吸はれる。無縁な節廻しへついついて行かうとするし、意地のやうになつて聴きたゞさうとする。主人も亦これも意地のやうに、くりかへし〳〵浚ふ。うまくないから浚ふのだらうが、まづい。いやらしい声だ。唄はすらつと落ちて来ない。ざらつく刺戟がある。いけないところがどこなのかわかりはしないが、くりかへされるごとに、まだいけない、まだまづい、それでもだめだと、ひそかに梨花は気合をかけてゐる。ことに男ことばのところが鳥肌の立つ未熟さだつた。すこし敏感すぎると自ら控へても、唄がはじまれば節を追ふし、その部分へ来かゝると聴かないさきに、なつてゐなさを予期して生理的にげぶつと突つ返す思ひである。それほど我慢ならないいやな調子なのだつた。

　総浚へにあと幾日もないといふ朝だつた。けふだめなら所詮もうだめなやうな気がして聴いてゐた。味噌汁の大根を刻みながら、聴くと云ふよりむしろ堪《こら》へてゐた。もつともいやなそこへ来かゝる。節はこちらももう諳《そら》んじてゐる。いやな声、へたを期待してゐるへんな感じだつた。それがさらつと何事もなく流れて行つた。できた！　と思つた。そしたら、ぐいと手応へがあつた。庖丁が左の人差指と中指の第二関節の皮膚を削つてゐた。白い大根が紅く少しよごれてゐて、右手が左手を一しよう懸命にきつく摑んでゐ、痛さだかなんだか涙腺はゆるんで生温かい。手錠をかけられたやうな、左右くつついた手を挙げ、割烹著の上膊で顔のはうを動かして眼をこすつた。日向で見る絹糸よりつやゝかに繊細に、清元の節廻しは梨花の腑に落ちて行つた。これは湧く音楽ではない、浸み入る音である。大木の強さではなく、藤蔓の力をもつ声なのだ。人の心を撃つて一ツにする大きい溶けあひはなくて、疏通はあつても一人一人に立籠らせる節なのだ。すぐそこの茶の間で大柄にぽつたりしたひとが唄つてゐるとわかつてゐても、痩せぎすな人が遠いところで唄つてゐるやうにおもはれて不思議である。肌にぺと〳〵して来るいやらしさが脱けて、遠く清々しい。梨花の耳が通じたのではなくて、主人の技が吹つ切れたとおもふ。一ツこゝで吹つ切れたのだから、このひとの運は二ツ目三ツ目とよくならないものだらうか、そんな望みが湧いてくる嬉しさである。梨花は満足して、清元審判係から味噌汁の女中に還るが、指二本の小さい怪我をして大根を刻むのは不自由だつた。

　主人は稽古を済ませるといつも嗽《うが》ひをして手を洗ふ。

「手洗ふお湯沸《ぶう》いてる?」

　自分でも到達を承認してゐるのだらう、弾み声だつた。おめでたうと云ひたいほどこちらも弾んだ気もちながら、芸事だけに女中の分際では控へるほかない。あかの古風な金盥へ湯を取つてゐるすぐそこに待ちながら、主人は両手をぼんのくぼに当てゝ、うゝんと思ひきり伸びをする。

「あゝいゝ気もちだ。けさはほんとにさつぱりといゝ気もちだわ。」芸者といふ職業も、母親といふ絆も離れてゐて、さつぱりといゝ気もちだけの女といふふうに見える。高貴でも艶麗でもなく、たゞ親しく平安な眼つきなのだ。

「ほんたうに、……実はさきほどからわたくしも、いゝお気もちのお裾分けをいたゞいてました。ほんたうにけさは結構でよろしうございました。きのふまでとはぐつと違つてをりました。」

「あらあんた、……」

「は?　お稽古のことでございましよ?」

「――えゝ、だけど、……」からになつた薬缶といつしよに廊下へ後退《あとずさ》りに出るところを、「ちよいと、あんた、あのう、……」

　たつたいま見せてゐた表情はひつこんで、用心したやうな顔になつてゐる。やはり云ふべきではなかつた。この人の芸の自尊心には女中の鑑賞が不愉快なのだらう。無言に小腰をかゞめてさきの出やうを待つと、「あんた清元するの?」

「いえ、ラヂオよりほか。……それも清元も長唄もたゞ三味線の音楽だといつしよくたにしてゐるやうなもんで。」

「だつてをかしいわ。そんならなぜ、あたしの気もちのいゝのがすぐ稽古のことだと思ふんだらう。知つてるものでなけりやわかるはずないけど。……これは自慢ぢやないのよ。清元をやるひとはいくらもゐるわ。あたしもへたではあるけど、へたなりに、いはゞ上《じやう》の部のしつぽへは食ひさがつてるつて、まあお師匠さんもさう云ふし、これが稼業の表看板よ。」

　表看板と云はれると、きくんと受けとれた。酒間の円滑油的介添業を芸妓の表看板としてゐる一般しろとの観かたに、なんとなく従つてゐたことに気がつく。開き直つて芸が稼業の表看板と云はれると妙な気がする。冗談云つちやいけない。表看板は芸妓で、そのかげに清元名取があるんぢやないか。清元でごはんをたべてるんぢやない、——といつた気が急に起きるからである。

「そりや、学校のオルガンでうたふ唱歌みたいな清元は、いきなり三味線の絃《いと》へ乗つたとでもいふのなら、しろうとのあんたにわかるのも合点が行くけど、あたしの唄のできたできないは、くろうとにもわかるのかしら。あかなものだのに、どうしてあんたにわかるのかしら。あんた一体どういふ素姓《すじやう》なの？」完全にいけなくなつて行つた。

「どういふつて、……たゞのしろうとの後家といふだけですが。」

「変だわねえ。それがどうして、きのふとけふの違ひがわかるんだらう。あたしにはどうしてもあんたが、なにかだと思へるわ。なんかこの社会に繋がつてるんでしよ。そしてそれ、ひとに知られたくない痛いところなんぢやない？　なんにも知らないなんてはずないわ。もしさうなら、一しよう懸命やつてるくろうとは、ばかみたいなもんだつてことになつちやふぢやないの。」

「いえ、それ、知らないからかへつてわかつたんぢやないかと思ひますが。」それが又ます〳〵いけないもとになつた。

「知らないものにわかること、知つてるものがわからないとなると、こりや知つてるものより知らないもののはうが一枚上手《うはて》だつてこと？」

「いえそんな！　………どうも生意気を云つてしまひまして、……」

「生意気も生意気だけど、それより何よ！　どうしてわかつたんだか教へてよ！　かうなると是非訊きたいの。大体どこがいけなかつたつて云ふの、問題はそこよ。さ、云つて聴かしてよ、そんなに云ふんだから。」話はこぢれて回復しないと察し、折角このひともいゝ気もちでゐたのに気の毒なことをしたと、梨花は閉口する。

「さ、どこよ。……いつたん云ひだしといて卑怯だわ。」しろうとに何がわかるかと嵩《かさ》にかゝりながら、結局こちらが何も知らないと確めておいて圧服させてやらうといふ、えらがつてゐる気もちがびり〳〵と響いてくる。ひとに聴いてもらふために唄ふのだらう。唄ふ以上は女中であらうがなからうが、糸道の明いてる明かないにかゝはらず、聴いてもらふよりほかあるまい。女中さんだつて切符を買つて劇場へ納まればりつぱなお客だ。一双の眼があり二ツの耳があり、千人が千人万人が万人、自由な鑑賞をしてい、、人前で唄ふ気ならしろうと・くろうとの区別をつけて聴かせるのではない。

「卑怯ぢやないんですけど、……相済みませんお気さきを悪くして。……たゞね、わたくし毎日一しよう懸命になさるお稽古につられて、ついしろうと根性なんですね、いつしよにむきになつちやつたんです。盲蛇ものに怖ぢず、そこが生意気でした。誤解だと困るんで申しあげますが、ほんとに清元存じません。勘だけなんです。ですから、お稽古のはじめの日から勘でわかつてたのですが、あの男ことばのところが、なにかかう障《さは》りました。ほんと云へば、ぶるつとするくらゐ気になるんです。間《ま》でもなし節でもないやうな気がして、毎日けふはどうかけふはどうかと蔭ながら心配でした。それが、けさ、まるで違つてたとおもひます。その証拠にぶるつとしなかつたんです。だから、これでできたと思つて嬉しかつたんです。とたんに、……ふゝゝ、指切つちやつたんです。あの、……しろうとつてこんなばかなもんなんですが、多分ばかは一生ものでせう。」主人はだん〳〵伏し眼に、しまひに足袋のさきを見つめてゐた。「私みたいなものでも繋がるご縁ですから、今度の出しものぢゆうでこちらの清元がぴか一つてことにしたいと思つてたもので。……」

半分は嘘である。自分も調子よくしやべれるやうになつたものだとおもふ。対《つゐ》にさゝせた総桑《そうぐは》の大きな茶簞笥と、瓶《びん》かけ、食卓、それらをHがたに置いた茶の間、そこにすわる自分、――かつての自分の茶の間が不意に思ひだされた。あの時分はこんな調子に載せたしやべりかたはできなかつたし、したら恥ぢただらうにと、うしろめたさを催促して思ひ出が浮きあがつてゐた。こゝの茶の間にも張桑《はりぐは》の茶簞笥、長火鉢、根来《ねごろ》の食卓が置いてある。ぞんきなデパート家具だから狂ひが来てゐるが、見てくれは体裁を備へてゐる。

ごた〳〵に押せて後れた朝食のあとで、梨花は改めてあやまる。もう叱られはしないと見きはめてゐるからである。「差出がましいことを申しあげてしまつて、……」

「驚いたわよ、あれがぴしやりとわかるなんて。利《き》けものつていふんでせうねえ、あなたみたいな人は、ちよつと油断はならないつていふ感じね。でも親切から出たことなんだから、云ひすぎも出すぎも忘れるけれど、そのせいで指切つたなんて押しつけてくるの、いやあね。」対手が弱ければもつと沢山文句があらうといふものである。指の怪我を、押しつけてくるなどと云ひかけてくるところがこの人のずるさなのだ。さつきそれを聞かされたとき、よほどはつとこたへて、いかほど梨花が油断のならない雇ひ人であるか、いつのまにかどんなに無遠慮に迫つてくるやつだかと悟つたはずなのである。

＊

一方、あの翌日から鬼子母神はまたも染香へ矢の催促をはじめた。電話と端書と、さらに電報が来て、最初は電報にうちぢゆうが驚かされたが、その手もしつこくくりかへされると、染香は見ないで破いてしまふ。電話は梨花が災難だつた。居留守がへただと云つて染香からおこられるし、鬼子母神からはいやみを云はれる。いゝ加減にしておくと、今度は偽名でかけてくるからひつかゝる。主人もはふつておけないから文句を云ふ。染香は平《へい》つく張つて陳弁する。それも二三度すると、電報同様、せゝら笑ひになつて、「何度云つても、同じことは一ツことでしてねえ。」

それでも心では困つてゐると見えて、「申しわけありません」と云ふときは神妙だつた。そんなだから、たとへ僅かでも持つてゐれば為替に組んで送つたりする。「なにしろ鬼子母神だもの、悪辣なんだ。証拠物件が残らないと計算も何もめちやくちやなんだ。いつかの分はふいにされちやつた」と云ふ。苦しい上に送るから小銭しかない日が多く、演芸会にはかなりな立《たて》を弾くことになつてゐるのに、ろく〳〵師匠にも行けない。お礼も附届けもできないときまつてゐては、肩身が狭くて行く勇気が出ない。弁口や頓智も使ひつくしてゐるらしい。負けない気だから撥に自信があつて、改めての稽古はせずとも済まされるが、済まされないのはお囃子や裏方への心づけだと云つて、ふさいでゐるのは気の毒だつた。

主人は金の催促と稽古の催促と両方いつしよにする。たうとう爆発してしまつた。「どうすりやいゝつて云ふんです。借りた金を返しきれないのは申しわけないと思ふから下手《したで》に出れば、いゝ気になつて底なしな云ひかたをする。あたしだつて金銭勘定のわからない人間ぢやないんですよ。でも、これぢやあ勘定なんかできない状態だ。大きな声で云つてもよござんすか。失礼ながらお宅の財政はこの土地ぢや誰も知らないものはゐない。そちらもこちらも困ればこそ相身互ひだと許してます。あたしは毎日稼いでるんです。変ぢやありませんか、毎日稼いでるのに手にはひるお金はたまさかだといふのはどうでせう。たまさかといふのは、往来で運よくお出先のお帳場さんにぶつかつたときなんかのことです。そのときはこの手へぢかに伝票を受けとるからお座敷がお金になるんです。そんなたまさかでは勘定にはならない。勘定にならないのに責められたつてどうしてみやうもありません。あたし訊いてみたんです、お出先さんぢや伝票はきち〳〵届けてゐると云ふし、見番の会計ぢやお宅で纏めて取りに来たと云ふんです。それがこゝのお宅ぢや、いつ訊いてみても誰もきまつて、私知らない、変だわねえなどとおつしやる。だのに梨花さんに訊くと、伝票は受けとつて判こ捺してあの抽出へ入れといたと云ふ。ねえ梨花さん、あんた証明してくれるわね。」

　びつくりする。いきなり引つかゝつてくるからである。そして、危険だとおもふ。おもふけれども、何かが染香のためにと踏みとゞまらせる。「それだのに、おねえさんの手から伝票渡されたことないんです。こんな手品みたいな、おばけみたいなことつてあるでせうか。」

「それ何の云ひぐさ？　伝票ごまかしてるみたいに聞えるけど。」

「まあ云はしてください。籍を置かしていたゞいてるし、拝借ものも引残りになつてるから、差引と云はれると顔がないんです。それで黙つてます。梨花さんも知つてるけど、私はこゝ何十日コロッケ一ツで我慢してるか、あしたはもう電車賃もない詰りやうですが、稼がなけりやなほたまらない。こちらでもも少し優しく云つてくだされば、たゞお辞儀して済ませる弱い気で来てるんです。でも、あんまりひどい責めかただ。伝票はわけがわからない、金は返せ、稽古には行け、これぢや弱さが逆になつて、ぎくしやくしたくもならうつてもんです。こちらの伝票のことはね、私だけのことぢやない。ずつと以前からの悪名高き伝統だなんて蔭口利かれてます。蔦次さんやなゝ子ちやんの現在だつて、鋸山のなみ江も、住みかへた雪丸さんも、病気でさがつた市奴さんだつて、やられないひとはないつて云ひます。えゝ、お金はお借りしました。それだつて初めのうち、おねえさんを通じて返した分もあるのに、――いえあちらへ届いてなかつたと云ふんぢやありません、たゞ私が出した分より少くなつてたこともあるんです。いえさ、だからさ、お借りを払ふにや、こつちの稼ぎもきれいに渡してくれなくつちや払へやしないつて云ふんです。」云つてゐるうちに染香はだん〳〵と胆《たん》が据わつてくるやうなふうである。不断はよほど優しい顔にこしらへてゐることがわかる。五十年の並々でない起き伏しを凌いできた恐るべき土性骨を、あへて隠さず振りたてゝゐて、不気味な顔だつた。入歯の粒の揃ひかたが眼だつて白々《しろ〴〵》としてゐる。

主人はずた〳〵にゑぐられてゐるにちがひない。が、反撃なれてゐる事実はあるのだからしかたがない。云はしに黙つてゐるはずもない。たゞ身構へがきまらない。染香を舐めてかゝつてゐたその虚を衝かれたかたちなのだ。借金と老いらくの恋でへぐ〳〵になつてゐる染香と、たかをくゝつてゐたのだ。あるいは染香のどん底まで来てゐる経済状態の測定を誤まつてゐたのかもしれないし、自分たちの責めかたがあまりひど過ぎると気がついてゐなかつたのかもしれない。電報の追つかけ打ちで借金を責めるのなど、対手にとつてかなりな威嚇には違ひないのだ。なにしろ迂闊である。鼠が猫を嚙む理窟はこの世界には沢山ある現象だ。鬼子母神なら待つてゐたとばかり争ふのだらうが、主人ではのろい。曳きずられて、「変なこと云はないでよ。伝票のことならあたりまへぢやないの。私が預かつたのは先《せん》にちやんと話しあひが済んでるぢやないの。」

「先《せん》だなんて、いつのことでせう。あたしや聴いた覚えはないいね。おねえさん一人の話しあひですか。」口でする喧嘩の染香のうまさ、嘲笑し、からかひ、腹をたてさせておいて、きゆつと捻《ひね》る。

そこへなゝ子が出勤して来た。これも染香にとつて好都合だ。「ねえ、なゝちやん。あたしたうとう今ぶちまけてんのさ。あんただつていつも、伝票が変だつて云つてるよね。一々帳面につけてあつたつけね。この日とこの日の分がないのだつて、ちやんとついてたつけね。事のついでだからあんたもしつかりお云ひよ。」

なゝ子も蔭ではそれを云つてゐたが、こんなこはいやうななりゆきを考へてゐたわけではないから、どつちへつかうかとうろ〳〵する。「働いた時間は帰つちや来ないんだから、お金だけはちやんと返していたゞかうぢやあないか」と誘はれると、「さうねえ。云ひだしちやつたんだからねえ。」

鏡台から大学ノートを出す。働いた金と聞くと去就は速いのだ。「さうだわ、こゝんところだ。ねえおねえさん、そんときあたし見番へ行つて訊いたのよ。そしたら、もう取りに来たつて。しやうがないから泣き寝入りしたの。云ひたてゝもつと面倒が出て来ちやかなはないと思つたんで、……」

「こんなあとになつてそんな、……そんとき云へばいゝぢやないの！」

「とにかくおねえさんに責任持つていたゞくことさね。ほんとは勝代さんが今こゝにゐれば、たちまちよくわかつちやふんだけど。米子つてひともゐるけれど、あれはこそ〳〵してるんだ。ゐてもらひたいのは勝代さんさね。」

勝代の名はうんと利き目があつた。娘にひつかゝつて来られて主人は頬をぴく〳〵させるし、なゝ子ははなかに敵対的に強くなつた。「さうよ。いつかのそれ、あたし勝代さんに随分くやしい目にあはされた。記録こゝにつけてある。」

こらへかねて主人が、「よく考へてごらん。あんたち納めるものも納めないでゐて、伝票がどうのかうのと──」

皆まで云はせなかつた。「そうら云つた。たうとう云つた。自分で認めたやうなもんだ。いつたいどつちがさきに、──」

「さうよ。だいたい看板借りつていふものをばかにしてるのよ、そしてやつかんでんだわ。勝代さんたしかにさうだわ。自分のはうへは看板料だけしかはひらないで、あたしたちはそれ以上にじやん〳〵稼ぐつていふところで、とかくいぢめられるのよ。あたしおねえさんはいゝかただと思ふわ、勝代さんは自分が働かないくせに随分思ひあがつてゐるわね。」

なゝ子は若いから感情に駆られて涙ぐんでゐるが、染香のほうは済《な》し崩しに責めたてられた恨みを一挙に返すのだらう、話はもう互ひに互ひのことばが終るのを待たず、双方で云ひ負かさうとする。梨花は酷《むご》くて凄まじくてそこにゐられなかつた。買ひものに逃げださうと足を盗んで通れば、染香が逃《のが》さない。「梨花さん、もう少しゐてよ。あんたお目見えに来たときねえ、わけのわからないお金を廊下で拾つたつてねえ。あれどう解決したの？」

どこへも障らないやうにと考へ、「拾つて米子さんにお渡ししたけど、あとのことわからないんです」と云つて、これで大丈夫かなと思ふ。染香は主人を参らせるよりさきに、梨花を参らせてゐることに気がつかない。

町へ出ても重苦しい。考へる間もなく追ひつかはれる忙しさのはうがどんなに楽なことか。だから女中は無思慮無思考になるはずだ。それでなくてはやりきれない商売なのだ。労働といつしよに主家の出来事一ツ一ツを家族なみに分担させられてゐることが、しみ〴〵わかる。このところ梨花は直接な事件ではないのに、おもひがけないときにやたらと一人前のひきあひに出されて、その都度ぎくつとさせられてゐる。雇はれの報酬に月給がきめられてゐるが、それは労働へだけの報酬だ。神経の疲れへ償ひが約束されてゐないのは片手落ちにおもふ。でも梨花はそれだからと云つて、どこのよそへ替らうといふ気もない。面倒臭いのだ。

「何ぶら〳〵してんの。」いつも来る蕎麦屋の女中だつた。

「何買はうかと思つて。」

「へえ、自分で見立てんの？　奥が指図するんぢやないの？　変つたもんだね。あんたのまへの人、あんまりみゝつちく指図されるんで、それで行つちやつたのよ。ときにお宅売りに出てるんだつてね？　もうきまつた？　看板ぐるみだからばか高いんだつてね」と行つてしまつた。

初耳だつた。蕎麦屋の忙《せは》しさは幸福さうに見えた。旅館をしようといふ景気は家を売らうといふことだつたのか。染香に大して違ひのない内証である。とにかく家がなくなることは繋がるもの全部にかゝはることだが、梨花には誰の顔も浮ばなくて猫の顔が見える。髭を持ちあげてにやあんと啼くと、四本の白い牙の出る顔へ、はかないかはいさが集るやうなのである。あらを二十円買つた。うちには誰もゐなくて染香がひとり、行李を掻きまはしてゐ、やがてあたふたと出て行き、そのあとにまだ争ひのなごりの空気が寂しくたゞよつてゐた。

＊

あれだけの云ひ争ひをしたのだから、あれ以来うちぢゆうは、主人と勝代、染香となゝ子と二ツに割れ、梨花はどちらからもあいそよくされるけれど、自分から、ころんと豆粒一ツころがしたやうになつて、なるべく無口にしてゐた。主人は例の通りなんどりへ泣きついたのだらう、毎日のやうにこの人がやつて来て、双方へまたがるやうにうまく差障りのない世間話をしかけ、話しあひにさせようとする。なんどりのゐるあひだぢゆう、四人は何事もなく話をしてゐるけれど、帰るともとの二ツに固まつてしまふからあまり効果はなかつた。なんどりといつしよによく佐伯が来る。この事件には知らん顔をしてゐる。話は家のこと土地のことのやうだつた。どこに恰好な空地《あきち》があるとか借家があるとかと云ふ。そのたびに稽古で忙しい主人の代りに勝代が連れだつて見に行き、話は纏まらずに散る。それでも佐伯は悪い顔をしない。

いまはこの人を頼るより道はないやうだが、頼れば頼るほど主人は下手《したで》に出るやうになつて行く。このごろは急速に勝代をと思ふ親心がそれとわかるのだし、佐伯も勝代にあいそはいゝ。が、男と女のできるときの、あのおぼろな靄のやうなものが足りないやうだつた。冷たい、と梨花は見てゐる。

伝票のことは染香なゝ子からそこいらぢゆうへ波紋を投げた。なぜならそのことがきちん〳〵と行はれてゐる家はほとんどないからで、あれば表彰ものなのだ。それでも芸妓たちはみんななんとなく遠慮するところがあるもののやうに、泣寝入が多かつた。戦後この社会へも計算のできる、ものをはつきりきめたい人たちが、芸妓稼業をこゝろざして来るやうになつたが、二三度さういふ目にあふうちに新鮮な気が挫けて習慣にしたがつてしまふらしい。争つて正しい会計を確立するまでにならないで旧い習慣に紛らされてしまふのだらう。毎日帳面がついてゐる家がすでに少いのである。出先から伝票がまはつて来るのも翌日とはかぎらないし、芸者家から個人々々に手渡されるのもすぐその時とはいかない。料亭に云はせれば、客の支払がきつと月末に取れるとはきまらない。しかし客と料亭のあひだに支払のいざこざはあまり起らないし、料亭から芸者家への伝票授受にはとにかく受取判を必要としてゐるし、伝票を見番へ持つて行つて金に換へることも円滑である。悶著が起るのは芸者家の主人と芸者のあひだの伝票伝達である。受けとつた受けとらないの揉めごとは陰性で底流れをし、表面上の問題にはそれほど発展しない。主人のはうでうるさいと思へば、まちがつてごめんなさいで現金を支払つて済ませてしまへるし、芸者のはうもその時きりの意地を通すより、いつしよに住んでゐる後々《あと〳〵》の気まづさをおもつて黙るからだ。それを少し意地の強い主人だと、対手のなかにだけ承知して口は正当化して押し通すから、非は心のもいつまで弱くはなつてゐられないといふ意地を持たされる。なゝ子の場合などは帳面つけを億劫がらず理窟つぽい性格で、日課にして記録を取つてゐるので、主人のはうもその記録を恐れて、比較的なゝ子にだけは注意をする。この問題はこゝだけでなく大勢の問題らしいのである。方々で染香なゝ子に突つかれて小さい不平が声をあげはじめ、主人たちもそれに対抗して処置を講じたり、手厳しいこともしてゐるといふ。

外が騒がしくなつてきたのに本家本元のこゝのうちではは沈黙を深くして、主人がはも染香がはもかへつてそれに触れない。なんどりはそんなところへ介在するのは大嫌ひで、主人に頼まれたのはいづれ一時の弥縫策だらうが、熱のないことおびたゞしい。「まあ〳〵うまくおやりよ」と云ふくらゐである。染香はいら〳〵と返辞をしながら、聴いてはゐない。

「どうせ取れつこないよ。たゞね、云ひだすには時期つてものがあるから、ちよいと私が代表つてかたちかね」などととぼけてゐる。取れないと見たのは当つてゐるだらう、代表はあやしい。あのときはたしかに自分ひとりだけのことで話しだし、例として責道具につかつたのがこゝのうちの抱へ・看板借りの数人である。いろ〳〵な意味で、鬼子母神同様、潮時《しほどき》を考へてゐるのかもしれない。新しい抛りどころをさがしてゐるやうなけはひであつた。電話がかゝつて来ると、「……でせう?……だからなのよ」と、ことば尻だけの人に聴かせたくない話をしてゐる。主人がはは主人がはで来る人ごとに、染香がもし頼みに行つても雇つてくれるなと、就職妨害をしてゐる。

演芸会の初日になつた。朝の遅いこの町だのに、小路《こうぢ》は早くから往き来がはじまつてざわつき、寝ぼけ眼のものなど一人もゐず、みな小忙《こぜは》しくてゐる。梨花はもちろん見に行かれない。それでも劇場のどよめきはこの土地の一軒一軒の檐さきに響いてきてゐる。誰もその話しかしない。うちでも主人は芸妓揃ひの黒を著て白い襟をかさねる。公式に織物の帯である。黒を著て余計大きく見えるのはこの人の柄《がら》なのか。勝代は訪問著よりずつとおかねのかゝつた不断著の飛切りを著てゐるし、染香となゝ子とはてんがけに劇場へ行つて、こゝへは寄らない。やがて親子が出かけて行つてしまふと、向う隣も両隣もひつそりとする。この町のめぼしい人たちはみんな留守になつたのである。家並はもぬけになつて巣ばかりがならんでゐるわけだが、それでもお祭り気分や初日の活気が残されてゐた。想像といふ大きなテレヴィジョンがどこの家にも備へられて、めい〳〵の送りだした選手が伊達ややつしに扮装して技を演じてゐるのを、気づかひながら想つてゐる。夕がた早く軒並の提灯に灯が入つて、出番の済んだ人はお座敷へと、さゞめきながら帰つて来た。料亭には特別の客たちがつぎ〳〵と室を塞げて行き、顔の映るやうな塗りのいゝ自動車が往き来する。町はまるで揺いでゐるやうな塩梅だ。期間中はずつとかうだといふ。なんどりが来て上々《じやう〳〵》の初日を祝ひ、「これで芸に中たるみが来なければいゝが」と云つて取越苦労を笑はれてゐた。

　順調に中日が過ぎて、花やかななかにもやゝおちつきが出てゐた。その日、染香がずつと早く帰つて来た。劇場から座敷へ行かずに帰つて来たらしい。疲れたとかがつかりとかいふ単純なものではない顔つきだつた。しなびた風船みたやうにふはりとあがつて来て、ふはりとうづくまる。

「どうなすつたんです。」黙つてゐる。番茶を熱くして出しても、「ありがと」と云つて飲まない。

「工合わるいんぢやない？」気がついて、「お酒どう？」と訊く。

「いらない」と云ふと、ほろつと涙が落ちた。今度は梨花が黙つた。およそはまた鬼子母神の苛酷な催促だとおもふが、それだけでは泣くほど初心な染香ではない。

　気の毒にあれほど夢中なその人にゆうべ置いて行かれたらしい。未練いつぱいに、――座蒲団の上にごく簡単に郷里へ帰つてみるといふ置手紙があつたこと、心変りでない証拠に染香の帰りを待つ寝じたくが几帳面にしてあつたとかきくどき、さういふ結果の原因はすべて貧であり、それは例の伝票のうんぬんが決定的なのだと云ふ。云ひたいことの結局は、こゝの主人や鬼子母神が怨めしいにおちつくのだが、このあひだのあの勢ひはけぶりもなくて、「怨めしい」と云ひながら怨む意気ごみも執念も尽きはてゝゐるやうである。泣いてゐる手の甲に少からず縦皺が寄つて、老人斑が一ツ二ツ茶色にざどつてゐる。のろけのなかでその人の話は完全に追憶の遠々しさに聞えてゐるが、語り手はそれに気がつかない。話してゐるだけでも染香には心ゆかせの時間なのだ。老齢のゆゑに無慙でばか〳〵しい。そのとき電話が鳴つた。ぎよつと及び腰になつて、梨花の起ちかけた膝を押へ、見ると息を詰めてゐる。「もし、あの人かも……」

　薄気味わるくざわりとして、おつかな〳〵聴けばまちがひだつたが、染香の受けてゐる傷手がほんたうに惨めなものであることがわかる。梨花は自分の財布を持つと角のおでん屋へ走つた。一合と云へず二合買つた酒は、心意気に特級である。冷《ひや》で飲むと云ふ。あつけにとられてゐるうちに湯呑についでは飲み、ついでは飲み、二合はいつときだつた。主人たちが帰つて来て、玄関までで誰かと大声に笑ひあつて別れてゐる。これもいつもよりずつと早い。手早く酒壜と湯呑を隠して迎へに起てば、主人はなんとも変てこな顔である。

「あら来てるわ染香さん。」下駄を見て云ふ。

「よく来られたわね。」勝代はげら〳〵笑ふ。

驚いたことに、しよんぼりしてゐた染香がきらきらつとそこへ飛びだした。「ま、おねえさん、ま、こんにちはわたくし、ま、飛んでもないことを、……あんとき、ま、わたくし云はゞ……」

主人は皮膚と筋肉とがうらはらになつてゐる表情だ。勝代は染香のお辞儀といつしよに自分も頸をあげさげして、にや〳〵する。見物のおもしろがりかたで噴きだしてしまふ。

「あはゝゝ、おゝいやだ、あはゝ。梨花さんたら驚いてる、あはゝ。」自分でおもしろがつてゐるのを、さも梨花が染香を嗤つてゐるやうに云ふことはないのである。意地がよくない娘だ。

ほんとに染香は滑稽なのだ。手のひらをあちら向きに押へて見せたり、横に振りまはしたり、「ま、ま、どうか、ま、どうしてあんな不調法を、ほんとにどうも、面目なくて、どうしてお詫びを、ま、……」

まとお辞儀だらけである。ことばといふものが、まで繋がつてゐ、そしてそのまが問へちやつたやうな云ひかた、問へと問へのあひだをお辞儀が往復してゐる異様な光景だつた。蛙がぴよこん〳〵してゐるやうである。染香はまつ青だつた。顫へてさへゐる。娘につれて主人もつい笑ひながら、「いゝわよ染香さん、なにもこゝでそんなにお辞儀しなくつても。」

「いえもなんともま、申しわけは……」

「いゝつて云へば、済んぢやつたことを。気の毒だわそんなにお辞儀して。」

「はい、申しわけ……ございません。」平伏した。

「あゝら、啖呵きらないでおしまひ？ あやまるだけなんてつまらないわ。今夜はあたしもこゝにすわつてるのに、威勢よくやんなさいよこなひだみたいに。お対手するわよ。」まだ笑ひ〳〵勝代が云ふ。

主人がたしなめる。「勝代、もうおよしよ。染香さんももういゝのよ。たゞあしたでも皆さんにお詫びを云へば済むのよ。」

かはいさうになつたのだらう、いつぱいに濡れてきてゐる眼をぱちつと振りこぼして云ふ、そこに暖かさがあつた。染香は顔をあげて主人を見た。顔は、――秋の野山を見るやうだつた。青いところと赤いところと、ぶち〳〵むら〳〵になつてゐる。わるく酔が発してゐた。

「このひとおかあちやん、お酒飲んでるわよ。だからごらんなさい、しんそこづう〳〵しいんだわ。おかあちやんたらすぐほだされる。あたしはね、けふは徹底的にやつてやるつもり！」

「およしつて云ふのに、あんたも気の強い。」

染香を脇にして二人が云ひ争ふ。やつつけてやると云ひ募る娘をじつと染香が睨んでゐて、ゐすわつてしまつた。「なによその顔、睨んでへたばるのは芝居ばかりだわ。云ふことあんなら何でも聞くわよ。」

酒を飲ませた責任上、梨花は染香を引つぱる。むら〳〵のその顔を向けて、「大丈夫よ。あんたの飲ませてくれたお酒、あたし恩に著てゐる。誰かさんも恩に著るがいゝんだ。なぜつて、お酒飲んでるからこそありがたいんだ。この娘もかはいく見えるんだもの。酔はないうちに云つとかう。怨みは怨み、恩は恩、くらべてみるとおねえさんにはやつぱり懐しさのはうが多い。今だつて赦してくれようと云ふ、嬉しいやね。」

「いやみつたらないわ、今更よくもそんなこと！　おかあちやんが赦したつて誰もみんなが赦すとはきまらないわ、りつぱだつたわねけふのざま！　立三味線を弾かうつて人が、ばかくさい、おんなじところを二度もぐる〳〵廻りしといて、それからゆつくりあわてゝね！」それで梨花にすべてわかつた。勝代は主人のことばなどかまつてゐず、用意したやうに荒く云ひたてる。若い人の凄まじさはまた別だ。梨花は猫を抱《だ》いて聴いてゐた。

「出てつてよ！」たうとう勝代がさう云つた。勝代ひとりの一方的なまくし立てで、染香は黙つたきりだつたから、これは自分で煽りながら結論づけたことになる。

指の腹で涙を拭いて、「ぢやあ出てつてもいゝんですね。行きませう。あたし涙が出たけど、こりやあんたのおみごとな啖呵で泣いたんぢやないんですよ。ひとを……恋しいとおもつて泣く涙ですよ。あんたなんか知つてるもんか！　それからもう一ツ、これはあんたへ置土産、……あのね、下顎が出つぱつてるとせりふに凄みがつかないつてこと。……ご機嫌よう。」

染香はこちらの部屋へ起つて来た。旅行用の三寸ばかりの小さい三面鏡をゆつくり折り畳んで手提にしまひこみ、それからおしろい入れの入子《いれこ》を抜くと、底に紅い祝儀袋が一枚、おしろいのこぼれにまみれて薄ぎたない。それを卓のうへへ置いて自分は身じたくをする。敷居際へきちんとすわり、「長々ありがと存じました。勝代さんのおつしやる通り、これでお別れにいたします。おねえさんもどうぞご機嫌よろしう。……」

「あら、あんたなにもそんな。……」と主人。勝代がてれた顔をした。

「梨花さん、また逢ひたいわね。お大事に。……これ心ばかり、取つといてね。」さすがに一分も透かさず、すらりと起ちあがつて玄関へ歩いた。生酔なのか本性なのか、まことに芸者らしかつた。袋には二千円はひつてゐた。おしろい臭く、長年しまはれてゐたらうその札は、きつと肌つき金のつもりだつたらうに。

あんな腑ぬけみたいな愁歎だつたのに染香は強い女だ。そしてえらい女だ。面当てのやうにすぐ翌日、しやあ〳〵とよその家から約束の座敷へ出たさうである。正規の手続を踏まなかつたこと勿論だが、そして事前工作があつたには相違ないが、よくそれまでできたものである。一日も遊ばないところはちやつかりとしてゐるけれど、合理的だと若いひとたちに受けのいゝのはおもしろい。妓籍その他の事務関係、挨拶廻りの儀礼といつた跡始末はどん〳〵かたづいたが、経済的感情的な面はきりのつけやうがない。

なゝ子は動揺を隠せないまゝに過してゐる。しんのない女だから低い流れへ就くにきまつてゐる。主人親子・梨花・猫と三人一匹の生活は、げつそりとしめつぽかつた。と、めづらしいことに佐伯から梨花へ電話が来た。今すぐなんどりの料亭へ来いと云ふ。

「私がでございますか。」

男は笑つてゐる。「さうなんですよ。話は通つてるからすぐ出て来てください。」

主人はこちらを見ずに、「わかつてます。行つてらつしやい」と云ふ。

なんどりと佐伯はほんとに待つてゐた。すわるまへにもういつもと雰囲気が違ふ。まるで女中ではないやうな受けいれかたが感じられた。躊躇するところへいきなり聴かされたのが、「手頃なうちがありましてね、お宅の皆さん、橋のこちら側へお引越しなんです。例のことや税金だの何だの、経済的にもう打てる手がなくてね。」

橋のこちら側は向う側の土地の延長であつても、芸者家には一段さがつた土地だ。やはりさうだつたかなとおもふ。とゞのつまりがなんどりが今の家を買つたか買はされたかなのだ。

「それについてあなたなんですが、こちらに残つていたゞくことになりましてね。実はこちらの御主人が、あなたにあそこで何かやらせてみたいつて云ふんでね。」

飛びつかなくては嘘みたいな、稀有ないゝ話である。いゝだけに梨花の利かない気がもく〳〵と頭をもちあげて、佐伯へ食ひさがつて行つた。「うちの主人はそれでいゝと云つたんでせうか。」

「えゝ〳〵、なにしろこちらのおつしやることですしね、喜んでもう。」

「それでは、あの、私つてものはあのうちといつしよにこちらさまへ譲られたみたいですけれど、そこのところをちやんと伺ひませんと、……」

　はゝ、ふゝと二人は笑つた。「そこなんですよ。これだからあなたを是非つてことになるんです。はつきり云へば、たしかにあちらから、あなたを捥ぎとつたんです、うまいこと云ふのに苦労しましたよ。それに、あなたがきつとそこへ突つかゝつて来るだらうと思ふんで、その点も十分用意したんですがね、まあゆつくり聴いてください。」

　実は佐伯が、なんどりだか佐伯の主人だかから金を出させて、何かはじめようといふ心中だと読めた。そして梨花が表向きの責任者に置かれるのだ。頭へいつぱいいろんなものをぶちこまれたが、梨花の考へてゐるのは二ツの最初の印象、――一ツは主人、露を光らせて咲き崩れようとする花のやうなあでやかな笑顔、それがなんと今は寂しい顔なことか。もう一ツは佐伯、この男に感心しながらも年長者の優越で優しくしてやりたくおもつたこと。その二ツが自分の心のめどのやうな気がする。

　引越しは済んだ。案の定、新しい住ひは壁も畳もより薄かつた。それを取繕つて住めるやうにしたのは、梨花一人の気働きと労働である。一人で切りまはした引越しだつた。惜みなく尽したといふいさゝかの満足はあつても、所詮それはこの時きりのものである。この美しい主人を長くみとりたい気もちは、これだけで終らせられるものではない。別れにくかつた。それでも、しにくい別れを胸にしめて格子をたてる。この真夜なかは何時《なんじ》なのか。惹かれてはいけないと云つた佐伯の釘が利いてゐるばかりに、かうして帰る道である。新しい出発は決して楽しいだけのものではない、旧い人の凋落をうしろにのこして行く心。……歩いて行く小路《こうぢ》々々も自分も疲労と寂寥に澱んでゐる。一日一日は移つて行く。暗い小路のさきからとゞろ〳〵と大きな響が伝はつてきて、眼のまへのガードの上を国電が通る。窓々のしきりがはつきりと黒く、客の頭はぽつん〳〵と僅かしか乗つてゐない。終電の一時だなとおもひ、つゞいて脈絡のないことを思つた。こゝへ来たとき主人は、梨花といふ名を面倒がつて春といふ名をくれたが、といふことだつた。

住井《すみい》すゑ

遠雷

一

「大丈夫だよ、今日のは筑波雷だから。」

　干し場いっぱいにひろげた小麦の筵《むしろ》を、汗だくで軒端に取り込んでいたみねは、その声をきくと〝おや、またか〟……急に毛穴のちぢむ思いをしたが、それでも口ではあいそよく答えた。

「大丈夫だっぺよなァ。小父さんがそう言ってくれるなら……。」

「んだともなァ。筑波雷は、俺が保証すら。がらっ、がらっとけんまくは激しいけれど、決して雨を持ってきやしねえだ。」

「小父さんは、それとは反対だね。」

　みねが言いながら手を出すと、役場の小使い爺さんは笑いもせずにうなずいて、「んだよ。気の毒だけんど。」

　そして三枚の紙片をみねに渡した。みねは本能的な素早さで、三枚の合計金高を暗算した。それは春の所得税の十分の一にも達しなかったが、しかしみねにとっては決して軽い税金ではなかった。

「ほんとに、こんなに税金ばっかしかかって、働くのがバカバカしくなってしまわァ。舟税だって、魚でもとってヤミで売るなら仕方もねえけんど、俺など、こやしのもく（藻）をとるだけだもの。荷車だってそうだよ、ヤミの米俵を運ぶわけじゃなし、百円もかけてあんまりひどいよ。」

　小使い爺さんを相手に憤慨してみたところで、それはまったく無意味な事柄だったが、しかしみねは、それぐらいの言葉を吐かなければ、ちぢんだ毛穴のよりが戻らなかった。爺さんの方では、こんな場合のコツはちゃんと心得ている。彼は六十年の人生経験から割り出したような真実さで調子を合わせた。

「まったく、ひどいよ、なァ。この頃の税金ときては、この紙を配って歩くこっちがきまり悪いくらいだよ。しかし、あねさん、これは日本全国だっぺから、諦めるほかねえんだよ。」

「それでも俺みてえに、おやじがまだ捕虜になっている者は、ちっとは政府でも考えてくれていいんじゃあるまいか。」

「しかし、捕虜はいつか帰って来るから死んだのよりは、まだましだっぺな。」

爺さんは半音ばかり高めな調子で言うと、はは丶丶と笑い、これで役目はすんだというようにくるり向きをかえて出て行った。

みねは三枚の納税告知書を土間の柱の状差しにはさみ、また小麦の筵を取り込みはじめた。すぐ頭の上まで覆いかぶさってきていた黒雲は幾分うすれて遠のき、この分ならば、筑波雷の常例にもれず、今日も雨を持ってくる心配はなさそうだ。

しかし雷雨への緊張がゆるんだせいか、みねは急に小麦の筵が重くなった。全身に新しく汗がにじみ出てくる。まったくいつものことながら、百姓仕事は、なぜ一から十まで、こうも骨の折れることばかりなのだろうと情けなくなる。これが男手でも揃っているか、近頃流行の電化農機具でも買い整えたインフレ農家でもあれば幾分らくなところもあるのだろうが、何しろ、亭主の宗吉がまる五年不在の上に、新一としづの二児をかかえた、女手一つの小作百姓である。〝たいへんだね〟〝気の毒だね〟と隣人は口では同情たっぷりに言ってくれるけれど、手足での同情は絶対にしてくれない。みねもまた何一つ援助をあてにしているわけではないが、それでも、あまり人情がなさすぎる……と腹の立つことも時々ある。

だがよくよく考えてみると、百姓の不人情は先祖代々のしきたりのようなものだ。隣近所に不幸が重なり、破産をし、土地でも売りに出ぬかぎり、彼等はそれを手に入れることが出来ない。だから彼等は、何よりも他人の不幸を待ちのぞむ。他人の不幸は、本能的と言いたいほどに彼等の心を明るくする。

みねはどんなに不幸が重なっても、売りに出す田畑を持っていたわけではないが、しかし不人情が本能化したような百姓達にとっては、彼女の境遇は十分に面白かった。

〝もしあれで、亭主がソ連で死んでしまったとしたら、あの女はどうするだっぺか〟

〝大丈夫もっといい亭主をみつけらァな。とにかく腕がいいんだから〟

そして、わはは丶、丶と咽喉元まで口をあけて笑う百姓達である。

まだ三十に一つ間のある、そして百姓女房仲間では一番美人だと言われるみねには、とかくいろいろな噂がつきまといがちだった。みねの供出する農作物が、いつもよい等級をとるのは交換条件があるからだとか、供出割り当てが軽いのは、誰それの庇護があるからだとか。しかしみね自身にしてみれば、等級はいつも予想より悪く供出割り当てはいつも予算を上回っていた。

結局、隣人の不幸を待ちのぞむ百姓特有の心理が、そんな噂を捏造《ねつぞう》するのかもしれなかった。彼等としては、宗吉が帰還していろいろな噂を耳にはさみ、みねとの間にいざこざが起こり、最後的な破綻《はたん》がくるものなら、それは十分にたのしめる事柄だったのだから。

筵を取り込み終えたみねは、こんどは箒《ほうき》をとって庭を掃きはじめた。ごったなゴミを、一時にパッと燃してしまう気持は、夕立のあと以上にさわやかなものだ。麦ワラの屑、麦のノゲ、そら豆のから。炎は、それらを一律に灰にしてしまうのだから――。

「いゝやしかァ」と、そこへ裏の垣根の破れ目をくぐって、裏隣のおやじがやって来た。みねの舅―宗吉の父親―が生きていればちょうどこのおやじと同い年の六十で、まだ十分力仕事が出来たろうに……。みねはこのおやじ―丑松―を見るたびに思うことを、今もひょいと頭に浮かべた。

「小父さん、一あたりあたっていけな。」

みねがおどけて言うと、丑松も笑って「はは丶、丶、丶、さぞぬくとかっぺで、半夏のいゝやしときてはなァ。」

「ただならよかっぺな。冬のいやしは、東京ではゼニを出さなきゃあたらせてくれねえってものなァ。」

「ゴミくそをいやしてあたっても、今に税金とられるかもしんねえど。」

「そしたら、ゴミを税務署の役人にくれてやるからいいや。」

「それこそゴミくそ役人が出来てしまァべで。」

「ほんとに、人間のゴミくそも、こうしていやして灰にしてしまえるといいんだけどなあ。人間のゴミくそは、かえって威張っているからしまつが悪いよ、なァ、小父さん。」

「んだなァ。このせつの乞食の威張ること、威張ること。」

「乞食の威張るのなんか子供みてえで何でもねえけんど、税務署の役人の威張りときたら、てんで女なんかバカにしてかかってくるんだよ。〝何かヤミで売ったろう、売らないか？　売らないで暮らせるものか？〟だってさ。〝そんならてめえたち、何をヤミ売りして暮らしているんだ？〟とどなり返してやりてえところよ。」

「女一人で暮らしていると、何かとうるさいことばっかしなものョ。それはこっちのあねがきれいだからョ。」

「そんなこと言っても、お茶も出ねえから無駄だよ。」

　みねは屋敷の隅のはきよせゴミまで持ち出して一緒に焼いた。畑では、甘藷も里芋も、灰を一様に待ちかねている。百目の灰でも、みねは多くとりたいと思った。

「実はな、五日に麦の検査があるんだけども、出せるかな？」

「明日の天候次第で。」

「明日はよかっぺよ。今のあんばいでは。」

「そんで、何俵出せばいいんだか。」

「何俵と言ってみたところで、出せるだけしか出せめえな。」

「それは勿論そうだけども、でも、とどのつまりは、出すだけ出さなければみんな承知してくれねえものな、どうせ出さなきゃなんねえものなら、いっそ早い方がいいと思ってョ。」

「それは早いに越したことはないさ。早ければ報奨物資も多いし、結局とくだよ。」

　そのくせ、実行組合の上に立つ者は――丑松はじめ、みんな一日でもおそく出そうと供出具合を眺めているのだ。もし、下駄ばきの割り当てをそのまま呑み込んで供出するバカが四、五人もあれば、その分だけ上に立つ者の負担が軽くなる。その軽くなった分をヤミに流せば、ふところがずしんと重くなるというわけ。みねとてその辺の呼吸をかぎつけないわけではなかったが、しかし四の五の文句を並べてみたところで、口の達者なあまだと陰口をたたかれるだけで、何のたしにもならぬことを知っている。それよりも彼等の言いなりになって、事なくその日その日を過ごしていく方がずっと気らくだった。

「俵にする時は、俺でも若い奴らでも誰でもいいから頼んでくろ。二俵や三俵しめるのはわけのねえことだから。」

「いつものことで気の毒だけど、またお世話になるほかあるまいよ。」

「なァに、気の毒なものか。お互いっこだよ。」

みねは腹の中にべろがあるなら、ぺろりと出してやりたいところだ。二俵か三俵の俵しめのために、彼女はいつも配給の酒や煙草を持っていかれている。その上、彼女への割り当ては、いつも過重なのだ。その分、丑松が軽くなっているのかもしれない。

「あねさんの苦労も、もうちっとだなァ。シベリアの引き揚げが急にはかどってきたようだから、宗さんらも、次の船あたりで帰ってくるんじゃあんめえか。宗さんが帰ってくりゃ、あねさんは足を天井に寝ていても大丈夫だ。宗さんときたらそれこそ二人前はたっぷり働くかんな。」

「なあに、今頃帰って来てもらっても仕方ねえよ。俺は一生一人で暮らすと決めたとこなんだから。」

「ははゝ、ゝ、そうでもあんめえぜ。まさか、亭主はいいかんな。」

「いいか、悪いか、もうすっかり忘れちゃったよ。俺がには二人の餓鬼だけでたくさんだ。俵しめには不自由だけんど、この上、餓鬼めのふえることを思えば、それぐらいの我慢はしてもいいよ。」

「まあ、そうたに言うなよ。宗さんは、死ぬほどあねを見たくていべからョ。じゃ、供出の俵はしめにくっかんな。」

丑松はほかの家へ回るつもりであろう、垣根をくぐって家へは帰らずに、表の出入口から出て行った。それと殆ど入れちがいに、新一としづが汗と土ほこりにまみれた腹を丸出しにして駆け込んで来た。

「おっ母さん、おかねくろ。十円。十円だよ。花火買うんだよ。」

「バカ」と、みねは反射的にどなった。

「花火のゼニなどあるものか。先生に言いつけるぞ。そんな無駄使いをすっと。」

「十円ぼうし使っても、先生、おこるものか。」

「いいから、パンツを引き上げろな。雷さんにおへそをとられるよ。」

五つのしづは、兄の顔を見ながらパンツをへその上まで引き上げたが、新一はぷっとふくれて返事もしない。

「野郎、ほんとに先生に言いつけるぞ。」

「先生なんど、おっかなくねえや。」

「ほんとか。」

「ほんとさ。あんな先生、オマンコあまだ。」

「この野郎」とみねは箒を振り上げたがとたんに、彼女は途方もなくおかしみがこみ上げてきて、ぷっと失笑せずにいられなかった。それを見ると、新一もしづもげたげたと笑った。二人とも、ここで母親と一緒に笑うことが、さも得意の様子だった。

筑波雷はいつかあとかたもなく消えて強い西陽のさす柿の木のあたりで、カナカナが啼いている。半夏虫と土地でよばれているだけに、季節を間違えないであろう。しかし夏を生きる虫にしては妙に哀れっぽい声だ。みねは一瞬のおかしさのあとにしみ入るカナカナの声に、こんどは滅入るような空しさを感じた。しかし、彼女はすぐにそうした気持を追いとばそうとして叫んだ。

「ほら、風呂を焚きつけるだから、松枝を持ってこう。新でも、しづでも、どっちでもいいよ。持って来たものはジョン子だよ。」

母親としての自分の声を自分で聞くこと。みねの心は、いつもここで落ちつくのであった。

二

「おっ母さん、誰か来たようだど。」

「誰だ。」

「乞食みてえだど。」

「乞食なら追っとばしてやれな。」

風呂桶の中で、ごしごしと顔をこすりながらみねは言った。夕方の乞食など、もってのほかだと思いながら。

「こっちへ来るよ。」

みねは〝畜生〟とつぶやいたが、急に風呂桶から飛出すわけにもいかなかった。それにしてもこんな時刻、裏廂《ひさし》に据えた風呂桶のそばまでやって来るのは、一体どういう種類の人間なのだろうか。近所の者ならば、今晩は……と声をかけて表の土間に入って来るはずである。

「何にもねえとよ。」

新一がたまりかねたか、防ぐようにきつい声を出した。男は一寸《ちよつと》立ちどまった。しかしそれは後ろへ戻るためではなく、更に新しい一歩を踏み出すためのものだった。男はずかりと歩みよって、「みね、俺だよ。」

そんな口をきく男は、この世にたった一人しかいない。みねは、あっ！　と思うと一緒に、手拭いでぴたりとはだかの胸を覆った。新一は驚いて母親の浸っている風呂桶の縁をつかみ、「おっ母さん、あれ、あれ、誰だか？」とふるえ声を出した。

「あれ、新らのお父だよ。さァ、おっ母さんの着物を出してくろ。そこの薪の上にあっから……」

　しかし、薪の上の着物は新一の手よりも先に宗吉の手で取り上げられていた。彼はそれを新一に渡しながら、

「お前が新か」と笑いもせずに言った。新一は叱られでもしたように、着物を母親に渡すと家の中に駆け込んだ。

　みねは濡れっぽい身体に急いで着物をまとうた。彼女は片時もじっとはしていられない気持だった。それは宗吉の思いがけぬ帰還からくるよろこびよりも、宗吉を中心に当然転換しなければならないであろう自分の生活を思ってのためだった。五年余りの長い時日をおいて不意に現れたとはいえ、宗吉は夫であり、子供の父であり、そしてこの家の主なのだ。

　宗吉は薪束に腰掛けてゲートルを解きはじめた。そうだ、幾月ぶりかで、或いは幾年ぶりかで、宗吉は風呂に入ろうとしているのだ。

「ちっとぬるいから、燃そうかな。」

「そうだな。俺は熱い好きだから頼むかな。」

　宗吉はうつ向いたまま言った。

　屋敷境の樫の大木に覆われているせいもあって、風呂場のあたりはもう殆ど暗かった。みねはバッと燃え上がった松葉の炎で、はじめてはっきりと宗吉の顔を見た。角ばった頤のあたりに硬いひげが少しのびているきりで、日の丸を背負って出かけた日の彼とちっとも変わっている様子がなかった。

――俺はまる五年余りというもの、随分苦労したつもりだけんど――

　みねはじっと炎を見つめた。彼女には五年間の苦労が実は苦労でも何でもなかったのだ……と、ふとそんな気がしてきた。それは宗吉の生還によって、五年間の苦労がいっきに償われたからという意味では決してない。今日これからの生活が、五年前の宗吉の出発につながっていとなまれていくとすれば、みねの経験した五年間は、結局は無意味に等しいもののように思われたからだ。

「小っちゃいのはどうしたんだや、みね。」

　松葉の炎がやや下火になった時、宗吉はいささか不平めいた調子で言った。

「もう寝たんだよ。いつも、日が暮れると一緒に寝てしまうくせで……」

「なあんだ。俺は、死んだんでもあるかと思ったよ。」

「俺一人では育てられめえと思ってか？」

「いや、そういうわけじゃねえけんど。」

宗吉はみねの心のトゲにふれた感じで一寸狼狽《ろうばい》した。

「とにかく、俺の出たあと、すぐ親父が死んだというし、子供はふえるしで、お前も困っただろうと思ってョ。隣近所だの、親戚だのは、あてになるものじゃなし、一体、どうして食いつなぐかとそればっかし気にしたよ。」

「百姓だもの、けっこう食いつないではきたよ。」

「その百姓が、一人ではやりきれめえと思ったのさ。誰かしんみに、心配してくれた者でもあったかな？」

「みんな、しんせつだよ。日本人だからな。」

みねの返事に、宗吉はまたしても狼狽した。

「そうだっけ、はきものと、それから着るものと……」

みねは独り言のように言って家の中に入った。新一がぽかんと板の間に坐っていた。そこがいつもの食事場所だった。

「新、待ってろな、じき夕飯にするから……」

みねは押し入れの行李を引きずり出して、下帯と浴衣を取り出した。二品とも、幾度かしづのために襁褓《むつき》にしようとしたものだった。

「オヤよく残っていたな。」

はだかで靴を突っかけて既に裏口から入って来ていた宗吉は、洗いざらしの格子縞の浴衣を見てにこりと笑った。彼は生きている自分の皮膚よりも、その一枚の浴衣に、より強く生きている自分を感じたもののようだった。彼は袖に手を通すと、ヤッコ凧のように両手をひろげて、あらためてじろじろ見回した。

「もう一枚もあるとよかったんだけども。今じゃ、半枚の浴衣も買えねえど。」

みねは帯代わりに、自分の腰紐を出してきて宗吉に渡した。

「二枚なんてぜいたくだ。ロスは絶対にそんなことはゆるされねえが、誰も不平なんか言わねえど。」

「何のことさ。ロスって。」

「ロシア人さ。ロシア人は、夏は夏服、冬は冬服一着きりしか渡されねえんだ。」

「だから着るものを欲しがるんだね。」

「いや、欲しがらねえよ。」

「だって、満州に来たロシアの兵隊は、男も女もそろって日本人の着物をふんだくったそうだよ。これは、俺の妹の話だから嘘だねえど。」

「ふうむ」とうなって、宗吉はまじまじとみねの顔を見た。宗吉もみねの妹が、北満で暮らしていたことは知っていたのだ。みねの妹は、結婚するとすぐに大工であるその亭主と一緒に満州に渡って行ったのだ。まだ、日支事変のはじまらぬ日のことだった。

「で、どうした、妹の旦那は？」

「帰って来たよ。妹とは別々だけど……妹は、まる一年つかまっていてやっとのことで逃げて来たんだよ。途中で子供を一人死なせてよ。今でもその時の話をすると妹は泣き出すよ。」

「しかし、どこの国の兵隊も、兵隊はそんなものだよ。」

「そうだっぺ？　不自由してるから、ものを欲しがるんだっぺ？　欲しがらねえ人間なんてこの世にいるものか。ただ、仕方ねえと諦めて欲しがらねえだけのことさ。だからそんな奴らは、とれる機会があればピストルを突きつけてもふんだくるよ。」

「みね、食うものはあるのか。」

宗吉はぺたりと畳の上に坐った。

「あるよ。ご馳走はないけんど……」

みねはしばらくごとごとやっていたが、やがて飼台の上に茶碗と皿の幾つかを並べて持ち出して来た。

「新、こっちへこうな。はずかしがっていねえで。今にみやげが、どっさり送ってくるってさ。」

みねは新一の襟がみを引きつかむようにして灯の下につれて来た。

「新、すっかり忘れたな。お父のこと、もう何にもおぼえていめえ。」

宗吉はそばに坐った新一の頭をポンと平手でたたいた。

「おら、乞食とばっかし思ったや。」

新一は言いわけの気持をこめた調子で言うと、はじめて安心顔にニコニコ笑った。

「学校は好きか。」

「好きでも、嫌いでもねえ。」

「面白いか。」

「面白いよ。俺は、弱い奴こと、かん泣かしてやるんだ。」

「だから、強い奴に、かん泣かされるんだよ。ほんとに新はいたずらなんだよ、お父。」

「ちがうよ、まさがおらをやるから、おらはたけをやってやるんだ。」

「それじゃ、一番弱いたけが可哀そうじゃないか。やられてばかしいて。」

「だって仕方あんめえな、たけは弱いから弱いんだもの。」

「そうだなァ。たけは弱いから……弱いんだ。そうだ。たけは弱いんだ。」

「ほら、強くなるように、しっかり麦飯を食うんだ。弱くちゃ、百姓になれねえど。」

みねは、新一の茶碗に、冷えた麦飯を大山に盛った。新一は首をちぢめるような格好でごそごそと掻き込む。

「ふいだから何にもなくて……。卵でも見つけてこようか?」

「卵なんかいらないよ。飯さえあれば上等だ。俺はその飯も、十分じゃないと聞いていたんだ。やっぱり、田舎はいいところがあるな。」

宗吉は、ジャガイモとニシンの煮つけを、ゆっくり舌の上で味わった。自家製の醤油の風味が、強い香料のように鼻をつく……。彼ははじめて家に帰りついたことを、その肉体で意識し得たように思った。

「これは、まだちっと漬かり足りないかもしんないんだけど……」

みねは丼に胡瓜の糠漬けを入れて来た。うす暗い電灯の下でも、それは冴えた緑色だった。

「野菜も不自由はしていねえんだな?」

「大体、間に合っているんだよ。」

「日本は、野菜の種類が多くていいや。あっちは、キャベツとジャガの繰り返しだ。しかし、料理は上手だよ。その二品を、実にいろいろに料理するから、案外あきがきねえんだ。」

「うまいものを食わせた? 捕虜にでも。」

「うまいというわけにはいかぬが、とにかく食わせるだけは食わせたね。捕虜だって働くんだから、あたりまえのことさ。」

「じゃ、そんなに辛くなかったの?」

「辛いといえば辛いし……だが、結局、ソ連の人民だって俺らと同じに働いているんだから、捕虜という境遇を考えなければ、辛いことなんかないわけだ。」

「ソ連のことは、何がなんだか、ちっともわかんないや。俺の妹は、奴らは畜生でケダモノだと言うし、ソ連から帰って来た兵隊は、ソ連は大した国だ、アメリカと戦争してもまけまいよと言うし……俺は、両方ともほんとだとすると大変なことになると思って心配してるんだよ。だって、ケダモノみてえな奴らがいくさに勝ってこの村にまで入って来てみろ、それこそ大変なことになるよ。」

「はは丶丶丶、そんな下らねえ心配するやつがあるものか。」

宗吉は漬物を箸の先でつまみ上げ、大きく笑ったあとの口に、ひょいとほうり込む――。

「おっ母さん、おら、もう寝んるだァ。」

新一は言いながら、次の間の蚊帳《かや》の裾をまくり上げた。

「ほら蚊が入るからさっさとしろな。」

みねは立って行って、新一の身体を押し込んだ。

「みね、小っちゃい奴の顔を見せろな。誰ににてるんだね。」

「さァ、誰だかよ。」

みねの返事は無愛相だった。宗吉は蚊帳の裾まで腹這って行ったが拍子抜けがして、そのままそこにあぐらを掻き込んだ。

「もうすんだのか？　もうちっと食ったら？　まだ飯はあっと。」

みねは自分の茶碗に何杯目かの飯を盛りながら言った。

「たくさんだ。さっき汽車の中で、残りのパンを食ってきたばかしだから。」

宗吉はあたりまえな調子で答えたが、彼にはみねのどこかに、出発の頃とはちがったものが巣食っているようで妙に気になった。実は、彼はみねが飛びつくようなよろこび方で自分を迎えてくれるものと思い込んでいたのであった。彼はキョロキョロとあたりを見回した。そのへんに、みねに変化を与えている主体がひそみでもするように。しかし、土間の鎌鍬の掛け方も以前のままなら、竈わきの、種もの入れの瓢簞《ひょうたん》のぶら下がり方も昔のままである。また寝間の蚊帳の上には依然としてのしかかるように一枚の額が掛かっている。額の中の二つの顔は、宗吉が新一の年頃から見なれてきたものだ。そうだ。家中のものは何一つとして変わってはいない。

〝俺の気のせいだ！〟宗吉はそう安心するとだしぬけにわはは丶丶丶と笑った。

みねは一寸箸を休めて宗吉を見たが、またすぐに飯をかみ出した。

「みね」と、宗吉はいざり寄るように飼台に戻って、「あんな額を、今でも掛けとくのはちっとおかしいじゃないか。」

「そうかもしんないね。たしかに、あんな写真はもう流行《はや》んないね。」

みねは真顔で言った。

「俺は、あの写真を見ると急におかしくなってね……明治天皇と皇后さんを、今でもまつっとくのはよかったね。」

「だって、忙しくて、取り外すひまなんかなかったど。」

「なあに、みねがいやでさえなければ、いつまで掛けといても、そりゃかまわぬさ。」

「俺は好きで掛けたおぼえはねえど。あれは俺が嫁に来た時から、あすこに掛かっていたんだ。」

「それじゃ、あしたにも取り外すかな。流行らねえものを掛けといても、みっともねえだけのことだかんな。」

「そして、流行るものを掛けるのかい？」

「そういうわけでもねえけんど……第一日本では今何が一番流行りか、俺にはわかんねえからな、ははゝゝゝ。」

「ソ連でも、えらい人の写真をまつっとくのかい。」

「まつるわけでもあるまいが、レーニンとスターリンの写真は、どこの家にも掛けてあるよ。劇場やデパートには、すてきもねえでかいのが掛けてあるし、それこそ、どこへ行っても、レーニンとスターリンの顔だ。徹底しているな。すべてロスのやりかたは……」

「へえ……」と、みねは漬物の残りの一切れを口に入れたまま、それをかむのも忘れてじっと宗吉の顔を見た。彼女にはスターリンの写真がはんらんしているソ連も不思議だったが、そのソ連に感嘆しているらしい宗吉も不思議だった。そこで彼女はいたずらっぽく言った。

「あの写真を外したあとへ、俺とこでもスターリンを掛けるかな。」

それから、何か言いたそうな宗吉の顔から、みねはふいと視線をそらしぐいと餉台を持ち上げて板の間に持ち出した。

取り残されたような宗吉は、ごろりとその場に横になった。ほこりっぽい古畳の匂いがまともに、鼻にきたが、彼は、かえってその匂いに気が落ちつくのであった。

三

みねは、駄目だとも、いやだとも言わず、黙ってのびてきた手を払いのけた。宗吉は、しかし払いのけられたことが間違いか、さもなければ自分の錯覚でもあるような気がして、彼はもう一度みねの肩に手をのばした。こんどはみねは、その手をたたくようにして払いのけ、

「駄目だ！」と言った。宗吉はかすかに頭を持ち上げた。と、みねは再び言った。

「駄目だ。それじゃ、やっぱり同じだよ。ちっとも変わってなどいねえ。」

「何を言ってんだ。みねは。」

宗吉は肱《ひじ》をついて腹這いになり、みねの顔をのぞき込んだ。みねはぽっかり眼を開いて蚊帳の外の電灯を見つめている……。

「あれだよ。写真だよ。あれを外しても、そのあとへスターリンを掛けるんじゃ同じじゃないか。」

「バカだな。誰もスターリンを掛けるなんて言ってねえよ。」

「スターリンでなくてもさ、どっちみち俺らはまた何かを拝ませられるんじゃあるまいかと思ってョ。昔のつづきじゃ、俺らは生きていくのもバカバカしいや。だって、それじゃ何のために、五年も七年も苦労してきたのかわかんなくなっちまうもの……何もかも、何もかもが昔のまんまでョ。」

そう言うと、みねは急に胸がいっぱいになった。自分でも予期せぬ昂奮だった。

「じゃ、あの写真は、やっぱりあのままにしておくかな。」

宗吉はみねのきげんをとるつもりで言ったのだったが、それを聞くと、みねはくるりと背を向けてしまった。

宗吉は、やはりみねの心には、何かがひそんでいるのだと思った。それは長い苦労の結晶にはちがいないが、しかし、まさか夫婦の間にひびを作るようなものではあるまい。宗吉は思い切って、もう一度手をのばしてみた。みねの肩は小刻みにふるえている……みねは泣いているのだ。

「どうしたってんだよ、みね。俺が生きて帰ったのがいやなのか。」

「そういうわけじゃねえ。」

みねは弱々しく言った。

「じゃ、どうしたんだか？」

「どうもしねえ。……俺にもわかんねえんだよ。」

「離縁でもしたいのか。」

「……。」

黙っているみねの肩から宗吉は手をひいた。

みねはくるりと向きをかえ、再び蚊帳の外の電灯を見つめていたが、やがて彼女は床の上に起き直って言った。

「お父。俺はなァ、あの、かもいの額を何度取り替えてみたところで、結局、新はお父みてえになるし、しづは俺みてえになる、ただそれだけのことだと思うと今まで苦労してきたのがバカバカしくなってしまったんだよ。

俺は、今にもうちっと何とかなると思って、重い税金も、無理な供出もやってきたんだけんど、この分じゃ、昔のままだ。何にもいいことなんかありゃしない。」

「だから、明日、あれを取り外してしまおうと言うんだよ。きっと、気持が変わるよ。」

みねはそんなことをしたところで無駄だと思った。しかし彼女はもう何にも言わなかった。彼女は、まったくやり切れないと思うその複雑な感情を、口に出して言いあらわす能力を持たなかったのだ。

鳴り足りないままに北に引っ込んだ筑波雷が、どこかに新しい足場を見出そうとするもののように、ゴロゴロと鳴り渡っている。或いは常例を破って、いっきに此方《こなた》の空へのしてくるつもりなのであろうか、それはだんだん勢いを加えてくるようだ。

地球が真二つになるような雷がおちるといい！　みねはそう思いながら、宗吉のそばにどさりと身体を投げ出した。

大原富枝
おおはらとみえ

壁紙を貼る女

この小さい海辺の町では、その店は喫茶店などとは呼ばれないで、簡単にコーヒー屋といわれていた。はやらない店だった。あきらめてもう商売を投げているように見える。煤けたような構えで、ジュースの空箱などが店の一方の隅にそのまま積んであったりする呑気さだった。

それがこのごろは客でいっぱいになる。いまも石材会社の昼休みで、事務所の人や労働者たちが食後にコーヒーを飲みにきていた。椅子が足りなくて、仲間の椅子の背によりかかりながら立ったまま飲んでいる者もある。空箱まで動員して女の子も一人増えていた。そんな混雑の中で、前から自分の椅子と秘かに決めている奥の隅の椅子に、うつむいて何か書いている男の肩先が、人々のあいだからほんの少し見えた。手首とか、耳とか、首のほんの一部分とかだけでも、男を大勢の人の僅かの隙間から見分けることができるように女はなった。店がいつも込んでいるからである。

——ああ、眠い眠い、早く一杯淹れてくれ。

——午後がつらいなア、瞼が上下《うえした》仲良うなりよって……

この小さい町の人々は、このところ夜を眠らなくなってしまった。昼間は夢遊病者のように膜のかかった眼をしている。

こんなことは、女がこの町にきてからはじめてのことであった。町にこのような異変が起ったために、女はやっとこの町の人々のなかに溶けこむことができた心地がする。これまで女は自分が生涯の牢獄であるこの町の囚人だという気がしていた。いまはこのコーヒー店にはいるときも、町の人の眼を意識することはない。長いあいだ他所者であった女はとうとうこの町の人間になった。町の人たちにまじってコーヒーを飲んでいる。

大入り満員になってからコーヒーの味は落ちたが、誰も文句をいう者なんかない。覚醒剤代用であった。町はいまちょっとしたゴールドラッシュである。子供でも一晩に軽く千円や二千円は稼ぐそうである。

――まさに、気狂い部落ですね。

男はある日、いった。

男の名は手塚千吉というのだ、といまは女も知っている。

――どんなものなんでしょう、シラスっていうのは？

町の人々を気違いにしているものの正体を、女はまだ見たことがなかった。それは夜のうちに捕獲されて、午前中に養鰻場へと、仲買人の手に引きとられてゆく。

――透明な、針ほどの鰻の子です。海で孵化して川を遡るんですよ。

――そう。川にはどのくらい棲んでいるんでしょうね、そして、海へはいつ帰ってゆくんでしょう？

二人は直接自分たちに関わりのないことについて、熱心そうに話している。

――八年ほどだそうです。産卵するのは熱帯の海で、熱帯地方のどこかの海底で孵化するんです。どこだか、まだよくわかっていないらしいですがね。

百科事典かなにかで調べてきたらしい知識を男は教えた。

――鰻というやつは淡水から塩水へはいっても、またその逆でも平気で適応できるんです。水がなくてもある程度湿気と温度があれば、二、三日は生きていられるんです。めっぽう強いんですね、生命力が……

もう何年も前、この店が営業しているものやらどうやらわからなかったころから、二人は数少ないここの常連であった。

女がここにくるようになったのは、町から十二キロほど離れた県庁所在地の女子高校の教師を辞めてからである。この店の女主人はだから女のことをいまもときたま「先生」と呼ぶことがある。先生はよっぽどコーヒーがお好きなんですね、といったりする。女は恥じた笑い方をした。コーヒーよりも別の目的でこの店にはくるのだった。ここでだけ、女は自由に呼吸ができる。

家事のためのこまごました買物でふくれた重い袋を、空いている椅子の上に下し、着くずれた衣紋を直し、女は海の見える椅子に深く腰を下して、一杯のコーヒーをゆっくり飲むのであった。店の向うは岸壁になっていて、漁師たちの手繰り船が何十艘も並んでもやっている。

女は元高校の女教師らしい地味な大島紬の和服を着て、浅黒い広い額をしていた。決して美しいとはいえないのに、なにか奇妙に人を惹きつけるものがあった。店の女主人はそれが不思議な気がして、ぼんやりと海を眺めている女の後姿をちょいちょい眺めるのであった。

いつでも空いているその店では、海に向いた奥の席を女は自分の席と決めていたが、ある日その席を占領して、うつむいてなにか書いている男がいた。皮のジャンパーを着て、罫のないザラ紙に鉛筆をせっせと走らせている。自分の所有権を犯されたような軽い不満で女はその様子を眺めていたが、やがて自分の勝手さがおかしくなって、一人笑いしながら反対側の席をとった。

このときから二人はこの店でちょいちょい顔を合せる。客の少ないここでは普通なら自然に挨拶ぐらいするようになるはずだったが、女の方になにか他人との交流を拒むものがある、と手塚は思った。それが傲慢さではなくて、反対に人を恐れるような、怯えるような気配であることにも、彼は気がついていた。

親しくなることは拒みながらも女は、彼を遠くから観察していた。彼は頭のなかをまとめるためか、ときどき顔をあげる。眉を寄せて海の方を眺めていては、また書きはじめる。二十代のように若く見えるときと、三十も半ばすぎのように老けて見えるときがあった。生まじめな男に見えるときと、少し崩れて見えるときとがある。女はコーヒー店で彼と出逢って、彼が自分の席（と秘かに女が考えているあの奥の席）に坐っているのをしばらく眺めていてやがて買物袋を抱えて帰ってゆくとき、ほのかに仕合せであった。

この町の山は石材を切り出すので白い山肌が夕陽にうす紅《くれない》に染って見える。媚めいて美しいその山肌を眺めつつ、女は僅かながら自分が幸福なことに気づく。

初めて男と口をきくことになったのは、電話線を通してであった。電話が鳴って女がでると、

——お母様はいらっしゃいますか、こちらC——新聞の支局ですが……

女はしばらくぽかんとして受話器をもっていたが、やっと、相手が早のみこみに自分を娘だと思いこんでいるらしい、と気がついた。

——わたくし瀬木淑生《よしみ》でございます。

相手は狼狽したらしくどもった。

――ど、どうも。いや、失礼しました。

気持をとり直すようにしばらく黙っていてから、じつはインタヴューしたいのですが、いよいよ東京オリンピックが近づいたので……ということであった。胸のあたりを一突きされた心地がして、女は黙っていた。先方はかまわずに、今日これから伺っていいだろうか、と訊いている。

――あの、それは困ります。明日、町へ下りてゆきますから……

海岸通りのあの店を、女はあわてて教えた。受話器をおいてからも、姑や義姉に電話の用件が感づかれたのではないだろうか、とじいっと奥の気配に耳をすましていた。

そのときは女の方はまだ相手を彼とは知らなかった。

――声があまり若かったので。……どうも失礼しました。

店で逢ったとき彼は頭のうしろに手をやって、てれた顔をした。

――私には娘も息子もおりません。

海の方を見たまま、女は電話のときよりは老けた声で小さく答えた。どこか怯えているような気配がやはりあった。しかし、このごろの女というものから感じることがなくなっている種類のなにか抗いにくいやさしさが女にあるのを手塚は感じていた。

――スポーツなんて、もうわたくしとは何の関係もありません、そういう話はかんべんして下さいまし。

――困りましたね、それでは私の仕事ができないですよ。あのときの思い出や、現在の生活などを記事にして送らなければならないんです。出身は別でも、あなたはこの町では唯一人のかつての栄ある出場者ですから。

――ごめんなさい。わたくし何もお話したくございませんの、昔のことですもの、それに、いまの記録に比べると、もうお話にもなりませんわ。

女はそのあいだも人眼を気にするらしく、外の道をゆく人の足を眺めていた。なかからは足だけが見えるのである。その様子はどこかみじめに、哀れげに見えた。

――昔の栄光を、どうしてそう卑下しなくてはならないんですか。記録というものは破られるためにあるものなんですよ。

――栄光ですって？　とんでもない。

お互いにこの店の常連で、言葉はかわさなくても却ってそのために一層ほんものの親密さで、秘かに結ばれている仲間のような思いを、男はもっていた。女はしかし、それをはねつけるようなまじめないい方をした。

わざと軽薄にふるまって、ときには相手の心を踏みにじるような手荒な触れ方もしないではすまない職場に馴れてきている自分を、手塚は思い知らされた心地がして、内心赧らんでいた。女は彼が楔を打ちこもうとする手がかりになることは何一つしゃべろうとしない。どうしてこんなに用心深く振舞わなければならないのか、もどかしい思いで次の手を考えながら、彼は仕方なしに海を眺めた。女が海を眺めていたから……

海はもやに包まれて何も見えない。この季節のここの海は毎年こうなのである。ごく岸辺近くを手繰り船が通るとき、影絵のようにガラス戸に映る。

——ずうっと高校にお勤めでしたか、こちらではF——高校でしたね。

——はあ、主人の生家にきてからは、五年ほどF——高校に。辞めてからもう二年になります。

——私はこの支局へきて二年です。

それはちょうど二人がこの店で出逢うようになった歳月と重なるものなので、彼等は眼を合せて微笑した。自分の仕事にとってはますます都合のよくない親密さが生れてくるのを、よわったな、と感じながら、二人のあいだに一つの黙契のようなものが生じるのを彼はしぶしぶ認めた。

——あの事件のとき、もういらしたかしら?

——猟銃射殺事件ですか、いや、あのあとです。ほんの少しあとです。

女はしばらく黙っていた。それから曇った声でささやくようにいった。

——あの女はなぜ殺されたんでしょうね。誰もほんとのことは知りません。いろいろの理由をいいますけどね、浮気だったとか、亭主を馬鹿にしていたとか……あの男が細君をとても愛していたことだけは、皆が認めていることですけど……

手塚は思いだしてみようとしたが、立合っていなかったので、他の事件とこんがらかってしまって細かいことは思いだせなかった。

——殺したくなかった、殺したくなかったのに……、って男はいいましたのよ、それだけいって、自分の頭を撃ちました。

——ふーん。

とんだよそごとに時間をつぶしているな、と男は自分に腹を立てて眉根にしわを寄せながらも肯いていた。こちらの目的をそらすように持出してきたのかも知れないそんな話題を、強引に押しのける気にならない。こんなことはかつてないことだ、と相手のペースに巻きこまれているそのことに少し焦立っていた。

——多分、殺したくない、殺したくない、って思いながら女を殺す男もあれば、反対に殺したい、とときには思いながら決して殺しはしない女もいるものでしょうね、そうじゃアないかしら？

手塚は眼を瞠るようにして女を見た。女の眼は霧《き》らったように曇って海の方を、海霧《ガス》が深くてなにも見えない海の方を眺めていた。

——わたくしの故里はこの海の向うです。

そんな女を揺ぶりさますように、努めて事務的な声になって、一歩身体を乗り出しながら手塚は訊ねた。

——毎日、いまは何をしてらっしゃいますか、お宅では？

——家事をしております、家族四人の。姑《はは》と義姉と主人と、そしてコリーが一匹。甥は東京の大学にいっております。

まっすぐに、小学生のようにまじめに、不器用に答えたが、女の眼にかかっている白っぽい膜はとれなかった。女はちっとも不自然ではなく、もとの話題へするりと戻っていった。

——その日は曇り日だったんです。花曇りというんでしょうね、学校を辞めてまだ一週間と経っていませんでした。お客があるので、わたくしは花をたくさん買って帰る途中でした。坂道の上の方で一発銃声がしました。ラクダ色のシャツとズボン下だけの男が、銃を斜めに抱えて下りてきました。髪が少し顔にかかっていましたけど足どりはしっかりしていて、これから仕事にゆく人のような歩き方でした。家々から男や女や子供がとび出してきて、男を見て立竦んでしまいました。男はすると急に膝をついてしまったのです。殺したくなかった、殺したくなかったのに……そういって……

頭のなかでもうよく整理されている話し方だった。そのことが男にはひっかかるものがあった。

——それから自分の頭を撃ったんですね。

なにをつまらんことをいっているのだ、と思いながら手塚は半分あきらめて、

——怖かったですか、あなたは？

——さあ、気づいたとき白い海芋の花が足もとにいっ

ぱいで。でも、そのときから、あの男のことを、男がいったことを、わたくしはときどき考えているんです。女の方は見たこともないんですけど……

手塚はそのときになって、女の話していることが、本質的にはまさに自分のしなければならないインタヴューである、女の現在を探訪すること、そのものであることに気がついた。しかし、それはあまりに真実であり、女がまじめであるために、多分に大雑把で日常的な手荒さで片づけられる彼の仕事の次元とは、およそ食いちがっていた。新聞記事にはならない性質の真実であった。

彼はメモノートを開いて、女が昔保持していた公認記録を眺めてみたが、現在の記録に比べると、女がいった通り話にならないものである。彼はノートを閉じて女の眺めている海を眺めた。

——もう、帰らなければ……

女はつぶやくようにいった。

——ぼくは馘になるかもしれないな、こんなふうに記事がとれないんじゃア……

自分のことを初めて「ぼく」といった。ぼくは……といって話す相手を彼は気分的にかなりきびしく区別している。女とはどうしても、ぼくはといって話したかった。

そうでないとうまく話せない気がして、その機会を彼はうかがっていた。

彼の経験では、この乗り換えはそれほど簡単容易なものではないのである。相手がそれに気づいて反応するようでは上々の首尾とはゆかないし、気を悪くされては元も子もない。殊に相手が女の場合、慎重になる。勘ちがいされても困る。いまの場合はまずまずらしかった。女は気づいたのか、気づかないのか、全く反応はなかった。

手塚は思わず笑った。女は男の笑顔が想像もしなかったふだんの顔を一変させるような若さに溢れていたので息をのんだ。顔が赧らんだのではないかと、気になって、言おうとも思っていないことを、少し軽薄な声でいってしまった。

——こうして、ちゃんと取材してらっしゃるじゃありませんの。

——そりゃア、ぼくは満足しています。しかし、記事にはなりませんよ、……あの事件のことをなぜお話になるんですか、ぼくに。

——ほんとに。なぜ話したのかしら、といま考えているんです。誰にも話したことないんですのに……

雨もよいで海霧が深く、飛行機は欠航つづきである。

今日もまた飛ばないだろうな、と手塚は思った。

——もう一時間あまりになりました。ほんとに帰ります。ごめんなさい。

女は立上った。

——そうですか、ぼくは、毎日大抵ここにきます。

男もあわてて席を立ち、そういってしまってから、それを恥じた顔になった。


町の山手にある夫の家（自分の家というふうには女は一度も感じたことがない）への、緩やかな上り坂の町筋を、女は歩いていった。

ぼくは満足ですが……っていったけど、何が満足なのだろう。あの店へゆけばいつでもあの男に逢える。なぜそうわたしに告げるのだろう。三日に一度、買物に下りてゆく午後、あそこで海を眺めながら静かな時間をすごす。これからもそういう時間をもつことがゆるされるだろうか。そんなことをしていいものだろうか。海岸の女たちは恐ろしく噂好きだ。全身が口であるかのようにしゃべる。海鳴りに張合って鍛えた塩から声で、専務さんの奥さんとあの若い新聞屋がクサイってよオ、なあにもうできてるっちことだよオ。町の全部に噂が伝わるには二、三日もあればいい。

旧家である夫の生家は、椿と竹の林を背戸にもつ山ふところにある。石材を切りだす山は右手の奥に白い山肌を見せていた。この道から眺めると、エジプトのスフィンクスのように見える部分もあり、禿鷹がとび立とうとしていると見える場所もある。想像の翼をひろげながら歩くこの道からの石山の眺めに、女は慰めを見出していた。石材の山というのは詩の素材の山だと思う。そこから切りだす石材は、単に建築材に使われるのであったが、女はその山を、イタリアのリグリア海岸にあるカッラーラ山に思いなして愉しむのであった。その種の愉しみ方では女はわりと豊かなものを生れつき持っているらしかった。そのことはこの女の不幸さの色あいと、どこかで関わりのあるものかも知れない。そんなふうに自分で感じていた。

女の足音と体臭を遠くから知るコリーの太郎がもう吠えはじめている。勝手口につながれている彼は、女の姿が見えるとひとしきり手を求めてとびあがる。しかし賢い彼はいっときの昂奮がさめると、一歩さがるように距離をおいて注意深く女を点検する。

——大分おそかったですね、クンクン、待てよ、なん

だかよその男の臭いがしますよ、そのまま奥へいってい
いものですかね？

女は義姉の段鼻を思いだす。それは太郎に次いで鋭いのである。

——下の町でまた茫っと海を見てましたね、そうだと思うな、ボクをつれてもゆかないで。しようがないなアまったく、そんなよその男の臭いつけてきたりして……

——これでもボクはあんたの味方ですよ、この家では唯一の味方です。あんたがぼんやりだから、小姑めいたこともときにはいいますがね、贔屓に思えばこそですよ。

——わかったわよ、おしゃべり。コリーってのはね、太郎。おっとりして、大人《たいじん》らしく、紳士らしくしているのが取柄なの。その高貴な鼻を高くあげて、考え深く、優雅に。

——それこそわかっていますよ、一度、ボクとご主人の町をゆっくり並んで歩いているときのあたりを払う品格と、堂々たる姿を見たら、そんな侮辱的なことはいわないでしょうよ、あんたも。知っていますよ、あんたはこの家でボク以下なんだから。気の毒だと思っていますよ、だからいつだってボクはあんたが叱られないようにと、できる協力は惜しんじゃアいないんですからね。しかし、あんたはぼんやりしていてすぐ誰かに叱られてしまう。さア、いいかげんで奥へ挨拶にゆかなきゃ……

太郎に追いたてられるように台所口から奥の姑の部屋へ長い廊下を足早にゆきながら、太郎ったら、家族の家庭での勢力均衡には敏感で決して誤らないんだから、と女は苦笑いしていた。

奥では、姑と、未亡人になってからいっしょに暮すことになった義姉が、こたつに鉤の手にはいって編物をしていた。

——ごゆっくりでしたね。

こちらは見ないで姑がいう。遅くなりました、と女はいつものようにいってすぐ退出した。

台所で女は買物の包みを一つ一つあらためながら、冷蔵庫にしまったり、戸棚に入れたりした。勤めをもっていたころ、台所は姑と義姉の城であった。女は単にそこを通りぬけるときも、夫と自分の朝食のあと始末を出勤前に大急ぎでするときも、水道の蛇口や洗桶、たわしや床のタイルからさえ軽んじられている自分を感じたものである。敵意を感じるときさえあった。しかし女が長かった勤めをやめたとき、姑と義姉はさっと引退して城を明渡した。十分愉しみなことが、あとに予想できたか

らであろうか。

——おやおや、せっかくとりたてのえびを死なせておいね。

——あら、この茶碗蒸、どうかしたのでしょうか。

二人とも決してまずいとはいわない。料理が下手だとはいわない。不思議がるのである。馴れない女の料理は、悪戦苦闘の結果、例外なく家族の者の口に合わない。女自身にもたしかにまずかった。

——女ですからね、お料理くらい、まずまずのどを越すものをつくって貰わなくちゃアね。

——はい、すみません。いっしょう懸命やってみます。

不器用な女は、料理のコツというものがなかなかつかめない。そのうちに女は、姑や義姉が料理の苦情を真実まずくて困ってしまっていうのではないらしいと、気がついた。むしろ愉しみながらいっているらしい。彼女たちは女がどういう妻なのか、夫にどのように遇されている妻であるかを知っているのである。太郎よりも正確に、具体的に知っている。罰してやっていい妻として女を見ている。

ある日、黙々とまずそうに箸を運んでいた夫が、がまんできなくなったというふうに、いった。

——こいつは幾つになっても料理がだめなんだッ。これがハンバーグだって？　太郎だってそっぽ向くよ、お母さんと姉さんは別に食事をつくってくれませんか、おれはそっちで食わして貰う。こいつは一人で自分のつくったまずいものを食ってりゃアいいんだ。

女は、夫の箸をもっている大きな手の甲に生えている黒いちぢれた毛を眺めていた。同じような毛が、胸にもあること、夜の床でその毛を揉みながら、熊のように呻くことをも思っていた。その熊の下に、死体のように圧しつぶされている自分と、どうだ、つらいか、これでもつらいか、これでもか……と、ささやく夫の息声が聞える。それらがすべて自分への罰につながっていることを女は知っていたから、いまの料理のことも罰の一種であり、母や義姉がそれを知っていることもたしかであった。

女が過去のある日、黙って生命を捨てようとしたことがあるのは、最大の夫への裏切であった。別れたいというのか、といわれて女はびっくりした。別れたいなどとは思ったことがない。どうしてこんな馬鹿な真似をする、と夫になじられたとき、女は単に、つらくて……としかいえなかった。何がどうつらい、といえるものではなかった。

女は勤めている学校では生徒たちに人気があった。夫と結婚したときもうそろそろオールドミスといわれる齢であった。夫と見合したとき、女は相手に全く親近感を持たなかった。彼は女の理解を越えた男を感じさせた。自分と共通のものをどこからも感じさせない相手を、女は結婚の相手として選んだ。結婚するならそういう人がいいと判断した。男は一度結婚して別れたことがある。それでもいいと女は思った。

結婚して半年くらいたったとき、女は一冊だけ残してあった古い日記帳が失くなっているのに気がついた。何を探しているんだ、と夫が訊いた。訊き方にある予感があった。

——焼いたよ、おれが焼いた。

十年も前のその日記帳には、女が若かった日々に、恋人への追慕の想いを綿々と記してあった。恋人は台湾南方の海で、輸送船とともに、魚雷に撃たれて沈んだ。結婚のとき、焼くか、実家の姉に預けるか、迷いぬいて、とうとう持ってきたものであった。

——そうですか、その方がよろしいんです。

女は夫の顔を見上げないで膝をついたままいった。お互に三十歳を越した、一方は再婚の夫婦であった。このことは、これだけの会話で済んでしまっていいことであった。女ははっきりそう思った。

——探して、どうするつもりだったんだ？

夫が訊いた。焼くつもりだったのです、と女は間髪を入れず答えた。嘘とわかっている答を、夫も嘘と受取ったにちがいない。しかしこのことはこれだけの会話で済んだ。済むべきはずだった。五年後に、「つらくて……」女が死を望んだことと、それは、別に関係はない、といってよかった。しかし、自分一人の脱出をはかったのは、やはり裏切であった。この時から女は罪人になり、夫の囚人になった。

この事件は表面にはわからずじまいで済んだが、夫は生活を変える必要を感じたらしい。父と気が合わずとびだした家に帰ってゆくことにしたのである。女はおとなしくついてきた。

台所はいまは女の城であった。冷蔵庫も水道の蛇口もたわしも床のタイルも、女を馬鹿にするのをやめ、女の手にふれるのを喜ぶようになった。冷蔵庫をあけてビニール袋の魚を入れたり、流し台の下の物入に玉葱の袋をしまったりしながら、どう、この生きのいいこと、とか、この玉葱、締っていい玉でしょ、と彼等に話しかけ仲よくするすべもいまは女は知っている。——殺したくない、殺したくない、と思いながら殺す男もいれば、殺したいとときには思いながら、決して殺しはしない女もいるものでしょう。馬鹿なことを口走ってしまった。あの言葉を、あの男はこれから先、忘れてくれることはないのではないかしら？　どうしよう。今日の女は冷蔵庫や物入に話しかけることを忘れていた。

女が海岸の店にはいっていったのは、いつもの通り三日目の午後であった。男は先にきていて、女がはいってくるときからじいっと看守っていた。女は彼の方を全然見ようとしなかったので、男は挨拶の機《しお》を失って坐っていた。コーヒーがはこぼれてきて、女が一口それをのみ、冷えた頬を両手に挟むようにして海を眺めているとき、男は立上った。女は怯えたように眼をあげ、顔の前で小さく手を振った。

——先日は失礼しました。

わからないふりで男は頭を下げた。女は泣きだしそうな歪んだ顔をしていた。

——あの男が、細君を愛していたのはほんとうのようですね、彼は山林労働者で、いつも深山で伐採をやっていたんですね。

——お調べになりましたの？

——支局にある古い地方版をひっぱり出して見たんです。新聞にはあの男が最後にいった言葉はのっていませんね、少なくもうちのには……

——ええ、どこのにも載りませんでしたことよ、わたくしだけが聞いたのかも知れません、男は何もいわないのに……

ほんとうに、女はそんな気がしてきた。太郎がいう通り、いつも茫っとしている女はあの事件を思返し、思返ししているうちに、聞きもしなかったことを聞いてしまったのかも知れない。

——もしそうだったらごめんなさい、わたくし、いつも茫っとしてますので、よく叱られます。聞いたことを忘れてしまったり、聞かないことを聞いてしまったりしますの。

誰に叱られるのか、それを抜いて女は話した。亭主にだな、と男は思った。女の夫には、彼はいつか、海苔企業家への貸付金問題がこじれたとき、銀行の事務室でインタヴューしたことがある。なかなか狼狽《あわ》てはしないといったふうな、固肥りした男で、手の甲に黒いちぢれッ毛が生えていた。手塚はこの町の旧家育ちのその男に、自分が好意をもっていないことに気がついた。あのときすでにそうだったのか、女の夫と知ってからそうなったのか、いまとなってはわからない。どこか、アラビアの土侯のようなふてぶてしいあの男に、お前さんの女房とコーヒー友達でね、といってやりたい気がした。

——あのう、大変失礼なことを申しあげますけど、これからはもう……

非礼すぎることなので、女はさすがに口ごもった。

——わかってます、話しかけないでくれ、というんでしょう？　いいですよ、今日だけです。あとはもう知らんぷりしましょう。御安心なさい。

——ごめんなさい。この店はわたくしにとって、とても大切な場所なのです。恐らくあなたには想像できないほどです。ここへ来ることがいけないことになると、とても困るんです。そっとしといて下さいまし。ここで、茫っとして海を眺めていることが、誰にも目立つことがないように。

——わかりました。ぼくはそんなに怖い男じゃありませんよ。

——申しわけありません。

それからは、手塚は見事に女を無視した。店の女主人さえ、二人がある日話をしたことがあった、という事実を忘れた。女はいつもコーヒーを少し飲んでは茫っとして海を眺めている。

そのうちに男の姿が現われなくなった。本社詰になって本社のある大都会へいったのだ、と店の女主人がほかの人に話しているのを、女はこっそり聞耳をたてていた。

コーヒー茶碗を持っている女の左手がこきざみに慄えはじめた。女は右手で慄えつづける自分の左手を握りしめ、ぼんやり海を見ていた。もう暑いといっていいほど明るい陽ざしの照りつけている日であった。海はよく晴れていた。

その日、女はどこにも慰めを見出さなかった。石切場の山を見ないでうつむいて帰り、太郎の歓迎にも目を伏せ、買物袋を台所においたまま、自分の部屋へはいった。

女は三日に一度、煤けたような海岸のコーヒー店へでかけ、やはり海を眺めながら坐っていた。何事が起っても変えることのできない習慣のように。話しかけられるのを拒んでいるので、女主人も天候のあいさつくらいしかしない。二年あまり経ったが、この小さい町にはこれといった変化もなかった。

その日、女が店にはいると、奥の席で手塚千吉が書きものをしていた。それは彼が本社詰になって去る前とそっくり同じだったので、女はこの二年あまりの歳月が夢だったのかも知れない、と思った。

――いかがです、お変りありませんか。

――少し、お痩せになりませんでして？

手塚は身体を悪くして大きな手術をしたあとであった。予後の養生をかねて支局に帰して貰ったという。

――なあに、不摂生なんですよ、酒よりもぼくの場合コーヒーとマージャンですね、胃を半分切られちゃった。

女は自分から彼の傍にいって、向いあって腰かけた。

――変られましたね、あなたは……

男はしげしげと眺めていった。何かが、女のなかでついに凝固を遂げたように見える。店から見える堤防の突端によく揺曳しているかげろうのように、いつも不安定に、女のなかで立迷い、揺れつづけていた翳が、一つの化学変化を、または物理的変化を成しとげたように、いまは凝固して見える。そんな気がした。

――そうでしょうか、あれから二年あまり経ちましたけど、それだけですけど……

女は、男が病み痩せして少しいたいたしく、一方でどこか崩れていなせな感じに、年上の女の心をくすぐるような、誘い込むような男臭さを漂わせているのを、むさぼるように眼を吸いつけられて眺めていた。自分の気持がわけもなく怨みっぽく若やいでいる。本社詰になって、彼が大都会へ去ったあの日に、自分が耐えたあの思いを、この男は何にも知ってはいない、と思う。なんにも知らないでいて、何が変ったというのだろうか。人は一晩でだって変ることがある。

まもなくはじまったシラスウナギの遡上は、この小さい町に、小さい革命をもってきた。石材会社の事務員や労務者たちが午後の始業で引きあげてしまっても、商人や漁師やお内儀さんたちで、店はまだ賑わっている。労務者たちの休みが多くて採石場も臨時休業の体たらくだし、漁師たちも手繰り漁には出ないので新鮮な魚が手に入らなくなった。シラスウナギの遡上は二月から五月ごろまでで終る。限られた期間にできるだけたくさん稼がなくてはならない。誰は昨夜、何キロ掬ったそうだ。いや誰それさんはシラスの塊《かたまり》（大群）にぶつかって、一晩に五万円とか六万円とか揚げたそうだ。何か神聖なものについて語るように、人々はかたまりという言葉を口にする。毎日、今夜自分が選ばれた者としてぶつかることができるかも知れない、シラスのかたまりのことを思って彼等は睡眠不足のまま昂奮していた。年寄たちも夜になると憑きものがしたようにしゃんと腰がのび、元気に海へでかけてゆく。人々は欲深く、限りなく欲深くなった。

シラスウナギはもともと禁漁魚である。彼等は掬われて養鰻場へ身売りするはずではなかった。生命を保護されて、自然の河川を遡上し、深い淵の底の岩穴などに、自然な生涯を営むはずであった。

しかし警察も、この町の狂ったような昂奮を取締ることはできなかった。それは小さい透明な魚の出現というだけのことではなく、貧しさからの解放という、一種の非常に解りやすい革命とともにやってきたからである。法規に従ってこれを取締ろうとした警官たちは、逆に漁師や町民たちに取囲まれて身の危険に怯え、逃げだすことになってしまった。警察は妥協案をだした。一家に一人だけは許す、というのである。しかし妥協案などというものは双方の面子をたてるいいわけにすぎない。または破られるためにあるものである。コンミューンを勝ちとった市民のように、町の人たちは自由になった。大切なのはシラスの持ってきた現金ではなくてこの勝利感、解放感ではないかしら、と女は思った。現金は、やがてはもとのもくあみに消えてゆくが、妥協という形にしろ、一度自分たちの手に握った主導権は、この解放感と勝利感はのこるだろう。

その自由で威勢のいい空気の渦巻のなかで、女はいつでも彼と自由に話すことができた。二人の話は周りの喧噪のなかに消えてしまう。人々はこの二人が、町の人々のあいだに小さく挟まれてコーヒーをのんでいることは眺めていても、彼等がどんな仲であるか、知人であるかさえも注意を払ってはいなかった。

——東京の大学から帰ってきた甥も、そう申しましたわ、いったいどう変りましたのでしょう?

男はじろじろと正面から女の顔を眺めた。その臆面もないやり方は、生まじめなために一種の哀しみを含んでいることに、女は気がついた。赧くならないようにじっと堪えながら、女も男をまじまじと見つめていた。こんなふうに人と見つめあうことって、生涯にめったにないことだ、と女は思った。

以前は安定することなしにいつもあいまいな形で雲母の流れのようにきらめき、立迷いしていたものが、いまは女のなかで動揺をやめている。相変らず茫っとして、摑みどころのないような、いまという時代と恐ろしくかけ離れた優しさを保ってはいるが、五十歳を越した女には、海の底の岩のように動かしようのないものがあると思った。

男はとっくり眺めたあと、何もいわなかったが、女も訊ねなかった。その方が自然であった。

――甥っ子は長いこと警察につかまっていたんですの、去年の秋から……

――ああ、あの学生の反戦運動ですか？

女が話したいのは別のことであった。甥の大学院生はこういったのだ。

――叔母さん変ったなア、おれが叔母さんのことどう思っていたか、わかるかい？

――わかってよ、いつも茫っとしてて、まずいものばかり食わせやがって、よわった人だなア、って？

すると彼は、眼をそらしていったのである。

――おれ、一人前になったら、叔母さんカッ払って、この家とび出してやる、そう思ってたんだッ。

女は息を止めて甥を見た。

――生意気だったんだなア、それよりほかに救いがない、なんて考えたんだからな。いまの叔母さん見たら、ちゃんちゃらおかしいや。

――どうして？　どうおかしいの？

――だって、まるきり変っちゃったもの。救う必要なんかありゃアしない。

そのあとで彼はちょっと赧くなりながら、そっぽ向いていった。

――やだなア、叔母さんがおれと関わりなしに救われちゃってさア。だってどうせ男にちがいないもの、叔母さんを救ったやつ。ひょっとしたらあの叔父貴かも知れねえしさア、だから、夫婦者っての、いやらしいんだッ。

女は赧くなった。甥がそれでも見ないではいられないように、横目づかいで女を見ていた。

――それはあんたの思いちがいよ、どこかの男によって救われるものなら、それは叔父さんでも救えるわけでしょう。わたしならその方を選ぶもの。だけど、五十歳にもなった女が、男で救われるものかしら？　わたしにはわからないわ、そういう女もいることはいるでしょうけどね、とても、それは可愛らしい、毒のない女よ、きっと。わたしなんか、思いもよらないわ。

――そう、じゃア、叔母さんは毒のある女だというの？

甥は生まじめな眼に戻ってじろじろと女を見た。

――ぼくが叔母さんに憧れていたことわかるかなア、ほんとなんだよ。うちのお袋なんかバカだから、男の子だから放りだしといても心配はない、なんていってるよ、どういたしまして。男の子の方がずっと危険なんだよ、いまの女の子たち、高校生のときからいかにしていい男の子(というのはつまり成績優秀で将来出世して女の虚栄心を充たす地位と金をたくさん運んでくる見込みのある男の子、ということだけど、)を人より早くキャッチするか、ということだけを考えてるんだ。男の子のように受験苦はないし、就職苦はないし、いや、就職のつもりで男の子を物色しているんだから。花だの、ネクタイだの、万年筆だの、おれなんか貢物をさばくのに大変だったぜ。男の弱味をちゃんと知ってるんだ。身体を投げだしてそこを摑んだものが勝だ、親なんていまや無力の極みだから、本人さえ摑んでしまえばあとはこっちの押しひとつ、と思っているね、それが若いときはわからねえからさ。

彼は高校や受験生のころのことを「若いとき」といった。

――おれなんか殊にオクテだったからさ、哀れなもんさ。衝動にナヤミ愛にナヤミ、受験勉強にナヤミだな、まさに三重苦だよ、女の子ってやつの横着さがいまごろやっとわかってきた。男の子にこそ、親はカラダをタイセツにしろよ、といわなくちゃアならないんだよ、そうなんだよ。衝動に負けたらみじめなことになる。いまや女の子は傷つかないんだから、昔の女が傷ついたのは、自分で傷ついたと思うから傷ついたのであって、自分で傷ついたと認めなきゃ、傷つきゃしないもんなんだ。あくまで主観の問題なんだよ。フリーセックス結構、傷つくのはむしろ男だよ、責任観念というものはまだこの社会に生きてるからね、男は責任をとれ、と女の子はいうからね、男のくせに、と二言目にはいうよ、都合のいいところは結構古い体制でいこうってんだ。男だって自衛手段を考えるようになるさ。ぼくは、叔母さんと二人で住みたかった。正面からいっちゃうけどさ、叔母さんは古い女だもの、女が持っていると思われていたやさしさがまだある。叔母さんと二人で住む生活はきっとぼくを満足させてくれる。ぼくは結婚はしないで、女とは外で逢う。結婚生活なんかの囚人には決してならない、そう思っていたんだ。

女は眼を瞠っていった。

――あんた、それ本気で考えていたの？　叔父さんが生きていても？

――もちろんですよ、これがまずぼくの私生活の革命だったんだもの、叔父貴から奪うのでなくては意味がないでしょ。

いい気なものね……といったきり呆れて青年を見つめていた女の眼からふいに涙がころがり落ちた。

――あなたはずいぶん誤解していてよ、このわたしが、どうしてやさしいもんですか。

女は秘そめた声で、しかし激しいいい方でいった。やさしさ、なんてものを打捨てて、そんなものとは縁がなくなって、いったい何年になるであろう。

――あなたは、小説をお読みになりますか、外国のものも……

女はふっと改まって手塚千吉に訊いてみた。

――そう、まあ、読む方かなあ、学生時代はもっと読みましたがね。

――わたくしはもう長いこと、全然読みません。娘のころはひところ読み耽ったものですけれど。それでね、その時分読んだもので、外国の小説ですけど一つ忘れられないものがあるんです。御存じでしたら作者を教えて下さいませんか。


忘れられないといいながら、細かいところは大概忘れてしまっている。女が憶えているのはその小説の粗筋だけであった。一人の貧しい女がいた。彼女は小娘のときから働いて食べてゆかなければならなかったので、あちらこちらの大きなお邸で女中奉公をして働いた。

まだ十二、三歳の走り使いのとき、そのお邸では壁紙を貼り変えた。半端ものになった壁紙の余りを、職人は小さい女中の彼女にあたえた。それはなんと美しい紙であったろう。紙の端から端まで美しい模様が切れ目なくつづいていた。どこからどこまでもつづいている。少女は毎晩それを眺めて、年上の女中たちといっしょにあたえられている女中部屋の自分の寝る枕もとの壁に、それをピンで止めた。それを眺めていると、喜びと仕合せが湧いてくる。

お邸の壁紙が貼り変えられるとき、彼女は生き生きした。客間は落着いていてそして豪華な模様の壁紙が選ばれる。家族たちの集る広間は明るくて温かい色彩の、そして刺戟的ではないやさしい模様である。主人の好みで貼る主人の部屋、夫人の好みで貼られる奥の部屋、子供たちの喜ぶ動物のさまざまの姿態の図案化された子供部屋のための壁紙。そして寒色の勝った模様の貼られる寝室の壁。

あるお邸では一部屋ずつ順々に毎年貼りかえの職人を入れたし、別のお邸のときは、全部の部屋をある年いっぺんに貼りかえた。彼女はそのあいだいそいそとして職人を手伝う。半端になった壁紙や、ほんの少し汚点《しみ》のついたもの、きれいな余りものの壁紙などを、職人から彼女はもらう。こうしてお邸からお邸へと女中づとめをして歩くうちに、壁紙あつめは彼女の唯一の慰めになり、希望になり、そして生甲斐になってゆく。

貧しい彼女を、それほど美しいわけでもなく、頼りになる身よりもない彼女を、妻にしようという男も現われはしない。こうして歳月だけが経ってゆく。休みの日、彼女は小さい自分の部屋で、溜まったさまざまの意匠の壁紙をひろげて眺め、分類し、整理して積み重ねる。同じ模様の壁紙が、いまではもう完全に一部屋の壁を貼るのに十分なほど集っていた。そして、彼女はもう中年であった。醜くても若いときは彼女にも人並みに若さだけはあったが、いまはそれさえ彼女のものではなくなった。

ある日、そんな彼女を妻にほしいという一人の男があらわれる。やもめになった貧しい農夫であったが、とにかく彼は自分の住む小さい家を持っていた。彼女はこの結婚を承諾する。

ああ、やっと私は壁紙を貼ることができるのだ、と彼女は思う。

男の家はたった一間しかない、荒壁が剥きだしになったままのあばら家であった。その一間の家には地下室があって、物置と納屋を兼ねている。男は彼女に、「長いあいだ配偶者に逢わなかった牡狐のように」執つこく振舞った。

女は手塚千吉にいった。

——その小説のなかで憶えている言葉は、この「長いあいだ配偶者に逢わなかった牡狐のように」というところだけなのです。誰の翻訳なのか、原作者が誰なのか、全然憶えていません。きっと女学生のとき読んだんでしょう。そのころの女学生は性《セックス》のこと正確には知りませんでしたから。いまのようにそれについて書いたものが溢れていたりしませんでしたからね、だから好奇心いっぱいで、そんなところだけ憶えているのでしょうね、小説にだっていまのようになまなましい描写なんかいっさいなくて、それこそ、「牡狐のように」、とただ一行なんですね……

それから彼女は夫を殺すのである。どんな方法でもって殺したのか、女はもう憶えていない。眠っているところを、首を締めたのであったかも知れない。多分そうであったろう。それも極く静かに、秘かに行われたのであったろう。痩せて小柄であっても、力仕事ばかりしてきた彼女の臂力はつよいのである。静かに、秘やかに、しかし確実に力がこめられてゆく。そうだったと思う。刃物三昧や騒がしい諍いなどは決してなかった。すべては極めてもの静かに行われる。

殺された夫は地下室に引きずってゆかれる。地下室には麻袋にはいった馬鈴薯や玉葱や、ひまわりの種子や麻の実などが雑然と横たえられたり、壁際に積みあげられてあったりする。その壁にはまた、鍬や鎌や鋤などの農具がかけてあったり、片寄せてあったりするのである。

地下室の下り口は土のままに段々がつけられていて、しんと冷たい土の匂いがしている。痩せてはいるが骨太の農夫の屍体はじつに重い。妻は一寸きざみにじりじりと夫の身体を引きずり下してゆく。下り口を一段ごとに夫を横たえては下してゆく。長いあいだ行儀作法のやかましいお邸奉公をしてきた妻は、決して夫の屍体を手荒に下の部屋に突き落すようなことはしない。殺人も屍体片づけも一つの儀式のように丁寧に行われるのである。

重いものを運びあげるときのため、幅を広くとってある下り口の段々は四段ある。四回夫の身体はそこに横たわりながら、ついに馬鈴薯や玉葱の麻袋のあいだに静かに、丁重に横たえられた。妻はそれをじいっと見下した。夫自身も中身のつまった一つの麻袋にすぎなかった。まったく同じだな、と妻は思った。

——さア、ここで静かにお寝みなさい、と妻はやさしく礼儀正しく夫にあいさつした。

長いスカートの裾を払い、両手でつまんでかかげながら、彼女はゆっくり地上への段々を上った。これからわたしのほんとうの生活がはじまる。

あばらやのなかをきれいに掃き清め、荒壁を古新聞で下地貼りするために、彼女はゆっくり糊を煮る。この糊の加減が大切なのである。薄すぎてもいけないし、濃すぎても勿論いけない。お邸にいるとき彼女は職人を手伝って、その火加減をよく知っている。この荒壁では、下地貼りをらすべてはうまくゆかない。下地が失敗したら三回は細心に丁寧にやらなくてはなるまい。地貼りを終えたら三日間くらいは、ゆっくり乾きるのを待たなくてはならない。その上で肌理《きめ》の荒いところをよくよく吟味して、そこは二回目の下貼りによって加減してやることになるのである。三回目の下地づくりではもうどんなでこぼこも、ひずみもあってはならない。それは鏡のように平らになっている。その上にあの壁紙を貼ってゆく。ああ、とうとうあの壁紙が貼られるのだ。

地下室の馬鈴薯や玉葱の麻袋のあいだに、彼自身も一つの麻袋のように横たわっている夫の屍体のことなど、妻はもう思いだしもしない。何十年もかかって集めた彼女の壁紙、それがついに場所をあたえられて陽の目を見る。あの長いあいだ夢見つづけた美しい壁紙の自分の部屋がやがて現実のものになるのである。妻はうっとりと糊を煮る炎を見つめている。慎重に糊の加減を見る。

手塚はそれを話す女を眺めていた。周りの漁師やお内儀さんたちのだみ声の喧噪にかき消されそうに、ひっそりと低い小さな声で話す女を。電話で彼が娘かと早合点した女の声は、そんな喧噪のなかでも確実に彼の耳に届いてくる。壁紙を貼る痩せた女の糊を煮る火を見つめている姿が、彼のなかで、深夜、刃物を研いでいる日本の老婆の姿と重なる。土地も人も痩せて貧しかった東北地方に伝わる話のなかの鬼女である。

それは哀しみの凝った姿かも知れなかった。

——ひょっとしたら、モウパッサンじゃないかなア、ぼくは全然そんな小説、記憶にありませんがね。

殺したくない、殺したくないと思いながら、女を殺してしまう男もあれば、殺したいと、ときには思いながら、決して殺しはしない女もいるものでしょう。いつか女のいった言葉を男は思いだしていた。この小説の話も、ひょっとしたら女の作ったものではないだろうか。

それにしても、壁紙を貼る、もう決して若くも美しくもない痩せた女の姿が、なんと哀しく、愛《いと》しくさえ見えることか。

——甥は、一晩主人と物凄い諍いをして、翌朝食事もしないで家をでてゆきました。諍いは思想問題でしたけど、そのなかに甥は生意気に、わたくしたち夫婦のありようを暗示しておりました。だからあの、決してむだに昂奮することなんかはしない主人でも、つい昂奮したのでしょう。義姉はそのことで漠然とわたくしを怨んでいます。しかし、もうわたくしは何ともないんですの、この齢になって傷ついてみたってしようがないことが、甥と話したことでわかったんです。あの子がいう通り、本人が傷ついたと認めなければ、他から傷つけることはむつかしいものですね。

女はひとりごとのように海の方を見てしゃべっていた。

甥はいってしまったし、シラスウナギも五月には遡上《のぼ》っていってしまう。町の昂奮はさめ、店はまたがらんとしてしまうだろう。自分たちももう話をしなくなり、知らんぷりで、別々に離れて坐って黙ってコーヒーを飲むのだろうか。そうして月日が流れて、また男はぷいとどこかへ転勤してゆくのだろう。そんなことを考えながら。

手のさしのべようもない、別々の運命を生きている人間が知りあうということは、どんな意味があるのだろう。手塚千吉はそのことを考えてみた。身体が回復したら本社へ帰ってゆくことにするだろうが、この町の小さい高校の教師にならないか、とすすめられていることに、ちょっと心が揺らいだ。しかし女房のやつが文句をいうだろうな、子供の学校のことを理由に……

海は沖から靄が切れて、明るくなりはじめていた。

芝木《しばき》好子《よしこ》

青磁砧

　朝方、地震があって隆吉は目を覚した。古びた家の二階なので揺れ方がはげしい。蒲団を跳ねておきると、薄明りのなかで枕許の飾り棚の上にある小さなぐい飲みを見定めて、手でおさえた。昨夜その器で酒を飲んだあと、しまわずに置いておいたのである。ぐい飲みは底がすぼんでいて棚から転びかねない。しばらくして揺れがおさまるとスタンドの灯をつけて調べてから、すぐ木箱の中へ布につつんで蔵った。揺り返しがきたら下へ降りるとして、陶器の木箱の類を持出すほうがよいか考えた。途中で転びでもすればそれまでである。

　階下で硝子戸が明いて、妻と娘のなにかいう声がする。この地震でまた古家は傾くに違いない。木箱を上へ置くか階下へおくか、どちらにしろ安全とは言えない。隆吉は蒲団の中へ戻って煙草に火をつけながら、昨夜ぐい飲みの手ざわりを愉しみながら過ごした時間を考えていた。片手に握りしめるほど小さい陶器を娘に見せられて、気に入ってしまったのである。ぐい飲みは青磁がかった、それでいて白みをおびた色合いに、ほどよい円みのあるつくりで娘の須恵子のものだが、これはめったに手放しそうもない。なんとして取上げようかと隆吉は思案した。

　小さな家なので朝餉の匂いが二階まで漂ってくると、彼は起きて階下へ降りていった。日曜日でいつもよりゆったりした気分であった。庭で食卓に使う葉蘭を切っていた須恵子が朝の挨拶をして、

「大きな地震、うちが潰れるかと思ったわ。重量がかかっているし」

　と言った。隆吉は髪に白いものはまじっているが、上背があって、緊った体軀であった。

「あんな地震で潰れるものか。裏は山で、前は竹藪で、谷戸の地盤はしっかりしたものさ」

「もう少しでぐい飲みを取りに駆け上るところだったわ」

「あんなもの、心配するな」

隆吉はわざと言って、庭に立っている須恵子のすらりと伸びた姿や、よく動く黒い目を眺めて、この娘も嵩高になったぞと思った。彼が北鎌倉の谷戸のどんづまりの家へ移ってきたのは昭和二十年早春の空襲で東京の下町が火の海になった直後であった。大雪の日の夜半から朝にかけての絨毯爆撃で、彼の住む本郷湯島の高台から火焔が手にとるように見え、坂下でようやく止まった。翌日彼は妻と生れて一か月の赤児をつれて鎌倉の知人の許へ転がりこんで、家を探してもらった。湯島が焼けたのはそれから間もない三月のことで、隆吉はその夜は本郷の家にいて、炎に追われてお茶の水まで逃げて堤の防空壕へ入った。あとから軍人が家族をつれてきて壕へ押しこむと厳重に戸を塞いで去った。お茶の水の堤の防空壕は爆風にやられて、助かったのは彼の入った壕一つであった。

それ以来北鎌倉の仮住居に今日まで二十数年も住みついたのは、彼のものぐさのせいであったし、元々丈夫でない妻の直子と一人娘を育てるのに恰好な土地だからであった。須恵子は隆吉夫婦が結婚十年目にさずかった子供で、なんとしても育て上げなければならなかった。空襲で家を失うまでに隆吉は一、二度荷物を鎌倉へ運びこんだが、その中に影山泰《たい》良《ら》の焼いた志野の茶碗があって、他に適当な容器もなかったから惜しかったがおろした。須恵子はこれで重湯も飲めば、のちに雑炊ももらうという風であった。紅の勝った白肌の厚みのある志野の深目の茶碗の重湯を隆吉がスプーンですくって入れてやると、女児は口をすぼめていかにも美味そうに、ちゅっちゅっと鳴らした。

隆吉と影山泰良の陶器との出合いはかなり古い。彼が身を固めた昭和十年の春、婚礼の引出物を選びに母とデパートへ行ってあれこれ探すうち、硝子ケースの皿に目をとめた。四角い小皿の五枚組で、グレーの地に笹の柄がついていた。中年の店員が、

「これは美濃の陶工で影山泰良という人が焼きました。たたずまいの良い鼠志野で、若手にはめずらしい出来と思います」

と言った。隆吉は引出物には地味ではないかという母

の前で、必要な数だけ注文した。店員はよろこんで婚礼にふさわしいしるしをつけましょうといったが、やがて届けられたとき皿の裏に寿の彫りが入っていた。小皿はグレーと白の釉《ゆう》のかかり具合がよく、苺一粒をのせてもよく映った。彼の結婚は父の反対を押し切ったものであった。彼の父は船舶会社の役員であったが、彼の選んだのは結核を患った遠縁の娘で、父は一生をあやまるぞと反対した。しかし、彼は押しきった。十年も前からそうありたいと願った相手であった。父は執着心の強い男だなと匙を投げた。内祝いの皿も母の心尽しであった。その後影山泰良のやきものを意識して集めるようになったが、小さな皿小鉢にもせせこましさがなく、ゆったりしているのが気に入った。この陶工があるアカデミックな展覧会の工芸部門で入賞したのを知った時は、自分の目に狂いはなかったと思った。その時の作品には手を出さなかったが、翌年の出品作を隆吉は買取った。入賞作品のような目立ちかたはしなかったが、張り詰めた精神と若さのみなぎる黒釉の壺で、感動したのだった。彼はのめるように泰良のやきものに傾倒して、次を待った。

影山泰良が陶芸家としての地位を築いてゆくのと、隆吉がそれを追ってやきものに深入りするのとは同じ速度であったかもしれない。泰良は彼より三歳年長で、同世代であった。隆吉は古い陶器もたのしむようになって、勤めている電機会社の帰りに日本橋裏の古美術商をのぞいて歩くようになった。まだ若い彼の懐ろでは手に入るものはなかったが、飾り窓にぽつんと置いてある瓶子ひとつもあるひろがりをもって空間を支配していて、豊かであった。家に帰って中国の陶磁器の本をひもといて、いつの時代の窯《かま》かをさぐったが、戦時中のことで複雑な気持であった。そのうち隆吉は人が少しも興味を示さない須恵器を手にとってみるようになった。古墳時代の素焼きの土器で、古道具屋の主人は、そんな安いもの、値がつきやしませんよと言ったが、隆吉は手に入れて帰って、棺に入れたかもしれない土器を愛撫した。それからしばらくは須恵器に凝った。自分の好きなものを自分の目で確かめて買うのなら、失敗ということはありえなかった。

妻が初めての子を妊ったのは結婚して五年目のことで、隆吉は妻のために会社で売出したばかりの電気洗濯機を手に入れた。胸を患った妻なので、子供はあきらめていたのだった。台所の板の間におかれた洗濯機は深く大きい金盥が電力でぐるぐる回る恰好で、祭りの日の綿菓子

の機械と似ていた。隆吉と直子は真剣な眼差しでせっけんの泡の中の布を追っていたが、機械が止ると、

「ほら、洗えたろう」

と隆吉は布を引き上げて目を輝かした。欲しいと思ったものを手にしたよろこびと、初めての子を持つ期待で弾んでいた。この悠長でものものしい洗濯機におむつが放りこめるかどうか直子は心配そうにしたが、隆吉は洗い物を投げこんでは、回るまわると眺めていた。この愉しみは直子の流産でやがて消えてしまった。五か月をすぎていたのでこの世の光を見ない嬰児も人並みに焼かれて、お骨になって戻ってきた。隆吉は失った長男のために花立と、水を供える小さな湯のみを自分から影山泰良に依頼した。泰良は美濃に窯を築いていて、そのころは面識もあったので、しばらくすると灰釉のかかった鳥の文様の花立と湯のみを仕上げてくれた。大柄な、がっしりした陶芸家に似ないやさしい心づくしのにじむ一対であった。

その花立は今も残っている。妻子を疎開させた北鎌倉へ、持てるだけのものを運んできた中に花立も入っていた。戦時中の電車は茶筐司を背負った人も乗せてくれて、空爆にさらされた東京は荷車と人で右往左往していた。本郷湯島の家が焼けて、洗濯機もろとも隆吉は家財を失ってしまったが、長男を亡くしたあと五年目に生れた長女の須恵子をなんとか素手で育てなければならなかった。妻の乳が止まったので、彼は秘蔵の陶器の類を手放して米とミルクに替えた。それも底をつくと、赤ん坊の離乳に心をくだいた。野菜の配給に大根の切れっぱし一つという日があって途方にくれる直子に、千六本に切らせ、水気の出たところを火にかけてしなわせた。薄めた味噌をかけて志野茶碗にねかしておく。隆吉は背に腹はかえられない気持で須恵子の口へ運んでやると、うまそうにちゅっ、ちゅっと食べた。箸を止めると赤児は口を鳴らして無心した。芋粥を作る日も紅志野に入れて与えた。明日は爆撃で吹き飛ぶかもしれないぎりぎりの気持で、陶器の肌に手をふれていた。

谷戸の奥は細い山路でハイキングコースであった。明方敵機が爆音を立てて相模湾上空へ去ってゆくと、東京の空を見に隆吉は崖上まで上った。彼の勤め先も軍需会社の下受けに変っていた。横浜一帯の大空襲の夜は、遠い闇の底に巨大な仕掛花火が弾けて、火柱を噴くようであった。隆吉は膝頭が震えた。三十八歳になる自分はともかく、幼い須恵子に未来があろうかと暗澹とせずにい

られなかった。

戦後、その娘が小学生になったころ、隆吉は小さな庭の端しに楽焼の窯を築いた。泰良もいいが、もっと素朴であるがままの楽の茶碗を焼いてみようと考えて始めてみると、忽ち熱中した。泥んこになって造る手びねりの形には陶芸家にない不揃いのおもしろさがある。須恵子も見よう見真似に土で茶碗を形どったが、口つきの大きい、彼女の長年馴染んだ深い目の茶碗になった。彼女も父に似て凝り性で、窯焼きに飽きなかった。谷戸の奥のさびれた家で過すのに隆吉はまた子供と花札をして遊んだ。座蒲団をまん中において妻と三人で花を引く。直子は夜更しが利かないので先に寝てしまうと、残った二人はこいこいをする。女の子は勘がよくて小さな手で敏捷に引くと、隆吉は声に出して相手をあおりながら花札を打ちつける。勝負は真剣でなければならないから、隆吉はなにかを賭けさせる。小銭でもよいし、チョコレート一枚でもかまわない。負けて口惜しがらない子は根性がないことである。子供が彼の意表を衝いて見事に上ると、小癪だが褒めてやる。また谷戸おろしの風の騒ぐ夜は鉄瓶の湯をたぎらせて、薄茶を立てる。作法の真似をして、大事な茶碗で啜るのだった。彼はいくらか良い茶碗を持っていたが、使うことを惜しまなかった。陶器のよさは手で触れなければわからないからであった。

「良いものは、言わなくても大事に扱うものだ」

隆吉は妻に言った。須恵子の動作をよく見ていたが、活潑な娘も両手にしっとりと茶碗を抱いて静かに啜っていた。

「須恵子もわかっていますよ。ボーナスを全部はたいて手に入れた影山泰良さんのお茶碗ですからね」

直子はからかうように言った。娘の物心つく頃から隆吉は絵や陶器を折りあるごとに見せて歩いて、影山泰良のやきものにも親しませたので、須恵子は幼ない時から陶器展を見ても、新聞で陶器の写真を見ても、

「泰たん、あった！」

と父に教えるのだった。

長い月日が経って、谷戸の家が朽ちかけるまで棲みついた間に、須恵子は人並みの娘に育って、どうやら父親の手に負えなくなっていた。地震の朝も庭から葉蘭を切ってきて皿に敷くと、鱚《きす》の塩焼をのせて運んできた。お父さんすぐお上んなさいという。頃合に父がうまそうに食べないとうれしくない。そろそろ鮑《あわび》がたべられるな、などと父が他の話をしてはいけなかった。美味いでしょ

うと味をうながす。彼はわざと言った。

「鱚は細身の刺身に限るんだ」

「やっぱりね、失敗だった。ゆうべお父さんの帰りが遅かったからよ。ゆうべなら絶対お刺身にしてあげたわよ」

「須恵子の帰ったのも八時だろう」

隆吉は鱚の塩焼をたべはじめた。娘が居さえすれば食べられないものはなかった。直子がぜんまいの煮たのを大鉢に盛ってくると、父と娘は取り分けて美味そうに箸を動かした。飢えた女児が大根の千六本の味噌かけを小さな口で吸うように食べた時から二十五年も経っていたが、二人を見比べていた直子には良人と娘はその時のままに見えた。隆吉は今朝はことさら機嫌がよかった。娘の頼みでこれから人をたずねることになっていた。娘と出かけるのは久しぶりである。美術関係の出版社に勤める須恵子は陶磁器全集の仕事にたずさわっていて、影山泰良をはじめ多くの陶芸家と接触するようになったが、窯ややきものを見てゆくうち、どうやら陶器に魅せられはじめていた。この道なら彼は教えてやることも、ある種の役に立つことも出来るのだった。

午後から隆吉は須恵子をつれて家を出た。美術評論家の榊達介を訪ねるのは久しぶりである。隆吉は一介のサラリーマン上りで、陶器の専門家でもなく、コレクターというには微々たるものしか持っていない。たまたま榊達介が影山泰良論を書くにあたって、隆吉のコレクションを見にきて、親しくなったのである。同じ鎌倉も大塔宮の奥の住宅地は温暖で、土地柄も良い。二人が尋ねると榊は待っていて、二階の見晴しのよい部屋へ通して、居合せた青年を紹介した。榊の大学教師時代の弟子で小堀一男という、大学の美術史の助手であった。隆吉は二階の窓から向いの山を眺めた。

「ここは良い眺めですね。酒盛りにはもってこいだ」

「前がすすきの原で、その後ろの山から中秋の名月の上ってゆくのがみそでね。今度来ませんか、一晩中酒を飲みますよ。泰良さんも来たことがあった。彼に近頃会いますか」

「さっぱり会いませんね。娘はたまにお目にかかるようですが」

「あなたはそういう人らしいね。この前の泰良さんの個展でも黄瀬戸の水差しを買ったそうで、百貨店がよろこんでましたね」

榊が褒めるのはデパートの会場で値のついた陶器を隆

吉が買うことであった。彼と影山泰良ほどの旧知なら直接陶芸家から分けてもらっても不思議はないし、水差しは泰良の許で一見している代物だった。

「黄瀬戸ですか。あれは泰良さんが個展に出すつもりで作ったものだから、じゃあ個展で貰いましょうと約束しましてね。いや、私の方はそれも好都合だったのです」

隆吉はその時懐ろがさびしかったし、勤めも停年前後で個展までならやりくりがつくと見当をつけていた。

「泰良さんも私が貰うといえば高くもとれないし、デパートも儲けというほどではないでしょう」

「大抵の蒐集家はそうはしないな。泰良さんもそれはよく知っていますね。あの時は大分集めたようですね」

「退職金を全部はたきました。サラリーマンが金を握るのはこれっきりで、最後の自由ってわけですよ。おかげで今だに社へ残って働いています」

隆吉の話すのを聞きながら、榊は須恵子がどんな顔をするかと目をやった。柳瀬隆吉のコレクションは他の一切を犠牲にしなければ成り立ちえないものであった。彼が初めに手をつけたという須恵器も今ではブームをよぶほど愛好されているし、蒐集のありかたも鋭い勘と豊かな眼識が合わさっていた。一品一品全力を挙げてかちとったものというきらめきがある。

「柳瀬さんのように自身の目を信じる人間は陶器に関しては少ない。買いたいが鑑定しろと言ってくる。古陶器ならともかく現代作家のものでもそうだ。まさか贋物でもあるまいし。なかには三十万円ほど陶器を買いたいが見繕ってくれと頼んでくるのもいる。株を買うのと同じらしい」

榊が言うと、須恵子は笑いながら、父は展覧会や個展の前の晩は興奮して眠れないんですよといった。まだ見ぬ茶碗や壺が夢の中まで入ってくるらしく、朝はそわそわと出かけてゆく。時には手許が苦しくて、もう買わない、見てくるだけだと家族の者に宣言して出かける。影山泰良は志野から黄瀬戸、織部と進んで、そのほかにも黒釉や染付など手がけて多才を誇りながら、再び志野や黄瀬戸へ戻ってきている。泰良がなにを求めて完成してゆくか、そのあとを辿ってゆくのが隆吉の生甲斐であり執念であり、新しい泰良のものをみれば、いわば真剣勝負で、取るか捨てるかしなければならなかった。見てくるだけ、と言って、とんでもない大物を手に入れて、その度に埋め合せに四苦八苦するのを須恵子は知っている。父はそういう繰り返しや、時には失敗をやりながら一生を押し通してきたのだった。

「小学生の時、作文の時間に父という題で書かされましたの。私の父は子供より陶器が好きで、大事にしています、と書きましたら、母はさっそく先生に呼び出されて注意されたのですって」

「それは誤解だろうな」

と榊は愉快そうに親子を見比べた。

「父は陶器だけはきれいに買いますけど、住む家や着るものは間にあいさえすれば良い主義で、けちですの。ゆとりもありませんし」

「しかし月謝は間違いなくやったろう?」

と隆吉はまぜっ返した。

「そんなこと言って、月給日の前に高校生の私と花札の差しをして、私からへそくりを巻き上げるんです。質が悪いったら」

「須恵子は大負けで、よほどくやしかったのか十年経ってもこうですからね」

隆吉は榊と小堀へ言いながら、にやにやしていた。小堀が初めて須恵子に訊ねた。

「柳瀬さんが陶器に執着されるのに、反撥したことはないのですか」

「父は手に入れたものを母と私に惜しげもなく見せて、触《さわ》らせてくれますの。それからこれは自分以外の何者の手に渡ってもいけないのだとか、必然的に自分の懐ろへ入ってきたとか言って、作品の味わいなんかも暗示的に申します。懐柔がうまいのかしら」

「たとえばどんなように」

さあ、と須恵子は言い渋って、目を相手に向けたが、若い異性に媚びるところはなかった。父が手に入れた瓶子を、良いだろうと言って終日見ていると、それは良いものに思えてきて、形も色も目の底に焼きついた。また子供の頃から博物館へも連れてゆかれた。ケースの中の陶器を見て、これ家のとおんなじと指差して言うと、国宝の皿なので父は赤面した。見知らぬ人がお嬢ちゃんこれなんだか解る? と聞いたことがある。志野、と答えると褒められた。志野は赤ん坊のときから彼女のそばを離れない日用品で、あまりになじみ深かった。敗戦後影山泰良はたくさんの日用品を焼いた時期があって、須恵子の家にもあったが、今はいくらも残っていない。泰良さんの古い灰皿が二万円するそうだ、うちのを売ろうかと父は言う。二万円の灰皿をもし見たら飛びついて買うくせにとおかしかった。そういう彼女もやはり買うに違いなかった。彼女は父の快活で男らしく一念を通す気性が好きなのだった。小堀や榊の目には密着しすぎる親子と見えるかもしれなかった。

「榊さんは陶芸の高能《たかのう》次郎を知ってられますか」

隆吉はころをみて今日娘をつれてきた用件に入った。彼自身はその陶芸家を知らない。

「高能次郎ですか、会ったことはないですね。彼は早くに新聞社の賞を取って、それからN展のメンバーになってた男です。N展をやめてから作品を見る機会もないですね」

榊はそれだけ覚えていた。隆吉はこのことで忙がしい榊をわずらわすのを気にかけていたが、須恵子が高能次郎の窯を見て以来、榊先生に作品を見てもらえまいかと言いつづけるので腰を上げたのだった。

「作品を見ていただけますか。これは高能氏の知らない、娘の一方的なお願いのようです」

「すると須恵子さんが今度は第二の影山泰良を見出したというわけか」

榊は高能次郎の作品の記憶をよびさましながら、須恵子の持ってきた木箱の開くのを待った。木箱は大小二つで、出てきたのは青磁の茶碗とぐい飲みであった。茶碗は深目の端正な形をして、うすい藍色の肌に亀裂の入った、いわゆる貫入《かんにゅう》である。つくりも釉色も際立って美しい。榊は高能の作品に青磁を見たことはなかったと思い、信じられない目で手にとって眺めた。その時ある連想が脳裏を走ったが、榊は半信半疑であった。茶碗の内底にはうっすら紅がかかって優艶なおもむきである。一ときり見入ってから小さなぐい飲みに目を移すと、ぱったりとふくよかで、肌は白みをおび、亀裂は見えない。

「いつ頃から高能君は青磁を手がけたのだろう。良い土を使っているね。そうでなきゃこんな仄かな色は出っこない。しかし信じられないな」

彼はありえないものを確かめていた。茶碗の肌はほんのり縹《はなだ》色で、ひろがる茶の貫入の線はきびしい模様のようだ。一方のぐい飲みは掌にのせて包みこみたいまろやかさである。二つは似ていて微妙に変化した色合いであった。彼は小堀へ実物を示した。小堀もくい入るように見て、これはなんという青磁だろうと思いめぐらしていた。普通淡い粉青《ふんせい》色とよぶ色に、えもいえない紅がまじっている。ぐい飲みのやわらかな白さも、青磁に一刷毛白を刷いたようで何と言いあてることも出来なかった。今日までに詰めこんだ知識でものを言おうとしても、どこか違っていた。

「独特な雰囲気のある青磁ですね。白っぽいのはなんですか」

「月白《げっぱく》じゃないかな。太陽に対して言う月明り」

榊は台北の故宮博物院で月白を見たが、もっと濁った灰色であったと記憶する。目の前のこれこそ正真の月白に見えた。

「高能君はいつから青磁を手がけたのだろう。彼は前にいろんなものを焼いたようだが、鉄釉の皿で賞をとっている」

「七、八年前から青磁ばかり手がけていらっしゃるそうです。でもあまり見せない方ですわ」

「どこへ出品しているのかな。他にはどんなものがあるの」

「めったに作品を見ることはありませんの。どこへ出品していらっしゃるのか、知りません。一と月ほど前にうかがいましたら偶然棚に五点並べてありました。その中で月白は薄暗い棚の隅に白く燃えているみたいでした。それから茶碗が三つと、真中にもっとすごいのがありました。口の長い花瓶、砧《きぬた》でしょうか、冴えた青磁にこまかい貫入の入ったものです。手を触れるのが怖いように端麗なたたずまいでしたの。その時のことを話すとつい興奮して、父がへん、へん、と鼻の先でわらうのですけど、父の蒐集品とも違う新しい感銘をうけました。なんて言ったらいいか、現実の向うに透明な世界があって、目をこらすと見えてくる玉《ぎょく》のようなものでした。それが高能先生の青磁との出会いでした」

上気して須恵子は目を光らせた。

「この茶碗と同じ青磁かね」

榊は目の前の茶碗を手にとった。

「似ていますが、一つ一つ色合いに変化があって、少し濃いのです」

「君はこれを譲りうけてきたの?」

彼女が答える代りに隆吉が言った。

「むちゃくちゃなんですよ。高能さんが譲るはずはないから、強引に頼んだのでしょう」

「譲って下さいました、ちゃんと。私は全部欲しかったんです」

須恵子はその日のことを思いうかべた。作品の一つ一つを高能は手にとることを許してくれた。茶碗の青磁の底に沈んだ紅を見た時、水面へ紅筆を落したように淡く染って美しいと思った。(これは粉紅《ふんこう》ですか)と聞くと、高能は機嫌よく（よく知ってるね）と言った。（この青磁は、釉薬《うわぐすり》に色素を入れて焼く方法とまるで違いますね。先生のは釉薬にかすかな鉄分がまじっていて、それが発色して淡い粉青になりますのね）すると高能は（君はやきものをやったのか）と聞いた。須恵子は炎によって鉄分が青に発色することは知っていたが、見ればみるほど美しい青磁はなにものかに捧げようとして作られた神秘な珠に見えてきた。土でつくったものという気がしなかった。彼女は思いきって譲ってほしいと頼んでみた。高能は真顔で（僕の茶碗は高いよ）と言った。彼は一年に一回か二回しか窯を焼かないから当然だと須恵子は思い、ボーナスで買います、足りなければ分割にして下さいと頼んだ。高能が口にした値はたしかに高いとしても、それだけの値打はあった。やっと手に入れる約束をすると、押えきれないよろこびでそわそわしながら、父が影山泰良の黄瀬戸の水差しをやっと手に入れて家へ戻る道で、皆さん、私は天下の逸品を持っていますぞ、と声を挙げたい気がしたと洩したのを思い出した。

　高能が席を立ったあと、彼女は月白のぐい飲みを手にして、これで白葡萄酒を飲んだらうまいだろう。いや、父と差し向いでブランデーを飲むとき、両手にあたためて、薄手のふちに口をつけてちびちび嘗めたら最高だろうと思うと、うっとりした。高能が座敷へ戻ってきたとき、彼女はとっさに両手でぐい飲みを包みこんだ。汗ばんだ手の中で小さな陶器はひんやりしていた。（これ、粉白ですか）と両手をひらくと、高能は（粉白？　粉屋みたいだ）と笑って、月白の名を教えてくれた。その日帰るまでぐい飲みを離さずにいて、立つとき溜息をついて下に置いた。（よかったら、あげよう）高能はそっけない調子で言ったのだった。彼女は全身から汗がふき出るほど熱くなった。出版社の者が役得で無心すると思われるのはいやだったので、譲っていただきますと言うと、ぐい飲みを売ったりしない、ぐい飲みは試作品だから、と彼は珍しくやわらいだ顔だった。彼の妻が包んで持たせてくれると、あとは夢中で帰ってきた。

「これだけの月白をただで貰ってくるのだから、女は図太いものです」

　隆吉は自分の嘗めてきた苦楽の年月をなぞるようで、青磁にとりつかれた娘を複雑な気持で眺めた。

「この陶芸家は幾歳くらいのひとですか」

　小堀は榊にたずねた。

「賞をとったのが二十八歳位。あれから十年経つかな。

どうして目につかなかったのだろう、彼は楽にやってるの？」

須恵子はうまく答えられなかった。

「高能先生の窯は猿投《さなげ》山の麓のさびしい集落にあります。あのあたりは至るところに室町時代の窯跡がありますのね。山麓の畑を歩いても、山の木立の間にも陶土があって、長石があって、やきものの宝庫ですけど、浮世離れした土地です。先生はそこで助手も使わずに土を取りに行ったり、窯の準備をしています」

「君の見た砧は翠青だろうね」

「それは素晴しいものでしたけど、今は別のものを考えているとおっしゃいました。もっと薄茶の細かい貫入の入った渋いものを焼くのだそうです」

榊は高能の青磁を見た瞬間の連想を、再びおもいうかべた。

「それはなんと呼ぶのだろう」

「米色《べいしょく》青磁、たしかそうおっしゃいました。ライス・イエローって。黄ばんだ、熟れた籾のような色合ですって。私には想像できませんけれど」

須恵子の言葉を噛みしめながら榊はあわただしく記憶を思い巡らしていた。高能の青磁は中国北宋の類いまれな青磁と似ていると思った。もちろん日本にも似ようとするやきものはあるが、それを抜きん出ている。米色青磁については榊も文献で知っているが、故宮博物院でもこれだといって教えられなかった。米色青磁は幻の青磁でしかない。高能次郎は自分の米色青磁を試みようとしている。自己の月白を創り出したように。その月白も粉青の茶碗も北宋官窯の青磁に似るとすれば、世界で最高のものになり得る。徽宗皇帝の時代につくられた汝官窯《じょうかんよう》は名窯で、その青磁は精巧、幽玄、中国陶磁の至宝とされている。榊はその二つを結び合わしては、すぐふりほどいた。まだ高能の茶碗の一つや二つ見ただけではわからないと思った。けれども米色青磁を試みると聞くだけで興味をそそられた。

「高能君は個展を開くつもりで作品を溜めているのかな。残り全部もぜひ見たいね」

「個展のことは聞いていませんけど、先生の御好意をお伝えしたらよろこばれると思います。高能先生はお仲間もないようですし」

須恵子は心から礼を言った。訪問の目的を果したので、しばらくして隆吉と須恵子が立ち上ると、小堀も腰を浮した。夕暮には間があるので榊も散歩がてら一緒に外へ出た。彼にはまだ高能の青磁の色が心に残っていて、あの月白の円かな豊かさ、粉青色の茶碗の涼しい色は、独得の青磁と言ってよいと考えた。彼は身近にこれ以上の青磁を見たことはないとすら思った。

散歩の道すがら彼らは瑞泉寺へ寄った。梅と水仙で聞えた寺は季節をすぎると人の姿もまばらである。石段を上ってゆくとき、いつか若い二人は先に立っていた。隆吉は黙っている榊に気をつかって声をかけた。

「娘が不躾で、気を悪くされませんでしたか。身勝手な奴で、しょっちゅうひやひやさせられますよ」

「私からみると柳瀬さんは愉しんでられるようだった。私は娘を持たないが、親子の血は争えないな」

「陶器を好きな娘なんか、気味悪いですよ」

「あの鑑識眼は相当なものだ。高能次郎の青磁だが、良いですね」

「青磁は娘だけで充分という心境です。これ以上陶器で火傷したくないから寄せつけないものの、娘が積極的なので、弱っています」

「須恵子さんは幾つになられます」

彼女は二十五歳になっていた。はきはきしたお嬢さんだから結婚の相手もおありでしょうと榊は気軽に訊ね、隆吉はどうですかね、と答えた。若い者の歩調は早い。小堀と須恵子は山門のところに立ち止って話していた。そのうち彼らはふりかえって、あとから上ってくる中老の二人を見下ろした。若い男女の背丈は釣り合っていて、おのずから醸す調和に、隆吉は不意を衝かれた。こういう瞬間の衝撃に出会うたびに、いやな感じが胸の中をよぎってゆく。四人は揃って寺の境内へ入った。寺は前庭がきれいで、梅の若葉が匂っていた。隆吉は健康ですこやかな娘の頰や耳朶をみると、純潔な血の流れる身体と生暖い弾力のある手足をいつくしんでやりたくなり、両手をひろげて他人の目から大事なものを遮りたい衝動に駆られるのであった。

木陰のベンチに掛けると、小堀がそばへきた。

「柳瀬さんは影山泰良先生の作品のコレクターだそうですね。一度拝見させて頂けませんか」

「お目にかけるほどでもありませんがね」

隆吉はどうぞと言わなかった。しっかりした青年だが、娘と親しくふるまった若者には気を許せなかった。榊が口を添えた。

「小堀君のお父さんも絵や陶器の趣味のある人です」

「父のは五目で、ろくなものはありません」

と小堀は言った。隆吉はますます面倒に思えてきた。そば庭木の間の狭い道を鶏が幾羽も悠々と歩いている。そばへ須恵子は寄っていって手を出した。止しなさい！ と隆吉は言いかけてやめた。娘も子供ではあるまいしと、ふとおかしかった。風が出てきたので、隆吉は彼らと別れて帰る時間を計っていた。

榊を尋ねた折り、娘は一つ隠し事をしたと隆吉はあとで思った。彼女の話した高能次郎は新しい青磁をつくりつつある陶芸家に間違いはないが、その生活は彼女の言葉からはうかがえないほど切り詰めたものだと隆吉は知った。

「ほんとうはとても苦しい生活なの」と彼女は父に告げた。「そのくせ自動車は持っていらっしゃるの。土を採取しにゆくために苦労なさるからだそうです。高能先生は生活のための陶器をほとんど作るひまがないほど青磁の研究に没頭しているでしょう。それも年に一窯か二窯で、販売ルートも確立していないから、美術商に買ってもらうか、いくらかの愛好家に頼るかして、生活は苦しいのです」

「なぜそのことを榊さんに率直に言わなかったのだ」

「でも高能先生は困った様子をなさらないし、僕の茶碗は高いよ、それだけの価値がある、とおっしゃる方なの。貧しさを誇張して榊先生に曲解されたり、へんな先入観で作品を見てもらいたくなかったから」

彼女は青磁作品をあるがままに豊かに受取ってほしいと思った。しかし父にだけはありのままを言って、榊や父の口添えで作品の紹介や個展の世話をしてほしいのだった。

「それは須恵子には荷が勝ちすぎるよ。榊さんに紹介しただけで大出来なのだ。折りがあったら高能さんに榊先生の所へ行くよう話したらいいだろう」

この時も隆吉は娘の熱意をほどほどにしなければいけないという気持が動いた。

「一度だけ猿投山へ行って下さるでしょう？ そのことでお願いがあるの」

「おれは停年過ぎで、ごらんの通り収入はないからな」

と隆吉は先手を打った。

「青磁を手に入れたいと思わない？」

「これでも影山泰良の蒐集家だ。新しいものが焼ければそっちが欲しいにきまっている」

「私の青磁二点を抵当に、お金を貸して下さらない？」

「それで、どうする。お前もコレクターの真似をする気かい」

「米色青磁を買います」

須恵子の意気込みに押されながら、隆吉はかつてこの手で母に幾度となく無心したのを思い出して苦笑が沸いた。

「抵当というと、金を払わなければ品物は取り返せないぞ。返すあてがあるのか」

「月賦とボーナスで返します。昇給の分も当てるし」

「月賦か。なにを浮かすのだ」

「洋服を作りません。靴も破れても買わないし、みんなと飲んだりもしないわ」

「金は無い。娘はきれいにしている方が、見ていて気持いい」

昔隆吉は母に、女道楽よりましだから、と金を立て替えてもらったことを思い出したが、年若い娘はなんと思えばよいのか。案外本気な須恵子をみると、おだやかならぬ気持になった。

影山泰良が病気らしいと聞いたのは、それからしばらくしてである。須恵子が出先から聞いてきたことで、はっきりとは解らないが隆吉は気になった。泰良は頑丈な体軀と大きな手を持った男で、顔の色艶もよく、酒は人一倍強い。およそ病気をうけつけない闊達な人柄であった。夜になっていたが隆吉は娘から話を聞くとすぐ美濃の泰良の自宅へ電話をした。出てきたのは夫人で、泰良は外出中ということであったが、夫人の返事はあいまいであった。

「久しぶりにお出かけになりませんか。主人も年とったせいかよくお噂していますよ」

夫人はそう言い、それが彼の心を誘った。

「近いうち伺いましょう。しばらく先生の顔を見ないと、どうも意気が上らなくていけない」

隆吉もその気になって返事をした。外出するくらいなら心配はなかろうが、泰良の声を聞きたかったと思った。考えてみると泰良は三つ年上の六十も半ばすぎで、いつまで無病息災でいられるものでもない。彼が老いることは、同時に隆吉の老いにも繫がるのであった。ふいのなりゆきで隆吉は娘と都合を合せて週末の旅をする気になった。仕事で時折り美濃や瀬戸へ出かける須恵子は、この機会に猿投山へ回るのだと一人でよろこんでいたが、彼は返事をしなかった。

土曜日の朝、新幹線で隆吉は美濃へ向った。須恵子をつれて泰良をたずねるのは久しぶりである。昔は陶芸家が窯《かま》出しするからと声をかけてくれると飛んでいったものだった。泰良のほうも隆吉を信じはじめて、新しいものを造ろうと全力をあげて作陶にかかっていたから、隆吉も今度はどんなものが焼けるかと胸を弾ませたのだった。泰良は志野、瀬戸黒、織部と続いて作ったが、彼の大きな両手にかかると茶碗は大ぶりで、どんぶりの間違いではないかと言われたが、草色の織部の鮮やかな釉色は無類で、隆吉は興奮した。一窯に三十あまりの織部のうち、形も色も優れた上りはほんの一、二で、それが陶芸家の心血をそそいだ成果であったのを隆吉はつぶさに見た。彼がその一つを選ぶと、素人は怖いな、と泰良は言ったものだった。

陶器を選ぶのに隆吉は他人の鑑識に頼らなかった。自分の金を投入して、時には血の出るような思いでなけなしの金をはたいて買うのに、いい加減であるはずはない。欲しいと思う気持に合せて、いつかは値が上るぞと期待する思いも当然にある。その二つが渾然して、泰良の織部の秀作は自分が持っているという自負につながった。しかしいつもうまくゆくとは限らない。手に入れて、あとから飽きがきた壺もある。陶芸家が気負いすぎ、彼も調子に乗ったから、あとではいやになった。そのころ妻の胸部疾患が再発して、入院のためにこの壺を手放した。厄払いしたと思ったが、あとまで壺の行方が気になった。泰良の出来損いの子を見捨てた気がしたのだった。

娘との旅で隆吉は浮かない気分にみまわれた。今日以後の泰良の作品を買う資力もないのに、彼が病気で作陶出来なくなったら終りだ、という不安が心をおおっていた。彼の娘はまだ陶芸家に打ち込む蒐集者の執念も物狂いも知らない。もしそれを垣間見たところなら引き揚げるに越したことはないのだった。彼が思い耽けるそばで、須恵子はのんびりと週刊誌をよんでいた。

美濃の影山泰良の窯は多治見の近くである。ここは猿投山の北方に当って、瀬戸からも遠くはない。近くに古窯跡があって、昭和初年の発掘でたくさんの陶片の出たところであった。川の流れに沿って雑木林を背に点在する家の一つが陶芸家の古くからの住居であった。彼の家には来客があったが、声をかけて外で待っていると二人の男が泰良に送られて出てきた。狭い玄関で、隣りの客間の様子はすぐ解るのだった。泰良は相変らずがっしりした身体にスポーツシャツを着て、豪気で闊達な気性にふさわしい立派な顔であったが、客を送り出した時とは打って変った気やすさで二人を迎えた。

「おそい、おそい。朝から待たされた」

「しばらく見ない間に、影山さん若返られた」

「わしも内々そうおもっとる」

泰良は目をいきいきさせて言い、いつもの通りだった。隆吉と泰良の呼吸の合うのを、須恵子は横から眺めた。陶芸家の元気な顔を一瞥して父の表情が晴れたのをみて、それほど心配していたのかと思った。客間の床の間には古瀬戸の花立が置いてあって、その前に隆吉は座らされた。

「病気だと聞いたが、あれは誰の話です」

「いや、たいしたことじゃない。うちのばあやがデマを飛ばしたのと違うか」

泰良は機嫌よく上体を揺すりながら須恵子を見て、今日はたいそう綺麗だと褒めた。夫人が薄茶を立てて運んできて、それで病気の様子が知れた。一と月ほど前、名古屋で会合のあった彼はいつもほど元気がなく、気分も晴れないのを見て同席した病院長が帰りに彼の診察をした。その結果即刻入院となった。心臓に異常があって精密検査と休養の必要が生じた。心臓の異常は今に始まったことではなく、二、三十年前からのものと診断されて本人をおどろかした。健康そのものでなければ陶工は勤まらない。土を尋ねて山歩きして、手に入れた土を工房で水にねかして、踏んだり練ったりする仕事も、轆轤《ろくろ》まわしも体力が要るが、窯焼きは二昼夜も窯を燃しつづける最大の労力がいる。彼は五十年以上もその繰り返しをして、ガス窯万能の今の時代も赤松の薪をくべつづけている。頑健な肉体の大事な心臓に故障があるなどと彼自身ゆめにも思っていなかった。

「しかし言われてみると、思い当ることがあるな」

と彼は言った。

「戦争末期の人手のない時だったが、一窯ほとんど一人で焚いたことがある。普通は二、三時間で交代したいくらい汗と疲労で参るのだが、切羽詰った状態でかかった。ひじょうにプリミティブに、精神を窯に集中して焚くと、火の音で火のまわりが解り、匂いで燃えが感じられる。途中小きざみにまどろんでも耳は起きているのだ。眠りながら炎の中にゆらいでいると微妙な音色が鳴っている。ああ目を覚まさなきゃいけないぞともがきながら、幻の雲に乗っているようだった。いつが朝で、いつが夜かもわからない状態で、焚きさった。生命がけだからいのちに別状があっても仕方がないが、火の前で呼吸を止めて目をむいていた一瞬もあった。あれで心臓がどうかならないのはおかしいわな。そのことにやっと気がついた」

今からおもうと二度と味わえない苦しみと、やり遂げたぎりぎりの思いとがある。名古屋の病院を出ると今度は近くの病院へ移されて、今も入院中ということになっているが、朝病院を抜け出して、夜帰るまでは自由行動ということである。夜中に発作がおきた場合の用心のためであった。退院は彼にもまだいつのことか解らないが、そろそろ試験窯を焚かなければならない心づもりをしていた。

「生れて初めての入院でしょう？　窮屈で、先生にはおくすりですね」

と須恵子は冷やかした。

「案外本も読めるし、原稿も書けるよ。看護婦が食べものの差入れをしてくれて、夜更けに即席ラーメンをたべるのはうまいな。先生明日はなにがいい？　と十八位の頬の赤い看護婦が言うのは、可愛いいぞ」

そら始まった、先生はすぐ手なずける、と須恵子は笑って父を見た。病気のありかを突きとめた隆吉は、いつ退院するかわからない賑やかな病人と、試験窯を思い合せていた。泰良は自身のやきものを極めたが、これでよいということはなく、いつも新しい何かを求めている。試験窯で何を焼くのかと隆吉は思う。この前は皿に染付をしたが、絵の皿はあそびと気付いたのかすぐやめてしまった。仕事は当分おやめなさいと隆吉は言えなかった。陶芸家は仕事にかかると神経質な気難しい男に変って、周囲をぴりぴりさせるという。入院と試験窯の仕事は彼の両極端で、いつバランスが崩れるかわからないのを本人も知っているに違いない。それだけ気が急くのだろうと隆吉は思った。

泰良のやきものはこの家に一つもなかった。窯出しの折りに美術商が持っていってしまうからであった。折角たずねてきた隆吉を気にして、泰良はぐい飲みを十個ほど持ってきて見せた。形も色もさまざまで隆吉の見たこともないものがあった。薄墨色のぐい飲みは薄手な素地に釉薬ののった、深い静かな調子のものである。両手に触れてたのしみながら影山泰良の円熟を感じた。おおらかでいて繊細な紅志野の情趣や、黒釉の茶碗の大胆なきびしさが彼の特長であったが、薄墨色のぐい飲みは口作りがやさしくて、日没の空を見るようであった。

「泰良さん、月白を知っていますか」

「中国の月白か。あれはほんとうはきれいな色のやきものではないそうだ。月代、月の出ようとするとき空のしらむ色が本当なのかな」

「やはり青磁からくるのですか」

「そうだろう。私のは違うよ」

隆吉は薄墨色のぐい飲みを持って帰って、娘の月白と並べてみたくなった。良いとなると手から離したくない気持が頭をもたげてくる。

「手許に月白と称するぐい飲みがあるので、それとこれとで一対になるんですよ。これは私に呉れますか」

「相変らずいいのをひょいと取るね。あと一つ二つ持ってゆきなさいよ。今月白の色を考えてみたが、月白を焼くような男がいるのかね」

「猿投山にいるらしい。高能次郎といって青磁ばかり焼くそうで、須恵子が知っています」

「青磁は多分に自然発生的だから、よほど追い詰めないと手に入らんよ。その男は異常なほど青磁にとりついているそうじゃないか。一片の土から碧玉のような青磁が生れるのは、なにか宗教的だわな。そんなことを考える男かね」

泰良はさりげなく聞いたが、須恵子は異常という表現にこだわった。青磁の作家をそう思ったことはなかった。世間を捨てて仕事に熱中していることを、端があやしく見るだけのことだと思った。高能はむしろ理性的で、その上で青磁の美にひたむきなのであった。

「先生、良い仕事は非常識な発見があって、いつかそれが常識になって進むものでしょう。異常に見えたら高能先生がかわいそうですわ」

「そらそうだ。常識をさまよってはなにも見出せない。わしなどもやきものの神がうしろで、自分の代りをつとめろとせっつくのが聞こえるものな」

先生はいつもこうなんだから、と須恵子は言いながら、泰良もこの年で薄墨色の鉄釉とも青磁ともわからない新しい色を出そうとしていることを考え合せた。父はその色に惹かれている。およそ影山泰良のものなら自分のものだという一途さが、隆吉の顔に出ていた。

「泰良さん、このぐい飲みは素地が紙のように薄くて、その三倍もの釉がかかっているようだが、どうやって作るのです。あなたの轆轤の巧さは言うまでもないが、実は月白の口つきも薄くて、手にしただけで酒の口あたりのよさを思わせるんですよ」

するとその男と同じことを考えていることになるかな、といった目で泰良は陶質のことを喋ったが、隆吉から榊達介も関心をもっていると聞くと、その男は幾歳かとたずねた。年は彼の息子ほどの男であった。泰良の表情にあるかなしおだやかでないものがみえるのを隆吉は感じて、微かに狼狽した。影山泰良と無名に近い陶芸家は比較にもならないが、病院の夜更けに抱く彼の焦燥感を肌で感じる思いがした。泰良はこれまで大きな壺も年齢にしてはよく挽いたが、心臓の鼓動を気にした瞬間からためらいが生れたろうと思った。隆吉は自分の内臓も痛んでくるようなつらい気分におち入った。

その日は夕暮前に泰良の案内で食事に出ることになった。車を待って庭に立つと登窯《のぼりがま》が見える。小高い傾斜地にのびた窯は粘土質で固められた低いトンネルのようで、火のない土くれはみすぼらしくさえあった。子供のない泰良の大きな窯はいずれ潰れてしまうに違いなかった。この窯から泰良の作品が生れて、そのいくつかは隆吉の手の中にある。工芸展前夜の興奮と、選びとった有頂天さ。その見境もない所有欲とうらはらの金策のきびしさが彼の一生の連続であった。陶芸家も彼を意識の隅において新作を試みて、彼の反応を見守った。泰良さん。この織部は実にいい造りだが、前にうちでもらった茶碗の方が色の上りは好きです、と隆吉は思いきって言うこともあった。わしもそう思うとる、と彼はとぼけながら、反撥を目の色に光らせていた。わしのものではなにがよかったかと彼が聞けば、須恵子を育てた紅志野の茶碗と答えるだろう。貧しい食事を朝夕に支えた一個の茶碗の風格ほど陶器の美しいありかたを教えたものはない。それ以後どれほど高価なものでも隆吉は装飾だけの陶器を好まなかった。手にふれるよろこびなしに有難がるお札のようなものは不用であった。だから古陶器から離れていった。今自分が死んでも惜しいと思う陶器はない。ぞんぶんに手にして味わったものばかりである。

泰良に案内されたのは車で一時間ほどの川沿いの大きな割烹旅館で、隆吉は覚えていた。改築したばかりの旅館のロビーの正面は陶壁《とうへき》で飾られて、岩に水飛沫のかかる図柄が生き生きしている。陶壁は図に合せて小さい陶板を焼いて張り合せたもので、泰良の指図で女弟子が作った。これが見せたくてつれてきたと解ったが、陶芸家の弟子自慢の顔も悪くなかった。川の見える奥座敷へ通ると、泰良はこの宿を覚えているかと須恵子に問いかけた。彼女が初めて父親につれられて美濃の窯場へきた小学生のときに泊った宿であった。そう言えば川音のする古びた部屋に泊った記憶が彼女にもある。

「こんな小さい時で、わしの膝に乗ったのをおぼえているか」

「先生またそれを言う。小学校の四年生が男の人の膝に乗るものですか。覚えているのはうちの父が先生のお茶碗を頂いてきて、宿でうれしそうに見ていたことですわ。子供心に大きなお茶碗だと私思った」

「小学生から目利きを仕込まれてはかなわないね。猿投の青磁はいいかね」

やはり気にしているのだった。酒が運ばれてくると、泰良は平気で猪口を手にした。料理は行き届いていて、食器も備前の平鉢にすずきの刺身が出て、向付は涼しげな赤絵、盃は黄瀬戸の手ごろなもので、陶磁器の町に囲まれているだけに揃っていた。隆吉は食器の取り合せのよい料理をたべるのが好きで、ふだんから魚屋へ自分で出向いて魚をぶらさげてきて、料理する。娘にも料理から食べ方は仕込んである。味覚の発達しない人間に本当の美しいものを見分ける能力はないと信じていた。酒がまわると、泰良もいつにもまして愉快そうだった。

「これで柳瀬さんとのつきあいも長いね。あんたが結婚するときの引出物がはじまりで、それから十年目にこの子が生れたのだから」

「泰良さんにもずいぶんいろんなやきものを見せていただいて、たのしかったな。あなたの身上はやきものに閃きのあることだ。それがいつも未知数を生んで、私を惹きつけた。生きるのがやりきれない気分の時、優美な志野を抱くと、これさえあればいいといった、心中の相手を見るような気になったものです」

「わしにすれば柳瀬さんをおどろかすのも目的の中にあった。あんたは金にあかして買うひとじゃない。ごまかせないよ」

「私もずいぶんわがままを言って好きなものだけ集めさしてもらったが、一つだけ惜しいのを逃した」

「淡古堂か、ありゃあ仕様がないわな」

淡古堂は泰良のまわりに集る美術商の一人というよりは昔堅気の古道具屋で、偏屈な男のせいか目利きだが商売はうまいと言えなかった。陶芸家をおだてて作品をもらってゆくのも下手なら、客に売るにも愛想や嘘がなかった。どの陶芸家とも一度は喧嘩するし、長年の客をしくじることもあって、店は息子に任せるようになった。泰良が織部に打ち込んで、深めの茶碗の窯一番を焼いた時である。グリーンの色層が幾重にも変化した冴えた佳品で、炎と釉薬の魔術が生んだとしか言えないものであった。彼自身も再びこの色が焼けるかどうかわからなかったので、これだけは手放すまいと決めて、一度だけ美術館へ出品して、蔵っておいた。

ある日淡古堂がきて、ぜひ譲ってほしいと言った。断わると、夢にみて仕方がないから三、四日貸してほしい、堪能するまで眺めたら返しますと哀願した。いつもと違って思い詰めた風情が心を搏ったので、泰良は期限付で貸してやった。淡古堂はそれっきり現われない。催促しても返事がないので、息子の方へ言ってやった。律義な息子は父親をつれて詫びにやってきたが、淡古堂はひどく憔悴している。これまでやきものをずいぶん手がけたが、織部の茶碗ほど日がな一日眺めていて飽きない茶碗はない。朝と昼で織部は違った色に映え、日によって形がやわらいで語りかけてくる。自分にとっての伴侶に思える。妻はとうにないし、店も息子に譲ってひとりだが、これさえあればさびしくもない。なんとか譲ってもらえまいか。それについて息子に今後一切面倒はかけない約束で、金を出させることにした、と言うのだった。淡古堂の執念に嘘はないとわかると、泰良の負けであった。

淡古堂が織部の茶碗を手に入れたとなると泰良のところへ苦情が殺到して、その分だけ淡古堂は仲間の反感を買った。彼から取り上げようと値を釣り上げてもききめがなくて、片時も離さない。息子の許を出てのひとり暮しで、商売もしているがはかばかしくない。そのうち茶碗を手放すだろうと待っている仲間の間で、織部の相場は上る一方だった。生活の思わしくない淡古堂にとって唯一の宝はますます大事なものになった。少しでも茶碗から離れると誰かが持ち去るような不安さえきざしてくる。茶碗を失うことは、一切を失うことで、日常は一個の茶碗で支えられた。彼は用足しにも厚いズックの袋に茶碗を入れてぶら下げて行った。そのうち御飯を食べるのも、酒を飲むのも織部の茶器で、青い色は濡れたように艶を増した。あいつは死ぬ時織部を割るんじゃないか、いや抱いて死ぬだろう、と冗談にしろ泰良の前で噂しあう男たちもいた。隆吉も美術展でその品を見て以来、手に入れたいと望んだひとりであった。

その後、変り者の淡古堂がどうしたか隆吉は聞かなかったし、織部の茶碗のことも耳にしなかった。泰良は言い渋った。

「淡古堂は死んだんだがね。一年ほど前のことになる」

淡古堂は息子に譲った店からあまり遠くない町外れに

小さな家を借りていたが、ある風の立つ晩に裏の家から火が出て、瞬く間に火が回って家もろとも焼死したのだった。深酒をして体も大分利かなくなっていたから、逃げおくれたのだろうと言われた。彼はとうとう誰にも秘蔵の織部をやらずに、あの世まで持っていってしまった。

「焼死するとはね。偏屈な淡古堂らしい執念の末期だなあ」

隆吉はうそ寒い風に頬を撫でられた気がした。いつか妻も死に、娘もいなくなった老後に、蒐集した壺や茶碗を並べて、悦に入っている自分の影法師をみる心地がした。そこには作者の泰良もなく、やきものだけが生身のように存在するだろうと思った。陶芸家の顔がいつもより影薄く感じられると、物に執着する者のあくなき欲に不安をおぼえた。そばで泰良はなにかしきりに喋りながら、淡古堂の霊のためにか猪口をちょっと上げてから飲んでいた。

病院の門限がきても泰良は腰を上げなかった。料理がすんで、食後の果物のあと須恵子が席を立って、しばらくして戻ってくると、泰良は窓によりかかり、隆吉は卓に肘をついて、新たなやきものの話をしていた。須恵子にはふたりは老いても気の合う双子にみえた。泰良はまだ今夜のたのしい時を惜しんでいた。そのうち頼んだ車がくると、彼は隆吉と須恵子にありがとうと言った。御馳走したのは先生ですわよ、と須恵子は笑った。今夜親子はここへ泊ることになっていた。隆吉は病院まで送ると言った。送り届けてすぐ戻るにしろ、病室も見ておきたかったし、その時間だけ一緒にいられることになった。泰良は片道一時間だがよいかと聞きながら、よろこんでいた。二人は夜の歓楽街へでもゆくようにいそいそと車に乗った。須恵子は宿の玄関で見送った。

猿投山は名古屋の東方にあって、三河と尾張の境に当っている。美濃から瀬戸を通ってこの山へ入ってくると、ドライブに快適な道であたりの青葉も美しい。室町時代の古窯のあとを運転手が車をとめて見せてくれた。隆吉はこれほど良い山と思わなかったので、娘に引っぱられてきたのも悪くはなかったと思った。尋ねる陶芸家の工房は麓の猿投神社の上の、少し入った傾斜地にあった。こうした不便な場所へも仕事でくる娘に隆吉はおどろく気持であった。

窯場の低い門は手作りで、ぎいっと片側へ押し開くようになっている。門の中は広くて右手に細長い建物があって、手前は工房、奥は住居とみえる。反対側は傾斜を利用した登窯で、そばに燃料の薪の小屋がある。中庭の奥に草花が植えてあった。隆吉はあたりを見回した。敷地の中はがらんとして、建物も粗末で、燃料もたんとはない。陶芸家の大部分がガス窯や電気窯になった時代に、若くて登窯に固執する人間は珍しいと思った。須恵子の呼びかける声があたりにそぐわないほど明るかった。間をおいて工房から男が現われた。年とったのか若いのかわからない色の浅黒い、表情のむずかしい、黒いシャツを着た中背の男であった。須恵子の挨拶にこたえながら、気をゆるさずに隆吉を見た。それが高能次郎であった。会釈を交すと、仕方なさそうに住居のほうへ二人を案内した。工房をちらとみると轆轤をまわしていたらしく、隆吉はしまったと思った。ろくろの土は一気にまわさないと乾いてしまうに違いない。土間から座敷へ二人は招じられた。棚に花瓶が一個置いてあるのを隆吉は見た。奥に人の気配がした。

「家内は具合いが悪いので、失礼します」

高能はお茶も出さないぞという顔であった。須恵子は馴れているのか平気で、遊びに行っているらしい健という子供の名を口にしながら、鞄の中から土産物を幾つも出した。改たまったものではなく、紙に包んだキャンデーやビスケットや、つくだ煮の折、サンキスト・オレンジの袋などであった。隆吉は他家への訪問に礼を欠くのではないかと気にしながら、彼女らしいやり口だと思った。彼からの届け物は須恵子にせびられて用意したウイスキーの箱入りだった。

「先生、この前のお茶碗の残金を持ってきましたわ」

須恵子が金包みをごそご出すのをみて、隆吉は首をちぢめた。青磁茶碗の代金の残りを親の前で払うと思っていなかった。

「お前、まだお払いしなかったのか」

「そう、今日で完納です。ゆっくりお払いするのもあとをつなぐ役に立ちます」

隆言は仕方なしに高能を見て会釈した。高能は親子のやりとりを聞きながら、いくらか表情をやわらげて、東京から来たのかと訊ねた。隆吉は昨日美濃へ寄った帰りだと告げた。

「柳瀬さんは美術を商う方ですか」

「いえ違います。私は一生サラリーマンでして、それもお役ごめんになりましてね。影山泰良さんとは懇意なので顔を出したのです」

「影山さんの志野、織部はさすがですが、近頃志野は焼けすぎて、しまりすぎている」

隆吉はよく見ているなと思い、正直にものをいう男だとも思った。

「昨日は鉄釉のかかった新しいものを見せてもらいました。陶芸家も終りに向って華やぐ人と、渋くなる人とありますな」

「影山さんは渋くなる人です。力量があってぞんぶんに仕事をしたあとは、自分のなかに籠ってゆくのが本当です」

高能の物言いは素気ないが、おざなりを言うのではない。隆吉はやきもの好きの常で早く青磁を見たかったし、娘の鑑賞眼を確かめてやりたい気持もあった。

「高能さんはどなたについて勉強されたのです」

「誰と言っていませんね。陶磁研究所で修業しただけです。強いて言えば祖父が陶工でした。やきものしか生活の手段もなかった」

「榊達介氏の話だと、十年前に賞をとられたそうで」

「賞は、見てくれの良いものがとると決まっています」

高能はとりつくしまのない言い方をした。隆吉が意外に思ったのは須恵子がそういう男を何の抵抗感もなく受けいれていることであった。反俗的な男がこの年頃の娘にはよく見えるのかと隆吉は考えた。どちらかと言えば男親の彼が育ててきたから、彼女は物怖じしない上に女の情緒にも乏しいようだが感受性はある。陶器は親譲りで子供の時から好きだが、親子してある時古美術店の薄暗い二階で天平時代の仏像を見ていると、セーラー服の須恵子は彼の腕を摑んで泣き出した。おどろいて外へ出てわけを聞いても言わない。仏像は死後を暗示するもので、父親を連れ去られる気がしたとあとで母親に言ったのであった。古美術商で隆吉は硯の水滴を買い求めて、日常使った。マッチ箱ほどの小さい陶器で、端しに水の出る穴があいている。須恵子はそれが気に入って、父が墨を磨るとき水を差す役目をした。

彼女がはじめて自分の小遣いで買物をしたのは高校一年の時で、学校帰りに通る横浜の小さな古道具屋のウインドーで見た赤絵の小皿だった。中国風のもので、枠の中に花模様が描いてあってなんともいえず愛らしい皿を毎日たのしみに見て通ったが、日曜日がきて、ふと明日はもう無いのではないかと思った。明日も有ったらどんなによいだろうとねがいながら、赤絵のことばかり考えた。翌日の帰りに行ってみると赤絵はウインドーにない。思わず店の中へ足を入れると、奥の棚に飾ってあった。彼女は主人に値段をたずねて、思った十倍も高いのに、やはりそれが欲しかった。

「お嬢さんがお買いになるんですか」

主人は念を押したが、悪い気はしないとみえて、損をしないだけにしてあげますよと負けてくれた。須恵子は翌日貯金を全部下ろして赤絵の皿を手に入れると、夢心地で帰ってきた。机の上に置いて、明けても暮れても眺めていた。隆吉が妻に言われて娘の買った赤絵を持ってこさせたのはそのあとである。赤絵は民用の雑器だが中国のもので、皿裏に銘はないものの清代あたりのものではないかと隆吉は思った。値段を聞くと安い。これは掘出し物だと言う代りに、

「お前は度胸がいいなあ」

と言った。娘が目利きになれるというのではなく、好きな物を求めて手に入れるのにあやまりのないのが頼もしかった。妻は吐息をついて、あなたの子供ですわねと言った。そのあと見ていると須恵子は赤絵を大切にして、誰にもさわらせないように人形ケースへ飾った。隆吉が皿を使わないのかとうながしても、毀すともったいないからと言う。

「お父さんの買ったものは使うくせに、けちだな。貸してごらん」

「あれは万暦赤絵かもしれないから」

「万暦なら裏に銘がしてあるのさ」

隆吉は娘も結構買物をしたつもりなのかと可愛いかった。それから図鑑をひらいて教えてやった。自分の身についたことをそうやって少しずつ娘に注ぎこんでゆくのがたのしかった。高能次郎の青磁についても、隆吉には確かめる責任があったのである。

「娘が青磁の茶碗と月白のぐい飲みを頂きましたが、私は月白というのは初めてでした」

彼が高能のやきものの核心へ触れてゆくと、高能は率直に答えた。

「月白は中国ではブルーの出ない焼き損いを言うらしいですね」

「あの美しい月白がですか」

「ぐい飲みの月白は僕の月白です。貫入のないのはそういう工夫をしたからです」

棚におかれた青磁の花瓶を隆吉は見せてほしいと頼んだ。首が細長くて下がふっくり丸い砧で、翠青色の冴え

た色と形の流麗な姿に、こまかい茶がかった貫入が模様にみえた。一枚の厚硝子へハンマーを振下して粉々に砕いたひびのような貫入である。これに似た物を隆吉は中国の陶器で見た記憶があった。

「こうして拝見すると、碧玉の美しさを土のやきもので表現した中国に、並々ならぬものを感じますね」

「ことに青磁に貫入を入れた美意識におどろきます。三千年も前にすでに高い火度でやきものを焼いている国ですから」

「中国の青磁は完成されたものですが、やはり意識されますか」

「僕は北宋の汝官窯の青磁に近づけたつもりです」

　高能はおそろしいようなことを淡々と言った。彼は日本の陶磁器を目標においていない。いつかは汝官窯の青磁を越えるつもりであった。この世に類ない美しいものは青磁である。その美を掌握して、更に深めなければならない。そのために社会から隔絶した生活を選んだ。仕事に没入するには都合がよかったし、猿投山は陶土も豊富で、土と向きあって見分けることもできた。土を把握することが彼の課題で、今日までやってきた。土と炎の基本を摑めば、どの国の青磁であろうと近づくことは可能なはずであった。

　その青磁の砧が隆吉はもう欲しくてたまらなかった。茶碗と比べて花瓶には形の上の風格があって、凛としている。娘のために吟味するどころか、自分の掌中に納めてしまわずにいられなかった。娘がボーナスや借金で買いたいと胸算段する気持はよくわかったが、娘に取られるのもいやになっていた。

　良いでしょう？　と言うように須恵子は彼を見ていた。来るまでは心配なところもあったが、父も気に入って青磁に取り憑かれたらしいのを、満更でなく感じた。

「この花生《いけ》、やっぱり良いですわ。先生、私にいただけませんか。東京にいる間もずっとこの青磁のことを思いうかべていましたの」

「これは、具合いが悪いな」

　と陶芸家は渋った。

「なぜですか。この前もお茶碗にしようか、花生にしようかと迷ったのです。砧は大物ですから決心がいりますわ」

　彼女には彼女なりの精一杯の工面というものがあった。

「父もそのために来たようなものですわ。親子で気にいったのですから、先生も本望でしょう」

高能はそれはちょっと困るな、と言ったきりである。そうなると彼女はいよいよ欲しくなって、よほど値の高いものだろうかと動悸しながら陶芸家をみつめた。高能は手放す気配をみせずに、立っていって奥から別の茶碗と小さな香合を持ってきた。蓋の形のよい香合だが、やはり堂々とした花瓶に及ぶものではなかった。須恵子がぜひにと言うのを、隆吉も同意の気持で見守っていた。影山泰良の志野、織部を完成されたものとするなら、青磁には新しいきらめきがあった。高能は須恵子から隆吉へ目を向けた。

「それは造形にちょっと問題があるのです。左右がシンメトリーにいってないかもしれない、ということです。もちろん僕のミスなんですが」

彼にとってこの砧の轆轤の日は土が馴染んでひじょうによかった。土との対話がはじまって、おもしろいほど自由に手のうちから形が生れて、彼は一日轆轤の前にいた。土には頃合いがあって、翌日にまわすわけにいかない流れというものがある。過労が続いたせいか夕方すぎから目が霞んできたが、夜になってこの砧にかかるうち目が見えなくなってきた。目をこらすとぼおっと形は浮んでくるが、それさえあやしくなっていった。終いはほとんど触覚だけになった。底の高台を切るのもめくらがやるのと一つであった。どんな陶工もそうだと思うが、本能的にろくろの手は動いていく。しかし仕上ったものが完全といえるかどうか。高能は毎日棚の上において確かめているが、左右に狂いがないか見極めなければ売物にはならない。

隆吉と須恵子は砧の形を見直していた。左右がそれぞれに生きて、二つの頰が揃わなかったら化けものなのだ。そういう花瓶をオブジェなどと言ってごまかす人間もいるかもしれないが、この作家は潔癖だと隆吉は思った。しかし須恵子が、先生間違いなく揃ってますと言った。しかし得られそうもなかった。

奥から高能の妻の種子が茶器を運んできた。床についていたのを起きてきたとみえる。おだやかななかに芯のある女性にみえ、笑顔がうつくしくて良人の無愛想を補っていたが、顔色は冴えなかった。週があけると彼女は病院へ精密検査をうけにゆくのだと須恵子に告げた。

「ずっと微熱がありますの。長年の無理が祟ったのでしょうか」

「どうぞお休みになって下さいな」

「私が休むと、主人も子供も御飯がたべられませんの」

種子は仕事中の高能をお見せしたいものだと話した。黙っていれば一日御飯をたべるのも忘れて轆轤を挽いているとわらうのだった。

「今日はそのろくろの日ではなかったですか」

隆吉は気にして訊ねた。

「試験窯ですから、まあいいです。家内がこの調子だと本窯の時手が足りなくてどうしようかと思いますね」

高能は隆吉親子に気をゆるしはじめて、困った顔を見せた。

「今日まで家内を使いすぎましたよ。ここへ来た当時はリヤカーを引いて土を採りにも行けば、米も買いにゆく生活でした。ある時子供をリヤカーに乗せて猿投のずっと下まで土を分けてもらいに行って、帰りは夕暮でしたが男の子はリヤカーの上で歌をうたっていました。そのうち寒かったのか土にかぶせた筵の下へ子供は入っていって、静かになった。しばらくしてリヤカーを押していた家内と顔を見合したとたん、家内が叫び声をあげた。子供が死んだと思ったのですね。筵をはがすと子供は眠っていました。陶土に突っ伏して、こもを被っている。これがわが子か、と哀れでしたね」

夫婦の心の傷みは今も続いているようにみえ、隆吉は胸を搏たれた。

「子供はどうやっても育ちますよ。私も戦争中は防空壕へこの娘を寝かしたものです。おしめを当てたのも家内より多かったでしょう。家内は産後が悪かったもので」

「おしめを当てないで、一気に年頃の娘になりやしないわ」

須恵子はぷりぷりしていた。高能はこの日初めて声にして笑った。間もなく種子は下っていった。隆吉はこの作家に親しみをおぼえた。

「この次、窯を焼くのはいつですかな」

「来月の中頃を予定しています。今度は貫入の鉢と、米色の砧を試みるつもりです」

「米色というのを私は知らない。ぜひみせていただきたい」

「同じものが、窯の炎の当り具合で青くも米色にもなるわけです。いわゆる窯変《ようへん》です。米色は青磁の出来損いの一種と言われていますが、ぼくは新しい米色にするつもりです」

それは見ものだ、と隆吉は乗り出す気持だが、同じように目を輝かしている娘をみて、あまりに密着した同類に溜息が出た。

「榊達介氏も米色青磁に関心を持っていますよ。娘が茶碗と月白をお目にかけたのです」

そうですか、とも言わずに高能は隆吉の顔から須恵子へ目を移した、隆吉はなにかしら強く彼を自分へ引き寄せたくなっていた。娘の分も合せてであり、青磁も好きだが、山に埋もれた若い陶芸家を引き立てたく思った。それは影山泰良に熱中した昔を思い出させる感情であった。

「一度上京しませんか。榊さんも鎌倉住いで私どもとも遠くありません」

「榊さんは陶器に見識のある、人間的にも立派な人らしい。しかし猿投山で一人でやっているのもいいものです」

隆吉は二の句が継げなかった。美術界にさまざまの派閥やグループがあることを知った上で、榊に紹介しようと考えたのだった。

「やはり独立独歩でゆきますか」

「陶芸界にこんなのがいても良いでしょう。いずれ東京で個展をします」

「娘の話だと隠れた支持者がいるそうですね。原稿を無理にお願いしたのも編纂者の希望だと聞いていますよ」

「そうです。僕の青磁を見た者は虜になるんです。猿投山の奥でひとりで焼いている老人がいましたが、どこへ出すのか僕は知らない。彼にも僕にも土を売る地主があるとき言っていたが、あの爺いさんのやきものは時々二百年前の古陶器に化けて、展示会に出るというのです。僕の青磁も汝官窯のにせものにならないとも限らない」

本気か冗談かわからずに隆吉は聞いていた。あまりに本気なので冗談にとれるのかとも思ったが、嫌みには聞こえなかった。

「先生、米色青磁の砧は私に分けて下さいね。今日の埋合せをしていただきます」

と須恵子は熱心になっていた。米色青磁は君には地味すぎる、あれはキャッツアイの輝きなのだ。宝石ならダイヤモンドかエメラルドがいい。今度の大鉢には翠青へひじょうに肌理のこまやかな貫入を出してみたいと思う、と高能は抱負を語った。この家ではどうも娘のほうが分がある、と隆吉は思わずにいられなかった。米色も翠青も陶芸家の思い通りになるかどうか、隆吉は賭ける気持であった。

そろそろ腰を上げなければならない時間がきていたので、彼は娘をうながした。須恵子は立ち際に窯出しの日を知らせてほしいと頼んだ。部屋を出ると、門のあたりに子供が二、三人いて、門にぶら下りながらぎいぎい動かしている。高能の一人息子の健もいて、須恵子を見ると走ってきた。

「どこで遊んでいたの、健ちゃん」

「猿投神社だよ。またスパゲッティを食べに行こうよ」

「今日はどうかしら」

須恵子は高能を見た。子供は小学一、二年にみえる。隆吉は高能の案内で登窯を見た。この土くれは一旦火を入れると、激しく炎を噴いて、土器を変貌させる力を持っていた。隆吉はゆくりなく泰良が若い日にひとりで窯を焚き上げた話をおもい出した。このさびしい集落の工房から秘庫の玉のような青磁が生れることに、彼はいつも味わうやきものの神秘を感じていた。

健が父のところへスパゲッティをねだりにきた。高能は客人をタクシーの通る道路まで自分の車で送ることにして、子供をよろこばした。途中のドライブインでものを食べるのが子供のたのしみになっていた。ついでに高能は妻の用事を書きとめてマーケットへ寄るのだった。

猿投山をあとにして、車は山裾の畑地や果樹園をまわっていった。広い平野に遅い午後の陽がにぶく光っている。子供と須恵子は前にもこんなことがあったのか、仲が良かった。隆吉は娘の別の顔を見た気がした。広い道路へ出ると気の利いたドライブインやモーテルが目につき、高能はとある一つを選んで車を停めた。奥まった店の眺めのよい二階の卓へ掛けて、子供を中心に四人は軽い食事をすることにした。人間は子供といる時弱点をみせるのか、陶芸家からはきびしさも素気なさも消えて、ぎごちないやさしさが漂っている。子供がスパゲッティをたべるのを眺めながら、高能も二組の親子を珍しがっていた。

「あなた方は似てられる。目の動きも、はっきり物をみる気質もそっくりで、まぎれもない親子ですね。生き方も同じかもしれないな。僕は時々祖父が陶工だからって自分までなることはなかったと思いますね。絵描きでも、音楽家になっていてもよかったが、ただ金がなかったからこうなってしまった」

「私は高能さんを選ばれた陶芸家と思うな。子供さんもきっとそうなりますよ」

隆吉が言うと、須恵子は父に健の話をした。

「健ちゃんはいたずらなのよ。この間お友達に石鹼を薄く三角に切ったのをみせて、これなんだって聞いたら、チーズだよっていきなりお友達が食べたのね。味がへんなのでその子、急いで水を飲んだら、泡を吹いたんですって」

隆吉はつい笑い出し、須恵子も声を立てて笑った。高能は日常にわらいの足りない顔をゆるめて、苦しそうに笑った。男の子だけが大きなコップに顔を隠して水を飲んでいた。やがて隆吉と須恵子はドライブインからタクシーを呼んでもらって高能と別れた。男の子の小さい顔が須恵子の脳裏に一とき残った。母親の病んでいる哀れさのせいかもしれない。車は名古屋駅へ向けて走っていた。

「お父さんに言っておきますけど、私が一番つばつけたのよ」

「なんのことだい」

隆吉は知らばくれていた。高能の青磁は彼女に一番の権利があるのだった。彼女は先見の誇りを父にゆずるわけにゆかなかった。たとえ何十万円であれ、砧か大皿か一番よいものを真先に選ぶつもりであった。隆吉はいさきか癪で、出しぬくことは出来まいかと考えた。父と娘の仲であろうと良いものを手に入れる執念は別であった。隆吉と須恵子は闘志と、いくらかの気まずさを隠さずに、車の前方を向きながら揺られていた。

須恵子と小堀一男の間に交際がはじまっているのを隆吉は初め知らなかった。須恵子の口から彼が美術書のことで出版社へたずねてきて、お茶や食事に誘われると聞いて、なぜとなく聞き捨てならないものを感じた。若い男は食事にどんな場所へゆくのかとたずねると、ありふれたレストランか中華料理なので、くだらないなと隆吉は貶《けな》した。どうせ食事をするなら雰囲気のある店か、安くて美味い穴場でなければ気が利いていると言えない。その程度の男か、と悪口をいうと、須恵子は鼻白んで、奢ってくれる人の自由ですもの、どこだって良いでしょうと言った。小堀は榊の弟子だけにやきもの好きな須恵子に興味を抱いたのだろうが、今度はなにかある、という予感が彼をおびやかした。娘の縁談に彼はまったく背を向けていて、知人に頼んだこともなかった。彼にはこのままがよかった。二十五年間そうだったから、あと五年くらいはこのままで居たかった。

須恵子が大学四年のころ同級生の青年Aを隆吉に紹介したことがあった。二人は愛しはじめているのを彼は一目で見抜いた。どことい って見どころもない青年で、話をしてもおもしろくないし、これからの生活にはっきりした目的も持ち合せていなかった。ただ感じのいい顔と、お洒落なセンスはあった。隆吉は娘が恰好よく恋をしようとしているのを感じて、内心がっかりした。須恵子は青年に送られて帰ってくる時など夢心地で、父にどう見られているか気にもしなかった。

隆吉は一度青年の暮しぶりを見てみたいと思ったが、ある日曜日の午後、娘とデパートで工芸展を見た帰り、これから青年のアパートへ笹寿司を届けようと言い出した。須恵子は急にたずねては悪いと反対したが、父の関心の深さを利用しなければとも思った。彼女も男のアパートは初めてで、ようやく尋ねあてた中野の木造アパートの扉を叩いた。西陽の当る部屋で青年は隣室の男と将棋を差していたが、須恵子とその父親を見るとあわてて部屋を片付けて、二人を招じた。狭い部屋にこもる煙草のけむり、男臭い匂い、思いがけないほど殺風景な部屋の貧しい本棚など、須恵子は男の世界に初めて触れた。煙草の吸殻はラーメンのどんぶりに突っこんであった。寿司を食べることになると、青年は湯を沸してきて食卓へ湯のみと皿をおいた。外食している彼のところには皿らしい皿はなく、欠けた梅の柄の小皿やコーヒーの受皿などであった。醤油注ぎは手垢で黒くなっていたが、彼はそのまま注いだ。須恵子は手を出しそびれて、座ったままでいた。笹寿司は一つ一つ笹をほどいてたべるのだった。ぎごちない雰囲気で、三人は黙々と箸を動かした。隆吉が思い出したように日常のことなどを青年に訊ねた。夕暮で窓の外を自転車の急わしく通る気配がして、弾まない雰囲気をどうしようもなかった。青年には話題を引き出す才覚もなかったし、娘の父親に闖入してこられた狼狽を拭えなかった。食べ終った笹を隆吉は器用に一つに結んでおき、須恵子はきれいに始末した。彼だけはばらばらに散らばしてあった。彼女は父の前だけはうまく片付けてくれたらと気を揉んだ。お茶は彼女が心をこめて淹れた。

「おいしいお茶だね」

隆吉は自分の家の味にかえったように、ほっとしていた。青年には自分のところのお茶がおいしいわけが解らなかったに違いない。間もなく隆吉はこの部屋を辞した。青年に駅まで送られて、須恵子も父と一緒に戻った。彼女は不機嫌に沈んでいて途中父と口を利かなかった。

「急にたずねて、悪かったかね」

「そうね、でも仕方がないわ。お父さんの思った通りだったのでしょう」

彼女は今日の突然の訪問を父の悪意としか考えられなかった。計画的にそうしたのだと思うと自分の迂闊さまでたまらなかった。彼に取り繕うひまも与えなかったのだ。それにしても外見の彼からは想像も出来ないがさつな生活であった。彼のお洒落や軽いおしゃべりは封じられて、似てもつかない貧困な若者に変えられていた。なにもかも父のせいだ、と苛立つ気持だった。そのために一度に彼を嫌いになったというのではない。むしろ嫌いになったのは父の方で、冷たい仕打ちを怨み、当分父を疎んじた。しかしAとはなんとなししっくりゆかなくなって、自然に離れていった。

隆吉の知る限り二人は大学を卒業すると、会うこともなくなったのである。彼は娘が高校生のとき大枚を投じて赤絵の皿を買った気持を、大事にしてくれる相手でなければならない思いがあった。だが現実に小堀が現われると、それはまたちっともおもしろくなかった。

週に二日顧問として会社へ出て、社史の編纂の仕事をみている彼のところへ、ある日の午後小堀一男が尋ねてきた。この近くまできたからという挨拶であった。隆吉は仕事を早く切上げて外へ出た。息子を持たない彼は若い者とこんなように街へ出てゆくことは絶えてなかった。まだ食事には早かったので銀座へ出て、舗道の見える店でビールを飲んだ。彼があれから美濃と猿投へ行った話をすると、小堀はそれを知っていて須恵子に聞いたという。

「猿投山はあまり高くはないが、木々の間に長石などが見えたりして懐かしい山ですよ。古窯のあとに陶片がたくさん落ちていましてね。娘があんな山近くまで仕事でゆくのかとちょっと驚きました」

「僕も古窯は見たいと思っているのです。青磁の花瓶は手に入れ損ねたそうですね」

「若い娘がやきものにうつつを抜かすのは、さまになりませんな」

「柳瀬さんの口からそんなことをお聞きするのは意外ですね。榊先生などはあんなに親の血を引いたお嬢さんはいない、とおっしゃって、高能青磁を手に入れた見識を買ってられますよ」

隆吉は悪い気はしなかったが、青磁に関しては娘に一目おかなければならないのを快よく思っていなかった。出来ることなら娘を出しぬいても青磁の逸品を手にしたかった。影山泰良に熱中した昔の情熱が蘇った。

「須恵子さんは高能次郎氏の作品を美術雑誌へ紹介した

いと、榊先生に頼んでられますよ。たいへんな熱心さです」

隆吉はなるほど自分の若い時にそっくりだと思った。小堀は今度須恵子が猿投へゆく時同行したいと望んでいて、隆吉の許しが得られるかどうかと顔を見た。青磁の作者に小堀はそれなりの興味を持っているだろうが、また須恵子にも関心を抱いているのはあきらかであった。年頃の娘に言い寄る男がいないのもさみしいが、心をよせる若者を目のあたりにするのも落着かないものだった。小堀はまた高能次郎はどんな感じの男かなどと、やきものと関わりのないことまで訊ねた。

「彼はとても良い男ですよ。渋くて面魂があって、純粋でねえ」

陶芸家を褒めそやして隆吉は小堀の反応を見ていた。娘が異性にくだらなく興味を持つようなら、初めの大学生のように踏みこんで目を覚ましてやるつもりだった。隆吉の目からすれば小堀は若くて、これといった特長もなく、陶芸家の前では昼の月のようなものであった。と言って陶芸家は一人前の人格として娘の歯の立つ相手ではなかった。

結局娘にふさわしい相手など有り得ないと考えて、ほっとするのだった。

ビールを切り上げた隆吉は小堀をうながして外へ出た。食事に天ぷらでも食べる前に、日本橋の古美術店へ修理に出してある硯を取りによりたいと思った。この古美術店には見事な立型の看板が軒から突き出ていて、鋼板で流山堂と記してある。さる書家の揮毫だという。この看板を十年ほど前のある夜半、酔った陶芸家が二人してどうやって外したのかわからないが盗み出した。この店の主人の顔が気に入らないからで、それからせっせと運んで行って、二停留所先の茅場町まで持っていって、こともあろうに産婦人科医院の前へ立てかけてきたという。

隆吉が低い声でその話をすると、小堀は往来で笑い声を発した。二人の前に問題の看板が見えてくると、隆吉はあれです、流山堂《りゆうざん》、と指差して、一週間で戻ったそうですよと囁いた。小堀は店へ入っても笑いが止まらずに、もしかして柳瀬隆吉の作り話ではないかと思った。

修理を頼んだ硯は出来ていて、番頭が奥へ取りにいっている間、二人は店内のケースを見てまわった。どうせ良いものは店の奥深くに蔵っておいて、上客の顔を見なければ出してこない。硯の欠けたところは上手に直っていて、代金は取らない。隆吉は紙に包んでもらって外へ出た。

「いまの番頭は幾歳だと思う?」

隆吉は娘をからかう時と同じ調子で声をかけた。

「さあ、六十くらいでしたか」

「あれで七十七歳の喜寿ですよ。あの店では一番古くて高給取りで、立派な家があるそうだ。主人に言わすと古美術のなに一つ解らないお人好しで、ただ最敬礼してドアを開けたり閉めたりして六十年奉公したという。ああいう古手が居るのも店の格には役立つんだろうな」

「老舗には化け物がいますね」

「流山堂で気に入ったのがありましたか」

「ろくなのが出ていませんね。強いて言えば白磁の中皿がよかった。ちょっと傷がありましたが」

小堀の言葉を聞きながら、隆吉はよく見ていると思った。今日覗いたケースの中でましなのはそれだけであった。この青年は思ったより確かだと感じると、親しい気分になって、天ぷら屋へ出かけた。小堀は食べものには無頓着で、ころもの中身がなんであっても美味ければよいといった食べぶりである。酒も結構飲んだ。

近いうち隆吉の影山泰良コレクションを見せてほしいと彼は頼み、自分も陶器は好きだが須恵子の青磁熱にはかなわない、どんな教育をしてきたか教えて下さいよと言った。娘に少しばかりやきものが解っても、それに凝るのは不安でね、と隆吉は答えた。陶器に魅入られる、これは魔物にかかると同じことで、自分で解っているから、この頃娘が似てくるといやな気がしてならない、とも話した。酒がまわって舌のすべりがよくなっていた。

しかし御自分で仕込んだのだから御自分の責任でしょう、と小堀は言い、それはそうだ、娘はあれで感覚は鋭いからな、と隆吉は答えた。酔ってきて、なにを言っているのかあやしくなった。天ぷら屋を出て、次のバーへ行ってまた飲んだ。息子くらいの年の男と心おきなく飲むのは存外たのしかった。時間がきて立ち上ると、小堀は新橋駅まで送ってきた。

「柳瀬さん、硯を落しちゃいけませんよ」

隆吉は硯を抱えて頷いた。たとえ崖から滑りおちても硯だけは無疵だろうと思った。大事な物を持つ感覚にはふるえるような緊張があって、酔っても狂うことはなかった。

小堀が鎌倉へ尋ねてくることになった休日、隆吉は泰良の作品を入れた木箱を揃えながら、病院へ彼を送った夜のことを思い出して心が曇った。車の中で泰良は一とき他愛なく眠りこんだが、目がさめると、病院へ戻る前にもう一軒飲もうと言い出した。隆吉は時間もおそいので宥めて病院へ送り届けた。夜の病院はうそ寒いところである。泰良を個室のベッドへ入れて、しばらく居た。看護婦が具合いをみにきて、少しして隆吉が立ち上ると、この次はいつ会えるかな、と泰良は日頃の気性に似ない声で訊ねた。

「泰良さん、東京へ出てきなさいよ。それとも窯を焚くなら、窯出しに来ましょう」

「この前はいけなかった。窯詰めはよかったが、火を焚いているうちに、新しいやり方に気がついた。土に無理があったね」

「少し焼きが堅いかな。この次はきっといいですよ」

車を待たしてあるので隆吉はいつまでも話していたいさびしげな泰良を残して、病室を出た。次の窯出しにはぜひ元気づけに来ようと決めた。大家になった泰良のやきものは、今の隆吉には手が出なかったが、よほどよければ昔のものを処分して買い替えるしかない。隆吉は日に日に泰良の昔のものを愛惜する気持が強かった。いかなる大家も過去の業績によって大家であることに変りはない。泰良の今日までの作品は、隆吉の傾倒の現われであった。

隆吉は小堀のくるのを待ちながら娘を注意してみていたが、須恵子はいつもと変らずに庭を掃いたり格子門を拭いたりして働いていた。庭へ顔を出した隆吉が、この家も大分参ったな、と言うと、そうね、と答えた。泰良のコレクションの半分を手放せば家は建つが、彼はまだその気にならないし、須恵子も小堀さんに恥かしいわともこぼさない。彼が来ていそいそするようなら隆吉は二つか三つしか木箱を明けてやらないつもりだった。

小堀は午後から尋ねてきた。須恵子はバス停まで迎えにゆきたかったが、父の顔色を見てやめた。小堀が父に近づこうとして、父のよろこぶものを見にくるのを、自分への好意と受けとめていた。父はなんと思うだろうか。父の気に入らない男に近づくことを彼女はおそれていた。学生のころ自分で選んだ青年とつきあって、手痛い傷を負ったことを忘れなかった。父を無視してなに一つ出来ないのを不甲斐ないと思ったが、父を忘れるほど激しく自分をとらえる男に巡りあったこともないのであった。父以上の重みで彼女の心を占めるものはありえなかったから、父の理解の中でふるまおうとする癖がいつかついていた。

小堀が門を入ってきた時、彼女はこの家に彼を受けいれられるかどうかじっと見た。小堀はなんの抵抗もなくずんずん入ってきて、庭の見える部屋へ通った。古い家と、裏の崖と、庭まわりの植込みが調和していて落着きますね、と彼は隆吉へ言った。須恵子をまじえて庭の紫陽花をながめながら話していると、直子が若い客に薄茶を立ててきた。茶碗はむろん泰良のもので、志野である。小堀は直子の顔を初めて見て、娘より色白で美しいのが快よかった。この家の雰囲気に茶碗はよく似合ってみえた。高価な茶碗を使っているという仰々しさはない。菓子皿の和菓子を取り分けると、それも同じやきものの染付であった。隆吉は無造作にお茶を飲んでいて、ごく自然にみえ、小堀も楽になった。榊があの家へゆくと頃合いに次々と陶器が出てきて、どれも盗みたくなるほど良い。あれならやきものだって落着くさ、と言ったのを思い出した。

「君のところは学者系ですか」

と隆吉はやや立ち入ったことを客に訊ねた。

「うちは医療機械を扱う商売をしています。家中でお茶をたのしむ雰囲気はないのです。いそがしい父がせかせかと美術品を集めるから、ろくなものはありません」

小堀は父の持っている影山泰良の茶碗を目利きしてもらおうかと迷ったが、やめてよかったと思った。焼きが悪くてもディレッタントな隆吉は、結構ですねとしか言わないだろう。庭の隅にある楽焼の窯を見て、隆吉が焼くのかと聞いてみた。

「一時期、八百度で焼きましたよ。ちょっとした魯山人気取りかな」

「やきものは父より私の方が好きなくらい。好きこそなんとかって言うでしょう。手びねりで焼いたお茶碗をお目にかけてもいいわ」

「土は自分でこなせなかったぞ」

「父のは途中で解らなくなると美濃の泰良先生にお電話して教わるのね。それから真赤な顔をして土と格闘ね」

素人にしては本式だぞと隆吉が言うと、苦心作ばかりなのね、と須恵子も負けずに応えた。

「高能先生にうかがったお話があるの。昨年の初めの窯で火を焚いているうち、火が乱れたのですって、どうしても炎がうまく上らなくて、奥さまと懸命にやってみたけれど直らない。先生は一窯だめとわかると絶望的になりながら、一晩必死で火と格闘するうち、明方閃くものがあって、ある方法を思いついたのですって。奥さまにその方法なら一部分は助かるかもしれないが、いいかと聞くと、奥さまは同意なさった。その時は神頼み以外のなにものでもなかったのですって。その結果、新しいあの青磁が生れたそうですわ」

「その方法というのは、どんなこと？」

小堀はつい口にした。

「もちろんおっしゃらないわ。簡単なことですって」

隆吉は猿投山の素朴な工房を思い出して、一層きびしさを感じた。窯から失敗した色の悪い、斑点の出た、形の歪んださまざまのやきものにまじって、完璧な一個の青磁が現われるのは奇蹟に近い。高能次郎の青磁は鋭すぎて怖いほどだ。目の前の泰良の志野はずっと情趣があって、たのしい。隆吉はもう年をとりすぎて、浅みどりや翠青にこまかい貫入の入った宝石のような青磁に従いていって、追いつくことは出来まいと思った。すると娘の青磁に惹かれてゆくさまに同類の哀れみの思いをそそられた。

手許の木箱をあけて隆吉は茶碗や皿を見せたあと、黄瀬戸の水差しを取り出した。陶器は現われる瞬間がとてもよかった。魚が水の上へきらっと跳ねたようであり、水中をすっとくぐってから現われるようでもある。隆吉の手を離れた陶器の形を小堀は目にしながら、隆吉と須恵子の顔が一つになって目の前にある気がした。こんなに幸せにみえる親子も、やきものを知らなかったから嫉妬をおぼえた。黄瀬戸の水差しはまるい形の蓋付で、黄と白のまだらであった。

「ああ、いやんなった。こう次から次と良いものを見せられると、自分の無力を思い知らされますね。一体今日までなにをしていたのかと思ってしまう」

小堀はいわれもない焦燥をおぼえた。

「私もそうですわ。一生懸命すばらしいものを生み出そうとしている人がいるのに、ぐうたらしていることが恥かしくて」

それは違う、と隆吉は娘へ言った。

「陶器を手に入れることは、その仕事に荷担していることだ。良いものを求めるために我々も懸命なのだ。それが陶芸家を支えることになると思わないか。もっとも病膏肓に入るのも困るが」

親と子も所有に関しては別だ、とも言った。小堀はやきものに魅入られる怖さを感じながら、ここまで一念を通した隆吉なら、なにを言っても嘘はないと思った。そのあと寿司をふるまわれ、ブランデーを飲んでから、小堀は辞去した。谷戸は日暮に近かった。彼の帰るのを須恵子はバス停まで見送った。父が泰良の箱書きを幾つも開いたのは小堀を気に入った証拠と思ってほっとした。並んで歩くと小堀は興奮の名残りで多弁になりながら、隆吉のコレクションのよさを褒めた。あれで父はずるいところもあって、泰良のものでも飽きたのは処分するので、前にはずいぶん変なのがあった、と彼女はすっぱぬいた。厳選したように見えるのは本当はうそだと言う時、うれしそうに須恵子は笑った。小堀は志野もいい、青磁もいい、自分も本当に好きなものをこれから探求したい、と熱っぽく語った。それはじかになにかを囁かれたように須恵子を上気させた。

　バス停まで送りにいった須恵子は、すぐ帰ってこなかった。隆吉は女が送りにゆく不見識に腹を立てていた。男も男だと思った。一人の青年としては悪い男と思わなかったが、娘と馴々しく門を出てゆく男は、彼を急に不愉快にした。妻が庭へ出ながら明るい声で彼をよぶのさえ眉を顰めて、女は鈍感だと思った。須恵子もなんの配慮もなく男についていってしまった。庭へ出ると蟻が土を盛りあげていた。彼はサンダルで踏みつけた。固い庭土に蟻が這うのを、屈みこんでしばらく見ていた。

猿投の高能次郎からの便りで、彼の妻が入院していることを須恵子は知った。近々窯を焚くが、手順をつけるのに苦慮している、と走り書きで記してあった。字は達筆で、意気込みがほとばしっていた。須恵子の見舞の手紙の返事であった。彼の妻の入院を須恵子は父に告げなかった。猿投へ行ってみようと思った時から、父の思惑を気にしたし、父がこのところ不機嫌なのを感じていたから、高能の短い便りがもたらした動機を覚られたくなかった。小堀も一度行ってみたいと話していたが、彼女は猿投へはひとりで行かなければならないと思った。高能にこれ以上雑音を入れることはできないし、自分なら病院への使い位はできるのだった。休暇の都合をつけるために居残りをして、週末の出発を決めた。新しい窯がどんな青磁を生み出すかというより先に、ともかく窯に火をつけてもらわなければならないと考えた。猿投の窯場の困難が目に見えていた。

　彼女は父にさりげなく出張の話をした。月に一度は出かけることで珍しくはなかったから、私用と気付くはずはなかった。そのころ編集の一人から影山泰良氏は退院したと聞いたので、父はよろこぶとおもって伝えた。退院の許可が出たのか、勝手に病院へ戻らないのか、解らないなと隆吉は言った。試験窯が気になって泰良はおちついて病院にいられないのではないかと思った。彼の大きな手が作り出す轆轤のあの一貫した流れ、身のこなしが生むリズム感をおもい浮べた。轆轤の時ほど彼のいい顔を見たことはなかったし、泰良の茶碗にはそのゆったりした雰囲気が漂っていた。美濃や猿投へも行くのか、と隆吉は聞いたが、須恵子はいいえと答えた。自分に内緒で青磁の窯出しに行くのではないかと彼は気をまわしたが、まさかと思った。誰しも焼成した陶器が窯から現われる瞬間にめぐりあいたいが、陶芸家が呼ぶとも思えなかった。

週末を待って須恵子は猿投へ発った。高能の便りからするとそろそろ火の入るころである。仕事にかこつけて家を出たので、一晩か二晩がせいぜいで、充分手伝えるとは思えないが、やみくもに来たかったのだった。あれだけの青磁をつくる窯に火が入らないのは不都合に思えた。猿投の高能工房はいつ来ても無人に等しい気配だが、門を入りかけた須恵子は車の引き返す音を聞きながら、いつもと違う空気を感じた。奥の登窯に火が入っているのだった。粗末な屋根をのせた窯場の先から煙りが出ている。これまでガス窯の燃えるのに行き合したことはあるが、登窯は初めてであった。急いで近づくとごうごう音がして、火度の高い窯の火力で窯が揺れるようにみえ、小さいのぞき窓から炎が噴き出してくる。炎の色は興奮を誘った。

窯の前にいた高能は、火の番以外は目に入らないのか、彼女が誰か考えるのも拒否するように怖い顔をしていた。

「先生、火が入りましたねッ」と須恵子は上気して早口に言った。

「火ってすごいですわね。こんな強い火に焼かれないと、青磁は生れてこないのですね」

「焼くのはこれからだ。やっと責めに入った」

「いつ火を入れました？」

「昨日の早朝だ」

高能は窯の焚き口へ目を向けた。昨日の朝というと今日は二日目で、今夜が峠になる、間にあってよかったと思った。母屋からモンペを履いた年寄りの手伝いの女が出てきて会釈して、薪を窯の近くへ運びはじめた。彼がすぐ手にとれるように移動するのだった。須恵子は荷物をおいて、一緒に手伝った。他に誰もいないから高能はひとりで焚くとみえる。薪は赤松の乾燥したもので、おびただしい量である。当座の薪を運び終えると、須恵子は女のあとから裏へ行って顔を洗った。わずかな薪を手にしただけで汗ばんでいた。彼女は入院した夫人のことを訊ねてみたが、臨時に頼まれてきたのでよく解らない、と人のよさそうな小母さんは答えて、須恵子が来たのをよろこんでいた。

「助かりますよ。前にも窯焼きのうちを手伝ったことはあるけど、ここの御主人はまるきし違いますね」

初め窯のそばへは寄らなかったが、遠くで見ても窯詰めの慎重さはたいへんなもので、一つ一つに決められた場所があると思ったという。いよいよ窯を閉じてあぶりにかかった昨日の朝から一昼夜焚いてきたが、代りの者がいないのでほとんど火のそばを離れない。たいていの窯焚きは交代で、客が来れば話をするものだが、ここの主人はものも言わない。まばたきするのも惜しそうに火の色をみつめている。昨夜はそれでも母屋へ戻った気配だが、食事はその都度窯の前へ運ぶことになっている。昨日の朝の顔に比べて、今朝の顔は尖ってみえるからいよいよ今日は本焼きの最後の責めに入ったようだと語った。須恵子は影山泰良のことを思い出した。泰良の窯は特別大きいが、この窯は青磁特有の勾配をもっていて、いつも種子が助手をつとめてきた。二人の呼吸が合ったから順調に運んだのだろうが、その代りをこの小母さんとつとめられるかどうか覚束なかった。

しばらくして須恵子が窯場へゆくと、いつ学校から帰ったのか、健が父親のうしろに立っている。高能は窯の口から火の坩堝《るつぼ》へ新しい薪を押しこんだ。薪が爆ぜてごおっと鳴った。よほど火度が上っているのか、窯中がわっ、わっと呼吸しながら例ののぞき穴から桃色の火を噴くのを、須恵子は凝視めた。火と向きあっている人間も、窯の呼吸に合せて息をしているように見えた。薪を入れ終ると、高能は汗を拭い、健はコップの水を父へ渡した。この通りのことを見て育ったに違いない。高能が細い薪を持ってこいというとすぐ動いた。須恵子は子供の動作を見ながら、すべてが窯焼き一つにかかる陶工の生活を思った。

「柳瀬さん来たんだね」

子供は須恵子を仰いだ。

「健ちゃん学校へ行ったの?」

「行かない。門を出てもほんとはいけないんだよ。人が来たら帰すの。邪魔だから」

健は門番の役もするらしい。何かが自分を呼んでいるという急き立つ気持で来たことに、彼女は思い上りを感じた。自信をなくして、今夜どうしようかと迷った。

夕暮から日没までの時間は早い。夕闇の中で艶見《つやみ》の小さな穴から見える炎が際立ってきた。夕食を窯の前ですました高能は、君まだ良いのか、と須恵子に訊ねて、出張の通りすがりに覗いたのではないと知ると安心して立て続けに用を言付けた。いつもはそばに妻という同志がいて彼自身のリズムを保ってきたが、ひとりで火の前にいると、手足になって働く者のない不便と、緊張の持続である瞬間真空状態になりそうな危険もあったから、須恵子が来てくれて助かった。

「この窯は、煙りがあまり出ませんね」

と須恵子はさっきから空を見ていた。

「煤煙が出る窯なんか前近代的だと思うね。ぼくらの爺さんまでの窯だ。煙りに振りまわされてはろくな技術は出来ない。この窯は自己流だが、青磁に向く構造になっている」

自分で煉瓦を焼いて工夫した窯に、彼の偏執的なまでに打ち込んだ精神を彼女は感じた。彼はそのあとも責めを続けていたが、火度を上げすぎてもいけないのか、一瞬一瞬を的確にとらえようと噴く炎を凝視しつづけている。火の色で一切がわかるとみえる。

「いま何度か。千二百三十度にきたか」

須恵子は温度計がその通りなのを見た。

「すごい勘ですね」

「十度違ったら、そりゃあ陶工の感度がにぶい」

それでも失敗はある。土の本質をほんとうに摑まなかったから、あるとき火が乱れた。切羽詰った時点では逃げ場もない。そのたびに全力をあげて切りぬけた。高能は窯の中に煙りが充満して、生焼けのまま燻った花瓶や、釉薬が溶けて化けもののように垂れた壺をみて、浅い夢から飛び起きることがある。たしかに澄んだ青磁と背中合せに斑点だらけの焼け損いがいつも在った。次から次と新しい方法へ進むのに失敗はつきものだった。窯の火が乱れて一窯失敗すればどうなるのか。絶望と紙一重に閃いた方法に賭けるしかない。今夜の火は乱れないと彼は確信していた。

「窯を焚くのはきびしいんですね」

「ただ温度が上ればいいってものじゃない。炎のテクニックで焼けるのだから。あるところでは微妙にバランスを崩して焼く」

それが窯変米色ではないか、と須恵子は気付いた。夜が更けると猿投山の風は冷えてくる。健がセーターを着て出てきた。がらんとした工房が夜の闇に呑まれると、窯は別の生きものに見えて大きくふくれてくる。須恵子と健は熱気を孕む窯のそばにいた。高能は子供に寝なさいとも言わない。忘れたのかもしれないが、また寝るまで見ていろと言うつもりかもしれない。物心つかない時からリヤカーの土の上に寝た子供は土になじんで、今は火の匂いを本能的に嗅ぎわけている気がする。須恵子は一人の男の子がやきものに運命づけられるのを怖いと思った。青磁のあとに何があるのか、想像すら出来なかった。

須恵子に寄りかかっていつか子供は眠った。彼女が母屋へ抱えてゆくと、小母さんは夜食の支度を終えていた。今夜は須恵子が起きていて、明日早く交代と決めた。小母さんは夜食を手渡しながら、

「ここの先生はお酒を上らないそうだけど、夜中に退屈しないかねえ」

退屈？　まさか、と言いかけて、須恵子は苦笑した。

月のない猿投山は暗い。窯だけが暗い樹木の下で火祭のように燃えて土器を焼いている。土器にかけた釉薬は炎によって青磁に発色するのである。艶見の穴からは赤い炎しかみえないから、いつ、どの瞬間から青磁が生れるか知れない。高能は新しい薪を注意深くくべた。窯の機嫌をとっているようにみえる。その時、遠くの物音を聴いたように高能は顔をあげて、耳を澄した。海鳴りに似た音が近づいてきた。

「風だ！」

そう気付いた時、唸りをあげて突風がやってきた。高能は弾かれたように立ち上った。

「天気予報で何と言った？」

鋭く聞いたが、須恵子は天気予報など気にもかけていなかったのだ。すぐラジオを聴きに母屋へ走った。風は突発的なものか、台風の先ぶれか高能にも判断つかないが、窯に風は禁物だった。工房の中庭を激しい風が突きぬけて、戻ってきた須恵子の髪を乱した。小型ラジオは毀れているのか、なにも入らない。風はすぐやみそうもないとみると、高能は窯の焚き口のまわりへ風よけの薪を積みはじめた。早く！　という声で、須恵子も大きな薪束を抱えて運んだ。どこにそんな力があったのか、幾つも抱えて走った。薪は屏風のように積み上げたが、風のあおりでか穴から噴く火は火柱になって、下手な笛のように鳴ったり、轟々唸ったりした。

「なにかで囲もう、畳だ！」

高能の走るあとから須恵子も夢中で急いだ。座敷の畳をめくると、中庭の突風に逆いながら運び出して薪のまわりへ立てかけた。幾枚運んだか覚えていない。風にまじって雨がぱらついてきた。高能は畳の砦の熱気の中で、火の動揺をなだめながら、風に立ちはだかっていた。火のバランスの崩れる微妙な変化を、突発した事態の中でも忘れてはいない。火を焚く流れが音楽のリズムなら、バランスの崩れは不協和音といえる。高能は調和を破った火を失敗にしたくなかった。風が荒れても責めつづけて、この瞬間瞬間に窯の変化、窯変がもたらす摩訶不思議な力を、青磁に賭けていた。

「薪の太いの！」

彼の手に、須恵子は一本ずつ薪を握らせた。二人のいる狭い密室は灼けつくほどで、流れる汗に目が塞がった。火度は最高の千三百度近くきて、艶見の穴から火の矢が爆発音を立てて噴き出てくる。このまま爆発するかと、怖ろしさに震えながら、彼女は父に内緒で来たから罰が当ったと思った。高能も火の危険を感じて、薪の上へ首を出して風速を計りながら、火を消す決断にせまられていた。トタン屋根がめりめりとめくれていたが、それが突風の頂点であった。

「風、落ちてきたんじゃないかしら！」

須恵子はふいにそう感じた。耳の端を唸って通る音が落ちてきて、風は引きはじめた。山の木々を鳴らす音は残っていたが、突風は地面を素早く這いながら引き上げていった。

夜半から明方まで最後の責めが続いた。突風が去ったのをよろこぶ暇もない。炎の色でコントロールしながら高能は窯を見守った。彼のまわりから畳や薪を取り除いた須恵子は、責められる窯のうしろがようやく白みはじめたのを見た。穴から見える炎は黄色っぽく変色して、アセチレンガスの熔接の火花のように白っぽく、次第に青みをおびた白色に変じてきた。生れて初めて一夜窯を焚いた須恵子は、暁の中でほとんど終りにきた銀白色の炎の色に神秘を感じた。

「窯の中に、別のものが見えてくるよ」

高能は初めてほっとして、彼女の肩に手をかけて押した。穴から見ると、朦朧とした窯の中は少しずつはっきりして、白っぽくゆらゆらとサヤの輪郭が揺れてみえた。火に灼かれて堪え通した陶器の精に、須恵子は感動した。

「かげろうみたい！　あの中が青磁ですねッ」

彼女は高能をふり仰いだ。白いサヤに青磁はつつまれている。どんな色に身を染めたかそれは知れない。汗と埃りと疲労でよごれた男の顔から、初めて人間らしい表情がうかんだ。誰のものでもない自分たちの青磁が生れたという思いが彼女をとらえた。窯の中のサヤがくっきりとかがやいてくるのは、もうすぐであった。

中二日、窯は閉じられたままだった。自然に冷めてゆく窯はなんの変哲もない土くれに戻りはじめた。工房の中は一仕事終えてやわらぎながら、窯を明ける前の期待と不安がたゆたっていた。須恵子は青磁の顔をみるまで落着かなかった。明日は窯をひらくという前の夕方、健をつれて猿投神社の近くの茶屋まで電話を借りにいって、家へ掛けた。おそくも今ごろは家に帰っているはずであった。出てきたのは母だった。

「いまどこ？」

と、直子は聞いた。

「猿投の高能先生のところ。明日窯出しをするから、見せて頂こうと思うの」

帰りは明日の夕方か、明後日の朝になるから、会社へ休暇届けを出してほしいと頼んだ。

「今からすぐ帰りなさい」

直子はきっぱりと言って、須恵子をぎくりとさせた。

「今日までどこにいたの？　会社から再三電話があって、お父さんはご機嫌が悪いのよ。今からでも新幹線に間にあうでしょう」

母の口調で父の目を剝いた顔がうかんだ。昨日か今日一旦帰ればよかったと後悔したが、この窯場を離れる気はしなかったのだった。明日の朝青磁を一個でも見てから帰るという彼女と、すぐ戻りなさいという直子とは折合いがつかなかった。須恵子は社へ電話をすることにして、一方的に受話器をおいた。明日の青磁を見るためなら、社をしくじってもかまわない気がした。この気持を最も理解してくれるはずの父が許してくれないわけはないと思った。健は彼女の気配を察して黙ってついてきた。帰って高能の顔を見ると、彼女はどうしてもここに居たいと思う。この家では彼女はなくてはならない人間になり始めていた。窯焼きのあと六キロ痩せた高能は、同じように疲労した彼女が明日の昼前に帰ると知ると、明朝早く窯をあけようと言った。サヤから取り出した瞬間を味わうには、初心の須恵子はよい相手と思えて帰したくなかったが、三日も引き止めたことに責任を感じていた。

「社で叱られたらどうする」

「ここで使っていただくわ」

　彼女はちらっと相手を仰いだ。

　次の朝、小母さんの寝ているうちに床を出て、身支度をしてゆくと、高能は窯前にいた。朝まだきの猿投は梢がわずかに白い。高能は極度に緊張した表情で窯を開いた。自然にさめた窯の内部に髪がちぢれるほどの熱気が残っている。彼はふるえのくる手でサヤに入った青磁を抱えて出てきた。サヤから取り出した二個の壺と三個の茶碗は粉青色で、工房の台へ並べた。

　外気に触れた青磁はそのとき一斉に金属音を発して、須恵子をおどろかした。陶器のきしむ音、肌を裂く罅《ひび》、それらがピーン、ピンピン、チンチン、チンチン、けたたましく鳴った。つるりとした青磁の壺と茶碗へ縦に亀裂が走っていった。青磁の貫入は窯出しの瞬間から一日中鳴りつづけて入るものと須恵子は初めて知った。小さく賑やかにピンピンとひびが割れてゆく音は小人が踊り出てくるようであった。まちがって真二つに割れてしまいはしないかと目を奪われた。薄青い陶器へ走る亀裂ははじめは色というものはなかった。

　高能は取り出した青磁を一つ一つ手にとって、丹念に調べていた。見事に焼けたとみえた壺の底をかえすと、高台のまわりに釉薬が垂れて醜く引き攣《つ》っていた。摑んだ彼の手が神経質に痙攣している。焼けすぎた色合い、疵のへこみのあるものなど選りわけてゆくと、及第するのは幾つもない。

「いい恰好だな、湯こぼしだ」

　彼が苦い顔で手にとったのは、形が歪んでひしゃげた茶碗であった。

「花生に良いですわ」

　と言った時、彼はもう床に叩きつけて砕いていた。床に散った破片は、割れながらジジ、ピーンと鳴っていた。

　その日彼が三回目のサヤを運び出したのは正午に近かった。須恵子はついていって早く新しいやきものの顔を見ようと夢中になっていた。窯から出たばかりの壺や茶碗は素晴しい形に見えたり、不安定に見えたりして、まだよく解らなかった。門の向うから髪に白いもののまじった、長身の見馴れた背広の男が歩いてきた。須恵子は降って湧いた姿に釘付けになった。隆吉は門をあけて入ってきた。サヤを抱えたまま高能も立ち止って会釈してから工房へ去った。父の顔を一瞥して、青磁の窯出しを見にきたのでないことを須恵子は直感した。いやな予感が胸を走って、父を目の前に迎えるとしぜんに首を垂れた。

「お前痩せたな。いつからここに居るのだ」

低い沈んだ声で隆吉はただした。彼がこんな声音のときは極端に機嫌が悪かった。須恵子は答えそびれて黙っていた。

「奥さんに挨拶しよう」

須恵子は言葉に詰って、声が掠れた。

「奥さまは入院してらっしゃるの。人手がなくて、手伝いの小母さんひとりだったから」

「お見舞いに行ったのか」

隆吉は畳みかけて聞いた。なにもかも見通していて意地悪くたずねている気がした。夫人の病院は名古屋の近くでまだ行っていなかった。隆吉は娘の返事を待って立っていた。工房と窯の間の敷地の奥にいくらかの花が植わっているのを目に入れていた。陶器の毀れる音がして、二人は工房へ視線を移した。

「いま大事なサヤを出してらっしゃるのよ。拝見しましょうか」

須恵子は気もそぞろになっていた。物の毀れる音にさそわれて隆吉も入口まで行った。台の前に立った高能は灰をかぶったやきものを布で拭いていたが、隆吉をみると、その一つを突き出した。藍青色のあざやかな平鉢であった。

「これが今度の眼目の一つです。焼きは思った通りにいったと思うが、貫入がうまく出るか出ないかで、宝石のようになるわけです」

その平鉢も、他のやきものも、小さい金属音を立てていた。隆吉は影山泰良の窯出しをみたことはあるが、こんなに騒ぐやきものは初めてであったから異様な気がした。興奮を隠しきれない高能も、青ざめるほど緊張して亀裂をうかがっている須恵子も、やきもののほか何もない顔をしていた。

「その宝石のようなというのは、どんな宝石です？」

隆吉は宝石のイメージが浮ばなかった。

「平鉢の内がわ一面に縦と横の線がこまかく交叉するとダイヤモンドカットが出て、薔薇にも宝石にも見えるのです。ぼくにはもう見えていますよ。しかし実際には少しあとになるでしょう」

憑かれたように高能は喋っていた。その平鉢のきらめきがゆめでなければと隆吉は思った。平鉢のとなりに、平鉢を小型にしたような平茶碗があるのを須恵子は手にとった。ダイヤモンドカットが出るかどうか、知りたいと思った。この茶碗を持つことは陶芸家のゆめを確かめることであり、不安を分かちあうことでもあった。

「その宝石を私のものにしたいですわ。このお茶碗を私の手許に置かして下さい」

そう言った。高能は彼女を見たが返事の代りに隆吉へ言った。

「まだお目にかけるものがあります」

高能は平鉢と平茶碗を両手に持って座敷へ案内した。座敷の低い棚の上には少し前窯出ししたばかりの砧がのせてあって、薄い青磁でややくすんだ色をしていた。

「これは渋い色ですね。青磁の窯変ですか」

隆吉は乗り出して手にとった。

「窯変です。これに枇杷色がかった茶の貫入が入れば、ぼくの夢にみてきた米色青磁になるのです」

「いつ貫入がそろいますかね」

「亀裂は縦が一日、横が一週間でしょう。亀裂に色がつくのはもっとあとです」

「ほう、亀裂に色をおびるまで、上りは解りませんか」

「ぼくには解りますよ。間違いなく米色青磁です。日本に米色青磁はまずありませんが」

研究しつくしたやきものの成果に高能は迷いがなかった。隆吉は二つの試みが同時に叶うとは考えられなかった。しかしおもわず惹きこまれる玉《ぎょく》の魅力を青磁の肌はたたえていた。彼は二重、三重の貫入で華麗なダイヤモンドになる青磁より、籾の色といわれる青磁の稀少価値に賭けたい気がした。それが完成すれば高能次郎は中国の汝官窯に近づく稀有の陶芸家になるだろう。隆吉は二度と訪れると思えないこの男のかたみに、米色青磁の砧を得ようと思った。彼の申し出を高能はじっと聞いた。

「この窯変は計算したものでしたが、ある時間突風がきて炎が狂ったり引いたりして、なにものかに試される気持でした。そんな偶然に左右されたのではなく、自分としては予想を越える出来だったと思います」

自信をこめて言ったあと、砧を布で包みはじめた。米色青磁の砧は二点ある。その一つをこの親子に譲るのは当然のなりゆきに思えた。今度の窯は彼が焚いたと同時に須恵子が焚いたのであって、彼女の助力は大きかった。その感謝を言葉にしてしまうと嘘になる気がした。彼は須恵子が去るのを留める権利もなかった。明日あたり美術商がくるので、今日のうちに持去ってもらおうと思った。須恵子の欲した茶碗も、同じように布に包んでダンボールで掩った。代金の取決めはどちらの口からも出なかった。高能は隆吉が娘を早く連れ帰ろうとしているのを知っていた。

その日の午後、隆吉と須恵子は猿投を発った。高能は車で街道のタクシーの拾えるところまで送ってきた。須恵子は気にして今日中に窯出しをすませるのかと訊ねたが、あとは明日、と彼は答えた。車は二人を降すとすぐ引き返していった。彼の口からは礼らしい言葉も挨拶も、ついに出なかった。

「変った男だなあ」

隆吉は嘆息した。タクシーが名古屋へ向うと、彼は一言だけ高能夫人を見舞うかと声をかけたが、須恵子が黙っているとそのままタクシーを駅へ走らせた。それから新幹線に乗って家へ帰るまでほとんど物を言わなかった。眠っているのでもなく、暗い表情で押し黙っていた。須恵子は家へ帰ってひどく叱られると覚悟しながら、それほどおそれていなかった。彼女の心はしきりに元きた道へ戻っていた。自分がいなければ、物を運ぶのも、片付けるのも、陶芸家ひとりの仕事になってしまうだろう。小母さんは気が利かなかった。こまかく心を砕いて役に立ちたいのに、と悔んだ。いつも旅を終えてわが家へ向かうよろこびや、父の声を聞こうとして玄関へ飛びこんでゆく子供っぽい弾みはもうなかった。寂しい猿投がまたとない場所に思えた。

新幹線の窓は景色を見るには早すぎる。娘との旅の帰りに暗い空虚さを味わうのは隆吉は初めてであった。娘の過した四日間は彼を不安と憤りの渦の中へ叩きこんだ。陶芸家と須恵子の間にひそかに約束が交されて猿投へ行ったという事実は明白で、動かしようがないと思った。彼が案じた通り高能夫人は入院中であった。行く前の娘と、今隣りにいる娘とは違った女に見えた。こういうかたちで娘に裏切られるとは考えてもいなかったから、昨夜隆吉は眠らなかった。女というものの居直った厚かましさをその横顔に見ながら、先のことを思いあぐねた。青磁がなんだ、という怒りがこみあげてきた。高能の青磁にはおどろきがあったが、感動を味わう余裕はなかった。ダイヤモンドか米色青磁か知らない未知のやきものに迷わされた親と娘が滑稽でもあった。家へ帰ったら叩き割ってしまいかねない網棚の砧と茶碗を見ないために、隆吉は目をつぶった。

彼の気儘にくらす谷戸の二階の床の間で、青磁の砧は一週間というものよく騒いだ。夜中に虫が枕の上で鳴いているのに飛び起きると、ジジ、ピーンと張りつめた響きで陶器の肌に罅が走っていた。スタンドの灯をつけてのぞきこむと、こまかい貫入が横に走り歩いている。自動巻時計の動く音とも違って、不規則な、くすぐるような、愛らしい羽音のような亀裂のたびに、また一つ変化してゆく青磁を、こいつは生きものだと隆吉は思った。

一週間目の夜、須恵子が勤めから帰って、二階へ上ってきた。猿投から戻って以来親子でゆっくり顔を合すことはなかったから、隆吉はよほど娘は砧が気になるのだと思った。直子は階段の上り降りがきつくて、階下で休むことが多かったから、二階の一間きりの座敷は彼の独房であった。

「ごめんなさい、入っていいかしら」

須恵子がこんなに遠慮勝ちに入ってきたことはなかった。名古屋から帰った晩彼女は詫びを言って、それでかたちはついたが、鼻がついたとは言えなかった。彼女は父の顔を上目にみて、床の間へ視線を移した。砧は釉の厚みがあって重厚感があり、米色青磁の渋い落着きは、中国の幽玄な気品高い青磁の味わいであった。

「お前んとこの茶碗もキイキイ言ってるか」

と隆吉は声をかけた。

「忘れたころに硝子がピーンと割れるような音を立てるの。小さい茶碗なのに、やっぱり貫入青磁ね」

「初めの縦の貫入は、轆轤まわしのカーブの通りに出るんだな。横はすごい。全くこまかい亀裂で恐れ入った」

「計算された素晴しさなのね。亀裂に色が出てきたらと思うとぞくぞくするわ。あと幾日かかるでしょう」

須恵子はいつまでも砧に目を当てていた。

「あとの窯出しの分はどうなっているでしょうね。見たいんです。日曜日に行ってきてはいけませんか」

隆吉は急に表情を引き緊めて黙った。

「どうしても行きたくて、仕事が手につかないの。どれだけ焼けたか、窯変がもっとあるか気になるわ」

「お前、一日で帰ってこられると思うのか」

須恵子は覚悟していたことを口にした。

「当分猿投を手伝ってはいけませんか。奥様は今年中療養しなければならないし、先生は秋にまた窯を焼くと言っていました。先生ひとりでは無理です。いま青磁で躓くと、先生はだめになるわ」

「お前はなんの役に立つのかね」

「先生のお役に立たないかもしれないわ。でも私にとってあの四日間は無我夢中の充実した時間でした。一生に初めてと言っていいほどの生甲斐でした」

「それで青磁に賭けるわけか。お前が猿投を手伝うなら、一緒に行ってやるよ。あの窯場は地所だけはやけに広いから、端しにバラックでも建てるか」

須恵子はぎくっとして父を見た。

「お前がゆけばついいてってやる。そうするとお母さんもやはり心配して、一緒に行くだろうな」

隆吉は旅行の話でもするように喋った。

「そのうち奥さんが全快したら、引き上げるか。高能さんは仕事しかない人間だが、心の支えといえば、リヤカーで土をとりにいった奥さんと、土の上で眠ってしまった子供とだろう。青磁を生むまで十年もそうやって頑張ってきた。花が咲きはじめたからって横から摘むわけにゆくまい」

須恵子は返す言葉がなかった。青磁に魅せられているのか、やきものの美を生む作家に幻惑されているのか解らなかった。あの男は真の芸術家だ、並みの人間にこれだけの青磁は生めまい、と隆吉は砧を見て言った。まだ誰も知らない青磁作家の黎明期にめぐりあえたのは、陶器マニヤの冥利に尽きる。ああいう純粋な男はいらざる人間関係の深みにおちてはいけない。作品の微妙さに狂いがくる。ただもう青磁にのめりこんでほしいのだと隆吉は言い続けた。そのうち日本中の陶芸好きが彼の青磁に目をつけるだろう。それで自分たちの役目は果したことになる。なにも窯焚きの手伝いだけが能ではないだろう。隆吉は娘を相手に自分の願望も合せて喋っていた。近いうち榊に会って砧と茶碗を見てもらうつもりだ、とも言い添えた。須恵子は黙ったまま、頬につー、つーと涙を流していた。年ごろの娘にしては情緒のない泣き方だと隆吉は見ていた。

「お前が泣くと、いやな気がするな。よそで泣かされてきた子供の頃を思い出すよ」

「私はもう子供ではないわ」

青磁に狂いがくる、と言った父の言葉が胸に突き刺さった。これほど手ひどい言葉をうけると思わなかった。私はなんにもしてはいけないのか。人の役に立ったり、人間らしくひとを愛しては悪いのかとひらき直ろうとしたが、父の物憂いかなしげな顔をみると気勢を殺がれて、言葉にはならなかった。

しばらくして階下から直子が上ってきた。入れ違いに須恵子は降りていった。隆吉は苦いやりきれない気分に陥った。直子は無言で座ったが、彼女も娘が会社をやめたがっているのを知っていて、猿投へ行かれはしまいかとおそれていた。お前どう思う、こんなことなら早く嫁にやるのだった、と隆吉は弱音を吐いた。

「みんなあなたのせいですよ。陶器に凝るのも程度ってものがあります。娘もその通りになったじゃありませんか」

隆吉は一言もなかった。妻の一生の怨みを聞いた気がした。その時彼の心にある区切りがついたのだった。それはいつかやってくる娘との決定的な日のことであった。その前にしておかなければならないことが一つあった。

次の日東京へ出た隆吉は、榊がK美術館へきているのを電話で確かめて、尋ねていった。週に一度K美術館へ出る榊をちょっとの時間邪魔しようと思った。榊には先客があったが、待っているとすぐに済んだ。

「丁度よかった、こっちにも話があるんですよ」

榊はそう言って、近くの喫茶店へ案内した。高能次郎の新しい青磁が隆吉の手に入ったと知ると、榊は乗り出した。

「今度はどんな上りです。米色青磁は焼けたのかな」

「講釈はあとで、ともかく見ていただきましょう。窯出しの余熱でぽっぽと温いのを貰ってきたのですから」

「やきいもみたいだ」

榊は愉快そうに笑った。

「これが騒がしい代物で、チンチン、ピンピン罅が入って、一日一日顔が変る。まだまだ完全とは言えませんよ」

隆吉の意気込みをみて、榊は生唾を飲みこむ気持だった。

「それほどのものなら、一人で見るのは惜しい。吉川北雄君を誘って見ようじゃないですか。彼は青磁には仲々うるさい」

願ってもないことだと隆吉は思った。榊達介と吉川北雄と日本の著名な美術研究家に認めてもらえば、高能の道はひらける。しかしけちをつけられたらお終いで、隆吉自身のコレクターとしての面目も丸つぶれになる。ともかくやってみることだった。なぜ陶芸家のために一肌脱ごうとしているのか。新しいやきものの発掘のためか、娘への罪滅ぼしのためか、彼にもわからなかった。

榊は吉川の都合を聞きに電話を掛けにいって、今週末の日の午後を約束してきた。吉川は博物館の仕事に関係していて、こちらにも久しぶりに陳列するものがあるから見てほしいと言ったという。中国の名陶と比べる結果になるかと隆吉は身が引き緊った。

「中国陶磁はなんと言っても独創的で、迫力がある。青磁は清らかで精緻で、とりわけいい。高能君の青磁を見るのがたのしみだ」

榊はその日を期待していた。

「先生方のお目に叶えば娘もよろこぶでしょう。窯焼きを手伝いに行ったくらいですから」

「陶芸をやりたいと言い出すかな、そのうち。女流陶芸家も多くなったし」

「若い者はなにを考え出すかしれないが、陶芸をやるなどとぬかすほど身のほど知らずでもないでしょう」

榊はそのとき小堀の名を口にして、どう思うかとたずねた。隆吉にはその意味は解っていた。須恵子との交際を小堀は望んでいて、榊へ相談にきたという。隆吉に異存がなければ結婚を前提に交際させてほしいと榊は言った。隆吉は返事にならない言葉を心の中で呟いた。娘に見合う男はひとりもいないということであった。娘は嫁にやるために育てるようなものだ、と慨嘆した父親がいたが、彼はそうは考えなかった。娘は彼の手でいつくしみ育てた彼自身のゆめであって、甘い声や、よく伸びた四肢や、しなやかな髪や、すべての光ったものが彼のためにあるのだった。娘はなにかやわらかい芳香を放って一つ輪の中で彼を充たす存在であった。娘は自分のためにあって、自分も娘のためにあって、それ以外のなにものでもない。結婚はその親が消滅したあとに求めてもよいのではないのか。

「小堀君を気に入りませんか」

「いや、良い青年です」

良い青年と、自分の娘とどんな関係があるのか。直子が聞けば猿投へ行かれるよりどれほどよいかしれないと言うだろうが、隆吉はどこへ手放そうと、娘は別の輪の中へ入ってしまうのだと思った。小堀のことがなんとなく了解済みになると、隆吉は急に立ち上った。外へ出ると、榊は言おうか言うまいかと迷いながら、泰良のことに触れた。

「泰良さんがまた入院したと今朝聞いたのだが、知ってますか」

「知りませんよ、どんな具合いです」

「詳しいことは解らないが、また例のわがまま病でしょう。あのひとは酒に酔って崖から落ちて、血だらけになっても知らずに歩いて帰ったという逸話の持主だからね。少々ではへこたれませんよ」

榊は慰めを言った。彼と別れてひとりになると、隆吉は酒でも飲まずにいられない気分になった。泰良とはあれが別れになるのではないかと、病院を抜け出した一夜のことがいやな予感で思い出された。薄墨色のぐい飲みが彼のゆきつくやきものを暗示するなら、ぜひ完全なものを見たかった。泰良の許から知らせがくるまで隆吉は見舞いにゆくまいと決めた。気持の弱まった病人を見るのは辛かった。それくらいなら彼のやきものを眺めるほうが身近な気持で心も慰むと思った。

かなりの酒を飲んで夜になって戻ると、直子が浮かない顔で待っていた。須恵子がまだ帰らないのだった。隆吉はさっさと二階へ上った。娘が猿投へ行けば行ったのことで老夫婦で気にやむ滅々とした空気は真平であった。部屋に落着くと、戸棚に蔵ってある箱ものを取り出した。彼のやきものは四季折々に床の間におく順序が決まっていた。正月はめでたい竹描きの灰釉の花瓶。夏は黄瀬戸の水差しか平鉢。秋は黒釉の茶盌である。箱書きを見ながら一つ一つ開いてゆくと、角皿が出てきた。皿の真中に斜めに川が流れていて、そこは白い志野焼き、両側の岸は草色の織部で、鮮やかな染分けにすすきが描いてある。これを展覧会で見たときの感銘を忘れない。二つのやき方を一つの皿に具現した発見におどろかされた。細心の焼きと大胆な絵柄は当時新聞の紙面を賑わしたものだった。なんとしても手に入れたいと思い、あるものを売り、月給の前借をした。日本の景気が上昇した昭和三十一年の泰良壮年の作品であった。階下で須恵子の帰った声がする。猿投行をあきらめてくれたらしい。隆吉は娘が二階へ上ってこないと知りながら、手を止めていた。彼のまわりは泰良のやきもので充たされた。吟味して買ったものも、一瞬で決めて手に入れたものもある。茶碗を六個、七個と並べると、それぞれに思い出がある。しかし娘を育てるために使い古して割った紅志野の茶碗ほど惜しいものはない。その志野から与えた重湯を、口を尖らしてちゅっちゅっと吸った児の顔を忘れない。

「あいつはよかった、ありゃあ逸品だ」

声に出して言ってみた。今度泰良に貰ってきた薄墨色のぐい飲みも気に入っていて、新しい酒のたのしみに喉が鳴った。泰良のやきものの色と形の破調のおもしろさ、切れ味のよさは無類であった。いつ見ても惹きこまれるのだ。最も好きな黄瀬戸の水差しのまるみに添って手で撫でると、生きものの艶やかな肌の感触にも似た甘美な手ざわりである。夜更け、茶碗に頬をつけて法悦にひたりながら、死後の棺に愛蔵品を埋めた古い中国の習いを思いうかべた。すると死後のたのしみ華やぎが思われて恍惚とした。

上野の杜へ出かけるのは久しぶりのことで隆吉は勤めの帰りの須恵子と待合せると、駅から公園の中を抜けていった。有り合せの箱に入れてきたのでやや嵩張った陶器を、須恵子が受取った。いつも隆吉と軽口を交しながら歩く彼女が、黙ってついてくる。この頃顔色も冴えなかった。高能の青磁を榊や吉川に見てもらうことで、張りつめた表情をしている。隆吉はまだ青磁の価を聞いていなかった。早く払うために手持のなにかを手放さなければならないが、無理の仕納めになるだろうと思った。娘はどうするつもりか。前借の申込みをしたころの彼女は明るくのびのびした娘であったが、今は何を考えているかわからなかった。なんであれ高能に関したことで彼女に立ち入りたくはなかった。

上野の博物館の中の事務室へ入ってゆくと、吉川は席にいなくて、二人は待っていた。しばらくすると榊と吉川が揃って入ってきて、挨拶を交した。

「こっちの部屋が明るいから、お入り下さい。青磁を拝見するのに夕暮近いのはまずいねえ」

吉川はやさしい声で言った。痩せておだやかな学識者らしい人物であった。青磁は晴れた日の午前十時に見るのがよいと、隆吉もなにかで読んだことがある。光の中の澄んだ青磁には優雅さが匂ってくるのかもしれない。吉川は隆吉が影山泰良のすぐれたコレクターということを知っていて、鄭重な応対だった。隆吉は箱に入れておいた青磁の類を引き寄せた。

「まだ亀裂が入りますか」

と榊は訊ねた。

「やっと納まりましたよ。先に砧を見ていただきましょうか」

隆吉の取り出す手許を榊と吉川は凝視した。米色青磁の砧は端正な立形で現われた。榊は目を近づけた。土という足で踏みしめる身近なものが、炎の洗礼で神秘的に昇華するすがたを眺めた。砧は陶肌に二重の複雑なひびきが浅く綺麗に入っていた。鏬にはあるかなし薄茶の色がついているように見え、青磁の肌を渋く色彩《いろど》っていた。鏬即ち貫入は美そのものだった。

「貫入が無限に広がっている。見事な線描だなあ。これだけの亀裂が窯出しのあとに入るのだから、ピンピンいうのも無理はない」

榊は吉川へ砧を押し出した。吉川は手を触れてとっくり眺めた。

「米色青磁は初めてです。窯変だろうが、もちろん計算されたものでしょう」

「この砧にはリズム感があるね。静の中の動というか、落着いていて、存在を示す力がある」

「生命感があるねえ。博物館はどのみち古いもののいのちが脈々としているところですからね。薄暗い展示室を歩いていると、気味悪いです」

隆吉は次に茶碗を取り出した。平茶碗は砧と違って藍青色で、茶碗の内側は底まで細かい模様に似た亀裂が入って、ダイヤモンドをちりばめたような、きららかな輝きがあった。吉川はあるかなし吐息をもらした。この貫入に茶の色がもっと出てきたら、更に深まるだろうと彼は言った。

「自然貫入なら、色の落着くのは一年かかるだろう」

「そのくらいかかるね」

二人の識者の見ている前で、隆吉はこの茶碗より大作の平鉢があったことを話した。平鉢も砧同様高能次郎の代表作だと隆吉は信じていた。彼は次に月白と深い茶碗を須恵子に出させた。

「砧以外の三個は、娘の持物です」

吉川は月白を手にのせて長いこと眺めてから、須恵子に訊ねた。

「今度の窯でどの位焼けたの？」

「窯出しを全部拝見してこなかったので、解りません。完全なものが二十個もあればいいと思います。一年分ですから」

焼き損いが多いのを彼女は見てきた。吉川と榊はあとの分も見るべきだという意見に一致した。陶芸家には無所属の孤立した者もいるが、高能の青磁には隠れた古陶を発掘した時のような興奮があった。吉川は隆吉親子に敬意を表した。

「柳瀬さんもお嬢さんもさすがに名コレクターだ。この青磁を発見して新たな情熱を掻き立てられたでしょう」

「この砧は汝官窯に似るというより、私にはそれ以上に新しい美をそなえたものに見えます。日本のやきもの独得の持ち味があります。それがあるからすごい作家です。それに比べて泰良さんのものには珍しさも驚ろきもなくなったが、自分の肌合に合ったなつかしさを覚えますな。

私はもう高能次郎の歩みについて行くにはエネルギーがない」

「あなたらしくないな。青磁に賭けてゆくのは晩年のたのしみでしょうが」

そばから榊が言葉を添えた。

「いや、私には泰良さんのやきものが最上ですわ。青磁は娘の志に力を貸してやりたいと思ったまでです。一つよろしくお願いします」

彼らは間もなく部屋を出て、閉館になろうとする展覧室を回った。吉川の見せたいという南宋官窯の青磁の鉢は陳列室の中央に飾ってあった。青磁には見事な貫入が入っていた。宋の時代ほど中国の知性の研ぎすまされた、すばらしいやきものを生んだ時代はないと思い、隆吉は娘と並んで見入った。青磁の鉢は洗練されて、釉色が冴えていた。

「この間、青磁の鉢を久方ぶりに陳列するために取り出したのです。慎重に箱から出した時急に外気に触れたためか、鉢がピーンと言いましてね、胆を冷しました」

吉川はおだやかな声で喋った。

「亀裂が入ったのですか」

「そうです。なにしろ一千年も前の陶器が鳴るのですから、よくも生き続けて呼吸しているものだと、やきもののいのちに搏たれましたね」

隆吉はジジ、ピーンと鳴りはじめた猿投の最初の青磁の産声を思い出した。須恵子も青いほど緊張した顔であった。無機物の陶器の生きるのが彼女にも怖かった。今日は終始無言でなりゆきを見守っていたが、どうやら猿投の青磁は彼らのめがねに叶ったとみえた。しかし猿投の陶芸家がどう応えるか、それは解らなかった。頑なほど自身の意志を貫く陶芸家の姿勢を知っていた。けれどそれはもう彼女の力の外のことであった。

博物館を出ると、四人は近くのレストランへ入って、山下の不忍池の見える卓で夕景を眺めながらビールで乾杯した。新しい青磁の誕生を祝す気持であった。どこの国も政治経済のいきいきした時代に良い芸術品が生れるという話が出て、現代も新しい青磁を生む土壌になっているようだと男たちは話合っていた。須恵子は近頃こんなに安らいだ父を見たことはなかった。彼女は父の結婚十年目の子供であったから、人より早く父を失うかもしれないといつも心底で考えていた。あと十年か十五年した時、父は居ないだろうと思った。

ビールで喉を潤しながら、折りがあったら有志で台北へ旅をしようという話が出た。故宮博物院の陶器の青磁の部屋を心ゆくばかり見ようと榊が言い出して、それはたのしい話題になった。その折りには真先に猿投の陶芸家を案内しなければなるまい、と吉川も言った。間もなくレストランを出ると、隆吉親子は彼らと別れた。一つの目的を果して隆吉は肩の荷を下ろした。須恵子も緊張がとけてほっとした顔をしていた。高能の青磁は放っておいても必ず脚光を浴びるだろうが、早く正当な評価を得られるならこれに越したことはなかった。いくらかでも力を貸すことが出来れば隆吉は気がすむのだった。娘も往く時より足どりが軽くなっていた。この機会に須恵子と以前のように愉しい時を取り戻そうと思った。

「泰良先生がまた入院なさったって、ほんとう?」

須恵子は山下へ向いながら、訊ねた。

「そうらしいね。容態がわかったら教えておくれ」

「美濃へ電話をしてみたら?」

隆吉は黙った。泰良の再発作をおそれているのが須恵子にも解って、なにも言えなくなった。泰良が倒れることは隆吉が参ることで、泰良の死は隆吉の老いに繋ることを感じた。そこまで泰良の作品に傾倒した父を、幸せな人とも思った。

上野の山を降りると街の灯は明るかった。隆吉は今夜の夕食をあれこれ考えながら、気持をふくらましていた。

「今夜は京橋の寿司屋で一杯やろうか」

すると須恵子はためらって、父の顔を見なかった。

「前から誘われていたものだから、小堀さんと会う約束をしてしまったの」

隆吉はあわてて頷いた。

「お父さんも一緒に行かないこと? 小堀さんならいいでしょう?」

「いや、遠慮するよ。まあ行ってきなさい」

若い者たちの間へ入って邪魔になるのがこわかった。小堀は近頃の青年として嫌いではないが、娘と並べた時なにをしでかすか、自分でもわからなかった。山下の広小路へ出ると、彼は待合わせの場所と時間を訊ねて、早く行けと言ったが、須恵子はかまわず父と並んで賑やかな通りを歩いた。青磁のことで礼も言いたかったし、なにかしら話したいことがあった。しかし隆吉は落着きをなくして、早く娘を地下鉄の降り口まで送ってやろうと足を早めた。

「今夜は遅くなるかな」

「そんなに遅くならないわ。お父さんはこれからどうする?」

「おれのことはいいよ」

娘に心配されるのは真平だったから、突っぱねるように答えた。電車通りの交叉点の手前に地下鉄の降り口をみつけると、彼はじゃあ、と立ち止って、木箱の包みを受け取った。須恵子はいつもの調子で言った。

「これ、大事な陶器よ。酔って落しちゃいやよ」

「おれが大事な陶器を落したことがあるかよ。さっさと行きな」

須恵子は首を傾げて父をみつめてから、すぐ階段を降りていった。隆吉はふいに、なんであいつは猿投へ行かないのか。行きたければ行けばいいのだと思った。そう思うことを矛盾しているとも考えなかった。彼はひとりで歩き出した。いつも一つ家へ帰ると思うのは間違いだと覚った。こうして少しずつ娘を置き去ってゆく心積りをすることだった。木箱を提げたまま人の流れについて交叉点を渡っていった。それからどこへ行くというあてもなく、賑やかな人込みへまぎれていった。

森_{もり}　茉_{まり}莉

恋人たちの森

渋谷から若林の奥へバスで大分入つたところに、北沢といふ町があり、バス通りの裏側に、寺院の境内や樹立ちが右側に長く続いた小道がある。

渋谷、若林間のバス通りと、新宿、三軒茶屋間のバス通りとを繋ぐ上水を、挟んだ、何本かの小道の一つである。その小道の一角に、小さな砂利置場があり、その砂利置場の隣に、時々薔薇色の車の止まつてゐる何か分らない建物が、あつた。よくみるとロオゼンシュタインといふ銀座の菓子屋の配達所兼菓子焼場である。さう思つてみれば屋根の後部には、さびた薄緑色に塗つた煙突がある。仮普請のやうな建物だが全体が灰色で、雨除けに張り出した入口の天幕も、さびた緑と薄灰色との太縞で、それらしい瀟洒《せうしや》な感じは、あつた。

或日の午後、その建物の中から出て来て、薔薇色の車に飛び乗つた若者がある。

肉の引締つた細い体で、魚のやうに身ごなしが素早く、首を一寸竦《すく》めると細い腰から先に運転台に、閃くやうにして乗つたと思ふと、チラリと車の前を見てから首を捻《ねぢ》るやうに車から出して後《うしろ》を見、首を引込めるとギアを入れ、ガタガタといふ音響と一緒に、忽ち走り去つたのである。十七か十八か、まだ十九にはなつてゐない。素早く車の前後を見定めた若者の眼はひどく美しくて、夢みるやうだが、中に冷たい、光がある。その眼は嫩《わか》い、磨《と》ぎ澄ましたやうな美貌の、幾らか反り気味の小ぢんまりした鼻の、鼻梁の蔭に嵌めこまれてゐて、鋭い面を持つた工芸品に象眼した宝石のやうである。柔順で冷淡で、だが充分に抜け目のない、捷《はしこ》い眼である。意志は弱さうだが、自分の欲望や快楽のためになら、幾らかの意志を持たないわけではない。そんなやうに、みえる。どことなく釣合《つりあ》つた年相当の相手ではなくて、気懶い体を横たへてゐる年上の女の傍《そば》か、又は彼を愛撫する男の傍にゐることが似合つてゐる、そんなところがある。

＊　＊

若者はやはりさういふ若者で、あつた。

ロオゼンシュタインの菓子焼場からあまり遠くないところにある或一つの部屋の中で、今若者は睡つてゐた。年上の情人《じやうにん》と会つた後《あと》の深い睡りである。若林の奥の邸町に入つて行く、バス通りに沿つた横道に、木造の洋館のアパルトマンがある。その一室である。

夜明けの部屋はまだ暗い。夜からの重い空気が、あたりに立ち迷つてゐるやうに、見える。鳥と木の葉が描かれた窓掛の垂れた、壁も床も茶色の部屋の中に、木製の寝台《ベッド》が部屋の大部分を占めてゐる。これも茶色の、光る糸で縁取りをした毛布と、白い大きな枕蒲団との谷間に、壁に向いた若者の頭が埋《うづ》まつてゐる。艶のある茶つぽい髪が、犬が臥《ね》た跡の草むらのやうに、なつてゐる。若者の名は巴羅《パウロ》である。本名は神谷敬里《けいり》だが、情人の義童《ギドウ》がさう呼んでゐるのである。昨日義童と外で摂つた夕食が早かつたので、寝台の中に入つてから冷蔵庫から出して喰つた塩漬肉《ハム》の残り、珈琲の滓の残つた白いモオニング・カップ、茶色の牛乳入れ、麺麭の塊などが載つたステンレスの盆が、置き去られたやうに、寝台《ベッド》に寄せて置いてある卓子の上に載つてゐて、陶器の灰皿の中にはフィリップ・モオリスの吸殻が、樋《とひ》の下の穴に詰まつた落葉のやうに粘《ねば》り着いてゐる。指先に力を入れて消す癖が、巴羅《パウロ》にはあるからだ。（巴羅といふのは読み難いので、以下はパウロと書かう）それはパウロに元《もと》からある癖ではなくて、義童《ギドウ》（この方も以下はギドウと書くことにしよう）の癖を真似る内に、意識しないでもさうするやうになつたのである。紙巻は皆半分より稍々先までで揉み消してある。これもギドウとの愛情生活の中で出来た、習慣である。

巴里の郊外に大きな邸を持つてゐる、故アントワン・ド・ギッシュを父に持ち、日本の外交官の娘であつた珠里《ジュリア》を母に持つギドウは、すべての行動に贅沢と浪費とを匂はせてゐる男である。ギドウはパウロに金を呉れる。街の食事も、酒場の勘定も、ギドウが払ってくれる。靴も、背広も、誂へる。レエンコオト、バンド、ジレ、スウェータア、すべて充分に買ひ与へられて、ゐる。ロジェ・ギヤレの石鹼、巴里製のブリヤンチン、薄紫の透明な固形の荒れ止め、4711番のロオ・ド・コロオニュ。それらのものがパウロの鏡を置いた台の上に並ぶやうになつて、パウロの生来の緻量《きりよう》はいよいよ磨きがかかつて、水際立つて来てゐた。

二三度寝返りを打つてゐたパウロは、薄く眼を開《あ》いた。眩しさうに長い睫を瞬くと、延ばした腕を折り曲げ、手を眼の上にかざす。手の影の中で、美しい二つの眼が今度は明瞭《はつきり》と、開いた。唇の上を、ほんの影のやうな喜悦の色が横切る。思ひ切り伸びをした両腕を頭の後にかひ、下眼になつた眼を空《くう》の一点に止《と》めて、少しの間凝《じつ》としてゐる。幸福な場所に位置を占めて恬としてゐる若者の眼だが、炎のやうなものが内にあつて、感情の薄い男の眼のやうには、見えない。腕と一緒に伸ばした脚が毛布を蹴《け》つて、薄い水色《ブルウ》のパジャマの、胸の釦が外《はづ》れて、胸があらはになつてゐる。固く締つた浅黒い胸の上で銀色の鎖が揺れ、丸形の写真入れが裏を出して、首の下に止まつてゐる。昔の土耳古の旗のやうな、半月と星の形とを並べて彫つてあり、その溝に小粒のダイアモンドを嵌めたものである。ギドウが弟の路易《ルキ》のをくすねてパウロに与へたもので、時代のついた、美しいペンダントである。眼を窓の方へ向けると、ひどく無邪気な眼になり、口笛を吹き、吹き終つた唇を微笑にゆがめると、懶さうに半身を起して紙巻の袋を探り、腹匍ひになつて火を点けた。一寸ふかすと直ぐに捻り消し、慌てたやうに起き上つて瓦斯に火を点け、薬缶をかけて珈琲を淹れにかかつた。時計は八時を示してゐる。再び寝台に腹匍ひになつて、昨夜の残りの麵麭と塩漬肉《ハム》とを齧り、熱い珈琲を飲むと、パジャマを脱いで二三度腕を振り廻した。

パジャマを脱ぐと袖のない丸首襯衣《シャツ》に、膝の下までの洋袴《ズボン》下だけになり、三面鏡の表面を掌で乱暴に擦り、顔を突出すやうにする。眉墨を補つたやうな美しい眉の下の、大きく瞠《みは》つた眼が、半面に光を受けた翳《かげ》の濃い顔の中に、洞《うろ》のやうである。酒場の年上の女、同じアパルトマンの女、なぞとの間にいつの間にか絡みつくものを生じてゐる事がある、そんなことが何度か重なる内に、瞳が眼一杯に動かず、挑むやうになる、こんな時、嫩《わか》い、稚い不安と、どこかに潜めた勁い自信が満ち、優美な鼻梁を挟んで暗い罪の炎を、出すのだ。悩みありげな眼差しは、稚い不安が潜んでゐることで一層魅する光を、勁めてゐる。稚い不安、それはパウロの弱々しい善意で、ある。さうしてそれはパウロが想つたこともない、見たこともない神といふものに繋がつてゐるもので、あつた。

ギドウの愛情に、甘えと自信とを抱いた表情になり、脣を微笑《わら》ふともなく引き吊らせたパウロは、ブラシを取つて髪を梳かし、顔を洗ふと、薄紫の水晶のやうな荒れどめを取り上げた。ギドウのを貰つた巴里製のものである。一寸明るい方に透かして見てから、頰から顎へ擦りつけた。後を二三度撫で廻し、もう一度輝く眼を鏡に据ゑると、寝台《ベッド》に掛けてある洋袴《ズボン》をはき、薄いブルウの襟のあるスウェータアを着た。洋袴は濃灰色のジインパンツである。巴里の青年のやうだとギドウに言はれてからは、そのつもりになつてゐるのである。

「敬ちやん、いかすぢやないの」

「凄いわね、この頃」

口々に配達所の上つ張りを着た娘達が、言ひ囃《はや》した。パウロはじろりと彼女達に眼を流し、黙つてジュラルミンの薄く平《ひら》たい菓子の箱を次々に、運び出す。

「どうせ」

「ねえ」

二人の娘は脣を曲げ、互に睨むやうに顔を見合ひ、ポケットを突つ込んだ手でぱくぱくさせ、嘲るやうな微笑ひを、浮べる。

「女はうるさいなあ」

賢いパウロは、一寸は相手になるのである。

「何処で買つたの？」

「誰かさんのプレゼントよ、無論」

「女の友達なんか一人もあるもんか」

吐き捨てるやうなパウロの言ひ方に、ひどく実感があるので、感の鈍い坂井ちさ子も、金丸豊子も一瞬ぽかんとした顔になつて、パウロに手を貸し、菓子の箱を運び始めたのである。

やがてパウロは例の素早い動作で、薔薇色の車に、飛び乗つた。車は忽ち寺と邸の間を抜け、バス通りに出る。淡水魚の水槽のやうに青く透つた自家用車や、不恰好なタクシイ、スクータアの群が追ひ抜かれて次々と後に行く。ギドウと入つたことのある小さな支那蕎麦屋の、紅い枠と毒々しい牡丹の花のある硝子戸の側面が、眼に入つたかと思つた次の瞬間には、バスの一丁場と半ばを過ぎた地点に来てゐる。車の操作がひどく達者なパウロは、ギドウとのドライヴの約束を待ち切れぬやうな心持で、待つてゐる。その事を考へると、胸の動悸が高くなる。ギドウの車はロオルス・ロイスで、ある。その日尾張町の交叉点で停止信号に引つ掛つたパウロは、美しい眉の根にたて皺を寄せ、横眼に隣に止まつてゐる車を見た。ものすごい新車である。

（独逸のシュミットだ。……）

　パウロの額のたて皺が消えて、眼が女のやうに耀いた。黒いジャアジイらしいスウェータアの逞しい肩越しに、運転台の男の顔がこつちを見た。一瞬ギドウと同じの、ギドウの持つてゐるあるものが、底深い黒ずんだやうな眼から発してゐて、それがパウロの顔にあてられ、パウロはどきりとして顔を正面に向けた。磨《と》ぎ澄ましたやうな横顔がたぢろぎと羞恥とをおびて、ふと少年のやうになつた稚い眼が、とまどつたやうに瞬いた。ギドウよりは大分年を取つてゐる。四十を三つは越してゐるだらう。だがパウロの困惑は信号の切り替りによつて、救はれた。パウロは猛烈なスピイドを出してその車を遥か追ひ抜いた瞬間、失敗《しま》つた、と思つた。（遅らせりやあよかつたんだ）パウロは心の中で舌打ちをした。黒い眼に後《あと》を追はれてゐるやうな気のするパウロは、後《うしろ》を見ずに、走つた。ギドウのやうではあるがギドウの上を越す強烈な光、残忍さのやうなものを、パウロはその黒い眼に感じたのである。ギドウの勁さと、叡智と、達識のやうなものがあるのだらうが、何もかもが鈍い光を出す眼の底にある、黒い執念のやうなものの中に、塗り隠されてゐる。（凄い奴だ）パウロは呟いた。ロオゼンシュタインに近づくと、パウロは慌てて腰の辺りを探つた。店で着せてゐる白い上着を丸めて傍においてゐて、店に近づくと車を止めて、急いで被るのである。水色《ブルウ》の襯衣《シャツ》と、濃灰色のジインパンツを隠してしまふ白い上着を、パウロは嫌つてゐた。

　黒い男はパウロの車の後部に、ロオゼンシュタインの字を認め、交叉点を渡ると築地の方面に、走り去つた。男はパウロが既に相当の金と、技倆のある男の情人を持つてゐることを一瞥《べつ》の内に、見抜いてゐた。さうしてロオゼンシュタインの店員はカモフラアジュだらうと、察しをつけた。今でこそゲイ酒場《バア》なぞが出来て、この種の男は相手に事欠くことはなかつたが、素人の逸品となると、稀少価値は紅玉《ルビイ》のピジョン・ブラン（白鳩）以上だつたので、大体どんな若者がゐて、それがどんな人間のものであるかといふことは、何処からとなく聴えて来る風評のやうなものがあつて、同類の間では、と言つてもここでは金のある連中のことなのだが、知れてゐたのである。それだからパウロに一眼で魂を奪はれたものの、うくわつに手を出すことはしないで、遠巻きに情勢を見まもるよりないのである。かういふ仲間の間の少年の情人に対つての嫉妬といふものは、酷いものである。それは稀少価値から来るものも、そこに加はるもののやうで、あつた。

＊　＊

下北沢駅の近くの「茉莉」といふ酒場で、パウロはギドウを最初に、見た。

いつも坐る入口から右へ入つた奥の止り木に、パウロは掛けて居た。その日の夕刻店で受取つた金が大分隠《かく》しに入つてゐる。パウロは尖端《さき》の細い指先でハイボオルの洋杯《コップ》を支へ、それを軽く揺すつては、暗い灯火《ひ》の方に透かしてみたり、肱をつき、尖り気味の顎を突き出した横顔の脣を尖らせたり、女が見てゐるのを意識した若者のやうに、その美しい光る眼を洋杯越しに凝《じつ》と据ゑて睨むやうな表情をしたり、さうかと思ふと左手で腰の隠しをもぞもぞやつて、鍵の音をさせたり、その返す手で洗つたばかりのやうに艶のある、バサバサとした髪を掻きまはすやうにしたり、少しも凝としてゐないのである。洋杯をカチリと置いて、今度は左手で頰杖をつき、少し尖らせたやうな口つきをする。さうして薄眼になつて、チイズなぞの皿を見本に入れてある硝子の筐を意味ありげに見たり、急に卓子に突伏して、しやくふやうな眼差しで辺りを見たりするのである。

そのパウロの様子を、先刻から凝《ぢつ》と見てゐた男が、あつた。それがギドウである。パウロと向き合ふ位置になる正面奥の止り木に、ギドウはゐた。勁い首を持つた三十七八の美丈夫で、仏蘭西人の特徴が顕著である。だが皮膚の色は浅黒く、日本人の日本語を話してゐる。知識を潜めてゐることがすぐに解る額だが、広くはなく、黒い髪が濃い。仏蘭西人によくある大きな、丸みのある眼には何処か剽軽《へうきん》な味と一緒に、南洋の島なぞにゐる毒のある蛇のやうな感じがある。その若者を見てゐると、二重写しのやうになつて、千七百七八十年代の仏蘭西の書物にある、アルファベットに林檎の枝なぞの絡んだカットが見えてくる。鵞鳥の羽のペン、羊皮紙の巻物、首を幾重か巻いて花形に結んだ白絹の襟飾り、或は又バスチィユの牢獄内の寝台、マラアの半裸身が乗り出してゐる陶器の風呂桶、短い洋袴《ズボン》に徽章のあるベレを被りEgalité・Liberté・Fraternité のプラカアドを持つたサンキュロット、そんなものが出て来る。智慧《ちゑ》と達識のありさうなこの若者は、たしかに仏蘭西の名誉と、仏蘭西の淫蕩とを、内側に潜めて、ゐた。太い頸をめぐる襟《カラ》は薄く汚れてゐるが、その日の午後に替へたものらしく、清潔である。灰色の羅紗のジレと襟との間に覗いてゐるネクタイは濃い藍の濃淡の斜め縞の堺目に、血のやうな紅の線が入つてゐる。黒い上着に、濃灰色に黒の細縞の細身の洋袴《ズボン》を穿いてゐる。後首から被るやうに幅の広いチェックのマフラアを胸の両側に垂らし、肱を突いた手で顎を支へ、右手は先刻から隠しに突込んだ儘である。大分飲んでゐるらしいが少しも酔つてゐるやうには見えない。顔色が蒼んで、黒い眼が据わつてゐるのが、平常《ふだん》と違つてゐるだけである。二人の間にゐた客の一人が立上つて勘定を払つた時、そつちへ眼を遣つたパウロの眼が、ギドウのそれと合つた。ギドウの眼には思はず知らずのやうな微笑が浮んだ。同時にパウロははつとして、軽い胸騒ぎを、覚えた。この為体の知れない惹きつける力を持つた大きな男が、随分前から自分の一挙一動を見てゐたのを、パウロは咄嗟にさとつたのである。パウロの挙動がどことなくぎごちなくなり、照れた様子をし始めるのを見て、ギドウは再び微かに、微笑《わら》つた。少間《しばらく》してパウロは、偸みみるやうな眼をギドウに走らせたが、忽ちその眼を外した。何処か恐しいやうだつた黒い眼が、柔かく崩れてゐた。既《も》うその女の体を知つてゐて、その体が甘美だといふことを知つてゐる男が、或妄想を頭に浮べて女を見る時の眼である。肉感的なものが微笑に綻《ほころ》びた唇の辺りに濃い影を塗つてゐる。

「ジンフィイズ」

といふ声がした。パウロの眼が再びそつちへ行く。今度は男はボオイの方を見てゐる。パウロの、瞳を斜め上にひきつけた、眉越しに見る美しい眼が、少しの不安と、小さな恐れとを潜めて一瞬ギドウの横顔に当てられた。上唇にうねりがあり、下唇が綺麗なカアヴを描いてゐるパウロの唇が、冷たい美しさで両端が窪む程、引き締められてゐる。パウロはその眼を素早く、外した。なんとなく面映くて、席を立つてしまひたいのだが、さうすることがどこかで残り惜しくも、思はれる。パウロは前よりも髪を掻き上げたり、よそ見《み》をしたり、鍵の音をさせたりを、頻繁に繰返してゐる。さうしてあの男はジンフィイズなんか飲むのだらうかと不思議に、思つた。不意にボオイの手が伸びて自分の前にジンフィイズの洋杯が、置かれた。パウロの眼が再びギドウに走る。

「遣り給へ、御馳走するよ。嫌ひぢやないんだらう?」

男が言つた。射すくめるやうな力があるのだがそれでゐて剽軽《へうきん》な、おどけたやうな瞳がきつかりと眼の端《はし》に据わつて、パウロを見てゐる。自分でも知らぬ内に、パウロは微笑してゐた。可愛らしいのだといふことを自分でよく知つてゐる、無邪気な微笑《わら》ひの中で、二つの美しい眼は憧れを、おびてゐた。何か言はうとして黙つたパウロの脣は羞づかしさうに、両端に窪みを拵へて、引き締つた。ジンフィイズの洋杯を大切なもののやうに持ち上げ、灯《ひ》に透しては脣に持つて行くパウロは、照れたやうな微笑ひを男に見せるやうに、なつた。ネクタイ、ジレ、マフラア、一つ一つが高価なものだといふことが解る服装である。それを男は惜しげないやうにしてゐる。何処からくるのかパウロには解らないが、一種の高級さがあつて、「茉莉」といふ名のこのちやちな酒場の片隅が、男のゐる為にどことなくいいはくありげに、見える。パウロは酔つたために潤《うる》んだ眼に、ふと真面目なものを浮べ、子供臭い脣の結び方をし、凝《じつ》と男を見た。パウロは男の持つてゐるなにものかに、深いところで魅せられると同時に、自分の大学を中退したことや、本も読まないやうになつてゐる生活に感ずる羞づかしさのやうなものが、頭に登つてゐた。

「何時《いつ》も来るの?」

「ええ」

パウロは艶のいい茶がかつた髪の、揉上《もみあ》げの辺りに手を遣り、その手で鬢を掻き上げた。男の蒼んだ顔は引き締つてゐた。恋をしてゐる人間の顔が時としてさうなる、悪寒を堪《こら》へてゐるやうな、渋いやうな感覚で引き締つた頬、脣の辺り。下眼《しため》に自分の鼻の先を見てゐるやうにしてゐた眼が、ふと壁の辺りに走つてそこに、止まる。雀を追ふ隼《はやぶさ》のやうな眼が、熱のあるやうになつてゐて、白い部分《ところ》まで瞳の暗さが拡がつてみえる。パウロは自分でも解り得ない憧れに押され、その横顔に陶然《うつとり》とした眼をあててゐる。そこには嵐の暗い空があり、敏捷に空を突切る雀を追つて鋭い嘴で空を切る、隼の羽音《はおと》が、あつた。ダブルのハイボオルを最後に誂へ、飲み終ると後の柱時計と腕の時計とを見比べ、ギドウは上着を撥《は》ねて後隠しを探つた。肱の下に敷かれてゐる伝票を忘れてゐて、さうしながら眼で卓子の上や、足もとを探してゐる。ボオイが、

「そちらでございます」

と、手を後首《うしろくび》に遣つて、眼で肱の下を指した。

「ああ」

男は立上り様《ざま》に斜めにパウロを、見下ろした。

「ぢや……」

　掌《て》を一寸上げた。尖端《さき》の細い、白い掌である。パウロは先刻から伝票のありかを知つてゐて、ボオイが首を手で巻くやうにして注意したのを見てゐたが、顔を上げ、瞬《まば》きをして、眼を伏せた。男が出て行くと、パウロは俄かにそこにゐることが下らなくなつたやうに、思つた。

「前から来てる人？」

「この頃ちよいちよいね。変つた奴だよ、凄いや」

　ボオイの須山が、片眼を瞶《つぶ》つた。

「変つたつて？」

「見りや分るだらう？　それに金は凄いらしいや。うまく遣つたぢやないか、どんどん来いよ。こつちはどいつが払つたつていいんだ。度々来いよ」

　黙つてパウロは立上り、後隠しに手を遣ると、

「お勘定は戴きました」

　と、もう一人のボオイがふざけて、言つた。（訊いてたやうぢやなかつたが、僕が何杯飲んだか見てゐたんだ。）パウロは俄かに狙《ねら》はれた者の羞恥に襲はれ、

「ぢやあ又来《く》らあ」

　と、口の中で言ふと、後の椅子席に掛けてあつた上着を取り、見る間に袖を通し、襟を細い両手で掻き合はせながら敏捷な足で、早くも扉の外に見えなくなつた。

　パウロが、ネオンだけが暈《はや》けて光つてゐる横町へ出ると、十間程向うに先刻の男がゆつくりと歩いてゐたが、振り返つて立止まつた。頷くやうに顎を動かすと、一緒に来いといふやうに又後向きになつて歩き出した。パウロの足は一瞬躊《ため》つたが、走つた。何故か兄弟のやうな懐しさが先に立つたのである。パウロが追ひつくとギドウは下眼遣ひにパウロを見下ろして、微笑《わら》つた。親しい、だが秘密な、微笑ひである。パウロはひどく安心な気がしたが、同時に一方で、どこかで何かが呼び醒まされるやうな想ひが、ある。パウロは後隠しに手を入れた腰を一つ捻《ひね》るやうにして、チラリと男に眼を走らせ、俯いて、歩いた。

「家《うち》は近いの？」

「ずつと遠く。……松延寺の方」

　俯いた儘パウロは、言つた。

　足元が明るくなつたので顔を上げると、街灯の下である。ギドウは立止まつた。パウロの見上げた眼が、ギドウのそれと含羞をおびて絡み合つた。二重瞼のパウロの眼は鋭い刀で彫《たう》つたやうに彫りが深く、薄紫色の炎を出すかとも、思はれる。ギドウの手がパウロの肩にかかつ

た。きやうだいか、高級な仕立屋《クウチユリエ》のやうな、自然な手である。

「明日僕の部屋へ来《こ》ないか。マルティニとチイズを御馳走しよう。それから君に着るものを誂へて上げよう」

男の手が肩先から腰の方へ、一寸離れてはゐるが体の線に沿つて、撫でるやうに、動いた。

パウロはマルティニを知らなかつた。唯暈《ぼんや》りと、夢のやうなことが振りかかつて来たのを、感じた。

「来るね」

「ええ」

パウロの声は少女のそれのやうに、小さかつた。

＊　＊

北沢の酒場での出来事があつてから、パウロの生活は忽ちギドウのそれと密接したものに、なつた。パウロはそれが自分に気分のいいことなら、意志のない人のやうな感じで、成り行きに任せる男である。ギドウ自身にも、ギドウの生活にも、大きな魅力が、あつた。それだからいつもの、流れに自分を乗せて行く流儀で動いただけである。だがパウロは次第にギドウに魅せられ、無意識のやうにして持つてゐる功利的な考への外《そと》でも、ギドウを慕ふやうになつて、行つた。

パウロは両親の生きてゐる頃、大学に一年程行つたのだが、生来の怠け者で、何をする気もない。本能的なものでやることより出来ない。車の運転は出来るので、ギドウの口利きでロオゼンシュタインの運転手に入つたのである。それまではクリーニング店の配達をやつてゐたが、親方の細君が妙な目つきをするやうになつて、お払ひ箱になつた。クリーニングの店は妙な匂ひがするし忙しかつたが、アパルトマンの多い北沢の界隈では、そこに住んでゐる中年の細君や酒場の若い女なぞが、扉の蔭で手を握るやうにして握らせてくれる百円硬貨や、どうかすると五百円札なぞの秘密な収入があるので、癪《しやく》に障つたパウロは、店を罷める日の午過ぎ、仕切りのカアテンの蔭で太つた細君の胸を抱いて、接吻を盗んだ。パウロは細君が肥つた胸を波打《う》たせ、飛び出した眼を虚空に、荒い息をしてゐるのを離し、ちらりと見てから走るやうにそこを逃げ、釘に掛けた手拭ひを取り、隠しておいたチップの金を素早く隠しに突込んで、店を出た。それからは函館で結婚してゐる姉の住《すみ》子からせびり出す金で北沢界隈をぶらつき、不良の仲間に足を踏み入れかけてゐたのである。姉の住子には、ギドウの所で翻訳の手伝ひをしてゐることにしてある。暁星を出て仏文科に一年ゐたのだが、殆ど勉強をしないのでギドウの手伝ひが出来るわけはないのだが、東大の講師といふことも利いて、住子は半信半疑ながら、死んだものが生き返つたやうに、思つた。

暈《かさ》をきた月と、温い風との四月が過ぎ、樹々が緑の吐息を吐く五月もすぎて、六月になつた或日の午後、パウロは寝台に腰を下ろしてゐるギドウの傍《そば》に、体をくの字にして足を揃へて投げ出すやうに坐り、優しく寄り添ふやうに、してゐた。珈琲を滴らせた牛乳《ミルク》のやうな色の、薄いスウェータアを着たパウロの顔の中で、瞳が暗く、耀いてゐる。ギドウの手が優しく、栗色をおびたパウロの髪を掻きまはすやうにしてゐる。

ギドウの仕事場を兼ねた居間である。田園調布に本宅があつて、未亡人の珠里《ジュリア》が住んでゐるが、ギドウは広い一間《ひとま》とホオル、寝室に、テラスに台所が附いただけの、贅沢な家を建てて、稀に家の法事や雑用なぞでそつちに帰る他は、自分一人の生活をしてゐるのである。その家はバス通りを一つ入つた横道を四五町奥へ入つた所にあつた。パウロはギドウの家の近くに部屋を借りたのである。

「モナ・リザの顔つて、気持悪いね」

パウロはギドウの掌を軽く振り払ふやうにして、横からギドウを見上げた。

「階段のか？」

ギドウの手が下に下《お》りて、小ぶりなパウロの顔をかこふやうに、した。

田園調布の本宅の、ギドウの書斎に上る裏階段の突当りの壁に、モナ・リザの複製画が掛つてゐて、使ひに行つたパウロはそれを見てゐた。

「魅力があるの？　あれ、永遠の謎だつて？」

「あれは古い顔だからな。あれはあれで面白いんだよ」

「ふうん。……ギドは魅力を感じる？」

パウロはギドウの掌を乱暴にふり離すと、ギドウから離れ、窓際の長椅子に行つて、撓やかな体でその上に腹匍ひ、鋭く形のいい鼻の両脇に嵌めこまれた、宝石の瞳を、光らせた。パウロの髪の触感を残して浮いた掌を下につき、ギドウは右手をパウロの方に振つた。パウロの手は間髪を容れず卓子の上のネイヴィ・カットの箱と燐寸とを取つて放る。パウロから眼を離さずにギドウはそれを受止め、紙巻《シガレット》を抜き出して火を点け、天井に眼を向けて一服深く吸ひこんだ。

「をととひ、凄い奴に会つちやつた。二度目よ」

ギドウはパウロの顔の上に視線をゆつくりと戻して、言つた。

「そいつは俺の知つてゐる奴かも知れない」

「まさか。まだなんにも言はないぢやないか。どうして解るの？」

「凄い奴は幾人もゐないさ。どんな奴だい」

「まあ黒いライオンみたいね。頭の毛はもくもくしてゐてね、顔も額も頰も、だぶだぶしてて、色は印度人みたい。脣も黒いんだ。油つ気の多いみたいな顔、首も。さうして眼がね……」

「そいつなら見たよ」

ギドウは苦みのある顔で、微笑《わら》つた。

パウロは素ばしこい猫のやうにギドウの顔色を見て、言つた。

「嫌ひな奴さ。俺を見てゐやがつたつけ」

パウロは新車のシュミットのことは、言はずにゐた。

次の瞬間、もうそれを忘れた顔でパウロは頰杖をついた上に顎をのせ、その顔を捻つて天井の辺りに懶《ものう》い眼を上げたが、脣を尖らせるやうにして口笛で、ギドウに習つた歌をやり始めた。

＊　＊

ギドウと会ふことになつてゐる水曜日を翌日に控へた、火曜日である。パウロはロオゼンシュタインに車を置いた儘、有楽町のホオムに、立つてゐた。ギドウの使ひで神田の本屋に行くのである。向う側のホオムに眼を遣つたパウロは、そこに黒い男を見た。現実に見ぬ前から一種の予感があつたやうである。パウロは素早く眼を斜下へ外《そ》らし、そしらぬ顔で澄まし返つた。これはパウロが、厭な中年女なぞが前にゐる時なぞによくやる、ギドウが、（綺麗な芸者の顔だね）と評する顔である。（今の芸者にやあ殆どないがね。巴里の高級の商売女《クルチザンヌ》がよくやるね）ギドウが言つた。（僕そんなに凄いの？）パウロはその時、大して嬉しさうにもせずに、言つた。パウロの自信は深くなつて来てゐて、大抵のことでは甘い顔にはならないのである。男は少し、前とは変つてゐた。真昼の太陽がバックミラアに反射する運転台で、猛獣のやうに黒い肩越しに眼を光らせた最初の印象とは違つてゐて、幾らか肉が落ち、広い額の下の異様に据わつた眼で、パウロを視た。獰猛《だうまう》な囚人が反逆心をなくして、穏《おとな》しくなつたと、いふやうな、そんな眼である。（偉い奴つてのはすごいな。やくざの野郎なんか問題ぢやないな。だけど奴は魅力がないや。ギドウの方が百倍も素晴しいや）パウロは心の中に、呟いた。パウロが黒い男の視線の焦点になつてゐる掻痒《さうやう》感のやうなものは、長くは続かなかつた。男とパウロとの間に電車が黒く塞がり、それが再び動き去つた跡には、男の姿は拭ひ去つたやうになくなつてゐたからだ。いつ、何処から来たのだらう。気がつくと、黒い男のゐた丁度後《うしろ》の柱にギドウが寄り掛つて立つてゐる。亡霊を見たやうな顔をしたパウロの脣が、忽ち喜悦に弛《ゆる》んだ。薄茶《ベエジユ》のバアバリのコオトの立てた襟から、橄欖《オリイヴ》地に伊太利《イタリア》模様のマフラアを覗かせ、隠しに手を突込んでゐるギドウの顔は、離れて見てもくつきりと、目鼻立ちが彫り上げられてゐる。ギドウはホオムに上つて来て、黒い男の立つてゐるのを後から見て、すぐにパウロに気づき、柱の蔭に入つてゐたのである。黒い眼ががつちりとパウロに止められてゐるが、何処かに、陶然《うつとり》としたやうなところが、ある。それでゐて烈しい、灼くやうなものが、中にある。脣の辺りにも放心した表情が、あつた。ギドウは顎でパウロに合図をした。パウロは細く長い足でホオムの階段を駆け下り、次の階段を一段飛ばしに上つて、ギドウと一緒になつた。

「神田かい？」

「うん、ギドは？」

苦みのある微笑《わら》ひがギドウの脣を、掠めた。

「黒い奴を見たよ、……澄ましてたね」

ギドウの最初の一句でパウロは、子供が陰険なことを思ひ巡らす時のやうな顔を、一瞬露はに見せてゐたが、次の言葉で明らかにほつとして、微笑つた。

「直ぐ行つちやつたけど。だけど変な奴ね」

「今日は時間がないんだが一寸出よう。腹は？　何か喰ふか？」

「モナのサンドウヰチ喰つただけだけど、なんでもいいや」

「いやに今日は穏《おとな》しいね」

さう言ひながらギドウは先に立つて、歩き出した。

「マカロニはどうだ」

「うん」

やがて二人は新橋寄りのマカロニ料理の「イタリアン」の階段を上つた。白絹のシャツに濃灰色のジインパンツの上から、焦茶のレエンコオトを首へ詰めて、被るやうに着てゐたパウロは、コオトを脱いで椅子の背中に掛けて坐つた。生々とした茶がかつた髪、固く締つた胸、襯衣《シャツ》の襟に滲《にじ》んでゐる雨の染み、七月の微風の中でパウロは若い木のやうに、爽やかである。つい今しがた雨がぱらついてゐたことを、ギドウは思ひ出した。茶がかつたパウロの髪にも滴が光つてゐたからだ。

「首のは？」

「ここらは路易《ルヰ》さんがゐるかも知れないでせう？」

「平気だよ。大体分つてゐるさ」

「さう？」

パウロは一寸伏せた眼をすくひ上げるやうに、白眼勝ちにして、見上げた。

「悪いんでせう？　植田さんに」

植田といふのは植田邦子といふ、人の奥さんで、ギドウがパウロに出会はぬ前の、ギドウの情人である。ギドウがこの日その植田夫人と会ふ時間を割いて、パウロと駅を出たのだといふことは、二人の間で充分通じ合つてゐることで、あつた。ギドウは既にこの女をもて扱つて、ゐた。

「殊勝なことを言ふなよ。何を喰ふ？」

「いつものよ」

ギドウの顔はよほど穏かに、なつてゐた。料理とキヤンティが運ばれて来ると、ギドウは酒の栓を抜いてパウロの洋杯に注いで遣《や》り、自分のにも注いだ。ギドウはパウロの、洋杯に重なる脣に眼をあてて、ゐた。昼間は幾らか乾いてゐる。ほんのわづかの襞の間は薄紅色が濃く、合はせめから奥も紅い色が濃い。上脣の中ほどが小さく突き出て膨んでゐて、合はせると下脣はそれだけ譲歩して窪むのである。肉の厚い何かの花片《はなびら》のやうなパウロの脣を、ギドウは肉慾的な感覚以外にも観賞してゐた。清潔で、汚れてゐたことがない。ギドウは埃なぞがついてゐると、直ぐにハンカチを水に浸して取つてやるのである。（ミネルヴァの脣だ）と、ギドウはよく、言つた。

「これキヤンティね」

「こいつを飲むと羅馬の城址《しろあと》でやつた、煮たやうなのを想ひ出すね。……パウロを伴れて一度行くよ」

「うん」

パウロは烈しい瞬《まばた》きをして眼を伏せ、紅い酒の洋杯に脣をつけた。

「羅馬もいいが、ヴェネチアもいい。キヤルナヴァルはヴェネチアになるやうにするんだね。大きなゴンドラを買ひ切つて、船縁《べり》でギタアを弾かせるんだ。さうすると街の騒ぎが聴えて来る。街中が湧き立つてゐるんだ」

パウロは頬を薄紅くして陶然《うつとり》とした眼を据ゑてゐたが、

眼を伏せて、きいた。

「何時《いつ》？」

…………………

ギドウは紙巻《シガレット》の灰をはたき、黙つてゐる。

「今日『茉莉』で待つてゐないか？　十時」

「いいけど」

「けど、なんだ」

「ギド、どうしたの？　随分時間が遅いと思つただけなんだ」

「ぢやあ九時半、いいね」

ギドウの調子からひどく烈しいものを受けとり、パウロは俄かに羞恥の胸騒ぎを、覚えた。

ギドウは五六年前に、巴里から帰る飛行機の中で、黒い男を見たのである。沼田礼門《レイモン》といふ名の、姦通問題で同僚の指弾に会ひ、学校を止めて浪人してゐる心理学の男だといふことも、最近になつて知つた。二人の男は互の眼を見た時、互の出生と性行との秘密を読みとつて、ゐた。礼門も仏蘭西人を、これは母に持つてゐる。ギドウはパウロの話をきくより先に、礼門が東京近辺にゐることを知つてゐた。ギドウは彼を帝国ホテルのロビイで見たことがあり、横浜の支那人街で、遠く姿を見かけたこともある。パウロが礼門を見たらしい話をした時以来ギドウの胸の底に、礼門を警戒すると言つては言ひ過ぎだが、そんな気持が時折動いて、ゐた。偶然といふものが、ギドウのこれまでの生涯の中で、何度か彼の運命を変へて来て、ゐるからだ。ギドウはホオムに立つてパウロを見てゐた礼門の、黒い、仏蘭西の漁夫が着るやうなガバガバした雨外套《レエンコオト》と、白のリンネルの洋袴《ズボン》の姿を見た瞬間、パウロへの熱情が、軽い嫉妬の色を纏ひつけて、熱帯のカリイを舌に置いたやうに、どうにもならぬ燃え上りをするのを、おぼえたので、あつた。

＊　＊

ギドウのパウロへの熱情の高まりは、三日を置いた次の機会にも衰へずに、ゐた。午後の六時、「茉莉」の扉を開けて入つて来たギドウは、ストレエトを一つ飲むとすぐにパウロを連れて、北沢の自分の家に行つた。夜、暴風雨《あらし》の中で若い樹々が打ち合ひ、絡みあつて、樹々の枝は雨に洗はれて耀いた。若い木は水の中を逃走する蛇のやうに美しい反《そ》りを打《う》ち、倒れ伏す樹々たちは打ち伏したまま、永遠に起き上る時はないやうにも、みえるのだ。そんな恋の時刻の後、夜になつた部屋は静かで物音も、なかつた。

白い絹の襯衣《シャツ》の胸をはだけたギドウは、書物卓に肱をつき、精悍な眼をパウロに向けた。

「いい話があるんだ」

ギドウはパウロにその日、パウロの仕事についての話を持つて来てゐたのである。ギドウと附合《つきあ》つてゐる以上は贅沢にも事欠かぬパウロである。だがギドウは、パウロに幾らかの生活の力をつけてやらうとしてゐた。ギドウは銀座の画廊、ブリヂストン、デパアトなぞの展覧会に足を運んで画を買ふ、一部の金持連中と、家同士の附合ひがある。その連中の中には画商を間に入れることを嫌ひ、直接画を持つてゐる人間同士で譲り合ふ場合、顔を知らない相手もあるので、適当な素人、それも気軽な若い人間に、適当な礼金で橋渡しを頼みたいと思つてゐるのがゐた。よくある半玄人のやうな連中にみすみすぼろい商売をされるのも不愉快である。その仲介人に、ギドウはパウロを推してやらうと言ふのである。その連中の中には手に入れた画を、二三年も持つてゐて、飽きると又他のものと買ひ換へるやうな人もある。限られた顧客であるから大きなことはないが、いいものを扱ふので、一度動かせばかなりの小遣ひにはなるのである。パウロはその話をギドウからきかされると、眼を輝かせたが、幾らか不安をも、感じた。

「それなら出来るね？　僕に」

窓際の長椅子にパウロは寝転んで、ライフを見てゐたが、猫のやうに起き上つて、窓と直角に置かれた壁一杯の書棚に嵌め込みになつた書物卓《かきものづくゑ》を前に、廻転椅子に肱をついてより掛つてゐるギドウの傍に、立つた。

「適役だらう、パウロには」

ギドウが、言つた。厚地の織出し模様の窓掛《カアテン》の中は静かな夜である。パウロの額には珍しく沈んだ、真面目に何かを考へてゐる人間の表情があり、夜の部屋の中で、パウロはひどく感動したやうに、見えた。瞳の色が深くなつて、脣が薬を飲んだ子供のやうに、堅く結ばれてゐる。

「僕ぢや貫禄がないからな。ギドウなら素晴しいけど、ルオオだつて、ルッソオだつて、もつと昔のだつて、皆《みんな》知つてゐるし」

「僕ぢや少し役不足だね。みんなパウロを素人としてみてゐるんだから、幾らか解つてゐて、感じがよけりやあいいんだ」

ギドウはパウロの顔を微笑《わら》つて見てゐて、言つた。

「さう」

　パウロはギドウの傍《そば》から離れて、長椅子の上に上靴の儘両足を抱へて、坐りこんだ。

「みんな金持の家《うち》だらう？　凄いな」

「まあ遣《や》つてみるさ。パウロは素ばしこいから気に入るよ。金持の連中は大体気が短いからな。几帳面に遣《や》るんだ。引き締める位で丁度いいんだ。愛嬌は充分だからな」

　パウロの顔の中に珍しくおとなしい、真面目な少年の心を見たギドウは、少し微笑つた。若い処女《きむすめ》の顔を覗きこんで微笑ふ中年男のやうな、さうかと思ふと赤ん坊をあやす人のやうな、微笑ひである。パウロが微笑つた。ギドウの微笑を意識した微笑ひである。ふとギドウの顔が苦みを帯び、脣の辺りに或感情が、塗られた。眼は依然として微笑つてゐる。

「お婿さんの口が掛るかも知れないぜ。浮気をしなけりやあうまく行くさ」

　涙が溜つてゐるのではないかと思ふやうな、力《りき》んだ二つの眼がギドウを見詰め、可愛らしい脣がぎゆつと結ばれた。額にかかつた髪を振り上げるやうにしながら、黙つてギドウを見てゐる。


「どうしたんだ、冗談だよ」

　ギドウは鋭い眼を柔かに崩し、溶けるやうに、微笑つた。ギドウを愛するやうになり、ひどく慕つてゐる心持が、一種の、女のヒステリイのやうに昂じたのである。

「女のやうな奴だな」

　ギドウは立上つて書棚から厚い書物《しよもつ》を抜き出し、椅子にかへつて、厚い紙の綴ぢたものを取り出して、膝にのせた。

「冷蔵庫にマルティニがあるだらう。みてごらん」

　ギドウの心がすでに仕事の方に入りかけてゐる。それがパウロを又、刺戟した。

「ギドウこそ怪しいんだ」

　ギドウはパウロを見た。

「植田さんのことだらう？　まあ何とでも思ふさ。パウロだつてゐるぢやないか。何処のお嬢さんだい？　バスの中に俺の眼があつたのを知らないんだな」

　パウロはしんから驚いた顔になつた。

「知つてたの？……ひどいや」

「可愛いぢやないか」

　ギドウが微笑《わら》つた。パウロは不貞《ふて》たやうに仰向けに寝転び、下眼遣ひにギドウを見てゐる。

「変な顔ぢやあないけど」

「悪いところのない顔だね。どつちから見てもをかしくない顔だ」

「さう。それがいい点。……だけど僕の方はちんぴらだもの。何でもないや。ギドウの女《ひと》は凄い奥さんでせう？　それに僕の方は向うから来たんだぜ」

「俺だつてさうさ」

ギドウが、言つた。三十八になつたばかりの、顎から頬にかけて髭の剃りあとの青い、ギドウの額が、ふとうるささうに、眉根を寄せた。

パウロは今度は腹匍ひになり、肱の下になつた切り抜き用の鋏を引つ張り出して、それを見ながら、言つた。

「だけど、凄い奥さんなんでせう？」

「見たいか」

「うん」

パウロはギドウの方に振り向いて、言つた。ギドウの眉根の縦皺を見逃してはゐないパウロは、もう機嫌が直つてゐる。

「明日フウド・センタアへ来てごらん」

「あそこで食べるもの買ふの？　何時頃《なんじ》？」

「五時十五分位にしよう」


「よし」

パウロは鋏を一寸上に投げて、巧《うま》く受けとつた。

「もう、少し黙つてゐてくれよ」

さう言つてギドウは調べものに、かかつた。煙草色のパイルの上履きの足を卓子にのせて組み合はせ、膝の上の原稿の束を、読み始めた。パウロは又ライフを見てゐたが、ふらりと立上つて、書物卓の奥にあるサイドボオドから、橄欖《オリイヴ》色に黄金《きん》で縁をとつたヴェニス硝子の洋杯《コツプ》を出して、冷蔵庫からマルティニを出して来て長椅子に戻りながら一口飲むと。、ギドウの脣に持つて行つた。ギドウが洋杯を手ごと抑へて飲んで離すと、再び長椅子に肱をついて長くなり、洋杯に脣をつけた。

「上の電気消す？」

「うん、いい」

「ジュ　トゥ　オルドンヌ　アッソワ　イッシ」（此処へ来て坐るの）

ギドウは眼を鋭くしてパウロを見、書物卓《かきものづくゑ》に仰向くやうに寄りかかり、パウロの撓やかな形に凝《じつ》と眼を据ゑたが、一寸右手を上げる。パウロは一寸ギドウを見たが、卓子の上にあつた鉛筆を見つけて、放つた。

パウロの仕事もうまく適《はま》つて、パウロの方からも小さな贈物をすることもあるやうになり、パウロとギドウとの間に少間《しばらく》平和な、楽しい日々が、続いた。

八月に入るとギドウは、北奥白の別荘にパウロを連れて行くことにした。夏季大学もそこで開かれることになつてゐた。

＊　＊

九時四十五分発の奥白行きの準急、スワンが、鋼鉄の長い胴体をホオムに横づけにしてゐる東京駅は、山登りの若者達や、避暑客を混へた旅客の群で、ごつた返してゐた。その一つの窓に、ギドウらしい男の顔が、見えた。シイトに仰向けになつた顔に、黒のハンティングを載せてゐるが、睡つてはゐないらしい。ホオムの騒々しさをハンティングで防いでゐるやうに見える。傍若無人な形で両足を、向う側の座席の下まで踏みのばしてゐる。膝の上にはカアキ色のレエンコオトが、暗い緑の大柄なチェックの裏をみせて、載つてゐる。下着位が入つてゐるらしい書類用のポオトフォリオと、明治屋の買物包みが座席に転がつてゐる。八月の三日の、ものがみな煮えるやうな暑熱が、襯衣《シャツ》だけになつたギドウの背中から胸に汗を惨《にじ》ませてゐる。上質の黒のサアジュの洋袴《ズボン》、結んだといふよりは、一遍潜《くぐ》らせて折り畳んだやうな、結び目の広い灰色のネクタイが、肩の下までぶら下がつてゐる。敏捷に飛び込んで来る筈のパウロの気配はまだない。

ギドウは今度の旅行に車で行くと、パウロに約束してゐたのである。だがいよいよ出発の時になつて、車は目につき易いことに気づいたのである。湘南方面に行く人間にはギドウを識つてゐるものが多く、彼等は皆車であり、ギドウの黒のロオルス・ロイスを知らぬ人間はないのだ。九州の佐山といふ友達を用件で訪ねるといふのが、この旅行の表面の目的になつてゐて、それは植田邦子へのきかせである。佐山は中学からの無二の友達で、何も隠す必要がなく、旅先から局留めで出す夫人への手紙も、二重封筒にして送れば投函してくれるのである。

ギドウは、別れて来たばかりの植田夫人の、肥満した醜い体の妄執が、頭に重くのしかかつてゐるのを、感じてゐた。俯伏《うつぶ》せになると、寝台の上に張りをもつて圧しつけられ、熱のあるやうに熱くなつた二つの乳房、紅紫のラズベリイのやうだつた乳頭と乳暈、鳩尾《みぞおち》から腹にかけての撓やかな丘は、子供を生まない為に弛みがなく、その上に濃い影をつけて重なる下肢の重みの下に、ギドウとの、もう二年余りになる秘密を隠してゐた弾力のある下腹。それらは最近になつて急激に太り出し、線が崩れて来てゐたのだが、パウロを知るに及んで全く魅力を失つたものに、なつた。そんな肢体が、倦怠の潜んだギドウの眼の下でうねる、すでに飽き果てた灯の下の場面が、十八に二ヶ月足りないパウロの、青くて若い木のやうな、爽やかな体の後《うしろ》に、次第に腐敗した果実の匂ひを漂はせはじめてからもう四ヶ月になる。腐敗の匂ひのする果実の皮膚の裏側には、絶えず燃え上らうとしてゐる猜疑と嫉妬との狂乱がある。それに対抗する為には、ギドウの持つ魔のやうな魅力を出して、それを抑へつけるよりない。東上原の奥の、終戦の頃には米将校の車が毎晩のやうに止まつてゐた、或斜陽族の別宅を改造した旅館の一室で三晩宿つてゐたギドウは、平常自分の倦怠を覚《さと》らせまいとして、既《も》う夫婦のやうなものだと、暗に倦怠のあるのが当然なことを報らせてはゐたが、大体が演技に充ちた逢ひびきに、疲れてゐた。

ココア色のアロハ風の襯衣《シヤツ》の、鳩尾《みぞおち》の見える程開けた襟の下に、細い黄金《きん》の鎖を見せてゐるパウロの、白に近い灰色のジインパンツの足が、敵に追はれる雌鹿の敏捷さで、その時八番ホオムの煤けた階段を上つてゐた。動作は捷《はしこ》いが、パウロの様子にはどこかに抵抗のやうなものがある。パウロは今日、早く来るのが厭だつたのだ。ギドウの目印のハンカチで、パウロは忽ち車内に飛びこんだ。同時に発車のベルが鳴り渡つた。

「危《あぶな》いぞ」

深い想ひの底から醒めたやうなギドウの眼が、立つてゐるパウロを射た。パウロはその眼を外して自分の胸の辺りを見てゐる。洗つたらしい艶のある髪が、額にそよいでゐる。急いだので耳から頬にかけて紅みが差した淡黄の顔は、柔かなココアの色に映えて綺麗だが、不平を隠してゐるのが、伏眼にした眼と、反り気味の鼻とに顕れ、薄紅い脣も尖り加減に結ばれてゐる。後髪に手を遣り、次にその手が鼻の下を横に擦《こす》る。(模様のある蛇の眼ね)とパウロがギドウの眼について言つたことがある。その眼が自分に悪いところがある場合、こはくてならない。だがさうかといつて、車を止《や》めたことの不平は抑へられないのだ。それで早く来たくなかつた。それが見抜かれてゐることは承知してゐる。下眼遣ひの、しよげたやうな眼に演技がある。それを知つてゐて、ギドウは柔いだ。

「雨外套《レエンコオト》は?」

「忘れちやつた」

パウロはギドウの前に掛けると、もう一度後髪に手を遣《や》り、窓の方に眼を遣つた。温《あたたか》みの余りないパウロの心臓に、ギドウの胸の熱いものが、流れてゐる。

「だつて僕」

さう言ふと、思ひがけなく涙が滾れた。ギドウは微笑《わら》つてゐる。パウロはそれに気づいてゐた。涙で燦々《きらきら》したパウロの眼が微笑つた。どこかに灰色のある黒い眼が微笑ひ、白い歯が薔薇色の脣から覗くと、ギドウの胸に歓びが湧いてくる。車は音もなく走つてゐる。風が出たらしい。

「これ、あれでせう?」

「うん」

パウロは明治屋の紙包みを解き、アルモンドの実をチョコレエトで包《くる》んだ菓子の箱を出した。後に寄り掛つてチョコレエトを口に入れる。次の一つを持つて、眼で訊《き》く。ギドウは首を振つた。

「酒場《バア》は開いてるんだらう?　まだ」

「行《い》く?　咽喉乾いてるんでせう?」

「まだいいよ」

「ウヰスキイ?」

「諾《うん》」

窓から身をひいて紙巻に火を点け、その儘後《うしろ》に寄り掛り、倦さからギドウはすつかり脱出した顔で、パウロを見た。パウロは車の動揺を楽しむやうに、黒い中にまだちらちらと見える街の灯火《ひ》に眼を遣《や》つてゐたが、靴を脱いで黒の薄い靴下の足で座席に上り、膝を揃へて抱へこんだかと思ふと、その足を伸ばして窓の下へ突つかふやうにし、又折り曲げてシイトの背にしなだれるやうに、寄りかかる。(まるで猿を連れてゐるやうだ)ギドウは心の中で、微笑つた。ひと通り動き廻るとパウロは普通に腰をかけてギドウと向き合つた。ギドウの差出す紙巻を咥へると、一寸窓の方に流れたパウロの眼が含羞をおびてギドウの眼にかへる。パウロは紙巻をギドウの脣に咥へさせた。

「フィリップ・モオリス、東京駅にあつたの?」

ギドウは洋袴《ズボン》の隠しを探り、一箱の封のままのフィリップ・モオリスをパウロの膝に投げた。

「植田の家さ。……見たらう」

「うん、凄いヴォリウムね。だけど一寸気の毒みたい。……ギドウがとても凄かつた。奥さん背中丸くしてケースの中覗いてたね」

「中々役者だね、パウロは」

「分らなかつたでせう？　傍で見て遣つた。ギドが後のケース見に行つたでせう？　それで此方《こつち》みたのでよく見えた。あれ故意《わざ》とでせう？……とてもギドを愛してるのね」

　さう言つたパウロの眼が、幾らか意地悪な光を帯びる。ギドウは面白さうに微笑つてゐる。パウロは眼を白くしてギドウの口から紙巻を挘《むし》り取るやうにして奪ひ、窓の外に投げ捨てた。闇を走る車輛の響きの中で、パウロとギドウとの幸福感は静かに高まつて、ゐた。

　やがて車は奥白駅の構内に入つた。奥白駅は暗く、漆喰のやうな匂ひがし、十一時五十分の所に針が止《と》まつてゐる白い大時計の盤が、鮮かに見えた。パウロは見る間に闇の中に飛び出して行つたが、大型のタクシイに向つて駅を指し示すのが見え、素捷《すばし》こく乗り込んでゐる。雨外套《レエンコオト》を抱へ、灰色の幅広のネクタイを風に翻《ひるがへ》して立つてゐるギドウを見ると、運転手は旧知の人を見る眼をして、首を竦《すく》めるやうにして、運転台の中で挨拶をした。風の中を車が走つたのはかなり長かつた。闇の中に海の音がし始めて少間《しばらく》すると、車は砂丘を登り難さうに徐行し始めた。大きな鳥の翼を拡げたやうな建物が見える。パウロは落ちつかなくなつて、腰を浮かすやうにし、眼を光らせて建物を見詰めた。

「あそこ？」

「ああ。……ここでいい」

　ギドウは三四枚の銀貨を掴み出して、運転手に渡すと、飛び下りたパウロの後《あと》から砂の上に下りた。パウロはギドウが器用に廻す、滑らかな鍵の音にも胸をときめかせながら、隠しに両手を突込み、海の匂ひを一杯に吸ひこみ、低く口笛を吹いた。

　広いホオルを横切り、螺旋《らせん》になつた階段を上つて奥の部屋の扉を又鍵で開けて入ると、ギドウはルウム・クウラアのスヰッチを入れ、椅子や足台、卓子などのある間を打《ぶ》つかりもせずに横切つて、奥の一隅に壁に沿つて造りつけになつてゐる革のディヴァンに腰を下ろして足を投げ出し、腕を伸ばして傍《かたはら》の壁を探つた。その一隅だけが橙色《オレンヂ》に明るくなる。パウロは暗い壁の面を見上げ、撓《しな》やかな腰つきで卓子を廻り、熱帯魚の泳いでゐる巨大な水槽を覗いた。

「砂の上をごらん」

「ア。山椒魚……」

「其処の隅に冷蔵庫があるだらう。スコッチを出して来《こ》いよ。パウロはマルティニがいいだらう」

「汽車で飲まなかつたのね」

「洋杯はそこに食器棚がある」

パウロが洋杯と、氷の容れ物、白く曇つたスコッチの壜とを銀盆に載せて持つて来る。

「マルティニは？」

「僕もスコッチ」

ギドウとパウロとは各々酒を注ぎ、洋杯を取り替へたりしながら、飲み始めた。

「そこの扉の向うヴェランダでせう？　見たいな」

「落ちついてゐろよ」

ギドウは底深く光る眼をパウロの首筋《すぢ》に据ゑ、振り向いたパウロの肩を、摑むやうにして胸の上に引き寄せた。氷の塊が自然に溶けて動き、打《ぶ》つかり合ふ音が、沈黙の中に、鳴つた。

＊　＊

翌朝寝台を下りたパウロは、昨夜の広間を抜け、持ち出して来た鍵束を熱心に選び出して扉をあけ、ヴェランダに飛び出した。昨夜の風で出来た襞が、細かな波の模様をつけてゐる砂丘が見渡すかぎり、拡がつてゐて、その果てに、白い波頭のゆるやかなルフランが、動いてゐる。不定形の石と石との間の土に雑草の生えてゐる雨晒しのヴェランダは、簡素な鋼鉄製の仏蘭西風の椅子と卓子とを、置いてあるだけである。鎧戸を開けた直ぐ際の隅に、竜舌蘭が肉の厚い葉を尖らせてゐる。手摺りに上体を持たせかけて、パウロは幾らかの間、海を見てゐた。

昨夜寝室に移つてから、（山椒魚で何か思ひ出さないか？）とギドウが言つた時、パウロは不意を突かれて、黙つたのだ。揶揄《からか》ふやうな微笑ひを浮べてゐるが、ギドウの眼には、或光が、あつたのだ。たしかに山椒魚を見た時、パウロはあの黒い男を思ひ出したのだ。さうしてそれを黙つてゐた。ギドウの揶揄ひ半分な言ひ方にはどこかに執拗なものがあつて、それを魚のやうに身をかはすのに疲れたのだ。本当になんとも思つてゐないのなら、何でも平気で言へばいいんだ。ギドウはさう言つて、パウロを追ひ詰めた。ギドウの言葉が、その針のやうなものをどこかへ蔵《しま》ひかけた時パウロは、言つたのだ。（ギドは僕のことなら本当には怒らないんでせう？）この、実感の上に立つた、無心で作為のない殺し文句は、ギドウを完全に敗北させ、ギドウの心臓に新たな火を点けたのだが、ギドウによつて、この種の男に嗅覚を持つやうになつたパウロが、黒い男に興味を持たぬまでも、そこばくの尊敬の念を抱いてゐることが、ギドウにはこの頃解つてゐて、それがギドウを刺戟するのである。仲直りをしたあとの甘い回想と、疲れとに浸つてゐるパウロは、大きな掌の中に摑まれてゐるやうな、そんな幸福感に、包まれてゐた。

やがてギドウが出て来て、

「海へ行かう」

と言ひ、シャワアにかかるパウロを待つて、黒のパンツだけになつたギドウとパウロとは、階下の広間にある、砂丘に向つて開け放たれた扉から、砂の上に、走り出た。二人は一間程離れては腕を伸ばして、手を結ばうとするやうにして触れあひ、触れたか触れぬかのうちに又離れたりしながら、顔を空に仰向け、高々と笑ひ、海に向つて、走つた。首にかけたタオルは、パウロのは臙脂の部分《とこ》と黒の縞とが端にある白地のもの、ギドウのは強い黄色である。

ギドウの別荘で三日を過ごすと、ギドウはパウロの言ふなりに海岸のホテルに移つた。ギドウはホテルを危く思つたが、パウロの甘えに負けたのである。ホテルの階下全体に続いてゐる長いヴェランダの下は半町足らずで海に続いてゐて、ビイチ・パラソルの茸《きのこ》の群が強烈な陽の下に光を反射し、入江になつてゐる海は鈍く光り、プウルのやうに静かである。ギドウが仕事を始めたので、一人出て来たパウロは、ひと泳ぎすると、デッキ・チェアに似た布を張つた寝椅子の一つに、体を投げかけ、眉を眩しげに顰め、小生意気に、情事の名残りの堆積のみえる脣を結び、海を見てゐた。焦茶の絹のアロハ風の襯衣《シャツ》を釦を嵌めずに胸を出し、懶い足は八の字なりに投げ出されてゐる。例の白金《プラチナ》のペンダントの鎖が、浅黒い艶のある胸の上に鈍い光を放つてゐる。誰かが自分を見てゐるやうな気がして気になるので、二階の部屋の方を見返り、ついでに素早く見当の辺りを見たが、何者をも発見出来ずに終《しま》つた。ヴェランダにゐた筈のギドウの姿はなく、ヴェランダは空洞に、白く光つてゐた。それきりパウロは海の方に眼をやり、ぶら下がつた右の手で砂を掬《すく》つては滾してゐる。ギドウとの想ひに浸り、夜の記憶に青白み、眼を白くし、脣《くち》じりを頬に窪みこむほど引き締め、何処を見るともなく睨《にら》んでゐる。何時の間に来たのか、ギドウがチェアの足元に寝転び、黒い、厚い髪と、後首とを見せて向うむきに肱をついてゐる。パウロの女のやうな繊い手が、ギドウの首を取り巻くやうに触るのを軽く払つて、ギドウは仰向けに倒れた。倦怠と好色との張つた大きな眼が、胸の底まで徹るやうな力を、パウロに注ぎ入れてゐる。羞づかしげに眼を伏せ、パウロは砂を掬つてはギドウの胸にかける。

突然起き上つたギドウが勢よく立ち上つた。

「あんまり進まないんだ。何か飲まう、暑いよ」

「うん」

パウロは蝗のやうに飛び立ち、細い足に砂を蹴《け》つて、走り出した。顔を洗つて、何か上へ着る為である。ギドウがゆつくりと片手を腰に当てて、後《あと》から行く。人混みのごちやついた中に、ひどく黒い一つの顔が、首を廻してその二人を、見送つた。例の男である。黒人の血が混つてゐるのではないかと思はれるやうな皮膚の色である。十《とを》近く自分より若いらしいギドウの、濡れたやうな胸の窪みにある胸毛と、初めて見たパウロの、少しの贅肉もなく引き締つた、魚のやうに敏捷な体とに向つて、黒い男のシャドウで隈《くま》どつたやうな眼が、憎悪に似た光を出して一瞬纏ひついたが、ギドウの、優越を意識してゐる不敵な顔をも、苦い微笑ひの中に、呑みこんでゐたのである。

夜の食堂でパウロはやうやう、黒い男を発見した。


「知つてたの？　ギド。こつちを見てる」

黒い男から素早く眼を外《そ》らしたパウロが、言つた。

「見たがつてゐるのだから見せてやるさ。明日《あした》は丘の家へ帰らう」

「明日から講習ね。午後だけだけど……」

壜ごと持つて来させたキャヴィアをフォオクで口に運びながら、パウロは不平さうに言つたが、一方胸の中で、ギドウを誇る気持が膨んで、ゐた。（ギドウの方がエロティックだし、ボオ《美貌》だ。あの黒い奴にはギドウのやうな程のいいところはないに違ひない。）

「ボオ（美貌）ぢやないのね」

さう言つてギドウを見たが、フォオクを置いてギドウは白葡萄酒の洋杯を右の手で触りながら、黒い男の方へ眼を遣つてゐる。自信の据わつた流し眼が、無限の色気を含んでゐて、肉慾的なものの塗られた脣の辺りが、相手に向つて無言の決闘のやうに、構へられてゐる。美しい眼の片方の眉を心持釣り上げ、問題にしてゐないのだといふことを誇張した、パウロの切り削《そ》いだやうな嫩《わか》い顔が、そこへ重なつた。権高な、美しい芸者のよくやる顔つきである。黒い男に充分に示威をやつたと見極めると、二人は顔を見合ひ、親しげに食事を始めた。ギドウがキャヴィアをパウロの麵麭に塗つてやる。パウロは氷の上に載つたメロンをギドウにやる。パウロは凍らせたグレエプに替へたのだ。果実を半ば平らげた時、階段を下りて来る、水色のブラウスを濃藍色のキュロットの上に出して着た娘がある。爽やかな顔の、賢さうな娘である。パウロの眼につれてギドウも、振り返つた。

「奇遇だね」

「……悪いけど」

「いいさ」

パウロとロオゼンシュタインの隣の「モナ」で知り合つた梨枝《なしえ》である。梨枝は階段の中途でパウロに気づき、小さな顔の中に白い歯が、光つた。階段の上の方へ手を振つて何か言ひ、ギドウを見て幾らか躊つたが、駆けるやうにしてパウロ達の卓子に、近づいた。二三人の少女が下りて来て、ギドウ達の方をちらと見ながら、階段の向う側の席へ行くのが、見えた。パウロが二人の間の椅子を引き、ギドウを見て、（ギッシュ先生）。（梨枝《なしえ》さんです）と、引き合はせた。梨枝はギドウを見て顔を紅くしたが、パウロの手を卓子の下で探し、手の甲を抓《つね》つた。

「親類の家へ来たの、お友達と。葉書上げたのよ。……」

「ふうん、僕は急に翻訳のお手伝ひの仕事が定まつたんだ。ごめんね。葉書出したんだぜ」

ギドウがボオイを呼び、梨枝に好きなものを訊いて、言ひ附けた。

梨枝とパウロとはもう二三度ホテルで会つてゐるが、それはパウロが結婚の条件に外れてゐる為にさうなつたので、梨枝は所謂素堅気の娘である。パウロはもともとませてゐて、それを巧妙に隠して小出しにしてゐるので、梨枝の愛情は深まり、心の中では一生離れたくないと、思つてゐる。パウロも根はまだ子供なので、幾らか気が咎《とが》めながらも、梨枝の優しい、小さな母親のやうな愛情は、胸のどこかに滲《し》みこんではゐるのである。料理が来ると梨枝は、パウロの好きなものがあると小さく切つてフォオクに刺して、口に入れてやつたりしながら、食事を始めた。ギドウは持つて来させたウヰスキイをちびりちびりやりながら、パウロの様子に眼を当ててゐる。時折いつもの、あやすやうな微笑ひが浮ぶ。梨枝がふと、ギドウを見た。

「夏期大学でせう？　今」

「ああ、明日《あした》からね」

ギドウが、答へた。

「ご親類つて、近いの？」

「ええ、延覚寺のそば」

　梨枝の眼がパウロに還つた時、パウロはナフキンで唇を拭《ふ》いてゐたが、その眼は不良つぽい、気の無いものを浮べて、傍見《わき》をしてゐた。

　扇風機の音が懶げに鳴り、パウロの洋杯の氷が溶けて、滑らかな面を浮かせてゐる。ふと梨枝は眼に見えぬものに、襲はれた。何処から来たのだらう。妙な、索寞としたものが、楽しいパウロとの食事の間にさへ、入り込んで来てゐる。冷たい風のやうなものが、何処からか遣《や》つて来て、自分をこの食卓ごと包んでゐるやうだ。ギドウがその時立上つてパウロに、言つた。

「ぢや部屋は取るからね。門限は九時だよ」

　さう言ふとギドウは食堂を出て行つた。パウロが梨枝《なしえ》を見た。

「僕の部屋別に取つてくれるんだつて。来《く》る？　いいでせう？」

　いつものパウロの優しい眼だ。自分は夢を見たのだらうか。梨枝は何か解らぬものに包まれた中で、パウロの澄んだ、魅するやうな眼に見入つてゐて、さうして、頷いた。嫩い、産毛のある顎である。朧《ぼんや》りナイフを持つてゐる、梨枝の小さな手に、パウロの手が、重なつた。梨枝にはこの空漠が、パウロの正面に今まで坐つてゐたギツシュの存在に、関聯があるやうな気がどこかで、してゐる。一眼で崇拝したいものを受けとつた立派な男の、自分を見た眼の中にあつた、謎のやうなものが、どこかで気に掛つてゐる。殆どそつちは見ずにゐたのだが、いつか眼に入つてゐたギッシュの、シイザアの首のやうな強い顔と、逞しい体から生えたやうな太い頸、さうして黒い髪。それらのものが、パウロとの楽しさの中に、何ものかを注《そそ》ぎ入れてゐて、それが扇風機の鈍いうなりと一緒に梨枝をどこかで、怯《おび》やかしてゐたのだ。パウロはこれまで梨枝とゐた時には思ひもしなかつた、自分の残酷な位置が、明るい食卓の上で否応なしに照らし出されたのを覚える、と同時に、梨枝をこの儘で帰しては気の毒だといふのか、何かを気づかれては困るといふのか、たしかに利己的な、わけの解らない想ひがしてゐて、それがギドウと一致したのを、感じてゐる。無垢な心を傷つけることを疚しくも、思つてゐる。睫《まつげ》の長い、夢みるやうな眼の中に、混乱するものを圧し隠して、パウロは梨枝の手を軽く抑へるやうに、握つた。

　部屋に入ると、後を向いたパウロの手の中で、鍵の廻る音が小さく、鳴つた。

「敬里《けいり》、いや」

「どうして？　何か怒つてるの？」

「ううん」

「ぢや、どうして？」

パウロは梨枝の手を引いて長椅子に倒れ、梨枝はパウロの上に倒れたが、柔かな抵抗をしながら起き直つて、椅子の端に、パウロに寄り添ふやうにして、腰を下ろした。パウロが手をとつた。

パウロは梨枝《なしえ》の眼を凝《じつ》と見てゐる。

「ね、敬里《けいり》。ギッシュさんて、何か知つていらつしやるのね」

「知つてるつて、何？」

「敬里のことで。ほかの女《をんな》のひととの、……すぐお部屋を取つて下さるなんて」

「ギッシュさんは何も関係ないよ。僕たちのことに。……そりやあ僕のことは大抵知つてるさ。僕はお手伝ひやつてるけど、大学一年しか行かないから、いろいろ教はつてるんだ。部屋を取つたのは、ギッシュさんの仕事で僕たちが会へないからだよ。面倒くさいこと言ふの止《よ》せよ。どうかしてるね、リエは」

「でも」

梨枝はパウロの手を離したがつてゐたのを止《や》め、深い眼をしてパウロを、見た。

「僕が何か悪いの？」

罪の意識が底にあつて、一層魅するやうな耀きを増してゐるパウロの眼の中に、ふと麻痺したやうな心を埋めた梨枝は、いつも繋ぎ合つて歩いてゐるパウロの、優《やさ》しい手に、強い力が入つて来て、引きよせられる儘に、パウロの胸に頽《くづほ》れた。いつもの灰色をおびて黒い、宝石のやうなパウロの眼が、底に青みを湛へて梨枝の胸を、分別のない、哀しみもなく、楽しささへもない、空《くう》なものに、したのである。壁画の天使のやうな顔をしたパウロの手で、白いロンの下着の釦が外される。二十歳の春を湛へた体が、パウロの戯れの下で、嵐の中の薔薇のやうに吐息を吐き、羞恥をおびて悶える一刻が過ぎると、梨枝は顔を長椅子に伏せた。濡れた髪の纏《まつは》つてゐる細い首を、雫をのせた丸い肩の間に埋めてゐる梨枝の上にパウロの、慾情の一刻が嘘のやうに見える少年めいた顔が、伏眼になつた眼を注いでゐる。唇の端《はし》の微かな反りが、幾らかの慾情の跡を、見せてゐるだけで、ある。不意に半身を起した梨枝の眼が、鋭いものを見せて、パウロの眼を探したが、幾らかの演技を隠したパウロの無邪気な眼と、優しい抱擁に再び頽《くづほ》れ、二人のポオルとヴィルジニイとは、譫言《うはごと》のやうな永遠の誓ひを繰り返して、一つの恋の塑像のやうに、少間《しばらく》の間離れずに、ゐた。

＊　＊

部屋で独り下調べをしてゐたギドウは、丁度この時立上つて呼鈴を押し、ウヰスキイと氷とを持つて来させた。ホテル・バカラと白く、何かの塗料で字を入れた洋杯に氷を入れ、酒を注ぎ、唇に持つて行つたギドウの眼が、ふと暗く、光つたが、その暗い光は、パウロと梨枝《なしえ》との恋の一刻が原因ではない。それは直ぐに察せられる。地下室の酒場に行かずに酒を運ばせたのも、黒い男との出会ひを避けたのだ。濃い黄色をおびた薄茶に、焦茶の斑点のある豹《へう》と、黒く光つた豹《へう》とはホテル・バカラの一室と、薄暗い酒場の片隅とで、重い、暗黙の内の闘ひを交へてゐたので、あつた。嫩い少女の、水蜜桃のやうな肩と、細い首との谷間に半ば顔を埋めてゐるパウロの眼が、天使《エンゼル》のやうな罪のない憧れを、一階上にゐる自分に向けて点《とも》してゐるのを、ギドウは見ないでも知つてゐる。ギドウの心は、パウロの汗に濡れた撓ふ体と、黒い男の眼の奥に燻《くすぶ》つてゐるあるもの、との二つに岐れて、牽きいれられて、ゐたのだ。

その夜寝台《ベッド》の上で、優しい腕でギドウの首を巻き、ギドウの顔を優しい手で囲ふやうにして、その片頬に自分の頬を擦《す》りつけたパウロの愛らしさは、可憐で、やさしく、パウロの撓ひのある背中に廻したギドウの手に、永遠の愛の誓ひの力が籠められたことは、言ふまでも、なかつた。深い夏《グランエテ》の、濃く厚い、無花果の葉の蔭に、優しい小蛇はその黄金色《きんいろ》の薄い光を、ひそめたのだ。

＊　＊

パウロはギドウの丘の家で、ギドウの講習に出て行く留守の間一人でゐたが、退屈の為に幾らか不機嫌になり、梨枝を呼びたい誘惑に駆られた瞬間もあつた程だが、黒い男のために、海へ行くことも、出来ない。パウロは舌打ちをし、ギドウの大切にしてゐる独逸製の切り抜き鋏を、ヴェランダの横手の石垣の窪みに隠したり、ギドウの書き始めてゐて、ひどく気の乗つてゐるエッセイの原稿の一部を、寝台の蒲団の間に隠したり、した。ギドウは結婚した助教授のやうに、丘の家と、奥白駅に近い高校との間を三日間往復したが、九州の旅の終る筈の時期が来て、ギドウとパウロとは再び夜行で東京に、帰つた。パウロは美しい顔を買はれて、今ではロオゼンシュタインの喫茶部のボオイをしてゐたし、ギドウの所の手伝ひといふこともあるので、幾らか休暇を貰ふ位の自由は利いてゐたのである。

ギドウの愛情の中で、深い、安らかな呼吸をしてゐるパウロの日々は、ほんの僅かの不満を除けては、幸福の鐘の音の中に、あつた。パウロの北沢町の部屋の、曇つた鏡の中に、再びパウロの瞳が写り、朝も昼も、夕刻も、旅の前より、冷たい炎を出すやうになつた二つの眼は、菫色をおびて、鏡の中に、光つた。旅の間に勢をなくしてゐた、ギドウが買つた熱帯植物の群に、薄い襯衣《シャツ》と下ばきだけになつて、朝晩水を遣つて歩くパウロの姿は、哀れな程愛らしいのだ。ギドウとの逢ひびきは午後の光や、夜の灯火の下で、二日置き、三日を置いて、続いた。パウロの、ギドウの心に絡みついて行くやうな気持の深まりは、樹の幹に絡む蔓草のやうな夜の愛情の形態を伴つて、秋の冷えのある日々の中で、いよいよギドウの心を深みへ引きいれて、行つた。

＊　＊

植田夫人の、既に女の黄昏刻に来てゐる、四十八歳の体の中に巣喰ひ、日々にその重苦しさを増して行く、絶え間なく後から追ひ立てられるやうな苛立たしい想ひは、いつの間にか冷めて来た萌しの見えるギドウへの恨みなのか、或は女としての水気のある姿態の喪失への憎しみなのか、その境界線を、危《あぶな》くして行くのである。その喪失感は一つの正確な格調をもつて、着実に、日々に、刻々に、夫人を襲つてゐた。夫人が愛したコルトオのピアノの弾奏のやうに、それは正確で、美しくさへある。林檎の枝を彫刻した、錆びた黄金色《きんいろ》の大きな鏡の前で、夫人の残映のやうな若さの名残りは時を刻み、秒を刻み、夜といふ黒い湖を越えては、耀く明るさを現す一つ一つの日々を刻んで、夫人の体の隅々から脱落して行くのである。細い、鞭のやうな体を誇つてゐた夫人の体は、あらゆる隅々に贅肉が附いて、醜い腐肉の感じを呈して来た。今では夫人は、入浴の後で鏡の前に立つことがないやうに、なつてゐた。

ギドウは夫人の最後の男である。若さを保たうとして夫人が昼も夜も繰り返す美容の手段にも係らず、醜い肥満が始まつた夫人の体は、若いギドウの軽い嫌悪を呼び醒してゐる。それが夫人に鋭い苦痛を与へ、技巧を多く必要とするやうになつた夜の、又は午後の狂乱の中で、夫人の神経は尖り、磨ぎ澄まされて、ゐた。ギドウの眼が自分の胸を見て燃えたのは、まだたつた一年前のことである。すべての過去の情事が、絵に描いたもののやうなものに過ぎなかつたことを夫人に教へた、ギドウの烈しい愛撫が、生々しい近い記憶の中にある。現在のギドウの眼の中には、夫人が見出すまいとしながら、見出さぬわけには行かない、濃い倦怠がある。近い過去の中で、激しい慾情と歓喜とを誘発したギドウの後首《うしろくび》が、又は艶のある厚い胸が、夫人の憎しみをひき出し、それが棘のある言葉の一つ一つになつて、夫人の脣から発せられる。だがギドウの勁い横顔と、太い首は、それらの言葉を全く、受けつけない。受けつけないどころか跳ねかへすやうに、みえるのだ。冷却を巧みに隠してゐるギドウの眼差しが、この頃では何者かの存在を、その奥に潜めてゐる。それを夫人は読みとつてゐる。ギドウは新しい相手を全く否定してゐる。そこには強い自信がある。夫人がギドウの新しい相手について絡んで行く臆測を出ない言葉の矢は、すべて外れ矢に、終つた。内攻した夫人の嫉妬は、夫人の中に架空の相手の顔を浮び上らせてゐて、ふとした時夫人の頭に、フウド・センタアで見た美しい青年の顔が浮ぶことがある。夢のやうに、ちらと見たパウロの顔が、どうして夫人の頭に浮んで来るのだらう。夫人の顔は若い頃繊くて、どこかパウロに似てゐた。細く締つた顔が、弛んで柔かくなり、現在は生来夫人の最も憎んでゐる膨んだ中年女の顔になつてゐる。そのことが、夫人の昔の顔への郷愁が、ふと見たパウロの顔に、仮想の女の顔を、結びつけるのだ。

だが既に夫人にとつてギドウの新しい相手のことはどうでもいい、鈍い倦怠のやうなものに過ぎない。自分の若さの喪失と、ギドウとの恋の中に吹き入れられた、棘のある柔かな布で撫でられるやうなものとが、夫人の頭を占領してゐて、ギドウを憎む心だけが、夫人の全霊を支配してゐるといつても、いい。すでに習慣に過ぎない狂乱の中で、ギドウの指を噛む夫人の老い猫のやうな歯は、もう愛情の歯ではない。鋭い憎しみの牙で、あつた。ギドウの肉体を離すまいといふ執念の出た夫人の眼は、太つた為に一重に延びた瞼の下で、陰惨なものを出してゐて、その眼の中の執念は、最初から幾らかは感ぜぬではなかつた、病犬の前に生肉《なまにく》を振り廻すやうな残酷さをギドウ自身に覚えさせ、恋の残虐に馴れたギドウを、怯《おび》やかした。

性根のないやうな、綺麗な年下の男達が、或時期々々にギドウの傍《そば》にゐたが、パウロは最も嫩《わか》く、繊く、敏捷である。英国人と仏蘭西女との混血児のやうな美貌は、片時も傍を離したくない執着を、ギドウに持たせると同時に、無心な悪徳、狡猾さ、のやうなものが、薔薇の棘のやうに柔かな、撓《しな》ふ痛みで、ギドウを刺すのである。薔薇の茎に出た最初の、薄紅い棘のやうなものを持つてゐやあがる。ギドウは、想つた。悪い奴だ。知らないで持つてゐる毒がある。毒のある小さなけしの花だ。それで俺はこんなになつたのだ。マリフェナだな。系図を調べたことはないが、どこかに欧羅巴人の血があるのぢやあないか。あの甲虫のやうな黒い眼の中にある灰色が、日本人のものではない。ギドウは独り部屋にゐて、夫人との間を断ち切るきつかけにしようとしてゐる巴里行きが、大学の都合で一寸延ばしになつてゐる状態に苛々してゐるやうな時、稚く美しいパウロを、想ひ浮べてゐた。ギドウは夫人の執念に危険を感じて、ゐた。パウロに溺れてゐるギドウの精神が、植田夫人にどこかで伝はり、夫人を諦めの悪い、執拗な炎で灼き、異常な憎悪でのたうたせてゐることは疑ひが、なかつた。

＊　＊

同じ刻《とき》、パウロはロオゼンシュタインの工場の附近を、歩いてゐた。ギドウとの贅沢な夏の生活、ギドウに愛せられてゐるために受ける、あらゆる華麗な場所、もの、たべもの、との関聯が、もともと怠惰なパウロを蝕み、ギドウも甘やかす一方に傾いて来てゐるので、パウロは今日も店をさぼり、「茉莉」へ行つたり、パチンコをしたりしてぶらぶらしてゐたが、怠け疲れの体をもて余して、今銭湯に飛びこんで来たのである。白絹のアロハを、濃灰色のジインパンツの上から被り、湯上りタオルと対の薄青の濡れタオルで首筋《すぢ》を拭きながら、ブリヤンチンを振つただけの髪をパラパラさせ、素足にサンダルを突つかけてゐる。今日はギドウから電話が掛かる筈だ。さう考へただけで、少女のやうに浮き浮きして来るのである。パウロは濡れた髪と光を競つてゐる黒灰色の眼をパチパチさせ、ロオゼンシュタインの前を過ぎながら、塀の中の見馴れた樫の梢を、見上げた。ギドウに貰つた、栓を開けたばかりのロオ・ド・コロオニュが、鏡の前に檸檬《レモン》色の液体を耀かせてゐるのを想ひ浮べ、アパルトマンの部屋に向つて足早になつた時、何かの気配を感じて、パウロは後《うしろ》に、振り返つた。

地面から忽然として湧き出たやうに、梨枝《なしえ》が立つてゐた。不意を突かれてパウロは、梨枝には決して見せてはならない狼狽を現し、失敗《しま》つたと思つた途端《とたん》に胆が据わつたのか、ひどく澄ました顔になつて、梨枝《なしえ》の顔を正面から見た。梨枝は固い顔をしてゐて、妙に老けてみえる。

「びつくりするぢやないか。……どうしたの？」

初めて見るパウロの湯上りの美貌が、風のやうに青葉の樹の中で匂ひ、ふと酔つたやうになつた梨枝は、再び白い顔に、返つた。何ごとかを言はうと、決心して来たやうにみえる、怯えたやうな顔である。

「僕の家《うち》この近くなんだ。来ない？　ちらかつてるけど」

梨枝は何かに牽かれるやうに頷き、パウロに近づいた。

「どうかしたの？　先週はごめんね。仏蘭西語のアルバイトが急に日が変つたんだ。明後日《あさつて》も行くよ……」

「いいのよ」

弱い声で梨枝は言つて、並んで歩き出した。ギドウのことを出すのが結果が悪いのは承知の上である。パウロは梨枝と、少しづつ離れようと、思つてゐる。ギドウに完全に惹かれてゐるパウロは、梨枝と居ることがひどく退屈で、あつた。だが部屋につれて行くことはあんまりだらう、と、パウロは、思つた。部屋にはギドウに貰つたもの、ギドウのもの、ギドウと共通のものが多くあつて、ギドウの生活援助がどういふ種類のものかといふことを、如実に示してゐるからだ。梨枝がその点についてては鈍い筈だとしても。不意に驚かせた梨枝に腹を立ててゐたパウロも、それは少し酷いと、思つた。

「何処かへ行かうよ」

パウロは優しい声に、なつてゐた。

「何処？」

二人はバス通りに出る、寺と邸町に挟まれた小道を、歩いた。木洩れ陽が今日の終りの紅さを石磴道《いしころ》の上にあて、細かな斑点を描いてゐる。

「ギッシュさんの家へ寄らない。車出して来て乗らう」

梨枝はギドウをパウロの相手とは思つてゐない。だがギドウとパウロとの親しみの周辺に、ギドウといふものの後《うしろ》に、パウロの何かが隠されてゐると、思つてゐた。その何かを、梨枝はきのふ、突きとめたやうに、思ふのだ。

「ギッシュさんのところ？」

「車出すだけよ。ぢやカメオで待つてゐてよ。車持つて行くから」

「ぢや行くわ」

　肩に廻つたパウロの腕は一度手先を垂れたが、柔かく梨枝《なしえ》の顎にかかつた。眼を伏せたパウロの顔が、透《すきとほ》る青葉の梢を被《かぶ》つて下りて来る。敏い、小蛇のやうな梨枝の眼が、鋭くパウロの眼を窺つたが、眠つてゐるかと思はれるやうな、長い睫を伏せた眼の奥には、陶酔を誘ふものがあるばかりである。車の来る気配に脣が離れると、パウロが言つた。

「全く東京の町の接吻つて、ギッシュさんの言ふ通りだ。巡査の歩き廻つてゐる所で掏摸《すり》をやるみたいだ」

　不快が再び梨枝の胸に、拡がつた。ギッシュといふ人間の話をパウロがするのが、梨枝に不快を持つて来る。奥白で出会つて以来数回の逢ひびきは、パウロの殆ど奉仕のやうな態度で隙間なく満ち足りてゐて、それが梨枝を却つて不安に、してゐた。その理由が、解つたのだ。前は通つたことのあるパウロのアパルトマンを通り過ぎて、二町程行つた所にギャレエジ附きの贅沢な木造の家が、あつた。裏は庭かテラスかが、あるらしい。パウロはギャレエジの鍵を外して車を出し、運転台に飛び乗ると、梨枝を横に乗せ、車は音もなく邸町の石磈道を抜け、バス通りに出ると、他の車の群を睥睨《へいげい》するやうにして、黒く甲虫のやうに光る胴体で、行く街々を圧《あつ》して、行つた。（この車ギドみたいだ）パウロは想つた。パウロは、梨枝の様子を見て、何かの不安を感じとつてゐたので、対《むか》ひ合つて話すことをおそれ、それで車へ乗つたのだが、梨枝がカメオに寄ると言ひ出したので仕方なく、ゴオモンバラスの通りの横町へ曲る角で車を止《と》め、伊太利のカメオを模した大きな看板の下の潜《くぐ》り門を、扉を押して入つた。ギドウがこの時間にゐる筈はない。だがギドウが万一ゐた場合、梨枝の状態が、なにかの不安を潜めてゐることを、ギドウに合図しなくては、ならないのだ。

　パウロは片隅の卓子を選び、並んで掛けようとして端へ寄つたが、梨枝は向ひ側に坐り、パウロの顔に、眼をあてた。パウロの顔には隠された緊張が、ある。悪いことをしてゐて、母親の前に出た少年のやうな暗いものが、ある。梨枝の眼の中に、母親の乳の味と、女の憎しみとが閲《せめ》ぎ合つてゐて、パウロをたぢろがせるのだ。突然梨枝が、言つた。

「あたしね、変な奥さんに会つたの」

（植田夫人がいつ、ギドと一緒の俺を見たんだ。俺と梨枝がゐるところを、何処で？）パウロは忙しく瞬きをし、暗い眼を、梨枝《なしえ》に向けた。

「敬里《けいり》。はんたうに、言つて頂戴。……あの凄い奥さんを知つてゐるのね」

（奥さんが僕たちや、梨枝とゐる僕を見たとすると、……あのぎらぎらする眼で、もう解つてしまつたんだ、……）ギドウの身辺を不安に思ふ黒い雲が、パウロの胸に、拡がつた。

「奥さんて？　何？」

「よして。知つてゐる癖に」

「だつて解らないよ、そんなこと言つたつて……」

「奥さんは敬里を知つてゐるわ。ギッシュさんの所へ来る人ね、つて」

パウロの頭が忙しく、廻転した。

「うん、もしかしたら、ギッシュさんのママの所へ来る人かも知れない。……僕を追つかけたことはあるんだ。ギッシュさんの所へ来て僕に会はうとしたんだ。だけど僕はあんな年寄りを好きにならないよ。……さうだらう？」

「嘘だわ」

「どうしてさ。僕嘘なんか言はないよ。ギッシュさんに来させないやうに頼んだんだ。だから変なこと言ふんだ」

「嘘。奥さんの顔を見れば、敬里と奥さんがどんなによく知つてるかつてことが解るわ。敬里はあたしがそんなに馬鹿だと思つてるの？……」

（植田夫人の奴《やつ》）パウロの眼が白くなり、顔が青み走つた。一秒でも早くギドウに会はなくてはならない。その時酒場の円く囲んだ卓子の端《はし》にある受話器が、けたたましく鳴つた。パウロの胸は音のする程動悸が打つてゐる。ボオイが眼で報らせた。梨枝の哀しみの眼が、背中に貼りつけられてゐるのを感じながら、パウロは走つた。

「ギッシュさん？……ご用？　ええ、車持つて来ちやつて、ええ、ぢや」

「何処へ行くの？」

「ギッシュさんが出版社の人に会ふんだつて、車が要るんだ。すぐ帰つて来る。待つてて。本当に直ぐ帰るよ」

落ちつかない様子でパウロは梨枝を、見た。梨枝は黙つて立上つた。

「駄目よ、帰つちや」

梨枝《なしえ》は出口へ走る。パウロはボオイに「後《あと》で」といふなり、後を追つた。

車に乗りこんで、ハンドルに両手をかけたパウロは、その儘じつと首をハンドルの上に、伏せた。怒りと、哀しみに閉ざされた梨枝が、見守つてゐる。パウロの足がアクセルにかかり、その儘拝むやうに、ハンドルに揃へてかけた腕の上に顔を伏せた儘、ハンドルを大きく、ゆつくり廻した。梨枝の低い、小さな叫び声を後に、甲虫《かぶとむし》のやうに光る車体は青葉の街を見る間に、遠ざかつた。

＊　＊

幾らか錯乱状態に陥つた植田夫人は、車のブラインドを下ろして、ギドウの通る駒場の附近から、北沢町のギドウの家の辺り、銀座なぞを廻ることを、始めてゐた。ギドウとパウロとの二尾の魚は、夫人の網を避けてゐるやうに、一度として姿を見せなかつたが、梨枝がパウロに会つた日から十日前、夫人の車が駒場の附近から銀座へ出ようとして、渋谷の葵坂を通つた時、夫人の鋭い眼は、ゴオモンバラスに曲る広い通りを向うから来る二人を捉へた。その時夫人はギドウと歩いてくるのが、フウド・センタアの青年だと瞬間悟《さと》り、何かの罠にかかつたのを、知つた。その時は瞬間であつたし、青年の様子に特別変つたものを見なかつたが、それから三日後、夫人が贈物をととのへる為の、止むを得ない用事で銀座の和光に行き、買物を済ませてそこを出た時、一間程離れた鋪道の際に立つてゐる、パウロと梨枝との後姿を、見たのである。

植田夫人の眼は、初めて明瞭《はつきり》とパウロを、見た。夫人の眼はパウロの、女の分子を充分に持つてゐる、ある情緒と、躍る魚のやうな敏捷な動きをしさうにみえる肢体とを見逃さなかつたが、それと同時に、梨枝と一緒にゐるパウロの、どこかに気の乗らない、額縁の中の恋人とでもいふやうな様子と、硝子のやうな執着の欠如とを、明確に見とつてゐた。女とゐるこの青年に、エロティックなものが殆ど、感ぜられない。梨枝の肩に腕を廻し、車を止めようとしてふと夫人の立つてゐる方に無意識に眼を流したパウロの眼の、紫色に光るかと思はれる、宝石のやうな美しさを眼に入れると、夫人は眩暈がし、全身の血が頭に登り、耳から後に火が点いたやうになり、又忽ち冷めて、水を浴びたやうに寒くなるのを、おぼえた。パウロと梨枝とが車を止めて乗りこむのが、どこかで夫人の視野に、入つてゐた。額際の皺と、艶のない染毛の、繊い音を立てる楽器の糸のやうに美しく撫で上げた鬢の辺りとに老いを見せ、夫人は病人のやうな足を一歩、一歩、駐車場に置いてある車の方へ行く為に、鋪道の際に、運んだ。

「心配したつてどうなるんだ。大丈夫だよ。俺が巧く遣《や》るから、パウロは気にしないでいいんだ。分つたか?」

「うん」

＊

＊

ギドウの泊りつけのホテルの寝台の上に、パウロは情事の後《あと》の体を、横《よこ》たへてゐる。パウロの若い葡萄のやうな眼は、ギドウの狂乱と、厚い胸の奥に蔵《しま》はれてゐるやうに思はれる自分への愛情の、湯のやうな温かみとに、満ち足りて見開かれてはゐるが、底にある不安が、どこか苦しげなものを宿してゐて、眼の下にも、若い頬にも、光線の具合で幾らか腫れたやうにみえる、稚い口もとの辺りにも、悩みの跡が、あつた。少間《しばらく》の間、不安をひそめた甘えのある眼で、ギドウを見詰めてゐたその眼を伏せ、長い睫の蔭で何か考へてゐたパウロは、ふとその眼を大きく開けて、ギドウを見た。酒に酔つたやうな薄紅い色が、眼の辺りに発してゐる。

「僕年とるの厭だ。僕が殺されちやふのがいいや、……」

「馬鹿言へ」

ギドウは半身を起してスタンドの蓋をかしげた。

「眩しい、……消してよ」

パウロは裸の腕で眼を蔽ひ、寝返りを打つた。ギドウの手が細い首に纏はるやうにかかる。

「ギドが僕を殺してしまふといいんだ。……ギドが危い」

「又ヒステリだな。何だつて殺すの、殺されるのつて言ふんだ。誰が誰を殺すものか。俺達の社会はそこだけが取得だ……。もう止せ。明後日《あさつて》は来るね」

「ええ、きつと」

パウロは身を捻《ひね》つて向きを変へながら、ギドウの手を両手にとり、その手の上に脣を、触れた。

＊

＊

ギドウの「葡萄祭り」といふエッセイ集の出版記念会が、椿山荘で開かれた夜。彎曲した橋も、築山の塊も、既に夕闇に閉ざされてゐるが、宴会場の中は蛍光灯の光に澄み透つて、明るかつた。定刻より既に十分が過ぎ、控へ室は煙草の煙と、談笑の潮騒で満ちてゐた。片隅の長椅子にぽつんと腰を下ろしたパウロの美貌は、人々の眼を充分に、そばだてさせてゐた。

パウロはひそかに腕時計を覗いては、天井を見てゐる。

その朝パウロはギドウの家に、行つてゐた。一緒に会に出る約束が出来てゐたのである。雨の上つた裏のテラスに、九月の陽光が黄金色《きんいろ》に降り注ぎ、石畳の窪みの湿つた色や、生垣の際の灌木の群がりの蔭の、濡れた色を早くも拭ひ去らうとしてゐた。幾らかの風が渡り、爽やかな色がギドウの居間にも、テラスにも、漲つてゐた。半ば濡れたしやくなげや、沈丁花、クロオヴァーなぞの葉の群が、微かに動く時がある。鋼鉄の白く塗つた骨組みばかりの椅子が三脚、それと同じの細い脚をつけた硝子の厚い卓子が、痛い程光つてゐる。珈琲を飲んだあとのモオニング・カップが二つと、生クリイムの壺が、出てゐる。ギドウのは愛用の巴里製の藍《ブルウ》の茶碗である。裏木戸からテラスに飛びこんだパウロは、白いハンティングを両手で前に持ち、直立してギドウに微笑ひかけた。美しい眼に甘えが滲んでゐて、薄い肉色の唇が、頬に幾らかの笑み皺を刻んで反り返つてゐる。うねりのある上唇と、薄い下唇との間に白い歯を覗かせたパウロの唇の辺りには、蝶の接吻の下で何度か蜜をふり溢した花のやうに、甘い色を湛へてゐる。一瞬パウロの唇に目を奪《と》られたギドウの眼が、仏蘭西人特有の甘い微笑ひに崩れたが、ふと意味ありげに睨むやうにパウロを見た。

「もう直つたか？　ヒステリは」

パウロの眼が羞づかしげに、ギドウを見た。昨夜のギドウの電話で、ギドウが植田夫人と、平常通りの時間を過したことを、パウロは知つてゐるのである。だがギドウの楽しげな微笑ひの中には、何か隠れてゐるものが、あつた。

ギドウの髭を剃るのを見てゐたパウロは、ロオ・ド・コロオニュをタオルにふりかけて、手を拭いたりしながら、言つた。

「少し暑い位よ。今日は」

「うん」

ギドウは、アルサス人のやうな逞しい横顔を三面鏡にくつつけ、眼を大きく開いて鼻の脇を強く擦《こす》つてゐる。

「紅？」

「うん」

「どう？　もう大丈夫……」

部屋着を脱いで、黒の長めの上着と灰色のヴェストに、濃灰色に黒の細《こま》かい縞の洋袴《ズボン》、銀灰色に、ぎざぎざの多い木目《もくめ》の入つたタフタのネクタイに着替へたギドウは、大きな鳩時計を見遣《みや》り、眉根にたて皺をよせてパウロが渡す腕時計を、見ながら嵌めた。ギドウの幾らか野暮な、きまつた服装《なり》をした様子には、学識を持つ男の重みのやうなものが出てゐて、パウロを夢中にさせ、憧れの色がパウロの瞳を、満たした。

「まだ大丈夫でせう？」

「うん」

「ア……」

ばさばさといふ羽音がして、尾の白い何かの鳥が、明るい後庭の緑が、長い矩形《くけい》の窓のやうに光つてゐる、出入口の上の方を掠めて、突つ切つたのだ。これもまるで鳥のやうなパウロの体が足を蹴《け》上げて飛び出したが、上部に多すぎない肉附きのある脚の動きは、水面を飛ぶ若い蛙のやうに跳ね踊るやうで、ギドウの眼を楽しませるのだ。

後隠《うしろかく》しに両手を突つこんだギドウが出口に現れると、パウロはがつかりしたやうに後向きに立つて、空を見てゐた。

「さあ、そろそろ行くか」

ギドウはパウロの（幸福が逃げ去つた）なぞと言ひ出すのを未然に防がうとして、言つた。その時夫人からの電話が鳴り、ギドウは「巧く遣るよ」といふ眼をパウロにして見せて、車に乗つた。それでパウロはギドウの遅いのをひどく不安に思つて、気にかけてゐるのである。

「何者だい、あれは」

窓際の一団の間でこんな評定が起きてゐた。先刻からパウロの横顔に紅らんだ太つた顔を向けてゐた八津といふ文学者の一人が、顔をもとに戻して、言つた。

「お稚児さんだよ。ギッシュ氏の」

「へえ、さういふことは聞いてましたがね、へえさうですか」

出版社の男の巻田が言つて、八津を見た。

「さういふ八津先生はどうなんです、その方は」

「いくらか素質があるかな」

「危い、危い、菊井君なんか余り傍へ寄るなよ」

「だが逸物《いつぶつ》だねえ。馬ならルビイクインだ。ジャン・コクトオに見せたいやうなもんだ」

「あつちぢやあお歴々にさういふのがゐるつて話ですね、文壇の」

「文壇にも、劇壇にも、あるらしいね。大体マルキィ・ド・サドゥとドクトゥウル・マゾッホの連中らしいね、あれは」

パウロは人々の視線が自分の上に集まつてゐるのを知

つてゐたが、そしらぬ顔で隠しを探り、フィリップ・モオリスに、火を点けた。ボオイが誰かを探してゐるのに気づいたパウロは立上つて、又坐つた。ボオイがパウロの横へ来て、

「神谷敬里様と仰言る方、お電話でございます」

　と言ふのを聴くと、ボオイの方へ手ぶりをして、大股に歩き出した。白絹の、角の丸い襟《カラ》のワイシャツに濃紺《ネイヴィブルウ》のチョオク・ストライプの背広、幾らか明るい同じ色の蝶ネクタイのパウロの姿は、若い鮎のやうに人々の間を抜けて、消えた。

「雀《ジャック》つていふのとはもう切れたのか？」

「大分前から見えませんね」

「その上何処かの令夫人も手玉にとつてゐるつていふ話ですね」

「何処かのね」

「いやあ、御存じだつたんですか」

「俺を知らんな」

「お見外《そ》れしました」

「いや、達者なものだよ。仏蘭西文学の助教授の名に恥ぢないね。もつとも先生は仏蘭西人との混血児《あひのこ》だがね。全く発禁ものだよ、あの先生の生活たるやね」

「背徳の匂ひは文章にもありますね」

嫉妬《やきもち》半分の囁きは、他のグルウプの間にも、草叢を渡る風のやうに、鳴つてゐた。

　ギドウの電話はパウロの顔を明るくした。植田夫人と今まで遊んでゐたと、いふのである。電話は駒込の駅からである。夫人のそれが、油断をさせる手段だらうといふ事に気づくやうな頭は、パウロには働かない。やがてギドウが現れ、人々の間に満遍なく愛嬌を振りまきながら、控へ室の中央へ、進んだ。パウロを見て微笑つた。さうして手を上げた。パウロが臆する色もなく傍へ行くと、人々は一種の表情をして、パウロを見た。

「これは神谷敬里《けいり》君といつて、僕の翻訳の手伝ひをしてくれてゐる人で、来月の明後日《あさつて》で十八になります」

　パウロは耳の辺りに血の色を燃えさせ、一歩片足を後《うしろ》へ退《ひ》くやうな様子を挨拶の代りにして、あとは横を向いて、隠しに手を入れたりしてゐる。水際立《みづぎはだ》つた顔と様子が、辺りを冷やかな風で払ふやうである。八津は、

「何ヶ月かかつた？　軽井沢で大分やつたんだらう？」

　と言ひながら、パウロの服装から黒いエナメルの、誂へらしい靴の先まで、好奇と臆測との眼を光らせてゐる。

「今年は山へは行かなかつた。冷房したんでね」

「ぢやあ奥白か」

「ああ」

ギドウの眉の辺りに微かな影が、差した。山田曾根彦、滝達郎、山木《やまぎ》信雄、野方己四雄なぞの、ギドウと緊密な仲間も寄つて来て、ギドウのゐる一団は仏蘭西の小説の題名なぞを交へた批評や、冗談が、爆笑を伴つて辺りを圧した。パウロは椅子にかへり、人々の眼を意識した美しさを辺りに光らせ、時折ギドウの笑ふ顔が、人々の黒い集団の中から見えるのに、もどかしげな眼を注いでゐた。

やがてギドウが長椅子へ行つて掛けると、主な人々はその周りに掛け、又は取り囲んで立つた。ギドウは脚を開いて掛け、立てた膝に置いた紙巻《シガレット》を挟んだ掌の親指と人差指との間を開き、片方の手で身振《ジエスト》りをしながら、上向き加減の顎を突き上げて、何か諧謔《かいぎやく》でも弄してゐるらしい。右の薬指にはAのイニシャルが白く、濃藍色の硝子の表面に出てゐる伊太利《イタリア》製の純金の指環が嵌つてゐる。父親のアントワンの遺品《かたみ》である。友達と談論してゐるギドウの姿を初めて見たパウロは少女のやうな憧れの瞳を、凝らすのだ。（仏蘭西人の形が日本に育つても出ちやふんだな）パウロは心の中に、想つた。

（ギド、死んぢや駄目）

パウロは胸の中で、叫んだ。尾の白い鳥が、パウロの手の届かぬ高みを飛び、羽撃きの音も直ぐさま微かに、あつといふ間に空高く上り、灰色の点となつて消え去つた、朝のテラスが、目に浮んだ。（ギドと僕だけなんだ。本当に愛してるのは……）額際から立つたやうな黒い髪に、自然のウェエヴのあるギドウの、惚れ惚れするやうな品のある好色の色を塗つた眼と脣の辺りが、水際立《みづぎはだ》つてゐる。（本場だからな。みんなギドウを嫉《や》いてゐるんだ。偉くつたつてみんな野暮なんだ。ギドみたいな奴《やつ》はギドしかゐないんだ）パウロは再び心の中で、想つた。

白い卓子掛けが清潔に光る匂ひを立て、ギドウの注文で、中央の花入れに温室の菫の花束が飾られ、食器の周辺にも小さな花茎が撒かれた卓子が、縦横に人々の間に埋まり、透明な洋杯が林のやうに立ち並び、銀色のフォオク、ナイフなぞが沈んだ光を放つてゐる宴会場の華やかさは、パウロを魅了した。パウロは胸を躍らせ、メエン・テエブルの丁度前になる卓子の隅の席から、正面にゐるギドウを見て微笑《わら》つたり、例の白眼の多い鋭い眼をして、脣の端《はし》を引き締める表情をしたりしてゐる。隣に坐つた出版社の顔見知りの三谷幸子や、向ひ側の甍書房の鮎沢二郎なぞと、白い歯を見せて少年のやうに微笑ふパウロの様子を、ギドウの眼が時折追つてゐる。ギドウの短い挨拶に続いて、来客の冗談を交へた祝辞が次々に、中にはギドウの苦笑と倦怠をひき出すやうなのも交つて、続いた。

デザアトの氷菓《アイスクリーム》が切られ始めた頃である。白い、耀いた布にある織り出し模様の艶や、さうして、あちこちで鳴る、静かな食器なぞの触れ合ふ音、それらの中にパウロはふと、思ひがけない、待ち伏せてゐたやうな、不思議な冷たさと、寂寥とを、感じた。寂寥はふと生れ、それはパウロの胸の中に滲み徹るやうにして入つて来る。パウロは救ひを求めるやうにギドウを、見た。同じ刻《とき》、ギドウも不安な予感を、覚えた。白い卓子や菫色の花、耀く食器もろとも、自分の体が何処かへ連れて行かれるやうな気がする。体が軽々となつてゐて、何処かへ連れて行かれる。何処か？　それは静かなところだ。何も見えない、何も聴えない、場所だ。ギドウは、何かの悪い夢を見てゐるのだと、さう強ひて思ひ、現実の世界をはつきりと、見詰めようと、した。パウロと眼が合つた。胸がなんだか掻きむしられるやうになつて、パウロの眼に凝《じつ》と、眼を据ゑた。パウロの半ば開いた薔薇色の唇が、何かを言はうとしてゐる。

（パウロ!!!）

ギドウの眼はパウロを見詰めて、瞬きをするのも惜しいやうに、見えた。絶え間なく湧き上る人々の談笑の響きが、二人の寂寥をとり囲み、食器やナイフの触れ合ふ音の中に、死の声がする。誰かの声が二人の耳に入つた。

「ギドウ・ド・ギッシュ君の為に乾杯しようと思ひます」

二人は起ち上つた。ギドウはパウロの眼を凝と見てゐて、洋杯を眼のところに持つて行つた。パウロは不安に瞬《また》く眼をギドウに向けたが、白い手の洋杯が小さく揺れてゐる。

遅くなつて駆けつけた、ギドウの翻訳で芝居を演《や》つた新劇の連中から贈られた花束を、パウロが捧げる時、方々でフラッシュが焚かれた。花束を受取るギドウと、伏眼になつて片手のカフスを引つ張つてゐるパウロを見る人々の中には、反ギドウ派の人間もゐたが、彼等は厭でも希臘の昔の男色の貴族の美青年と、ナルシスのやうな少年の影を、そこに見ない訳には行かない。遠い雷のやうな、親愛と、嫉妬との入り混つた拍手の中で、走るやうに席にかへるパウロの頬は羞恥で薄紅く、匂つてゐた。

＊　＊

その夜ギドウは門を入り、車を入れてから横手に廻つて、硝子扉《ど》の鍵を外して入つたが、正面の扉に、朦朧とした黒いものの影を見たやうに思つた瞬間、下腹部に重い響きと、灼くやうな疼痛《いたみ》を覚え、そこへ手を遣らうとするやうに見えたがその儘膝を泳がせ、肩と額とを打《う》ちつけるやうにチイク材の床の上に俯伏《うつぶ》せに、倒れた。中途で幾らか右に旋回するやうにしてかしいだので頭は右を下に横向きに伏せられた。弱い、呻き声の中で、拳銃《けん》の床に落ちる固い音が、した。居間へ行く扉に背をもたせて、植田夫人は立つてゐた。差し込む月の光の中で、その黒い影は立つてゐるといふより、何かで上から釣られてゐるやうに、見えた。やがて糸が断たれたやうに、がつくりと膝を折つて蹲《うづくま》つた夫人の手が、床を匍ふやうにしたが、夫人にはもう何をする力も無いやうに、みえた。

ギドウの傍で自分も咽喉を撃つ積りが、それの出来なかつた哀れな夫人が、待つ間に吸つた煙草の吸殻も、酒を飲んだ洋杯もその儘、蹌踉《さうらう》として去つたのは夜中の二時で、あつた。夫人は横手の硝子扉の鍵を開けて一度中に入り、玄関から表に廻つて硝子扉の鍵を締め、硝子扉と向き合つた扉に寄りかかつてギドウを待つてゐたのである。ギドウは平常玄関を使はずに、横手の硝子扉から出入りしてゐた。針金の入つた、耐火硝子の四枚戸である。車は家の前の横通りを二町程奥へ行つた所に、止《と》めてあつた。車を置いてある所まで、夫人は長いことかかつて、歩いた。ホテルや旅館を転々と換へながら、外《そと》だけでギドウと会つていた夫人だが、ことが植田氏に知れた場合なぞの、非常な時にだけ使ふといふことをギドウに誓つた上で、夫人は合鍵を造らせて持つてゐたのである。梨枝《なしえ》を連れたパウロを夫人が見たといふ事を聴いた瞬間から、ギドウの頭にあつたのは、この鍵のことで、あつた。自分とパウロとが見られてゐるだらうことはパウロの言を俟《ま》つまでもない。ギドウが懶《もの》さに耐へなくて逢引を先へ延ばした或日、駒場を出て「茉莉」へ行く自分を夫人が蹤《つ》けた事のあるのを、ギドウは知つてゐたのである。自分たちや、パウロと娘とを見た夫人がすべてを悟《さと》る事も、解つてゐた。ギドウは夫人が梨枝を捕まへたのだけは不幸な偶然だらうと思つてゐたが、それも偶然ではなかつたのである。夫人はパウロと梨枝とを見た日、自分の車が和光の向う側に渡つて尾張町の四つ角を右回しようとした時、先刻《せんこく》眼の端に入れてゐた二人の乗つた臙脂色の車が停止信号に引掛つて、和光と対角線の角に止まつてゐるのを見た。夫人は懸命に追跡《ついせき》して、梨枝の家が、渋谷の裏手にある深見町のタクシイ会社の横町にあることを確かめた。さうしてタクシイ会社の前に立つてゐた、好奇心の強さうな、ぐれかけてゐるやうな若い男を摑《つか》まへ、金を遣《や》つて、梨枝が葵坂の通りの洋裁店に勤めてゐる事から、始終来る青年がロオゼンシュタインのボオイである事まで聴き出したので、あつた。ギドウが玄関を使はずに、硝子扉から出入りする事は、一度ギドウの部屋を見に十分程訪ねた時、扉を開けて遣りながら、ギドウが夫人に話したのである。

　翌朝パウロが来て、平常《いつも》のやうに門の脇《わき》の柵を飛び越えたが、森とした気配に胸騒ぎを覚えて横手へ走つた。そこでパウロは俯伏《うつぶ》せに倒れて固くなり、もう息のないギドウを、見たのである。パウロは竦《すく》んだ足を懸命に動かさうとして硝子扉に摑まり、それがひどく大きな音に聴えたので息を呑み、短い呼吸《いき》を、吐《つ》いた。硝子扉の、朝の光を反射する透明と、爽やかな秋の微風の中に、それらとは余りに違ふ暗い、寂しいものを、パウロは見たのだ。黒い帽子を被つた儘、逞《たくま》しい横顔が蒼白く褪《さ》め、右腕は下敷になり、捻《ねぢ》れたやうになつて、掌を裏返してゐる左の手首には瑞西《スイス》製の時計の硝子が朝の陽に光つてゐる。死体になつたギドウは恐しい。パウロは逃げようと、顫《わなな》く脣を嚙みしめ、力の無い膝に力を入れて一歩、一歩、五六歩を玄関の方へ向いて歩いた時、パウロの胸を搔き挘《むし》るものがギドウの体からも、ギドウの家からも発してゐて、パウロの足を地面に縛りつけた。既《も》うこの家には僕は来《こ》られないんだ。パウロはあるだけの力をふり絞つて引返し、家の中に入つた。さうしてギドウの部屋を、台所を、歩いた。今は主人のない書物《しよもつ》達が、ぎつしり並んで詰まつてゐる、壁に造りつけの桃花心木《マホガニイ》の本筺、その上に並んだミュンヘンの洋杯、パウロの贈つた硝子の猫。本筺の隣の、何処か知れない孤島と海を描いた額。居間の隅に置かれた、暗い緑色の巨大な硝子の壺。居間と寝室との間の小さな四角い廊下に掛かつてゐるギドウの母親の珠里《ジュリア》と、叔母のクリスチイヌの肖像、パウロの、ギドウが下から撮《と》つた伏眼の、脣を尖らせた写真。それらのもろもろの物共が、瞳の定まらないパウロの眼の前をぐるぐると、廻つた。パウロの胸を最も苦しくしたものは居間の書物卓《かきものづくゑ》の上にあつたギドウの書きかけた仏蘭西語の紙切れで、あつた。修道女の学校で習字を習つたのだと言ふギドウの、修道女式の分り易い書体でゐて、方々が巻いたやうな癖のある字である。所々朱色の鉛筆でラインが引いてあり、ひと処丸で囲つてある。台所の抽出し台に、ギドウが毎朝使つてゐた、さうしてひどく好いてゐた明るい藍《ブルウ》の厚い珈琲茶碗と、分厚い牛乳《ミルク》の洋杯、丸く厚い大匙が出てゐる。パウロは呼吸《いき》が止まつたやうになつて、大匙に手を触れたが、直ぐに離した。

（ギドド!!!）

ギドウの声が高々と笑つたやうな錯覚と一緒にパウロはよろけて抽出しの角に手を打《ぶ》つけ、大きな音がしたので飛上り、逃げるやうにして居間を抜け、ギドウの死体の脇《わき》を、死体は見ずに、ギドウの真似の十字を切つて擦《す》り抜け、硝子扉から転ぶやうにして駆け出した。パウロの手にはギドウの書いた紙切れと、剝がした自分の写真とが確《しつか》りと、握られてゐた。生垣の手前で通る人の無いのを確かめ、再び顫へ始めた足で早く、早くと気ばかり急《せ》き向うへ急きながらパウロは横道を奥へ、奥へと、歩いた。ギドウのことが気になつて、出てゐた古い上着を着て来たパウロは、俄にまだギドウと会はぬ前の、どこか哀れな美少年の姿に還つたやうに、みえる。手が顫へるので、立てた上着の襟を確りと摑むやうにして、パウロは後から人が追つて来る錯覚に怯えながら、歩いた。横道を大分奥へ行つた処でバス通りに出たパウロは、そこへ来たバスに飛び乗つた。帰つて部屋にゐることなぞは出来ないのだ。渋谷で都電に乗り、日比谷で下りた。雨晒しの椅子が取巻いてゐる音楽堂は、ギドウが最初背広を誂へ、襯衣《シャツ》やダスタアコオトなぞを買つて呉れた日に歩いた処である。パウロは停留所から踏み出さうとして反対側から来た都電に気づき、愕いて足を引つ込めた。その時、帝国ホテルの方から来る人混みの中の二人連れが、目をそばだてて、囁き合つた。

「おい、昨夜《ゆうべ》のだぜ。しけた恰好をしてゐるぢやないか。何かあつたんだな」

「顔色も怪《をか》しいぜ」

二人は妙な笑ひを浮べ合つた。パウロは辺りのものは何も見えないので、二人の男にも気づかなかつたが、その一間程後に、黒い男が自分に眼を当ててゐることにも、気づかずにゐた。パウロは黒い男の眼と、二人連れが振り返る視線の中を道路を横切り、公園に入つた。ペンキの剝げ落ちた椅子の群を、パウロは見た。さうしてギドウと腰を下ろした覚えのある椅子の中の一つに小さく腰を下ろし、無意識のやうに煙草を探すと、ギドウの紙切れが手に触れ、慌てて手を引つ込め、今度は上着の内隠しに手を入れた。光が一本ひしやげて入つてゐたのを取り出し、出る時入れて来たライタアを出して火を点けようとしたが、咽喉がひどく乾いてゐるのに、気づいた。ギドウと会はぬ前に吸つてゐた光の撓《しな》つたのと、仏蘭西製のライタアとを手にした時、パウロの頭に初めてギドウの死と、自分の現在の境遇との不幸な関聯が、登つた。脣だけは微かに薄紅い色をとり戻してゐるが、顔はまだ白い。光が底に沈んでゐる美しい眼ががつくりしたやうに、足元に、落ちた。パウロは紙巻を捨て、ライタアを隠しに蔵ひ、さうして力無く立上つて、歩き出した。凝《じつ》としてゐることが耐へられないのだ。(今ギドが向うから来たら、僕は飛んで行つて飛びつくんだ。さうしてどんな時だつて、どんなことがあつたつて、獅嚙みついてゐるんだ)パウロの眼に初めて涙が、溢れ出た。慌ててハンカチを引張《ひつぱ》り出したが、それは昨夜別れる時、ギドウと取りかへたものだつた。昨夜ギドウが、一緒に帰るといふのを無理遣《や》りのやうに自分を一人で帰した時のことが、想ひ出された。(僕を安心させてゐたんだ)ハンカチをもとに戻し、胸をひき締めるやうにして嗚咽《をえつ》を堪《こら》へ、手の甲で眼を擦《こす》り、パウロは音楽堂を後に、公園の裏門の方に向つて、歩いた。ふと靴の音に気づいて顔を上げると、一瞬ギドウだと思つたのは黒い男で、あつた。男はパウロを見てゐたのだらうが、知らぬ顔でゆつくりと擦れ違つた。男は行き過ぎると後《うしろ》に振り返つた。奈翁《ナポレオン》のやうな髪の、広い、厚みのある額の下で眼が微笑つた。思ひがけぬやうな、柔かな微笑ひである。沼田礼門《レイモン》はパウロを交叉点で見た時から、パウロの身の上の激しい変化に、気づいてゐた。ギドウに色恋沙汰で変事があつたことも察しられる。パウロの様子には、独りになつた子供の陰影《かげ》が、明瞭《はつきり》と出てゐた。もう一羽の隼《はやぶさ》は、この翼を垂れて飛んで行く雀を、自分のものにする機会が来たのを、知つたのだ。礼門はパウロが公園の椅子にゐる間、裏門に近い腰かけにゐて、遠くから見てゐたが、万一パウロが犯人の場合は救ひの手を延べて遣る積りで、ゐた。全く女のやうなパウロの、取り乱した様子を見てゐて、礼門の愛情の火は胸の底から、抑へることが出来難いほど、燃え上つてゐた。ギドウの寵愛を受けた後で、単なるボオイの収入で生きて行くことが、どれ程パウロにとつて酷いことかといふことも、礼門には解つてゐる。又礼門は度々の出会ひで、パウロが自分を怖れてはゐても、どうにもならぬ程嫌つてゐるのでないことも、承知してゐる。礼門の微笑は礼門の、愛着と、新しい餌への興味とのそれで、あつたのだ。

　パウロは腹が空いてゐることに気づいて居なかつたが、朝牛乳《ミルク》を一本飲んだ切りである。力の無い足つきで、パウロはやたらに人道を抜け、車道《しやだう》を横切り、人混みを抜けて、歩いた。気がついて見ると新橋に近い河岸《かはぎし》に出てゐる。パウロは橋の欄干に寄り掛かり、鈍く光つてゐる灰色の水や、舫《もや》つてゐる穢い船の内部《なか》なぞを見てゐたが、胸の底に、つい先刻まではなかつたものがあるのに、気づいて、ゐた。一つの小さな明りが、胸の奥に点《とも》つてゐる。それが何《なん》だか、思ふのも怖しいものである。道徳などといふものを余り頭に想ひ浮べたことのないパウロにも、それがギドウに悪いのだといふことは分るのである。まだパウロはギドウが怕いのだ。ギドウは既《も》う死体になつてゐる。だが死体が起き上つて来るやうに、思ふのだ。だが一方、怖れる心とは別なものが、そこへ向つて牽かれてゐるのを感ずる。パウロはつい今のさきまで、哀しみも、何もない、麻痺したやうな胸が、微かに遠い処で、哀しみの大きさを感じてゐた。その哀しみが小さな一つの現実に繋がつて、破れて出た。その途端《とたん》に別なものが入つて来て、さうしてそこから甘い、あやされるやうなものが感ぜられて来たのである。そこで、パウロがパウロに、還つたのだ。ギドウとの愛情の中で、感傷的になり、それがヒステリックに昂じていたパウロの心が、生来の本性に還つたのである。パウロは今から直ぐに其処へ入れるかどうか、解らない。ギドウに貰つた小遣ひがまだあるからである。ギドウはパウロに大きなものを遺さうと、思つてゐた。だが絶望はもう去つた。甘い哀しみが、パウロを浸し始めた。甘い疼痛《いたみ》をもつ悔いのやうなものである。ふと顔を上げたパウロの脣は、美しい薄紅い色をとり戻し、顔全体が、茎の尖端《さき》を水に浸された花のやうに、幾らかの生気をつけてゐた。ギドウに蹤《つ》いてゐた昨夜までの、寵妓のやうな、一種の矜持のやうなもののある美しさが出来て来るのに、もう時間はかからぬだらう。

　パウロは後隠《うしろがく》しに両手を突込《つっこ》むと、欄干を離れた。幾らか力のある足どりで、橋を渡り、新橋の方へ行くパウロの脣から、ふと低い、だが軽やかな口笛が洩れた。ギドウに習つた歌である。口笛は晴れた黄金《きん》色の空気の中に美しい尾をひいて流れた。パウロの眼は、どこかの遠い処から生きて還つて来た人のやうに、四辺《あたり》を見、空を見上げなぞしてゐる。まだ幾らか昏《くら》い、罰せられた子供の眼で、あつた。

瀬戸《せと》内寂聴《うちじゃくちょう》

夏の終り

横浜の港には、雨雲が低く垂れこめていた。風はなく、目に捕えがたいほどの七月の霖雨が、海にも街にも煙っていた。風景はやわらかく滲み、スーラーの絵であった。

ソ連航路のモジャイスキー号は、白い巨《おお》きな船腹に朝の雨をしめらせて、ゆったりと南桟橋に入っていく。

一カ月のソビエトの観光旅行から帰ってきた知子は、甲板の手摺に軀《からだ》を押しつけて身じろぎもしない。切迫した不安と恐怖で心が重苦しく凝《こ》っていた。出迎えの人群の中に慎吾の姿が見えなければ、慎吾は死んでいるのだという妄想が、旅が終りに近づくにつれ知子の心の中で影を濃くしていた。

レニングラードの白夜の暁方《あけがた》に見た不吉な悪夢が、ずっと知子の頭に焼きついている。たいていの夢とは反対に、その夢は日がたつにつれ鮮明度をました。気味の悪いほどのなまなましさで、それは知子を悩ませつづけてきた。

夢の中で、知子は慎吾の妻に慎吾の死を告げられたのだ。じぶんの泣き声で目をさました時には、頬も枕もぐっしょり濡れていた。目がさめてからもしばらく、夢のつづきの泣きじゃくりが止まらなかった。

八年間、まだ一度も逢ったことも声を聞いたこともない慎吾の妻は、夢の中では、灰色の地味なスーツを着ていた。タイトのスカートの下できちんと両膝を折りまげて坐っていた。絵でみる幽霊のような角度に顔をうつむかせている。顔のまわりには濃い影が霧のようにたちまよっていた。強いてのぞくとその顔は目も鼻もないのっぺらぼうなのが夢の中の知子にはわかっていて、首筋に束ねた古風な髷《まげ》にばかり、わざと目を注いでいた。たしか、長い髪はうるさいといって、ショートカットにしたと、いつか慎吾がいっていた筈だがなどと、知子はぼんやり考えていた。うつむいたまま、妻は妙に自信にみちた声で切口上にいった。

「小杉は死にました。それで、本の整理をしたいのですが、まとめてあなたにひきとっていただけるかと、うかがったのです」

夢だとわかってからも、知子は慎吾の死を聞かされたショックからすぐにはたちなおれなかった。動悸が激しくうち、脂汗がべっとり滲みでた。

慎吾が死ねば、じぶんはこんなに悲しかったのかと、知子はじぶんの嘆きの深さに搏《う》たれて、あらためて涙がせぐりあげてきた。

暁方の夢は正夢だという迷信が思いだされた。女学生時代、親友が夏休みの間に急死した時、夢でその時刻に知らされた経験が、急になまなましく思いだされてくる。一方、知子を誰よりも可愛がっていた母が防空壕で焼け死んだのを、北京にいた知子は夢にも知らず、故郷に引揚げるまで、一年以上も、死んだ母が知子の胸では生きつづけていた事実を思いだして、不吉な前例をあわてて打消そうとしたりした。

カーテンを引くと、外は白夜の真夜中よりいくらか明るさをました夜明けの透明な光がさしそめていた。ホテルの前のイサキエフ寺院の広場の真中のベンチで、恋人どうしが抱きあい身じろぎもせず接吻していた。一番電車を待つ人々が、寺院の前で数人ぼんやりたたずんでいた。

油絵めいたエキゾチックなその風景は、いっそう慎吾とのはるかな距離を思わせ、知子の心に不安とおびえをかりたててくる。昨夜は一時すぎまで白夜のネヴァ河でバラライカを弾いて踊ったり歌ったりしている若者たちを見て歩き疲れたせいの夢だと、考えようとしてもだめだった。

スプートニクを飛ばしている一方、航空便が二カ月もかかって日本へ着くような奇妙な文明国のソ連内からは、安否の聞きようもなかった。たとえもし、聞けたとしても、慎吾の妻へ、それができる義理あいの知子の立場でもなかった。

昼間は盛沢山の目まぐるしいスケジュールに追いたてられ、どうにかまぎれていた。ベッドに入る時になると、夢の恐怖は毎晩執拗によみがえってくる。

異常なほど、知子がその夢にこだわるのは、日頃の知子と慎吾の結びつきによっていた。

八年間、知子は目を離せば慎吾が死にそうな不安につきまとわれ、その危機感にいつでも脅《おびや》かされてきたのだ。売れない小説を書きつづけ五十歳まで芽も出ない慎吾には、死にたくなる原因がいくつでも取りまいていた。知子の部屋でも何度か自殺しかけた慎吾を、知子は危く発見した。二人で死を計画したこともないではなかった。慎吾を死なせないために、知子は八年間、気をはりつめて生きてきたような形であった。そのためにも慎吾にはじぶんが必要なのだという気負いもあった。

やがて知子には、罰が当ったのだという考えが、不安のしめくくりのように浮んでくるようになった。知子の考えの中では、罰は、慎吾の妻から八年間夫をかすめていたという不徳義に対してではなかった。涼太のことでこの半年余り慎吾を裏切っているということの怖れであった。

解決のつかない不安の中で、いつの間にか、知子は、もしも慎吾が無事に生きて迎えてくれたら、その時こそ慎吾と別れようという飛躍した結論をだしていた。信仰のない知子は、こんな時、やみくもに、神や仏や、ありとあらゆる御利益のありそうな幻影に祈って誓う気持だった。慎吾の妻にさえ誓った。

何か、じぶんの犠牲で、慎吾の命があがなえるなら、一番辛い慎吾と別れることを犠牲に捧げるべきだと知子は考えたのだ。罰の原因に当る涼太と別れることよりも、慎吾と別れることがそれほど辛かったのかと、知子はようやくじぶんの心の本音を探りあてた気がした。すると涼太に対して、裏切っているようなうしろめたさと、不憫さがこみあげていた。同時にこんな切ない犠牲を強いられるのも涼太のせいではないかという、うらめしさと憎しみもそれにからみついてくるのであった。

船が近づくにつれ、南桟橋の倉庫の前に長く並んだ出迎えの人群の傘の色が鮮かになった。向うでも甲板の人影が見えはじめたのか、その色がゆらぎはじめた。

知子はその時、押えきれず、ああっと声にだしてしまった。人群の端の方に、傘もささず、真直ぐ突っ立っている慎吾の姿をみとめたのだ。棒のようで、目鼻もわからぬ遠さからでも、見なれた紺の背広の慎吾の軀ぐせを、見まちがえる筈はなかった。安堵と、感謝で震えてきた。涙があふれてきたので、あわてて人群から離れた。のび上って手をふると、慎吾より先に横によりそっていたベージュ色の服の人影の方が手をあげてこたえた。涼太にちがいなかった。出発の時も知子はそうして二人の男に並んで送られたのであった。

　知子が最初に投げたテープが、二人からひどく離れた場所にとんだのを、涼太が敏捷に駆けていって拾いあげ、慎吾に握らせた光景が、昨日のようにありありと浮んでくる。あれから丁度一カ月がすぎていた。背の高い慎吾と並ぶと、涼太は慎吾の口のあたりまでしかなかった。ぴったりとよりそった二人の男は、遠目には兄弟か親友のように見える。遠目にも涼太の若さが映った。

　船は休みなく進み、二人の男の顔がしだいに明らかになってきた。知子の胸からすべての感情が消え、ただ懐しさだけが熱くたぎりながらほとばしってきた。今、この世でいちばんじぶんを愛してくれている二人の男が、そこでじぶんの上陸を待ちかねているという嬉しさだけが、単純に心を一いろに染めあげていく。

　顔が見えはじめてから岸壁に船がつくまでの意外に長い時間を、足ぶみするような気持で知子は全身のそぶりに想いをこめ、二人の男を見つめていた。その時にはもう、二人とも等分に懐しかった。

　上陸して、慎吾の長い指先で頭を軽く、たしかめるように叩かれた時、知子ははじめて声をだして明るく笑った。慎吾の生死を案じつづけてきたこの半月ほどの悶えが、急にこっけいなものに思えた。目の前にいる慎吾も涼太も一カ月前と何の変りもなかった。

　慎吾が笑いながらいった。

「昨夜《ゆうべ》から二人で横浜に泊りこみだ」

「どうして」

　知子は二人の顔をあわただしく見くらべた。

「今朝七時に船が着くというんだろ、とてもそんな早く来られたものじゃないよ。昨夜から来て、二人で呑み歩いて、変な温泉マークみたいな宿で泊ったよ。ねえ」

　慎吾にふりかえられて、涼太は三人の時はいつもそうするくせの、ひかえめな態度で目だけで笑ってうなずいた。知子が涼太を見つめると、薄い皮膚に目に立つほど血を上らせながら、凄いなあ、真黒になってといった。それは慎吾にむかっていったようにも聞えた。

　涼太は昔、知子が夫と離婚する原因になった年下の恋人であった。稚純な二人の恋は周囲を傷だらけにした上、夫の予言通り、半年も持ちこたえられず惨めな破局になった。南の島で結婚したと聞く涼太と、知子は十年余りも逢わなかったが、涼太の結婚も失敗して、上京して以来、知子との再会があった。

知子のそばにはすでに慎吾がいた。慎吾は涼太と知子の過去は、はじめから聞かされていたが、じぶんに似てどこか無気力な感じのする、ひかえめな態度のおとなしい男に、最初から好意を示していた。

知子との恋の季節が、あっけないほど短かったわりに、知子の本質を見ぬいている点では、じぶんにつぐ男だなど、知子に話したりしていた。

知子に関しては、八年間のじぶんとの生活の貞淑さから、全く安心しきっていた。

慎吾が妻の家に帰っている時、涼太と知子がしげしげ逢いはじめていることも、知子のあけっぴろげな報告でみんな承知しているつもりであった。知子の報告にいつからか秘密がかくされはじめたのには、一向に気づいていなかった。ものを書く男のくせに、慎吾には人の心の裏を疑ってかかり、かんぐってみるというところが全くなかった。それを知子は慎吾の育ちのよさの鷹揚《おうよう》さだとかばい、涼太は本質的に自分の事しか考えない利己主義のあらわれだときめつけていた。

他人の情事などにはかんのいい慎吾が、不気味なくらい二人の秘密には盲目になりつづけていた。


税関の事務で待たされているひまに、涼太の姿が見えなくなった。知子は向うの建物の売店で煙草を買っている涼太の後姿を見つけた。ジュースをのんでくると慎吾につげ、その傍を離れた。

建物のかげで海に向かって煙草に火をつけている涼太の横顔には、さっきまでの明るさはなく、知子の見なれた、癇癖の強い感情を押し殺した神経質な昏い表情が滲んでいた。

「あの桃がたべたい」

知子の声に目をあげた涼太の顔に、灯《ひ》がともったように明るさがうかんだ。口の煙草をすぐ知子にさしだしておいて、身をひるがえして売店の方へかけていった。

掌にあまるような瑞々しい水蜜桃を買ってきた涼太は、知子に渡しながら、しばらく知子の掌を息をのむようにして押えていた。涼太の心のたかぶりが、知子の掌から軀の芯にながれこんだ。涼太のことを旅の間中、どうしてあれほどきれいに忘れられていたのだろうと、知子は不思議な気がしてきた。

桃は掌にたっぷりと重く、柔毛《にこげ》につつまれた肌は繊細なやわらかさだった。むくと、あたりに甘い果汁の匂いがゆたかにただよった。夏の日本にいるという感懐が軀のすみずみまでしみわたった。しゃがんで、果汁の音をたててなめらかな果肉に歯をすべりこませながら、知子はかばうようにたたずんでいる涼太を見上げた。

「おいしい?」

だまってうなずいて、知子はじぶんが今、甘えた表情になっていると思った。涼太が吐息をはきだすようにいった。

「生きていてよかったなあ」

「ええ?」

「まるでわからないんだもの、あなたが生きているのか死んでいるのかさっぱり。たまらなかった。不安であんなやりきれないことってない。今度行くなら、電話の通じる文明国にいってほしいな」

「だって……いって来いってすすめたのはあなたじゃない」

「それはそうだけど、一カ月くらい、ぼくらの関係からぬけだしてみたところで、あなたって人は決して変らない人なんだ」

涼太の口調もいうことも、一カ月前と全く変っていないと知子は思った。

「おかしな話だ。あなたの留守中、小杉さんから何度も呼出されてよく二人で酒をのんだ。あなたがなつかしくなると、小杉さんはぼくを相手にするのが一番気持が安らぐんだな。全くおかしな話さ。ぼくもあなたがなつかしくてたまらなくなると小杉さんを呼出している」

税関の荷物検査が始まった。あわてて知子は涼太から離れた。

涼太はその日、慎吾に頼まれて、横浜から東京までの車を友人から借りてきていた。

運転台の涼太のすがすがしいそりたての衿あしをみつめながら、知子は慎吾と後ろのシートにゆられていた。慎吾の体臭と涼太の体臭がせまい車内にまざりあってこもってきた。沈黙を破るのがじぶんの義務のように、知子はとめどもなく旅の話をしゃべりつづけた。

慎吾と別れなければと気負いこんだ決心は、もうとうに鈍っていた。二人の男の間で右往左往していた出発前の浅ましいじぶんの醜態が、これからまた永久につづくような気がして疲労がどっと感じられてきた。そのくせ、二人の『じぶんの男』に護られているこの小さな車の中がまたとない安息所のように、うっとり心が和んでもいた。

「ほんとうに黒くなりましたね」

涼太が思いだしたように咽喉を鳴らして笑った。

「すぐなおるさ」

慎吾が、かばうようにいった。

涼太と別れ、慎吾と二人で知子の下宿に帰ってくると、畳が新しくなっていた。大家が留守に替えてくれたのだと慎吾がいった。襖《ふすま》も張り替えてあった。

知子の仕事机には、留守中の郵便物や仕事のメモが一目でわかるように整理されていた。慎吾のしたことだった。知子は夫と離婚した後、娘時代女子美術学校で覚えた染色に打ちこみ、どうやら仕事に追われるほどになっていた。

聞かなくても知子の留守中も、慎吾は海辺の妻の家と知子の部屋を、一週間を二分して、規則正しく電気仕掛けの振子のように往来していたのがわかった。八年間決して変えたことのない慎吾の習慣であった。

来る日も帰る日も、めったなことで慎吾は予定を狂わせない。どっちの家を出る時も、靴をはきながらひとりごとのように、

「××日に帰る」

という。それが出がけの挨拶であった。何かの都合で予定の狂う時はどっちの女にも、こまめに前もって変更をしらせる。いつのまにか、知子の机の横には慎吾用の仕事机が並び、知子の部屋は、慎吾の『東京の仕事部屋』の役割も果していた。

知子はこれまで、慎吾と別れたあとの自分の姿など想像したこともなかった。八年の間、ただの一度も、慎吾と妻の別れる場合を空想したり、願ったりしたことがないのと同時に、じぶんが慎吾と別れなければならないと本気で考えてみたこともなかった。それは、慎吾には秘密で、涼太との関係が思わぬ深みにはいりこんでしまってからでも同様であった。

知子にとってこの一年近い月日、別れなければならないと、背中をあぶられているような気持にかりたてられていたのは、慎吾とではなく、むしろ涼太とのことであった。

知子は慎吾に涼太のことが発覚する瞬間を想像すると息が止まりそうに怖ろしかった。激情にかられた涼太が、何時《いつ》、どんな形でふいに慎吾にすべてをぶちまけるかもしれないと思うと、涼太から一刻も目が放せないような気がして、いっそうずるずる深みにおちこんでいった。

三十でめぐりあった妻のある慎吾に、涼太があらわれ

るまでの八年間、妻同様の貞潔をたて通していた。心の上でさえ、かりそめの不貞めいたものも働いたことはなかった。

慎吾が海辺の妻の家に帰っている間は、知子はまるで、出張中の夫の留守を守る妻のような身の処し方をしていた。じぶんの判断で何かを取りきめなければならないような時、

「宅に相談しまして」

と世間の妻のように口にこそ出していわなかったが、一から十まで慎吾が望み、慎吾が好むような処置を取っていた。

慎吾の留守に一人でした経験のすべてを、慎吾の顔を見るなり息せききって告げ、一つのこらず話してしまうと、はじめてそれらの経験がじぶんの中に定着するのを感じた。無口で非社交的で、経済力のない、世間の目からみれば頼りない男の典型のような慎吾に、知子は全身の鍵をあずけきったようなもたれかただった。

慎吾が知子の部屋に来ている時、かえって知子は安心して外出がちになった。

外から帰ってきた知子は玄関に出迎えてくれる慎吾を見上げた瞬間、やっと帰ってきたという実感をもった。走りこんできた息の弾ませかたのまま、知子はせかせかとハンドバッグや包みを慎吾に押しつける。慎吾が大きな目に包みこむような微笑をみなぎらせ、低い声で、

「ほら、ほら」

とうながすと、知子は咽喉をくくっと鳴らし、慎吾の横をすりぬける。子供のようににぎやかな足音をたてて、玄関脇のトイレにとびこんでいくのだった。外出先で用をたしたがらない癖のある知子は、

「慎の顔をみたとたん、全身の緊張がゆるむのよ」

と首をすくめてみせた。

慎吾がいるのも忘れたように、一心に彫っていた染色の型紙の上から、ふっと顔をあげると、寝ころんで本を読んでいる慎吾を気ぜわしくふりかえり、

「ねえ、あたし今月、いつ?」

じぶんの生理の日まで慎吾にあずけていた。

知子がどんなにあわてて外出しても、出先で、ハンドバッグの中に、洗いあげ、アイロンのかかったハンカチ二、三枚と、たっぷりのちり紙を見出さないことはなかった。小銭入れにはいつでも車代になる銀貨や銅貨が程よく入っていた。買物のレシートや、使用ずみのメモのきれっぱしなどは、いつのまにかきれいに消えていた。

その中には、ぞんざいな知子よりも慎吾の細かな神経がゆきわたっていた。

慎吾と離れたどこにいても、知子はじぶんの軀に無数の糸がつけられていて、その端はしっかりと慎吾の掌の中に握られている感じがしていた。いくぶんの不自由さと、たまには軽い抵抗を感じながらも、知子は人形遣いにあやつられている人形の、無責任な安心感を持ち、かえってのびのびと、おおらかにふるまえた。

夜になると新しい畳がよく匂った。日向《ひなた》くさいその匂いは寝床のまわりにはかくべつ濃くよどんでいた。

「疲れただろう……よく帰ってきたね」

慎吾は胸におしあてている知子の顔を仰むかせ唇をあててきた。知子の涙が、慎吾のやせた肋骨のういた胸をしめらせていた。

この一年ほど知子はよく慎吾の胸の上でこんな泣き方をした。声もたてず、身動きもせず、ひっそりと慎吾の肋《あばら》を濡らした。いつの時でもじぶんから何かをききだそうとしたことのない慎吾は、だまって知子の髪や裸の背をなでる。性慾のこもらない、ただ優しさだけのこもったそんな愛撫が、知子の心の波をしだいになごめていく。

知子はそんな時、たいてい瞼の中に涼太を描いていた。どこかの安酒場で酒を呑んでいる涼太、深夜の町をただやみくもにタクシーでかけまわっている涼太、何もない殺風景な下宿でふとんも敷かず、丸太ん棒のようにころがっている涼太、深夜の洗面台のすみでぼそぼそ靴下を洗っている涼太……もしかしたら今、この家のまわりをぐるぐる歩きまわっているかもしれない涼太……そんな惨めな涼太の孤独な姿が、慎吾の胸の中で安らいでいる時、身をきられるような切実な不憫さで知子をゆさぶってくるのだった。涼太と肉慾をわけあっている時以上に、そんな時、知子は涼太に愛を感じていた。性慾さえ昇華してしまったような慎吾との夜の時間の、浄福ともよびたいような安らぎは、決して涼太に理解させることが出来ないし、涼太が理解しようともしないだろうことが、知子にはもどかしい。

いつからか慎吾は知子をいたわって二人の間で性の匂いが薄れていた。この二、三年で急に知子の染色の仕事が軌道に乗り、有力なスポンサーがついたり、染色だけでなく、装幀の仕事や室内装飾を頼まれたりするようになって、あまり丈夫ではない知子には過剰な仕事がいつでもおいかぶさっていた。

夜になると、板のように張った背中を見栄も気どりも

なく慎吾にもませて、

「疲れたの……むこうでしてよ」

と慎吾の胸にもぐりこむようにして眠りこんでしまう。

慎吾は知子の部屋で机にしがみついて、売れても売れなくても小説を書きつづける。

銭湯の嫌いな慎吾は、内風呂のない知子のところでは、何日長びいていても風呂に入らない。仕事で憔悴し、垢で汚れた慎吾がいくばくかの金を手にすると、妻のところへそっくり運びに帰る。海辺の家から帰ってくる慎吾は、妻の許で風呂に入り、休息し、頬もふっくらと出たさわやかな男ぶりになり、情交の匂いさえただよわせている。

抱きよせられて、

「今朝してきたんでしょ」

知子は慎吾の胸をおしながら、

「匂いでわかる」

皮肉や嫉妬でいっているのでもなかった。

そんな知子に慎吾は無理強いせず、知子の部屋にいる時は、年より強いじぶんの慾望はそれとなく処理していた。そういう夜が習慣になった。性が薄れてかえって二人の間には、前にもましてこまやかな愛情が通うような気がしていた。

涼太との秘密を持ってしまってからは、いっそう知子には慎吾とのプラトニックな愛が稀有なもののように大切に思われてきた。

性の中でしか知子を捕えているという実感と安心の得られない涼太に、知子は淫蕩《いんとう》なほど軀を与えながら、そのことでは慎吾にそれほど罪の意識は感じていない。知子の怯えは不貞の事実ではなく、秘密を持ってしまったという精神的な裏切りが、慎吾に知れることへの怖れであった。

「慎が死んだ夢みて怖かった。罰が当ったと思った。生きていたら別れますって誓いをたてたの」

「何に」

「ヤオヨロズの神やキリストやオシャカサマやチミモウリョウよ、あの人にも」

慎吾の妻の名前は二人の間では口に上せなかった。妻の名をいう必要のある時、慎吾は、そこだけをぬいてしゃべったし、知子は『あの人』とか『お宅の人』とかいってすましていた。

慎吾が妻の名を知子の前で云わないのは、知子の心を刺戟すまいとする思いやりと同時に、より以上、妻へのいたわりがふくまれていることを、知子は知っていた。慎吾は妻の悪口めいたことは、一言も口にしなかった。

「でも考えてみたら、重大な問題だわ」

「何が」

「慎は、どっちで死ぬかわからない。むこうで死んだらあたし、お通夜にもお葬式にもゆけないでしょう。第一長い病気の時、お見舞いにもいけないでしょう。死ぬところをみなければいつまでも死んだ気持ってしないものよ。あたしは母にも父にも死目にあえなかったから、とても変なの、今でもまだ二人が生きてるような気分に時々なるんだもの。もし、こっちで慎が死ねばどういうことになるのかしら？　あたし、あの人に電報打たなければならないのかな、自動車にのせて死骸をはこんでいくのかな」

「おれが一番先に死ぬって決ってないよ」

知子は声をたてて笑った。慎吾は口ぐせのように死にたがっている一方、栄養剤をのんだり、あんまにかかったり、ぜいたくな料理を人一倍とりたがるところがあった。

知子はふいに、告白の衝動にかられた。今ならすらすら、この調子で何でも打ちあけられそうな気がしてきた。


そのくせ、口では、さぐりを入れるような言葉がでた。

「あの人がねえ、慎の留守によろめくかも知れないなんて、一度も考えない？」

話が突然飛躍する知子の癖には馴れているので、慎吾は驚かない。

「そんなこと、しないよ」

「へえ、わかるもんですか。あの人すてきなんでしょう。今みたいな状態だと、同情者があらわれないとも限らないじゃない」

「そんなこと、ないよ」

「ま、じゃ、あったと仮定して、そうしたら、どうする？」

「殺す」

「へえ、ずいぶん勝手ねえ。――あたしが……したら……」

「殺す」

知子は笑いだした。慎吾が妻を充分愛していることをさとらされるのは、初めてでなかったけれど、そうわかることは、告白するために気が楽にさせられることでもあった。

「罰の話だけど」

知子は同じ声の調子でいった。

「あの人のことだけではないのよ」

真剣さをかくして知子は、下から慎吾の顔を上目づかいに窺った。慎吾はそんな知子の瞼を指先で閉ざし、頭をすくいこむようにかかえこんだ。

「今日は疲れてるんだろう。興奮しているよ。もう眠りなさい」

知子はくるっとからだをまるめ、慎吾の軀の中にもぐりこむように身をこすりつけた。

また云いそびれたと思う一方、まだ秘密がたもたれたと、軀中の細胞がほとびるような安堵にひたされてきた。急に激しい眠気におそわれながら、薄れた意識で、もうろうと思っていた。

慎吾は知っているのかもしれない。知っているのだ……知っているから聞こうとしなかったのだ、いつだってこの人は……。

慎吾は知子といっしょに歩いている時、道に動物の死骸とか、醜い嘔吐物などがあると、目ざとく見つけ、

「見るんじゃないよ。あっち」

と教える。すると知子は子供のように目を閉じて、しっかりと慎吾の腕にすがり、顔をそむけて通りすぎた。知子にとっては、真向いになると痛い感情や苦い想い出も、慎吾が見せないでかばってくれる路上の汚物のように扱いはじめているのに気がついていない。たとえば、慎吾の妻や、慎吾の家も、慎吾の楯にかくれて、強いて見ないですませてきた。

二人の間では、最初から慎吾の妻は『公認の人』であった。同時に、慎吾は妻に、知子を『公認の女』として認めさせていた。

慎吾の妻が女子大出で、慎吾と同じ出版社につとめ、熱烈な恋愛結婚をしたということは、岡崎から聞かされていた。岡崎は慎吾と同じ町に住み、同じ文学サークルの仲間で、その雑誌のカットや表紙を画くこともある知子とも識《し》っていた。

岡崎は小心そうな目をまたたかせながら、自分の恥でも打ちあけるように、そわそわと、訥弁《とつべん》でつづけた。

「要するにね……。ぼくは、そのう、どうってことないんだが……昨日、小杉の細君に町で逢ってね、魚屋の帰りだ。あの辺は獲れたての鯵がうまくて……歯がね、前歯が欠けてるんだ。小杉の女房のさ。そこに釘みたいなものが、こう、つき出てる。歯をつぐ時、そいつで結ぶ

やつさ、きみ、知らない、ねじ釘みたいなもんだよ、そこまでは治療したが、そのあとが出来ないんだな、つまり……だから、そのままなんだ。それでいて、小杉は今日も東京ですのよ、御精が出ますでしょうって、細君がいうんだよ。きみい、わかる、釘の出た前歯で……」

その話は、知子の心に鋭い痛みを招いた。

知子はその話をそっくりそのまま慎吾に伝えた。

「おせっかいな奴だ。いつだってあいつ、ピントはずれなんだ」

それっきりであった。慎吾の触れたがらない話題は、知子にも蓋をすべき穢《きたな》いものにすりかわっていた。知子は話題の中味を無意識に茶化している。

「慎は女運がいいのねえ、金はないけどやっぱり一種の女蕩しなのねえ」

慎吾は、そんな話になるといっそういきいきしてくる知子の顔を、照れた笑いで見守るだけであった。

最初のころ、知子は、慎吾への愛情が高まるにつれ、人並に嫉妬もあった。慎吾が指に家からしてきた白い絆帯にさえ、心が刺された。好みのいい新しい靴下を慎吾の足元にみただけで、目の中がかっと燃え上った。それと同時にその頃は、クリーニングからかえった慎吾の服に赤糸でぬいつけられた知子の姓を、丹念に、かみそりでとって着せて帰すような心くばりも持っていた。まちがっても、知子の買った下着を着せて妻の許に帰すようなことはなかった。

今では知子の部屋の慎吾用の箪笥《たんす》の中は、もう妻の買ったものも知子の用意したものも、見わけもつかないくらいいりまじってつっこまれている。慎吾に、知子の姓の縫いつけられた洗濯物を平気で着せて帰していた。

時々、妻からの便りが、慎吾を追ってきた。急ぎの郵便物の廻送であったり、彼等の親戚間におこる義理づきあいの打合せであったりする。

白い封筒に記された、まるい、なげやりなペンのあとは、仲のいい夫婦によく見受けられる、奇妙なほど夫の字癖に似通ってしまった妻の字であった。

それは彼等が過してきた、歳月の重みと、彼等の生活の厚みを物語っていた。

そんな用のため知子の部屋から出かけていく慎吾のために、知子は新しい靴下や、洗濯したてのワイシャツを揃え、ネクタイを選ぶ。そんな時、知子は、慎吾をじぶんの愛人として装わせている意識よりも、慎吾の妻に対する一種の義務的な気持が強かった。

「ちゃんとして出さなきゃ、よその預り人だからね」

知子は冗談めかしていいながら、目つきは案外真剣に、慎吾の外出姿を点検する。それでいて、妻の許へ帰す慎吾に対しては、次第に投げやりになっていた。暗黙の共犯《なれあい》の中で保たれた関係は、歳月にさらされ、知子の心の表皮にも苔のように鈍さをはりつけていた。

経済的に慎吾の家庭を犯していないということだけで、知子は強いて慎吾の妻にも世間の非難にも昂然と頭をあげ、しだいにこの関係に麻痺していた。


涼太の肩に頭をあずけたまま、知子は涼太と呼吸をあわせ、やすらぎきっていた。二人の頭の上に、もう知子にはなじみ深くなってしまった涼太の部屋の節の多い天井がひろがっていた。

涼太もまた慎吾と同じに、右肩に女の頭をのせる癖をもっていた。少し匂う知子の長い髪が涼太の首にまきつくようにからんでいた。知子の軀に置いていた涼太の手に力がかえってくるのがわかった。

慎吾が海辺の家へかえるのを待ちかねたように、涼太との時間がはじまる。

一カ月前と何の変りもない繰返しがはじまっていた。


このごろ知子は慎吾に話すことを無意識に涼太にも話す癖がついていた。話の途中で時々、ひどく曖昧な表情になって、目をやわらげ、

「……これ、あたし、もう話したかしら？」

と聞く。慎吾と涼太に二度ずつする話が時々知子の記憶の中でこんがらかってくるのだ。

知子は涼太の手にじぶんの手を重ねながら、慎吾の死の夢の話をくりかえしていた。

ふいに涼太の手の力が知子の手の中でいちどに萎えるのが感じられた。知子が見つめると、涼太の目の中から光が薄れ、白っぽい灰色の空洞のように見えた。捕えどころのない茫漠とした表情が涼太の顔を見馴れない不気味なものに変えていた。怯えを感じ、知子はあわてて涼太の軀にしがみついてゆさぶっていた。

「どうしたの……どうかしたの」

涼太の空洞の目にのろのろと灰色の眼球が動いた。

「あなたは……小杉さんが死ぬまで、ぼくを待たせるつもりなのか……」

「…………」

「みんな長生きするさ、あなたたちは揃いも揃って、超無神経な人たちだからな、ぼくみたいな普通の人間が、

いちばん早く死んで片づくよ。あなたは何もわかっちゃいないいんだ。二人の男に見送られて、迎えられて、あなたは幸福そうに小杉さんと引きあげる。銀座であなたたちと別れて、あの日ぼくがどうしてすごしただろうなんて考えてみたこともないんだ。一カ月心配して待って、待って、その揚句、二人で仲よく帰るのを見送って、どうして時間がつぶせるんだ。仕事なんか出来るものか。へとへとになるまで車をのりまわし、映画館に入り酒をのむ……あなたの想像してみたこともない時間だ」

涼太は急に軀をおこすと、ふとんの上にあぐらをかいて坐り、一角獣でも見るような気味悪そうな冷やかな目つきで斜めに知子を見おろした。あわてて知子は毛布をずりあげて軀をおおった。その仕ぐさが醜く涼太の目に映っているのが感じられて、知子は軀が熱くなった。起き上ろうとしたが、涼太の目の冷やかさに軀が凍らされたようにこわばっていた。

「全く不思議な人たちだ。よくも、八年間もけんか一つしなかったなんていい気でこられたもんだ。三人が三人ずるくて、狎合《なれあ》いでごまかしあってきたんじゃないか。せんじつめれば愛の不能者のより集りだ。二言めには小杉さんの優しさをあなたはいう。あなたは優しさという阿片で魔法にかけられているだけじゃないか」

「慎ははじめから、奥さんを愛してることをあたしにかくしてたわけじゃないわ。でもあの人よりあたしを愛してるって自覚があたしにあればいいじゃないの」

「じゃなぜ、向うと別れようとしないんだ」

「あたしが、望まないからよ」

涼太が顔色を変えた。

「慎はあたしが呼べば来ると思うわ、でも慎って人はこっちへ来てしまえば、向うが気になってたまらない人なのよ。そうなった方が今より惨めだわ、だからあたしはそうしないだけよ」

涼太の蒼白い頬にふっと冷笑がわいた。

「大した思い上りだな、そこまでおめでたい人だと思わなかったな。賭けてもいいよ、小杉さんがあなたといっしょになんかなれるもんか。それが出来るなら八年間一度も試みてみようともしない筈があるもんか。イージーなだけだよ、ためしにやってみろよ」

「あんたに何がわかるの、慎とあたしにはあんたのしらない、きずいてきた生活があったのよ。今のあたしはあの人につくられたあたしなのよ。あなたが昔好きになったあたしと、今のあたしははっきりちがう人間なのよ。

あなただってそのことを内心ちゃんと認めているんだわ。はじめっからあたしは、あなたに慎のことをかくしてもいなければ、愛していないといったこともないわ、あなたからそんなに云われるいわれはない筈だわ」

「それじゃ、ぼくのことは何だ、浮気か」

「憐憫よ」

云ってしまったと思った時、知子の軀から毛布がひきちぎられていた。見せたことのない狂暴な力で涼太は知子におそいかかった。知子もはじめて見せる荒々しい抵抗をした。汗でぬめる二つの軀が声もなくのたうちまわった。骨の鳴る音が誰のものかわからなかった。憎悪をこめて知子が涼太の手首に歯をたてた時、涼太は荒々しく知子の中に押し入ってきた。冷たい声がかすれた咽喉をもれてきた。

「今、あそこでも、こういう状態だ。そんなこと考えてみたこともないのか」

涼太の動きの下で貧血をおこし、意識を失っていきながら、知子は心に慎吾の名を呼びもとめていた。

夏が燃えさかっていた。

慎吾が来ている日々には涼太はさり気ない電話をかけてきた。慎吾が出ると、勤め先の三流広告代理店の景気の話や、野球の話や二日酔のことを愛想よく話した。

慎吾の機嫌のいい笑い声まじりのあいづちのうち方で、知子にも話の内容が想像出来た。

慎吾にかわってようやく知子が出た時は、涼太はじぶんの道化の浅ましさに自己嫌悪がふきあげてくる最中で、声も出ないことが多かった。受話器に荒々しい呼吸が乱れ、乱暴に断ちきるように電話はきられた。

「相当ヒステリーだな、涼太くんは」

慎吾はある日の涼太の電話のあとでいった。

「あの人は慎と別れて結婚してくれっていうのよ」

知子はあんまりすらすら出たことばが、一瞬じぶんのものとも思えなかった。無意識にせよ何という狡猾な告白だろう。真実を何ひとつ告げないこんな告白の方法もあったのか。慎吾は皮肉な声でいった。

「そんなこと、わかってるさ」

「えっ」

「当りまえじゃないか。知子のことなら何でもわかってる」

知子の頰が冷えた。慎吾の表情の少ない顔をまじまじとみつめた。そこからそれ以上、何も見出すことが出来なかった。けれどもつづいた慎吾のことばが慎吾の『わかってる』程度を教えた。

「いいかげんにあしらっておいた方がいい。甘い顔みせるとつけあがってきて、深入りされてしまうとうるさいよ」

それから吐きだすように冷たい声でつけくわえた。

「おかしなやつだ。人のものばかり欲しがる。女くらいじぶんでさがせばいいんだ」

「どういうこと」

「じぶんでいつだか得意そうにいってたよ。別れた女房だって、バーのマダムで旦那がいたって。昔の知子の時だってそうだろ、それにまた今度だ」

「昔はあたしが悪かったのよ。それであたしにはあの人に負目があって、どうも冷たく出来ない」

また、本音を半分ないまぜているると、知子は自分のことばにあきれていた。

「色恋なんか二人の責任だ、どっちだって加害者で被害者だ」

「最初の恋愛がそうだと生涯そういう女ばかりにひかれるってこともあるんじゃない?」

「そんなの感傷だよ」


にべもない云い方であった。涼太に対してこんな冷たい感情が慎吾の中にあったのかと、知子は驚かされた。

去年の暮、知子は例年になく旅に出るのが億劫になっていた。

慎吾は妻と別れようかと一度も云わないように、大晦日を知子と共に過ごそうとは、一度も口にしなかった。約束の帰宅の日を守る律儀さで、家庭に「夫」の形式の必要な日は、必ず海辺の家に帰っていた。いつか知子は、慎吾が、『心おきなく』海辺の家で正月が迎えられるように、年末からひとりで旅に出かける習慣をつくっていた。知子にとっては一年中で一番惨めな数日であった。

年の瀬もせまって知子ははじめて慎吾にいった。

「あたし、今年ここで正月するわ」

その時の知子の気持の中には、もしかしたら慎吾が、例年とは違った正月の仕方を計画するのではないかというー種の期待があった。慎吾が気弱そうな、困った表情になり、

「元旦は出来るだけ早く来るよ。寄席にでも行こうか」

といった。

大晦日の夜から知子はひきこんでいた風邪がこじれて、発熱した。

約束通り、元旦の昼前やってきた慎吾は、知子の枕元につききりで看病した。慎吾の看病のうまさは自慢のもので、慎吾に背中をあずけきって、汗の寝巻をとりかえてもらう時、知子はほとんど慎吾の愛撫をうけているような気持にさえさせられる。

慎吾のやさしさに気分をゆるめきっていた三日の朝、

「もう大丈夫だな、明日一日まだ用心して寝てなきゃいけないよ」

と慎吾が立ち上った。物静かに手早く外出の身支度を終ると、オーバーに手を通しながら、

「今夜、用があるんだ。六日に来る」

といった。昼で知子の額の熱をたしかめ、

「もう大丈夫だな」

じぶんに云いきかせる調子でつぶやき、それが特徴の猫のような足音のない歩き方で立ち去った。

その翌日、思いがけなく涼太が十二年ぶりでふいに訪れてきたのであった。涼太が結婚にも失敗し、生活も華やいでいない、いわば萎えたような状態だったのが、孤独な気分におちていた知子にはかえってなつかしいものに映った。二人はお互いにじぶんの方が相手の人生を狂わせたと信じこんでいたから、寛大で優しく向かいあった。

涼太は知子のむきだしにされた孤独な表情に、すべりこむすきを見つけた。

その日から慎吾がいても涼太は公然と訪れてきた。

かつて、慎吾と知子が結ばれた時のように、とりたてて云えるほどの理由もなく、二人はずるずる深みに入っていった。

涼太にむかうと、知子はそれ以外の話題が考えられないように、慎吾のことを口に上せた。

「全く不思議な人ねえ、慎はいったいどの駅あたりでむこうとこっちの心をきりかえるのかしら、考えてみれば不思議な人ねえ」

「小杉さんだけじゃないよ。不思議なのは、あなたも、むこうの奥さんも、ぼくもだんだん、おかしくなってきている」

「もしも、天災がおこったら、どうするでしょう。丁度、真中あたりを電車が走っている時、天災がおこれば、一番気が楽でしょうよね、どっちにも義理がたって」

そんな話の中で、知子はまるで涼太という鏡に映る慎吾をたしかめるように、しだいに慎吾との生活をふりかえるようになっていた。

涼太の悶えは日一日と深くなった。つぶれかかった会社に出ているのやら、いないのやら。不眠症がひどくなったといっては真夜中に毎晩のように電話をかけてくる。

深夜の電話ボックスから聞える涼太の声の間には、犬の声やパトカーの警笛や、鋭い風のうなり声が伴奏に入った。

いきなりほとばしるような男泣きの号泣が耳にとびこんでくることがある。幼児の泣き声よりも、もっとひたむきな哀切なひびきが、受話器の中の潮騒のような雑音とからみあってくる。知子は全身に刃をきりこまれるような痛みを感じながら、

「泣きやみなさい」

「泣きやむのよ。早く」

「ばかっ、泣きやめ」

じれて、壁を叩きながら、知子もしまいには地蹈鞴《じだんだ》ふんで泣きだしている。酔って自制心を失った涼太の狂態だと想像しても、知子も涼太の激情に巻きこまれていかずにはおれない。

「もう厭だ。ぼくは男妾《おとこめかけ》じゃない。あなたの扱いはそうじゃないか、でなかったら、そっちは娼婦だ、あなたは精神的娼婦だ」

「おれはずいぶん馬鹿にされつづけたと思う。あなたは木偶《でく》だ。意志なんかない人間だ」

いくら云いつのっても涼太の悶えが晴れるわけでもない。逢えば、

「もうどうなったっていいんだ。ぼくはもうどんな立場だってがまんする。あなたが時々逢ってくれるだけでいい、ほんとにそれしか望まない。あなたが苦しむのをみるのはいやだ。捨てないといってくれ」

知子の膝にとりすがっていう同じ口から出る罵声だった。

受話器の中に鋭いパトカーの警笛がひびく度、知子は道路に血だらけになって倒れている涼太の幻影に悩まされた。

逢う度、涼太のやつれがめだち、もうそれは、夏やせとよぶ限度を越えてきた。あきらかに病的な衰えが涼太の全身を蝕《むしば》んでいた。

ある日、慎吾の机にあった百花譜をひきよせようとして、知子はその下からあらわれた一通の手紙に気づいた。封筒からぬきだされたままの手紙は、いかにも無造作にそこに捨てておかれた形だった。何気なくとりあげて

ひらいた。慎吾によく似た文字を一行よみおわるまで、知子はうかつにも、慎吾の手紙を読んでいるような錯覚をもった。

それは、慎吾の妻から夫への手紙だった。

「ハボちゃん、ぶじ帰っていきました、よろしくって。今ラジオで一万メートルの海底にもぐった潜水艇の話を聞きました。そんな深い水中にもやはり生きて、動いている世界といのちがあるというのが怖いみたいです。

高倉さんのデブ奥さまの服仕たてています。お嬢さんの方だと縫ってても愉《たの》しいけれど――この人どうしてこう趣味が悪いのかしら。

ラリーがすこしおなかこわしていて元気ありません。メメのところへは、毎晩、酒屋のトラが通ってきて恋の季節です。洋子がメメの口ひげをきってみたいとおっかけるのでメメは大分おヒスのようです。

洋子はこのところ試験勉強で気味が悪いみたいな慎みようです。

この前のケーキ買ってきてくださいって。

咳《せき》はいかが。

ゆき

しんごさま

」

知子はすうっと血が冷えていくような目まいを覚えた。彼等の年齢や、結婚生活の長さからみれば、異様なほど若々しい情緒の匂う文面だった。

知子の知らない知人の名、知子の知らない猫や犬……これまで強いて描いてみようとしなかった彼等の『家庭』を出来るだけ写実的に思い描こうとして、知子はかえって反射的に自分の周囲を見まわしていた。

窓際の二つの机、机の上にも畳にも散乱した本や布や型紙、未整理の郵便物、学生下宿と大差ない殺風景さ。犬や、猫も、憩いの場の甘さも、まして、恋の隠れ家の秘密めかしいなまめきさえ、もはや、そこにはあとかたもなかった。

どうやって、そこまで来たのか覚えもなかった。

涼太の窓が開いているのを見て、知子は涙があふれそうになった。慎吾の居ない部屋で慎吾の妻のなまなましい声を聞いたような不気味さがまだ軀をほてらせ、駆けつづけてきた頭の中は空洞になっていた。

いつものノックをしても部屋の中に動く気配もなかった。

「あけて」

知子はひそめた声をかけた。いつもならノブに手をかけるが早いか、内側から開いていた扉は、それでもあかなかった。知子はこきざみに、ノックをつづけた。

「あたしよ」

ようやくドアがあいた。

知子がドアに鍵をかける間に、どさっと音をたてて涼太は部屋の真中にころがった。知子ははじめて涼太の浴衣のかげの右脚が、膝から足首まで繃帯でつつまれているのに気づいた。

「どうしたの」

声が上ずっていた。

「オートバイでかすられたんだ」

「まあ、危い！　酔ってたのね！　だから、いってるじゃないの、夜なかにあんなに酔っちゃいけないって、大丈夫？　ね、大丈夫」

そばへよろうとする知子を寝たまま涼太は片手でさえぎった。くるっと寝がえりをうって、知子に背を向けた。

知子は、その横で壁にもたれると、急にまたここまで持ちこたえてきた感情があふれたように昂奮した声でしゃべりはじめた。

「あたし……今日はじめてあの人の手紙、見てしまったの、気持が悪いったらない。べたべたしていやらしいの」

じぶんの感情にあおられた形で、知子は一度で目にやきついてしまった手紙の文句までしゃべっていた。

思いだせば思いだすほど、その文面は愛されている妻にしか書けない、夫へのものだと思われてくる。知子の声にはもう優越感も気どりもなかった。

「まったく、ばかにした話だわ、慎も慎だわ」

知子の上ずった声のとぎれるのを待ちかねたように涼太がいった。

「帰ってくれないか」

ひからびた、抑揚のない声だった。びっくりして知子はきょとんとした。

「どうかして」

「もう、厭なんだ。あなたのそういうみっともなさをこれ以上見たくないんだ。当り前じゃないか、そんな手紙。向うは夫婦だ」

「………」

「お願いだ、帰ってくれ……疲れた……」

天井にむきなおった涼太の顔は、面のように無表情に強張っていた。かさばった荷物のように、涼太の軀がそこにころがって身じろぎもしなかった。

知子は屈辱と甘えがいりまじって泣きだしていた。こんなところで、こんな男にこれほど惨めに罵倒されるのも、あの部屋に慎吾がいないせいではないか。

涼太がふいに立ち上った。知子の前を足をひきずっていきなりドアの方へいった。

「あなたが出ていかないなら、おれが出る」

とめるひまもなかった。知子は全身の力が萎えてそこに坐りこんでいた。

いっとき、涙が出るにまかせていた。

涼太の机の欠けた鏡の中に、泣きはれた醜い顔があった。目尻に皺をきざんだ三十八歳という女の年齢が牙をむいて知子にむきあっている。

旅からもちかえった陽やけは消えていたが、顔の肉はおち、化粧がとれてむきだされた素顔の皮膚は、目の下にしみをうかせ、てらてらと黄色く光っていた。一夏で急に老けたと思った。

「女の情事は五十までよ。五十になって、裸の自分にひけ目を感じるようになればもうおしまいよ。摂生しても鍛錬しても、顔とちがって軀はごまかせないわ」

様々な噂にかこまれた年上の女友だちが、いつか云ったことばが思いだされてきた。

どうひいき目に見ても知子の女の命はすでに凋落の季節に足をふみいれているとしか思われない。この醜いじぶんの中に六つ歳下の涼太をひきつけるなにがあっただろうか。

自嘲をこめ、歯のぬけおちた顔を想像して、知子は頰を吸いこみ、ひひと、笑い声をおし出してみた。

のろのろと立ち上り、もう来ることもない部屋をみまわし、ドアを押した。

日ざしのきらめきには夏の猛々しさがのこっていたが、空の青さの底にはすでに、疲れを沈めたような夏の終りのなまめきがあった。日かげの風は、さわやかな涼気をかすかにふくんでいた。

夏がものうそうにすぎようとしていた。知子にはこの夏がたいそう長かったような気がした。

旅から帰ってきてまだ二カ月しかたっていないのだった。急にその場に坐りこみたいようなおびただしい疲労が足をもつれさせてきた。腰を突きだし、知子は老婆のように一、二度、醜くのめった。この惨めさを慎吾以外に誰に抱きとってもらえるだろう。

今、帰っていく部屋に慎吾がいないことが心にこたえた。こういう切実さで、慎吾を求める時には、慎吾はいつもいなかったような気がした。

その翌日、知子は慎吾の家のある海辺の町の駅におりていた。

これまで八年間、知子はこの駅を通りすぎる度、決して無意識にすぎ去ることはなかった。急行が素通りするその駅の近くになると、本を読んでいても居眠っていても不思議にはっと気がついた。

たいていその時は、慎吾がその町の家にいる日であった。

この町のどこかに、慎吾が、じぶんの見たこともない妻や娘と、今、食事をしていたり、テレビをみていたり、散歩していたりするという奇妙な実感は、知子をいつでも不思議な感動にひきいれた。一種のなつかしささえあった。こっけいなことに、知子は慎吾の家がその町のどの方角にあるのかも知らなかった。知子が八年めにはじめて慎吾の欲しないことを慎吾の前へしに行こうとしているのだ。

それはこれから、慎吾につげようとすることにくらべたら、およそ、何でもないことに思えた。

避暑地の入口として有名なその駅の前は、強い陽ざしをあびてバスが無数に居並んでいた。


慎吾が好きな白い上布《じょうふ》の着物をきた知子は、手に慎吾の黒い旅行カバンをさげていた。何のためにそのカバンをさげてきたのかわからなかったが、出がけに、それが目につくと、知子は無意識にとりあげていた。慎吾の手あかのしみたさげ緒は、よく取れかかって、妻の手でも知子の手でも修繕されていた。

おりた駅前で、知子は手みやげに菓子を買った。はじめて乗りこんでくる夫の女から手みやげの菓子を渡される妻の立場を、金を払いながらちらと思いうかべたが、菓子おりを慎吾のカバンに乱暴につっこんだ。

菓子屋にきくと、慎吾の家の町名は、広い国道を左へ進んだ方にあった。

目標はただ一つ、ガラスの綿をつくる工場であった。何かの話の折、慎吾が家のすぐそばにそんな工場があるといったのを、知子は心にとめていた。

「××町のガラスの綿をつくる工場はどの辺りでしょうか」

何度も人にたずねてみたが、誰もけげんな顔をして、そんな工場はしらないといった。××町は線路をはさんだ意外に広い地域だということだった。

白い国道は夏の陽ざしに焼かれ、ぶよぶよとしまりなくふくらんでいた。陽かげの全くない道をじりじり陽にやかれながら、歩きつづけ、知子はしだいに頭の中が空虚になってきた。

たずねると、人毎にみんな全く前者とちがった方向をいった。まるでそこには慎吾の意志が働いて、知子を近づかせないような気さえしてくる。

何の目的で慎吾の家を訪ねているのか、もう知子の頭には考えられなくなっていた。

八年前、やはりこうして慎吾の家を探した、たった一度の経験が、昨日のように思いだされてきた。


慎吾が知子の部屋に来はじめて間もない頃、日ましに慎吾への恋の想いを知子が思いしらされているような日々であった。

便りもなく、慎吾の来ない日がつづいた。

知子はもう、慎吾の病気を疑うことが出来ず、じっとしていられなかった。その頃の慎吾はもう一駅先の妻の実家に住んでいた。

知子はまだそういう事情さえしらなかった。

番地だけをたよりに夢中で駅におりていた。急に思いたって出かけたら、着いた時は、陽が落ちていた。暗い海辺の町を訪ねあぐね、知子は二時間も迷いつづけた。

柵のない鉄橋にさしかかり、ハイヒールをぬぎ、犬のようにはいつくばって早瀬の音の上で行き悩んだりした。どこで破れたのか靴下は無数の傷になっていた。身動きする度新しい傷が走った。

ようやく探しあてた慎吾の家にしのびこむため、二度めに靴をぬぐ時は、じぶんでも驚く素早さでその動作を終っていた。暗い庭の隅に息をひそめ、知子はおびえた獣のように全身を神経にしてうずくまった。靴下を通してくる夜露が、しめった土の冷たさを全身で吸いあげていた。

うずくまって見上げるせいか、建物は思いがけず巨大な影に見えた。知子の知っている慎吾の貧しさと、夜目にも大きないかめしい二階家との不釣合に、知子は惨めに気持がひるんでいた。

二階の雨戸のかすかなすきまから、光が滲みだし、縞を描いているのが目に映ってきた。小さな節穴にも黄色い光が雫のようにたまっていた。半時間近くもうずくまり、身動きもとめて秘《ひそ》かに泣いた。その時になって、ようやく疲れが感覚となってきた。

たとえ今、慎吾が雨戸の奥で死にかかっていたとしても、知子の入る場所はそこにはなかったのだ。凍えた指先で足元から小石を拾いあげ、のろのろ背をのばすと、たてつづけに光の縞にむかって石をなげつけた。石は虚しい弧を描き、どれもみな闇の途中から弱々しく落下した。一つだけ木の幹に当り、かすかな鈍い響をたてたのが聞えた。

トラックが目もあけられないような砂埃を、知子の頭から吹きつけて去った。追憶がきれた。荷台の上にいた若い男たちが、和服のため、遠目には派手に見える知子をみて、野卑な口笛を吹きならした。汗にぬれ化粧が落ち、髪が乱れ埃をかぶっていることも、もうどうでもよくなってきた。慎吾の妻に今更、きれいに見てもらうこともないだろうと、知子は不貞《ふて》くされる気持であった。

道ばたの家の軒先に入り、知子は、汗と埃をふいた。ハンカチが気味の悪いくらい黒くなった。

家の中から青いワンピースのお下げの少女が出てきた。知子は少女に、何度きいたかわからない慎吾の家をもう一度訊ねた。

「ああ、小杉さん」

少女は慎吾の娘の名をいい、学校友達だと快活にいった。知子は茫然として少女を見た。小麦色に陽やけした少女の軀はのびのびと気持よく育ち、うぶ毛の光る頬から首すじへかけて女の生涯で一番清らかな線をほのぼのと描いていた。慎吾の娘は高校三年になっているのだった。慎吾と知子が知りあった頃は、まだ小学校の三、四年生だった筈だ。心がしいんとしびれるような歳月の厳粛さと怖ろしさにうたれた。

どうして今まで一度も、慎吾の妻も、じぶんも、三人で逢おうという心をおこさなかったのだろうと不気味な気がしてきた。涼太の、

「あなたたちくらい不潔で卑怯な関係はない」

と吐きだすようにいっていたことばが心を刺してきた。

慎吾の家はそこから二百米とはなれていなかった。さっきから二度もそこを通りすぎていたことに気づいた。槙垣《まきがき》にかこまれた、ありふれた小さな平屋だった。門にすっかり薄れた慎吾の字で標札が出ていた。

垣根のすきまからのぞくと、庭に面した座敷の縁近くに浴衣の人影が見える。慎吾だった。背後の壁ぎわに本棚が並んでいた。

急に軀に鉛がこめられたように身動きが緩慢になってきた。着物の下に一せいにふきだす汗の冷たさが感じら

れた。顔から血の気がひいていくようであった。まっくろになったハンカチでむやみに足袋をはたいた。はたいてもはたいても埃がとれなかった。

慎吾のカバンをにぎりしめ、知子は本能的に足音をしのばせるようにしてしおり戸の中へ入っていった。妻が出てきたら、一目で名乗らなくてもわかるのではないかと思った。

塀ぎわの埃っぽい八つ手のそばに立ち止まると、縁側の人影が立ち上って首をのばした。慎吾と目があった。

知子の顔が泣き顔をがまんする子供のように力み、ゆがんでいった。

「どうした」

驚いても表情のかわらない慎吾の声がさすがにふるえていた。

「来ちゃった」

「誰もいない、上んなさい」

早く知らせるように、誰もいないということばに力をこめていた。それを聞くと、全身からはりつめていた気が萎えていった。こわばった頬がゆるみ、安心して、知子は涙の出るにまかせた。

「暑かったろう。颱風が明日からだからやけに暑い」

慎吾にしては言葉が多かった。

「迷って、迷って、ここ二度もとおったのに……一時間以上も歩いて、みんなちがうとこ教えるんだもの」

「いないんだ、今朝から東京へ二人で行ってる」

玄関でちゅうちょしている知子に慎吾がもう一度いった。

玄関にまだ新しい男下駄と、はきなれたビニールの水色と黄色のサンダルがちらばっていた。

家の中は森閑としていた。

「お水ちょうだい」

居間とも茶の間とも見える雑然とした部屋に通されると、知子はいった。

慎吾がだまって水を汲んできた。その間にミシンとか裁物台とかこげたアイロン台などが、順序もなく目にとびこんでいた。慎吾の妻の内職の道具だった。

水をのみおわって、はじめて涙がかわいた目に、慎吾の顔が見えてきた。不精ひげがのび、びっくりするほど老けた顔をしていた。知子の部屋でもこの頃では白いものまじった髭をそらない日もあるが、こんな老けた顔を知子ははじめて見た。年の割に髪が多く真黒な慎吾は、日によってはひどく若く見えることもあった。

「どうした」

もう一度いって、はじめて慎吾がつつみこむようないつもの目でみつめ笑った。つりこまれて知子も笑顔になり、もじもじした。

「おしっこ」

慎吾が知子の肩をおし廊下を案内する。古風な厠《かわや》の中でひとりになると、ふいにまた涙がこみあげてきた。涼太の下宿のベニヤ板くさい厠を思いだした。

この家にいる慎吾が知子の目にはどうにも坐りが悪く、見なれた知子の部屋の慎吾の方が、主人らしく堂々としているような気がするのが不思議だった。座敷にもどると慎吾が中腰でコップにビールびんから麦茶をいれていた。

「ひげ、すったら」

「うん」

すぐ廊下の洗面所へいって慎吾はかみそりをつかいはじめた。

知子は素早く部屋を見廻した。この次の部屋の方が客を通すのにふさわしいらしいのに、慎吾がこの部屋に知子を案内したのは、この部屋がどこからも見られないためのように思えた。次の部屋は、道路からその気になればまる見えになる。

テレビの横に慎吾の毎晩欠かせない菊正のびんが、三分の一ほどの酒をのこし突っ立っていた。いかにも思いたってすぐに出ていったという感じで、部屋は雑然としているせいか、かえって、妻や娘の気配をその部屋になまなましくのこしていた。

首をまわすと、壁にハンガーにつったワンピースがかかっていた。思わずぎょっと知子は身をひいた。背後からずっとその服に見つめられていたかと気味が悪かった。一目で慎吾の妻の不断着とわかった。まだ体温や汗の匂いがのこっているようななまなましさで、その服は一種の表情をもって下っていた。小柄な中年の女の軀が想像出来た。

日盛りの庭には草が埃をかぶり、土が乾涸《ひから》びていた。ペンキのはげた空の犬小屋が雨ざらしになり半分くちかかっている。

「犬どうしたの」

「ずっと前死んだ」

あの手紙はいつのものだったのか。

入った時から肌にひやっと感じていたものの正体がしだいにわかってくるようだった。家全体にどこか投げやりな心のこもらないすさんだ感じがただよっていたのだ。

家には人が住んでいるのに心が住んでいない冷たい雰囲気があった。

知子の胸の奥に熱くたぎってくるものがある。まともにのぞいてみたことのない八年間の慎吾の妻の心の奥の昏さと荒涼が、真向から、黒い冷たい風になって吹きつけてきた。

この家で夫を女の部屋に、子供を学校に送った後、ひとりで坐っている。中年すぎた小柄の女の薄い背姿の孤独な影。

心に痛みがはしった。震えが背骨をつきあげてきた。じぶんのしてきたことの怖ろしさにつきあたり、はじめて知子の頬が青ざめてきた。

涼太の号泣する声や罵ることばや、灰色にうごかなくなる魂のぬけたような瞳が浮ぶ。

「あなたはぼくにしている以上に小杉さんの奥さんにひどいことをしているんだ」

慎吾が剃りあとのさわやかな表情になって入ってきた時、知子はうちのめされたような顔をした。

「出ましょう。ここ、居辛い」

「うん」

慎吾と歩くと意外な近さに駅が見えてきた。

うつむきかげんに涙をぼたぼた落しながら歩く知子と並んで、慎吾は何となくぎこちなく軀をこわばらせていた。どこで近所の人が見ているかわからないのだ。

「あの人に逢って、どうしたらいいか三人で話したかったの」

慎吾はだまって知子の歩調に合せていた。

「突然のようだけど、今日来てみて、ずっとやっぱり、心の底では考えていたのかもしれないと思った。どうにもならないんでしょう。ねえ、慎はあの人たちと別れることって出来ないんでしょう」

やはり慎吾はだまっていた。

「慎はやさしいから……それはできないのよ。あたしは、いつでも慎が決心して来るならひきうけるつもりでいたの、あの人たちとの別れ話は慎の問題で、あたしの心はもう決ってるんだから関係ないと思ってた。でも、そうともいえないような気が今してきた」

慎吾の無口は今に始まったことではなかった。慎吾と暮すようになって、知子はじぶんの心のうちは慎吾にむかって話すことによって発見し、その上に、慎吾の心の中まで代弁するくせがついていた。

涙はかわいてきた。

「もし、あたしの方へ来てしまったら、慎はこっちの人のことが心配でたまらなくなって、ぬけだしてでも見にくるようになるでしょう。それは……いやなの」

涼太にも同じことをいった。でもそれだけでは嘘だ。本当は、慎吾をひきとるまではよくても、妻と娘へ仕送りすることが厭なのではなかったか。三十万円を本妻が愛人に請求し勝訴した話があった。三十万円で夫が買いとれるなら、生活力のある独身の女はどんなに選り好みして「妻たち」から「夫」を買いに行くだろう。

駅前に来ていた。

「ビールのむか、コーヒーにするか」

慎吾が口をきいた。

「コーヒー」

先に立って慎吾は細い路地の中に入って行った。東京風のしゃれた喫茶店があった。

向いあって坐ると、知子は目の中が昏くなるような疲労を感じてきた。慎吾は相変らずおし黙ったまま、煙草を吸いつづけた。

知子には慎吾が今、何を考えているか手にとるようにわかった。一から十へ飛ぶような、飛躍しがちな知子の心の経緯をたぐっているのだ。衝動的な行動をする知子の行為にも、必ず原因がある筈だった。

知子は慎吾の無言の問に答えなければならないような気がしてきた。

ふいに知子は顔を歪め、慎吾を見つめたまま、しゃくりあげた。

「ごめんなさい……涼太とずっと……どうしても云えなかった……」

「…………」

脳髄をひきぬかれたような虚脱感におそわれた。目まいのしそうな恐怖と安堵が、一瞬知子に痴呆のような表情をとらせた。

小さなテーブルの上に、両手をねじりあわせ、頭をつきだし、知子は全身で嗚咽《おえつ》をかみしめてふるえていた。

「ごめんなさい」

慎吾の大きな掌《て》がテーブルごしに知子の頭を挟んだ。知子の嗚咽を静めようとするように、その掌にじわじわ力をこめておさえつけていた。

電蓄から空気をひきさくようなジャズがとどろいてきた。

慎吾のひくい、沈んだ声がその底から聞えた。

「あやまるのは、こっちだ」

長い時間がすぎた。

「惚れてるのか」

慎吾がきいた。

「……わからないの……どうしていいかわからない。こんなふうになるなんて、ほんとに考えてもいなかったの」

知子は急に、いらいらした目つきになり、

「こんなことでは、何も仕事が出来やしない。この夏、あたし何もしなかった。秋の展覧会のも、木の実会の出品展のも、何の準備もできていないの。厭なのよそんなの、だめになってしまう」

まるで仕事の出来ないことが、二人の男の責任のような云い方であった。

「旅行でもしてくるといい」

慎吾の口調には、知子の気分の舵《かじ》は取りなれているという落着きがあった。

どれほど、そこにそうしていたか覚えなかった。

外に出た時は、日盛りはすぎ、黄昏が黄いろっぽくあたりをつつんでいた。

颱風の近づいてきたことを思わせる生温かい風が、駅前の広場に、つむじ風をまきおこしている。

キップ売場の方へ肩を並べて行きながら、ふと、知子が足を止めた。

「今頃、帰ってくる時間じゃないかしら」

東京へ買物に出た慎吾の妻と娘に、プラットフォームで逢う場面がとっさに知子の胸をかすめた。今、逢えば、教えられなくても知子には彼女たちを一目で当てられるような気がした。

「バスでも帰れるよ」

と慎吾がいった。慎吾の表情の中にも、三人の女がばったり逢う場面が浮んでくる当惑がういていた。

「バスにするわ」

知子の声は慎吾の欲求を先まわりして推しはかる、いつもの物わかりのよさをこめていた。

バスの入口で、知子がふりかえった。

「今日、あたしの来たこと、いったこと、あの人に、みんな話してね、涼太のことだって、かまわない」

慎吾はそれにはだまってうなずいた。

もうステップに足をかけた知子の背を、慎吾の声が追った。八年間、知子の聞きなれた、いつもの声であった。

「あさって、行く」

三《み》浦《うら》綾《あや》子《こ》

尾灯

一

台所で、雑煮《ぞうに》のねぎでも刻んでいるのか、トントンと軽い音がする。平川《ひらかわ》良三は、茶の間のストーブのそばであぐらをかき、元旦の新聞を読んでいる。大柄な体だ。細い目だが、老眼鏡のせいで少し引き立っている。

卯《う》年にちなんでの特集がある。卯年の政治家、作家、芸能人たちに「今年の抱負」を語らせているのだ。どの顔写真も、大きな笑い声が聞こえそうな明るい笑顔だ。

(今年の抱負か)

良三は胸の中でつぶやく。定年を過ぎて五年、民間会社に勤めながら、やっと五万の給料をもらっている自分には、もう抱負などという言葉は無縁のような気がする。月八万ほどの年金もあるから、生活はまあまあだが、とにかく「抱負」を持ち得ぬ人生であることを、良三は改めて知らされた気がした。

妻の京子が、出来上がった雑煮の鍋を運んできて、食卓の上に置いた。

「うむ、うまそうだな」

みつばの香りが漂った。

「さあ、美味《おい》しくできていたらよいけれど」

暮れに、栗色に髪を染めた京子は、年より四つ五つ若返って見える。雑煮にみつばの香りがして、妻が四つ五つ若く見えれば、まずはめでたい正月といわねばならぬと思いながら、熱燗《あつかん》の銚子を自分の盃に傾け、飲みかけて気づいたように、

「どうだ、お前もやらんか」

と京子のほうに銚子を差し出した。

「だめよ。頭がもうっとなって」

京子は眉根をよせたが、

「じゃ、まねごとだけ……」

と、傍《かたわら》の茶ダンスから盃を出す。食卓の上には、黒豆、きんぴらごぼう、うま煮などが定石どおりに並んでいる。

良三は銚子をとりながら、

「まだこないか」

と、時計を見上げる。もう八時二十分だ。

「まだですよ。けさからもう三度もおっしゃる」

京子は盃にちょっと口をつけたが、すぐ雑煮の茶碗を持った。

「何をやってるのかねえ。昔は暗いうちに配達したというのに……」

「そんなことをおっしゃるくらいなら、暮れのうちにでも配達してもらえばよかったのよ」

上目づかいで、ちらっと良三を見る。

（うむ）

見合いの席で、はじめて見た京子の上目づかいは、はじらいがあって愛らしかったと良三は思う。それが今では、どうかすると咎《とが》めだてをしているように見える。

「いやだな、年末に配達される年賀状なんて。味気《あじけ》がないよ。こうして、まだかまだかと待っているのが、元旦らしさというもんじゃないか」

良三のもののいい方は生来静かだ。そのために良三は損をしたことが多い。勤務先の会議では、声の大きい者の意見が通ったたし、対人関係でも、良三はいつも一歩引き下がった立場に立たされてきたような気がする。

玄関で、カタリと音がした。郵便受けのふたが開いたような音だった。良三は飲みかけた盃をおいて出て行く。その背中を、以前よりだいぶ丸くなった、と思いながら、京子は黒豆に箸を伸ばす。

「ようやくきたよ」

玄関で良三がいう。

どうやら玄関に立ったまま、さっそく目を通している気配だ。去年のとおりだ。

「こちらでゆっくりごらんになったら？　寒いじゃありませんか」

「うん」

良三は百枚余りの年賀状を持って入ってきた。

「去年より少し少ないようだな」

「そりゃあ、あなた、年々少なくなりますよ」

年末に、喪中の葉書が幾枚かあった。その中に良三の友人が二人あった。が、賀状が少なくなるのは、そのせいばかりではない。定年になるまでは、出入りの業者からも、部下たちからも、年々几帳面《きちょうめん》に賀状が来ていた。それが定年の翌年には現金に減り、年々減っている。

（もうここは出さなくてもいいな）

そう思いながら、自分も同じように外されていくのを良三は感ずる。

良三は賀状をパラパラと見ては、酒を飲む。見るというより探しているのだ。

「来てますか」

京子もテーブル越しにのぞきこむ。

「うむ……」

「来ていませんか」

「……ちょっと待てよ。……お、来ている来ている」

「どれ、見せてくださいよ」

「待て待て、俺が読んでからだ」

待っていたのは、娘の亜伊子《あいこ》の賀状なのだ。

「何とかやっています。今年は、正樹と三人の正月です。ご心配なく」

「賀正」といも版で押した横に、小豆《あずき》をばらまいたような、ぱらりとした字で亜伊子の言葉が書いてある。

良三には、義孝と亜伊子の一男一女がいる。義孝は旭川の銀行に勤めてい、亜伊子は東京の商社員の妻になり、生後三ヵ月の男の子がいる。良三は、遠い地にいる亜伊子が心にかかってならないのだ。

亜伊子の賀状を妻に手渡し、良三はきんぴらごぼうをつついた。ほっとした顔だ。

「うん、うまい」

口を動かしながら、重なっている順に賀状を読んでいく。

「相変わらずだな」

二十年この方、「謹賀新年」と印刷しただけの、函館にいる長兄の理一の賀状を京子に渡す。

「本当にね。一度何か書いてくださってもいいのに。皆さんお変わりないんでしょうね」

「変わりがあれば、何かいってくるさ」

銚子一本で酒を終わり、良三は雑煮に口をつけ、

「ほう、坂崎の奴、旭川に行ったか」

と、次の一枚を手にとる。

「謹んで新年のお喜びを申し上げます」

と印刷した余白に、細かいペン字で何か書きこんである。

「日頃ご無沙汰して居ります。昨年十一月の臨時異動で、釧路から旭川に参りました。とりまぎれてご挨拶が遅く

なり、申し訳ありません。おかげ様で栄転させていただきました。課長さんとすすきので飲んだ頃が懐かしく思い出されます。そのうち一度、機会がありましたらと、ねがっています」

　良三は機嫌のいい笑いを浮かべて読み返し、妻に手渡した。

「あら、坂崎さん、釧路から旭川にいらしたの」

「うん、課長になったらしい」

「まあ、早いご出世ね。あの方、まだ、四十五、六じゃない？　大学を出ていないのに早いわねえ」

　良三は総理府の出先機関に勤めていた。坂崎は、良三が札幌時代の部下だった。もう十年前のことだ。よく良三の家に来て、屋根の雪おろしや、日曜大工などを手伝ってくれたものだ。いつも、にこにこして気持ちのいい男だった。三年ほどして、良三は坂崎を函館の庶務係長に出してやるのに骨を折ってやった。四年後には、そのまま函館で課長補佐になり、今度は課長になったのだろう。京子のいうとおり、とんとん拍子の昇進だ。

「義孝のところに行った時にでも、顔を出してくるか」

　義孝も同じ旭川だ。

「あら、義孝のところにいらっしゃるの」

「まあな」

　義孝からの賀状を探しながら、良三は言葉を濁す。

　義孝の結婚は三年前だった。式の時、花嫁の扶由子《ふゆこ》は既に三ヵ月の身重だった。潔癖な京子はその事実を知ると、人の前で顔を上げられない思いがした。そんな京子の気持ちは、扶由子にもぴんとひびいた。利《き》かん気の扶由子はそれを根に持ち、汽車でわずか二時間余りのこの家に、遊びに来たことはない。

　孫の喜代美が生まれた時、京子は一度病院に見舞った。が、京子は、自分がするわけでもない出生届けのことを思うだけでも気がひけて、とても孫の誕生を喜ぶ気にはなれなかった。

　温厚な良三は、親のほうから顔を出せば、向こうも折れてくるにちがいないと、内々思っていた。で、機会があれば行ってみようと思い思いしていたのだが、なかなか機会もなかった。それが今、良三は坂崎の賀状を見てにわかに旭川に行ってみたい気持ちにかられたのだ。

　義孝の年賀状は下から二枚目にあった。

「明けましておめでとうございます。

　喜代美もおしゃまになりました。一度泊まりがけで、遊びにきて下さい。扶由子も待っています」

義孝の字は、細長く気弱そうに連なっていた。

手渡された義孝のハガキを京子は一読したが、

「扶由子さんが待っているか、どうかは、わからないわ」

と、険《けん》のあるいい方をした。

「いや、待っているかもしれないよ」

「そうかしら。そんな、素直な人じゃないと思うけれど」

「そう決めてかかるのが悪いんだよ。ま、とにかく義孝もこういって来ていることだし、行ってみようじゃないか」

「いやですよ。わたしは行きませんよ。この寒いのに。第一、親から年始に行く手はありませんよ。若い者が出てくるのが、当たり前じゃありませんか」

「あっちも顔を出しづらいんじゃないのか」

「出しづらくしたのは自分たちでしょう? 何も親がのこのこ出て行くことはありませんよ」

京子は、いったんいい出すと、往々自説を曲げぬところがあった。結婚以来、その気性は知っているので、これ以上いっても無駄だと思って、

「ま、お前は行かなきゃ、行かないでいいさ。俺は喜代美の顔を見たくなったから、行ってくるよ。坂崎とも久しぶりに会いたいしな」

京子は返事をしなかった。

二

一月の半ば、良三は金曜と土曜の一日半の休暇をとった。

久しぶりに朝寝をし、ゆっくり新聞を読み、良三は十一時の汽車で札幌を発った。汽車は少し遅れて、一時半に旭川に着いた。駅から平和通りの買物公園を数町歩いて、右に折れると官庁街になり、そこに坂崎の勤めるビルがあった。義孝の借家は大雪山寄りの郊外にある。

(ひとまず……)

坂崎のところに顔を出そうと思った。

坂崎は一緒に飲みたいといっていたのだ。ちょっと顔を出して、夕方どこかで落ち合う約束をしたほうがいいと思った。

良三は旭川に転任したことはなかったが、時折り出張してきて、建物の勝手はよく知っている。雪をかぶった前庭の丈高いオンコの木や、一かかえもあるニレの木が、数年前より一段と生長していた。

見知らぬ守衛に庶務課の坂崎の名をいうと、

「坂崎課長ですね」

といって、じろりと良三を見、何の感情も見せずにダイヤルを廻した。

「はい、平川良三さんという方がお見えです。はい、三階の庶務課にですね」

電話を切り、

「三階の庶務課にお越しくださいということです」

と、すぐに今まで見ていたらしい机の上の小型テレビに目をやった。

〈ま、世の中はそんなもんざんすよ、あなた〉

コメディアンらしい男の声が、テレビから聞こえていた。

コンクリートの階段も、部屋部屋にかけてある標札も、ついこの間見たかのように変わりがなかった。

庶務課のドアを開けると、煙草《タコ》で少し濁った空気の向こうから、

「やあ、課長、しばらくです。よくおいでくださいました」

と懐《なつ》かしそうな坂崎の声がしたかと思うと、いち早く立って来て、良三のオーバーをコート掛けにかけてくれた。満面に笑みを浮かべた坂崎の顔を見ただけで、良三は寒い中を旭川まで来てよかったと思った。

血色のいい、つやつやとした顔は以前と変わらないが、額がかなり禿《は》げ上がっている。が、良三は、

「坂崎君、君は変わらないねえ」

と、すすめられた椅子に腰をおろすと、坂崎は、

「いやあ、課長。見てくださいよ。この額を」

と、磊落《らいらく》に髪をなで上げて見せる。

「ああ、少しは広くなったかな」

「少しどころじゃありませんよ、課長。しかし課長はお変わりになりませんねえ」

坂崎は良三に煙草をすすめた。

「や、どうも」

今は民間会社で係長をしている良三に、課長という言葉は快い響きだった。

「早いもんですね、課長に初めてお目にかかったのが十年前……。いや、課長には札幌時代可愛がっていただいて……。懐かしいですなあ」

坂崎の机の上には、課長と書いた黒い三角の木標が置いてある。

「君は出世が早いな、定年の頃はまちがいなく部長まで行くんじゃないのか」

部長で定年になれば、文句なく出世である。

「いやあ、そこまではとても……」

と頭をなで、

「しかし、今日あるのも、課長をはじめ先輩方のお引き立てですよ」

「いやいや、君は公私共によくつとめてくれたよ。全く落度《おちど》がなかったからねえ」

と体を前にのり出し、良三は小声で、

「屋根の雪おろしなんぞまでやってもらってねえ、実に助かったと、うちの奴も時々言ってるよ。ああそうそう、くれぐれもよろしくいっていた」

「いや、どうも恐縮です。奥さんにも可愛がっていただいたなあ。ところで、どうです課長、今日は久しぶりに……」

と、人さし指と親指で、盃を持つ真似《まね》をした。

「いいねえ、久しぶりに……」

この男を、すすきのの居酒屋によくつれて行ったものだと思いながら、良三もうなずく。

「じゃ、今日の五時半頃、三条六丁目の大舟でお待ちしてますよ」

「大舟ね」

「え、イキのいい魚が豊富でしてね。酒もうまいんです」

「そりゃあいいねえ」


定年になってからは、もとの職場を訪ねても、こんなふうに喜んで迎えてくれる者は少ない。懐かしそうにはしても、実直一途《いちず》だった良三と一夜を過ごそうなどという者はいない。坂崎はよく気のつく、というより、少々目から鼻にぬける利口さの目立つ男だったが、気持ちの変わらない男だと、良三は心のあたたまる思いがした。

人を外らさぬ坂崎の話題は、十年前の職場の誰彼に移り、お互いの家族の話になり、現在の仕事の話に進み、また十年前にもどった。そこに、良三の部下ではなかったが、同じ職場だった者も二、三人いて、話に花が咲いた。ふと腕時計を見るともう三時を過ぎている。

「さて、じゃその大舟とかで……」

と立ちかけた時である。背の高い三十七、八の男が、

「課長」と坂崎の席にきて、

「今日五時から、各課長は緊急会議があるそうです」

「なに？　五時から？　君、冗談じゃないよ。ぼくは、今、五時半からの約束をしたばかりだよ」

「は、しかし、局長達示でして……」

「午後四時からじゃ、いけないのかね」

「はい、局長は五時近い汽車で東京から帰られるそうで……。それで、千歳から、随行の秘書の連絡が入ったら

しいんです」

「そうか、それは残念だなあ」

　椅子の背にもたれて、坂崎ががっかりした表情になった。

「いや、ま、残念だが、仕方がないよ。坂崎君、ぼくにも憶えがある。またの機会にしようじゃないか」

　良三もがっかりしたが、しかし思い切りよく椅子から立ち上がった。

　玄関まで送って行くというのを押し止めると、坂崎はドアの所まで送ってきた。

　一緒に飲む機会は失われたが、後味のよい再会だった。その満足をかみしめるように長い廊下を歩いて行き、右に曲がって階段を降りようとした。が、久しぶりに坂崎に会って、生理的に変調を来たしたのか、持病の脱肛が起きかかった。便所は階段のすぐ横手にある。良三はすぐに便所に入り、便器の上に跼《せぐくま》ると、脱肛を静かに押し上げはじめた。

　と、その時、靴音がして誰かが入ってきた。小用の気配を感じた時、また靴音がした。

「あ、課長もここでしたか」

　ちょっと照れた声は、たしか今、緊急会議の連絡に来た男の声である。

「おかげで助かったよ。お見事お見事、君は実に名優だ」

　坂崎の声だった。何のことか、良三にはまだわからなかった。

「いや、課長、こちらは真剣ですよ。しかし、緊急会議はいつもながらいい手ですね」

「全く全く。さっき、受付から電話が来た時、すぐに君に頼んでおいてよかったよ」

「お役に立って、何よりでした」

「うん、疾《と》うに退職した人にまで、いちいちつき合っていたら、こっちの金も体も持たんからなあ」

「本当ですねえ」

　二人の笑い声が、便所の外に消えた。良三は呆然と便所の中にうずくまっていた。

三

　義孝の家に向かう車の中で、良三はひどく惨《みじ》めだった。体《てい》よく追い払われたことも知らずに「じゃ、また」と、手を上げて別れた自分の姿が、ひどく滑稽に思われた。

（そうか、退職者にまでつき合っていたら、財布も体も

持たんのか）
穏やかな良三だが、いい難い憤りに体がふるえた。坂崎が雪おろしをしてくれたり、留守番をしてくれたのは、あれは単なる立身出世の手段だったのだ。今一緒に飲んだところで、良三が坂崎の立身出世の役に立つことは何もない。もはや良三は、坂崎にとって、一文の値打ちもない人間なのだ。
（あいつは、あのやり方で、まちがいなく部長になるだろう）
雪のちらつく窓外を、見るともなく見ていた良三は唇を歪《ゆが》めて笑った。

玄関のドアは難なく開いた。が、人の気配がない。男物の長靴が一足玄関にある。良三は沓《くつ》をはいたまま及び腰になって、中仕切りの戸を開き、

「扶由ちゃん、いる？」

と呼んでみた。返事がない。喜代美の声もしない。その辺に買い物にでも行ったのだろうと、上がって待つことにした。

石油ストーブはつけっ放しになっていて、部屋の中は寒くはない。オーバーを脱いで、ソファにすわった。片隅に玩具《おもちゃ》箱がひっくり返り、絵本が散乱している。

良三は煙草に火をつけて、坂崎のことを考えつづけた。

（それにしても、あいつは今まで、あんな気持ちでやってきたのか）

たとえ人より出世が早くても、みすぼらしい人生じゃないか、と心の中で罵《ののし》ってみる。おとなしい良三が、そんな気持ちになることは、滅多にないことだった。

ふいに隣室のふすまが開いた。

「あれっ、お父さん、来てたんですか」

義孝が、丹前姿のまま、びっくりしたように入ってきた。不精ひげが生えている。

「なんだ、いたのか。風邪でもひいたのか」

「ええ、三日ほど寝こんじゃって……」

義孝は、父親似の細い目をいっそう細くした。

「じゃ、わしが来ることは、聞いて、なかったのか」

三日ほど前、銀行に電話をして言伝《ことづて》ておいたのだ。得意先係の義孝は、ほとんど職場にはいない。連絡はいつも、交換嬢に頼むことにしている。

「聞いてませんね。もっとも休んでたからね……」

去年やっと、この二ＤＫの借家に入った義孝だ。まだ電話はない。

「なんだ、あの交換嬢はお前が休んでたのを知らなかったのかな。ところで熱があるのか」

「いや、下がって、七度二、三分かな」

義孝はちょっと咳《せ》きこんだ。

「寝ていたほうがいいんじゃないのか」

「いや、大丈夫ですよ、お父さん。それはそうと、扶由子はどこへ行きました？」

「さあ、どこに行ったか、わしも今も来たばかりだ」

「買い物かな。それとも、また近所で油を売っているのかな」

義孝は小さく舌打ちして、散らばっている絵本を片づけた。

「本当に寝ていなくてもいいのか」

「大丈夫ですよ、もう。しかし、お父さんよく来てくれましたねえ、本当に」

義孝は、しみじみとうれしそうに良三を見る。

「うん、まあ、思い立ってな」

「お母さんも来るとよかった」

「うん、あいつもちょっと風邪気味だ」

来るのをいやがっているとはいえない。

「こっちから行くのが本当なんだけれど」


おとなしいもののいいようも、良三似だった。

「まあ、いいさ。出やすいほうから出るといい」

坂崎から受けた不快さが、少しずつ和らげられていくのを良三は感じた。

義孝は立って、ストーブのやかんをおろし、茶をいれた。湯ざましをかけていれた煎茶は、とろりとした甘味があった。

「お前、なかなかいれ方がうまいじゃないか。こりゃ母さんよりうまい」

おどろく良三に、義孝は、

「実はねお父さん、お得意先にお茶の先生をしている奥さんがいましてね。お茶の先生といっても、ま、十人も弟子がいるのかな」

「で、茶のいれ方を習ったのか」

「ああ、お茶のいれ方ぐらいおぼえておきなさい。石田三成はお茶のいれ方がうまくて出世したのよ、なんていってさ」

「出世か」

またしても坂崎の顔が浮かんで、良三は苦い表情になった。

「その奥さんは、おもしろい人でね。どうも教え魔の気味なんですよ」

「教え魔?」

「ええ、そばの打ち方だの、クッキーの焼き方だの、そうそう、将棋まで教えられましたよ」

「銀行の得意先係ってのは、女一人の留守宅にも行くわけだな」

「そりゃ、行きますよ」

「じゃ、二人っきりということにもなるわけだ」

「ま、そういうこともありますよ」

「危険だな。将棋なんぞ、ひっそりとやっていて、へんな気持ち起こすと事だからな」

「何を妙な想像をしてるんです。そりゃお父さん、何とかの勘ぐりですよ。そのお茶の先生は六十ですよ」

「なんだ六十か」

二人は笑った。少しずつ、良三の心はおだやかになっていく。

「可愛がってくれましてね。いろいろな人を紹介してくれるし、自分でもかなり預金してくれてますよ」

「金があるのか」

「ご亭主がいくつかの会社の重役をしてましてね」

「ふーん。じゃ大事なお客さんだな。それで、そばを打つことまで習ったわけか」

預金獲得のために、自分の息子がそば粉をねっている姿を思うと、良三は憂鬱になった。

「ぼくも、あんなことって好きなんですよ」

「好きならいいが……。しかし、あまり頑張って成績を上げることはないぞ」

やっぱり坂崎の顔が目に浮かぶ。

「しかしね、お父さん。現実はきびしいからね。扶由子にしたって、一日も早くぼくが係長になってほしいらしいし……」

「そりゃ、そんなものかもしれないが。しかしお父さんはね、義孝、男の出世ってやつは、何となく空しい気がするなあ」

「どうしてかなあ」

「まあお前にしろだ、成績を上げるためにだよ、そば粉をこねたり、お世辞をいったりしてだな、ま、それで成績が上がるとするか。しかし、その自分の姿を客観的に見るとだね、何か人間として一番大事なものを失っているみたいな気がしないかなあ」

「人間がスポイルされるということ? そうですね、そういえばまあそうですよ。しかし、お父さん、それは定年過ぎなきゃあ得られない境地じゃないの」

「そうでもないだろう」

「お父さんにしたって、中等学校を出ただけで課長までいった。大きな出世だよ。同期で課長になれなかった人は、ざらにいるわけだし……」

「まあな」

出世したといわれれば、悪い気がしない。

「しかしだね、義孝、わしは心にもない世辞なぞは、使わずに来たつもりだ」

「でしょうね、お父さんは。実力と実直さが買われたというところかな。そういう出世が本当の出世ですよ」

「義孝」

「何です」

「やっぱり、お前、世辞がうまくなったんじゃないのか」

義孝を良三は頼母《たのも》しそうに見た。

「別に世辞なぞ、うまくなりませんよ。あ、もう四時半だ。扶由子の奴、だまって一体どこへ行ったのかな。ぼくが休むと、いい留守番ができたとばかり、出て歩くんですよ」

「なんだ、看病もしないでか」

「風邪なんか、寝てれば治るわよっていいますからね」

冷蔵庫をのぞき、

「おやおや、ビールの買い置きもない」

といった拍子にクシャミをした。

「冷蔵庫をあけただけでクシャミするようじゃ寝ていたほうがいいぞ」

やっぱり家にいた時と違って、親に気をつかっている義孝の様子が、哀れにもなった。

「ま、帰ってきたら、何かうまいものを、つくらせますよ。寄せ鍋がいいかな」

「うむ、寄せ鍋はいいな」

坂崎などと、居酒屋で一杯やるより、息子と鍋をつついたほうが、どんなに楽しいかわかりはしないと良三は思う。が、良三には嫁の扶由子に遠慮があった。いわば、はじめて来た今回は、外で約束があるといって、外食したほうがよいと思っていた。そう思って、坂崎のところに先に寄ったのでもあった。

「全く、扶由子の奴、どこに行ったのかなあ」

義孝は、次第にいら立って、玄関まで出たり、窓から外を見たりした。

「なに、もう、帰るだろう」

「全く女っていうのは、気の知れない動物だ」

父親の手前、そういわざるを得ないのだろうと思いながら、良三は義孝が哀れに思われてきた。風邪を引いた夫を置いて、長いこと外出するというのは、夫をないがしろにしているように思われる。

「実家《さと》には時々帰るのかね」

扶由子の実家は旭川の近郊にある。

「一ヵ月に二、三度はね。向こうからも来て泊まったりしてますよ」

「そうかね」

義孝の実家である自分たちの家には、一度も来たことがないことと思い合わせると、良三はあまり気分がよくなかった。

「ぼくの風邪もぼつぼつよくなるでしょうからね。明日はまた、教え魔夫人にならった将棋で、お相手しますか」

「おれの相手ができるかな」

良三はにやにやした。良三は素人にしては強いほうだ。

「いや、あの夫人だって、初段だそうですからね、ばかにはできませんよ。行くたび、もまれますからね」

「それは楽しみだ」

二人が笑った時、玄関の開く音がした。義孝がすぐに立って行った。

「遅かったな、札幌のお父さんが来ているよ」

「あら、何の用事かしら？」

低いが、警戒する声音が良三にも聞こえた。

(何の用事？)

なるほど、遊びに来たとは思わないのだ。小声で二人が何かいっているようだったが、義孝が咳《せき》をし、ようやく二人とも部屋に入ってきた。扶由子は美容室にでも行ってきたらしく、きれいに頭をセットしている。

「いらっしゃいませ」

やや、こわばった顔で扶由子は頭を下げ、

「今日いらっしゃるとおしらせくだされば、留守にしませんでしたのに」

と、不意に来たことを咎める口調だった。喜代美が、扶由子にへばりついて、顔をかくし、片目でじっと良三を見た。子供らしくないまなざしだった。

「や、急に来て、すまなかったね。喜代美、大きくなったな、おいで、おじいちゃんだよ」

良三はむっとしたが、さり気なく笑って喜代美を手招きした。喜代美は頭を横に振って、にこりともしない。

義孝が、

「喜代美、おじいちゃんだよ、よその人じゃないよ」

と、とりなすと、扶由子が、

「でも、あなた、はじめてお会いしたんだもの、よその人みたいなものですよ」

といった。義孝は気弱く、良三を見て苦笑し、

「扶由子、お父さんは、寄せ鍋が好きなんだよ」といった。

「寄せ鍋？　そんなこと急にいわれても困るわ。そこのスーパー、今日はお休みなのよ」

「じゃ、向こうのスーパーまで行ってみたら」

扶由子は時計を見上げた。五時十分である。扶由子は良三に、

「あの……今夜何時の汽車でお帰りですか」

と訊《き》いた。良三はギョッとした。

いきなり刃物を向けられたような感じだった。

「今日何時で帰るか」

という問いは、まさか泊まるのじゃないだろうねと念を押していることであり、泊まらせる気はありませんよという宣告でもある。

「扶由子、お父さんは……」

といいかける義孝を遮《さえぎ》って、

「そうだね、八時十五分の終列車で帰ろうか」

良三はつとめておだやかにいった。

「いくら終列車でも向こうのストアまで買いに行っていたら、召し上がっていただく時間がないわ。買い物って時間がかかるのよ」

「いいよ、いいよ。わしは、どうせ、ちょっと寄るところもあるし、そろそろ帰ることにしよう」

これ以上長居しては、どこまでも事がこじれそうで不快だった。

「お父さん、お泊まんなさい」

低い声で義孝はいう。

「あら、そうですか、でも、何かあり合わせのものでも召し上がっていらっしゃってください」

帰ると聞いて急に扶由子の声が明るくなった。

「いや、また来た時にするよ。喜代美また来るからな」

喜代美を抱き上げようとすると、

「いやあ！」

喜代美が泣き声を上げた。

「おおこれは、おじいちゃんが悪かった」

出しそびれたみやげの菓子を風呂敷のままテーブルの上に置き、良三は立ち上がった。

義孝はすまなそうに、

「お父さん、すみません」

と小声であやまったが、扶由子に気がねして、それ以上泊まって行けとはいえない。

外へ出た良三は、足から力が脱《ぬ》けたように、がくがくとした。雪道を歩きながら、良三は昨夜自分が、遠足の前の日のように、今日の日が楽しくて眠れなかったことを思い出した。

坂崎と久しぶりで飲むこと、可愛い孫と遊ぶこと、それがどんなに楽しみで旭川に出て来たかを思い浮かべた。

寒くなった雪道をよろめくように歩いて通りに出た。車を拾おうと思ったが、空車がない。立っていては寒いので、良三は歩き出した。ひどく空しかった。何を考えるのもいやだった。

二丁ほど歩いて行くと空車がきた。

ようやく車に乗ったが、良三はぼんやりとしていた。

「どこへ行くんですか」

運転手がぶっきらぼうにいう。

「駅へ」といってから、

「三条六丁目」

といい直した。

二十分ほどで車は都心に入った。

三条六丁目のおろされたところが、角ずしというすし屋の前だった。

良三はのれんをくぐった。店の様子も何も目に入らなかった。たたみの汚ない小上がりに上がって、良三は酒をたのんだ。

(何が扶由子も待っていますだ)

良三は内心義孝に悪態をついた。

扶由子の顔を思い出すのもいやだった。孫の喜代美も何の可愛さもなかった。

(何が一杯やるのを楽しみにしてますだ)

坂崎をも良三は罵った。

罵りながら、所詮《しょせん》、人間はこんな実のない言葉のやりとりの中で生きているのではないかと、ふっと思った。

(そんなものかもしれない)

良三は少し酒を飲みすぎた。

汽車の時間に気づいて車で駅にかけつけた時、発車のベルがかしましく鳴っていた。

良三が改札口に入った時、汽車は発車した。良三は、ふらふらとプラットホームにくずおれた。終列車の赤い尾灯が小さく遠ざかっていった。

解説

解説

小林裕子

この巻には、一九五〇年代後半から七〇年代にかけて活躍した八人の女性作家の作品を収録している。長大な小説は避けたので、必ずしも代表作とはいえないものもあるが、それぞれの作家の特色を鮮やかに示し、優れた小説を選んだ。

この時代は、「政治の季節」といわれた五〇年安保と六〇年安保の闘争の時代が終わり、日本が高度成長期を迎えて富の分配がほぼ一般家庭までうるおし、中間層の厚みが増し、電化製品が各家庭にいきわたり、読書人口も増大した時期である。もっとも文学畑に限れば、いわゆる純文学の読者が飛躍的に増えたわけではなく、中間小説、エンタテインメントのたぐいが従来とはけた違いに売れたわけである。

『主婦の友』などの婦人雑誌、『小説新潮』『オール読物』など中間小説・読み物系の雑誌、あるいは週刊誌の部数が大幅に増大し、その連載小説の書き手として、新たな書き手ばかりでなく、純文学の書き手だった女性作家もどんどん参入するようになった。ここに収録された円地文子、幸田文、大原富枝、芝木好子、森茉莉、瀬戸内寂聴みなしかりである。これらは、多作をこなしていく力量に恵まれ、円地文子や瀬戸内寂聴のように流行作家としての名声を得ながらも、それに溺れることなく本来の自分の文学の芸術性を守った作家たちといえよう。

しかし、こうした大衆消費社会の行きつく果てに文学はどこへ行くのか。将来、自分が刻苦した末につかもうとしている文学としての価値は、その存在価値を失わずにいるのか。

鋭い批評眼を自分にも向け得る作家なればこそ、円地文子も、瀬戸内寂聴も芝木好子も大原富枝も、このような自己の存在証明への煩悶と無縁ではいられなかったに違いない。

自分の健康を損ねてまで（円地はこの仕事で失明一歩手前まで視力を落とした）、

この仕事の成就に一身を賭けたのは、こうしたある種の煩悶につき動かされたためであろう。その結果、源氏と女たちの造り出す人間としての業の深さをすみずみまで味わい、俯瞰し、彼らの織りなす世界を統御する達成感を円地は得たのだろう。

　これらの人間模様をあくまでも美的な世界として完成させる歓びもまた円地の作家的快楽だったはずである。

　従来の自分の小説世界とは異なる形で、自分の創作の幅を広げたのは、芝木好子も同様である。これもまた時代の転換期における旧来の文学概念や評価の基準の揺らぎが、芝木の焦慮または新しい自己実現の渇望に結び付いたものかもしれない。芝木の晩年の傑作「火の山にて飛ぶ鳥」「羽搏く鳥」は従来のこの作家の描く美の世界とは、まったく異なっている。伝統芸術の美の世界と、それに携わる静謐な人情の美しさを描くのを得意とした芝木とはガラリと変わって、同じく美の追求とはいえ、常に自己変革を求め、新しい美を追求する画家の血みどろの闘いを描く。そこに性的な相剋もからまる混沌たる世界である。このような芸術創造にともなう渇望と、女固有の葛藤とのからまり合いを描くことに、芝木は自身の文学の新たな可能性を見出したと思われる。

　小説世界の中の変化ではなく、自身の行動そのものを大きく変化させたのは、瀬戸内寂聴である。

　時代が現代に近付くにつれ、文学の価値そのものが揺らいできているが、瀬戸内は直接行動によって社会に訴える道を選ぶ。出家もまた瀬戸内の場合は、自分の考えを人々へ訴える立場の確保となっている。反原発のデモに参加し、イラク武力攻撃反対でハンストを行い、冤罪の無効を裁判で訴えることと、これらの社会的行動は自己表現という点で、瀬戸内にとって文学と変わるところはない。そもそも自己解放がなければ伝記小説を書いても救いがないと、瀬戸内は語っている（秋山駿との対談）。そのためであろう、田村俊子も「かの子撩乱」の岡本かの子も、「美は乱調にあり」の伊藤野枝も、「遠い声」の管野須賀子も、自由奔放な性関係という点で、瀬戸内とは相似形なのだ。だからこそ、これらヒロインを小説世界で躍動させることで、作者は自己解放できるのである。しかもあくまでも形の上では伝記小説であることにより、ドキュメンタリーを好む時代の要請にも応えることができる。一石二鳥の方法といえよう。このように見てくると、成功した作家とは自身の欲求と時代の要請とを巧みに合致させた者たちのようである。当然といえば当然であるが。

円地文子　一九〇五（明治三八）年一〇月二日～一九八六（昭和六一）年一一月一四日

円地文子は華麗な装飾的文体を駆使する作家であるが、本質はニヒリスティックで暗鬱な人間観、人生観の持ち主ではないだろうか。だからこそ、虚構の世界の構築に技巧をこらし、その世界の住人となることで、魂の安息を得ようとしたのではないだろうか。

「源氏物語」「大鏡」「栄華物語」「枕草子」「紫式部日記」など平安朝の古典作品に始まって、「問はず語り」「雨月物語」など後代の古典作品に関するまで、その素養の豊かさは他の作家の追随をゆるさないが、これらは単に技巧的意匠として利用されているのではない。虚構の世界の構築にとって、古典作品の人物や時代背景の導入が、きわめて有効な方法だからである。

現在の状況と距離のある時代背景であるために、そこに豊かな物語性を盛り込むに都合のよい面が多々あるからであろう。しかもなお、竹西寛子も指摘するように、そこに現代にも通じる普遍的人間性のドラマを描出できる作家的力量が、円地にあるからである。いいかえれば、歴史上の人物の内面を、わが身の内面のように語ることができるということであろう。それを可能にしたのが、円地の古典に関する素養の血肉化であった。

現実と別次元の世界をありありと、ときに生なましく提示する「女面」「なまみこ物語」「小町変相」「遊魂」「彩霧」「菊慈童」等々の古典に材を取る名作はこのようにして書かれた。

なかでも「なまみこ物語」は、創作方法について非常に意識的だった円地の個性を鮮やかに示した作品である。古典作品を擬した物語の語り手と、その物語の由来を語る紹介者と、その紹介者と自分との関係を語る小説全体の主人公（円地自身をおもわせる人物）と。このように、作者の存在に幾重にもヴェールを掛ける方法は、円地の自己韜晦《とうかい》的側面を示すものでもあろう。

ここで自己韜晦とは一見真逆に見える円地の数少ない自伝的小説――「朱を奪うもの」「傷ある翼」「虹と修羅」の三部作（後に『朱を奪うもの』としてまとめられ単行本化）について、語らなければならない。

自分の実人生を素材に、虚実を自由奔放に攪拌し、作家・円地文子の誕生の過程を再現した小説である。嗜虐性と被虐性のからまりあう性的嗜好をも大胆に描いて、それが円地の美意識にも関わっていることを暗示している。こうした倒錯的美意識が幼少期からなじんだ歌舞伎によって育まれたことも、この小説によって明かされている。

女性における社会的抑圧への恨みは

「女坂」で十二分に訴えられているが、この小説ではヒロイン・滋子を単純に被害者としては描いていない。ジェンダー差別に対する憤りを抱いていても、敵は必ずしも男性ではなく、男権社会のみではない。むしろ、克服すべき弱点を自身の中に見つめている点が円地の特異なところであろう。

これは一見、円地その人の人生を辿るかに思わせて、実人生の破片を自由に並べ替え、虚構も混ぜて架空のヒロイン像を作り上げたもので、けっして私小説ではない。しかし、円地の内面に潜む情動の核心は、性的嗜好も含めて、なまなましく浮かび上がってくる小説である。小説家になる野心と、異性との心身の結合を求める欲求はヒロインの行動を促すエネルギー源として描かれている。その意味では、虚構の助けをも借りつつ自己の内面を語った小説ともいえる。

イメージを印象づける描写の鮮烈さ。濃厚な色彩美、官能の陶酔を伴う耽美的世界の創出に長けているのも円地の作家としての強みであろう。提灯ひとつとっても、その色、光、形の個性をつかみ、さながら眼に浮かぶように描き出す筆の力を持っている。人物もその行為や会話はむろんのこと、他人と異なる彼女（彼）の容貌、視線の動き、しぐさ、着物の着こなし方などのイメージを通じて内面までも摑み出して見せる腕前は、余人の追随を許さない。

それと関連して円地の文体上の武器の一つは、比喩の巧みさである。

なまめかしい色彩の花が散らされているのを斬られた美人の首の凄惨な美しさにたとえるなどがそれをよく示しているだろう。

ストーリー展開の巧みさは、中間小説の量産を可能にした円地の特色の一つに挙げられる。一九六〇年代の円地が新聞や週刊誌の連載を何本も抱える売れっ子作家で、多忙を極めるようになった理由の一端はそこにある。小説における物語性の重視は、「女坂」「女面」「菊慈童」など芸術性を追求した小説にも見受けられる。

また、円地の演劇性、登場人物の動きを、距離をおいて眺める視線。観客的視線は最初、戯曲を書いて文壇に登場したこととも関係がある。

津島佑子は円地の中に「巫女的発想」を認め、それは「女性の文学が生きる可能性の、戦略の一つ」と指摘している。円地の場合、差別に対する女の恨みつらみを訴える「巫女的発想」は「女坂」で表現し尽くされ、その後の「巫女的発想」はむしろ、女の性的側面も含めた情念の解放を目指す方向に発展したように見える。晩年の老女の性のなまめかしさ、豊かさを描いた「遊魂」「花喰い姥」「彩霧」「菊慈童」は、このようにして産みだされた。

なまみこ物語　一見、古典などに原典があるかのように見せかける形式を取る。芥川龍之介の王朝ものやキリシタンものに多く見られ、谷崎潤一郎の「春琴抄」がこの手法で書かれている。「引用変形」あるいは換骨奪胎とも呼ばれペダンティックな技巧でもある。芥川、谷崎両作家を尊敬する円地が、父上田万年や彼と親交のあった日本文学研究者チャンブレンの名前まで持ち出して、さらに手の込んだ方法で組み立てたものであるが、ただし、円地は後に原典の存在はまったくのフィクションであると読者に種明かししている。

この小説が単行本化された翌一九六六（昭和四一）年三月、第五回女流文学賞を受賞、佐多稲子、野上弥生子、平林たい子の諸氏から多くの賛辞がよせられた。その反面、帝に抱く皇后定子の純粋な愛情が真実の生霊となってにせ神子・くれはの演技を凌駕し、ついに帝に皇后の真情を吐露するくだりは、やや筆を急いだ感があるという苦言（佐多、野上）も呈された。ともあれ、これら同時代の女流作家による批評は、この小説の長所短所を的確に捉えたものである。

この物語に直接引用された古典は、『栄華物語』『大鏡』『枕草子』であるが、直接の引用はなくとも源氏物語の夕顔を嫉妬のあまり死に至らせる六条御息所の生霊のエピソードが、この物語に影を落としているのはいうまでもない。ちなみに「なまみこ」の「なま」とは生霊か死霊かには関わりなく「にせもの」の意である。

とりわけこの小説の真骨頂は、竹西寛子も指摘しているが、男＝権力者の手になる歴史の『栄華物語』『大鏡』をひっくり返して裏側を見せているところにある。ありうべき可能性の一つとして、権力者・藤原道長の権謀術数を描きだし、それに拮抗する魂の美しさを皇后定子の帝への愛に見るという構図で、物語は進行する。この構図自体が『栄華物語』の痛烈な批判になっているところが、物語の真骨頂であろう。したがって道長批判もあからさまであり、権力獲得のためなら定子の命まで奪おうとする悪人として描かれる。ただし、そうした悪人・道長が、同時に風流も解する魅力ある男として躍動しているのも、いかにも円地らしいといえよう。いわば、弱々しい帝の対極にいる悪のヒーローとして道長は物語を牽引していく。

しかもなお、定子の至純の愛は道長に勝利した、というのがこの物語の主題である。その主題を最初から最後まっすぐ貫くため、物語はくりかえし定子を追い詰める道長の謀略を描き、窮地に陥っても決して揺るがなかった定子の愛を、確認していく。

そのメインストーリーを補強するのが神子・くれは（小弁）と検非違使役の武官・橘行国との恋愛である。行国は定子の宮を一目見て以来、身分違いの恋に秘かに身を焦がすようになり、その結果内心では、くれはを疎んずるようになる。敏感にそれを悟ったくれはは、嫉妬のあまり定子と帝の愛を引き裂く陰謀に加担してしまう。

　メインストーリーの道長の陰謀にはいくつかの山場があり、その事件とサブストーリーのくれは・行国の恋の破局とは見事に結びついている。第一の山場は定子の後見者たる弟二人の失脚と配流の刑である。この時の混乱の中で行国は定子の顔を見て、恋に落ちる。第二の山場は定子の居所の火災である。この時、行国は定子の危機を救い、いっそう恋慕を深めるとともに、救出に際しくれはを見捨て、くれはは絶望のあまり、定子を裏切る決意をする。このメインとサブの因果関係のからまり合いは、偶然の要素も加味しつつ、実に巧妙に仕組まれている。ストーリーテラーたる円地の面目躍如の展開であろう。

　古典の素養豊かで、かつ人間への洞察力に優れた作者ならではの鋭い指摘が随所に見られるのもこの小説の特長である。

　たとえばくれはと行国の逢瀬の場面で、女の直感により男の変心に気付くエピソードにも、鮮やかに示されている。優しい言葉で取り繕いながらも、男女の交わりの白々しさが男の変心をおのずと露呈してしまう微妙な描写、こうしたところに、肉体と精神の玄妙な相関関係が浮かび上がる。それはまた、メインストーリーの定子と帝の恋愛でも鮮烈に描写され、この物語がまさに男女の愛の性的側面と精神的側面の不可分の関係を描いた物語であることも、語っているのだ。

　なまなましく、みだらになりかねない場面の数々を、終始節度あるなまめかしさ、雅やかさ、清らかさで描写したところに、この作者の非凡な技量が感じとれる。

【解題】

「なまみこ物語」
〈初出〉季刊『声』に一九五九（昭和三四）年一月から二年間連載。第五章の半ばまで掲載したが発表誌休刊のため中断。以後を追補し一九六五年七月、中央公論社より刊行。
〈底本〉『円地文子全集』第一三巻　新潮社、一九七八・三

【略年譜】

一九〇五（明治三八）年
一〇月二日、父・上田万年（当時、東京帝国大学文科教授）と母・鶴子の次女として、東京市浅草区向柳原町二丁目三番地に生まれる。本名富美。
一九一八（大正七）年　一三歳
四月、日本女子大学附属高等女学校に入学。

一九二三（大正一二）年　一七歳
三月、同校を四年修了で退学。
一九二八（昭和三）年　二三歳
一〇月、戯曲「晩春騒夜」（署名・上田文子）を『女人芸術』に発表。同誌を通して平林たい子、林芙美子との交友始まり、また片岡鉄兵との親密な交友を深める。一九二八年から二九年にかけて戯曲および左翼的傾向の評論を『女人芸術』に書く。
一九三〇（昭和五）年　二五歳
三月、円地与四松（東京日日新聞記者）と結婚。
一九三二（昭和七）年　二七歳
九月、長女・素子誕生。
一九三五（昭和一〇）年　三〇歳
四月、戯曲集『惜春』（岩波書店）刊行。一一月、片岡鉄兵の紹介により同人誌『日暦』、次いで翌年『人民文庫』に参加。戯曲から小説に転向し、創作に関し平林たい子から多くを学ぶ。一二月、書き下ろし長編小説『日本の山』（中央公論社）刊行。
一九四一（昭和一六）年　三六歳
一月、海軍文芸慰問団の一員として長谷川時雨、尾崎一雄らとともに華南、海南島などを旅行。この体験に基づき一二月、随筆集『南支の春』（万里閣）刊行。
一九四六（昭和二一）年　四一歳
一一月、子宮癌の手術を東大病院で受ける。
一九四九（昭和二四）年　四四歳
一一月、「紫陽花」（のちに「初花」、『女坂』第一章の二）を『小説山脈』に発表。その続編を『小説新潮』など各誌に分載。
一九五三（昭和二八）年　四八歳
一二月、「ひもじい月日」を『中央公論』に発表。
一九五五（昭和三〇）年　五〇歳
八月から翌年三月にかけて「朱を奪うもの」を『文芸』にとびとびに発表。
一九五六（昭和三一）年　五一歳
九月、「妖」を『中央公論』に発表。
一九五七（昭和三二）年　五二歳
一月、「二世の縁 拾遺」を『文学界』に発表。一一月、『女坂』により野間文芸賞を受賞。
一九五八（昭和三三）年　五三歳
四月、「女面」を『群像』に連載（全三回）。
一九五九（昭和三四）年　五四歳
一月より「なまみこ物語」を『声』に連載（翌年一月までで中断）。
一九六〇（昭和三五）年　五五歳
一月、「傷ある翼」を『中央公論』に連載（七月まで）。
一九六五（昭和四〇）年　六〇歳
一月、「小町変相」を『群像』に発表。三月、「虹と修羅」を『文学界』に連載（六七年三月まで）。
一九六六（昭和四一）年　六一歳
三月、「なまみこ物語」により、第五回女流文学賞を受賞。

一九六九（昭和四四）年　六四歳
九月、三部作「朱を奪うもの」「傷ある翼」「虹と修羅」により第五回谷崎潤一郎賞を受賞。
一九七二（昭和四七）年　六七歳
九月、『円地文子訳源氏物語』全一〇巻を新潮社より刊行開始（一九七三年六月完結）。
一九七七（昭和五二）年　七二歳
九月、『円地文子全集』全一六巻を新潮社より刊行開始（一九七八年一二月完結）。
一九八二（昭和五七）年　七七歳
一月、「菊慈童」を『新潮』に連載（一二月まで）。
一九八五（昭和六〇）年、八〇歳
六月、脳梗塞のため順天堂病院に入院。一一月、第四六回文化勲章を受章。
一九八六（昭和六一）年　八一歳
一一月一四日、急性心不全のため死去、翌月、青山斎場で葬儀を営む。

＊和田知子作成年譜（『円地文子全集』第一六巻、新潮社、一九七八・一二）を参照した。

【参考文献】

亀井秀雄・小笠原美子『円地文子の世界』（創林社、一九八一・九）
竹西寛子「解説」新潮文庫『なまみこ物語』（一九七二・八）
座談会昭和文学史（21）女性作家――野上弥生子、佐多稲子、円地文子を中心に（津島佑子・井上久・小森陽一）『すばる』（二〇〇一・一）
須浪敏子『円地文子論』（おうふう、一九九八・九）
小林富久子『女性作家評伝シリーズ円地文子』（新典社、二〇〇五・一）
馬渡憲三郎・高野良知・竹内清己・安田義明編『円地文子事典』

（小林裕子）

幸田　文　一九〇四（明治三七）年九月一日～一九九〇（平成二）年一〇月三一日

幸田文は、父・幸田露伴（成行）、母・幾美の次女として、東京府南葛飾郡寺島村に生まれた。強情っ張りで真っすぐで、野育ちの「餓鬼大将」（「みそつかす」）であったという。六歳の時、母が病死、八歳の時、三歳上の姉が病死、同年、長野県出身の児玉八代が継母として迎えられた。彼女は誇り高いクリスチャンで、ミッションスクールの元教師だった。文が二二歳の時、三歳下の弟が病死、一九二八（昭和三）年二四歳で清酒問屋三橋家の三男・幾之助と結婚、問屋が傾き築地に小売り酒屋を開店、配達までして切り盛りしたが、看病していた夫の回復後、三八年に離婚、一人娘・玉を連れて実家に戻った。

文の処女作「雑記」は、以前から乞われて書いていた父の晩年を記す随筆で、四七年七月露伴が死去すると、翌月の『芸林閒歩』（露伴先生記念号）に掲載された。文、四三歳の年である。学問芸術に関心は薄く、文章に自信もなく、ただ父のためにと引き受けた一編が思わぬ好評を得て、自らを「追憶書き屋」（「乙」）とした初期の作家生活が始まったのである。「終焉」「あとみよそわか」「みそつかす」「勲章」「姦声」など秀作が次々と発表された。文が追憶した思い出は、四三年間の文の人生そのものであり、計り知れぬ濃密さを持っていて、全作品を読み解く鍵としても考察される必要がある。

文の家には、ことごとく対立する両親の壮絶な争いの日々があった。八代は、世話女房だった生母と違って、祈禱書を読みふけり外出も多く、持病のリウマチも進行し、文が離婚する五年前に別居して信州に去った。酒乱の夫を憎み、陰で悪魔と呼んで軽蔑する義母、「愛の真理」を言い募り一歩も引かぬ妻に激昂する父、二人の争いは子どもの面前でも熾烈を極め、父、母両方を大切に思う子に堆積する淋しさ、悲しみは、驚異的な記憶力とともに初期の作品に生々しく放出されたのである。

そしてこの安らぎの薄い家庭で、父は、女子学院に入学した文に厳しく家事を教え始め、一六歳になるとほぼ家事全般を命じた。その教育の徹底ぶりは「あとみよそわか」に詳しいが、「格物致知」という、合理的で無駄を排し、効率を重んじた実践の教育であった。偉大な知識人である父が、範まで示してやらせる武士道の如き真剣勝負は、当然、軛にもなったが、意地の強い少女は抗いながらも堪え、合格点をもらえるよう懸命に努力した。「棄てられるのである。堪へるといふことは、父親を失はないためには絶対の線であつた。（中略）私は父に見限られることはいやで、こはかつた。母の無い子なのである。」（「あとみよそわか」）と切実な気持ちを記している。そして、その努力は、離婚後も実家で父を看取るまで続くことになる（「菅野の記」、他）。

一方、文に父の愛を繋いだものとして、露伴の良き父としての側面が注目される。彼は自然と言葉を交わすことを教え、身振り手振りで物語を語り、楽しい遊びを編み出してともに興じた。

それらは文の好奇心を育み、とくに自然との対話は、忘れがたい喜びを与え、万象の内なる生命を感知する観察の目を開かせた。

父の特別授業が娘に求めた究極のものは、性差を超えた自力で生きる人間力であったと思われる。露伴の母、猷は二人の娘を海外に留学させ、西洋音楽のパイオニアとして世に出し、四男の露伴には家事をみっちり仕込んだ。つまり元幕臣の幸田家には、男尊女卑とは違った進取の風も吹いていたのであり、父は文が自分と対等な位置まで届かなければ認めず、文も又、互角の戦いを挑んだ。文は、衣食住に及ぶ人間の生存に必要な、基本的営為に揺るがぬ自信を持つことにより、どんな状況にあっても生き抜く力、すなわち才覚、行動力、合理的な判断力、対象からその生命を取り込む感応力などを得た。このことは、後の小説に登場する、泣き言を言わず、細やかな愛情を身にまとう、自立心の強い聡明な女主人公たちの原点になったのだと思われる。

さて五〇年四月、『毎日新聞』夕刊の談話で文は、「父の思い出から離れて」、「本当の私」を表現する文章が書けるまでの断筆を表明した。それは自己に課した、無から有へのより厳しい創作へのステップを予告するものであった。

五四年七月、小説「黒い裾」が発表された。戦後、罪人となり海岸で消息を絶った親戚の劫を、会う時はいつも曇りのない友情をくれた友として、やはり私にはよい人だったと回想する千代。彼女は今、叔父の葬式にいて、裾が擦り切れるほど着通した喪服に自分の人生を重ね、見送った様々な死を、きらめく五月の薫風の中で、静かに胸に収めているという作品である。その透徹した世界のもつ独創性は、文の小説家への鮮やかな転身を示し、刊行後、第七回読売文学賞を受賞した。翌年から連載された「流れる」は、本巻で取り上げたとおり、さびれゆく花柳界で奮闘する女性群像を活写し、刊行後、第三回新潮社文学賞、第一三回日本芸術院賞を受賞した。その翌年から連載された「おとうと」は、結核で急速な死を迎えようとしている一九歳の弟の悲しみを、心底分かち合えたげんの慟哭が、忘れがたい作品である。

六二年発表の「台所のおと」は、夫の病の不治を告げられ、動揺を気取られぬよう音を鎮めて代理の庖丁を握る妻、床の中で耳を澄ませている料理人の夫、死と向き合う夫婦の、互いに掛け合う研ぎ澄まされた柔らかな言葉が、混じりけのない愛情の深みを見事に描き出した傑作といえる。六五年から連載された「闘」は、結核療養所を舞台に、左官屋、農夫、元裁判官、不倫する主婦など、それぞれ事情を持った庶民たちの様々な闘病と死がいとおしむように描かれ、十余年闘い抜いて「光輝あるぼろ」となった主人公の死を書ききって、刊行後、第一二回女流文学賞を得た。また同年から連載され没後刊行された「きもの」は、我の強い天真爛漫な少女が、家父長制下の母の鬱屈や結婚の不幸に目を開いてゆく作品で、作者の新しいステージを告げるものとして注目される。

その後、文の旺盛な好奇心や執筆活動は衰えることなく、晩年も各地を飛び回り、自然から得た感動を伝えるべく連載を続けた「木」「崩れ」が没後刊行されると、文の文学が再び脚光を浴びることになった。

幸田文は文壇や他の女流作家とほとんど交流を持たず、自分の作品を「小説風な随筆」、「随筆の延長」などと呼んで自由な立ち位置を取り続け、きわめて個性的な文章世界を築いた作家である。それは、実践による身体感覚から自然に繰り出された間違いのない言葉で紡がれ、主体的な強さと、柔らかな愛情が合わさり、清々しい新しさをもって読者をとらえた。短編、長編に加えて大量のエッセイを書き続けた文の作家人生は、「本当の私」を求める潔癖さが土台となり、父露伴との愛憎の真剣勝負や、少女期から見つめた多くの死などによって蒔かれた無尽蔵の「種」が、突き破るようにして発芽し、開花し続けた時間ではなかったろうか。

流れる　「戦後急激におちぶれて」とうとう子も家もなくした四〇過ぎの寡婦、梨花は、職を探し回った末、ようやく芸者置屋の住み込み「女中」として落ち着いた。朝鮮戦争休戦後の急速に衰えた特需景気、五七年施行された売春防止法、厳しくなった税法整備などを背景に花柳界も衰退が著しい。

「流れる」は、家事雑用に長けた元専業主婦の「女中」と、家事には疎いが伎芸、接客に腕を磨く女たちが、身の凋落を共有しつつ補いあって懸命に生きるという構図を持つ。その中で、「女中」でも「客観的な心を失はなければ卑屈になるはずはない」という強気の梨花が、冷静な観察眼、的確な判断力、心の通いあう気働きをもって、「くろうと」の世界に認められ、新しく仕事を任されるまでになる顚末が、飛び交う会話や独特の「身体的表現」(注)により生き生きと描き出されてゆく。

「蔦の屋」は名妓を主人とする名の通った置屋であるが、七人いた芸者が次々に去り、今は三人だけが通いで籍を置いている。他に主人の娘をはじめ同居人もいて、経済事情は厳しい。売春をたてにゆすられた示談金支払い事件、税金滞納の督促状を無視し続けてついに役人がやってくる騒動、さらにまた、愛人に入れあげ高利の借金に追い詰められて店を去る染香と旦那の後妻になる蔦次、この二人分の看板料の消滅といった事態が続き、「蔦の屋」は梨花が来てから半年もたたないうちに売却されることになる。

梨花は、目見得の時からこの世界へ親和感をもっていた。「どこへ置いても自分は強いと、ひそかな得意があつた」彼女は、切り詰めた食事に工夫を凝らし、「ゆすりが来たら一廉の役に立つて、腕が見せたい」と思っている。保身のための隠蔽を暴きあい、計算高いが気前もよい女たちがいるこの土地に、かつて自分を縛り付け、かつ締め出した「しろうと」の世界よりも、生き易さを見出しているのである。梨花がここへ来てまず「清々しい」と感動したのは、安い物でも一つ売りが当たり前の、見栄を張らない「一人の経済」が町の基礎になっていたことである。侘しい歳末も、汚れた着物を「労働著」として「新品同様に丁寧に著つけて」一人駆けてゆく芸妓達に、梨花は、厳しい職業意識を持った「くろうとの律義さ」を見出す。年配の元芸妓から中年過ぎてからこその豊かな恋を聞かされ、趣も情もないまま寡婦となった自分に「味気ない残り惜しさ」を思うのだ。

「蔦の屋」は、染香が主人とその娘の伝票のごまかしを暴き出し、「五十年の並々でない起き伏しを凌いできた恐るべき土性骨」を爆発させ、すさまじい愁嘆場を経て離散するのだが、啖呵を切って「すらりと起ちあがつて」、用意の心づけを梨花に渡し出て行った染香の振る舞いを、梨花は「まことに芸者らしかつた」とし、明くる日すぐ、「よその家から約束の座敷に出た」という彼女を「強い女だ。そしてえらい女だ。」と評価した。

作者はのちに、梨花という名前に、「芯がむきだし」になった小さな梨の花を重ねたと語っている（『幸田文対話』岩波書店、一九九七・三）。また、「親の血だの、筋だのといわれると息が詰って、なにかやたらと謀叛気がおき、何処か別のところで安気な呼吸がしたく」（「流れる」『朝日新聞』朝刊第二部、一九七〇・五）、柳橋の置屋の「女中」になったと述べ、その体験からこの作品が生まれたことを明かしている。梨花も作中の芸妓たちも、ありのままの自己を押し出し、素の命をきらめかせ、強い個性を発揮する女たちである。梨花は「しろうと」の世界の逸脱を許さぬ規制を嫌い、血縁の柵を絶ち、当時、貧しい女の自力の暮らしを可能にした花柳界に、たとえそれが斜陽であっても破綻があっても、自由の活路を見出した。それは、作者が父露伴の「追憶書き屋」（前出）としての作家活動に訣別し、世間の外圧をも跳ね返し、「本当の私」（前出）を探してひとり飛び込んだ、新しい創作の場所でもあったのだ。そしてこの作品を貫くものが、貧者の、金銭をめぐるリアルで痛切な人間模様であることに気付くとき、庶民の側に立つ作者の確かな目を改めて思わざるを得ない。

梨花は老女将にその才覚を見込まれ、「蔦の屋」の新たな商売の責任者として一人残るのだが、梨花の心は「疲労と寂寥に澱んでゐる」。その新しい出発は立ち退いた者達の零落の上にあり、梨花には期待も半分のしばしの踏ん張りとして、冷静に捉えられてもいるのである。全体を覆う滅びの予兆の中で、逞しく働く女たちと、理不尽への「謀叛気」を抱えて一歩踏み出す梨花に寄せる作者の目は温かい。と、同時に、時代とともにある女たちの生き辛さを丁寧にたどり、彼女らの捨て身のしたたかさと哀切を明確に炙り出した批評性も評価されるべき作品といえる。

(注) 小林裕子「身体の重みと動く身体――「流れる」について」(『幸田文の世界』翰林書房、一九九八・一〇)

[解題]

「流れる」

〈初出〉『新潮』一九五五年一月~三月・同年五月~一二月、計一一回連載。

〈底本〉『幸田文全集』第五巻　岩波書店　一九九五・四

[略年譜]

一九〇四(明治三七)年
九月一日、父・幸田露伴、母・幾美の次女として、東京府南葛飾郡寺島村大字寺島字新田(現・墨田区東向島一丁目)一七一六番地に生まれる。

一九一〇(明治四三)年　六歳
四月八日、母死去。二年後、姉死去、新しい母・児玉八代を迎える。

一九一七(大正六)年　一三歳
三月、寺島小学校卒業。四月、女子学院入学、夏休みより父の家事教育が始まる(学院卒業の四年後、弟死去)。

一九二八(昭和三)年　二四歳
一二月、新川の清酒問屋三橋家の三男・幾之助と結婚(幾之助は幸田家に入籍、翌年一一月三〇日、女児出産、玉と命名)。

一九三八(昭和一三)年　三四歳
五月、離婚、玉を連れて実家に戻る。

一九四七(昭和二二)年　四三歳
七月三〇日、父・露伴死去。八月、『芸林閒歩』(露伴先生記念号)に「雑記」が掲載され好評を博す。一〇月、「終焉」を『文学』に、一一月、「葬送の記――臨終の父露伴」を『中央公論』に発表。

一九四八(昭和二三)年　四四歳
一一月、「あとみよそわか」を『創元』に発表。

一九四九(昭和二四)年　四五歳
二月、「みそつかす」を『中央公論』に連載(五月完結)。三月、「勲章」を『文学界』に、六月、「姦声」を『思索』に発表。

一九五〇(昭和二五)年　四六歳
四月、談話「私は筆を絶つ」が『毎日新聞』(七日夕刊)に掲載される。

一九五一（昭和二六）年　四七歳
一月、「草の花」を『婦人公論』に連載（一一月迄）。
一九五四（昭和二九）年　五〇歳
七月、「黒い裾」を『新潮』に発表（中央公論社から刊行後、一九五六年一月、第七回読売文学賞を受賞）。
一九五五（昭和三〇）年　五一歳
一月、「流れる」を『新潮』に連載（一二月完結、新潮社から刊行後一九五六年一二月、第三回新潮社文学賞を受賞、翌年五月、第一三回日本芸術院賞を受賞）。
一九五六（昭和三一）年　五二歳
一月、「おとうと」を『婦人公論』に連載（翌年九月完結）。
一九五九（昭和三四）年　五五歳
一月、「北愁」を『婦人之友』に連載（翌年九月完結）。
一九六二（昭和三七）年　五八歳
六月、「台所のおと」を『新潮』に発表。
一九六五（昭和四〇）年　六一歳
一月、「闘」を『婦人之友』に連載（一二月完結、新潮社から刊行後、一九七三年一〇月、第一二回女流文学賞を受賞）。
六月、「きもの」を『新潮』に連載（一九六八年八月迄）。
一九七一（昭和四六）年　六七歳
一月、「木」を『学鐙』に連載（一九八四年六月迄）。八月、「法輪寺の塔」を『中央公論』に発表。
一九七六（昭和五一）年　七二歳
一一月、「崩れ」を『婦人之友』に連載（翌年一二月完結）。同月、日本芸術院会員に選ばれる。
一九九〇（平成二）年　八六歳
一〇月三一日、心不全で死去。

＊『幸田文全集』二三巻、「年譜」（岩波書店、一九九七・二）、講談社文芸文庫『北愁』「年譜」（二〇一三・一一）を参照した。

【参考文献】

青木玉『小石川の家』（講談社、一九九四・八）
勝又浩編『幸田文』（新潮日本文学アルバム68、新潮社、一九九五・一）
金井景子・小林裕子・佐藤健一・藤本寿彦編『幸田文の世界』（翰林書房、一九九八・一〇）＊巻末に詳細な参考文献の目録がある。
文芸別冊増補新版『幸田文』（河出書房新社、二〇一四・六）
藤本寿彦『幸田文　「台所育ち」というアイデンティティー』（田畑書店、二〇一七・九）

（菊原昌子）

住井すゑ

一九〇二（明治三五）年一月七日～一九九七（平成九）年六月一六日

住井すゑには、生き抜くための活力が天性備わっていたようだ。教員検定試験で小学校教員の資格を得て教師となり、ついで講談社の婦人記者として働き、犬田卯《しげる》と結婚する。女性に対してオクテだった卯に対し、すゑは積極的にアタックしたようで、ここまでの人生行路において、すゑは果敢にわが運命を切り拓いていった。

しかし卯はアナキズムに近い思想から中央集権的統治機構を排し、地主制度を廃止して、自由で平等な農村共同体を目指しており、それだけで、当時の政府からは危険人物と見なされるに十分であった。そのため卯は勤務先からも追われ、苦心して一九二七（昭和二）年に発行した雑誌『農民』を支える書き手であったが、この雑誌は弾圧によって三三年には廃刊に追い込まれた。それ以前から共産党系活動家や文筆家とは思想的に分裂し、活動も阻害されてきたが、ここへきて『農民』の発行が不可能になっただけでなく、東京で活動をつづける条件が失われた。おまけに卯の持病の喘息は悪化し、彼の郷里、茨城県牛久沼への移転を余儀なくされた。この時期がすゑの生涯でもっとも困難を極める生活だったが、持ち前の向日性と強靱な意志で切り抜けた。

わずかな農地を耕し、合間に童話や小説の筆を取る生活の中で、病夫と四人の子供を抱えて生計を支えるすゑは、読売新聞懸賞小説に二等当選を果たし、作家としての第一歩を踏み出す。才能に恵まれたにせよ、困難にめげずに運命を切り拓く実行力は、目を見張るものがある。

この時期、卯は病弱で農作業の役には立たなかったが、発表のあてのない自著の農民小説や、大部な歴史小説『フランス革命』（エミール・エルクマン、アレクサンドル・シャトリアン共著）の翻訳をこつこつと進めていた。この原作は農民の立場から、農民の視線でフランス革命を実証的に描き、卯の理想を体現するようなものであった。

貧しい家計の下で、出版のあてのない翻訳を続ける夫の存在を、すゑはどう見ていたのか。推察するに、生活のため翼賛小説を書き続けるすゑにとって、初志を曲げない夫の生活態度、さらにそれを支える自分の生き方は、ある意味で免罪符の役割を果たしたのではないか。また自分と家族を養うために、求められるままに執筆することは、すゑの絶対的自己肯定欲からいっても、当然の営為だったのであろう。

こうしてすゑと卯夫婦は戦時下を潜り抜ける。その間にすゑは、注文がくれば戦意高揚をめざすような新聞小説や少年文学も書きまくり、平成の時代になって、櫻本富雄の戦争責任追及の矛先をつきつけられることになる。

断わっておきたいのは、ここですゑが「亭主が運動やって罰金取られて、その罰金の埋め草になっている」という釈明をしていることである。たとえば治安維持法などで逮捕された人間が釈放されるために罰金を払い、それが借金になったという意味ではないだろう。中野重治も壺井繁治も、宮本百合子も逮捕投獄されたが、逮捕された際に罰金など払ってはいない。

農民の解放を願って出版した卯の小説『村に闘ふ』が発行と同時に発売禁止となり、「印刷所の支払いの外に「二十円の罰金」」（『橋のない川　住井すゑの生涯』）を背負ったという意味のようだ。このことの真偽は不明である。

たとえばナップの機関誌『戦旗』等の場合は、しばしば発禁を食らったが、そのつど罰金を払ったという記述はプロレタリア文学史（山田清三郎）の類でもみられない。しかし、個人的な出版ではケースバイケースだったのだろうか。卯の場合はこの罰金の支払いのために、すゑは原稿を書いて収入を得ようとした、と語っているのだが、今となっては調べようがない。

むしろ櫻本も指摘するように、戦争協力の筆をとったことを、戦後五〇年経過するまで公に認めようとしなかったことが重要であろう。

北条常久はこの点について、『橋のない川』を書き上げたことこそ、住井のひそかな自責の念の表れであり、この作品によって、作者の過去の過ちは償われたという考えを漏らしている。筆者もあながちそれを否定はしないが、下積みの人間の労苦によりそう作家という住井の評価のためにも、過去の行為の意味を明らかにしなかったことは惜しまれる。

またこのようにも考えられようか。すゑの執筆が当時の生活苦を切り抜けるためであったのは間違いないし、戦争協力的発言はどの文学者も（ごくわずかな例外を除いて）行っていたのだから、生き抜く意欲の旺盛なすゑが躊躇なくそれに賛同したのは当然で、自己肯定欲の強いこの作家なら自分の過ちを認めなかったのも、ごく自然なことだろうと。一般民衆の立場ならそれで済むが、作家という指導的立場の人間なら、それでは済まない面があるのではないだろうか。

ここで考え合わされるのは、卯が死去した五七年三月、すゑが解放同盟東京事務所を訪ね、部落問題に取り組む意志を公的に表明していることである。六月には『橋のない川』の先蹤ともいうべき『向い風』を刊行し、翌年一月から『橋のない川』を発表しはじめている。

つまり、農民運動の活動家だった夫

の存在は、目に見える活動がなくとも、すゑの生活全体の倫理的証明を果たすものだった。しかし夫亡き後は、作品自体がその証明を果たすものでなければならない、とすゑは考えたのではないだろうか。差別と闘い、農民の解放を目指すという証明を果たすもの。それが心血を注いだ大作『橋のない川』だったのではないか。

　自らの過ちを認めるという形ではなく、生涯の理想に根差す大きな仕事を世に問う形――こういう形で自らの人生に決着をつけるというのは、自己肯定的で、アグレッシヴなこの作家にいかにもふさわしいものには違いない。

遠雷　敗戦後、旧ソ連に捕虜として抑留された日本人の中には、なかなか帰還が叶わない者も多かった。この小説のみねの夫のように、五年も帰れない者もいたのである。なかにはいわゆる「洗脳」されて、共産主義思想に共鳴するものもいたが、みねの夫はそれほどではないにしても、日本で敗戦を迎え、アメリカの占領下でその指導のもとに、戦後民主主義に基づく嵐のような改革を体験した日本人とはやはり違っていた。なにより、当時多くの日本人が抱いた反ソ感情を夫の宗吉は共有していない。

　何やらソ連に讃嘆の念さえ抱いているような宗吉に共感できないものを感じつつ、しかしみねが夫に抱くもっとも大きな違和感は、そこにはない。これほど自分は夫の不在にもかかわらず自力で税金も払い、供出も村の世話役の言うがままに頑張ってきたのに、この五年間の苦労がほとんど評価されず、また昔通り夫が家庭の支配者で、妻が使用人のような生活が始まるのかと思うと、みねは承服しがたい思いがするのだろう。

　これはまさに、みねのジェンダー差別と階級差別に対する目覚めといえるだろう。概念的言葉で表現はできない。語り手のいうとおり「まったくやり切れないと思うその複雑な感情を、口に出して言いあらわす能力を持たなかった」わけである。

　しかし、みねは間もなくその能力を身に着けるのではないだろうか。なぜならそれは、書物から得た知識、あるいは他人から注入された思想とは異なるからである。そんなものをみねは最初から信用していないのは明らかである。天皇・皇后の肖像写真の代わりに、スターリンの写真を掛けようという夫の言を、一笑に付す態度からもそれは推察できるだろう。

　抽象的な知識ではなく、みねの五年間の激しい労働から、体感的に得た感情であり、差別への疑念だからである。女もその気になれば男と同程度に、いや男以上に働いて、成果を上げることができる。家庭を切りまわし、同時に農家としての義務も果たすことができると、みねは知ってしまったのだ。それなのに、夫が戻れば不在中のことはなかったかのように、夫は当然の権利のように女を支配し、家長としてふるまうことが、みねは納得できないのだ。

当然の権利のようにふるまう夫の無意識の傲慢さは、床に入るとすぐにみねの身体に手を伸ばしてくる宗吉の振る舞いに端的に表れている。たとえ国家による強制であったにしても。五年間も音信不通であったからには、その間に夫婦の感情に変化が生じてもやむを得ないのではないか。もし、妻に対する愛が変わることなく続いていたなら、それを伝えるべきだろうし、妻の夫への愛が不変であったかどうか、まず確認するのが先で、もし不変だと解ったなら感謝のひとつも述べてほしい、というのが偽らぬみねの感情だったに違いない。

こうした心の交流を、言葉でいえないなら別の形で示すのが、対等の関係の男女のあり方ではないか。黙っていきなり、受け入れるのが当然といわんばかりに手を出すというのは、自分を対等の人間同士と認めていないからではないか。みねがそのように感じて、夫の手を払いのけたとしても、不思議ではない。新憲法が施行されて、なかんずく男女平等思想は広範な女性の心を捉えたといわれている。

夫にはそうしたみねの心情は理解できないのだろう。敗戦前の男女差別をそのまま受け入れ、新憲法の洗礼も受けていないのだから、仕方がないともいえるが、このような戦後の社会変化が人々（とくに女性の）意識を激しく変えたことを、この小説はさりげない生活上のディテイルによって描出していて、秀逸である。

生活が人々の意識を変える、あるいは逆に意識が生活を変える、どちらの場合も、ここには生きた夫婦の実例として描かれていて、現在読んでも新しい問題として受け止めることができる。住井すゑの反差別の闘いの核になるもの、差別に対する怒りが明白に提出され、フェミニズム小説の先駆ともいうべき作品である。

【解題】

「遠雷」

〈初出〉『住井すゑ初期短編集3　村に吹く風』冬樹社　一九九〇・六

〈底本〉『住井すゑ初期短編集3　村に吹く風』冬樹社　一九九〇・六

【略年譜】

一九〇二（明治三五）年

一月七日、奈良県磯城郡平野村（現・田原本町満田）に、父・住井岩次郎、母・さとの末子として生まれる。父は大和木綿の織物製造業を営み、家は裕福であった。

一九〇八（明治四一）年　六歳
四月、平野西尋常小学校に入学。このころ奈良県一帯で陸軍の秋期大演習が行われ、初めて天皇を特別な存在として意識する。
一九一四（大正三）年　一二歳
田原本技芸女学校に進学。『少女世界』『文章世界』等を愛読し、各誌に投稿、掲載される。
一九一八（大正七）年　一六歳
隣村の小学校の代用教員となる。
一九一九（大正八）年　一七歳
講談社の婦人記者となるが、女性差別に基づく賃金格差に抗議し、退職。
一九二一（大正一〇）年　一九歳
八月、自伝的小説「相剋」を表現社から刊行。一〇月、犬田卯《しげる》と結婚（婚姻届は一九二三年五月）。東京府下滝野川中里四二九番地に住む。
一九二二（大正一一）年　二〇歳
七月、卯は『農業世界』誌上で地主制度を批判し、勤務先を退職。以後は夫婦とも定職につかず、収入は細々と原稿に頼るのみとなる。
一九二三（大正一二）年　二一歳
五月、長男・章誕生。この後長女・かほる、次女・れい子、二男・充が誕生。
一九二四（大正一三）年　二二歳
三月、卯は農民文学運動のための初の組織・農民文芸研究会を結成。すゑは無産婦人芸術連盟に参加。
一九二五（大正一四）年　二三歳
五月、杉並町成宗一丁目一一三番地（現・成田東五丁目三番二五号）に転居。
一九二七（昭和二）年　二五歳
二月、『農民』（農民文芸会機関誌）創刊。
一九二九（昭和四）年　二七歳
一一月、「大地にひらく」が読売新聞懸賞小説二等となり、翌年四月二一日から一〇月一九日まで『読売新聞』に連載。
一九三三（昭和八）年　三一歳
九月〜一二月、『大連新聞』に「母性宣戦」を連載。
一九三五（昭和一〇）年　三三歳
七月、卯の喘息悪化のため卯の郷里茨城県稲敷郡牛久村に転居。農業で自給自足の生活となる。
一九四〇（昭和一五）年　三八歳
九月、『農婦譚』（青梧堂）刊行。
一九四一（昭和一六）年　三九歳
四月、『子供の村』（青梧堂）刊行。
一九四三（昭和一八）年　四一歳
二月、『尊皇歌人・佐久良東雄』（精華房）刊行。
一九五二（昭和二七）年　五〇歳
一一月、「みかん」が第一回小学館児童文化賞受賞。
一九五四（昭和二九）年　五二歳
六月、『夜あけ朝あけ』（新潮社）刊行。
一一月、同作が第八回毎日出版文化賞を受賞し、映画化、劇化、ラジオドラマ化され、住井は有名作家となる。
一九五五（昭和三〇）年　五三歳

一一月、卯が土浦市の後藤精神病院に衰弱性神経症のため入院。
一九五七（昭和三二）年　五五歳
七月二一日、卯、没。一〇月、卯との共著『愛といのちと――はだしの夫婦愛三十六年』（大日本雄弁会講談社）刊行。
一九五八（昭和三三）年　五六歳
五月、奈良市で開かれた第三回部落解放同盟全国婦人集会に参加し、同時期に解放同盟に加入。六月、『向い風』（大日本雄弁会講談社）を刊行、『橋のない川』執筆の足がかりとなる。
一九五九（昭和三四）年　五七歳
一月から「橋のない川」（翌年一〇月まで）を解放同盟の雑誌『部落』に連載。
一九六一（昭和三六）年　五九歳
九月、『橋のない川』第一部刊行。
一二月、同第二部刊行（以後一九七三年までかけて第六部まで書き、九二年、第七部を書き足す。刊行はすべて新潮社）。
一九七〇（昭和四五）年　六八歳
映画「橋のない川」第一部（監督・今井正）完成。翌年第二部完成。
一九七八（昭和五三）年　七六歳
自宅敷地内に講演と集会のための施設・抱樸舎を自費で建設。一二月、「野づらは星あかり」（新潮社）を刊行。
一九八二（昭和五七）年　八〇歳
一〇月より『住井すゑとの絵本集』全五巻（河出書房新社）を刊行。
一九八三（昭和五八）年　八一歳
八月、『牛久沼のほとり』（暮しの手帖社）刊行。
一九八四（昭和五九）年　八二歳
一一月、『八〇歳の宣言――人間を生きる』（人文書院）刊行。
一九九五（平成七）年　九三歳
一月、「わが生涯――生きて愛して闘って」（聞き手・増田れい子、岩波書店）刊行。
一九九七（平成九）年　九五歳
六月一六日、自宅で老衰により没。

＊編集部作成「年譜」（『住井すゑ作品集』第八巻、新潮社、一九九九・八）その他を参照した。

［参考文献］

小田切秀雄「解説」『新潮現代文学（43）住井すゑ橋のない川（一）夜あけ朝あけ』（新潮社、一九七九・四）
高橋貞樹・沖浦和光『被差別部落一千年史』（岩波書店、一九九二・一二）
櫻本富雄インタビュー　月刊『論座』（朝日新聞社、一九九五・八）
北条常久『橋のない川　住井すゑの生涯』（風濤社、二〇〇三・五）

（小林裕子）

大原富枝

一九一二（大正元）年九月二八日～二〇〇〇（平成一二）年一月二七日

大原富枝ほど女の生の孤独を底の底まで掘り下げて描いた作家はいない。しかもその語り方の激烈さにおいて、他に比べようもないほどの文体を出発当初から獲得している。こういう作家は稀であろう。

大原の作家としての立ち位置に大変革をもたらしたものは、「ストマイつんぼ」（一九五六年）であった。女子師範を中退する原因となった宿痾・結核に苦しむ肉体と精神、周囲からの孤立と未来に希望を持てない状況。こうした病人の地獄のような日々を、シュール・レアリズム的手法を混じえて表現した意欲作で、当時の文壇で衝撃を持って迎えられた。さらに長期間構想を温めて膨大な資料を消化し、長編歴史小説「婉という女」を発表するに及び、作家的名声は不動のものとなった。

この二作品には大原文学に通底するテーマが見られる。閉塞的状況下に苦悶する女の肉体と精神の様相、しかもその状況からの脱出が絶望的である時、女の精神はどのように恨み、憎み、極限までその負の感情を味わい尽くしていくか。さらにそうした自分の姿を他人事のように冷徹な視線で見つめ、自らの孤独をかみしめていくか。何者にも救いの手を求めず、自棄に陥ることもなく、かといって安易な悟りの境地にも至らず、他人と異なる自己の生をひたすら抱きしめて生きるという女の姿。これこそ、大原文学の核心であろう。

高橋英夫によれば、女を苦しめる個々の人間や歴史的状況は、女がそれらを憎めば憎むほど「彼女たちの愛の対象というのに近くなってしまう」という。なぜなら自分が経験した「抑圧、苦悩、差別は絶対的に独自なもの」で、もしこれが失われるなら「結局は自分の女としての存在根拠まで消滅していくことになる」からであると。

このように抑圧や苦悩に苦しみつつもそれに執着するという矛盾する激しい情念の持ち主が、大原文学のヒロインなのだ。したがって、彼女たちは安易な救済などは求めない。むしろ自分の不幸を味わいつくそうとする。

大原が自身の体験と記憶を基盤として創作しながら、私小説という形式で書くことが稀であったことは何故だろうか。それは日常生活を描出する平坦なリアリズムによってはヒロインの苦悩を表現できず、むしろ観念を武器としてこそ十分に作品世界を構築できると覚っていたためではないだろうか。

大原は観念によって体験を抽象化し、それによって小説の骨組みを構築する。生理的感覚によって描写に実感を与えることはあっても、骨組みとなるのは、閉塞状況におけるヒロインが孤独といかに対峙し、組み伏せていったかという精神の闘いの軌跡である。

男女の交わりの描写は時に官能的であるが、決して実生活の再現という方向には向かわず、ヒロインの記憶や妄想によって、現実とは別次元の世界を作り出している。「海を眺める女」の妄想――初恋の男の戦死によって断ち切られた女の執着が、遥かに年下の義理の息子に仮託される、という物語の骨子は、大原の観念性をよく表している。

異常な状況における男女の関係性、たとえば近親相姦、妻殺し、夫殺しなどの頻出に醸成される男女の愛の濃密さ、結合の強靭さ、奪い奪われる関係のもたらす緊張感、これらが絡まり合うところから生ずるロマンティシズムが、大原の小説世界には濃厚に漂っている。愛の永遠性、不変性に対する憧れとともに、秩序、社会通念、モラルの拘束をはねのけようとする情念の激しさへの憧れ。絶対的価値に惹かれる心的傾向、こうした情念が他者と共有できることはきわめて稀であり、わが身ひとつで嚙みしめるほかはないという境地にどのヒロインも達している。彼女らの孤独は、最終的にはこの境地から生じているのである。

また現代社会よりも、歴史上の時代状況や遠い昔の社会を舞台にする方が、こうした異常な男女の状況を描くためには、はるかに書きやすいという事情もあるだろう。大原が歴史に材料を求め、とりわけ悲劇的状況の中の女の恋の苦しみをしばしば取り上げるのはそのためである。代表作の「婉という女」をはじめ、平家の滅亡における「建礼門院右京大夫」の恋や、「於雪――土佐一条家の滅亡」の於雪などのヒロインの悲劇が取り上げられたのも、同じ理由による。

抑圧に負けない、むしろ挑戦的に抵抗するヒロイン、さらにそういう自分を自分自身で確認し、そこにこそ自分のアイデンティティを見出す女、表面的には従順に抑圧者に従うかに見えて、実は激しい抵抗感を胸内に抱え、その抵抗感にこそ支えを見出している女、こうした女性をくり返しヒロインに据えるのが、大原の特長である。

男女の関係において女を被害者とのみ規定せず、女がしばしば加害者になることも認識する。これもまた大原のヒロイン固有のプライドと、自意識の強さという性格に関連する。

大原は晩年カトリックに入信するが、人間による救済を求めない人間であるが故に神による救いを求めたのだろうか、神による救いを自らの信仰による救いといいかえた時、大原とカトリックとの独特の結びつきが肯けるようにも思う。

壁紙を貼る女　「女は自分が生涯の牢獄であるこの町の囚人だという気がし

ていた」

この小説の書き出し――主人公の「女」と男と「この町」の状況のおおざっぱな紹介に引き続く第二段落で、早くも「女」のこんな自己語りが読者に示される。

「女」は自分を語る代わりに、夫殺しの妻の物語と妻殺しの夫の物語を男――手塚千吉に語る。

壁紙を貼る女の物語は、夢を叶えるために夫を殺した元召使いの女、猟銃で妻を殺した犯人の男は、「殺したくなかった」と訴えながら、妻を愛しすぎたために殺してしまった男である。二つの殺人を語りつつ、自分の夢の実現のためには夫殺しも辞さない元召使いの女は、自分と相似形の人間であり、妻を愛しすぎた殺人犯の男と自分とは、対極にいる人間だと暗に告げるのだ。夫の家族と同居する今の家も、噂好きのこの町も、ともに自分にとっては牢獄だと。解放を夢想できる唯一の窓は、散歩の途中で立ち寄るコーヒー店であり、そこから眺める海である。

しかし「女」の夢とは何か、解放とは何か。具体的には語り手は何も示さない。したがって解放への手順も戦略もまったく「女」は語らない。ただ、現在自分を捉えている孤独の深さと、周囲からの抑圧感とをひしひしと読者に体感させる。

彼女の孤独と閉塞感の唯一の理解者であった手塚は、町の噂を怖れる「女」の拒絶に遭い、不意に転勤により姿を消す。二年後に再会した時「女」と手塚を取り巻く町は、ある種の「解放区」になっていて、二人は噂の種になることもなく、自由に二人だけに通じる会話を楽しむことができた。町はゴールドラッシュのような金儲けに沸き立っていて、誰も二人に注目しなくなっていた。そのため「女」は夫殺しの女と、妻を猟銃で殺した男のエピソードによって、自由に内面を語ることができた。女に惹かれた手塚はこの海辺の町で教師として生きていこうかと夢想するが、ただちに子供の教育に関する妻の苦情を想像してひるむ。手塚は「女」の救済者たりえないことを、語り手は冷然と示しているのだ。

もう一人の「女」の同情者は、大学院生で学生運動に深入りした義理の息子である。しかし彼の「女」に対する認識と理解はほとんど的外れで、「古い」女、どうせ男によって救われるしかない女、という誤解に基づくものだ。

女は外部には秘めているが、実は解放と自由を切に求めるいわば自己愛の塊である。甥はそこを勘違いして、現代では稀に見る男への優しさの持ち主で良い意味での「古い女」と見ている。女は優しいのではなく、男に期待するものが無いから、今時の女の子のように欲望や打算を持たないだけである。「古い女」どころか、彼女は強靱な自我意識の持ち主という点で、きわめて新しい女なのだ。

恋人が戦死して以来、男による救済に期待を抱かず、恋人以外の男を愛することはあり得ないと考えているので、自分の本来の人生はここには無いと思いながら、囚人のような結婚生活に耐えている。その意味で彼女もまた、他の作品のヒロインと同様『婉という女』の婉のヴァリエーションであろう。手塚にも甥にも、もはや救済を期待せず、自分の夢と環境との食い違いを無視して精神の自由を獲得するか、もしくは夫殺しの女のように無理やり環境を転覆させるか、二つに一つしか無いと悟ったのではないか。

悟りを得た「女」の前に、今まで霧に閉ざされていた海が晴れて遠方が見渡せるようになる場面でこの小説が終わるのは、象徴的である。手塚の眼からも甥の眼からも、「女」が二年前と変わって見えたのは、「女」のそうした内面の変化、自力救済の端緒を摑んだ変化が感じ取れたからであろう。

入れ子になった作中の小説は、いわば「女」の内面告白である。ヒロインの貧しい元召使いの女にとって、自分を解放し、真の居場所を提供してくれる唯一の場所が、美しい壁紙を貼りつめた一間きりの自分の家だった。それを手に入れるために、邪魔になる夫を殺した。夫がいては、その家はけっして自分の家ではなく、自分は夫に服従する存在のままだから。こうして貧しい女は自分の夢を叶えた。

彼女と同じく、自分は優しさとは無縁で、自己解放の夢のためには夫殺しもいとわない人間である。実行しないでいるのは、夫を愛しているからではなく、殺人の罪をわが身にかぶせる勇気がないほど、自己愛が強いからにすぎない、と「女」は暗に告白する。

では「女」の夢とは何か。自己解放と安住できる〈居場所〉の発見である。二年間の手塚の不在の間に、「女」は救済への道の端緒を発見してしまったのだろう。男による丸がかえの救済を諦め、自力で居場所を造り出すこと、あの「壁紙を貼る女」のように。

このエピソードを語ることで内面を告白した「女」は、愛人とか夫婦とかいった関係を手塚と結ばなくても、誰にも奪われない精神的絆を彼と結ぶことができたと、確信できたのだろう。互いに別々の人生を歩んでも心が通い合った時間の記憶だけで、自分の「居場所」を見つけることができると。その記憶が「女」にとっての「壁紙」だったのだ。

強烈な自我を持つ女の解放への道筋の困難さと一筋の希望を、独自の手法で描いた作品である。

【解題】

「壁紙を貼る女」

〈初出〉『群像』講談社　一九七〇・

五
〈底本〉『大原富枝全集』第六巻　小沢書店　一九九六・七

［略年譜］

一九一二（明治四五・大正元）年
九月二八日、父・亀次郎、母・米の次女として、高知県長岡郡吉野寺家七一二番地（現・本山町）に生まれる。父は吉野第一尋常小学校校長。
一九二七（昭和二）年　一五歳
四月、高知県女子師範学校に入学。
一九三〇（昭和五）年　一八歳
六月、肺結核発病のため女子師範を中退、数年にわたる療養生活に入る。
一九三六（昭和一一）年　二四歳
四月、「渓間」を皮切りに次々と投稿作が『文芸首都』に入選、掲載される。
一九三七（昭和一二）年　二五歳
一月、「銃」が『文芸首都』に入選、同人に推薦される。
一九三八（昭和一三）年　二六歳
三月、「祝出征」を『文芸首都』に発表、芥川賞候補となる。
一九四一（昭和一六）年　二九歳
八月、上京し、文学で身を立てる決心で自活を始める。
一九四三（昭和一八）年　三一歳
八月、「若い渓間」が『改造』の新人募集に入選、掲載される。
一九四七（昭和二二）年　三五歳
七月、「冬至」を『群像』に発表。
一九五六（昭和三一）年　四四歳
九月、「ストマイつんぼ」を『文芸』に発表。翌年二月、この作により第八回女流文学者賞を受賞。
一九六〇（昭和三五）年　四八歳
二月、「婉という女」を『群像』に発表。四月から「悪名高き女」を『平和ふじん新聞』に連載（翌年一一月まで）。一一月、「婉という女」により毎日出版文化賞および野間文芸賞を受賞。
一九六一（昭和三六）年　四九歳
三月、「正妻」を『群像』に発表。
一九六五（昭和四〇）年　五三歳
二月、「おあんさま」を『中央公論』に発表。
一九六七（昭和四二）年　五五歳
一二月、「ひとつの青春」を『群像』に発表。
一九六九（昭和四四）年　五七歳
九月、「土佐一条家の崩壊」を『海』に発表。翌年四月、『於雪――土佐一条家の崩壊』（「土佐一条家の崩壊」を改題）により、第九回女流文学賞を受賞。
一九七〇（昭和四五）年　五八歳
五月、「壁紙を貼る女」を『群像』に発表。
一九七一（昭和四六）年　五九歳
八月、「海を眺める女」を『群像』に発表。
一九七三（昭和四八）年　六一歳

一月より「建礼門院右京大夫」を『婦人の友』に連載（翌年一二月まで）。
一九七六（昭和五一）年　六四歳
一一月、中目黒ミカエル修道院で受洗、カトリックに入信。
一九七七（昭和五二）年　六五歳
九月、「信従の海」を『群像』に発表。
一九七八（昭和五三）年　六六歳
一一月、「ソドムの海」を『群像』に発表。
一九八〇（昭和五五）年　六八歳
五月から「忍びてゆかな――小説津田治子」を『婦人の友』に連載（八二年二月まで）。
一九八一（昭和五六）年　六九歳
一月から八月にかけて三回に分け「漂流」三部作（「珊瑚樹の蔭」「雅歌」「漂流」）を『群像』に発表。一二月、『アブラハムの幕舎』（講談社）刊行。
一九八三（昭和五八）年　七一歳
三月、「地上を旅するもの」を『海燕』に発表。
一九八五（昭和六〇）年　七三歳
四月から「ベンガルの憂愁」（後改題して「ベンガルの憂愁――岡倉天心とインド女流詩人」）を『海燕』に連載（一二月まで隔月）。一二月、「ハガルの荒野」を『群像』に発表。
一九八八（昭和六三）年　七六歳
一一月、「メノッキオ」を『群像』に発表。
一九八九（昭和六四・平成元）年　七七歳
三月、「彼もまた神の愛でし子か――洲之内徹の生涯」を『群像』に発表。
一九九〇（平成二）年　七八歳
勲三等瑞宝章受章。
一九九一（平成三）年　七九歳
一〇月、本山町立大原富枝文学館開館。翌年四月、「大原富枝を囲む会」発会、会報『やまなみ』を定期刊行する。高知新聞の支援を受け大原富枝賞を設ける。
一九九五（平成七）年　八三歳
二月、『大原富枝全集』全八巻（小沢書店）の第一巻刊行（九六年七月完結）。
二〇〇〇（平成一二）年　八七歳
一月二七日、心不全により没。遺骨は故郷高知県本山町に埋葬された。

＊年譜『大原富枝全集』第八巻（小沢書店、一九九六・八）等を参照した。

【参考文献】

平野謙「解説」（『新日本文学全集　第三七巻』集英社、一九六四・一二）
上田三四二「解説」（講談社文庫『婉という女・正妻』一九七二・一）
高橋英夫「大原富枝の文学」1〜8（『大原富枝全集』第一巻〜第八巻附録、一九九五・二〜一九九六・八）
川村湊・成田龍一「解説」（大原富枝「祝出征」『戦争×文学』14巻〈女性たちの戦争〉集英社、二〇一一・六）

（小林裕子）

芝木好子

一九一四（大正三）年五月七日～一九九一（平成三）年八月二五日

裕福な商家に生まれ、東京の下町に育ち、その街の風景と、人々の気風に馴染み、それを文学的養分として自分の創作の核に据えてきた作家である。

一九四一（昭和一六）年、二七歳で経済学の研究者大島清と結婚し、東京の杉並区に住み、大学教員で作家活動への理解もある夫と、落ち着いた環境、さらに才能に恵まれ、順調に文壇での評価を得た作家といえるであろう。

有力な同人誌『文芸首都』で修業を積み、太平洋戦争最中に二八歳で芥川賞をとるが、作家としてまだ駆け出しだったため、さしたる戦争協力にも駆り出されず、無事に戦時をのりきることができた。

敗戦後は有力な雑誌に次々と創作を発表し、作家としての地位を確立すると同時に、中間小説と純文学のどちらも書ける作家としてのスタイルが、この頃から早くも見られるようになった。

登場人物の性格や価値観、生きるうえで譲ることのできない信条などを、日常生活のはしばしにおいて生き生きと再現する技巧の冴えは、純文学と中間小説で際立った違いを見せているわけではなく、雑誌の注文に応じて一定水準の小説を生みだす実力を、しだいに身につけていったと考えられる。

しかし芝木は、安定した生活と作家的力量によって生まれる、こぢんまりしたまとまりの枠を、思い切って突き破りたい欲求を覚えたのではないだろうか。林芙美子、平林たい子、佐多稲子、宮本百合子、壺井栄、これら女性作家は貧困、病苦、奔放な異性関係、非合法活動の困苦など安穏な生活とはかけ離れた疾風怒濤の人生を送り、それを文学上の養分として作家となってきた。それに引き換え、芝木はこうした困難とは無縁の恵まれた人生を送り、作家としても順調な出発をしている。そのために自分の文学がきれい事ばかりで粒の小さい、あるいは良識と秩序の枠の中に縮かんだもののように見えてきたのは、自然な成り行きであろう。

その枠を突き破るために芝木が思い切って選んだのは、下級売春婦の生活を描く「洲崎もの」で、売春禁止法施行直前の五四年に発表された「洲崎パラダイス」は芝木の最初の転機を示す作品となった。題材の目新しさばかりでなく、描写、構成ともに考え抜かれた完成度の高い作品として好評を博した。

第二の転機を示す作は六一年から翌年にかけて発表された「丸の内八号館」「湯葉」「隅田川」の三部作である。自身の経歴とそこに育まれた美意識、さらにそれらと一体になった倫理感、これらが伝統的美の世界と下町の人間関係を愛する人物の身体を通して、脈々と息づいている世界を活写している。「丸の内八号館」だけを取れば完成度は必ずしも高くないが三部作全体を通して、作者の精神的分身である主人公を描き切った力量が実感できる大河小説といえよう。

この傾向を集大成する秀作が八二年の「隅田川暮色」であろう。六〇年代後半から晩年まで「築地川」、「面影」、「幻華」、「青磁砧」、三部作『光琳の櫛』、「染彩」など、伝統的美の世界の中に自分を解放しようとする人間の情熱・執念を清艶なイメージで描いた、芝木の芸術家小説ともいうべき特有のジャンルである。伝統工芸——染色、組み紐、帯地の織物、人形、陶磁器など——に携わる職人や芸術家の気質、身のこなし、行動の型、これらを熟知した強みが存分に生かされ、多くの秀作が生み出された。

伝統という制約の中で美を追求し、一点に研ぎ澄まされていく凄絶な生の美しさを、これほどまで造型し得た作家は僅かしかいない。

しかしこのジャンルの小説が得意分野となるにつれ、芝木はさらに転機を求め、洋画の世界で特異な成功をおさめた女流画家三岸節子をヒントに、七三年「火の山にて飛ぶ鳥」、七八年「羽搏く鳥」の二部作を書き上げた。

作中の画家の常に昨日の自分を否定して新たな自分を生みだす精進のすさまじさは、読む者を圧倒する。挫折を乗り越えて新境地に至るこの画家の苦闘に芝木は作家としての自分の転機をも込めたのであろう。

晩年数々の賞に恵まれ、家庭的にも幸福な生涯を送ったと見られるが、本格的な作家研究はほとんどなく、その点、今後にぜひ期待したい作家である。

青磁砧　芝木好子には芸術家小説とも呼ぶべきジャンルがあり、画家、組み紐作家、染色家、陶芸家、人形作者などを主人公にした作品を数多く書いているが、この小説は陶芸品のコレクター親子が中心である。もっとも、作中のコレクターは自分の鑑識眼を頼りに、精魂こめて美を追究しており、その意味では彼らもまた、芸術家に近い存在のように見える。そのように読者を説得してしまう迫力が、この小説には存在する。

生涯かけてひとりの陶芸家の作品を収集する、むろん、限られた資力であるから、とくにおのれの美意識に叶う少数の名品を集めることに情熱を傾ける男と、その娘の交情が物語の主軸になる。父親の感化か、娘もコレクターの資質を持ち、一人の若い陶芸家に傾倒している。その資質を互いに熟知するが故に、父・隆吉の娘に向ける愛情は並みの父性愛よりさらに濃密なものとなる。

また、娘の成長に伴い、コレクター

としての眼の高さを評価するとともに、ライヴァル意識も燃えて、父と娘の関係は複雑で、底深いものになる。

　こうした隆吉と娘の幾層にも重なる感情の綾の微妙な変化が、この小説の面白さであろう。とくに隆吉の心理描写が繊細でニュアンスに富み、豊かな小説世界を形成している。

　父と娘の感情の照りかげりが、青磁砧の逸品の誕生に向かって、しだいに高まっていき、ついに一つの解決を見る。

　娘は秘かに陶磁家への恋を諦め、コレクターとして彼を支える道を選び、父は娘の痛みを伴う決断を温かく見守る。

　秩序や道徳を踏み破るところまで情熱が迸っていかないところが、この作者らしいといえるだろう。

「紅の勝った白肌の厚みのある志野の深めの茶碗の重湯を隆吉がスプーンですくって入れてやると、女児は口をすぼめていかにも美味そうに、ちゅっちゅっと鳴らした。」という描写からは、隆吉の娘に寄せる愛情と、志野の茶碗への愛着が混然一体となって感覚的に読者に伝わってくる。隆吉は、娘に「須恵子」と名付けたほど、二つの対象への愛は分かちがたく、彼の人生において至高至純のものなのだ。色と形を賞美するばかりではなく、それを掌に包み、手触りを楽しむ日々の営みの中で、陶磁器の美を味わいつくす、そうした器との付き合い方においても、娘は父親と共通の感受性を持っていて、いわば、娘は父の丹精込めた「作品」でもあるのだ。

　娘の恋愛相手が隆吉の目から見て、美的センスのない、嗜みのないガサツな若者であると解った時、父は娘がまざまざとそれに気づくように、一計をめぐらす。その結果、二人の仲は壊れる、というエピソードが描かれている。

　娘の二度目の恋――陶芸家への憧憬は、父の感化力によって醸成されたものであるだけに、娘の内面に食い込み、しだいに強固な恋愛に育つ可能性を孕んでいた。陶芸家が精魂込めたやきものの窯を焼き上げる日、助手のいない陶芸家の苦闘ぶりを案じて、娘は秘かに彼の窯を訪ねる。不眠不休で窯を焼く陶芸家のかたわらで、不世出の芸術品の誕生に立ち会う娘の感動は、そのまま陶芸家への愛に重なる。物語はここにハイライトを迎える。

　しかし読者の期待に反し、娘と陶芸家は結ばれることはない。ここにまたしても父が登場し、奔流のように走ろうとする娘の感情を堰き止めてしまうのだ。妻子ある男との恋を父はけっして許さないし、その父の感情を十分理解する娘もまた、自分の感情を抑えるすべを知っている。同時にまた、芸術に命を懸ける陶芸家にとって、娘との愛は家族を犠牲にしても貫きたいほどの価値を持つものでもない。そのことを陶芸家はさりげなく娘に覚らせてしまう。窯が焼き上がった喜びをともにしながらも、男は娘への愛を現すことは避けてしまうのだ。

　娘は、あくまでも芸術家の良き理解者、コレクターとして彼を支える道を選ぶ。いわば恋の燃焼の頂点近くまで上り詰めることによって、娘は自分の恋のありようを見極め、それを統御する道を発見したのである。

　その時、娘の支えになったのは、いうまでもなく父の愛であろう。自分のすべてを受け入れ、無条件で慈しんでくれる存在があることが、彼女を踏みとどまらせた。父にとって、娘の自分がいとしい存在であるように、自分にとって父もまた好もしい魅力的な男性であることを、語り手はさりげなく表現している。

　こうして第一の恋も第二の恋も破れ去り、第三の異性との交際はどうやら実を結ぶらしいが、これは恋愛というにはやや淡白な印象を受ける。あえていえば、娘の恋愛はいずれも肉の香りが薄く、陶磁器への愛に注ぐ美的感受性の方が強く印象づけられる。むしろ、父の娘に寄せる愛の方が、ある種の生々しさを感じさせるほどだ。さらにまた娘の恋人に感じる隆吉の嫉妬ともあいまって、彼の愛はある種の恋愛感情のようにさえ見えてくる。

　いわばこの小説は、陶磁器への執着を軸に娘への愛をからませて、一人の男の生のありようを色彩鮮やかに描いた小説といえようか。


【解題】

「青磁砧」
〈初出〉『群像』講談社　一九七一・九
〈底本〉『芝木好子作品集』第五巻　読売新聞社　一九七六・二

【略年譜】

一九一四（大正三）年
五月七日、東京市王子区王子町に生まれる。父・芝木倉次郎は浅草馬道で高級呉服商を営み、母・か禰（ね）は神田の老舗化粧品問屋の娘であった。
一九三二（昭和七）年　一八歳
東京府立第一高等女学校卒業、YWCAの駿河台女学院入学。
一九三八（昭和一三）年　二四歳
『文芸首都』の同人となる。
一九四一（昭和一六）年　二七歳
五月、経済学者大島清と結婚。東京都杉並区高円寺北四ノ九ノ七に住み、以後終生の住処となる。一〇月、「青果の市」を『文芸首都』に発表。
一九四二（昭和一七）年　二八歳
二月、「青果の市」により第一四回芥川賞を受賞。
一九四八（昭和二三）年　三四歳

三月、『文芸時代』同人となり、一一月、「黄昏」を『文芸時代』に発表。
一九五〇（昭和二五）年　三六歳
六月、「影」を『文学界』に発表。
一九五二（昭和二七）年　三八歳
三月、「悪縁の兆」を『文芸』に発表。
一九五四（昭和二九）年　四〇歳
八月、「夜の河」を『群像』に、一〇月、「洲崎パラダイス」を『中央公論』に発表。これを皮切りに翌年にかけて「洲崎界隈」（『別冊文芸春秋』）、「洲崎の女」（『文芸』）など〈洲崎もの〉を連作する。
一九五五（昭和三〇）年　四一歳
「ある女子大学生の死」を『群像』に発表。
一九五六（昭和三一）年　四二歳
二月、アジア文化財団の招きにより由起しげ子、曾野綾子、三宅艶子諸氏と東南アジアを一カ月間旅行。
一九五七（昭和三二）年　四三歳
一一月、「脚光」を『群像』に発表。
一九五八（昭和三三）年　四四歳
七月、「仮面の女」を『週刊サンケイ』に連載（一九五九年一月まで）。
一九六〇（昭和三五）年　四六歳
九月、「湯葉」を『群像』に発表。
一九六一（昭和三六）年　四七歳
二月、「湯葉」により第一二回女流文学者賞を受賞。九月、「隅田川」を『群像』に発表。
一九六二（昭和三七）年　四八歳
八月、「丸の内八号館」を『群像』に発表。「湯葉」「隅田川」と合わせて三部作となる。
一九六四（昭和三九）年　五〇歳
七月、「不忍池」、一〇月、「夜の鶴」、一二月、「男坂」を『文芸』に発表。同月、三作を合わせて三部作『夜の鶴』（河出書房新社）として刊行。
一九六五（昭和四〇）年　五一歳
一二月、「葛飾の女」を『文芸』に一挙掲載。
一九六七（昭和四二）年　五三歳
六月、「築地川」を『群像』に発表。
一九六九（昭和四四）年　五五歳
一月、「面影」を『展望』に連載（八月完結）。
一九七〇（昭和四五）年　五六歳
一一月、「幻華」を『文学界』に一挙掲載。
一九七一（昭和四六）年　五七歳
六月、「鹿の来る庭」を『中央公論』に、九月、「青磁砧」を『群像』に発表。
一九七二（昭和四七）年　五八歳
九月、「青磁砧」により第一一回女流文学賞を受賞。
一九七三（昭和四八）年　五九歳
七月、「火の山にて飛ぶ鳥」を『海』に断続的に連載（七四年八月完結）。
一九七五（昭和五〇）年　六一歳
一〇月、『芝木好子作品集』全五巻（読売新聞社）を刊行（七六年二月完結）。
一九七六（昭和五一）年　六二歳

一〇月、日本女流文学者会会長に就任（八二年一〇月まで）。
一九七八（昭和五三）年　六四歳
二月、「羽搏く鳥」を『海』に連載（七九年一二月完結）。
一九七九（昭和五四）年　六五歳
二月、連作「女の肖像」（六月完結）のうち「海の見える庭」を『小説新潮』に発表。
一九八〇（昭和五五）年　六六歳
四月、「貝紫幻想」を『文芸』に連載（八一年九月完結）。
一九八二（昭和五七）年　六八歳
三月、芸術院恩賜賞を受賞。一〇月、「隅田川暮色」を『文学界』に連載（八三年一一月完結）。
一九八四（昭和五九）年　七〇歳
六月、「隅田川暮色」により第一六回日本文学大賞を受賞。一一月、「雪舞い」を『新潮』に連載（八七年二月完結）。
一九八七（昭和六二）年　七三歳
一月、東京都文化賞受賞。
一九九一（平成三）年　七七歳
八月二五日、国立がんセンター病院で死去。

＊芝木好子編「芝木好子　年譜」（『昭和文学全集』19、小学館、一九八七・一二）等を参照した。

【参考文献】

松原新一「解説」『芝木好子作品集』第五巻（読売新聞社、一九七六・二）
高橋英夫「解説」（集英社文庫『青磁砧』一九八二・八）
桶谷秀昭「芝木好子・人と作品」『昭和文学全集』19解説（小学館、一九八七・一二）
饗庭孝男「解説」（講談社文庫『築地川・葛飾の女』一九八七・九）
菅野昭正「芝木好子、最後の里程標」（『波』一九九二・一二）

（小林裕子）

森　茉莉

一九〇三（明治三六）年一月七日～一九八七（昭和六二）年六月六日

森茉莉は森林太郎（鷗外）、志げの長女として、東京駒込千駄木に生まれた。四〇歳を過ぎた鷗外のはじめての娘として鍾愛された茉莉は、父を「細いこまかな葉と白くて小さな、香いのいい花」がささやく「大きく枝を拡げた樹」にたとえ、幼少期をその木陰で過ごしたと美しく回想している。鷗外を「人間の『よさ』を持った稀な人間」

と称える彼女は、父のヨーロッパ的な美意識や「情緒」を「母乳」のように吸収して育った。また鷗外には先妻との間に長男がいて、養育を同居の鷗外実母・峰子が担っており、異母兄を挟んでの母と祖母の冷ややかな関係を、茉莉は子ども心にも感じていた。

　係累には叔父で劇評家の三木竹二や叔母で作家の小金井喜美子がおり、妹の小堀杏奴《あんぬ》も茉莉より先に文筆家として世に出ている。

　〈父の娘〉として語られる茉莉だが、「凄い美人」であった母志げの影響も大きい。〈悪妻〉と噂された志げだが、実際は大変正直な人柄だったという。「母を恋して暮した」幼い日々を経て、長じてからはともに観劇を楽しむようになった。彼女は母の美しさや粋な姿を終生憧れをもって描いている。また志げは大審院判事荒木博臣の長女であり、茉莉は祖父の家に行くとき物質的豊かさと華やかさを身体いっぱいに感じた。豊かさと賑やかな家風は婚家の山田家においても同様で、加えて義父の内縁の妻「お芳さん」が身に纏う江戸趣味にも好意を抱いた。そして山田珠樹との結婚と渡欧は、茉莉のフランス趣味を開花させた。渡仏後たちまち「毛虫が蝶になるようにしてなんとも面白い巴里女（パリジェンヌ）に孵化した」と自認し、夫や彼の仲間たちの会話を聞きながらパリの空気をひたすらに味わう日々を過ごしたという。

　ロンドン滞在中には父の死を知り、その後、鷗外が若き日に留学したベルリンに行って父の面影をそこここに感じ心を慰めた。死を目の当たりにしなかったことはかえって在りし日のイメージを茉莉の心に深く留め、父を永遠の存在にしたのではないだろうか。

　帰国後数年で珠樹との間に軋轢が生じ二児を置いて離婚するが、それはもし人生が二つあったら一つは子どものために使うが「一生は一つしかない」と覚悟してのことだった。精神の自由を守ろうと懊悩した末の決断である。

　その後、翻訳を自費出版したり劇評を発表したりして過ごすが、鷗外の回想を纏めた『父の帽子』で随筆家として注目を集めた。五四歳のことである。多分に小説的な随筆としては『贅沢貧乏』も特筆される。「魔利《マリア》」は豊かとはいえない生活を、確固たる美意識に基づいて営んでいる。色の配列を考えて寝台の背に掛けたタオル、伊太利《イタリア》を思わせる燭台《スタンド》、宗教画の橄欖《オリイブ》色をした「ボッチチェリの蒲団」……が並ぶ「夢の部屋」は茉莉の現実認識の特質を象徴する。自らの眼に映り心に捉えられた在り様こそが現実であり、認識は言葉に規定されるが故に、言葉を紡ぎ出すことによって〈世界〉を構築するのである。全存在を父から肯定されて恣に感性を育んだことがこの特質を作り上げ、〈書く〉行為は彼女の〈世界〉を壮麗で強固なものにした。

小説は結婚生活の暗さに材を採った初期の『濃灰色の魚』等から、より虚構性を加えた『ボッチチェリの扉』を経て『恋人たちの森』を発表する。この作品は異性愛を排し男性同士の関係性を耽美的に描いており、茉莉の小説世界を特徴づけるものとなった。さらに『枯葉の寝床』でこのテーマを追究した後、集大成といえる『甘い蜜の部屋』を一〇年がかりで完成させる。父と娘の精神的官能に潜む「魔」を至高の美とした作品は、それまでの日本文学には見られなかったものである。茉莉にとって「魔」「悪魔」は抗いがたい魅力であり悪であり、かつ美であって文学に欠かせない要素である。茉莉は父との関係を、「始めは父の方が恋をして、最後の別離の時には私が捨てた」（幼い茉莉は日露戦争凱旋後の鷗外にすぐには懐かなかった・鷗外の病を知らずに渡欧し、それが永遠の別れとなった）という「恐ろしいほどな恋愛」と認識していた。また母は「伝法な、悪事をしかねない」感じの凄みのある美を備えていた。彼女にとって〈魅惑〉や〈美〉と〈悪〉の結び付きは必然だったのかもしれない。鷗外の「文学に悪魔がいないのが一寸嫌いである」と評する彼女は、小説において「魔」を捕らえおおせたといえるだろう。

　ただ、森茉莉作品の魅力は耽美的なものだけにとどまらない。〈料理〉についての文章の巧みさには多くのファンがいるし、ファッションに対する持論も興味深い。そして『マリアの気紛れ書き』や『ドッキリチャンネル』にみられる痛快なユーモアもまた、作品群に大きな位置を占めている。多面性の核にある勁い自己肯定と自由な精神は、今も読者を惹きつけ続けている。

恋人たちの森　「仏蘭西人の特徴が顕著である」「三十七八の美丈夫」ギドウと一七歳の「ナルシスのやうな少年」パウロの情愛を描いた映画的構造をもった作品である。舞台は渋谷の奥に入った樹々の繁る界隈で、「引締まつた細い体」を持つ若者が颯爽と登場するシーンから始まる。彼を外観から観察する視点によって、若者は美しいが「冷淡」な眼を持ち、「欲望や快楽」のみを好むようにみえる、と語り起こされる。そして次節では場面が切り替わり、若者が男性の庇護を受けていることやパウロという名も明かされる。二節目冒頭にある「若者はやはりさういふ若者で、あつた」との叙述は、外観から実態の暴露へと切り込んでいくカメラアングルの移動を示すものである。物語には、映画監督のような位置に立っている、これらの視点を操る隠された語り手が存在するのである。隠された語り手が限りなく茉莉に近いことも容易に想像されるだろう。ギドウとパウロの初めての出会いの場も「茉《マ》莉《リ》」という酒場に設定されているのだ。

登場人物名も「義童」をギドウ、「巴羅」をパウロと読ませて、ギドウは「仏蘭西の名誉と、仏蘭西の淫蕩を、内側に潜めて」贅沢に暮らし、パウロの表情は「巴里の高級の商売女《クルチザンヌ》」のそれである。舞台装置のすべてに茉莉のフランス趣味が存分に発揮された浪漫的世界が展開されている。

　パウロはギドウを知るにつれ「功利的な考への外《そと》でも、ギドウを慕ふ」ようになり、ギドウもパウロの持つ「無心な悪徳」にどうしようもなく魅かれて「それで俺はこんなになつた」と嘆ずる。さらに二人の間には、「黒い男」が現れる。暗い魅力を帯びた、パウロに興味を抱いているらしい「黒い男」に嫉妬を覚えて、ギドウはパウロへの愛情を募らせる。

　だが女性達はこのような二人の世界を攪乱する。パウロを慕う梨枝は可憐だが、パウロは彼女を何度も裏切ることになる。そしてギドウが以前より関係を持っていた「中年女」の植田夫人は「妄執」を持つ「醜い腐肉」とまで譬えられる。ここには隠された語り手の、異性愛への嫌悪もしくは否定を見出すことができるだろう。

　終盤ギドウは執着を憎悪に変じさせた植田夫人によって撃ち殺される。前の晩パーティーの場で、パウロは「ギドと僕だけなんだ。本当に愛してるのは……」と心に呟いてギドウと見つめ合い、二人の愛は死によって永遠の成就を遂げるかに思われるが、そうではない。パウロはギドウの死に衝撃を受けるが、直後には「パウロがパウロに、還つ」て「黒い男」へと心が向かうことが暗示される。ギドウの死による「哀しみ」にのみ込まれることなく、自らの〈美〉が持つ魔力に従うという「生来の」行動原理を取り戻すのだ。それは「毒のある小さなけしの花」のように蠱惑的な〈美〉の、異性愛に象徴される〈良識〉的価値観への復讐であるといえないだろうか。

　発表当時類を見ない素材を扱った本作品は、のちに隆盛をみるボーイズラブ（BL）小説の「始祖」（溝口彰子『BL進化論』）とみなされて今日まで多くの作家に影響を与えている。ジャン・クロード・ブリアリとアラン・ドロンの写真を目にしたら「二人の役者が微笑ったり、椅子から起ち上ったりするのが見えて来るので夢中の状態で」書いた、という創作のきっかけも知られているが、茉莉自身は〈性〉を描こうとしたのではないと繰り返し述べている。ではなぜ〈男性同士の愛〉を選んだのだろうか？

　父と自分の「恋愛」を至上のものとする茉莉にはそれ以上の男女の関係は存在せず、異性愛に魅力を見出さなかったことがまず考えられる。さらに、次のような分析も参考になるだろう。

　女性BL作家は日頃から男性同士の関係（二人がBLと仮定した場合どちらが

欲望の主体でどちらが客体かなど）を想像して遊ぶことがある。それは彼らの関係性を第三者として眺め、楽しみたいとの思惑によるという（野比ノビタ『大人は判ってくれない』）。社会から劣位に置かれがちな自らのジェンダーを忘れるために女性は排除される。これは「恋人たちの森」にも当てはまる構図である。ギドウとパウロは「茉莉」で出会い、隠された語り手茉莉の掌の上で操られている。ギドウには語り手の好む男性的魅力がふんだんに与えられている。〈身体〉のリアリティを無視して、架空のバランスで両性の魅力を兼ね備えた人物を描くためにパウロには女性的要素が加えられた。作者は、二人の〈関係〉を俯瞰することに喜びを覚えているのである。

本作品は、森茉莉研究の観点からは『甘い蜜の部屋』に至る耽美的作品の流れの中で語られ、「日曜日には僕は行かない」「枯葉の寝床」と併せて三部作とされている。「日曜日には僕は行かない」では男性同士の愛を邪魔だてする女性の死があり、「枯葉の寝床」の世界では嗜虐性がエスカレートして男性二人は共に死に至る。森茉莉は何を契機に『甘い蜜の部屋』へと転換したのか、三作品それぞれの〈死〉が何を意味するのかなど、興味は尽きない。

【解題】

「恋人たちの森」
〈初出〉『新潮』一九六一年八月号。「ボッチチェリの扉」（『群像』一九六一・一）とともに『恋人たちの森』（新潮社、一九六一・九）に収録。
〈底本〉『森茉莉全集』２　筑摩書房一九九三・八

【略年譜】

一九〇三（明治三六）年
一月七日、東京市本郷区（現・文京区）駒込千駄木に父・森林太郎（鷗外）、母・志げの長女として生まれた。両親ともに再婚で、鷗外には先妻・登志子（海軍中将赤松則良男爵長女）との間に長男・於菟《おと》（一八九〇年生）がいた。

一九〇八（明治四一）年　五歳
二月、弟・不律《ふりつ》と前後して百日咳にかかり、九死に一生を得る。不律死去。

一九〇九（明治四二）年　六歳
四月、東京女子高等師範学校（現・お茶の水女子大学）附属小学校に入学。

一九一三（大正二）年　一〇歳
九月、小学校の裁縫教師に反発して退学。仏英和尋常小学校へ転校。

一九一八（大正七）年　一五歳
一〇月、貿易商山田陽朔の長男・山田珠樹と婚約。珠樹は東京帝国大学哲学科卒業後、一年志願兵の見習士官だった。

一九一九（大正八）年　一六歳

三月、仏英和高等女学校本科を卒業。
一一月、山田珠樹と結婚。
一九二〇（大正九）年　一七歳
一一月、長男・爵《じゃっく》出生。命名は鷗外。
一九二二（大正一一）年　一九歳
三月、前年に渡仏した夫と合流するため、ドイツ留学する於菟と渡欧する。パリ、カルチエ・ラタンに滞在。夏にロンドンで鷗外の死を知り、その後ドイツ他へ行き二三年に帰国。
一九二五（大正一四）年　二二歳
六月、次男・亨出生。
一九二六（大正一五・昭和元）年　二三歳
駒込に家を新築し、転居する。
一九二七（昭和二）年　二四歳
二月、山田珠樹と離婚。実家に戻る。
一九三〇（昭和五）年　二七歳
七月、東北帝国大学医学部教授の佐藤彰と結婚。仙台に移り住む。
一九三一（昭和六）年　二八歳
三月、佐藤彰と離婚し実家に戻る。
与謝野晶子・寛が主宰する雑誌『冬柏』に翻訳や劇評を発表し始める。
一九三三（昭和八）年　三〇歳
一月、ジイプ作『マドゥモァゼル・ルウルウ』を翻訳し、崇文堂より自費出版。序文は与謝野晶子。
一九三六（昭和一一）年　三三歳
四月、母・志げ死去。
一九三七（昭和一二）年　三四歳
八月、長谷川時雨主宰の冊子『輝ク』に「銃後」を発表。
一九四一（昭和一六）年　三八歳
三月、弟・類の結婚により、下谷神吉町（現・台東区）で一人暮らしを始める。
一九四四（昭和一九）年　四一歳
類の姻戚を頼り、四七年の帰京まで福島県喜多方町に疎開する。
一九四六（昭和二一）年　四三歳
春頃、小堀杏奴宅で亨と再会する。
一九四九（昭和二四）年　四六歳
『鷗外選集』（東京堂）付録に「二人の天使」（五月）「注射」（八月）を発表。
一九五一（昭和二六）年　四八歳
四月、世田谷区代沢に移る。爵と再会する。
一九五七（昭和三二）年　五四歳
二月、鷗外の回想を纏めた随筆集『父の帽子』を筑摩書房より刊行。日本エッセイスト・クラブ賞を受賞。
一九五八（昭和三三）年　五五歳
はじめて室生犀星宅を訪問。一〇月、『靴の音』（筑摩書房）を刊行。
一九五九（昭和三四）年　五六歳
一二月、『濃灰色の魚』（筑摩書房）を刊行。
一九六一（昭和三六）年　五八歳
一月、「ボッチチェリの扉」、八月、「恋人たちの森」、一二月、「日曜日に僕は行かない」を発表。九月、『恋人たちの森』（新潮社）を刊行。
田村俊子賞を受賞。
一九六二（昭和三七）年　五九歳
六月、「枯葉の寝床」を発表。
一九六三（昭和三八）年　六〇歳

五月、『贅沢貧乏』（新潮社）を刊行。
一九六五（昭和四〇）年　六二歳
六、七月、『新潮』に「甘い蜜の部屋」を発表。
一九六七（昭和四二）年　六四歳
二月、『新潮』に「甘い蜜の歓び」を発表。
一九六八（昭和四三）年　六五歳
六月、『私の美の世界』（新潮社）、一一月、『記憶の絵』（筑摩書房）を刊行。
一九七二（昭和四七）年　六九歳
四月、『新潮』に「再び甘い蜜の部屋へ」を発表。
一九七五（昭和五〇）年　七二歳
三月、『新潮』に「甘い　蜜」を発表。
八月、『甘い蜜の部屋』を完結させ新潮社より刊行。泉鏡花文学賞を受賞。
一九七六（昭和五一）年　七三歳
一一月より『新潮』に「マリアの気紛れ書き」の連載開始。
一九七九（昭和五四）年　七六歳
九月より『週刊新潮』に時評・テレビ評の「ドッキリチャンネル」の連載開始。
一九八二（昭和五七）年　七九歳
二月より、初の全集『森茉莉・ロマンとエッセー』（新潮社）を刊行。
一九八五（昭和六〇）年　八二歳
二月、心臓発作で入院。
一九八七（昭和六二）年　八四歳
六月六日、世田谷区経堂の自室で心不全のため死去（八日に発見される）。
三鷹禅林寺の森家墓所に埋葬。

＊『森茉莉全集　8』（筑摩書房、一九九四・一）、『昭和文学全集7』（小学館、一九八九・四）の各年譜を参照した。

［参考文献］

江黒清美『「少女」と「老女」の聖域』（学芸書林、二〇一二・九）
笙野頼子『幽界森娘異聞』（講談社、二〇〇一・七）
中島梓『コミュニケーション不全症候群』（筑摩書房、一九九一・八）
群ようこ『贅沢貧乏のマリア』（角川書店、一九九六・四）
矢川澄子『「父の娘」たち――森茉莉とアナイス・ニン』（新潮社、一九九七・七）
『文芸別冊　森茉莉』（河出書房、二〇〇三・二）
『ユリイカ　特集森茉莉』（青土社、二〇〇七・一二）

（永井里佳）

瀬戸内寂聴

一九二二（大正一一）年五月一五日〜

瀬戸内寂聴（晴美）は現在、作家生活六〇年を超える。その長さばかりでなく、山にたとえれば頂きの高さと裾野の広さにおいて、稀有の作家といえる。頂きの高さを示すのは、たとえば収録作品の「夏の終り」を含む「みれん」（一九六三・三）、「あふれるもの」（一九六三・五）、「不惑妬心」（後に「妬心」と改題、一九六四・三）、「地獄ばやし」（一九六四・一二）、「黄金の鋲」（一九六七・六）など、二人の恋人との執着と別れを描いた一連の体験に基づく私小説の連作である。同傾向の晩年の秀作に「場所」（二〇〇〇・一〜翌〇一・三）がある。この作家は心中に求めるものが変わるたびに、住いを変えて来たが、その居場所から人生における節目節目の意味を再確認した小説である。修羅場をくぐり抜けたあとの静澄な心境で、自分という存在を見つめ直した小説であろう。

さらに、「田村俊子」（一九六〇・一〜一二）を皮切りに次々と世に問うた「かの子撩乱」（一九六二・七〜一九六四・六）、「美は乱調にあり」（一九六五・四〜一二）、「遠い声・管野すが子抄」（一九六八・四〜一二）、「余白の春」（一九七一・一〜翌七二・二）などの伝記小説である。これらに加えて「蘭を焼く」（一九六九・六）、「吊り橋のある駅」（一九六九・一二）等のフィクショナルな優れた短編群がある。とりわけ「蘭を焼く」は出色の出来栄えで、蘭の花を焼くという行為を核にしてひと組の男女の愛の曲折を象徴的に凝縮して見せた。イメージを喚起する描写に読む者を捉える力があり、しかもイメージの配置と色彩感が完成された美意識で統一され、優れた工芸品を見るような魅力を湛えている。寂聴の職人的な技巧の冴えが内容と調和して創作上の到達点を示した作品である。

それらに対し、裾野の広さを示すのは、一九六〇年代から七〇年代はじめにかけて、週刊誌、新聞、娯楽読物系の雑誌などに旺盛に書きまくった、中間小説、エンタテインメントの類である。これらは文学的価値においてこの作家の私小説や、評伝小説、あるいは「蘭を焼く」などのフィクショナルな短編には遠く及ばない。しかし、これだけ精力的に長期間量産できるということはやはり尋常な才能ではない。

こうした頂上の高さと裾野の広さを併せ持ち、しかも同時並行で長期間書きすすめたところに、寂聴の非凡さがある。

「小説というものは、言葉は悪いけれど、コツを覚えればいくらでも書けます。でもそれでは喜びがない」そういう自分を変えたくて、出家する決心が固まったと、寂聴は秋山駿との対談で語っている。この言葉が端的に語るように寂聴は自分が流行作家であることを明確に知っており、そこに安住することなく、しかしある意味では最後までそれを貫いていこうと決意しているように見える。創作活動だけではなく、これほど社会に直接コミットメントして話題を提供してきた作家は稀であろう。徳島ラジオ商殺しという冤罪事件の被告の女性を救援し、浅間山荘事件の被告・永田洋子と書簡を交わし、湾岸戦争犠牲者救援カンパを届けに戦後のイラクに飛び、『朝日新聞』にイラク武力攻撃反対の意見広告を出す。

寂聴は五一歳のときに出家しているが、こうした社会的発言や行動はもちろん、出家したことと不可分の選択であろう。しかも特定の党派やイデオロギーに与することなく、あくまでも個人、一作家としての信念に基づいて行動しているようだ。したがって保守派の論客・櫻井よしこと対談集を出し、文化勲章も大岡昇平のように辞退せず、融通無碍であるが、こうした自由を獲得するために出家したともいえそうである。出家すれば、現世のいかなる政治勢力とも等距離を保つ立場だと主張できるわけだから。

さらに言い残すわけにいかないのは、『源氏物語』の口語訳の仕事である。谷崎源氏にはじまり、与謝野晶子訳、円地文子訳、村山リウ訳、田辺聖子訳、とそれぞれ個性の異なる口語訳を現在の読者は手にすることができる。そのなかで新たに参入するところに、この作家の並々ならぬ自信と意欲とが感じられる。原文の文脈を大胆に変えて、まさに現代小説を読むような生きのよさ、歯切れのよさで、精彩ある人物像を立ち上がらせて見せる。きわめて生命力旺盛な作家が、不羈奔放にそれを消費するだけではなく、こういう地道で持久力を要する仕事でも成功したことは、やはり作家的力量の幅の広さを示すものである。

夏の終り　これはまぎれもない私小説であるが、私小説を評価する時にしばしば問題にされる〈自分に対する厳しさ〉は、この小説ではほとんど感じられない。涼太の視線で知子（作者の分身）を批判しているのは確かだが、それは知子の醜悪さを暴くかに見えて実は知子のアイデンティティは少しも傷つかない。なぜなら涼太の批判が、慎吾から知子を奪還したいがための哀訴にほかならないと、知子は気づいているからだ。したがって涼太が慎吾と知子の関係を罵倒すればするほど、知子はひたむきに自分を求める涼太の愛の純粋さを実感することになる。同時に、そこまで求められる自分のセルフイメージは、むしろ引き上げられてしまうのだ。したがってこの小説における涼太の役割は、知子を批判しつつその価値をよりいっそう高めるというものである。涼太が恋に悩む純粋な若者としての面が強調されているのは、そのためである。

同様に慎吾も多分に美化されているだろう。慎吾の功利性は巧みに蔭に隠されている。涼太も慎吾も美化することで、二人から愛される知子も美化されることになり、結果としてこの三者の関係性も美化され、知子の幻想が織りなす一編の物語ができあがる。

ソ連旅行から帰国する知子を迎えに、慎吾と涼太が横浜のホテルに泊まるという設定は、そうした知子の幻想が明瞭に形を取ったものだ。

この作品世界で知子は〈他者に対する優しさ〉に溢れている。しかし、知子の優しさは自分を愛する男しか目に入らないという傾向から生じたものだ。愛し甘やかしてくれる男だけに関心があり、こういう相手には優しくもなれるだろう。

恋愛において、自分に注がれる愛情を過剰に認識する傾向は誰しも経験することだが、この小説のヒロインはとくにその傾向が顕著であろう。慎吾にしても涼太にしても、知子は自分が望むイメージを相手に貼り付けているようだ。慎吾の場合は、知子を慈父のような愛情で温かく包み込み、知子のあり方をすべて許容する。ただし、慎吾は妻と知子の家を規則的に半分ずつ住み分け、二人の女にそれぞれ他の女を公認させるという、ある意味で残酷な離れ業をやってのけているのだが、知子はそれをも慎吾の優しさと解釈する。

この小説では経済的問題を目立たぬ蔭に隠しているが、随所でちらりとその問題をのぞかせている。したがって読者は容易にこの奇妙な四角関係を成立させている一つの条件が知子の経済力であることに気づくだろう。

つまり、慎吾の衣食住の半ばを知子が賄うことで、慎吾の家庭の負担は軽くなっている。だからこそ妻はこの状態を承認せざるを得ないのだし、良い小説を書くためにそれが必要だと、慎吾は妻を言いくるめているのだろう。

むろん、こうした四人の関係を打算のみで成立するものと評することはできない。たとえ言いくるめられたにせよ、夫の愛情を信じなければ妻がこの状態に八年間も耐えるはずがない。知子の場合はなおさらである。そして、二人の女が八年間耐えられる程度に慎吾が双方に愛情を示してきたとすれば、演技であろうとなかろうと、ある意味で彼は誠実だったといえるのかもしれない。

しかし、知子の主観においては、この経済的条件が慎吾との愛を支える条件の一つとは認識されていない。二人の関係をはるかに美化し、恋愛幻想によって慎吾像を形成しているのだ。知子は慎吾の優しさを強調するが、その優しさが実は功利性をごまかす狡さと裏表なのには、無自覚である。

　語り手は知子の幻想に加担し、知子、慎吾、涼太の三者への観察は甘いが、他の人間に対しては冷徹な視線も働く。たとえば慎吾の妻が歯の欠けた口で夫の不在を告げる時、第三者の口を借りてその醜さを描く容赦ない筆つきのように。この描写は夢物語のような四角関係の中の夾雑物であり、冷徹なリアリズムが示される。この描写があってこそ、甘味に混ぜた塩味のようにこの小説は深みを増す。しかし、こうした視線で知子を眺める人間は登場しない。

　語り手の知子を観察する視線の甘さと、愛する男たちをみつめる知子の視線の甘さ、これはこの小説世界の幻想を支えている。狡さ、打算、卑怯等の汚点がリアルに暴かれることはない。

　同じ人物設定で一連の事件を追った「あふれるもの」「みれん」の連作の中で、「夏の終り」がもっとも虚構性が強いと感じられるのは、人物が美化されているからであろう。いわば、慎吾も涼太も、それぞれの人物の功利性を極力消去し、慎吾は寛大な優しさ、涼太はひたむきな純粋さという幻想にくるみ込まれているのだ。

　作中、横浜に帰着して埠頭で知子が桃にかぶりつき、生気を取り戻す場面がある。知子という女を象徴的に表す巧みな描写である。桃は形状からいっても女の性のメタファーであり、水気の多い、芳醇な果物を味わうように、知子は愛する男たちとの性的な関係を糧として、生命を充足させていく。この小説はそうした女の生のありようを肯定的に描いた小説であり、ヒロインの自己肯定が揺るがぬという点で、この作者の小説世界の原点に位置するものであろう。


【解題】

「夏の終り」
〈初出〉『新潮』新潮社　一九六二・一〇
〈底本〉『瀬戸内寂聴全集』第一巻　新潮社　二〇〇一・一

【略年譜】

一九二二（大正一一）年
五月一五日、徳島市塀裏町に父・三谷豊吉、母・コハルの次女・晴美として生まれる。姉は艶。父は神仏具商を営む。七歳の時、父が瀬戸内姓に変わる。
一九四〇（昭和一五）年　一八歳
三月、徳島高等女学校を卒業、四月、東京女子大学国語専攻部に入学。
一九四三（昭和一八）年　二一歳
二月、北京師範大学講師の男性と結婚、北京に渡る。翌年、長女を出産。
一九四六（昭和二一）年　二四歳
八月、北京から一家で引揚げる。夫の教え子の小川文明と再会する。

一九四八（昭和二三）年　二六歳
二月、京都で小川と新生活を始めるつもりで単身家出。しかし恋は破れ、文学で身を立てる決意を固める。
一九五〇（昭和二五）年　二八歳
二月、正式に協議離婚。
一九五一（昭和二六）年　二九歳
丹羽文雄の知遇を得て『文学者』同人となり、同人の小田仁二郎を知る。
一九五七（昭和三二）年　三五歳
一月、「女子大生・曲愛玲」で第三回新潮社同人雑誌賞を受賞。四月、「花芯」発表後酷評を浴び、以後永らく文芸誌に執筆の機会与えられず。
一九六一年（昭和三六）年　三九歳
四月、『田村俊子』で第一回田村俊子賞受賞。六月、日ソ婦人懇話会訪ソ使節団に参加する。
一九六二（昭和三七）年　四〇歳
七月から「かの子撩乱」を『婦人画報』に連載（六四年六月まで）。
一九六三（昭和三八）年　四一歳
四月、「夏の終り」で第二回女流文学賞受賞。
一九六五（昭和四〇）年　四三歳
四月から「美は乱調にあり」を『文芸春秋』に連載（一二月まで）。九月から「鬼の栖」を『文芸』に連載（翌年八月まで）。
一九六七（昭和四二）年　四五歳
一月より、「いずこより」を『主婦の友』に連載（六九年六月まで）。
一九六八（昭和四三）年　四六歳
四月から「遠い声・管野すが子抄」を『思想の科学』に連載（一二月まで）。
一九六九（昭和四四）年　四七歳
六月、「蘭を焼く」を『群像』に発表。
一九七一（昭和四六）年　四九歳
一月から「余白の春」を『婦人公論』に連載（翌年三月まで）。
一九七二（昭和四七）年　五〇歳
一〇月から「色徳」を『週刊新潮』に連載（翌年一二月まで）。
一九七三（昭和四八）年　五一歳
一月から「抱擁」を『文学界』に連載（翌年一二月まで）。一一月、奥州平泉中尊寺にて得度。法名寂聴。
一九七四（昭和四九）年　五二歳
一一月から「冬の樹」を『中央公論』に連載開始（七六年一月まで）。京都嵯峨野に寂庵を結ぶ。
一九七八（昭和五三）年　五六歳
一〇月から「こころ」を『読売新聞』に連載（翌年一〇月まで）。
一九七九（昭和五四）年　五七歳
九月、書き下ろし長編『比叡』（新潮社）を刊行。
一九八〇（昭和五五）年　五八歳
五月、小田仁二郎追悼誌『ＪＩＮ』を発行。
七月、『人物近代女性史　女の一生』全八巻（講談社）を責任編集、各巻に解説を執筆（翌年四月まで）。
一九八一（昭和五六）年　五九歳
一月から「ここ過ぎて」を『新潮』

に連載（一二月まで）、同月、「諧調は偽りなり」を『文芸春秋』に連載（一二月まで）。
一九八三（昭和五八）年　六一歳
二月から「私小説」を『すばる』に連載（一二月まで）。
一九八六（昭和六一）年　六四歳
一月、連合赤軍事件被告・永田洋子の裁判で証人として立ち、一一月、永田洋子との往復書簡集『愛と命の淵に』（福武書店）を刊行。
一九九一（平成三）年　六九歳
二月、湾岸戦争における犠牲者冥福と即時停戦を祈願して断食行。
一九九六（平成八）年　七四歳
三月、「白道」により芸術選奨文部大臣賞を受賞。一二月、『瀬戸内寂聴現代語訳　源氏物語』全一〇巻（講談社）の刊行開始（九八年四月完結）。

二〇〇一（平成一三）年　七九歳
一月、『瀬戸内寂聴全集』全二〇巻（新潮社）刊行開始（〇二年九月完結）。
一二月、「場所」により野間文芸賞を受賞。
二〇〇三（平成一五）年　八一歳
三月、イラク武力攻撃反対の意見広告を『朝日新聞』に出す。
二〇〇六（平成一八）年　八四歳
一一月、文化勲章受章。
二〇〇七（平成一九）年　八五歳
五月、『秘花』（新潮社）を刊行。七月、『生きることは愛すること』（講談社）を刊行。
二〇一一（平成二三）年　八九歳
一〇月、『風景』（角川学芸出版）で泉鏡花文学賞受賞。
二〇一二（平成二四）年　九〇歳
五月、脱原発を求めるハンガーストライキに参加。

＊作成・長尾玲子／構成・斎藤慎爾「瀬戸内晴美・寂聴略年譜」（斎藤慎爾『寂聴伝良夜玲瓏』白水社、二〇〇八・七）等を参照した。

【参考文献】

上田三四二「解説」『講談社文庫　かの子撩乱』（講談社、一九七一・一二）
平野謙「解説」『新潮日本文学58　瀬戸内晴美』（新潮社、一九七二・四）
瀬戸内寂聴「解説」『瀬戸内寂聴全集』第一巻（新潮社、二〇〇一・一）
文芸別冊『瀬戸内寂聴　文学まんだら、晴美から寂聴まで』（河出書房新社、二〇一二・九）

（小林裕子）

三浦綾子　一九二二（大正一一）年四月二五日〜一九九九（平成一一）年一〇月一二日

三浦綾子はキリスト者である。そして北海道の旭川出身である。この二つの条件は、この作家の文学の内実に決定的な作用を及ぼしたようだ。多くの評者が指摘することだが、『氷点』の美瑛川べりの見本林のみずみずしい美しさ、また『続氷点』の流氷の荘厳な美は、神の造化の素晴らしさを自ずと信じさせる力をもっている。北海道の動植物の名前が作中にしばしば登場し、それが生き生きとした彩りを与えているのも特徴的である。

豊かな北海道の自然の中で生育したことが、こうした自然の美への感受性を育んだだけではなく、後の信仰の素地となるような自然への畏敬の念を育んだのであろう。

とくに冬の厳しい寒さで有名な旭川の気候風土は、人知の及ばぬ領域に対して忍従するだけではなく、強靱な意志で自分を鍛えるすべをも、自ずと学んだのであろう。自制心の強さと揺るがぬ信念で自己犠牲的行為をやり遂げる、『塩狩峠』の主人公のような人物を造型できたのは、そのために違いない。

もう一つの条件、キリスト教の信仰については、三浦にいわせれば、これはもう条件などというものではなく、ほとんど宿命のようなものである。この作家にとって、信仰を捨てることは生きることを辞めることに等しいようだ。しかし、布教のための小説かといえば、けっしてそうではなく、読む者はキリスト教の教えに目覚めるよりも、人間の罪深さ、そのエゴイズムの醜さ、自己保身の卑しさを知らされるとともに、それらの悪に敗北することなく理想を貫く人間の崇高さをもまざまざと感じることができる。信仰に導かれるよりも、人間観を正される想いに導かれるのである。神の力の偉大さを感じるより、むしろ人間への信頼を取り戻す想いがする。文学的感動の力によってそういう感想に導かれるなら、それは布教に役立つより、人間愛の回復に役立つだろう。そうした読後感が快いからこそ、多くの読者を獲得することに成功したと思われる。

三浦の文学活動には大別すると三つの流れがある。一つは自分の信仰告白のような随想的自伝で、『道ありき』（青春編）（結婚編）（信仰入門編）の三部作（一九六九〜七一）が代表的である。これに近いものに実在の人物を中心に据えた評伝小説『塩狩峠』『ちいろば先生物語』『愛の鬼才』『われ弱ければ』『母』などがある。『塩狩峠』は身を挺して汽車を止め、乗客の命を救った長野政雄、『われ弱ければ』は娼婦救済のため矯風会で活躍した教育者・矢島楫子、『母』は小林多喜二の母・小林セキを描いた評伝小説である。これらの人物は、たとえば矢島楫子は有島武雄の「或る女」に登場するような、ある種の傲慢さをもった女性という側面もあったが、三浦が惚れ込むと多分に理想化された人物として描かれる。三浦はリアルな人物像というよりも、理想を託したクリスチャンのヒーロー・ヒロインとして描きたかったからであろう。その意味では伝記的事実を素材とした小説といってもよい。

もう一つの流れは、朝日新聞懸賞小説当選作で一躍文名を挙げた『氷点』『続氷点』などの原罪と救済をテーマにしたフィクショナルな小説である。人間のエゴイズムによる主として家族間の対立と葛藤を、原罪と捉えるところにキリスト者三浦の特質がよく出ている。このテーマは三浦の終生のテーマであり、この作の他にも『積木の箱』『裁きの家』など、このテーマによる小説が書き継がれていく。

これらの小説から読み取れるのは、家庭・家族というものが、人間にとって慰謝や励ましを与える不可欠のものという三浦の認識である。にもかかわらず現代の家族は互いに責めたて、傷つけあうことが多いのはなぜか、と三浦は問いかける。しかし、未婚率が高くなり、血縁による家族が解体に向かうかに見える現代では、こうした三浦の認識は、もはや説得力を持たないのではないか。

残る一つは、『天北原野』『泥流地帯』『海嶺』等の大河小説である。太平洋戦争被害者となった民衆の樺太からの引き揚げ、あるいは十勝岳大噴火による土石流で被災した農民の嘆き、あるいは漂流の後にやっと帰りついた船乗りを、江戸幕府は理不尽にも外国船並みに扱い、上陸を許可しないという措置を取るのだ。国家間のエゴイズムの衝突によって、犠牲になる民衆の苦しみに、抗議の声を挙げる作者の叫びが感じられる小説である。

このように社会全体を俯瞰する視点を持ち、民衆を犠牲にする権力者の悪を暴く筆の鋭さは松本清張にも通じるもので、かえって当時の純文学には見られなかったものである。変わり種のエンタテインメントと見なされる向きもあった三浦の文学が、こうした果敢な試みに挑んでいたわけである。

これらの試みに近似した小説の流れは、「千利休とその妻たち」「細川ガラシャ夫人」などの歴史に取材した小説である。

さまざまなジャンル、傾向の作品執筆を試み、スケールの大きな大河小説にも挑んだ三浦であるが、かくも多くの読者を獲得した秘密の解明もぜひ実現してほしいものである。

尾灯　家族間の水面下の対立と葛藤、

定年後の会社員の孤独と悲哀を描き、普遍的主題を浮かび上がらせる。虚無感の一歩手前まで落ち込んでいる初老の男の侘しい状況がいかにもありがちな設定で描写される。

トイレの中で、かつては引き立ててやった元部下の冷淡な陰口から、この男に抱いていた親愛の情が崩れさるという展開である。だが、陰口をきく男たちの頭に、退職したあの上役がトイレに寄るかもしれないとまったく思い浮かばなかったというのは、ちょっと不自然な設定である。

息子の家でも嫁からは露骨に不機嫌な顔を見せられ、息子は嫁に遠慮しており、元の会社では元部下に体良く口実で追い返され、最後には電車にまで置いてきぼりを食らう。良三の孤独感の象徴は去りゆく電車の尾灯である。いかにも逃げ去っていく相手に追いすがるような男の心情は、息子にも、元同僚にも追いすがろうとして逃げられるという状況の象徴的イメージである。

しかし、この男は、この年でずいぶんナイーヴな人間観をもっているのではないか。今時中学生でもこんな人のよい観察はしないだろう。この元部下の対応の仕方は、いたって平均的なもので、「退職したらタダの人」というう見極めは、とうについているはずである。およそ三〇年以上、サラリーマン生活をしていたとも思えない人のよさである。

思うに、作者の三浦綾子も夫の光世も、サラリーマン生活をあまり長期間送っていないところから、組織を泳いでいく人間のずるさに敏感ではないのかもしれない。いや、それよりも、息子と元部下の男のもとへ、どちらも相手の都合を考えずにいきなり彼は押しかけてきたわけで、息子の病気欠勤という不可抗力な間の悪さがあったにせよ、来られた方では迷惑だったに違いない。そういう想像力が働かないところに、長年、目上の立場にいた人間の驕りが示されている。さらに語り手自身も、そのことに気が付いていないのは、物語全体を統御する立場として、欠ける点があるのではないだろうか。

そんな感想を抱きたくなる弱点はあるが、人物の心理の動きは細かく辿られていて、場面の展開もゆるみがなくリズミカルである。

理想を託す人物が一人も存在せず、卑小な人物ばかりで、苦い諦念だけが漂う、三浦綾子の小説には珍しい人物設定である。

【解題】

「尾灯」
〈初出〉『小説宝石』光文社　一九七五・五（初出時は『尾燈』）
〈底本〉『三浦綾子全集』第六巻　主婦の友社　一九九二・三

【略年譜】

一九二二（大正一一）年
四月二五日、北海道旭川市に父・堀田鉄治、母・キサの次女として生まれる。

一九二九（昭和四）年　七歳
四月、旭川市立大成尋常小学校入学。

一九三〇（昭和五）年　八歳
この頃、前川正と知り合う。

一九三五（昭和一〇）年　一三歳
四月、旭川市立高等女学校入学。六月、妹・陽子が結核で死亡。のち「氷点」のヒロインの名前となる。

一九三九（昭和一四）年　一七歳
三月、旭川市立高等女学校卒業。四月、空知郡歌志内町（現・歌志内市）の公立神威尋常高等小学校の代用教員として赴任。

一九四〇（昭和一五）年　一八歳
四月、代用教員から訓導となる。

一九四一（昭和一六）年　一九歳
九月、旭川市立啓明国民学校へ転勤。

一九四二（昭和一七）年　二〇歳
四月、新入学児童の担任となる。

一九四四（昭和一九）年　二二歳
夏、愛国飛行場に女子青年団の指導員として動員される。

一九四六（昭和二一）年　二四歳
三月、軍国主義教育を実践した後悔と恥の念から、啓明小学校退職。六月、肺結核を発病、市内の結核療養所に入所。四月に婚約した西中一郎がたびたび見舞いにくる。

一九四八（昭和二三）年　二六歳
八月、結核療養所に再入所。一二月、同じく結核療養中の北海道大学の医学生・前川正と再会、以後彼の死まで二人の文通は千通にも及ぶ。

一九四九（昭和二四）年　二七歳
六月、西中一郎を訪ねて婚約解消、この時、自殺を図る。

一九五一（昭和二六）年　二九歳
一〇月、病状好転せず、旭川市内の日赤病院に入院。

一九五二（昭和二七）年　三〇歳
二月、脊椎カリエスの疑いで札幌医大病院に転院。七月、札幌・北一条教会の小野村林蔵牧師により病床で受洗。

一九五三（昭和二八）年　三一歳
一〇月、札幌医大病院退院。ギプスのまま自宅療養に入る。一一月、前川、綾子を見舞い、手術で切除した自分の肋骨をわたす。

一九五四（昭和二九）年　三二歳
五月、前川正、死去（享年三五歳）。この後約一年間、ほとんど人に会わず。

一九五五（昭和三〇）年　三三歳
六月、三浦光世、初めて綾子を訪問。

一九五六（昭和三一）年　三四歳
病気は回復に向かう。七月、三浦光世より結婚申し込み。

一九五九（昭和三四）年　三七歳
五月、旭川六条教会中嶋正昭牧師の

司会により三浦光世と結婚式を挙げる。旭川市九条一四丁目左九号に住む。一〇月、光世、腎臓結核を再発し、旭川営林署を休職、療養。
一九六〇（昭和三五）年　三八歳
自宅を新築し、この家で雑貨屋を営む。
一九六一（昭和三六）年　三九歳
旭川市六条一〇丁目、旭川六条教会牧師中嶋の依頼により、初めて「暗き旅路に迷いしを」を教会の月報に三カ月連載。一二月、『主婦の友』の「愛の記録」に応募した「太陽は再び没せず」が入選、賞金二〇万円を得る。
一九六四（昭和三九）年　四二歳
七月、朝日新聞社の懸賞小説に「氷点」が第一位入選。朝日新聞朝刊に一二月九日から連載開始（翌年一一月一四日まで）。
一九六五（昭和四〇）年　四三歳
八月、『ひつじが丘』連載開始（翌年一二月まで）、一一月、『氷点』を朝日新聞社より刊行。記録的な販売数だった。映画、テレビドラマ、ラジオドラマ、舞台化もされ、全国各地で講演相次ぐ。
一九六六（昭和四一）年　四四歳
四月、「塩狩峠」を『信徒の友』に連載開始（六八年一〇月まで）。一二月、「道ありき」を『主婦の友』に連載開始（六八年一二月まで）。
一九六七（昭和四二）年　四五歳
四月二四日から、「積木の箱」を『朝日新聞』夕刊に連載開始（六八年五月一八日まで）。一〇月、随筆集『愛することと信ずること――夫婦の幸福のために』刊行（講談社）。
一九六九（昭和四四）年　四七歳
九月から「わが結婚の記」を『主婦の友』に連載開始（七〇年一二月まで。単行本刊行時に「この土の器をも」と改題）。
一九六九（昭和四四）年　四七歳
一〇月、「裁きの家」を『週刊ホーム』に連載開始（同誌休刊のため連載中止。翌年、書き下ろしを加えて集英社より刊行）。
一九七〇（昭和四五）年　四八歳
五月一二日、「続氷点」を『朝日新聞』夕刊に連載開始（七一年五月一〇日まで）。
一九七二（昭和四七）年　五〇歳
一月一日、「残像」を『週刊女性セブン』に連載開始（一二月二七日まで）。
七月、『自我の構図』（光文社）刊行（二月の『小説宝石』発表の「愛の誤算」、同誌五月発表の「愛の傷痕」をもとに書き下ろす）。一二月、「細川ガラシャ夫人」を『主婦の友』に連載開始（七五年五月まで）。
一九七三（昭和四八）年　五一歳
一二月、中短編集『死の彼方までも』（光文社）刊行。
一九七四（昭和四九）年　五二歳
自伝『石ころの歌』（角川書店）刊行。
一一月八日、「天北原野」を『週刊

朝日』に連載開始（七六年四月一六日まで）。
一九七六（昭和五一）年　五四歳
一月四日から、「泥流地帯」を『北海道新聞日曜版』に連載開始（九月一二日まで）。
一九七七（昭和五二）年　五五歳
四月一日より二九日間、「千利休とその妻たち」「海嶺」の取材のため、滋賀、京都、堺、大阪、香港、マカオ、愛知県知多半島を訪れる。
一九七八（昭和五三）年　五六歳
二月二六日、「続・泥流地帯」を『北海道新聞日曜版』に連載開始（一一月一二日まで）。五月一六日から約一カ月、「海嶺」取材のためフランス、イギリス、カナダ、アメリカを訪れる。一〇月六日、「海嶺」を『週刊朝日』に連載開始（八〇年一〇月一七日まで）。一〇月、中短編集『毒麦の季』（光文社）刊行。一二月、随筆集『天の梯子』（主婦の友社）刊行。
一九八一（昭和五六）年　五九歳
五月より「水なき雲」を『婦人公論』に連載開始（八二年三月まで）。
一九八二（昭和五七）年　六〇歳
五月、「愛の鬼才」を『小説新潮』に連載開始（八三年九月まで）。
一九八三（昭和五八）年　六一歳
六月より『三浦綾子作品集』全一八巻（朝日新聞社）刊行開始（翌年九月まで）。一二月より「嵐吹くときも」を『主婦の友』に連載開始（八六年六月まで）。
一九八五（昭和六〇）年　六三歳
四月、自伝「草のうた」を『月刊カドカワ』に連載開始（『女学生の友』に連載されたものを改作）。
一九九一（平成三）年　六九歳
四月、『三浦綾子全集』全二〇巻（主婦の友社）刊行（九三年四月まで）。
一九九五（平成七）年　七三歳
一月、自伝「命ある限り」を『月刊野生時代』に連載（一二月まで）。
一九九九（平成一一）年　七七歳
一〇月一二日、多臓器不全のため旭川市新藤病院にて死去。

＊村田和子編「年譜」（『三浦綾子全集』第二〇巻、主婦の友社、一九九二・三）等を参照した。

［参考文献］

小田切秀雄「三浦綾子」『小田切秀雄全集14　作家論5』（勉誠出版、二〇〇〇・一一）
黒古一夫『三浦綾子論』（小学館、一九九四・六）

（小林裕子）

編者紹介

小林裕子（こばやし・ひろこ）
日本近現代文学研究者
著　書『人物書誌大系28　佐多稲子』（編著）日外アソシエーツ、一九九四
『佐多稲子——体験と時間』翰林書房、一九九七
『女性作家評伝シリーズ12　壺井栄』新典社、二〇一二

協力執筆者紹介

菊原昌子（きくはら・まさこ）
日本近現代文学研究者
著　書「『道草』——求愛のサイン」『国文目白』第三二号、一九九三
「『明暗』論——お延の役割」『国文目白』第三五号、一九九六
「辻村もと子の農民文学——自分を生きる女たち」『昭和前期女性文学論』（共著）翰林書房、二〇一六

永井里佳（ながい・りか）
大東文化大学非常勤講師
著　書「『誓言』とその周辺」『国文学解釈と鑑賞別冊　今という時代の田村俊子——俊子新論』（共著）至文堂、二〇〇五
「昭和前期の女性文芸雑誌」『昭和前期女性文学論』（共著）翰林書房、二〇一六
「本谷有希子『異類婚姻譚』試論」『近代文学研究』第三〇号、二〇一七

［新編］日本女性文学全集　第八巻

二〇一九年三月二〇日　第一刷発行
二〇二〇年七月二〇日　第二刷発行＊

著者代表　円地文子
責任編集　小林裕子
発行者　山本有紀乃
発行所　六花出版
東京都千代田区神田神保町一丁目二八
電話〇三—三二九三—八七八七
印刷製本　栄光
装幀者　川畑博昭

＊第二刷はPOD（オンデマンド印刷）すなわち乾式トナーを使用し低温印字する印刷によるものです。

ISBN978-4-86617-050-3